3 95

D1386009

3496

LE JOURNAL
D'ASTA

DU MÊME AUTEUR
chez le même éditeur

Un enfant pour un autre
Véra va mourir
L'Homme à la tortue
La Gueule du loup
La Maison aux escaliers
L'Été de Trapellune
La Demoiselle d'honneur
L'Arbre à fièvre
Volets clos
Fausse Route
Plumes de sang
Le Goût du risque

DU MÊME AUTEUR
SOUS LE NOM DE BARBARA VINE

Ravissements
Le Tapis du roi Salomon

RUTH RENDELL

LE JOURNAL D'ASTA

roman

Traduit de l'anglais
par Pierre Ménard

BIBLIOTHEQUE MUNICIPALE
VILLE DE SAINTE-THÉRÈSE

ANNULÉ

CALMANN-LÉVY

Titre original
ASTA'S BOOK
Viking

ISBN 2-7021-2341-4

© Kingsmarkham Enterprises Ltd., 1993

© CALMANN-LÉVY, 1994

À la mémoire de mes grands-parents
Anna Larsson et Mads Kruse

Remerciements

Ce livre doit beaucoup à Elizabeth Murray, qui a poussé ses recherches imaginatives bien au-delà des strictes limites du devoir, et à Bente Connellan, pour ses traductions ainsi que pour son aide et ses divers conseils concernant les questions danoises.

Je remercie également Karl et Lilian Fredriksson pour leur assistance en matière de sagas et de guillotines. Pour le personnage de Mr. de Fillipis, je me suis inspirée de l'« Introduction » de John Mortimer au livre d'Edward Marjoribanks : *Famous Trials of Marshall Hall*.

Dans la recherche de la précision, l'aide de Judith Flanders s'est avérée inestimable.

Ma grand-mère était une romancière qui s'ignorait. Elle n'avait pas la moindre idée de la manière dont on devient écrivain, et si elle l'avait su, elle ne se serait jamais crue capable d'y parvenir. La voie qu'elle décida de suivre est aujourd'hui connue de tous.

Ce livre rassemble un certain nombre de documents exhumés du passé : outre le journal de ma grand-mère, on y trouvera le compte rendu d'un meurtre et la transcription d'un procès, des lettres, diverses autres pièces, ainsi que des détails puisés dans mes souvenirs personnels. L'ensemble constitue un roman policier, à double titre puisqu'il relate la quête d'une identité et la recherche d'une enfant disparue. On peut également le lire comme le récit d'une longue exploration et comme un témoignage sur le triomphe du hasard.

J'avais tout d'abord pensé inclure l'intégralité du Journal, mais c'était impossible : mon livre aurait rempli plusieurs milliers de pages. De plus, si l'on en croit du moins les chiffres de vente, la plupart de mes lecteurs auront déjà pris connaissance du Journal d'Asta. Il me semble parfois que le monde entier a lu cet ouvrage. Le lecteur pourra aisément acquérir les quatre premiers volumes et les ranger dans sa bibliothèque, ne serait-ce qu'en édition de poche. Sachant que les fragments que j'ai reproduits sont de simples extraits, il lui suffira de consulter son exemplaire pour les replacer dans leur contexte. J'ai été contrainte d'isoler les passages significatifs – c'est-à-dire ceux qui avaient trait à l'histoire de Swanny et à celle d'Edith.

Pour les rares lecteurs qui auraient seulement entendu par-

ler du Journal, qui n'en connaîtraient que les adaptations télévisées ou les enregistrements sur cassettes, je rappelle que la rédaction de ces cahiers s'étale sur soixante-deux ans, que ceux qui vont de 1905 à 1944 ont déjà fourni la matière de quatre gros volumes et qu'il y en a encore d'autres à paraître.

C'est aujourd'hui la mode de faire des films racontant le tournage de films antérieurs, ou des documentaires expliquant comment se fabriquent les émissions télévisées. Ce livre relate la découverte d'un journal et les retombées, près d'un siècle durant, d'une adroite falsification – au départ bien intentionnée.

Ann Eastbrook
Hampstead
1991

1

26 juin 1905

*I*DAG *til Formiddag da jeg gik i Byen var der en Kone, som spurgte mig om der gik Isbjørne paa Gaderne i København.*

Quand je suis sortie ce matin, une femme m'a demandé s'il y avait des ours polaires dans les rues de Copenhague. C'est une de nos voisines, elle est toujours à l'affût derrière son portail, attendant que les gens passent pour leur mettre le grappin dessus et papoter avec eux. Elle me prend pour une sauvage à moitié demeurée parce que je ne suis pas anglaise, que je ne parle pas très bien la langue et que je trébuche sur les mots.

La plupart des gens ici ont la même réaction à notre égard. Ce n'est pas que nous soyons les seuls étrangers (à leurs yeux), ils ont l'habitude de côtoyer des gens qui viennent des quatre coins de l'Europe, mais ils ne nous aiment pas, tous autant que nous sommes. Ils disent que nous vivons comme des animaux et que nous leur volons leurs emplois. Qu'est-ce que ça doit être pour le petit Mogens, à l'école... Il ne me l'a pas dit et je ne lui ai pas posé la question, je ne tiens pas à le savoir. Je préfère ignorer les mauvaises nouvelles. J'aimerais bien en recevoir de bonnes, de temps à autre, mais elles se font rares – aussi rares que les fleurs le long de ces interminables rues grises. Je ferme les yeux et je me souviens de Hortensiavej, de ses bouleaux et de ses symphorines.

Ce matin, sous une chaleur accablante – le soleil n'est jamais

13

agréable en ville –, je suis allée jusqu'à la papeterie, à l'angle de Richmond Road, et j'ai acheté ce cahier. J'avais répété ce que je comptais dire, les mots que j'allais devoir employer, et je n'ai pas dû m'en sortir trop mal car au lieu de faire la moue et de se pencher vers moi avec sa main en cornet derrière l'oreille, l'employé du magasin s'est contenté d'acquiescer et m'a proposé deux modèles de cahier, l'un épais, à la couverture noire et rigide, qui coûtait six pence, l'autre moins cher, avec une couverture souple et des pages lignées. J'ai finalement opté pour ce dernier car je ne tiens pas à faire des frais pour ce genre de chose. Lorsque Rasmus sera de retour, il me demandera compte du moindre penny dépensé, bien qu'il soit lui-même le moins doué des hommes en matière financière.

Je n'ai pas tenu de journal depuis que je me suis mariée mais cela m'était arrivé à plusieurs reprises durant mon adolescence. J'avais mis le point final au dernier de ces cahiers deux jours avant mon mariage, et le lendemain j'avais pris la décision de les brûler tous. Je m'étais dit que je n'aurais plus le loisir d'écrire, dans ma nouvelle vie. Une bonne épouse devait se consacrer à son mari et à l'entretien de sa maison. C'était ce que tout le monde m'avait raconté et je suppose que je le pensais moi-même. À ma décharge, je n'avais il est vrai que dix-sept ans.

Huit années se sont écoulées depuis lors et je ressens différemment les choses sur bien des plans. Il ne sert à rien de gémir, du reste il n'y a personne pour m'entendre et moins encore pour s'en soucier, si l'envie m'en prenait. Aussi, si j'ai des plaintes à formuler, je le ferai dans ces pages. Le plus drôle, c'est que je me suis sentie brusquement soulagée, après avoir acheté ce cahier. Une bouffée d'espoir m'a envahie, sans la moindre raison. Je suis toujours seule à Lavender Grove, sans personne à qui parler en dehors de Hansine – si on peut appeler ça parler –, avec deux petits garçons à charge, le souvenir d'un troisième qui est mort, et un autre qui ne va pas tarder à arriver. Rien de tout cela n'a changé. Ni le fait que je n'ai pas vu mon mari depuis cinq mois et suis sans nouvelles de lui depuis deux. Le cahier ne supprimera pas le lourd fardeau de cet enfant que je porte et qui pèse en moi comme un grand sac de farine. Mais il atténuera ma solitude, qui est l'une des pires choses que j'aie à supporter dans cet affreux pays étranger. Assez curieusement, il l'émousse déjà. En l'achetant je me suis dit : j'aurai quelque chose à faire ce soir, lorsque Mogens et

Knud se seront endormis. J'aurai quelqu'un à qui parler. Au lieu de broyer du noir à propos de Rasmus, de me dire qu'on peut détester quelqu'un, ne pas le désirer et être pourtant jalouse de lui, au lieu de me ronger les sangs au sujet des enfants et de ce bébé que je porte, je pourrai me remettre à écrire. Je pourrai coucher tout cela sur le papier.

Et c'est ce que je suis en train de faire. Hansine est venue m'apporter le journal, je lui ai dit que je faisais mon courrier et lui ai demandé de ne pas éteindre le gaz, ce qu'elle fait d'ordinaire, tout cela sous le beau prétexte d'économiser de l'argent. À dix heures du soir, il fait encore clair à Copenhague, mais ici la nuit tombe une demi-heure plus tôt. Hansine me l'a répété trois fois depuis la Saint-Jean, comme elle m'annonce avec une régularité toute paysanne que les jours ont commencé de décroître. Elle m'a demandé si j'avais eu des nouvelles de « Mr. Westerby ». Elle ne cesse de me poser la question, alors qu'elle sait aussi bien que moi que le facteur passe chez tous nos voisins mais ne s'arrête jamais ici. Qu'est-ce que ça peut lui faire? J'imagine qu'elle se fait plus de souci que moi à son sujet, si cela est possible. Elle doit probablement se dire que nous finirons tous à l'hospice s'il ne revient pas, et qu'elle perdra sa place.

Elle est repassée une seconde fois pour me proposer du thé mais je lui ai dit d'aller se coucher. Bientôt, si l'argent n'arrive pas, nous allons tous devoir nous mettre au régime et peut-être maigrira-t-elle un peu. La pauvre, elle est si grosse, et cela va en empirant. Je me demande si c'est dû au pain blanc. Aucun de nous n'avait jamais goûté de pain blanc avant notre arrivée en Angleterre. Les garçons ont adoré ça et en ont tellement mangé qu'ils se sont rendus malades. Il a fallu ranger dans une armoire le tranchoir à pain de seigle que tante Frederikke m'avait offert pour mon mariage. Je crois que nous n'aurons plus jamais l'occasion de nous en servir. Hier, j'ai ouvert l'armoire et je l'ai contemplé, il est devenu pour moi le symbole de notre ancienne existence et j'ai senti les larmes me monter aux yeux. Mais je n'ai pas pleuré. La dernière fois que j'ai pleuré, c'était à la mort de Mads, et cela ne m'arrivera plus.

La pièce où je suis assise, le « salon », serait minuscule si je ne laissais pas ouverte la porte à double battant qui donne sur la salle à manger. Le mobilier du propriétaire est hideux, à l'exception du miroir qui est un petit peu moins laid que le reste, une glace oblongue dont le cadre d'acajou est agrémenté

15

au sommet de feuilles et de fleurs sculptées. Il y a même une branche garnie de feuillage qui déborde sur la glace, détail que le sculpteur devait j'imagine trouver du dernier chic. Je me vois dans ce miroir, assise devant la table aux pieds en fer et au plateau de marbre. Elle ressemble à celles que j'aperçois dans les pubs, depuis la rue, lorsque leurs portes sont ouvertes. Je suis assise sur une chaise recouverte d'un bout de tapisserie rouge et brun, destiné à cacher les trous par où le crin dépasse.

Les rideaux ne sont pas tirés. Parfois un attelage passe, plus vraisemblablement une charrette, dans ce lugubre quartier, et j'entends de temps à autre un cheval trébucher dans la rue défoncée. À ma droite, derrière les baies vitrées, j'aperçois le jardin, un bout de pelouse aux buissons feuillus immuablement verts, hiver comme été. Cette maison est minuscule mais comporte autant de pièces que si elle avait une taille normale. Tout est miteux et délabré ici, mais prétentieux, c'est cela qui me met en boule.

Dans le miroir, à la pâle lueur du gaz, je distingue mon buste, mon visage émacié et ma chevelure rousse dont les mèches rebelles pendent le long de mes joues. J'ai les yeux les plus bleus que Rasmus ait jamais vus, c'est du moins ce qu'il m'a dit avant notre mariage, avant que je n'apprenne l'histoire des cinq mille *kroner*. Mais peut-être n'était-ce pas un compliment, en fin de compte. Ce n'est pas parce que des yeux sont bleus qu'ils sont nécessairement beaux et je suis sûre que les miens ne le sont pas. Ils sont d'un bleu trop prononcé, trop vif, qui conviendrait mieux à un paon ou à un martin-pêcheur. En fait, ils sont exactement de la même couleur que les ailes du papillon figurant sur la broche que tante Frederikke m'a offerte pour mon seizième anniversaire.

D'ailleurs, peu importe leur couleur. Personne ne fait attention aux yeux d'une vieille femme et c'est ce que j'ai l'impression d'être, une vieille femme, bien que j'aie à peine vingt-cinq ans. Cela me fait penser que je devrais remettre cette broche demain. J'aime bien la porter, non parce qu'elle est belle (elle ne l'est pas) ou qu'elle m'avantage (ce n'est pas le cas) mais, comment dire, à cause de ce que Rasmus appelle ma perversité, ou mon entêtement. Je la porte pour que les gens se disent : cette femme réalise-t-elle que sa broche est exactement de la même couleur que ses yeux? Et qu'elle devrait éviter de la mettre, vu leur laideur? J'adore ça. Cela m'amuse, de spéculer ainsi sur ce que les gens peuvent penser de moi.

Il y a une demi-heure, le soleil accablant s'est couché, le crépuscule est tombé, et il fait assez sombre maintenant à l'extérieur. Tout est calme. Les réverbères sont allumés mais l'atmosphère est encore chaude, presque lourde. Je n'ai pas noté grand-chose concernant cette première journée dans mon nouveau cahier, et puisqu'il faut le faire, je vais rapporter ce que j'ai lu dans le journal, le récit d'un horrible accident dont a été victime un navire-école danois. J'ai lu cet article uniquement parce que le *Georg Stage* est un vaisseau danois et que l'accident a eu lieu au large de Copenhague. Un navire britannique l'a percuté dans l'obscurité et vingt-deux jeunes gens à bord ont trouvé la mort. Ils étaient tous très jeunes, entre quatorze et seize ans. Il est toutefois peu probable que l'un de ces garçons ou sa famille fasse partie de mes connaissances.

28 juin 1905

Ma fille doit naître le 31 juillet. Quel que soit le jour de sa naissance, j'aurai au moins noté qu'elle était attendue pour cette date. Je viens d'écrire « ma fille ». Hansine dirait que c'est tenter le Destin. Heureusement pour moi, elle ne sait pas lire. Elle papote avec les gens qu'elle rencontre en allant faire les courses, elle se débrouille tant bien que mal en anglais, malgré son épouvantable accent, et elle se moque de ce qu'on peut raconter dans son dos. Moi non, et c'est sans doute pour cela que mes progrès sont si lents. Mais elle est incapable de lire quelque langue que ce soit. Si tel n'était pas le cas, je ne me hasarderais pas à écrire en danois — ce qui veut dire que je renoncerais à tenir ce journal puisque je ne suis pas en mesure de rédiger la moindre phrase en anglais. C'est une fille que je veux. Voilà un aveu que je ne ferai à personne, et du reste personne ici ne s'en soucie. Je ne me vois pas dire cela à la femme qui m'a interrogée l'autre jour à propos des ours polaires!

Je voulais une fille la dernière fois, bien que je n'eusse guère désiré cet enfant, et au lieu de ça c'est le pauvre petit Mads qui est né. Il est mort un mois plus tard. Voilà, j'aurai noté cela aussi. Mais à présent, je désire cet enfant et je veux que ce soit une fille. Même si Rasmus ne revient pas, même si le pire arrive, qu'il nous faille retourner à Korsør et implorer la pitié de tante Frederikke et de Farbror Holger, je veux que ma fille naisse.

Mais j'aimerais la sentir bouger. Je sais que les bébés ne s'agitent plus guère durant les dernières semaines. Je le sais bien, j'en ai déjà eu trois. J'aimerais me souvenir de la manière dont les choses s'étaient passées pour Mads. Est-ce qu'il avait bougé jusqu'à la fin? Et les autres? Est-ce que les filles se comportent différemment? Dans ce cas, son immobilité signifierait qu'il s'agit bien d'une fille? La prochaine fois – car je m'attends à ce qu'il y ait une prochaine fois, tel est notre lot à nous autres femmes – je le saurai. Je n'aurai même pas besoin de me souvenir, il suffira que je relise mon journal, et je me sens soulagée de pouvoir coucher tout cela sur le papier.

2 juillet 1905

Je n'écris pas tous les jours dans ce cahier. En partie pour que Hansine ne s'en aperçoive pas – elle chercherait à savoir ce que je fabrique et s'imaginerait des choses grotesques, que j'écris à un amant peut-être, vous vous rendez compte! – et en partie aussi parce que je ne note pas uniquement ce que je fais, mais ce que je pense. Je raconte la vie des gens. Et des histoires, aussi, j'ai toujours aimé les histoires, je m'en racontais jadis à moi-même, réelles ou imaginaires, et aujourd'hui bien sûr, je les raconte à mes garçons. Je me les répète intérieurement pour trouver le sommeil, par exemple, ou durant la journée, pour échapper à la réalité qui n'a rien de très agréable, pour ne pas dire plus.

Lorsque je tenais un journal, dans mon adolescence, j'y recopiais mes histoires mais il fallait toujours que je fasse un peu attention à ce que j'écrivais, au cas où Père ou Mère l'auraient découvert. Il est impossible de cacher ce genre d'objet en étant absolument sûr que personne ne tombe un jour dessus. Mais avec une langue étrangère, on ne craint rien, c'est comme si l'on utilisait un code. C'est drôle de désigner le danois comme une « langue étrangère », mais c'est bien ainsi que tout le monde ici le considère. Enfin, pas tout à fait tout le monde. Il doit bien y avoir quelques Danois dans ce pays, notre ambassadeur, notre consul, des gens de ce genre et peut-être quelques professeurs à Oxford, sans parler de la reine, bien sûr, qui est danoise, et parfois je constate qu'on parle du Danemark dans les journaux.

Par exemple, notre prince a des chances de devenir le premier roi de Norvège. Et on parle encore de l'affaire du *Georg*

Stage. Une enquête a été ouverte à Copenhague mais on prétend que le président de la cour était de parti pris et qu'il a oublié de se montrer impartial. Le capitaine du navire anglais a craqué, mais il affirme toujours ne pas être responsable de la mort de ces vingt-trois garçons. (Un autre est décédé depuis.) Le roi Edward a envoyé ses condoléances.

Il y a eu un autre événement beaucoup plus grave, l'affaire de ce bâtiment russe nommé le *Kniaz Potemkin.* J'aimerais mieux comprendre ce qui se passe mais les articles sont truffés de mots beaucoup trop longs. Pour une raison ou pour une autre, la population d'Odessa n'a pas voulu laisser le navire accoster et faire le plein de provisions, c'est du moins ce que j'ai cru comprendre, aussi le cuirassé a tourné ses canons contre la ville et s'est mis à la bombarder. Ces Russes sont des sauvages, ils sont pires que les Allemands !

J'ai vu une publicité de la compagnie Cook pour un séjour au Danemark. Si seulement je pouvais y participer ! Nous achetons du bacon danois et il y a une firme danoise qui fabrique un produit genre babeurre, qu'on étale sur du pain. L'entreprise s'appelle Mønsted et ce nom suffit à me donner le mal du pays, il est tellement danois, tellement *familier.* Mais aucun Danois ne mettra probablement jamais les pieds dans cette maison. Hansine ne sait pas lire, Mogens et Knud n'ont pas encore appris et je ne sais même pas où se trouve Rasmus. Je pourrais même consigner des histoires indécentes dans ce cahier, mais je n'en connais aucune.

Si je me contentais de rapporter mes faits et gestes, ce journal deviendrait vite d'une monotonie lassante. Mes journées se déroulent toutes de la même façon. Je me lève tôt, parce que je me réveille tôt et que si je reste couchée, je me mets à broyer du noir et à me faire du souci pour cet enfant qui me paraît trop haut placé dans mon ventre. Les garçons sont réveillés lorsque je me lève, je les débarbouille et les habille, puis nous descendons prendre le petit déjeuner préparé par Hansine. Du café, bien sûr, et du pain blanc livré par Mr. Spenser, le boulanger, et dont les enfants raffolent. Les Danois ont encore plus besoin de boire du café que de se nourrir et j'en avale trois tasses. Je suis capable de faire des économies dans presque tous les domaines, mais je ne renoncerai jamais à une seule de mes tasses de café.

Hansine s'est mise à parler en anglais aux garçons. Mogens est plus doué qu'elle, à son âge les enfants assimilent apparemment très vite les langues, et il se moque d'elle lorsqu'elle fait une faute, ce qui ne la vexe pas le moins du monde, au contraire, elle en rit et fait le pitre avec lui. Knud essaie de parler lui aussi et ils se couvrent tous les trois de ridicule, mais ils se comportent comme s'il n'y avait rien de plus drôle au monde. Je déteste ce spectacle, parce qu'il m'est impossible d'y participer. La vérité, c'est que je suis jalouse. Je suis jalouse parce que Hansine est une femme et qu'eux, ce sont des hommes − n'est-ce pas le cas, après tout? Je me dis confusément que si j'avais une fille elle me soutiendrait, elle serait de mon côté.

5 juillet 1905

Je me suis demandé s'il ne fallait pas que j'interdise à Hansine de parler en anglais à la maison. Je suis sûre qu'elle m'obéirait. Elle me respecte et a même un peu peur de moi, beaucoup moins que de Rasmus toutefois. Mais je ne le ferai pas, car je sais qu'il me faut agir dans l'intérêt de Mogens et de Knud. Il faut bien qu'ils apprennent l'anglais puisqu'ils vont devoir vivre dans ce pays jusqu'à la fin de leurs jours − qui sait?

Hansine emmène Mogens à l'école qui se trouve à deux rues d'ici, dans Gayhurst Road. Il aimerait bien y aller tout seul et bientôt je le lui permettrai, mais j'attends qu'il ait encore un peu grandi. Elle marmonne entre ses dents parce qu'elle a toujours d'horribles douleurs d'estomac quand elle a de la visite. Je reste ici avec Knud, je le prends sur mes genoux et je lui raconte une histoire. Autrefois, je m'inspirais des contes de H. C. Andersen, mais en quittant le Danemark j'ai également laissé Andersen derrière moi. J'ai brusquement réalisé combien certains de ses contes étaient cruels. *La fillette qui marchait sur du pain*, par exemple, l'histoire de la petite Inge qui a passé toute sa vie dans la cave de la femme du croquemitaine uniquement parce qu'elle était fière de ses nouvelles chaussures. C'était la préférée de ma mère mais elle me révoltait. *Le Briquet* et *La Petite Fille aux allumettes* ne sont pas moins horribles, aussi je me suis mise à raconter aux garçons des histoires de mon invention. En ce moment, nous sommes plongés dans un roman-feuilleton dont le héros est un petit garçon prénommé Jeppe, qui a un ami magicien capable de tous les miracles. Ce matin, nous en sommes arrivés au passage où le magicien nettoie tous les toits de cuivre de Copenhague et les débarrasse en une seule nuit de leur couche de vert-de-gris. Lorsque Jeppe se réveille le lendemain matin, ils brillent de mille reflets dorés.

Une fois Hansine de retour, je sors à mon tour. Je mets mon chapeau, j'enfile une blouse sur mon gros ventre, ainsi qu'une cape qui, je l'espère, dissimule mon état au regard des passants. Mais je suis sûre qu'ils ne sont pas dupes. Et puis je me mets à marcher, tout simplement. Je marche le long de Lavender Grove et de Wilman Grove jusqu'à London Fields et au-delà encore, du côté de Victoria Park. Parfois je pousse même jusqu'à Hackney Downs ou Beauvoir Town – des noms que je serais bien incapable de prononcer. J'arpente les trottoirs, le plus souvent, en regardant les maisons, les églises, les grands bâtiments, mais il m'arrive aussi de me promener sur l'herbe au bord des étangs ou le long du canal. Il fait bien trop chaud pour porter une cape, mais si je ne la mettais pas, j'aurais trop honte de mon apparence extérieure pour aller me promener.

Hansine fait du *smørrebrød* pour le déjeuner, mais sans pain de seigle ce n'est pas la même chose. Si cela ne tenait qu'à moi je ne mangerais pas, mais je me force à le faire, pour le bébé. Lorsque je ne ressors pas l'après-midi, ce qui m'arrive parfois, je reste assise au salon, devant les baies vitrées. Notre demeure dans Lavender Grove fait partie d'une enfilade de neuf maisons, accolées les unes aux autres. Elle n'est pas très belle, c'est même l'une des plus laides que j'ai jamais vues, elle est beaucoup trop petite, bâtie en brique grise avec une maçonnerie disgracieuse et des fenêtres en bois. Il y a une drôle de statue, une petite bonne femme coiffée d'une couronne au-dessus du porche de l'entrée, et deux autres sculptures identiques au-dessus des fenêtres du premier étage. Je me demande qui elles sont censées représenter, ces fillettes couronnées. Enfin, il y a au moins ces baies vitrées et un petit bout de jardin devant la maison, bordé d'une haie. Je ne mettrai pas de rideaux en tulle, malgré les protestations de Hansine, sinon je ne verrais plus ce qui se passe au-dehors lorsque je m'assois ici pour faire ma couture.

Mère m'a appris à coudre bien avant que j'aille à l'école et j'avais cela en horreur. Je détestais le dé à coudre – je me souviens même avoir été furieuse parce qu'on m'en avait offert un à l'occasion d'un anniversaire! – mais le pire, c'était lorsque je me piquais le doigt avec une aiguille. Pourtant, je suis contente aujourd'hui de savoir le faire. C'est un domaine où je me défends mieux que Hansine, qui reste bouche bée devant mes points minuscules et les reprises soigneuses que je fais sur les vêtements des garçons.

Parfois c'est elle qui va chercher Mogens à l'école, parfois moi. Elle y est allée aujourd'hui en revenant de la mercerie de Mare Street où elle était passée pour m'acheter du fil. Mogens et elle sont arrivés en parlant anglais. Elle avait toute une histoire à me raconter. Une drôle d'aventure venait de lui arriver. Elle marchait le long de London Fields lorsqu'elle aperçut, juste devant elle, un vieil homme qui émergeait d'un pub et zigzaguait d'un bord à l'autre du trottoir. Elle ne pensait qu'à l'éviter, mais alors qu'elle faisait un écart pour le dépasser l'homme avait percuté le mur et s'était écroulé par terre, sans connaissance.

Cela lui avait fait un choc et elle s'était agenouillée à ses côtés en cherchant à lui prendre le pouls pour voir s'il était encore en vie, tandis que la foule commençait à s'attrouper autour d'eux. Il n'y avait évidemment pas le moindre policier, ni le moindre médecin en vue. Ils ne sont jamais là quand on a besoin d'eux. Elle était persuadée que l'homme était mort. Une jeune femme s'était alors avancée et avait poussé un grand cri en l'apercevant. Elle raconta qu'elle était employée dans la maison où le vieillard logeait. La foule commençait à s'exciter, ainsi qu'on pouvait s'y attendre, quelqu'un lança que c'était sûrement dû à la chaleur, mais la jeune femme répondit que non, que c'était tout l'alcool qu'il avait absorbé qui l'avait emporté. Hansine lui déclara qu'elle allait rester avec elle jusqu'à l'arrivée des secours, ce qu'elle fit, de sorte qu'elle était arrivée en retard à l'école.

« J'espère que tu n'en as pas parlé au petit Mogens, dis-je. Que tu ne lui as pas raconté qu'on voit parfois des ivrognes s'écrouler ainsi dans la rue.

— Bien sûr que non, pensez-vous », répondit-elle.

Mais je ne suis pas certaine qu'elle me dise la vérité. Pour les femmes de son milieu, les incidents de ce genre sont les plus savoureux et les plus excitants du monde, et elles sont incapables de retenir leur langue lorsqu'elles en sont témoins.

Je lui ai dit que je ne voulais pas en savoir davantage mais elle a poursuivi de plus belle, avec un luxe de détails et devant les enfants.

« En voilà assez, dis-je en me bouchant les oreilles.

— L'histoire sera dans la presse, dit-elle en entrant dans mon jeu.

— Et alors? Même si c'était en danois, tu ne serais pas plus avancée... »

Elle est devenue rouge comme une tomate et a croisé les mains sur son ventre, qui est presque aussi gros que le mien. Elle a horreur qu'on lui rappelle qu'elle est analphabète, mais je l'ai plantée là. Je m'en moque. Je me moque des autres, à présent, je ne me soucie que de moi – et de la fille que j'attends, évidemment.

6 juillet 1905

C'est mon anniversaire. J'ai vingt-cinq ans aujourd'hui. Même si personne ne s'en est aperçu. Une domestique ignore ce genre de détail et les garçons sont trop jeunes, mais j'avoue que j'avais espéré un signe de mon mari. Je devrais le connaître à présent, mais non. L'espoir est une chose affreuse, je ne comprends pas pourquoi les curés en font une vertu : l'espoir est affreux parce qu'il est bien trop souvent déçu. En vieillissant, je suis sûre qu'on s'attend à ce que les gens oublient la date de votre anniversaire, peut-être même qu'on le souhaite, mais lorsqu'on a vingt-cinq ans il n'en va pas de même.

Toute la journée, j'ai rêvé à la manière dont j'aurais aimé célébrer mon premier quart de siècle. J'ai rêvé d'un mari qui m'offre un manteau de fourrure ou une bague en diamants et qui m'invite à dîner le soir dans un grand restaurant. La réalité, comme d'habitude, s'est avérée bien différente. Nous avons eu des *frikadeller* au souper, une fois de plus. Les boulettes de viande et les pommes de terre sont devenues notre lot quotidien. Nous faisons bien du *røkaal* de temps en temps, avec du vinaigre et du sucre, mais Hansine a du mal à trouver des choux rouges au marché. Je meurs d'envie de manger du *rullepølse* mais on ne trouve pas la variété de bœuf qui convient et les poissons ne valent rien. Les saucisses ne coûtent que 9 pence la livre, et nous nous en contentons. On a au moins du lait à 2 pence la pinte pour les enfants et j'essaie de ne pas trop penser à la tuberculose. La laiterie Stonor invite ses clients à venir visiter les étables où sont parquées ses vaches : Mogens et Knud rêvent d'y aller mais nous ne l'avons pas encore fait.

Hansine a couché les enfants, puis je suis montée à mon tour et leur ai raconté un nouvel épisode des aventures de Jeppe et de son ami magicien.

« Aucun petit garçon anglais ne s'appelle Jeppe, m'a dit Mogens.

– Tu n'es pas anglais, toi non plus. »

Je n'ai rien trouvé de mieux à lui répondre. Il m'a dit qu'il le deviendrait si nous continuions à habiter ici et qu'il aimerait bien changer de prénom.

« Quel prénom voudrais-tu porter? lui ai-je demandé.

– Tous les enfants à l'école se moquent de mon prénom, a-t-il dit. J'aimerais bien m'appeler Jack. »

Cela m'a fait rire. Ou plus exactement, j'ai fait mine d'en rire. En réalité, j'avais envie de pleurer, j'ai même eu peur que cela n'arrive mais je ne pleure jamais pour de bon. Je me disais que tout le monde autour de moi allait devenir anglais, m'échapper, m'abandonner, et que j'allais me retrouver toute seule dans mon coin, la dernière Danoise d'Angleterre. J'ai eu le mal du pays ce soir, plus que cela ne m'était jamais arrivé depuis notre départ de Copenhague. J'étais assise à cette table dans la lumière déclinante, mais je ne voyais pas la pièce ni le décor extérieur par-delà la fenêtre, je ne voyais que des images du passé. Les toits verts de ma ville natale et la flèche biscornue de Frelsers Kirke, les forêts de hêtres de Sjaelland, la pelouse où nous prenions le thé chez tante Frederikke. Pourquoi les Anglais ne mangent-ils jamais dehors, dans leurs jardins? Leur climat est meilleur – enfin, légèrement meilleur – que le nôtre, et pourtant ils se calfeutrent dans leurs maisons alors que nous saisissons le moindre prétexte pour être au soleil et au grand air.

Je me demande ce soir si j'ai eu tort de parler à Rasmus comme je l'ai fait. Mais nous avons déménagé tant de fois, et toujours me semble-t-il lorsque j'étais enceinte, pour favoriser ses entreprises commerciales et lui permettre de faire fortune. De Copenhague à Stockholm, où Knud est né, puis de Stockholm à Copenhague, une fois encore, dans cet endroit merveilleux, ma petite maison blanche de Hortensiavej. Mais il a fallu la quitter et venir habiter ici; c'était à Londres qu'il fallait aller, Londres est le centre du monde. Sauf qu'à peine débarqué, au bout d'un mois tout au plus, il voulait encore décamper pour aller tenter sa chance en Amérique. C'est alors que je lui ai dit non et que j'ai tapé du poing sur la table. « Tu ne me mèneras plus par le bout du nez, lui ai-je dit, je ne me laisserai plus marcher sur les pieds. »

Non que je me sois jamais laissé mener par le bout du nez. En tout cas je lui ai toujours tenu tête, chaque fois que je le pouvais j'ai lutté dans la mesure de mes moyens. Sauf en ce qui concerne les enfants, bien sûr. Il pourra toujours se venger de moi en me faisant une ribambelle de gamins, alors que l'inverse est impossible, n'est-ce pas? Je lui ai dit que s'il allait en Amérique je ne le suivrais pas, que je rentrerais au pays et qu'il pouvait garder les garçons avec lui s'il le désirait. Au lieu de ça, c'est lui qui est retourné là-bas en prétextant une « affaire commerciale pressante », et je me suis retrouvée toute seule ici. Je savais déjà que j'étais une fois de plus enceinte.

Piètre anniversaire, en vérité!

12 juillet 1905

Je déteste cet endroit, mais d'une certaine façon je sais que c'est le destin qui m'y a conduite. Les choses s'arrangeront lorsque ma fille sera née. L'échéance approche à présent, d'ici deux semaines peut-être tout sera terminé. Je l'ai sentie bouger faiblement ce soir, pas beaucoup mais suffisamment pour être rassurée, bien qu'elle soit toujours trop haut dans mon ventre et ne se soit pas encore retournée pour se préparer à sortir, comme cela devrait être le cas maintenant. Je songe à tout cela, à sa sortie, à l'effort qu'il lui faudra faire, combien il lui faudra lutter contre les grandes vagues qui la tireront en arrière et l'obligeront à recommencer. Et c'est ainsi qu'ils naissent, les enfants, en nageant, en se débattant contre la marée, ouvrant brusquement leurs poumons pour pousser un grand cri de soulagement lorsqu'ils atteignent enfin le rivage.

Il faut que je m'active, il faut que je sois forte, advienne que pourra. Je songe parfois à Karoline, que mon père avait abandonnée dans les rues de Copenhague en la laissant se débrouiller pour trouver toute seule le chemin de la maison. C'est elle qui m'a raconté l'histoire, ma mère n'aurait jamais songé à le faire, l'estimant probablement trop inconvenante pour mes oreilles. Quant à mon père, je suis sûre qu'il n'avait plus le moindre souvenir de cette affaire. Mais Karoline n'avait jamais pu l'oublier, l'événement n'avait cessé de lui trotter dans la tête, tel un farfadet, et revenait parfois hanter ses rêves.

Mon père venait des environs d'Aarhus, au nord de Jutland, et s'était installé à Copenhague. Il avait épousé ma mère, qui était à moitié suédoise, avait plutôt bien réussi dans ses affaires – il importait et revendait des meubles –, et un beau jour il s'était dit que ma mère avait besoin d'une domestique pour l'aider à la maison. C'est ainsi qu'il écrivit à la ferme familiale en demandant qu'on lui envoie l'une de ses nièces. La famille était si pauvre et si nombreuse qu'on fut probablement ravi de pouvoir se débarrasser ainsi de l'un des enfants. Le sort tomba sur Karoline. Elle avait quinze ans et elle dut prendre le ferry pour traverser le Store Baeldt et le Lille Baeldt, puis le train jusqu'à Copenhague, en se débrouillant toute seule. Elle n'était jamais allée nulle part, elle ne savait ni lire ni écrire. Elle était comme un animal, un animal de la ferme.

Mon père était venu l'attendre à la gare. Mais le chemin était long jusqu'à la maison, il fallait marcher pendant plusieurs kilomètres et la pauvre fille se comportait vraiment comme un animal. Elle avait brusquement eu un petit besoin et avait agi comme elle l'avait toujours fait à la campagne, elle s'était mise sur le côté, le long du caniveau, avait relevé ses jupes, s'était accroupie et soulagée dans la rue. Mon père était si choqué et si furieux qu'il avait accéléré le pas et l'avait plantée là. Il avait oublié, volontairement ou non, que les gens se comportaient ainsi dans son pays d'origine, il était quasi devenu un gentleman à présent, aussi avait-il pris ses jambes à son cou et était-il rentré à la maison sans se retourner, à travers le dédale des artères et des ruelles.

Karoline dut se débrouiller comme elle le pouvait pour y parvenir à son tour. Elle ne connaissait personne. Elle parlait avec un accent rustre que la plupart des gens ne comprenaient même pas, elle ignorait l'adresse, tout ce qu'elle savait c'est que mon père s'appelait Kastrup, et elle n'avait jamais mis les pieds dans une ville auparavant, pas même à Aarhus. Mais elle trouva son chemin, il le fallait bien. Lorsqu'elle arriva, il était plus de minuit, mais elle avait quand même réussi à dénicher notre maison. Je n'ai jamais su comment elle s'y était prise. « J'ai interrogé des dizaines de personnes, m'a-t-elle raconté un jour. J'ai demandé mon chemin à tous les gens que je rencontrais. » Enfin, au moins mon père ne l'avait-il pas renvoyée, lorsqu'elle était arrivée.

Elle est restée à notre service bien des années durant. J'avais seize ans lorsque ma mère mourut, et Karoline succomba également à un affreux cancer du bassin. Elle ne devait pas avoir plus de vingt-deux ou vingt-trois ans. Elle était déjà malade lorsqu'elle m'a raconté cette histoire et c'est resté un exemple à mes yeux. J'y repense souvent et cela m'aide à tenir le coup lorsque le désespoir m'envahit. Je me dis : Karoline s'en est bien sortie ce jour-là, je dois me montrer aussi courageuse qu'elle. Je surmonterai cette épreuve, je franchirai cet obstacle.

14 juillet 1905

J'ai eu des nouvelles de Rasmus et il m'a envoyé de l'argent. Hansine ne cachait pas sa satisfaction en m'apportant la lettre ce matin, son gros visage était rouge d'excitation et elle souriait jusqu'aux oreilles. Elle est analphabète, comme je l'ai déjà dit, mais elle a reconnu l'écriture et le timbre danois.

Il m'écrit en m'appelant « très chère Asta », et plus loin « ma tendre épouse », ce qui n'est pas du tout dans ses habitudes, je vous assure. (Pourquoi ai-je écrit « vous » ? Comme si je m'adressais à ce journal ?) Peu importe. L'argent tombe à point nommé, nous commencions à nous dire que même les *frikadeller* étaient au-dessus de nos moyens et que nous allions bientôt en être réduits aux biscuits brisés et au babeurre.

Le mandat est de sept cents *kroner*, ce qui représente un peu moins de quarante livres, le maximum que l'on puisse envoyer. Je l'ai porté au bureau de poste de Landsdowne Road, où l'on m'a versé l'argent sans faire d'histoires, sans me poser la moindre question et sans même se moquer de mon accent.

Je vais enfin pouvoir acheter du tissu pour les vêtements du bébé, d'ailleurs c'est ce que je viens de faire, je me suis rendue au grand magasin de Matthew Rose, dans Mare Street, et j'ai acheté de la batiste, de la mousseline et de la laine blanche. Je pourrai payer le docteur s'il faut faire appel à lui pour l'accouchement. Mais j'espère ne pas avoir besoin de ses services. Mes autres enfants sont venus très vite, surtout le pauvre petit Mads, et sans trop d'encombre malgré l'intensité de la douleur. Nous appellerons le docteur s'il y a des complications, mais Hansine sera là pour m'assister, comme elle l'a fait pour Mads. Elle sait comment s'y prendre pour évacuer le placenta et s'occuper du cordon. (Heureusement que j'écris en danois, imaginez que quelqu'un tombe un jour là-dessus !)

Rasmus est retourné à Aarhus et m'a donné une adresse où je puis lui écrire, mais il me dit qu'il ne compte pas rester longtemps là-bas. Je n'ai pas la moindre idée de ce qu'il trafique. Il est ingénieur, soi-disant, et j'ignore comment le qualifier autrement. La vérité, c'est que je ne connais pas la nature exacte de ses activités. Il a été forgeron, en tout cas il est capable de ferrer un cheval et sait s'y prendre avec les animaux. Il se vante de pouvoir calmer le plus enragé des chiens, et le plus drôle, c'est que c'est vrai. Il sait se faire aimer des animaux. Dommage qu'il ait moins de succès avec sa femme.

Il est également très doué pour fabriquer des objets en bois. Il pourrait fort bien gagner sa vie comme ébéniste mais il méprise ce genre de métier. Ce qu'il aime, ce sont les moteurs. Il m'a dit un jour – il me fait rarement des confidences de ce genre et me parle du reste assez peu, mais enfin il m'a au moins dit cela – qu'il rêvait d'« introduire les voitures à moteur en Angleterre ». Je me suis dit qu'on ne l'avait pas attendu, j'en ai d'ailleurs souvent aperçu ici, on en voit passer plusieurs tous les jours, même dans notre quartier, mais ce qu'il entendait, c'était populariser les voitures à moteur et en vendre à tout le monde. « Imagine qu'un jour chacun possède une voiture ! » m'a-t-il dit. « Et qu'est-ce qu'on ferait des chevaux ? » lui ai-je rétorqué. Sans parler des trains et des omnibus. Mais il ne m'a rien répondu. Il ne répond jamais à mes questions.

Ce qui est sûr, c'est qu'il n'y a pas de voitures à moteur à Aarhus. Je me demande s'il est allé là-bas dans l'espoir d'emprunter de l'argent. Il a soi-disant un oncle richissime à Hjørring, au bout du monde, mais je ne crois qu'à moitié à l'existence de cet homme. J'imagine que je devrais me sentir soulagée que Rasmus ne soit pas musulman. Sinon, je suis sûre qu'il se dénicherait une nouvelle femme là-bas et l'épouserait pour empocher les cinq mille *kroner* de sa dot.

18 juillet 1905

Ce soir Hansine est venue me trouver au salon, elle est restée debout à tordre son tablier entre ses doigts. Je ne sais pas si c'est l'arrivée du mandat qui m'a soulagée, ou qui m'a redonné un peu d'entrain, mais je lui ai dit de s'asseoir un instant pour discuter avec moi. Lorsque j'étais enfant, j'ai lu un livre anglais traduit en danois, racontant l'histoire d'un homme qui avait échoué sur une île déserte. Je ne me souviens plus de son titre. Mais cet homme se sentait très seul et lorsqu'un autre individu avait débarqué sur son île, il était tellement heureux d'avoir quelqu'un à qui parler et qui lui tînt compagnie qu'il se moquait bien que l'autre soit un nègre à moitié sauvage. J'éprouve un peu le même sentiment à l'égard de Hansine. Je n'ai personne d'autre avec qui discuter, hormis deux enfants de cinq et sept ans, et même la conversation d'une domestique illettrée est parfois préférable à leurs questions absurdes et à leur incessant babillage.

J'avais l'impression que Hansine cherchait à me dire quelque chose. Elle n'arrêtait pas de bredouiller et de détourner la tête en évitant mon regard. Notre Karoline était aussi stupide qu'ignorante, mais j'ai parfois le sentiment que c'était un génie, comparée à celle-là. J'ai fini par lui dire : « Eh bien, parle donc ! Qu'est-ce qui te tracasse ? » J'ai cru sur le moment qu'elle avait cassé quelque chose, bien qu'il n'y ait pas ici le moindre objet de valeur, ou que c'était à propos de son fiancé de Copenhague, mais il s'agissait tout bonnement de ce vieillard qu'elle avait vu s'écrouler dans la rue.

Elle est à présent très copine avec la domestique de la maison en question, qu'elle appelle « Miss Fisher ». Elle s'est apparemment débrouillée pour dénicher l'endroit, dans Navarino Road, au nord de London Fields, et elle s'y est rendue, retenez-vous bien, « pour prendre des nouvelles du vieux monsieur ». Il s'est avéré qu'il était mort en arrivant au German Hospital. J'imagine que son sort l'intéressait parce qu'il était étranger, lui aussi. « Comme nous », m'a-t-elle dit, bien qu'il s'agisse d'un Polonais dénommé Dzerjinski.

La famille qui emploie « Miss Fisher » se compose d'un homme et de son épouse, de leurs deux enfants et d'une vieille belle-mère ; mais ils n'ont plus de locataire depuis que Dzerjinski est mort. La Fisher prétend que son maître lui a donné son congé mais que « sa maîtresse, Mrs. Hyde », lui a « demandé de rester parce qu'elle a encore bien besoin d'elle », pour s'occuper du bébé, faire le ménage et la cuisine pour toute la famille.

Je commençais à me demander où Hansine voulait en venir, à supposer qu'elle l'ait su, mais il s'avéra finalement qu'elle avait fait tous ces détours pour me demander la permission d'inviter cette Fisher à venir prendre le thé à la cuisine lors de son après-midi de congé. Je ne pouvais m'empêcher de penser qu'elle avait bien de la chance de s'être ainsi fait une amie alors que moi je ne connais personne, mais je lui ai dit que je n'y voyais aucune objection, à condition qu'elle ne néglige pas son propre travail et qu'elle n'oublie pas que je risquais d'accoucher sous peu.

Le fait d'avoir une amie qui ne parle pas d'autre langue

l'aide à faire des progrès en anglais. « Je causerai bientôt mieux que vous, Madame », m'a-t-elle dit en souriant d'un air idiot et en piquant un nouveau fard.

Je l'ai envoyée se coucher avant de rédiger ces lignes. Ma fille pèse horriblement lourd, elle ne bouge pas et j'ai la curieuse impression, très certainement absurde, que sa tête est coincée entre mes côtes. Il serait temps qu'elle se retourne. Enfin, je sais au moins comment les choses se passeront la semaine prochaine, ou celle d'après, lorsqu'elle s'apprêtera à sortir. J'étais totalement ignorante, pour ne pas dire plus, lorsque j'attendais Mogens. Pour commencer, je croyais qu'il allait sortir par mon nombril. Je n'avais pas la moindre idée de la façon dont un bébé se nourrit, à l'intérieur du ventre de sa mère, je me disais que le nombril devait bien servir à quelque chose et devait donc s'ouvrir pour permettre à l'enfant de sortir. Ce fut un grand choc pour moi, je vous assure, de découvrir la vérité à la naissance de Mogens. Ma mère m'avait raconté que ni Adam, ni surtout Ève, n'avait de nombril. Ils n'étaient pas nés comme nous, c'était Dieu qui les avait créés. Mais le plus drôle, c'est que je n'avais jamais fait le rapprochement.

Je suis fatiguée, je vais me coucher.

21 juillet 1905

Il fait une chaleur épouvantable. Toute l'Europe et l'Amérique sont logées à la même enseigne, si j'en crois les journaux. (Je me force à les lire, quotidiennement, pour améliorer mon anglais.) À New York, des gens sont morts en pleine rue, victimes d'une insolation, et ici – ce qui nous concerne plus directement – des enfants ont été empoisonnés par de la crème glacée. J'ai interdit à Hansine d'en acheter aux garçons.

Il y a du remue-ménage en ce moment entre l'Angleterre, l'Allemagne, le Danemark et la Suède pour savoir qui sera le futur roi de Norvège, du prince Charles du Danemark ou de Bernadotte. C'est du moins ce que j'ai cru comprendre, je suivrais mieux les événements si j'avais des journaux danois. L'empereur Guillaume est impliqué dans l'affaire, comme on pouvait s'y attendre.

J'ai écrit une longue lettre à mon mari, ce pourquoi je n'ai plus rien noté dans ce journal depuis trois jours. J'ai rempli des pages et des pages, en lui exposant ce que l'on nomme je crois quelques « vérités domestiques » : à quel point la vie est horrible ici, dans cette rue sinistre, et combien les gens sont hostiles, avec leurs questions stupides (cette Mrs. Gibbons par exemple, la femme des ours polaires), sans parler de la chaleur et de ma hantise d'une guerre éventuelle. La situation serait encore pire ici pour les étrangers si la guerre avec le Danemark éclatait et que la Suède soit impliquée. Comment pouvait-il donc nous abandonner des mois et des mois durant, dans un pays étranger ?

Je lui ai également raconté un autre événement que j'ai appris par les journaux : la princesse de Galles a eu un fils, qui est né le 13 juillet. J'ai moins de chance qu'elle. Je lui ai demandé s'il avait oublié que j'attendais un enfant qui risque de naître d'un jour à l'autre. Dois-je supporter ce fardeau toute seule ? Et si je mourrais ? Des centaines de femmes meurent en couches tous les jours, même s'il en est allé autrement pour la princesse de Galles. En rentrant de l'école, après avoir été chercher Mogens, Hansine m'a raconté qu'une femme était morte ce matin, après avoir mis au monde des jumeaux. Elle le tenait d'une autre amie à elle, une personne de très basse extraction qui habite dans un de ces taudis, autour de Wells Street. Elle avait déjà cinq autres enfants, l'aîné n'a pas sept ans, le père est malade et sans travail. Je lui ai crié de se taire, de ne pas me raconter des histoires pareilles, mais où avait-elle la tête, était-elle sans cœur ? Mais j'ai rapporté l'histoire à Rasmus dans ma lettre, pour qu'il le sache lui aussi. Pourquoi devrais-je tout supporter toute seule ? C'est autant son enfant que le mien, et c'est bien par sa faute qu'il est là.

Mais je ne me fais guère d'illusions, il est peu probable que ma lettre lui parvienne jamais. Il sera déjà reparti dieu sait où, pour emprunter de l'argent ou monter une quelconque affaire de voitures à moteur. En tout cas, je n'ai pas écrit « mon très cher mari » ou une autre formule de ce genre. Je crois à la sincérité. J'ai dit « cher Rasmus » et j'ai terminé en signant « ton Asta », plus par politesse que pour n'importe quelle autre raison.

26 juillet 1905

Je suis allée faire une longue promenade aujourd'hui. J'ai pris mon temps, vu le lourd fardeau que je porte, et j'ai marché pendant plusieurs kilomètres, revenant par Ritson Road et Dalston Lane. Je voulais voir l'église luthérienne, bien qu'elle soit allemande et non pas scandinave, puis j'ai fait un petit détour pour passer devant la maison où habite l'amie de Hansine.

Si seulement Rasmus avait choisi une telle demeure pour nous! Elle n'est pas monumentale, ce serait hors de question dans ce quartier de Londres, mais elle est assez vaste et occupe quatre étages, même si l'on voit bien qu'elle a connu des jours meilleurs. Quelques marches mènent à la porte d'entrée, encadrée par deux colonnes soutenant un portique. Sur le devant, une belle grille entoure un jardin digne de ce nom et il y a beaucoup d'arbres dans les environs. Navarino Road n'est pas aussi large que Lavender Grove, c'est une artère étroite et ombragée, ce qui donne toujours plus d'allure et de charme à une rue.

J'étais en train de contempler la maison en me disant que le loyer ne devait pas être supérieur de dix livres au nôtre – Lavender Grove coûte à Rasmus trente-six livres par an –, lorsqu'une femme est sortie en compagnie de sa petite fille. Elle était vêtue de manière très voyante, avec un grand chapeau à plumes, mais je n'avais d'yeux que pour le bébé. Je n'arrive pas à l'appeler autrement, même si elle marchait déjà. Elle était si mignonne, si frêle, si délicate qu'on aurait dit une fée. Je vous jure que ma fille s'est mise à bouger lorsque cette pensée m'a traversé l'esprit. Peut-être tendait-elle la main, au fond de moi, pour saluer cette enfant du dehors...

Cette pensée est absurde, je le sais bien. Mais cela m'a remonté le moral tandis que je regagnais la maison, comme un vaste et monstrueux navire oscillant lourdement pour atteindre le port. Mogens et Knud étaient dehors, ils jouaient sur le trottoir avec les cerceaux que je leur ai offerts grâce à l'argent que m'a généreusement envoyé mon cher mari. Si je n'ai pas besoin de faire appel à un docteur pour la naissance de ma fille, je ferai une dépense supplémentaire et j'achèterai une toupie au petit Knud. Le gamin d'à côté en a une, pourquoi en priverais-je mon propre enfant?

Au moment où je pénétrais dans la maison, une violente douleur s'est emparée de moi et m'a clouée sur place. Pendant un bref instant, je me suis dit : « Ça y est. » Je ne voulais pas que Hansine commence à s'agiter, à faire bouillir de l'eau et à suspendre des draps sur la porte de ma chambre, aussi suis-je montée à l'étage pour ôter mon chapeau ; puis je suis restée dans ma chambre, sans m'asseoir, en me cramponnant au montant du lit. Une nouvelle douleur m'a traversée, mais moins forte que la première. Je suis restée là à regarder les enfants, en me disant que Knud allait entrer à l'école, lui aussi, au mois de septembre, sans savoir si cette perspective me rendait heureuse ou triste.

Mais je réalisai soudain que ma fille serait née, entre-temps. Elle aurait déjà plus d'un mois et je serais probablement soulagée de ne pas avoir les garçons dans les pattes. Peut-être même allait-elle naître ce soir... Mais bien que je sois restée là après m'être finalement assise sur le lit, les mains croisées sur mon énorme ventre, les douleurs ont cessé et je me suis souvenue que la même chose s'était produite lorsque j'attendais Mads. Certaines femmes ressentent parfois des douleurs trompeuses plusieurs heures, voire plusieurs jours avant que le véritable travail ne commence. Ces douleurs ont probablement un nom scientifique, mais je ne le connais pas. L'année dernière, en février, j'en avais ressenti le mercredi et Mads n'était né que le vendredi. Pauvre petit, je ne l'avais pas désiré, et ce n'est qu'après sa mort que j'ai su combien je l'aimais.

Si jamais cette fois encore, si jamais ma fille... Non, je ne l'écrirai pas. Je ne veux même pas y penser. À moins que le fait de coucher cela sur le papier ne constitue une sorte d'exorcisme? Mais je ne crois pas à ce genre de chose, je ne suis pas superstitieuse, je ne crois pas en Dieu. Je ne vois même pas pourquoi j'affuble son nom d'une capitale, je vais la barrer, c'est ridicule de faire un tel honneur à un être auquel on ne croit pas. Il n'est que dieu – un dieu qui je le sais n'existe pas. Je pense que j'ai découvert cela lorsque mon premier fils est né, en sortant par une autre issue que celle à laquelle j'avais pensé, et que j'ai cru qu'il allait me déchirer, m'ouvrir en deux. Je ne mettrai pas les pieds dans cette église luthérienne, qu'elle soit allemande, danoise ou autre. Et je ne ferai pas mes relevailles. Comme s'il y avait quoi que ce soit de sale dans le fait d'avoir un enfant...

Je n'appellerai pas le docteur non plus, sauf en cas d'absolue nécessité. Hansine se chargera de tout. S'il y a des complications, il sera toujours temps d'aller en chercher un. Si seulement il y avait des femmes médecins! Je ne verrais aucun inconvénient à ce qu'une femme vienne m'assister vêtue d'une élégante robe noire, son stéthoscope autour du cou tel un gracieux pendentif. Mais je suis révulsée à la simple idée qu'un homme pénètre dans ma chambre et me voit exposée de la sorte, vulnérable, écartelée, indécente. Et je crois que ce spectacle amuse les hommes, qu'ils soient médecins ou non. On le devine à ce léger sourire qu'ils ont toujours et qu'ils essaient de cacher discrètement derrière leur main. Les femmes sont si ridicules, semblent-ils se dire, si faibles, si stupides d'accepter que ce genre de chose leur arrive! Comme elles ont l'air bêtes, et comme elles sont laides!

J'ai fini par redescendre. Hansine appelait les garçons pour le dîner. Je n'avais aucun appétit et n'ai pas avalé une bouchée. Ça s'est passé de la même façon avec tous mes enfants. Quelques jours avant la naissance, j'ai tout bonnement cessé de manger. Les garçons ont remis la question des prénoms sur le tapis. L'un des camarades d'école de Mogens a raconté à Knud que son prénom était en réalité Canut, comme ce roi assis sur la plage qui ordonnait aux vagues de s'arrêter ou à la marée de refluer, ou quelque chose d'approchant. Il a dit à Knud que désormais, il l'appellerait Canut, que tout le monde à l'école allait faire de même et que les gosses dans la rue se mettraient bientôt à chanter : « Canut, Canut, tu vas cul nul. » Résultat, comme s'il ne suffisait pas que Mogens veuille se prénommer Jack, voilà Knud à présent qui veut qu'on l'appelle Kenneth. Apparemment, il y a quatre garçons qui portent ce prénom dans la classe de Mogens. Je leur ai dit de demander la permission à leur père, ce qui est la meilleure façon de différer la chose pour de nombreux mois.

2

1988. Dans nos sociétés, la notion de famille au sens large disparaissant à vive allure, on ne rencontre plus ses cousins qu'à l'occasion des enterrements, et la plupart du temps on est incapable de les reconnaître. Je savais que je connaissais l'homme qui venait d'entrer et avait pris place à mes côtés, pour la simple raison qu'il s'était assis au premier rang. Seul un neveu de la défunte pouvait se comporter de la sorte : il devait donc s'agir de John Westerby. Ou de son frère, Charles?

Je ne les avais pas revus l'un et l'autre depuis l'enterrement de ma propre mère, qui remontait à plus de vingt ans. Et encore l'entrevue avait-elle été brève; le travail les appelait et ils s'étaient éclipsés assez rapidement. L'homme qui venait de s'asseoir à mes côtés était moins grand que dans mon souvenir. Il ressemblait du reste étrangement à Rasmus Westerby, que j'avais toujours appelé Morfar. Il m'ôta un grand poids en me murmurant à l'oreille : « Voilà John qui arrive. » Il s'agissait donc de Charles.

Mon autre cousin (je n'en ai que deux) était venu avec sa famille au grand complet. Le banc était à peine assez grand pour nous accueillir tous : Charles, John, la femme de John, leur fils, leur fille, leur gendre et... leur petite-fille, probablement. Mon attention se relâcha un instant tandis que je me creusais les méninges pour retrouver les prénoms du fils et de la fille en question, mais cela ne m'était toujours pas revenu lorsque l'orgue se mit à jouer et que six hommes firent lentement leur entrée en portant le cercueil de Swanny.

Il devait y avoir une centaine de personnes dans l'église, qui entonnèrent aussitôt un psaume connu de tous. J'avais été incapable d'en choisir un, car à ma connaissance Swanny n'avait jamais eu d'hymne préféré, mais Mrs. Elkins était venue à mon secours. Elle m'avait dit que durant ces ultimes et terribles mois où elle « n'était plus elle-même », où elle était devenue « l'autre », Swanny fredonnait souvent l'air de *Demeure en moi*. Aussi était-ce ce psaume que nous chantions à pleins poumons, sur un fond de cassette enregistrée car les organistes ne courent plus les rues de nos jours.

Je sortis la première. Il existe un protocole bien établi dans ce genre de circonstances et le fils de John, qui semblait parfaitement au courant, abandonna sa famille pour me suivre. Je lui murmurai que c'était très aimable de sa part et il hocha la tête d'un air poli et convenu. Inutile que je me creuse davantage les méninges, je ne me souvenais vraiment plus de son prénom, et moins encore du métier qu'il exerçait, ou de l'endroit où il habitait.

Je ravalai apparemment sans trop de peine les larmes que je n'avais pas versées. J'étais encore sous le choc. Il fallait que j'évite de penser à la manière dont Swanny déambulait dans cette maison en marmonnant et en chantonnant, sinon je risquais d'éclater en sanglots. Au lieu de ça, tandis que nous faisions tous cercle autour de la tombe béante pour la descente du cercueil, je me concentrai délibérément sur l'idée que les choses auraient été bien différentes si elle était morte dix ans plus tôt. Cela aurait fort bien pu être le cas, elle avait déjà plus de soixante-dix ans à l'époque.

Sans l'existence du Journal, il n'y aurait jamais eu une telle assistance. Swanny Kjaer (les médias ont toujours écorché son nom) aurait vécu et serait morte dans l'anonymat. Qui se serait rendu à l'enterrement de cette femme, de la femme qu'elle aurait pu rester ? Moi, sans aucun doute, John ou Charles, mais seulement l'un d'entre eux, Mr. Webber, son avoué, et deux ou trois voisins de Willow Road. La fille de Harry Duke, peut-être sa petite-fille. Un point c'est tout. Mais vu la manière dont les choses avaient tourné, nous avions droit à la présence des médias *et* de la presse. Non, ce n'est pas tout à fait la même chose. Les représentants des médias devaient se considérer comme les amis de Swanny, et peut-être l'étaient-ils, au fond, ces éditeurs, ces directeurs de collection et ces attachés de presse... Il y avait aussi une délégation de la BBC, un producteur et un ponte de la chaîne de télévision indépendante qui avait conçu la série. Les journalistes étaient également présents, bardés de magnétophones et d'appareils photo, pour rendre compte de l'événement dans leurs gazettes.

Comment auraient-ils réagi s'ils l'avaient vue dans les derniers jours de son existence ? Quelle histoire dans l'histoire cela aurait constitué, s'ils avaient été témoins de cette étrange maladie mentale qui scindait sa personnalité en deux et la dépossédait de plus en plus d'elle-même, tandis que l'autre prenait le dessus... En fait, les plus jeunes des journalistes tendaient déjà à la confondre avec sa mère. 1905 était à leurs yeux une date aussi reculée que 1880. Pour eux, elle était plus l'auteur que l'éditeur du Journal.

Leurs pâles visages sans rides transpiraient d'ennui tandis que nous traversions la pelouse détrempée pour rejoindre la tombe que quelqu'un avait pris soin d'entourer d'une paillasse synthétique imitant le gazon. Lorsque le cercueil fut descendu, l'un des cousins danois, venus de Roskilde pour l'occasion, jeta la traditionnelle poignée de terre. Je reconnus la femme qui lui succéda, c'était la fille de Margaret Hammond, mais je n'avais pas la moindre idée de l'identité des autres qui salissaient à tour de rôle leurs gants immaculés avec la glaise londonienne. La plupart des femmes étaient habillées comme si elles s'étaient rendues à un mariage plutôt qu'à un enterrement. Leurs talons aiguilles s'enfonçaient dans l'herbe détrempée. Tandis que nous quittions la tombe, la pluie se mit à tomber sur leurs coûteux chapeaux.

Je pris ma voiture pour regagner Willow Road en compagnie de Mr. Webber, et le reste de la troupe suivit – enfin, ceux du moins qui étaient invités. J'avais demandé à son agent et à son éditeur de venir, ainsi qu'au producteur, mais je ne me voyais pas offrir des sandwiches et du vin à cette armée de secrétaires et d'attachés de presse qui mouraient d'envie de connaître l'intérieur de la maison où Swanny Kjaer avait vécu.

C'est une belle demeure, j'y ai toujours été attachée, mais je ne l'avais jamais considérée comme particulièrement remarquable jusqu'au jour où Torben m'a appris qu'elle était classée parmi les meilleurs exemples de l'architecture londonienne des années trente. Elle était neuve lorsqu'ils s'y étaient installés, quelques années avant ma naissance. En arrivant, tandis que j'ouvrais la porte et franchissais le seuil, je surpris le regard de Mr. Webber. Ou plus exactement, en me tournant vers lui je m'aperçus qu'il évitait le mien. Son expression semblait plus impassible que jamais. Je me demandai si les avoués lisaient vraiment les testaments de leurs clients après les funérailles ou si cela n'arrivait que dans les romans policiers.

Mrs. Elkins avait préparé le buffet et Sandra, qui avait été la secrétaire de Swanny, avait surgi de Dieu sait où et disposait les boissons. Du saumon fumé, du vin blanc et de l'eau gazeuse — c'est toujours le même menu, où qu'on aille. Je repérai les deux infirmières, Carol et Clare, et me retrouvai brusquement flanquée du fils de mon cousin, dont le prénom m'échappait toujours. Il se mit à me raconter qu'il se rappelait avoir aperçu Swanny à l'enterrement de son grand-père et qu'il avait été très impressionné par son allure, par sa taille et sa beauté.

« Je n'arrivais pas à croire qu'il s'agissait de ma grand-tante. Je n'avais que douze ans mais je me rendais compte qu'elle était bien plus élégante que les autres femmes de l'assistance.

— Elle était différente du reste de la famille.

— À bien des égards », dit-il.

Je compris alors qu'il n'était pas au courant. Son père ne lui avait rien dit parce que son *propre* père n'avait rien dû lui dire non plus. Je me souvins que Ken n'avait jamais cru un mot de cette histoire.

Mon interlocuteur reprit brusquement :

« Avec tous les enfants qu'ont eus Asta et Rasmus, on aurait pu s'imaginer qu'ils auraient une nombreuse descendance, aujourd'hui, mais nous sommes les deux derniers. Et je suis le seul qui porte encore le nom. Tante Swanny n'a pas eu d'enfant, pas plus que Charles — et toi non plus, si je ne m'abuse ?

— Je ne me suis jamais mariée.

— Oh, je suis désolé », dit-il en piquant un fard.

Cela me rappela qu'il était encore jeune — outre qu'il m'avait dit avoir douze ans à la mort de Ken. Son visage était encore juvénile, évidemment, mais ses vêtements n'étaient pas ceux d'un jeune homme. À ce jour, je n'avais encore jamais vu un individu de moins de cinquante ans arborer un pardessus noir et un col empesé qui lui serrait le cou. Ses cheveux étaient coupés très court et peignés avec soin. Son visage demeura empourpré pendant près d'une minute, et lorsqu'il eut repris sa teinte habituelle Mr. Webber était venu de nouveau se placer à mes côtés. Il avait apparemment décidé de me tenir lieu de garde du corps.

Il resta jusqu'à ce que tout le monde fût parti. Je le réalisai en m'apercevant brusquement que la maison était vide et qu'il était toujours là. En se dirigeant vers la sortie, une femme qui portait un grand chapeau noir m'avait demandé si d'autres volumes du Journal allaient encore paraître et si c'était moi qui allais les éditer. Une autre, encore plus mal informée malgré sa toque de fourrure grise, avait voulu savoir (pour me flatter, j'imagine) si j'étais la petite-fille de Swanny.

Nous nous retrouvâmes donc seuls, Mr. Webber et moi, au milieu des affaires de Swanny. Il prit alors la parole, en articulant bien les mots, comme à son habitude, mais en faisant preuve d'une sensibilité inattendue.

« À la mort d'une personne célèbre, me dit-il, les gens ont tendance à oublier que ses proches peuvent éprouver autant de peine et de chagrin que la famille et les amis intimes d'un inconnu, dans une circonstance analogue.

Je lui dis qu'il avait très bien formulé la chose.

– On s'imagine, reprit-il, que les sources de la douleur ont été taries par l'éclat des feux de la rampe. »

Je lui souris d'un air un peu embarrassé, car ce n'était pas du tout ainsi que j'avais considéré Swanny, contrairement sans doute à beaucoup d'autres gens. Puis nous allâmes nous asseoir, il sortit une liasse de papiers de sa serviette et m'apprit qu'elle m'avait légué tout ce qu'elle possédait.

Il fallait encore que le testament fût homologué, mais j'aurais fort bien pu rester chez Swanny. Du reste, qui s'y serait opposé? Au lieu de ça, je décidai de rentrer chez moi. Après ce que je venais d'apprendre, je crois que je n'aurais pas tenu le coup si j'étais restée là-bas, que j'aurais été victime d'une de ces étranges crises de nerfs qui font qu'on ne tient plus en place, qu'on erre d'une pièce à l'autre en se tordant les mains et en s'agitant dans tous les sens parce qu'on a besoin de raconter à quelqu'un ce qui vient de vous arriver mais qu'on ne sait absolument pas à qui s'adresser.

Il valait mieux rentrer chez moi. Une fois arrivée, je m'assis le plus calmement possible. Je me demandai pourquoi je n'avais jamais envisagé une chose pareille, ayant au contraire toujours pensé que j'aurais droit à un petit legs et que l'essentiel irait aux héritiers de Roskilde. Swanny m'avait laissé un message dans son testament, dont Mr. Webber m'avait donné lecture :
« ... à ma nièce Ann Eastbrook, parce qu'elle est la petite-fille

d'Asta Westerby en ligne maternelle et son unique descendante féminine encore en vie. » Il n'avait pas commenté ce passage, pas plus que moi. À mes yeux, cela signifiait simplement que Swanny avait beaucoup aimé sa mère, ce que je savais déjà, et que John et ses enfants avaient été écartés parce qu'ils étaient les descendants de l'oncle Ken.

J'allais être riche. Mon travail – je fais des recherches pour les écrivains – me permet de mener une vie passionnante mais ne me rapporte pas des fortunes. J'allais pouvoir m'installer à Willow Road, si je le désirais. Je pouvais même envisager de laisser tomber mon boulot, mais je ne me voyais pas prendre une telle décision. Mes biens en liquide et en actions devaient se monter à un demi-million de livres. Et j'allais toucher des droits pendant des années. J'allais posséder le lit à colonnes qui avait soi-disant appartenu à Pauline Bonaparte, la table de chêne sculptée, le *Portrait d'une jeune fille*, la pendule en or moulu, les assiettes de Noël de chez Bing et Grøndahl, toutes différentes et soigneusement datées de 1899 à 1986, bien que la collection ne comprenne pas la première, la plus recherchée, celle de 1898.

En fait, tout cela était d'ores et déjà à moi. Cela m'appartenait depuis la seconde qui avait suivi la mort de Swanny. Je possédais l'édition limitée des trois vases blancs, de forme différente, rehaussés d'une couronne et des emblèmes royaux du Danemark, qui avaient été fabriqués à l'occasion du couronnement de Christian X et offerts aux parents de Torben pour leur mariage. Le service de Flora Danica était maintenant à moi, tout comme le tableau de Karl Larsson qui était accroché dans le salon de Swanny et qui représentait une famille en train de prendre le thé à l'ombre des bouleaux.

Le Journal était à moi, lui aussi, les cahiers qui avaient déjà été publiés comme les inédits, les éditions courantes comme les manuscrits, sans parler des traductions passées, présentes et à venir. Je suis sûre que c'est à lui que la plupart des gens auraient pensé en premier, en se retrouvant dans ma position. Et si j'étais restée chez Swanny, je crois bien que j'aurais eu envie de le voir. Comme j'ignorais où ma tante rangeait les originaux, il aurait d'abord fallu que je les déniche, avant de les regarder, de les palper, de les feuilleter, ce que je n'avais jamais eu l'occasion de faire seule, jusqu'alors.

Évidemment, si j'avais accompli ces gestes juste après le décès de Mormor ou il y a seulement quinze ans, cela n'aurait rien signifié pour moi. En feuilletant ces cahiers, je n'aurais vu que les notations d'une vieille femme qui n'avait jamais eu la prétention d'être écrivain, même si elle avait toujours adoré raconter des histoires. Mais ils avaient entre-temps subi une telle métamorphose, non seulement quant à leur contenu mais jusque dans leur apparence extérieure, que ces cahiers avaient fini par acquérir la valeur et l'aura de sainteté d'un incunable ou d'un exemplaire de la Vulgate. Le fait de songer à eux me donnait envie de les voir. Comme cela m'était présentement impossible, je me rabattis sur la maison de poupées.

En plus de l'appartement lui-même, l'endroit où j'habite comporte une pièce séparée des autres et située à l'extérieur, au niveau de l'entresol. En sortant de chez moi, il faut descendre quelques marches pour atteindre le palier où se trouve la porte de cette pièce, munie d'une serrure et d'un verrou indépendants. Le précédent propriétaire m'avait avertie avec une louable franchise qu'il avait trouvé cette pièce parfaitement inutilisable. Elle ne pouvait servir de chambre d'amis, car pour atteindre la salle de bains votre invité aurait dû enfiler son peignoir et ses pantoufles, sortir par une porte, grimper un escalier et franchir une autre porte. Je lui avais répondu que je lui trouverais bien une fonction. C'était l'endroit rêvé pour installer la maison de poupées.

Deux ou trois mois s'étaient écoulés depuis ma dernière visite. Me sentant vaguement coupable d'une telle négligence, j'empoignai une balayette, descendis les marches, déverrouillai la porte et pénétrai dans la pièce. C'était le début du printemps et il faisait assez sombre. J'allumai la lumière et repoussai la porte derrière moi, peu désireuse d'être aperçue au cas où un voisin emprunterait l'escalier.

La pièce sentait le renfermé car les fenêtres étaient demeurées closes et les stores baissés. Une fine pellicule de poussière grisâtre s'était déposée sur le rebord des fenêtres mais avait épargné la maison de poupées. Je songeai à Swanny, qui avait dix ans lorsque Morfar s'était mis à la construire, je me la représentais, regardant travailler son père après qu'on eut couché ma mère, et je me demandais pour la millième fois ce qu'elle avait pu ressentir. Avait-elle éprouvé de la peine? S'était-elle sentie rejetée? À moins qu'elle ne se soit déjà considérée comme trop vieille pour s'intéresser à ce genre de jouet, l'abandonnant volontiers à sa petite sœur?

Il y avait alors dix ans que la page initiale du premier des cahiers avait été tracée, et depuis cette époque l'écriture du Journal n'avait pratiquement jamais connu d'interruption notable, de sorte que Mormor avait tout consigné méticuleusement dans son cahier à l'époque où Morfar fabriquait les minuscules cloisons en bois, où il sculptait les cheminées miniatures et découpait les petits bouts de velours destinés à tenir lieu de tapis. J'ôtai la paroi arrière de la maison de poupées et contemplai le salon – la seule pièce, je ne l'ignorais pas, où se trouvaient des livres. Ceux qui garnissaient les deux bibliothèques aux panneaux en mica – on aurait vraiment dit des parois vitrées – n'étaient que des trompe-l'œil, des rangées de dos vides peints et découpés dans du carton, mais il y avait un vrai livre sur le guéridon, un minuscule objet à peine plus grand qu'un demi-timbre mais qui n'en comportait pas moins de véritables pages et une authentique reliure en cuir. Le tout était très ingénieux, mais en l'observant bien on pouvait deviner comment Morfar s'y était pris pour le fabriquer : il avait découpé un cube d'un centimètre de côté dans l'épaisseur d'un cahier – emprunté à sa femme ? – et l'avait relié avec un petit morceau de cuir taillé dans un gant appartenant à l'un de ses enfants, ou peut-être même à son épouse, là encore. Je la voyais fort bien le houspillant à ce sujet... Elle ne s'était jamais intéressée à la maison de poupées.

Quoi qu'il en soit, le Journal, l'un des cahiers au moins (elle devait en être au cinquième à l'époque), aurait mérité de figurer sur la table. Les pages du livre minuscule étaient vierges. Morfar n'était pas un littéraire. J'étais en train de rêvasser, en songeant à Swanny qui avait assisté à ce travail artisanal et en me demandant s'il ne serait pas possible de faire réaliser des espèces de fac-similés miniatures des cahiers afin de les placer dans la maison de poupées, si cela en valait la peine ou si c'était une idée farfelue, lorsque le téléphone se mit à sonner à l'étage au-dessus.

J'avais branché mon répondeur mais je remontai néanmoins chez moi. Le temps que je remette en place l'arrière de la maison de poupées, que j'éteigne la lumière et referme la porte, la sonnerie s'était interrompue : j'entendis mon message enregistré annonçant que j'étais absente, puis le signal sonore, suivi d'une voix féminine inconnue.

Il s'agissait de la rédactrice en chef d'un magazine dont le nom m'était vaguement familier. En tout cas, elle n'avait pas perdu son temps. Elle désirait savoir ce qu'il allait advenir du

Journal, maintenant que Swanny Kjaer était morte. Elle avait entendu dire non seulement qu'il restait des cahiers à traduire, mais que des passages avaient été coupés dans ceux qui étaient déjà parus, et elle souhaitait savoir si je comptais les publier puisqu'ils m'appartenaient désormais. Quoi qu'il en soit, elle me rappellerait demain.

J'avais à peine débranché le répondeur que le téléphone se remit à sonner. C'était Mrs. Elkins. Elle était présente à l'enterrement mais nous n'avions pas échangé deux mots. Elle voulait savoir si je désirais qu'elle continue à s'occuper de l'entretien de la maison de Willow Road. Je lui répondis que oui, et dus faire un effort pour ne pas l'implorer d'une voix paniquée de ne pas me laisser tomber. Les infirmières avaient probablement compris que l'on n'avait plus besoin de leurs services et j'allais sans doute recevoir un jour ou l'autre une facture carabinée. Le fait de penser à elles réveilla en moi une image trop vive de l'agonie de Swanny et je me demandai si je parviendrais un jour – et au bout de combien de temps – à effacer de ma mémoire la vision de ma tante se dressant sur son lit et se mettant à crier : « Personne, personne... »

Je chassai provisoirement cette image en me concentrant sur la question du monument funéraire que je souhaitais lui faire construire. Je m'assis et esquissai une pierre tombale, bien que je sois fort peu douée en dessin. J'inscrivis sur la dalle le vers d'Eliot : *Il n'y a pas fin, mais surcroît*, suivi des dates 1905-1988 et de la simple mention « Swanny Kjaer ». Personne n'avait jamais utilisé son patronyme en entier, hormis Torben en de rares occasions. J'étais déjà adulte lorsque je l'avais appris.

Une nouvelle sonnerie de téléphone m'interrompit. Durant un court instant, je ne parvins pas à situer ce Gordon dont le prénom et la voix mielleuse ne me disaient rien. Mais lorsqu'il me déclara que nous avions discuté quelques heures auparavant, je compris qu'il s'agissait du jeune homme au pardessus noir qui rougissait si bien. En entendant son prénom, celui de sa sœur me revint aussitôt : Gail. Ils s'appelaient Gordon et Gail.

« Nous sommes cousins au second degré », dis-je.

Il ne laissa pas passer la remarque et s'exprima avec gravité, comme s'il s'agissait d'une question de première importance.

« Non, non, dit-il. Nous sommes cousins issus de germains. Mon père était ton cousin germain.

– C'est exact. Et tes enfants, lorsque tu en auras, seront mes cousins issus de germains au second degré.

– Oh, je n'aurai jamais d'enfant. Je suis pédé. »

Pour quelqu'un qui rougissait aussi facilement, il avait prononcé ce mot avec un calme olympien, sans le moindre embarras, comme s'il m'avait déclaré qu'il avait pris froid ou qu'il adorait le cricket. Parfait. J'étais ravie qu'il ne fasse pas de manières avec moi.

« Que puis-je pour toi, Gordon ?

– Je suis généalogiste. Enfin, généalogiste amateur. À part ça, je travaille dans une banque. Et j'en profite pour souligner qu'on dit bien gé-né-*a*-logiste et non pas gé-né-*o*-logiste, comme je l'entends trop souvent. J'établis les arbres généalogiques des gens qui m'en font la demande. Cela leur coûte mille livres à chaque fois.

Je lui répondis faiblement que je n'avais pas l'intention de m'en faire dresser un.

– Non, non, ce n'est pas ce que je voulais insinuer. Je suis en train d'établir le mien. Du côté de mon père, la branche masculine. Je me suis dit que tu pourrais m'aider. Je ne t'ennuierai pas longtemps, je te le promets. Je dois aller en vacances au Danemark, cet été, pour localiser mes ancêtres sur place, mais j'aurais besoin de quelques renseignements... (Il hésita un instant.)... disons, de première main. Et j'ai pensé que tu me laisserais peut-être jeter un coup d'œil sur le Journal.

– Les trois premiers volumes ont déjà été publiés. Ils vont jusqu'à 1934.

– Je voulais parler des originaux. Je crois qu'il est toujours bon de remonter aux sources.

– Ils sont en danois.

– Je possède un dictionnaire. Serait-il vraiment impossible que je passe un jour pour y jeter un coup d'œil ?

– Bon, bon. D'accord. À un de ces jours, alors. »

Pour éviter d'autres appels intempestifs, au lieu de mettre le répondeur en marche je débranchai carrément le téléphone. Une idée tout à fait irrationnelle venait de me traverser l'esprit : et si quelqu'un mettait cette nuit à profit pour s'introduire dans la maison de Willow Road et voler le Journal ? Je n'avais pratiquement jamais songé à ces cahiers du vivant de Swanny. Si quelqu'un avait voulu les dérober, ce n'aurait pas été bien difficile, elle était toujours seule dans cette grande maison avec l'infirmière de nuit ; à elles deux, elles auraient été bien incapables d'arrêter un cambrioleur. Maintenant qu'elle était morte, ce Journal commençait à me peser. Il me semblait tout à la fois d'une valeur inestimable et d'une extrême vulnérabilité. Je regrettais presque de ne pas être restée à Willow Road pour veiller sur lui, ainsi que sur le reste des affaires. Je me demandais si j'allais parvenir à trouver le sommeil.

Puis, en proie à une nervosité inaccoutumée, je fus bientôt persuadée que j'avais oublié d'éteindre la lumière dans la pièce de l'entresol. Et de fermer la porte à clef. Je descendis l'escalier pour découvrir, évidemment, que le verrou était tiré. Je rouvris néanmoins la porte pour m'assurer que la lumière était bien éteinte. Padanaram, la maison de poupées, était toujours à sa place et trônait au milieu de la pièce, témoin d'un orgueil démodé et du savoir-faire d'autrefois.

Il allait bien falloir que je lui trouve un jour un destinataire. En remontant l'escalier, je me demandai si la gamine de ce matin, l'arrière-petite-fille de Ken (et la nièce de Gordon) aimerait que je la lui donne.

La journaliste rappela le lendemain. Je lui déclarai qu'aucun passage du Journal n'avait été coupé, que je n'avais encore aucun projet concernant son destin futur, et je lui suggérai de me recontacter l'année prochaine. Il lui fallut se contenter de ça, à contrecœur j'imagine.

Avant que n'arrive l'heure du déjeuner, j'avais reçu deux autres appels. Le premier émanait d'un magazine de décoration qui voulait consacrer un dossier à la maison de Willow Road, l'autre du directeur d'un supplément dominical qui se proposait de m'interviewer dans le cadre d'une rubrique consacrée aux gens « ayant eu des grands-parents célèbres ». Ils n'avaient eu aucun mal à trouver mon numéro de téléphone. La nature de mes activités exige que je passe un encart publicitaire dans *The Author*.

Je déclinai les deux propositions et me rendis aux archives de la presse afin de poursuivre mes recherches sur le Kensington des années 1890 pour l'un de mes clients, auteur d'une série de romans policiers se déroulant dans le passé. Je laissai évidemment mon répondeur branché. Il le fallait bien. Mon métier l'exigeait. Mais avais-je encore besoin de travailler ? me demandai-je tandis que je regagnais mon domicile en bus. Était-ce d'une telle nécessité, maintenant que je possédais la maison et l'argent de Swanny ?

Quoi qu'il en soit, la question venait trop tard, pour

aujourd'hui en tout cas. Le *Hampstead and Highgate Express* m'avait laissé un message. Ainsi que Cary Oliver.

« Ici Cary. Cary Oliver. Ne raccroche pas, s'il te plaît. Je sais que j'ai un culot monstre, mais n'est-il pas temps de passer l'éponge? Je t'expliquerai ce que j'ai en tête, parce que j'ai quelque chose en tête, évidemment. Je te rappellerai. C'est à propos du Journal, tu l'auras deviné. J'ai pris mon courage à deux mains pour décrocher le téléphone. Mais dans l'hypothèse hautement improbable où tu aurais envie de me rappeler, je te donne mon numéro. »

Elle me l'avait effectivement laissé, l'épelant même à deux reprises, mais je ne pris pas la peine de le noter.

3

MA mère m'avait offert la maison de poupées le jour de mes sept ans. C'était un cadeau d'anniversaire sans en être un. Elle avait toujours fait partie du décor, occupant pratiquement à elle seule l'une des pièces de notre demeure. J'étais habituée à sa présence, j'avais le droit de la regarder mais non de la toucher ou de jouer avec elle. On attendait pour cela que j'aie atteint l'âge de raison.

Je savais que j'allais recevoir la maison de poupées pour mon anniversaire et que je pourrais désormais m'en servir comme bon me semblerait. Pourtant, je crois que j'aurais été extrêmement déçue si ma mère s'était contentée de ce seul cadeau. Ce que j'attendais avec impatience, et qui me remplit de bonheur, c'était cette fameuse paire de patins à glace... On éprouve tout d'abord de la peine lorsqu'on voit l'un de ses désirs contrarié, mais à la longue, cela n'engendre plus que de l'ennui. Lorsque la maison de poupées m'échut pour de bon, j'étais lasse de l'avoir tant attendue.

Le plaisir vint plus tard. Et mes interrogations sur ses origines, beaucoup plus tard encore. Ce fut alors seulement que j'appris que cette maison de poupées avait été construite par mon grand-père – lequel, d'après ceux qui l'avaient connu, était d'une grande habileté manuelle et capable de fabriquer à peu près n'importe quoi. C'était une reproduction fidèle de sa propre demeure, ou plus exactement de la plus belle et de la plus vaste de ses demeures, celle aussi où il avait vécu le plus longtemps. Elle s'appelait Padanaram, et la maison de poupées fut également baptisée de la sorte. En fait, nous l'avons *tou-*

jours appelée Padanaram, alors que l'original avait parfois dû être désigné, j'imagine, par des termes comme « notre maison », où « la maison de Far ». Pendant très longtemps, j'avais cru que le nom était d'origine danoise, que mes grands-parents avaient appelé leur maison ainsi par sentimentalisme, en souvenir d'un lieu ou d'un décor de leur pays d'origine qui les avait particulièrement marqués. Ce fut ma tante Swanny qui me révéla la vérité, quelque cinq ans plus tard, un jour où je lui demandais, à elle et à ma mère, ce que le nom signifiait.

« Pourquoi croyais-tu que c'était un mot danois?

– Eh bien, ils venaient eux-mêmes de là-bas, dis-je. Cela me paraissait logique. Ce n'est pas un nom anglais, n'est-ce pas? »

Ma mère et Swanny éclatèrent de rire et se mirent à prononcer "Padanaram" à la danoise, en faisant chuinter le *d* et en traînant sur la dernière syllabe.

« Mais qu'est-ce que cela signifie? » insistai-je.

Elle l'ignoraient. Pourquoi ce mot devait-il avoir un sens?

« La maison portait déjà ce nom lorsque Far l'a achetée, dit Swanny. Les gens qui la lui ont vendue l'avaient baptisée ainsi. »

Elles ne s'étaient ni l'une ni l'autre jamais posé la moindre question à ce sujet. Un jour où je feuilletais un dictionnaire des noms de lieux, pour un tout autre motif, je tombai sur Padanaram. C'était un village d'Écosse. Le nom était tiré de la Genèse et signifiait « la plaine de Syrie ». Peut-être une secte dissidente de la région avait-elle forgé ce nom? Mon travail consistait justement à découvrir ce genre de chose et je fus heureuse de l'annoncer à ma tante. Swanny accueillit la nouvelle sans enthousiasme.

« Les premiers propriétaires devaient être écossais... »

Ce fut tout ce qu'elle trouva à dire. Elle tenta de se rappeler leur nom, mais en vain.

Mon Padanaram à moi, qui avait d'abord appartenu à ma mère et avait même été initialement fabriqué pour elle, avait à peu près la taille d'une table de salle à manger. On l'avait d'ailleurs installé sur un meuble de ce genre, dont le plateau était légèrement plus grand que le socle de la maison lui-même. La maison qui lui avait servi de modèle se trouvait à Highgate, à l'est d'Archway Road : je l'avais souvent aperçue en passant dans ce quartier, soit à pied soit en bus, mais je n'y avais bien sûr jamais pénétré. Toutefois, d'après le témoignage de ma mère et de Swanny, mon propre Padanaram en était la reproduction exacte. L'extérieur, en tout cas, était rigoureusement identique à l'original, avec ses murs de brique et de stuc, ses deux pignons, ses multiples fenêtres treillagées, son imposante porte d'entrée à l'abri d'un portique dont le toit cintré dénotait une influence hollandaise. On avait construit des milliers de maisons identiques dans les banlieues anglaises à la fin du siècle dernier, pour les familles prospères de la bourgeoisie.

À l'intérieur, Morfar avait recouvert les murs de papiers qu'il avait peints lui-même, en reproduisant fidèlement les motifs originaux. D'après Swanny, il avait sculpté l'escalier dans du vrai bois de chêne, avant de le cirer. Elle le revoyait encore manipulant ses tampons d'ouate enveloppés dans de la charpie pour faire pénétrer la cire, dessinant d'inlassables 8, des heures et des heures durant, afin de bien imprégner le bois. Il avait fabriqué les tapis qui recouvraient le sol avec des morceaux de tapisserie. Il avait passé sur les briques des murs extérieurs une couche de peinture à l'huile rose garance et de blanc de Chine. Pour les vitres teintées des fenêtres, tant à l'intérieur qu'à l'extérieur, il s'était servi de verre vénitien.

« Mor avait un service à vin blanc composé de douze verres, m'avait dit Swanny. L'un d'eux avait été cassé. Par Hansine, j'imagine.

– Hansine était d'une maladresse... Même lorsqu'il arrivait à Mor de casser quelque chose, elle l'accusait toujours, parce que Far ne plaisantait pas avec ça.

– Je lui poserais bien la question, mais tu sais comme elle est, Marie : elle me dira qu'elle ne s'en souvient plus. Enfin, peu importe : toujours est-il que ce verre était cassé et que Mor avait décrété que le service était fichu. Je me demande bien pourquoi, d'ailleurs : il était peu propable qu'ils aient un jour plus de dix invités à la maison à qui offrir du vin blanc. Mais elle devait s'être dit que le service était fichu, sinon elle aurait poussé les hauts cris lorsque Far cassa trois nouveaux verres pour faire les carreaux teintés des vitres de Padanaram.

– Il a cassé des verres du service pour faire les vitres ? demandai-je.

– Ne me pose pas la question, je n'en ai aucun souvenir, dit ma mère.

– Tu n'avais pas de droit d'assister à tout ça, Marie. C'était son grand secret. Il ne se mettait à l'ouvrage qu'après t'avoir mise au lit.

– Je sais. Il a fallu que je me couche de bonne heure pendant près de deux ans.

« — Ça lui a effectivement pris tout ce temps. Mor s'occupait des meubles et des rideaux et lui, il construisait la maison. Il avait commencé par en dresser les plans. Mor prétendait qu'il dessinait aussi bien que Vinci, ce qui est surprenant de sa part, elle n'a jamais été tendre avec lui. Au départ, il voulait reproduire la maison à l'échelle exacte mais il a finalement dû y renoncer. C'était trop difficile et d'ailleurs, parfaitement inutile. Il passait des journées entières à rechercher les matérieux dont il avait besoin, ces tapisseries par exemple. Il piochait sans le moindre scrupule dans les affaires de Mor. Je me souviens d'un collier qu'elle aimait beaucoup, une simple imitation mais de bonne qualité, on aurait vraiment dit des diamants. Eh bien, il l'a littéralement mis en pièces pour fabriquer un lustre. Et le pire, c'était que cette maison de poupées n'intéressait absolument pas ma mère. Ils se disputaient parfois comme des chiffonniers à ce sujet. Tu t'en souviens, Marie ?

— Oui, dit ma mère. J'avais horreur de ça.

— Il avait déjà cassé deux verres, un rouge et un vert, et il lui en fallait encore un autre pour le jaune, mais Mor était tellement furieuse qu'elle lui a lancé le verre en question à la figure, et c'est comme ça qu'il s'est finalement brisé. Mor prétendait qu'il était ridicule de construire une telle maison de poupées pour une gamine de cinq ans qui allait aussitôt la mettre en pièces. Elle l'avait surnommée " le palais de la princesse " et disait qu'une vieille caisse en bois aurait aussi bien fait l'affaire. »

J'avais environ douze ans lorsque cette conversation eut lieu. À l'époque, après avoir énormément joué avec pendant trois ou quatre ans, Padanaram était devenu à mes yeux un simple objet décoratif, une sorte de pièce de musée. Depuis un certain temps déjà, j'avais cessé d'y promener mes poupées, de les faire entrer et sortir ou se rencontrer dans les diverses pièces, se coucher, se lever ou s'amuser ensemble. Les aventures qu'elles y avaient connues, et qui s'étaient principalement déroulées dans mon propre cerveau, sous le flux incessant de l'activité mentale, s'étaient estompées et avaient perdu de leur enchantement. Je me contentais désormais d'entretenir la maison avec soin et, après avoir réparé les dégradations consécutives à plusieurs années de manipulations irréfléchies, reprisé les tapisseries et astiqué les revêtements avec du détachant, je la montrais parfois aux amies qui venaient me voir et qui, si elles le méritaient, avaient ainsi l'honneur d'être introduites dans la pièce où elle trônait encore et de la contempler, sans avoir toutefois la permission de la toucher, tandis que je déplaçais les parois.

Ce fut alors probablement, au milieu de cette phase que je traversais, en son point culminant, que je posai la question. En la formulant, je me demandai pourquoi elle ne m'était pas venue plus tôt à l'esprit. Comment était-ce possible ? Padanaram m'appartenait depuis si longtemps et je n'y avais jamais songé. J'étais revenue de l'école avec une camarade pour prendre le thé à la maison, et l'émerveillement, le respect quasi révérentiel qu'elle avait manifesté à la vue de Padanaram m'avaient particulièrement touchée. Je l'avais raccompagnée jusqu'à la grille de notre maison et, après l'avoir regardée s'éloigner, j'avais regagné le salon où ma mère se trouvait en compagnie de Swanny ; celle-ci venait régulièrement passer l'après-midi du mercredi chez nous.

Les deux femmes parlaient en danois, comme elles le faisaient toujours entre elles ainsi qu'avec Mormor et avec mon oncle Ken, dans les rares occasions où elles le rencontraient. Elles n'étaient pourtant nées ni l'une ni l'autre au Danemark, contrairement à Ken, mais en Angleterre, dans la maison qui avait précédé Padanaram et même, dans le cas de Swanny, à Lavender Grove, Hackney. Le danois était toutefois leur langue maternelle, au sens propre du terme : elles l'avaient appris sur les genoux de leur mère.

Lorsque je pénétrai dans la pièce, Swanny passa comme d'habitude à l'anglais, sans transition, et sa phrase au rythme élidé, monotone et doux s'acheva sur un gracieux pentamètre.

« Pourquoi Morfar a-t-il construit Padanaram pour maman plutôt que pour toi ? » lui demandai-je.

Brusquement, à peine ces mots prononcés, j'eus l'impression fugace d'avoir commis un impair, une sorte de *faux pas**. Je n'aurais pas dû poser une telle question, cela risquait de les gêner, de les ennuyer peut-être. Mais je me trompais. Je compris immédiatement que je ne les avais nullement froissées. Je ne sentis pas passer l'ombre d'un *frisson**, elles n'échangèrent pas un seul regard témoignant d'une vague inquiétude ou d'une quelconque volonté de dissimulation. Ma mère haussa les épaules et sourit. Swanny paraissait tout simplement amusée, bien qu'elle s'apprêtât visiblement à s'expliquer. Elle avait toujours cet air franc et ouvert, comme sa sœur et sa mère, et semblait perpétuellement disposée à aborder n'importe quel

* En français dans le texte *(N.d.T.)*.

sujet, à ouvrir son cœur sans dissimuler ses sentiments. Elle possédait ce genre de franchise insidieuse, plus trompeuse et finalement plus traumatisante que la véritable transparence, cette candeur apparente qui semble impulsive, spontanée mais qui masque pourtant un penchant profondément enraciné pour le secret.

Swanny me déclara sans ambages, et même avec un certain enjouement :

« Il ne m'aimait pas. »

Ma mère protesta aussitôt :

« Mais c'est absolument faux, Swan !

— Tu veux dire que cette vérité te déplaît.

— Bien sûr, qu'elle me déplaît, mais la question n'est pas là. Quand tu étais petite, Far et Mor ne vivaient pas dans le genre de demeure sur lequel on prend modèle pour faire une maison de poupées. Ils habitaient à Stamford Hill. C'est là que je suis née. Il ne serait venu à l'idée de personne de s'inspirer de la maison de Ravensdale Road.

— Et d'ailleurs, reprit Swanny, pourquoi vouloir à tout prix copier sa propre maison ? Il aurait aussi bien pu en prendre une autre pour modèle, ou construire cette maison de poupées en suivant son imagination. Pourquoi refuses-tu de voir la vérité en face, contrairement à moi ? Il ne m'a jamais aimée, il remarquait à peine ma présence. La fille qu'il avait toujours attendue, c'était toi. (Elle jeta un regard en biais à ma mère, d'un air charmeur et avec un soupçon presque de coquetterie.) Après tout, j'étais la préférée de Mor. (Aucune réaction en face.) Et c'est toujours le cas. Et ça le restera, conclut-elle en éclatant de rire.

— Dieu merci ! » dit ma mère.

Les Scandinaves ont résolu la question, en ce qui concerne les termes désignant les grands-parents. Ils n'ont pas besoin de se creuser la cervelle pour savoir laquelle des deux grands-mères s'appellera Mémé et laquelle Mamy, lequel des deux grands-pères Pépé et lequel Papy, sans parler de l'horrible habitude qui consiste à les désigner sous le sobriquet de « grand-père Dupont » et « grand-père Durand ». On appelle tout simplement la mère de sa mère *Mormor* et le père de sa mère *Morfar*. Même chose du côté paternel, où l'on dit *Farmor* et *Farfar*. J'ai appelé la mère de ma mère Mormor dès ma plus tendre enfance, parce que Mormor avait appelé sa propre grand-mère ainsi, et je ne m'étais jamais posé la moindre question à ce sujet jusqu'à ce que j'aille à l'école et que les autres enfants se moquent de moi en m'entendant la désigner ainsi.

À la suite de ça, j'appris à dire « ma grand-mère » et « mon grand-père », à propos de Padanaram notamment. Les termes d'autrefois restèrent réservés à l'usage familial et, dans le cas de Mormor, à l'échange direct. Il m'arrivera parfois de les désigner sous le nom de Mormor et de Morfar, au cours de ce récit, mais la plupart du temps je m'en tiendrai à leurs prénoms, Asta et Rasmus, car ce livre ne concerne qu'incidemment ma propre histoire, je n'y tiens qu'un rôle d'observatrice, d'archiviste, de greffière ou de témoin privilégié. Mormor et Morfar n'y apparaissent pas parce qu'ils furent mes grands-parents, mais pour eux-mêmes, en tant qu'Asta et Rasmus Westerby, immigrants danois venus s'installer dans une contrée insulaire et xénophobe en des temps peu propices : le constructeur de la maison de poupées et son épouse, l'auteur du Journal et son mari.

Et pourtant, cette histoire n'est pas non plus exactement la leur, même s'ils y jouent un rôle important. Ni celle de ma mère, pour qui la maison de poupées fut construite, ou de Jack et de Ken, nés Mogens et Knud, ou de Hansine Fink et de ses descendants. C'est l'histoire de Swanny que j'écris, de la fille aînée de mes grands-parents, Swanhild Asta Vibeke Kjaer, née Westerby.

Du moins officiellement.

Mes parents ont été contraints de se marier. En 1940, ce genre de décision n'avait rien d'agréable à prendre, mais l'alternative inverse était pire. Ma mère ne me l'a jamais caché, elle m'a au contraire raconté l'histoire avec la franchise habituelle des Westerby. Elle s'était mariée en août et j'étais née en décembre. Entre-temps mon père, un pilote de chasse de huit ans plus jeune qu'elle, avait brûlé vif dans son Spitfire, abattu au-dessus du Kent. L'accident eut lieu dans les derniers jours de la bataille d'Angleterre. À diverses reprises, Mormor et Swanny m'ont également fait le récit de ce mariage précipité. Seul Morfar en avait été fou de rage, dégoûté, consterné (ce furent apparemment les termes qu'il employa), et sur le point de renier son enfant préférée. De manière absurde, il avait même menacé de lui reprendre Padanaram, la maison de poupées qu'il avait fabriquée pour sa fille chérie et qui n'avait jamais appartenu qu'à elle. Il voulait en déposséder la femme qui, à ses yeux, avait déchu.

Né au sein de l'élite, mon père était descendu d'un ou deux degrés dans l'échelle sociale en épousant Marie Westerby. Son propre père possédait quelques terres dans le Somerset et sa mère avait droit au titre de dame d'honneur. Mais ce couple effacé, d'une courtoisie et d'une gentillesse inébranlables, accueillit la veuve de son fils comme si elle avait été l'héritière d'un riche propriétaire des environs et non comme une serveuse au mess des officiers. Une fois par an, nous allions passer une semaine en leur compagnie, dans leur petit manoir des environs de Taunton. Le reste du temps, séparée d'eux, je me rappelais surtout leur manière de parler à voix basse, leur invraisemblable gentillesse et leur distraction, particulièrement marquée chez mon grand-père Eastbrook au point qu'il m'était arrivé de demander à ma mère s'il parlait en dormant.

Mes autres grands-parents, qui vivaient tout près de chez nous, étaient bien différents. En 1905, lorsqu'ils étaient arrivés, ils s'étaient établis dans la banlieue est de Londres ; après quoi, pour employer une expression qui n'aurait pas eu grand sens à leurs yeux, ils avaient « gravi les échelons » en remontant vers le nord pour emménager dans une maison plus belle et plus spacieuse. Padanaram – je parle de l'original – avait représenté le sommet de leur ascension sociale en matière de logement. Durant la dépression, au début des années trente, les affaires de Morfar ayant périclité, ils furent contraints de se rabattre sur une maison plus modeste, dans les environs de Crouch Hill, que nous désignions entre nous, selon la tradition familiale, par le numéro qu'elle occupait dans la rue : nous l'avons toujours appelée « le 98 ».

Ce n'est probablement pas très gentil de ma part, mais il me semble aujourd'hui que je les ai toujours considérés comme s'ils n'étaient pas vraiment tout à fait respectables. Il serait absurde de prétendre que je les voyais alors comme des hippies attardés, puisque les hippies n'étaient pas encore apparus dans les années cinquante. Contrairement à mes ancêtres Eastbrook, ils ne me donnaient pas l'impression d'être des gens solides, sur qui l'on pouvait compter, mais semblaient au contraire avoir conservé dans leur grand âge quelque chose d'enfantin et de capricieux. Morfar était un vieillard irascible, dénué de sagesse, qui songeait sans cesse au passé et se lamentait sur les occasions manquées dont le monde entier, sauf évidemment lui-même, était à ses yeux responsable.

D'une stature imposante, arborant toujours une barbe (pour dissimuler un malingre menton, selon sa femme), il venait régulièrement chez nous le dimanche après-midi pour discuter avec le *fiancé* * de ma mère. Celle-ci eut en effet un nombre incalculable de *fiancés* *, successivement bien sûr, mais n'en épousa jamais aucun, à supposer qu'elle en ait eu l'intention. La plupart d'entre eux furent ses amants, aucun doute là-dessus, mais dans ce cas elle se comportait en leur présence avec une discrétion plutôt surprenante et jamais un seul parmi eux ne passa la nuit à la maison. Morfar s'était entiché de l'un de ces fiancés, je ne sais plus s'il s'agissait du premier ou du second de la liste, et un dimanche après-midi il avait passé deux bonnes heures à raconter à cet homme l'histoire de sa vie.

Il n'était jamais parvenu à s'exprimer correctement en anglais. Il le parlait couramment, bien sûr, mais commettait sans cesse des fautes, la moindre de ses phrases était truffée d'erreurs et il écorchait à peu près neuf mots sur dix. Il s'en sortait particulièrement mal avec les *d* finaux, les sons en *w*, ainsi qu'avec la lettre *b*, qu'il prononçait invariablement *v*. En relisant ce qui précède, je me rends compte que ce jugement paraîtra bien peu charitable, bien peu indulgent envers les inaptitudes d'un vieil homme, et pourtant tous ceux qui ont connu Morfar pourraient faire le même constat. Il était tellement sûr de lui, tellement convaincu de sa supériorité dans tous les domaines, tellement insensible et tellement certain de sa parfaite maîtrise linguistique, qu'il se vantait souvent de pouvoir parler avec une égale facilité en danois, en anglais et en allemand – au point qu'à l'en croire, il devait parfois s'interrompre et réfléchir un instant pour savoir quelle langue il était en train de parler.

Assis dans notre salon, devant une tasse de thé, il infligeait au fiancé de ma mère un flot ininterrompu de souvenirs geignards ou indignés, s'échauffant parfois jusqu'à assener de son poing noueux des coups violents sur notre table basse. À l'entendre, tous ceux avec qui il avait été associé dans ses diverses entreprises l'avaient escroqué, un mot qui revenait souvent dans sa bouche et qu'il prononçait « échecroqué ». « Chela n'aurait pas dû être », prétendait-il toujours, voulant ainsi signifier que les choses n'auraient pas dû se passer ainsi,

---

* En français dans le texte *(N.d.T.)*.

ce qui était pratiquement le cas pour toutes les transactions qu'il avait faites au cours de sa carrière.

Les vêtements décontractés lui étaient inconnus, même les vestes de sport et les pantalons de flanelle de l'époque, pourtant encore bien stricts. Il portait toujours un costume sur une chemise à col raide et une cravate noire, tenue qu'il complétait en hiver d'un feutre gris et en été d'un canotier de paille. Et il arrivait invariablement à bord de l'une de ses vieilles voitures, la Morris 10 ou l'énorme et poussive Fiat.

Mormor et lui ne sortaient pratiquement jamais ensemble. Avant d'avoir lu le Journal, je n'avais qu'une idée assez floue de ce qu'avait pu être leur vie commune. Ils avaient pourtant partagé cette existence, malgré leur incompatibilité, mais tant de gens font de même. Mormor racontait parfois, avec un rire sec, qu'elle avait été obligée de vivre dans une grande maison « pour échapper à son mari ». Même devant moi, elle disait toujours « mon mari », jamais « Morfar », « ton grand-père » ou « Rasmus ». Le « 98 » était à peine assez vaste pour lui offrir une telle liberté, bien que la maison comportât quatre chambres. En y repensant, je suis stupéfaite qu'ils aient continué de partager la même chambre et le même lit jusqu'à la mort de Morfar.

Elle sortait de son côté. Elle venait nous voir seule. Menue comme elle l'était, avec ses cheveux blancs méticuleusement coiffés, on n'aurait jamais pensé qu'elle aimait à ce point marcher. Et pourtant, Dieu sait qu'elle marchait, elle l'avait toujours fait, arpentant sans but apparent les rues de son quartier, s'arrêtant pour contempler les maisons et inspecter les jardins, s'asseyant de temps à autre sur un banc en marmonnant toute seule, avant de se remettre en route. Jusqu'à sa mort, à l'âge de quatre-vingt-treize ans, elle demeura fidèle à la mode des années vingt qui avait toujours eu sa préférence et avait également marqué l'apogée de sa fortune. Il y a des photographies qui la montrent vêtue d'un tailleur en tweed de chez Chanel, d'une robe de chez Lelong ou d'un imperméable caoutchouté et d'un casque d'aviateur signés Schiaparelli. Durant quelques années, Morfar s'en était assez bien sorti en vendant ses Cadillac et il n'était pas encore devenu la proie des escrocs.

Mais plus généralement, je la revois dans ses amples robes noires ou bleu marine, aux cols en V rehaussés de broderies, chaussée de ses escarpins à talons hauts et à double bride. Elle portait des chaussures de ce genre lors de ses longues promenades, usant les talons jusqu'à la corde. Lorsqu'elle devait sortir, à l'occasion d'une soirée ou d'un enterrement, elle mettait son manteau en satin noir croisé sur le devant, qui s'attachait à l'aide d'un unique bouton en jais et qu'elle agrémentait d'un chapeau en forme de crêpe, en satin noir lui aussi. La première fois que je l'ai vue arborer ce couvre-chef, c'était lors d'une réunion de famille qui avait lieu chez nous, après le décès de Morfar.

Il n'était pas dans ses habitudes de tourner autour du pot, et une fois de plus elle était allée droit au but :

« Eh bien, il va falloir que je me décide à présent pour savoir chez lequel de vous trois je vais aller habiter. »

Elle s'était exprimée comme si une telle décision ne dépendait que d'elle. Depuis le roi Lear, avait-on jamais entendu une veuve ou un veuf s'exprimer aussi crûment devant ses enfants ? Mormor était une grande lectrice, mais son goût la portait plus vers Dickens que vers Shakespeare. Tout comme Lear, elle avait la possibilité d'aller vivre chez l'un de ses trois enfants, bien que dans son cas il y eût un garçon dans le lot. Nous restâmes silencieux, John, Charles et moi, vaguement conscients qu'il s'agissait d'un moment décisif.

Ma mère et Swanny n'avaient rien d'une Goneril ou d'une Regan. Pourtant, ni l'une ni l'autre ne prononcèrent un mot. Mormor dévisagea son fils et sa fille cadette avec ce regard légèrement insidieux, tempéré toutefois par un air amusé et un sourire rentré, qui lui était si familier. Je doute qu'elle ait jamais sérieusement songé à aller s'installer dans l'immense et obscur appartement de Ken, près de Baker Street, ou à vivre en compagnie de l'obtuse et corpulente fille de proviseur qu'il avait épousée. Mais elle les laissa mariner durant quelques minutes, savourant visiblement les efforts désespérés que Maureen faisait pour se donner un air chaleureux et bienveillant. Elle se tourna enfin et posa les yeux sur ma mère :

« Je n'occuperai pas beaucoup de place, Marie. »

Alors que tout le monde dans l'entourage de ma mère avait anglicisé ou francisé son prénom, disant Mary ou Marie, Mormor et Swanny continuaient à le prononcer à la danoise, ce qui donnait quelque chose comme Maria, avec un *r* guttural légèrement élidé. Cette fois-ci, Mormor avait presque avalé le *r*.

Ma mère répondit sans trop de conviction que nous n'avions vraiment pas assez de place, et il est vrai que notre maison n'était pas gigantesque. Mais elle comportait tout de même trois chambres et puisque nous avions réussi à caser Padanaram dans la chambre d'amis, il n'y avait pas de raison pour que Mormor ne vienne pas occuper à son tour cette pièce. Nous vivions ma mère et moi sur les revenus de mon père, ou plus exactement sur le capital qu'il avait lui-même hérité de sa grand-mère; ma mère touchait aussi une pension de veuve de guerre et une rente importante que lui avait constituée mon grand-père Eastbrook, rente qui se prolongea après sa mort, selon ses dispositions testamentaires. Nous étions relativement à l'aise.

Swanny et elle auraient trouvé déshonorant pour une veuve ou une femme mariée de devoir travailler, réaction diamétralement opposée à celle qui prévaut aujourd'hui. Je n'ai jamais entendu ma mère ne serait-ce qu'évoquer la possibilité de chercher du travail. Elle n'avait pas de passe-temps favori et ne s'intéressait à rien de précis, si l'on excepte la lecture des magazines féminins et des romans à l'eau de rose. Elle s'occupait de notre maison et cuisinait fort bien. Pour ce que j'en sais, elle était parfaitement heureuse. En tout cas, elle en donnait l'impression. Elle avait bon caractère, elle était belle, gentille et douce. Pas une seule fois je ne l'ai vue pleurer. Elle consacrait l'essentiel de son temps à ses vêtements et à son apparence extérieure. Elle adorait faire des emplettes et aller chez le coiffeur. Lorsque je rentrais de l'école, elle se changeait, se coiffait et se maquillait, dans le style sophistiqué et surchargé qui était alors à la mode, puis son fiancé du moment débarquait, ou bien nous sortions toutes les deux, généralement pour aller voir un film. Pendant des années, nous sommes allées au cinéma deux fois par semaine.

Qu'est-ce qu'elle fabriquait, avec son fiancé? Pour ce que j'en sais, ils se contentaient de parler. Parfois ils mettaient un disque et ils dansaient. Je n'ai jamais été témoin d'un seul baiser, du moindre attouchement, hormis lorsqu'ils dansaient. Il y en avait deux dans le lot qui possédaient des voitures et ils nous emmenaient parfois en balade. J'étais toujours présente lors de ces excursions, ainsi que lors des longues promenades du samedi ou du dimanche, mais une fois par semaine, jusqu'à ce que je fusse suffisamment grande pour rester seule à la maison, Swanny venait me garder et ma mère sortait sans moi. J'ai supposé depuis qu'elle en profitait alors pour aller faire l'amour quelque part avec le fiancé du moment, mais je puis me tromper.

Ma mère n'avait pas la moindre envie que Mormor vienne

perturber le cours de cette innocente et paisible existence. Je me souvenais du jour où j'avais interrogé Swanny à propos de la maison de poupées et où celle-ci m'avait tout bonnement répondu qu'elle était la préférée de sa mère. Sans doute avions-nous cru que c'était à ses côtés que Mormor choisirait de finir sa vie, le jour où il lui faudrait prendre une telle décision.

Mais elle n'était pas encore disposée à mettre un terme à notre attente. Lorsqu'elle voulait faire un peu de charme à l'une de ses filles, ou à moi, elle avait l'habitude de faire précéder nos prénoms de l'adjectif *lille*. En danois, cela signifie « petite », mais le mot a un sens plus large que celui de l'anglais *little*, il comporte une nuance de tendresse et d'affection qui le rapprocherait plutôt de « chère ». Le plus souvent, c'était Swanny qui y avait droit : « *Lille* Swanny. » Ce jour-là, ce fut le tour de ma mère, ce qui arrivait rarement.

« Je pourrais m'installer dans ta chambre d'amis, *lille* Marie. Tu n'auras qu'à mettre cette vieille maison de poupées dans ton garage.

— Il faut que tu poses la question à Ann. Elle lui appartient, je te le rappelle.

— Qu'est-ce qu'une grande fille de quatorze ans peut bien faire d'un jouet de bébé ? » lança Mormor avec un certain panache.

Ses yeux d'un bleu cru, turquoise, presque laid, avaient pris cet éclat qui évoquait les plumes du martin-pêcheur. Elle cherchait à choquer son monde, comme elle savait si bien le faire.

« Mon mari est mort. Personne ne risque de lui transmettre la nouvelle, là où il se trouve à présent. »

Un mois plus tard, elle emménagea chez Swanny et Torben. Elle avait mis « le 98 » en vente et avait trouvé un acquéreur au bout de quelques jours. Si elle en avait eu l'occasion, elle aurait probablement mieux réussi que Morfar dans le commerce. Personne ne l'aurait « échecroquée ». Elle mena rondement son affaire, déclina plusieurs offres et finit par obtenir les cinq mille livres qu'elle exigeait pour la maison. Elle vaudrait bien quatre fois plus cher aujourd'hui, mais en 1954 c'était une somme honorable.

En dehors du lit à colonnes qui avait peut-être appartenu à Pauline Bonaparte, elle ne conserva et n'emmena avec elle à Hampstead aucun objet volumineux. Elle possédait du mobilier de valeur car son propre père était dans l'immobilier à Copenhague et, lorsque ses locataires ne payaient plus leur loyer, il récupérait leurs tables et leurs chaises pour se rembourser. Morfar avait réussi à faire main basse sur une bonne partie de ces meubles. Mais elle vendit le tout et en dehors du lit, d'une grande table sculptée et de sa vieille garde-robe, Mormor ne conserva que ses albums de photos, son édition complète de Dickens en danois, ainsi que les cahiers (elle en avait alors rempli quarante-neuf) dans lesquels elle avait consigné l'histoire de sa vie depuis le temps de sa jeunesse.

Maintenant que les journaux ont été publiés, qu'*Asta* et les volumes qui ont suivi sont devenus des best-sellers, qu'il est de bon ton de s'extasier sur leur réussite ou de les traîner au contraire dans la boue, il peut paraître étrange qu'aucun d'entre nous n'ait jamais éprouvé la moindre curiosité à leur endroit ni n'ait même seulement remarqué que Mormor se livrait à ce travail régulier d'écriture.

D'une grande franchise sur des questions que la plupart des femmes de son âge cherchent d'ordinaire à cacher, elle était sur ce point d'une réserve absolue. Lorsque quelqu'un pénétrait dans sa chambre tandis qu'elle écrivait, elle dissimulait aussitôt son cahier. Je crois même qu'il a dû lui arriver de le glisser sous ses fesses. Aussi, lorsque j'ai écrit que les cahiers avaient été transportés en même temps que le lit à colonnes, l'œuvre complète de Dickens et les albums de photos, je ne voulais nullement dire que cela avait eu lieu ouvertement, en grande pompe. Je sais simplement qu'ils faisaient forcément partie du lot puisque Swanny les a retrouvés chez elle, à la mort de Mormor, près de vingt ans plus tard.

La mode des « dépendances pour grands-mères » n'avait pas encore débuté dans les années cinquante. La maison de Swanny était assez vaste, suffisamment en tout cas pour qu'on lui aménage un étage, mais Mormor vivait *en famille* * avec sa fille et son gendre. Ils n'avaient pas d'enfant et elle se comportait un peu à leur égard comme si elle avait été leur fille. Ce que je veux dire, c'est qu'elle descendait les rejoindre quand celui lui chantait. Elle prenait ses repas avec eux, passait la soirée en leur compagnie et ne manquait jamais de se montrer lorsqu'ils recevaient des gens. Mais elle ne sortait jamais avec Swanny et ne l'accompagnait pas lorsque celle-ci venait nous voir. Elle se promenait seule, de son côté, ou en de très rares occasions avec

* En français dans le texte *(N.d.T.)*.

l'oncle Harry, et disparaissait pendant des heures, tout comme il lui arrivait de rester cloîtrée des journées entières dans sa chambre, à l'étage.

Mormor était une très vieille femme à l'époque et il lui arrivait forcément de se répéter. Le plus curieux, c'est que c'était très rarement le cas lorsqu'elle racontait ses propres histoires. Certaines avaient bien sûr fini par faire partie de la mythologie familiale, comme celle de l'équipée de Karoline, la servante de ses parents, originaire du Jutland. Ou celle de son oncle alcoolique, au demeurant fort puritain, qui avait désapprouvé le divorce du frère de Morfar et lui avait lancé une bouteille à la tête dans un bar de Nyhavn. Mais elle en avait toujours de nouvelles à nous raconter et elle nous surprenait sans cesse.

Nous étions chez Swanny, ma mère et moi, lorsqu'elle en sortit une qu'aucune de nous n'avait jamais entendue. Il y avait alors un an environ que Mormor habitait chez sa fille et le jour de son soixante-quinzième anniversaire approchait. Par gentillesse à mon égard, car je n'ai jamais été très bonne en danois, elle s'exprimait en anglais, langue qu'elle parlait lentement, avec un fort accent, mais incommensurablement mieux que Morfar.

« Mon mari m'a épousée pour empocher ma dot. Oh, que si. Cela n'a rien d'agréable, si l'on y songe, mais je m'y suis faite à la longue, il m'a bien fallu vivre en regardant la vérité en face. »

La chose n'avait pas particulièrement l'air de la navrer. Elle avait la même expression que d'ordinaire – ce regard rusé, calculateur et, au fond, plutôt content de soi.

« C'est la première fois que j'entends parler de ça, dit Swanny.

– Eh bien, je ne t'ai pas tout raconté. Il y a certaines choses que j'ai gardées pour moi. »

Elle m'adressa l'un de ses sourires sévères et appuyés. Ses traits ne s'étaient pas affaissés avec l'âge, au contraire, son visage s'était émacié et sa peau sillonnée de rides épousait le contour de ses os, au point qu'on aurait dit un masque squelettique sur lequel tranchait d'autant mieux l'éclat dur et bleu de ses yeux.

« Il est bon que les vieillards gardent quelques histoires en réserve, reprit-elle. Sinon leurs pauvres enfants risqueraient de trouver leur compagnie bien ennuyeuse. »

Ma mère demanda à combien se montait cette dot.

« Cinq mille *kroner*, répondit Mormor sur un ton qui me parut triomphant.

— Ce n'est pas beaucoup », dit Swanny.

Cela devait représenter deux cent cinquante livres.

« Peut-être pas à tes yeux, *lille* Swanny, parce que tu possèdes une belle maison et un mari fortuné. Mais pour *lui*, c'était une somme énorme. Il venait de débarquer à Copenhague et avait entendu parler de la fille du vieux Kastrup, qui aurait cinq mille *kroner* de dot le jour de son mariage. Il se mit aussitôt à rôder autour de la maison et à faire les yeux doux à la *lille* Asta. »

Le dialogue semblait tiré d'une pièce d'Ibsen. Mormor s'exprimait souvent de cette manière. Mais l'anecdote paraissait fort improbable. Je compris à leur expression que ni Swanny, ni ma mère ne croyaient un traître mot de cette histoire. Mormor haussa les épaules, releva la tête, et posa son regard à tour de rôle sur chacune d'entre nous, comme elle le faisait toujours :

« Comment aurais-je soupçonné quelque chose? Il était grand, il avait belle allure. Il s'était même laissé pousser la barbe pour dissimuler son malingre menton. (Cette évocation parut l'amuser et elle eut un petit rire sec.) C'était un habile ingénieur, tout le monde disait qu'il parviendrait toujours à ses fins. En tout cas, il s'est débrouillé pour qu'une gamine écervelée tombe amoureuse de lui. Du moins pour quelque temps. »

Ce n'était pas une révélation colossale, au bout du compte. L'essentiel de l'histoire devait être le fruit de son imagination. Il me paraissait bien improbable qu'un homme décide d'épouser une jeune fille pour empocher deux cent cinquante livres. L'anecdote me semblait aller de pair avec celle que nous connaissions déjà et qu'elle nous ressortit justement dans la foulée, selon laquelle, enceinte pour la première fois, elle avait cru que le bébé allait sortir par son nombril.

« Imaginez ma surprise lorsque j'ai découvert la vérité... »

Toutes ces anecdotes figurent dans le Journal, évidemment, mais à l'époque nous ignorions son existence. Cela m'attriste parfois de songer que ma mère ne l'a jamais su, qu'elle est morte avant sa découverte. La fausseté de certaines des histoires d'Asta est parfois démontrable. Comme cette anecdote selon laquelle, un jour où il y avait des invités et qu'elle débarrassait la table, Hansine aurait demandé : « On fait des manières ou j'empile les assiettes? » J'ai découvert par la suite qu'elle provenait d'un dessin humoristique paru dans *Punch* durant les années vingt ou trente. La « révélation » liée à la naissance de Mogens est peut-être une simple fantaisie de sa mère, qui a fini par faire partie de sa mythologie intime. Nombre de ses histoires étaient drôles, certaines bizarres ou grotesques. Sans une intervention malveillante, elle n'aurait peut-être jamais révélé la plus incroyable d'entre elles, liée à son passé, et encore se contenta-t-elle alors essentiellement d'assurer sa propre défense.

Oui, il est bon que les vieillards gardent quelques histoires en réserve, comme Mormor elle-même le disait, sinon leurs pauvres enfants risqueraient de trouver leur compagnie bien ennuyeuse...

4

30 août 1905

I GAAR var der Solformørkelse. Vi havde fortalt Drengene at det vilde blive mørkt – Laererne giver dem ikke altid de rigtige Oplysninger – saa de var meget skuffede over at det var bare Tusmørke og at det ikke varede laenge.

Hier il y a eu une éclipse du soleil. On avait annoncé aux garçons qu'il allait faire nuit en plein jour – les renseignements que leur donnent ces instituteurs sont parfois un peu approximatifs –, et ils ont été très déçus de constater qu'il ne faisait guère plus sombre qu'au crépuscule et que cela durait fort peu de temps.

La situation s'est aggravée en Russie, on lance maintenant des pogroms contre les Juifs. Il y a une épidémie de choléra à Berlin. Je n'ai pas eu de nouvelles de mon mari depuis qu'il nous a envoyé de l'argent, ce qui remonte à avant la naissance de Swanhild. Mais cela m'est égal. Nous nous débrouillons fort bien de notre côté, les garçons, le bébé, Hansine et moi. À dire vrai, nous nous portons beaucoup mieux sans lui, et s'il n'y avait pas ces soucis d'argent – nos réserves seront bientôt épuisées – je préférerais à tout prendre qu'il ne revienne jamais.

Pour commencer, il ne va pas aimer le prénom du bébé. Il va dire que c'est un prénom norvégien, ce qui est la vérité – et alors? Tout cela à cause de ces stupides préjugés et de ce mépris tenace à l'égard des Norvégiens. Je suis sûre qu'il va vouloir l'appeler Vibeke, à l'image de mon épouvantable belle-mère. Mais même s'il me force à la faire baptiser sous le nom de Vibeke ou de Dagmar, je continuerai à appeler ma fille Swanhild. Et lorsque je la berce ou lui donne le sein, cela se transforme en Swanny. Nul ne peut empêcher une mère d'appeler son enfant comme bon lui semble.

J'adore ce prénom, cela remonte à mon adolescence, à l'époque où je lisais la *Volsunga Saga*. Svanhild était la fille de Gudrun et de Sigurd Fafnersbane. Après avoir tué son second mari, Atle, Gudrun tenta de se noyer mais les vagues l'emportèrent jusque sur les rives du pays où régnait le roi Jonakr. Elle l'épousa, et Svanhild grandit à la cour. Plus tard, elle fut courtisée par le puissant roi Jormunrek.

Celui-ci dépêcha son fils Randver pour la demander en mariage. Elle accepta et accompagna Randver à bord de son navire. Mais un perfide domestique, Bikke, tenta de la convaincre d'épouser le fils du roi. Comme elle refusait, il raconta à Jormunrek qu'elle l'avait trompé.

Jormunrek fit pendre son fils et condamna Svanhild à être piétinée par des chevaux sauvages jusqu'à ce que mort s'ensuive. Mais à la vue de ses beaux yeux, les chevaux refusèrent de la toucher. Bikke lui banda les yeux et rien alors n'arrêta plus les chevaux. Cela déclencha une série de terribles vengeances, auxquelles Wotan était plus ou moins mêlé. J'étais romantique, lorsque j'étais jeune, et cette idée de la beauté amadouant la sauvagerie des bêtes m'enchantait. Cette conception est tellement ancienne, de surcroît, elle se perd dans la nuit des temps, comme aime à le dire Onkel Holger – c'est même l'une de ses formules préférées.

1er septembre 1905

Ce matin, nous avons pesé Swanhild sur la balance de la cuisine, Hansine et moi. Comme elle appartient au propriétaire de cette maison, elle est graduée en livres et en onces, et non en kilogrammes. Neuf livres deux onces, cela ne signifie pas grand-chose pour moi, mais j'imagine que tout se passe bien car c'est un poids bien supérieur à celui du mois dernier, lorsque nous l'avons pesée chez le pharmacien. Je suis fière de ma fille. Je l'aime. Cela me fait du bien d'écrire ces mots car il y a seulement quelques semaines, si l'on m'avait posé la question en me demandant d'être vraiment sincère, j'aurais répondu que je n'aimais personne au monde.

Je n'ai que vingt-cinq ans, mais j'aurais très sincèrement pu dire que je n'avais jamais éprouvé d'amour pour personne. J'ai cru aimer mon mari lorsque je l'ai épousé, mais cela n'a pas duré plus de cinq minutes. En fait, tout était terminé dès notre nuit de noces : il m'a fait si mal que j'ai cru qu'il était devenu fou et voulait me tuer. Je me fais du souci pour les garçons lorsqu'ils sont malades ou que je ne les vois plus dans la rue, mais leur compagnie m'est indifférente. La vérité, c'est qu'ils me fatiguent. On peut difficilement appeler ça de l'amour. Même chose pour mon père et tante Frederikke, qui sont déjà âgés et ont poussé un grand soupir de soulagement lorsque je me suis mariée, les délivrant ainsi du fardeau de ma présence.

Quant aux amies que j'avais à l'école, je les ai toutes perdues de vue. Elles se sont mariées, elles aussi. Et dans ce cas, finie l'amitié ! Avant de venir dans ce pays, j'ai discuté un jour avec une femme qui m'a déclaré que son mari était son meilleur et plus fidèle ami. Je vous demande un peu ! J'étais donc arrivée à la conclusion que je n'aimais personne, et cela m'effrayait un peu d'avoir ce genre de pensées. Cela me semblait erroné, injuste, malveillant, même si je n'y pouvais rien. Je n'en étais pas responsable, les choses étaient ainsi, voilà tout.

Tandis que j'achevais le paragraphe précédent, Swanhild s'est mise à pleurer, à l'étage. Elle pleure toujours au bon moment, lorsque ma poitrine commence à être douloureuse, à cause de l'afflux de lait.

J'arrive !

15 octobre 1905

Le procès de l'homme qui a assassiné sa femme, dans Navarino Road, vient juste de commencer. Hansine est captivée par cette affaire. Elle m'a suppliée de lui lire le compte rendu qu'en a donné la *Hackney and Kingsland Gazette*, mais c'est évidemment hors de question. Je ne connais pas ces gens et je ne veux rien savoir d'eux. Un peu plus tard, je l'ai surprise en train de demander à Mogens de lui dire l'article. Il en est fort capable, il lit aussi bien le danois que l'anglais, ce sera sûrement un garçon brillant. Mais naturellement je m'y suis opposée. Et je l'ai priée de ne jamais faire allusion à ce procès ou à ces gens dans notre maison. J'étais tellement en colère que j'ai dû l'effrayer. En tout cas, elle n'a pas pipé mot.

66

Rasmus pourrait fort bien me tuer, lui aussi, s'il me connaissait vraiment, s'il savait toutes les pensées qui m'habitent. Car c'est là, tout au fond de mon cœur, que je me sens libre, libre d'être moi-même, de faire ce qui me plaît, de penser à ma guise, sans tricher. Il n'y a pas de garçons turbulents dans mon cœur, ni de bébé qui hurle – non que je me plaigne de Swanny, elle est la plus belle chose qui me soit jamais arrivée –, ni de servante jacassière et bornée, ni de mari absent, disparu dieu sait où.

Je sais toutefois qu'il se porte bien. Un nouveau mandat est arrivé, de cinq cents *kroner* lui aussi, nous voici donc sauvés, nous allons pouvoir payer le loyer et manger comme des rois. Nous achèterons une grosse oie bien grasse pour Noël, et un *krausekage*. Dès que j'ai touché l'argent, je me suis rendue à la boutique de Matthew Rose et j'ai acheté du tissu pour les vêtements de Swanny. Cela fait des jours que je n'ai pas écrit une ligne dans ce journal, plongée comme je l'étais dans mes travaux de couture : j'ai fait de beaux remplis et des broderies à fil tiré sur ses langes.

Cet après-midi, Mrs. Gibbons est venue me voir. Je crois bien qu'elle vient uniquement ici pour savoir si je suis réellement mariée, elle me pose sans cesse des questions à ce sujet. Tout d'abord, elle voulait savoir quand Swanny serait baptisée. Elle est très pratiquante (ce qui ne l'empêche pas de se moquer de mon accent) et elle est toujours acoquinée avec le vicaire de St Philip. Je lui ai dit que cela n'était pas dans mes intentions et que je ne croyais pas en dieu. (Remarquez que je n'ai pas mis de majuscule.)

« Je ne crois pas en dieu, lui ai-je dit, ni en rien de tout ça. Ce n'est qu'une invention de vicaires et de curés.

– Oh, ma chère, vous me choquez affreusement. »

Mes paroles n'avaient absolument pas l'air de la froisser, elle semblait au contraire en demander davantage. Je lui en ai donc donné pour son argent :

« Vous, les croyants, vous prétendez que dieu est un père aimant, dis-je, mais même un mauvais père n'oserait pas tuer les enfants de sa fille. »

Elle m'a lancé un drôle de regard, parce que j'avais Swanny sur les genoux. Sa tête reposait dans le creux de ma main droite et ma main gauche était délicatement posée sur sa poitrine. Je m'aperçus que Mrs. Gibbons regardait fixement mes doigts. Elle est tellement laide qu'elle donne vraiment envie de rire. Pour commencer, elle est énorme, et tellement engoncée dans son corset qu'elle fait penser à un paquet dont on aurait trop serré la ficelle. Le pire, c'est que sa robe ressemble vraiment à du papier d'emballage, elle est aussi fripée et aussi froissée que si elle avait servi à envelopper un colis.

Elle leva les yeux, avant de les reposer avec insistance sur ma main :

« Vous ne portez pas d'alliance, Mrs. Westerby... »

Je déteste cette façon de prononcer mon nom, mais tout le monde fait comme elle par ici, j'imagine que je vais devoir m'y faire. Je retirai mon autre main, cachée sous la petite tête blonde de Swanny, et la brandis vers mon interlocutrice, un peu comme devant un homme qui s'apprête à vous faire un baise-main. Bien que je n'aie jamais rencontré un seul homme qui m'ait fait un tel honneur.

« Mais vous la portez à la main droite, dit-elle. Vous l'avez héritée de votre mère?

— Au Danemark, on porte son alliance à la main droite, dis-je d'une voix cassante. »

Cela ne lui cloua pas le bec, loin de là.

« Si j'étais vous, je la changerais de côté. Sinon les gens risquent de jaser. »

L'alliance est trop large pour mon annulaire gauche. Je suppose qu'on a toujours la main droite un peu plus développée. Enfin, je l'ai quand même changée de côté, bien qu'elle ne me tienne pas très bien au doigt. Si ce n'était que de moi, je m'en soucierais peu, mais il faut que je pense aux enfants : si les gens se mettaient à raconter que je suis une femme indigne, cela n'aurait rien d'agréable pour eux.

En relisant les lignes qui précèdent, je m'aperçois qu'une phrase en particulier ne devrait pas y figurer. Mais qui pourrait bien la découvrir? D'ailleurs elle est en danois, ce qui équivaut à du hottentot pour les gens d'ici, et personne n'en comprendra jamais un traître mot.

23 octobre 1905

L'automne est arrivé et les feuilles changent de couleur. J'aime ces arbres aux quintefeuilles dorées, avec leurs drôles de fruits; on dirait des pommes bardées d'épis. Pourtant les hêtres me manquent, je n'en ai pas revu un seul depuis mon arrivée en Angleterre.

Mrs. Gibbons est venue me rendre une nouvelle visite, plus impertinente et plus fureteuse que jamais. Comment se faisait-il que nous portions un nom anglais, alors que nous étions danois ?

« Ce n'est pas un nom anglais, dis-je. On le prononce Vest-er-bew. »

Elle poussa un curieux petit rire, pour bien me faire comprendre qu'elle ne me croyait pas. C'est bizarre, comme les mêmes lettres peuvent se prononcer différemment. Lorsque j'ai débarqué ici, je me disais souvent intérieurement qu'il fallait que j'aille un jour à Hootha Park et j'ai été très surprise d'apprendre comment on prononce Hyde dans ce pays ! Heureusement que je n'ai jamais dit Hootha à voix haute.

Le ciel était d'un bleu limpide, hier, mais aujourd'hui le brouillard est de retour. Un brouillard épais, jaunâtre – je suis très étonnée que les gens d'ici le désignent sous le nom de « purée de pois ». Cela m'a fait penser à cette soupe aux pois que l'on prépare avec du jarret et des pois cassés de couleur jaune, comme nous en trouvions lorsque nous étions en Suède. J'ai demandé à Hansine d'en préparer pour ce soir et nous en avons tous mangé au dîner. Sauf Swanny, évidemment, que je continue à allaiter et qui profite bien.

25 octobre 1905

J'ai reçu hier une lettre de tante Frederikke, la première depuis plus de deux mois. Les Thorvaldsen ont fait célébrer une messe à la mémoire d'Oluf – ce qui, je suis d'accord avec elle, est un peu exagéré pour un garçon de quinze ans. Son corps n'a pas été retrouvé en mer. La plupart de ceux qui se trouvaient à bord du *Georg Stage* ont disparu de la sorte. Je n'arrive pas à imaginer ce que l'on doit éprouver en perdant ainsi son enfant du jour au lendemain, sans même pouvoir l'inhumer. Je sais que la plupart des gens seront en désaccord avec moi, mais je trouve aberrant que l'on apprenne ainsi à des enfants à se battre en mer, puisque c'est bien de cela qu'il s'agit : on transforme des gosses de quatorze ou quinze ans en petits soldats, à bord de ces bateaux. C'est encore plus stupide que d'apprendre aux filles de seize ans à devenir de bonnes épouses.

J'ai découvert que le meilleur moyen pour éviter de rêver à une chose précise, c'est d'y penser intensément avant d'aller se coucher. Au lieu qu'elle revienne hanter vos songes, c'est l'inverse qui se produit. Je me suis donc forcée à penser qu'on m'avait enlevé Swanny pour l'emmener dieu sait où et que je me retrouvais toute seule, sans même une photo d'elle. Cela n'arrivera pas, c'est évidemment impossible, mais j'ai tellement pleuré que mon oreiller était trempé. Et mon stratagème a marché, car j'ai rêvé que Rasmus revenait, il m'expliquait que nous allions tous devoir partir en Australie, et moi j'acquiesçais, comme une idiote. De toute évidence, les rêves n'ont pas grand-chose à voir avec la réalité...

On commence à allumer les cheminées. Toute la fumée qu'elles ne vont pas manquer de dégager risque de rendre le brouillard encore plus épais, mais j'aime contempler la rougeur des braises et les flammes qui s'élèvent dans l'âtre, le soir, dans le salon. Il ne fait pas vraiment froid, pas autant qu'à Stockholm en tout cas. Je me demande quelle serait la réaction de Mrs. Gibbons si je lui racontais que les loups descendent des collines et atteignent les faubourgs de la ville lors des grandes tempêtes de neige. Ils étaient affamés et hurlaient – une nuit, ils ont même dévoré les vêtements que j'avais laissés dehors sur un fil. J'imagine qu'elle ne me croirait pas – à moins qu'elle ne me demande si les ours polaires étaient de la fête, eux aussi.

2 novembre 1905

J'écris ces lignes à l'étage, dans la chambre des enfants, après avoir fermé la porte à clef. Il fait un froid glacial, j'ai dû enfiler des mitaines et je me sers du chauffe-pieds que tante Frederikke m'a confectionné il y a... plus d'un siècle! Je pourrais demander à Hansine de mettre le feu en route dans la cheminée mais elle ne manquerait pas de me dire qu'il y en a déjà un d'allumé au salon, qu'il fait une chaleur tropicale au rez-de-chaussée, *et cetera*.

J'imagine que la dissimulation va devoir commencer. Ou plutôt, je le *sais*. Cette pensée m'amuse, je souris en songeant qu'il va désormais falloir que je me livre dans l'ombre à mon activité favorite, comme d'autres s'arrangent pour cacher leurs liaisons clandestines. Ma seule liaison à moi, c'est ce cahier! Mais je n'ai pas l'intention de *lui* faire la moindre confidence à ce sujet : aucune femme ne souhaite que son mari apprenne l'existence de l'homme qu'elle va retrouver. À chacune sa passion, telle est en tout cas la mienne. Les gens ne peuvent pas être tous identiques, n'est-ce pas?

Swanny est allongée sur mes genoux, enveloppés de châles, mais malgré le froid que j'éprouve mon corps dégage une certaine chaleur, et cela suffit à son confort. Elle s'endort vite, elle est lavée, toute douce et gorgée de bon lait. Ses cheveux sont dorés, de la même couleur que mon alliance. Les gens prétendent que la joue d'un bébé est douce comme un pétale de rose, mais ils ne le pensent pas vraiment, c'est une simple phrase qu'ils ont lue dans les livres. Une joue de bébé, ça ressemble à une prune, c'est à la fois souple et résistant, lisse et frais, c'est ferme comme un fruit.

Hier soir, j'étais assise au salon, je n'étais pas en train d'écrire mon journal mais de repriser le costume de marin de Knud. Les poches de son pantalon étaient remplies de ces images qu'on trouve en prime dans les paquets de cigarettes et qu'ils collectionnent frénétiquement, son frère et lui. « Regarde-moi ça, Knud, lui ai-je dit. Imagine qu'elles soient restées dans ta poche jusqu'à lundi prochain, lorsque Mrs. Clegg viendra faire la lessive. » Il ne m'a pas répondu, il n'a même pas levé les yeux. Il m'a déclaré récemment qu'il ne m'adresserait la parole que si je l'appelais Ken. Je lui ai dit que s'il ne me répondait pas, il allait recevoir une raclée dont il se souviendrait. Et depuis, nous nous faisons la tête, Knud refusant de me parler tant que je ne l'appelle pas Ken, et moi fermement décidée à ne pas lui céder sur ce point.

Un brin d'autorité paternelle lui ferait du bien. J'étais justement en train de me dire ça – tout en songeant que Rasmus serait un pourvoyeur rêvé d'images, lui qui fume tant – lorsqu'on frappa soudain à deux reprises à la porte d'entrée. Hansine alla ouvrir et je l'entendis pousser un cri retentissant. Quelle domestique stylée, vraiment! En tout cas, la porte s'ouvrit et mon mari pénétra dans la pièce.

Je me levai en lâchant ma trousse à couture. Pas un mot pour nous prévenir, pas une lettre depuis des mois – et il débarquait comme ça, un beau soir, à la maison...

« Eh bien, me voilà, dit-il.

– Enfin, répondis-je.

– Tu n'as pas l'air enchantée de me voir, dit-il en me détaillant des pieds à la tête. Tu pourrais au moins embrasser ton mari. »

Je lui tendis une joue, il m'embrassa et je lui rendis son baiser. Que pouvais-je faire d'autre, vu les circonstances? Il a indéniablement fière allure. Je l'avais presque oublié, j'avais oublié la sensation de ce petit frisson intérieur, au fond de moi. Ce n'est pas de l'amour, cela ressemblerait plutôt à de la faim, mais j'ignore comment le désigner.

« Viens voir ce que j'ai ramené », me dit-il.

Je suis une telle idiote, je n'apprendrai décidément jamais rien! J'ai vraiment cru pendant une fraction de seconde qu'il faisait allusion à des cadeaux, à des jouets peut-être qu'il avait achetés pour Mogens et Knud. Et je n'ai jamais pu faire une croix sur le manteau de fourrure dont je rêve, même si j'ai la certitude que je n'y aurai jamais droit. Pour être tout à fait honnête, j'ai vraiment cru pendant un instant qu'il m'en avait ramené un.

Je l'ai donc accompagné jusqu'au vestibule, mais il n'y avait rien. Il a ouvert la porte d'entrée et a tendu la main en me montrant la rue. Il y a un éclairage juste devant la maison, de sorte que j'aperçus aussitôt l'engin. De surcroît, il avait déjà installé une lampe à huile à côté, sur le bord du trottoir, pour éviter qu'une charrette ne l'emboutisse.

Une voiture à moteur. Gigantesque. Avec seulement quatre roues, munies de rayons comme une bicyclette.

« C'est une Hammel, dit-il. Fabriquée au Danemark. Elle est magnifique, non? »

Il gelait dehors, aussi sommes-nous rentrés. Avant même d'avoir ôté son manteau, il était déjà parti dans les moteurs. Ce qu'il rêve d'acquérir, c'est un engin américain, du nom d'Oldsmobile. Il prétend qu'on en a fabriqué cinq mille l'an dernier, ce qui m'a fait rire tellement c'est absurde. Il exagère toujours à propos de tout. Cinq mille exemplaires de cet engin, mais on ne pourrait plus circuler sur les routes... Il paraît que là-bas, on les appelle des automobiles. Il les désigne aussi sous quantité d'autres noms : « Oléo-locomotive », « motorig », « diamote » notamment, avec un air admiratif et extatique qu'il n'a jamais eu à mon égard.

Je me suis dit qu'il n'allait pas tarder à réenfourcher son canasson et prétendre qu'il était temps de décamper pour aller en Amérique, terre natale de l'automobile à trois chevaux-vapeur et aux garde-boue arrondis... Aussi, après avoir subi tout un baratin à propos des frères Duryea et d'un dénommé James Ward Packard, je l'ai interrompu et lui ai demandé s'il voulait voir sa fille.

« Ma foi, il le faut bien. »

C'est tout ce qu'il a trouvé à dire. Charmant, vraiment !

Elle était endormie. Mais elle s'est réveillée lorsque nous sommes entrés et il l'a vue ouvrir ses beaux yeux bleu foncé.

« Très mignonne », a-t-il dit avant d'ajouter : « De qui tient-elle des cheveux pareils ?

— Tous les Danois sont blonds, rétorquai-je.

— Sauf nous deux », m'a-t-il dit en poussant un drôle de petit rire.

Je sais toujours s'il parle sérieusement ou s'il " plaisante ", comme il le prétend tout du moins. Il venait de plaisanter, à l'instant, et ne cherchait nullement à insinuer sérieusement quelque chose.

« Elle s'appelle Swanhild, dis-je en prononçant le nom à la manière locale, sachant combien il raffole de tout ce qui est anglais.

— Merci de m'avoir demandé mon avis. »

Je lui répondis qu'il avait bien fallu que je me débrouille en son absence et nous nous chamaillâmes un peu, comme nous le faisons toujours. Mais il ne fit pas d'autre remarque sur le fait qu'elle ne nous ressemblait pas. Il me connaît aussi bien que je le connais et il sait parfaitement que je ne lui serai jamais infidèle, que c'est à mes yeux le pire acte qu'une épouse puisse commettre. Nous autres femmes nous n'avons pas besoin de nous montrer fortes et courageuses, ou aptes à gagner de l'argent comme les hommes — et même si nous le sommes, cela n'a pas d'importance, cela ne compte pas. Notre unique devoir, c'est d'être chastes. C'est le seul mot qui me vienne à l'esprit pour exprimer ce que je ressens. C'est là que réside notre honneur — dans le fait d'être chastes, pures dans notre comportement et fidèles à nos maris. J'ajouterai que la tâche est probablement plus facile si l'on a épousé un mari aimant et dévoué, mais telle est la vie après tout !

6 novembre 1905

Lorsque j'ai commencé la rédaction de ce journal, je m'étais promis de n'y consigner que la stricte vérité. Je m'aperçois aujourd'hui que c'est impossible — je veux dire, impossible pour n'importe qui, pas seulement pour moi. Tout ce que je puis faire, c'est être sincère par rapport à mes sentiments (cela, j'en suis capable), écrire les choses que j'éprouve et auxquelles je crois. Il m'est en revanche impossible d'être d'une totale franchise à l'égard des faits eux-mêmes et j'ai cessé de me ronger intérieurement les sangs à ce sujet. Il n'est pas nécessaire que j'invente des fables ou des mensonges, mais je ne puis révéler toute la vérité.

Hier, c'était Guy Fawkes Day. On l'appelle aussi le Jour des feux de joie, et lorsque j'ai entendu ça j'ai pensé que c'était une sorte d'équivalent de la Saint-Nicolas, bien qu'il y ait un mois d'écart. Mais les Anglais veulent toujours se singulariser par rapport au reste du monde et je n'aurais pas dû être autrement surprise en apprenant (de la bouche du vicaire) qu'on célèbre le 5 novembre à cause d'un homme qui a tenté d'assassiner le roi d'Angleterre et a été pendu pour cela. Depuis, pour un motif inexplicable, les Anglais fabriquent ce jour-là de grands mannequins qu'ils font ensuite brûler. Pourquoi ne les pendent-ils pas? J'imagine qu'il est plus excitant d'y mettre le feu.

Rasmus a acheté des fusées pour les garçons et nous avons fait un feu de joie, bien que nous n'ayons pas confectionné de mannequin. Je leur ai promis d'en fabriquer un l'an prochain. Ils sont pendus aux basques de Rasmus, à présent, ils l'adorent à cause de la voiture à moteur et des images qu'il leur donne, c'est un vrai dieu à leurs yeux et la pauvre Mor n'existe plus pour eux.

21 novembre 1905

Hourra! Le prince Charles du Danemark a été élu roi de Norvège.

Pendant deux jours, j'ai cru que j'étais de nouveau enceinte, mais dieu merci c'était une fausse alerte. Aucun homme ne peut se rendre compte de ce que cela représente – cette attente, cet espoir ou ce désespoir, d'heure en heure, de minute en minute, et ce brusque soulagement en découvrant enfin qu'on est indisposée. Il y avait seulement un peu de retard. Je crois qu'il ne peut rien nous arriver de comparable. Apprendre que l'on attend un enfant peut être, selon les femmes, la pire ou la meilleure nouvelle du monde, la source d'une immense joie ou un épouvantable choc, mais il n'y a pas de juste milieu. Je n'ai jamais rencontré une femme qui m'ait dit être assez satisfaite ou relativement désolée d'avoir un enfant. Non, c'est soit la béatitude soit l'horreur – et le plus souvent l'horreur, d'ailleurs.

Demain ce sera l'anniversaire de Rasmus. J'avais d'abord pensé faire mine de ne pas m'en souvenir, mais comme tout est rentré dans l'ordre, il aura quand même droit à son cadeau. C'est un peu saugrenu, d'offrir un cadeau à son mari pour le remercier de ne pas vous avoir mise *enceinte* *!

* En français dans le texte *(N.d.T.)*.

5

PARMI les histoires préférées de Mormor, celle des longues « fiançailles » de Swanny tenait une place de choix. Elle en parlait comme d'une véritable histoire d'amour et avec une grande fierté, car même si ses deux filles avaient fait ce qu'elle appelait « de bons mariages », mon père avait un peu gâché les choses en mourant prématurément.

Bien que parlant couramment le danois, ni Swanny ni ma mère n'étaient allées au Danemark durant leur enfance. À dix-neuf ans, Swanny ne s'était toujours pas remise de la mort de son frère préféré, tombé au front durant la Première Guerre mondiale. Mormor l'envoya faire un séjour à Copenhague, chez ses cousins, les Holbech, le fils et la belle-fille de sa tante Frederikke. C'était du temps de Padanaram, ils vivaient sur un certain pied et l'argent ne manquait pas.

Comme dans la chanson, Torben Kjaer aperçut l'étrangère au milieu de la foule qui emplissait la salle. Jeune diplomate, il occupait un poste de second secrétaire en Amérique du Sud et était venu passer quelques semaines de congé au pays. Swanny était demoiselle d'honneur au mariage d'une jeune fille prénommée Dorte, et Torben était au nombre des invités. Apparemment, ce fut le coup de foudre. Deux jours plus tard, il lui demanda de l'épouser et de le suivre là où il était en poste, je ne sais plus s'il s'agissait de Quito ou d'Asuncion.

Mormor ne se lassait pas de raconter cette histoire à ses interlocuteurs, du moment qu'ils étaient disposés à l'écouter. Elle le faisait même en présence de Swanny et de Torben, devenu entre-temps un gentleman distingué et grisonnant, attaché à l'ambassade du Danemark à Londres. Il demeurait impassible, habitué à dissimuler la plupart de ses sentiments. Mais à l'époque, quand il n'était encore qu'un blondinet aux yeux bleus, il était reparti seul en Équateur (ou ailleurs), Swanny ayant été tellement sidérée par sa proposition qu'elle ne l'avait pas prise au sérieux. Du reste, elle n'avait nullement l'intention de s'établir en Amérique du Sud.

« Mais il ne devait jamais oublier ma Swanny, poursuivait Mormor, et des années durant il lui écrivit ces extraordinaires lettres d'amour – je ne les ai évidemment pas lues, on ne montre pas ce genre de lettres à sa mère, mais je sais qu'elles sont merveilleuses. Et lorsqu'il fut nommé ici, ils se sont mariés. Vous vous rendez compte ! Dix années s'étaient écoulées mais cela ne lui avait pas semblé durer plus d'une journée. Si ce n'est pas de l'amour ! »

Vu ce que Torben et Swanny étaient devenus, on avait de la peine à prendre l'histoire au sérieux. Ils étaient l'un et l'autre si calmes, si pondérés, si strictement vêtus, si mûrs... Bien qu'ayant seulement six ans de moins qu'elle, ma mère faisait l'effet d'une enfant, à côté de la digne Swanny. Elles ne se ressemblaient en rien. Du reste, Swanny n'avait pas plus de points communs avec l'oncle Ken ou Mormor. Mais dans cette famille, personne n'avait un grand air de parenté, physiquement parlant. Ma mère était beaucoup plus belle que sa propre mère, tout en ayant le même genre de constitution. Ken faisait un peu penser à l'un des oncles que l'on voyait sur les vieilles photos, petit et corpulent, mais d'une stature finalement assez avantageuse ; son fils cadet lui ressemble, bien qu'il soit beaucoup plus grand. Tous avaient des cheveux roux ou châtain foncé, des yeux qui allaient du vert sombre au bleu clair, tous étaient plus ou moins affligés de taches de rousseur et sujets aux coups de soleil.

Mais Swanny était une pure Danoise – peut-être devrais-je plutôt dire une pure Nordique. C'était la plus grande de la famille – elle dépassait même Morfar – et elle avait des cheveux d'un blond resplendissant. Sa peau brunissait au soleil, elle n'était pas sujette aux taches de rousseur et ses yeux étaient d'un bleu outremer. Même à l'époque dont je parle, à l'apogée de Willow Road, dans le Hampstead des années soixante, alors qu'elle avait largement dépassé la cinquantaine, elle évoquait encore une déesse d'un opéra de Wagner avec ses cheveux désormais argentés et son profil semblable à celui d'une impératrice, comme on en voit sur les vieilles pièces de monnaie.

Torben et elle recevaient beaucoup. Je n'ai jamais su et j'ignore encore si cela faisait partie des obligations diplomatiques de Torben ou s'ils aimaient tout simplement les réceptions. Il y avait probablement un peu des deux. J'y assistais assez souvent, parce que j'étais inscrite dans un établissement situé juste à côté de chez eux et parce qu'il y avait un type – l'un des assistants de Torben – dont j'étais plus ou moins entichée et à qui l'on faisait toujours appel pour s'occuper des boissons et entretenir la conversation. Par la suite, ce fut lui qui s'enticha de moi, mais c'est une autre histoire.

Mormor adorait ces réceptions. Ma mère, qui s'y rendait parfois avec son fiancé du moment, me disait toujours que Swanny et Torben auraient préféré que Mormor se tienne un peu à l'écart, qu'elle reste dans sa chambre ou du moins qu'elle s'éclipse assez tôt, mais qu'ils ne savaient pas comment le lui dire sans la froisser. Pour ma part, j'aurais plutôt dit « sans la mettre hors d'elle » que « sans la froisser », car Mormor ne m'a jamais fait l'effet d'une personne fragile ou sensible. Après tout, elle n'avait rien de la traditionnelle grand-mère impotente et radoteuse, assise dans son coin et prête à se lamenter sur ses petites misères auprès du premier interlocuteur venu. Je crois plutôt – car ils ne manquaient pas de sagesse – qu'elle constituait pour eux une sorte d'attraction, un numéro de choix. Certains de leurs invités venaient à leurs réceptions parce qu'ils savaient que la mère de Swanny serait présente et qu'avec elle on ne s'ennuyait pas.

Je me suis demandée depuis lors comment tous ces gens ont bien pu réagir en découvrant que c'était Asta Westerby, l'auteur du Journal, qu'ils avaient côtoyée dans cette maison de Willow Road et qui leur avait raconté toutes ces histoires dont beaucoup sont reprises dans le livre. S'ils l'avaient su à l'époque, lui auraient-ils prêté davantage d'attention, se seraient-ils montrés plus aimables, plus déférents à son égard ? Ce n'est pas certain. Je n'ai jamais eu l'impression que Mormor était délaissée. C'était plutôt l'inverse qui se produisait. Elle faisait toujours partie d'un groupe animé et il me semblait souvent que c'était elle qui en constituait le centre.

Pourquoi n'était-elle jamais lasse, comme les vieilles dames de quatre-vingts ans sont censées l'être ? Pourquoi ne disait-elle jamais, à neuf heures du soir, qu'il était temps pour elle d'aller se coucher ? Elle ne faisait jamais allusion à la fatigue, elle ne donnait jamais l'impression de fléchir. Une intense énergie l'animait. Elle était toute petite, dotée d'un corps minuscule comparé à la relative grosseur de sa tête. J'imagine que chez elle, c'était le physique qui avait marqué le pas, contrairement au cerveau. Elle se poudrait copieusement le visage – celui-ci était alors à peine moins blanc que ses cheveux – mais en dehors de ça elle ne se maquillait pas. Elle dégageait une puissante odeur de parfum – l'Aimant, de chez Coty – comme si ses vêtements en avaient été imprégnés. Elle arborait fréquemment l'une de ces broches qui feraient aujourd'hui sourciller les amis des bêtes, un papillon aux ailes bleues monté sur de l'or et du mica. Cela soulignait la couleur de ses yeux, qui étaient exactement du même bleu mais n'avaient nullement besoin d'être ainsi mis en valeur, étant d'un éclat suffisamment vif et perçant : au lieu de l'avantager, cette association avait au contraire quelque chose d'embarrassant.

Détail curieux dans son attitude : elle ne s'asseyait jamais. Enfin, cela lui arrivait évidemment de temps en temps et, lorsque je repense précisément à certaines de nos réunions, je la revois assise sur telle chaise, à tel moment de la conversation. Mais dans mon souvenir, de manière générale elle est toujours debout, ou allongée comme dans le tableau qui représente Mme Récamier. En tout cas, lors de ces réceptions, elle ne tenait pas en place. Et il valait mieux ne pas lui proposer de s'asseoir un instant.

« Pourquoi? Vous êtes fatigué de rester debout à m'écouter? » lança-t-elle un jour d'une voix cassante à un malheureux jeune homme dont c'était la première invitation.

Elle parlait dans sa langue natale avec les Danois de l'assemblée. L'un d'eux me dit un jour qu'elle avait fini par avoir autant d'accent que lorsqu'elle s'exprimait en anglais. Cet accent donnait un curieux piquant à ses histoires, du moins à mes oreilles. Bien que j'aie relu depuis nombre d'entre elles dans le Journal, dans la réalité elle se répétait rarement. Avant de lire la version écrite, je ne l'ai entendu raconter qu'une seule fois l'épopée de Karoline, la jeune fille qui faisait pipi dans la rue, ainsi que l'histoire de ce grand dîner qui eut lieu à Copenhague durant les années vingt, et où Morfar et elle étaient les seuls époux de l'assistance à n'avoir jamais divorcé.

Ce fut lors d'une réception à Willow Road que je l'entendis rapporter l'histoire de son cousin qui avait accidentellement tué sa maîtresse en lui faisant manger des champignons vénéneux. Le même jour, elle nous raconta également l'histoire d'une vague parente à elle qui s'était rendue dans un orphelinat d'Odense afin d'adopter un enfant. Cette dernière anecdote n'est pas sans rapport avec ce qui advint par la suite. Il est sans doute préférable que j'avoue dès à présent n'avoir jamais pu faire la part exacte entre ce qui, dans ces histoires, s'apparentait à la vérité et ce qui relevait au contraire de l'affabulation et des enjolivures. Comme je l'ai dit, Mormor était une authentique romancière, à ceci près que son unique roman fut le Journal qu'elle écrivit durant plus de soixante ans. Je ne puis l'affirmer avec certitude, mais j'ai la conviction que la vérité ne la satisfaisait pas, avec son cortège de complications décevantes, de drames avortés, et son inévitable lot de pétards mouillés. Elle préférait l'enjoliver, en donnant à son histoire un début, un milieu et une fin. Avec elle, l'intensité dramatique ne faiblissait jamais.

Mormor n'avait ni frère si sœur. L'anecdote était censée être arrivée à l'une de ses riches cousines, du côté suédois. La jeune femme avait fait un bon mariage mais n'avait pas d'enfant, aussi décida-t-elle avec son mari d'en adopter un, ce qui était à l'époque une procédure assez simple. À en croire Mormor, il suffisait de choisir un enfant à sa convenance et de le ramener chez soi.

Le mari de Sigrid conduisit celle-ci dans un orphelinat d'Odense, sur l'île de Fyn, où naquit l'auteur préféré de la mère de Mormor, Hans Andersen. (Ici, Mormor faisait une digression pour dire combien elle détestait Andersen, rappelant toutefois à son auditoire qu'il n'en était pas moins « le plus grand écrivain pour enfants de tous les temps ».) La directrice désigna à la docile Sigrid un enfant bien précis, un petit bébé dont la beauté et la douceur la touchèrent immédiatement. D'après Mormor, l'enfant devait avoir un an.

« Ma cousine l'aima aussitôt, dit-elle. Elle le ramena chez elle, ils l'adoptèrent, et son mari lui révéla alors la vérité : l'enfant était son fils, il l'avait eu d'une autre femme, une fille qu'il avait connue lors de ses voyages d'affaires à Odense. Sa maîtresse, ajouta-t-elle avec délectation. (Le mot était chargé pour elle de sous-entendus impliquant le luxe et le vice.) Il avait tout combiné. Sigrid lui pardonna et garda le garçon avec elle, ce doit être un vieillard aujourd'hui. (Mormor posa son regard inquisiteur et perçant sur l'un des hommes de l'assistance.) Je n'aurais pas eu la même réaction. Ah, ça non ! J'aurais immédiatement renvoyé ce garçon dans son orphelinat. »

Une discussion s'ensuivit, évidemment, quant à la morale qu'il fallait tirer de cette histoire et les gens exposèrent à tour de rôle ce qu'ils auraient fait à la place de Sigrid et de son mari.

« Vous auriez peut-être fini par l'aimer, à la longue, suggéra une femme.

– Certainement pas, rétorqua Mormor. Après avoir appris la vérité, et découvert à quel point j'avais été trompée, j'en aurais été bien incapable. Je n'accorde pas mon amour à la légère, ajouta-t-elle sur un ton définitif. (Son regard parcourut tous les visages de l'assistance, jusqu'à l'autre extrémité de la pièce.) D'ailleurs, je ne crois pas à ces prétendues histoires d'amour. C'est de la foutaise. »

C'était l'une de ses expressions favorites. Le sentimentalisme, la tendresse, la sensibilité, la modestie – tout cela, c'était de la foutaise. Ce qu'elle aimait, c'étaient les drames, l'énergie, la puissance. Nombre de ses histoires se terminaient par une mort violente. Après la grande crise de 1929, un autre de ses cousins, le frère de cette Sigrid, s'était tiré une balle dans la tête, laissant une veuve et quatre orphelins. L'un de ses lointains parents, qui avait émigré aux États-Unis dans les années 1880, avait toujours ignoré, avant de rentrer au Danemark à la fin de sa vie, que la maison où il vivait à Chicago avec toute sa famille, sur North Clark Street, se trouvait à deux pas de l'endroit où avait eu lieu le massacre de la Saint-Valentin.

Durant la journée, Mormor errait à travers Hampstead et le quartier du Heath. Elle arpentait Heath Street dans tous les sens, pénétrait dans les boutiques, « juste pour jeter un coup d'œil », et en ressortait. Elle discutait avec les gens et rapportait leurs propos dans son Journal, mais elle n'avait pas d'amis. Elle avait avec ses interlocuteurs le même type de rapports qu'un journaliste. Elle les interviewait. Ma mère m'a raconté qu'elle n'avait aucune amie femme, qu'aussi loin que remontent ses souvenirs sa mère n'avait jamais eu de « copine ». Morfar avait ses propres relations d'affaires, datant des jours lointains de Chelsea, et Mormor connaissait leurs épouses. Elle avait lié connaissance avec quelques voisins, du temps de Padanaram, puis du « 98 ». La seule personne qui l'appelait par son prénom et à qui elle retournait cette politesse était Harry Duke.

Comme tant d'autres gens qui se sont trouvés associés à Mormor, c'était un individu assez surprenant. Bien que je l'aie rarement vu, j'ai entendu parler de lui depuis ma plus tendre enfance et à mes yeux il faisait partie de la famille. Je l'ai toujours appelé oncle Harry, comme ma mère, Swanny et – pour ce que j'en sais – l'oncle Ken. L'essentiel de ce que j'ai appris de lui, je le tiens de ma mère. Il avait pris sa retraite en 1948, mais avant cela il avait fait sa carrière à la Compagnie des Eaux – le département communal des Eaux, comme on l'appelait alors. Il habitait Leyton. Il aimait les courses de lévriers et soutenait l'équipe de football locale, mais c'était aussi un grand lecteur et un amateur de théâtre. Mormor était très snob, sauf pour ce qui concernait l'oncle Harry. Il ne s'agissait pas d'émettre devant elle la moindre critique à son sujet.

Il l'avait emmenée un jour voir une course de lévriers mais elle l'avait prévenu qu'il était hors de question qu'elle assiste à un match de football. Sa femme était morte quelques années avant Morfar et, après le décès de celui-ci, ma mère et Swanny avaient surnommé oncle Harry « le prétendant de Mor ». Il était gentil, prévenant, sa conversation n'avait rien de banal, il était au contraire ironique et mordant, et il adorait Mormor. Il l'emmenait se promener en voiture, ils allaient visiter des musées, voir des expositions et partager de plantureux repas. Ils adoraient tous deux la bonne chère. Harry Duke était grand, bien bâti, séduisant; il avait encore toutes ses dents et une bonne partie de ses cheveux la dernière fois que je l'ai vu, à l'enterrement de Morfar. Autre chose remarquable à son sujet : on lui avait décerné la croix de Victoria, à la suite de ses exploits durant la Première Guerre mondiale. Il avait porté secours en plein champ de bataille à un groupe de soldats grièvement blessés, dans lequel figurait notamment le deuxième classe « Jack » Westerby.

Comparée à lui, bien qu'ayant été leur domestique et leur bonne à tout faire jusqu'à son mariage, en 1920, Hansine était restée une simple relation. Elle était morte la même année que Morfar, et Mormor n'avait apparemment jamais pris contact avec sa fille. Swanny m'a raconté que Torben et elle voulaient inviter Hansine et son mari, Samuel Cropper, à la réception qu'ils avaient donnée pour les noces d'or de Mormor et de Morfar, en 1947, mais que Mormor n'avait pas voulu en entendre parler.

« Je lui demanderais bien de venir nous donner un coup de main, avait-elle eu l'audace de déclarer, mais les traiteurs se chargeront de tout. »

Swanny disait qu'elle avait presque eu l'air heureux d'apprendre la mort de Hansine, quelque sept ans plus tard. Comme si cela l'avait soulagée. Peut-être simplement parce qu'elle pouvait rayer de ses tablettes une femme qui l'ennuyait. Des semaines s'écoulaient parfois sans qu'elle revoie Harry ou lui parle au téléphone. Mormor avait une capacité d'autonomie un peu effrayante et elle changea fort peu ses manières en vieillissant. Un jour, chez Swanny, elle me raconta qu'elle n'avait pas versé une larme depuis qu'à l'âge de vingt-trois ans son bébé était mort – celui qui s'appelait Mads – un mois après la naissance. L'histoire faisait partie de son répertoire mais elle ne la racontait pas en public. On s'attendait à son décès et elle était restée avec lui jusqu'à la fin, assise près de son berceau, en le serrant dans ses bras. Cela se passait à Copenhague, dans cette fameuse maison de Hortensiavej. Elle était descendue au rez-de-chaussée où se trouvait Morfar, lui avait annoncé que l'enfant était mort et avait fondu en larmes. Morfar l'avait dévisagée un instant, puis avait quitté la pièce. À la suite de ça, elle s'était juré de ne plus jamais pleurer et elle avait tenu parole : cela ne lui était plus arrivé, même dans l'isolement de sa chambre, même lorsqu'elle avait reçu le télégramme lui annonçant le décès de Mogens.

D'un autre côté, elle riait très souvent, poussant un petit rire sec ou un bref gloussement, d'un air entendu. Elle se moquait souvent du malheur d'autrui mais savait aussi rire à ses propres dépens. C'était l'une des choses qui la rendaient sympathique. Elle a même eu ce petit rire ironique après m'avoir raconté la mort de Mads et l'histoire de ses sanglots, qui n'avaient pas éveillé la pitié de son mari. Je la considérais alors comme le symbole même de la retenue : elle me paraissait capable de se contrôler en toute circonstance, de se passer désormais de toute confidence – à supposer qu'un tel désir lui soit jamais venu – de maintenir ses émotions et l'histoire de son passé sous une chape de plomb. Je la savais capable de faire du tort à autrui, mais la méchanceté lui était étrangère. Elle aurait pu profiter de l'amour que Swanny lui portait, et de sa générosité, mais elle l'aimait tendrement et était excessivement fière d'elle.

Si elle était née quelques décennies plus tard, elle aurait eu d'autres motifs de fierté. Mais ayant vu le jour en 1880, il est naturel qu'elle ait admiré ses fils pour leurs prouesses militaires ou leurs succès professionnels, et ses filles pour leur beauté ou leur réussite sociale. Si l'une de ses filles avait été honorée de l'ordre de l'Empire britannique mais était demeurée célibataire, je crois qu'Asta aurait eu un peu honte d'elle. Mais Swanny incarnait tout ce dont elle avait rêvé, et même plus. Le jour où Swanny eut droit à sa photographie dans les colonnes du *Tatler* marqua l'apogée des ambitions sociales d'Asta. Lorsqu'elle montra un exemplaire du journal à l'oncle Harry, Swanny m'a dit qu'avec sa grosse tête et ses jambes filiformes, on aurait raconté un pigeon en train de se rengorger.

La photo en question avait été prise lors d'une visite officielle à Londres de la reine du Danemark (ou du souverain, accompagné de son épouse). Une réception avait été donnée à l'ambassade et le couple royal avait posé aux côtés d'une partie du personnel. Torben avait une allure superbe et tout aristocratique, avec sa queue-de-pie et sa cravate blanche, et Swanny était resplendissante dans sa robe du soir en dentelle, ses rangées de perles autour du cou. Leurs noms étaient mentionnés dans la légende qui figurait sous la photo, avec ceux des altesses royales, de l'ambassadeur et d'une historienne danoise qui venait de recevoir je ne sais plus quelle distinction.

J'ai la conviction – et je l'ai toujours eue – que cette photo est à l'origine de tous les ennuis ultérieurs de Swanny. Ni ma mère ni Swanny ne partageaient cette opinion, mais pourquoi l'auteur de cette fameuse lettre aurait-il attendu aussi longtemps pour faire ses « révélations » ? La coïncidence est trop grande pour être le fait du hasard, car la lettre arriva une semaine seulement après la parution de cette photo dans un magazine national.

Soit cette photo déclencha une brusque explosion de jalousie et de haine chez celui (ou celle) qui écrivit la lettre, soit ce fut la goutte d'eau qui fit déborder le vase, au terme d'une vie d'amertume et de frustation. Je pencherais plutôt pour la seconde hypothèse. J'ai la quasi-certitude que l'auteur de cette lettre n'a jamais dû perdre Swanny de vue, au fil des années, se renseignant auprès de diverses sources pour connaître l'évolution de son existence, passant peut-être de temps en temps à Willow Road pour contempler sa demeure et même, qui sait, pour observer les allées et venues de la maîtresse de céans. La photo parue dans le *Tatler* avait dû provoquer en lui une sorte de déclic, le convaincre que l'heure avait sonné, qu'il fallait maintenant écrire cette lettre.

Swanny avait invité quelques personnes à déjeuner ce jour-là, uniquement des femmes. Deux cuisinières étaient venues l'aider, une autre employée devait faire le service, de sorte qu'elle n'avait pas grand-chose à faire, mais pour une raison ou pour une autre la matinée était déjà bien avancée lorsqu'elle avait ouvert son courrier.

Mormor était déjà en bas, elle avait pris son café et s'était rendue à la cuisinie pour voir ce que l'on mijotait. Elle était très gourmande et demeurait principalement fidèle à la cuisine danoise. Rien ne valait selon elle le porc aux choux rouges, l'oie rôtie, les marmelades de fruits, le *sildesalat* et le *crystade*, même si elle ne dédaignait pas une grillade bien tendre ou un plat de rognons. Si le repas que Swanny avait commandé pour ses invitées n'avait pas comporté un plat à base de viande ou de poisson fumé, elle n'aurait pas été satisfaite et n'aurait pas manqué de le faire savoir, vraisemblablement au beau milieu du repas.

Swanny n'utilisait jamais le bureau de Torben, à l'époque. C'était le domaine sacro-saint de son mari. Elle montait son courrier et le dépouillait dans sa chambre, où elle disposait d'une petite écritoire. Elle procédait le plus souvent ainsi, notamment – et peut-être surtout – pour échapper à la curiosité dévorante de Mormor. (« Qui t'envoie cela, *lille* Swanny? Je reconnais cette écriture. Et il me semble bien avoir vu un timbre danois... ») Ce jour-là, Mormor était Dieu merci occupée ailleurs, à soulever les couvercles des marmites et à humer les effluves de saumon fumé. Swanny nous a raconté, à ma mère et à moi, qu'elle avait ouvert la lettre en dernier. Son nom et son adresse figuraient en capitales sur l'enveloppe et cela ne lui avait pas inspiré confiance. Elle avait pensé qu'il s'agissait d'une requête, de quelqu'un qui voulait leur emprunter de l'argent. Torben et elle recevaient parfois des demandes de ce genre.

À sa lecture, elle nous dit qu'une soudaine bouffée de chaleur l'avait envahie, de la tête aux pieds. Elle avait aperçu dans le miroir son visage qui s'empourprait et devenait rouge comme une tomate, comme si elle était sur le point d'étouffer. L'une des fenêtres était ouverte : elle s'était penchée au-dehors et avait aspiré une grande bouffée d'air frais. Puis elle avait relu la lettre.

Il n'y avait pas d'en-tête, pas de date, aucune formule de politesse.

Vous vous croyez importante et intouchable, mais vos grands airs et vos manières sont tout simplement ridicules quand on sait que vous êtes une moins que rien. Vous n'êtes pas la fille de votre mère ni de votre père. Ils sont venus vous chercher et vous ont tirée du ruisseau après la mort de leur propre enfant. Il est temps que vous sachiez la vérité.

Le message avait été écrit en capitales, avec un stylo à encre, sur une grande feuille de papier à lettres bleu. L'enveloppe était assortie et le cachet de la poste indiquait qu'elle avait été expédiée dans le quartier de Swanny : London NW3.

En la lisant pour la seconde fois, Swanny se mit à trembler. Elle s'assit sur une chaise, devant son écritoire, le corps pris de frissons. Elle claquait des dents. Au bout d'un moment, elle se releva, se rendit à la salle de bains et but un verre d'eau. Il était midi et quart et ses invitées devaient arriver à la demie. Elle se dit que la seule chose à faire était de déchirer la lettre et d'en chasser définitivement le contenu de son esprit.

Mais elle ne pouvait s'y résoudre – à la déchirer, en tout cas. Elle se rendit compte qu'elle en était physiquement incapable. Le simple fait de toucher cette lettre était déjà trop éprouvant. Elle s'en saisit d'une main hésitante, comme quelqu'un qui doit vaincre une phobie quelconque, tendant les doigts pour les rétracter aussitôt. Elle baissa les yeux, attrapa le bout de papier sans le regarder et le fourra dans son sac à main. Ne l'ayant plus sous les yeux, elle se sentit un peu moins oppressée, mais les mots qu'elle venait de lire restèrent gravés dans son esprit.

La voici en bas, au salon, avant l'arrivée des premières invitées. Mormor est à ses côtés, elle a passé l'une de ses robes noires à franges, la broche bleue est épinglée sur son revers, ses cheveux blancs finement peignés sont pris sous un mince filet de résille rehaussée de perles et elle parle avec animation du *snaps* qu'elles boiront tout à l'heure pour accompagner l'entrée, une marque de très bonne qualité, Torben a été bien inspiré de choisir celle-là. Et elle se met à raconter que sa propre mère, « ta Mormor », ne buvait jamais une goutte d'alcool à l'exception de ce *snaps* auquel elle résistait remarquablement bien, mais tout ce que Swanny se dit, à l'évocation de cette femme,

« ta grand-mère », c'est qu'elle n'est peut-être pas, c'est qu'il est impossible qu'elle soit sa petite-fille, si la lettre dit vrai.

Les invitées arrivent. Elles s'entassent au salon, prennent l'apéritif, fument des cigarettes. Ce sont les années soixante, personne ne se modère en songeant au trajet du retour ou pour éviter d'être «pompette» comme on disait alors. Toutes ces dames boivent plusieurs verres de porto ou de gin-tonic en fumant des cigarettes au taux de nicotine maximal. Personne ne remarque – ou ne se soucie – que le beau salon de Swanny baigne dans la fumée au point que le tableau de Karl Larsson disparaît presque sur le mur.

Swanny se déplace parmi ses invitées comme dans un brouillard, elle essaie de tenir au mieux son rôle d'hôtesse, parlant à tour de rôle avec les unes et les autres. Elle ne parvient pas à détacher son regard de sa mère et ses yeux se reportent constamment sur elle, à la manière d'un amant irrésistiblement attiré par sa belle. Comme si sa mère la fascinait.

Mormor trône au milieu d'un petit groupe et pérore à loisir. Ses talons hauts la font paraître plus grande, elle n'a plus du tout l'air chétif, elle en impose au contraire, c'est quelqu'un avec qui il faut compter. Tout le monde semble avoir envie d'écouter ce qu'elle a à dire, y compris la spécialiste de l'histoire navale, Mrs. Jørgensen, Aase Jørgensen, qui est l'invitée d'honneur de cette réception. Et Mormor parle de ce qui se passait dans le monde lorsqu'elle était encore une jeune femme, à Hackney : des palabres qui avaient précédé la désignation du roi de Norvège, de la catastrophe du dirigeable américain, du *Potemkine* dans le port d'Odessa...

L'une des invitées l'interrompt :

«Vous voulez parler du cuirassé *Potemkine*? »

Tout le monde a vu le film, mais Mormor qui n'en a même pas entendu parler répond :

«Oui, oui, c'était un cuirassé, cela se passait en 1905, en été, il faisait une chaleur épouvantable, et elle s'apprête à poursuivre quand Swanny lui touche le bras et murmure :

– Puis-je te dire un mot? »

Maintenant? À l'instant? Mais Swanny ne peut plus attendre, l'angoisse est trop forte, elle suffoque. Elle a écouté l'histoire du cuirassé *Potemkine* mais pour elle il n'y a que sa mère dans la pièce, elle ne voit littéralement qu'elle. Pourtant, que peut-elle espérer? Une explication? Une réfutation de ce que prétend cette lettre? Un tissu de mensonges, des absurdités qui ne méritent même pas qu'on s'y arrête? Elle n'en sait rien. Tout ce qu'elle sait, c'est qu'il faut qu'elle prenne sa mère à part et lui pose la question.

Pourquoi? Pourquoi ne pas attendre la fin de la réception? C'est ce que semble se dire Mormor, qui lui répond d'un air agacé de patienter un instant – « Qu'est-ce qu'il y a, tu ne vois pas que je raconte à Mrs. Jørgensen le bombardement d'Odessa? » Et elle plonge Swanny dans la confusion en déclarant à voix haute : « Mon jupon dépasse, c'est ça? »

Swanny n'arrive pas à la prendre à part. Elle se rend à la cuisine, officiellement pour voir si le repas est prêt. Tout est en ordre, il n'y a rien à faire. Elle fait alors une chose qui lui est tout à fait inhabituelle, un geste qu'elle n'a jamais accompli auparavant, elle se verse une rasade de *snaps* dans un verre à porto et l'avale d'un trait.

Il faut, bien sûr, qu'elle retourne au salon. Sa mère n'est plus à la même place, elle a même disparu de la pièce. Swanny vaque de droite à gauche, en se demandant où elle a bien pu passer. Elles ne sont plus que onze dans la pièce, elle y compris. Peut-être sa mère est-elle dans l'entrée, partie à sa recherche après avoir soudainement changé d'avis, mais avant qu'elle puisse s'en assurer la servante apparaît pour annoncer que le déjeuner est servi et il lui faut accompagner ses invitées à la salle à manger. Mormor s'y trouve déjà, en compagnie de Mrs. Jørgensen à qui elle montre les vases à tirage limité fabriqués à Copenhague lors du couronnement royal, tout en lui parlant d'une femme qui collectionne les porcelaines et a épousé un dénommé Erik Holst, lui-même officier de marine et ancien cadet du *Georg Stage*, ce navire-école jadis coulé par le fond.

Si elle avait pu rester seule avec sa mère, à ce moment-là, elle lui aurait posé la question. Elle en aurait été capable. Mais les choses s'étant déroulées de la sorte, lorsque la réception fut terminée une sorte d'inhibition l'envahit et l'empêcha de parler. Ce premier verre de *snaps* et ceux qui suivirent l'avaient assommée, elle désirait uniquement s'étendre, s'endormir, sombrer dans l'oubli, avec l'espoir que les choses iraient mieux à son réveil.

La soirée s'écoula. Pour une fois, Torben devait rentrer assez tard à la maison. Mormor était allongée sur le sofa et lisait *Le Magasin d'antiquités*. Elle monta se coucher de bonne heure, prétextant que la journée avait été épuisante. La vérité, c'est qu'elle avait sûrement besoin de deux bonnes heures de solitude pour rédiger son journal. Swanny avait une horrible migraine. Elle n'avait pas relu la lettre, qui était restée dans son sac à main. Celui-ci se trouvait à côté d'elle, au salon, comme c'était toujours le cas, posé au pied d'une chaise ou sur un coussin du sofa. Elle le regarda longuement en songeant à ce qui se trouvait à l'intérieur. C'était comme s'il avait contenu un sachet de vomissures ou le cadavre d'un animal en voie de putréfaction : il allait bien falloir qu'elle s'en débarrasse, à un moment ou à un autre.

Bien avant le retour de Torben, elle avala deux aspirines et monta se coucher. Ils partageaient la même chambre mais avaient toujours eu des lits séparés. Elle se réveilla très tôt le lendemain, vers cinq heures du matin, et faillit monter à l'étage au-dessus pour tirer sa mère de son lit et lui dire : « Tiens, lis donc ça et dis-moi si c'est la vérité. Que ce soit vrai ou faux, il faut que je le sache. »

Mais elle ne le fit pas. Pas ce jour-là.

6

J E me trouvais par chance à la maison lorsque Swanny nous révéla l'existence de la lettre. C'était un mercredi après-midi, comme d'habitude. Elle avait en effet pris soin de ne pas modifier son emploi du temps ordinaire. La lettre était arrivée un vendredi mais elle avait attendu le mercredi suivant pour venir nous en parler. Elle n'en avait encore soufflé mot à personne et s'était efforcée de prendre son mal en patience. Comme elle nous le dit, elle ne voulait pas « en faire tout un plat ». Elle n'avait pas montré la lettre à Torben et n'avait rien dit à Mormor. Elle n'avait pas davantage téléphoné à ma mère pour la prévenir qu'elle avait quelque chose de particulier à lui dire. La vérité, bien sûr, c'est qu'elle n'avait pas la moindre envie d'en parler : elle aurait préféré faire une croix sur toute cette affaire, mais c'était évidemment impossible. Qui aurait pu oublier une chose pareille?

Ses cheveux argentés étaient toujours splendidement coiffés. Curieusement, cela donnait l'impression qu'elle les faisait teindre et que ce n'était pas leur couleur naturelle. Son rouge à lèvres sombre tranchait avec éclat sur la peau légèrement cuivrée de son visage. Ses bagues en platine ornées de gros diamants, offertes par Torben, brillaient à sa main gauche et elle portait des boucles d'oreilles également rehaussées de diamants (Nancy Mitford déclare quelque part que c'est la parure idéale pour un visage vieillissant). Je me disais jadis que j'aurais bien aimé lui ressembler lorsque j'aurais son âge, mais à présent que l'échéance se rapproche, je vois bien que ce ne sera pas le cas. Loin de là. Ou alors, j'en serai la première surprise.

Elle sortit la lettre de son sac en la tenant vraiment du bout des doigts. On aurait dit qu'elle la prenait avec des pincettes. Pourtant, il ne s'agissait pas de sa part d'un geste théâtral ou affecté mais d'une expression de dégoût tout à fait naturelle. Ma mère affecta de prendre la chose à la légère.

« C'est la première fois que je vois une lettre anonyme.

– Je t'en prie, Marie, ne plaisante pas. Je ne le supporterai pas.

– Swanny... Ne me dis pas que tu prends ces bêtises au sérieux. »

Swanny nous dévisagea à tour de rôle, ma mère et moi, d'un air désemparé. Elle croisa les doigts et les serra violemment, comme si ses mains étaient sur le point de lui échapper.

« Pourquoi m'aurait-on écrit cela, si ce n'était pas vrai? Quel que soit l'auteur de cette lettre, il n'aurait jamais inventé une histoire pareille.

– Mais bien sûr que si. C'est quelqu'un qui t'envie, qui est jaloux de toi.

– Il a dû voir ta photo dans le *Tatler*, intervins-je.

– Non, c'est impossible. Comment aurait-il connu mon adresse? Ou appris quoi que ce soit à mon sujet?

– Sincèrement, Swan, tu me demandes de ne pas plaisanter mais il y a vraiment de quoi rire. Il n'y a bien que toi pour envisager un seul instant que cette histoire puisse être prise au sérieux. Si c'était moi qui avais reçu cette lettre, je l'aurais aussitôt mise au panier. »

Swanny répondit d'une voix très calme :

« Mais justement, tu ne risquais pas de la recevoir... Tu es le portrait craché de Mor. »

Nous comprîmes à cet instant combien l'affaire était grave à ses yeux, combien elle avait dû la tourmenter. Ma mère se mit à rire, mais en se forçant un peu.

« La seule chose à faire, c'est de poser la question à Mor. Si tu prends vraiment cela à cœur, interroge-la.

– Je sais.

– Je ne comprends pas pourquoi tu ne l'as pas déjà fait. À ta place, c'est la première chose que j'aurais faite.

– Cesse de vouloir te mettre à ma place, Marie.

– D'accord, excuse-moi. Mais interroge-la. Tu aurais dû lui poser la question vendredi, mais il est toujours temps. »

Swanny hocha presque imperceptiblement la tête et déclara très posément :

« J'avais peur.

— Oh, mais il faut que tu l'interroges. Il le faut absolument. Cette histoire te tracasse à ce point?

— Que crois-tu donc?

— Alors, interroge-la. Immédiatement. Sitôt rentrée chez toi. Montre-lui la lettre. Tu t'apercevras que ce mufle, ce zinzin, ce... salopard anonyme voulait insinuer tout autre chose.

— Par exemple? demanda simplement Swanny en nous dévisageant à tour de rôle.

— Je n'en sais rien. Comment le saurais-je? Mais cela ne tient pas debout. Tu es la préférée de Mor, tu le sais bien, tu nous l'as déclaré cent fois. Et elle le répète elle-même à tout bout de champ, sans se soucier de la peine que cela peut occasionner à son entourage. Ce que je veux dire, c'est que l'idée qu'elle ait pu t'adopter est tout bonnement inimaginable. Pourquoi aurait-elle fait une chose pareille? Considère un peu les choses sous cet angle. Elle n'était pas stérile, elle a eu beaucoup d'enfants, elle se plaint aujourd'hui encore d'en avoir eu autant et peste contre Far.

— Il faut que tu lui poses la question, dis-je.

— Je sais.

— Tu veux que je lui en parle? » demanda ma mère.

Swanny haussa les épaules et secoua la tête.

« Cela ne me dérange pas, poursuivit ma mère. Si tu veux, je vais te raccompagner et je lui poserai moi-même la question. »

Swanny n'allait évidemment pas accepter une telle proposition. Ma mère en aurait été parfaitement capable. Si c'était elle qui avait reçu la lettre, elle aurait aussitôt interrogé sa mère, à l'instant même. J'aimais beaucoup ma mère et je me souviens d'elle avec tendresse, elle s'est très bien occupée de moi et a fait preuve d'un rare dévouement, mais il serait ridicule de prétendre qu'elle était dotée d'une vive sensibilité ou d'une grande imagination. Dans la famille, c'est Swanny qui était sensible, réservée, timide, imaginative. Bizarrement, ces traits existaient aussi chez Asta, qui était à la fois sensible et insensible, dure et douce, vulnérable et blindée, agressive et timide – romancière et journaliste.

Ma mère était incapable de comprendre le genre d'angoisse que Swanny ressentait. Elle pouvait seulement s'indigner, sentir qu'une agression avait été commise, qu'une grande injustice se préparait. Elle voulait remettre les choses en ordre en allant sur-le-champ discuter avec sa mère, sans attendre qu'une nouvelle nuit se soit écoulée.

« Je vais l'interroger, dit Swanny. Tu m'as convaincue, il faut que je le fasse. (Elle poussa un soupir. Elle avait ce regard hanté que nous devions revoir si souvent par la suite.) Je n'aime pas évoquer mon âge – non que je sois vieille, on ne l'est pas, à cinquante-huit ans, mais je suis trop âgée pour qu'il m'arrive une chose pareille. C'est lorsqu'on est adolescent que l'on découvre ainsi, du jour au lendemain, que l'on a des parents adoptifs. On n'a jamais entendu dire qu'une pareille mésaventure arrive à des gens de cinquante-huit ans. C'est tellement affreux, tellement... grotesque. (Bien que son intonation n'eût pas changé, ni l'expression incrédule et légèrement ironique qu'elle tentait de se donner, les mots mêmes qu'elle venait d'employer la rendaient pathétique.) Il est impossible que je sois une fille adoptive, n'est-ce pas Marie? N'est-ce pas, Ann? L'auteur de cette lettre a forcément menti. Oh, si seulement je ne l'avais pas ouverte! »

On aurait pu penser que nous discuterions longuement de tout ceci après son départ, ma mère et moi, mais ce ne fut pas le cas. Ma mère déclara simplement que l'auteur de la lettre croyait probablement à la vérité de son histoire – je ne sais pas pourquoi, mais nous étions convaincues qu'il s'agissait d'une femme –, et que cela devait être la conséquence de l'une des affabulations d'Asta. On l'imaginait aisément en train de broder à propos des enfants trouvés, c'était même le sujet de plusieurs de ses histoires et certains de ses auditeurs les prenaient pour argent comptant. Ma mère avait dit cela d'une voix insouciante, en tournant légèrement la chose en dérision afin de couper court à toute discussion sérieuse, et nous passâmes à autre chose. Son fiancé – celui qui devait être le dernier de la série, l'ultime amant, celui qu'elle allait épouser « un jour », peut-être par souci de respectabilité – débarqua peu après et je ne tardai pas à les laisser seuls. Nous ne parlâmes plus jamais de l'histoire de Swanny et un laps de temps relativement long s'écoula avant que je n'apprenne son dénouement.

Si Asta avait raconté l'histoire, elle n'aurait pas manqué d'y insérer une scène éminemment dramatique, pleine de tension, débutant par un douloureux aveu et s'achevant par une confession émue. Mais les choses ne se passèrent pas ainsi, puisqu'elles se déroulèrent dans cette vie réelle qu'elle aimait tant enjoliver. Swanny raconta à ma mère qu'elle avait encore attendu deux jours avant d'aborder l'affaire et d'interroger Asta. Lorsque le moment arriva, elle tremblait comme une feuille et ne se sentait pas très bien. La nuit précédente, à force de se répéter que, le lendemain, elle connaîtrait enfin la vérité, elle n'avait pratiquement pas fermé l'œil.

Au cours de la matinée, elle avait encore cherché à temporiser. Ne valait-il pas mieux ne rien savoir, au bout du compte ? Mais pourrait-elle supporter de rester dans l'ignorance ? Sa mère et elle étaient seules à la maison. L'employée « de jour » ne venait pas régulièrement. Swanny poursuivit ses travaux habituels, les activités domestiques qu'elle aimait accomplir — astiquer certains meubles, réorganiser le décor d'une des salles de réception afin de mieux la mettre en valeur, aller cueillir une brassée de fleurs et les disposer dans ses vases de Chine. On était au cœur de l'été mais il était loin de faire chaud. L'herbe des pelouses était verte, les arbres lourds de feuilles et le jardin rempli de fleurs, mais le ciel était de plomb et la température assez fraîche.

Asta était encore dans sa chambre, au troisième étage. Elle n'apparaissait souvent qu'au moment du café — jamais plus tard — et ne manquait pas de faire une remarque quelconque sur le fait que les Danois sont incapables de se passer de café. Swanny s'inventait des histoires, plus invraisemblables les unes que les autres. Asta s'était enfuie et avait épousé l'oncle Harry. Asta était morte dans sa chambre. Asta était là-haut, étendue sans vie sur son lit. Et Swanny ne se disait pas que c'était affreux, que sa mère allait lui manquer, mais qu'elle ne connaîtrait jamais la vérité.

Il était presque onze heures et la tension montait en elle, elle se sentait de plus en plus mal. Tout cela était stupide, elle le savait bien. Elle allait avoir soixante ans et elle était malade d'anxiété parce qu'une semaine auparavant elle avait reçu une lettre fielleuse prétendant qu'elle n'était pas la fille de ses parents. Cette lettre, elle l'avait lue et relue, elle avait même cessé de la comparer à un rat crevé ou à un sachet d'ordures, elle vivait en familiarité avec elle, elle en connaissait depuis longtemps le moindre mot par cœur.

Asta descendit à onze heures moins deux. Ses cheveux blancs étaient pris dans leur résille, son visage soigneusement poudré, elle portait une robe bleu foncé (sa « tenue de marche bleu foncé ») et sa broche ornée d'un papillon retenait son fichu bleu marine. Ses yeux étaient d'un bleu si vif que certains jours ils dégageaient un éclat presque palpable, un rayon de lumière bleutée.

Elle prononça l'une des deux phrases qu'elle émettait immuablement en faisant ainsi son apparition (la remarque relative au fait que les Danois ne pouvaient se passer de café, ou une interrogation faussement ingénue : « Quelle est donc cette bonne odeur ? »...).

Swanny lui apporta la cafetière. Asta approchait de son quatre-vingt-troisième anniversaire et elle avait l'intention de réunir quelques personnes « autour d'un chocolat chaud », selon sa propre expression. C'est-à-dire qu'elle souhaitait que Swanny organise cette réception pour elle. J'ai assisté un jour à l'un de ces goûters, et c'était délicieux. Aujourd'hui, on n'oserait plus servir ainsi à ses invités de grands bols de chocolat chaud, épais et sucré, agrémenté d'une grosse motte de crème fouettée et accompagné d'un *kransekage*, un merveilleux gâteau à base de pâte d'amande, aux innombrables couches et en forme de couronne. Asta venait d'aborder ce sujet : qui allait-on inviter, que fallait-il servir d'autre, et ainsi de suite. Swanny l'interrompit en lui disant qu'elle avait une question à lui poser, d'une voix tellement étranglée qu'Asta elle-même se rendit compte que quelque chose allait de travers. Elle lui demanda ce qui se passait.

Swanny déballa alors toute l'histoire. Elle lui déclara que c'était la question la plus pénible qu'elle ait jamais eu à poser de sa vie, qu'elle avait cru devenir folle. Son pouls s'était accéléré et sa tête s'était mise à bourdonner. Elle parlait d'une voix rauque.

Asta demeura silencieuse. Swanny nous raconta par la suite qu'elle avait l'expression de quelqu'un que l'on vient de surprendre en train de commettre un acte répréhensible et qui se demande comment il va se sortir de ce mauvais pas, comme un enfant pris sur le fait, à voler les chocolats de sa mère. Elle regardait autour d'elle, ses yeux parcouraient la pièce en tous sens, elle avait l'air terrorisée, prise au piège. Et brusquement, elle éclata de rire.

« Oh, ne ris pas, je t'en prie! s'exclama Swanny. Cela m'a mise dans un tel état! Je ne dors plus depuis des jours. Mais bien sûr, si cette histoire est fausse, tu as le droit d'en rire. Alors, est-ce un mensonge, oui ou non? »

Comme à son habitude, Asta fit la pire des répliques possibles.

« Si c'est la réponse que tu espères, *lille* Swanny... Si cela peut te rassurer, eh bien oui, c'est un mensonge. Qu'est-ce que la vérité, de toute façon?

– *Moder*... (Swanny n'employait quasi jamais ce terme un peu guindé en s'adressant à Asta.) J'ai le droit de savoir. Il *faut* que je sache. Regarde cette lettre. »

Asta s'en empara et la parcourut des yeux. Mais elle ne pouvait évidemment pas la déchiffrer sans ses lunettes. Il lui fallut fouiller dans son sac à main, les sortir de leur étui, les placer sur son nez. Elle lut la lettre et fit alors quelque chose qui parut épouvantable à Swanny. Avant que celle-ci ait pu l'arrêter, elle déchira la feuille à plusieurs reprises et la réduisit en lambeaux.

Swanny poussa un cri et voulut lui reprendre les débris de la lettre mais – tel un enfant moqueur et taquin dans la cour de récréation – Asta brandissait les morceaux de papier au-dessus de sa tête en agitant frénétiquement la main et en s'écriant "non, non, non" d'une voix aiguë et légèrement amusée.

« Pourquoi fais-tu ça? S'il te plaît, redonne-moi cette lettre, j'en ai besoin, il faut que je recolle les morceaux. »

Mais avant qu'elle n'ait pu l'en empêcher, Asta saisit un briquet, jeta les débris de papier dans un cendrier et y mit le feu. Elle lança à Swanny un regard méfiant et se frotta vigoureusement les mains, comme si le contact de la lettre les avait souillées.

« Tout cela est ridicule, Swanny. À ton âge! Tu ignores donc ce que l'on fait des lettres anonymes? On les brûle, un point c'est tout. Tout le monde sait cela.

– Pourquoi l'as-tu brûlée? Comment as-tu osé?

– C'était la seule chose à faire.

– Comment as-tu osé? Comment as-tu osé? »

Mormor n'était pas le moins du monde embarrassée. Elle n'éprouvait visiblement ni trouble ni remords. Swanny prétendait que sa mère lui donnait souvent l'impression d'être devenue totalement insensible, comme si toutes ses émotions s'étaient usées et que rien n'avait plus d'importance à ses yeux, en dehors des choses dont on soupçonne d'ordinaire les vieillards de ne plus se soucier : prendre du bon temps, s'habiller, boire et manger, sortir avec un ami.

Elle fit un de ses gestes de dénégation dont elle avait l'habitude, tournant la tête d'un côté et agitant une main de l'autre, voulant signifier par là que cette histoire était par trop triviale et ne méritait pas qu'on s'y arrête. Swanny n'avait pas touché à son café mais Asta but le sien. Elle le buvait toujours brûlant, comme le thé, bien que l'une de ses anecdotes favorites concernât justement quelqu'un qui s'était troué l'estomac en agissant de la sorte.

« Mère, dit Swanny, il faut que tu me répondes. Est-ce la vérité?

– Je ne comprends pas pourquoi tu te ronges les sangs à ce point. N'ai-je pas été une bonne mère pour toi? N'est-ce pas toi que j'ai toujours le plus aimée? Et dont je partage la vie à présent? Qu'est-ce qui se passe? Pourquoi veux-tu exhumer toutes ces choses du passé et de l'oubli? »

Swanny lui reposa bien sûr la question, et cette fois, selon elle, une expression matoise se peignit sur le visage de sa mère. Asta avait exactement cet air-là lorsqu'elle leur mentait, dans leur enfance. Ils le devinaient toujours. Par exemple, lorsque leur père et leur mère surgissaient soudain en habits de soirée. "Vous allez sortir? – Bien sûr que non. Pourquoi sortirions-nous?" Ou lorsque leurs parents se lançaient dans une querelle particulièrement hargneuse, que les insultes et les reproches volaient. "Tu regrettes vraiment d'avoir épousé Far? – Ne sois pas idiote, bien sûr que non."

« Mais bien sûr que c'est faux, *lille* Swanny.

– Mais pourquoi? Je veux dire, pourquoi m'a-t-on envoyé cette lettre?

– Comment le saurais-je? Je ne suis pas Dieu, et moins encore psychanalyste. J'ignore pourquoi des cinglés commettent des actes de ce genre. Tu as de la chance que je sois à tes côtés, que j'aie la tête sur les épaules et que je sache qu'il n'y a qu'une chose à faire avec ces lettres fielleuses et mal intentionnées : c'est de les brûler. Tu devrais remercier ta mère de prendre ainsi soin de toi. »

Asta s'apprêtait à sortir. Elle avait bu son café, elle avait descendu son chapeau tout à l'heure et elle se dirigeait déjà vers la porte. Elle ne disait jamais où elle se rendait, ni à quelle heure elle rentrerait. Elle déclara à Swanny qu'elle profiterait de sa sortie pour acheter les cartes destinées aux invités de son « goûter ».

Restée seule, Swanny se dit qu'il fallait la croire. La croire et oublier. Elle n'avait pas la moindre idée de l'existence du Journal, à cette époque. Pour elle, ces cahiers faisaient partie des livres que Mormor avait amenés avec elle. Elle devait les prendre pour des albums de photos, à supposer qu'elle se soit jamais interrogée à leur sujet. Des années plus tard, elle me dit que si elle avait été au courant, ce jour-là, elle les aurait passés au peigne fin en l'absence d'Asta. « Il faut que je la croie », déclara-t-elle à voix haute dans la pièce vide, en s'adressant aux fleurs et aux tasses à café.

Asta n'avait pas le comportement habituel d'une vieille femme, d'une mère déjà âgée à l'égard de sa fille. C'était plutôt Swanny qui avait une attitude maternelle à son endroit, comme si Asta avait été une adolescente et qu'elle l'eût soupçonnée – à tort – de vouloir commettre un acte irréparable. Comme il en va dans ce genre de situation, c'était Asta qui était la maîtresse du jeu. Swanny était impuissante.

Ce soir-là, en présence de Torben – le dîner était terminé mais ils étaient encore à table –, Asta annonça qu'elle avait une déclaration à leur faire. Elle risquait de mourir. Et peut-être bientôt. Vu son âge, elle ne pouvait de toute façon plus espérer vivre très longtemps – mais surtout, elle se demandait si elle n'avait pas le cancer.

Ce fut évidemment un concert d'exclamations, d'interrogations, de marques d'affection. En réalité, les tests qu'Asta passa par la suite s'avérèrent négatifs, elle n'avait nullement le cancer et se portait comme un charme. Peut-être ses craintes étaient-elles réelles, mais il est également fort possible qu'elle ait forgé l'histoire de toutes pièces, vu qu'elle se délectait des drames qu'elle avait l'art d'inventer. Ce soir-là, elle monta se coucher exceptionnellement tôt et demanda à Swanny de passer dans sa chambre une fois sa toilette faite.

C'était une invitation tout à fait inhabituelle de sa part, et à vrai dire sans le moindre précédent. Swanny s'attendait qu'une fois là-haut, sa mère lui révèle des symptômes dont elle ne tenait peut-être pas à parler devant Torben, quoique ce genre de réserve ne fût guère dans ses manières. Mais au lieu de ça, Asta répondit à la question qu'elle avait évitée le matin même. Elle dit à Swanny qu'elle avait toujours eu l'intention de lui en parler un jour, qu'elle n'aurait pas pu mourir en gardant cela sur la conscience.

Selon Swanny, elle n'avait absolument pas l'air coupable, elle semblait au contraire très satisfaite, voire fière d'elle. Elle n'était pas couchée, mais assise sur le rebord du lit, drapée dans une robe de chambre en soie bleu vif que la femme de l'oncle Ken lui avait offerte pour Noël et que Swanny ne l'avait jamais vue porter à ce jour, l'ayant au contraire souvent entendue dire, non sans véhémence, qu'elle lui déplaisait souverainement. Ses yeux brillants semblaient de la même teinte et de la même matière que les boutons de la robe.

« Il vaut mieux que tu saches la vérité, dit-elle. Tu n'es pas ma fille. Enfin, ce n'est pas moi qui t'ai mise au monde. Je t'ai adoptée quelques jours après ta naissance. »

Il lui fallut un moment pour accuser le coup. Il en va toujours ainsi. Et c'est peut-être parce qu'elle était sous le choc que Swanny put prendre la parole d'une voix relativement calme.

« Comme dans ton histoire? dit-elle. Ce couple qui s'était rendu à l'orphelinat d'Odense – c'était Far et toi?

– Oui », répondit Asta sans l'ombre d'une hésitation.

Même sur le moment, Swanny aurait pu se rendre compte que c'était impossible. Les dates ne correspondaient pas. Sa mère vivait à Londres lorsqu'elle était née, elle avait vu le jour ici, dans cette ville, cela figurait sur son acte de naissance, et son père se trouvait à l'époque au Danemark. Mais elle avait désespérément besoin d'y croire. De cette façon, Rasmus Westerby était bel et bien son père, même s'il ne l'avait jamais aimée.

« Pourquoi ne m'as-tu rien dit lorsque j'étais plus jeune? »

Asta haussa les épaules.

« Tu étais ma fille. Je t'ai toujours considérée comme telle. J'ai fini par oublier que je n'étais pas ta mère.

– Far était bien mon père?

– Mon mari n'avait pas beaucoup de qualités, *lille* Swanny, mais il n'aurait jamais trompé sa femme. Il n'était pas mauvais à ce point. Je suis surprise que tu puisses seulement l'envisager. »

Swanny poussa un cri perçant et porta la main à sa bouche.

« Surprise! Tu es surprise! Tu me racontes toutes ces choses et tu es surprise de ma réaction... »

Asta paraissait calme, presque indifférente.

« Bien sûr, je suis surprise que tu t'exprimes ainsi devant ta mère.

– Mais tu n'es pas ma mère, tu viens de me le dire. À moins que tu n'aies menti? »

À nouveau cet étrange regard, ce sourire indifférent, comme si elle avouait en partie avoir commis une bassesse ou une perfidie. Tous ceux qui ont connu Asta la reconnaîtront dans ce portrait.

« Suis-je une criminelle, *lille* Swanny? Et toi, un inspecteur de police? »

Comme au temps lointain de son enfance, Swanny déclara :

« Il n'a pas construit la maison de poupées pour moi.

– Tu fais l'enfant. Viens me donner un baiser. »

Asta se redressa et tendit la joue. Swanny nous raconta qu'elle avait brusquement eu envie d'empoigner cette petite vieille, de la secouer comme un prunier, de la prendre à la gorge jusqu'à ce qu'elle avoue la vérité. Mais elle se contenta de l'embrasser avec résignation et quitta la pièce avant de se mettre à pleurer.

Torben la trouva en larmes dans leur chambre et la prit dans ses bras pour la consoler. Il croyait qu'elle pleurait parce que sa mère était condamnée. Mais Asta n'était nullement à l'agonie. Elle devait vivre encore onze ans.

7

COMMENT s'écoulèrent ces onze années, du moins sous cet angle, Swanny devait me l'apprendre lorsque les liens se resserrèrent entre nous, après la mort de ma mère. Elle ne me raconta pas tout, évidemment – ce n'est au pouvoir de personne – mais me révéla un certain nombre de choses qui méritaient selon elle d'être portées à ma connaissance.

Après cette première confrontation avec sa mère, autour du café matinal, puis celle qui avait eu lieu le soir même dans la chambre d'Asta, une longue période s'écoula avant qu'elle ne parle de tout cela à Torben. Ma mère était sa confidente mais Swanny lui avait interdit, pour l'heure, d'aborder ce sujet avec Asta. Pourquoi avait-elle ainsi laissé Torben dans l'ignorance de l'affaire? Tout le monde prétendait qu'ils formaient un couple uni, ils paraissaient inséparables, dévoués l'un à l'autre. L'histoire de la longue et ardente cour que Torben lui avait faite était connue de tous. Lorsqu'on était en leur présence, on les voyait fréquemment échanger des regards entendus et des petits sourires complices. Ils parlaient danois à la maison : c'était leur langue privée, une manière de code intime. Et pourtant, Swanny ne rapporta pas à son mari les aveux que sa mère lui avait faits.

Lorsque ma mère allait la voir, elle la trouvait souvent distraite, les yeux cernés à cause du manque de sommeil. Son médecin lui avait même prescrit des tranquillisants. Torben était-il aveugle? Ne réalisait-il pas qu'elle avait changé? Ou bien lui avait-elle menti, en attribuant une autre origine à ces manifestations?

Après le décès de Torben, puis celui d'Asta, elle m'expliqua qu'elle avait eu peur de ce qu'il risquait de penser d'elle. De par ses origines, Torben était issu des hautes sphères de la société et il était peut-être le rejeton d'une branche secondaire de la noblesse. Elle redoutait que son mari ne la méprise en découvrant qu'elle était sans doute de plus basse extraction qu'il ne le croyait jusqu'alors. Pensez donc, au bout de trente ans de mariage ! Le pire, me dit-elle, c'était de ne pas savoir au juste qui elle était – à l'époque, lorsqu'elle s'était résolue à lui en parler, sa mère lui avait en effet catégoriquement déclaré qu'elle n'était pas davantage la fille de Rasmus que la sienne. Lorsqu'elle avait jadis raconté cette histoire d'adoption, Asta n'avait-elle pas affirmé qu'à la place de cette femme, en apprenant la vérité, elle n'aurait pas gardé l'enfant mais l'aurait « immédiatement renvoyé dans son orphelinat » ?

Lorsqu'il apprit que sa femme avait reçu une lettre anonyme, Torben fut profondément choqué. Ce caractère d'anonymat le rendit même apparemment plus furieux que les révélations qu'elle contenait. Swanny ne pouvait évidemment pas la lui montrer.

« Mère l'a brûlée.

– Tu veux dire qu'elle l'a imaginée.

– Non, je l'ai eue entre les mains, elle m'était adressée, mais quand je l'ai fait lire à Mère, elle l'a brûlée. »

Torben refusa de prendre ces "révélations" au sérieux. Je ne veux pas dire qu'il les rejeta d'un air péremptoire, ce n'était guère son genre, mais après avoir attentivement écouté sa femme et constaté à quel point l'affaire l'avait affectée, il réfléchit un moment, soupesa le pour et le contre et lui déclara que d'après lui, sa mère avait forgé cette histoire de toutes pièces.

« Mais la lettre, Torben...

– Ah oui, cette incroyable lettre... »

Il lui lança un drôle de regard, en relevant à peine les yeux et en souriant d'un air lugubre. Swanny m'expliqua qu'elle avait parfaitement compris ce qu'il voulait insinuer, l'opinion qu'il s'était forgée et qu'il ne formulerait jamais. Elle savait qui, aux yeux de Torben, était l'auteur de la lettre. Il le lui déclara le plus diplomatiquement du monde. Asta était âgée, peut-être un peu sénile. Elle avait entamé la dernière décennie de sa vie et lorsqu'elle songeait à son passé, elle devait sans doute se dire qu'elle avait mené une bien terne et bien morne existence; elle voulait à présent la doter d'un charme qu'elle n'avait probablement jamais eu. Pour se donner l'impression de n'avoir pas perdu son temps, de n'avoir pas vécu en vain. Elle projetait ses désirs secrets sur un passé depuis longtemps révolu, dont tous les témoins étaient morts, de sorte que personne ne risquait de venir la contredire.

La prochaine fois, lui dit-il, elle allait prétendre que Swanny était bien sa fille mais pas celle de Rasmus, qu'elle était le fruit d'une union illégitime. Certaines femmes se comportaient de la sorte, c'était un fait bien connu. Curieusement, ce discours rassura quelque temps Swanny. Elle raconta même à ma mère qu'elle regrettait de ne pas avoir parlé plus tôt à Torben.

Mais Asta ne prétendit jamais que Swanny était née d'une liaison secrète. Torben avait peut-être oublié qu'elle appartenait à une génération pour laquelle une femme mariée qui prenait un amant n'était pas seulement méprisable, mais quasi criminelle. Le Journal révèle sans équivoque ce qu'elle pensait des femmes qui « péchaient » de la sorte, et quelle idée elle se faisait de « l'honneur » féminin. À cette époque, toutefois, elle s'arrangea pour rejeter, pour enterrer dans le passé l'histoire des origines de Swanny. Peu désireuse d'en discuter, lasse et agacée lorsque le sujet était abordé, elle fit clairement comprendre à Swanny que c'était la dernière des choses dont elle avait envie de parler.

« Oublions tout ça, *lille* Swanny. »

C'était sa réplique favorite face aux questions réitérées de Swanny, à moins qu'elle ne lui lance, d'un air irrité : « Ne parlons plus de ces foutaises ! »

Dans les années qui suivirent sa confession, elle écarta tout bonnement le sujet et tenta d'enterrer l'affaire au plus vite. Quelle importance pouvaient bien avoir aujourd'hui des choses qui s'étaient déroulées soixante ans plus tôt ?

« Je t'aime, je t'ai choisie, tu as mené une existence agréable et tu as un bon mari... (Asta ne pouvait s'empêcher d'ajouter qu'elle n'avait pas été aussi bien lotie.) Tu vis dans un cadre splendide, tu n'as besoin de rien – où est le problème ? Pourquoi te braques-tu là-dessus ?

– Mère... J'ai le droit de savoir qui je suis.

– Je te l'ai dit. Nous t'avons adoptée, ton père et moi. Nous voulions une fille parce que nous n'avions eu que des garçons, jusqu'à la naissance de Marie. Nous sommes allés te chercher dans un orphelinat – voilà, tu es satisfaite ? Je ne comprends pas ce qui t'arrive, *lille* Swanny. S'il y a quelqu'un qui devrait se plaindre, c'est bien moi. C'est moi qui ai perdu tous ces enfants, les uns après les autres – mais est-ce que je me lamente? Pas le moins du monde! J'ai réagi comme il le fallait, j'ai *surmonté* toutes ces épreuves. »

Il faut bien se représenter qu'à cette époque, Swanny se trouvait plongée dans un relatif isolement. Elle m'a expliqué qu'elle avait eu l'impression d'être rejetée, de bien des façons. En dépit de ses déclarations d'amour tonitruantes, sa mère n'était plus sa mère, et ne l'avait jamais été. Son frère et sa sœur n'étaient plus des membres de sa famille, mais simplement des gens avec qui elle avait été élevée. Un an environ après sa découverte, elle réalisa brusquement que selon toute vraisemblance, elle n'était même pas danoise. Ses origines étrangères avaient toujours eu beaucoup d'importance pour elle, elle s'en rendit d'ailleurs pleinement compte lorsqu'elles s'avérèrent illusoires. Durant quelque temps, un curieux phénomène se produisit en elle : sa langue maternelle, le danois, lui écorchait la bouche, elle avait en la parlant l'impression de commettre une imposture, en s'exprimant ainsi dans un idiome sur lequel elle n'avait aucun droit. Elle était dépossédée de sa propre langue parce qu'on l'avait dépossédée de ses lointaines origines. Tout cela s'accompagnait d'une impression de ridicule, de grotesque, liée à son âge. Aussi terrible que fût cette révélation, elle se disait qu'elle aurait été plus *supportable*, faite à un enfant ou à un adolescent.

Le pire, peut-être, était que son mari – qui l'avait toujours aidée, soutenue, encouragée – ne lui était d'aucun réconfort puisqu'il refusait tout simplement de prendre cette histoire au sérieux. Il ne se montrait nullement irrité, mais manifestait une totale incrédulité. À de nombreuses reprises, il lui déclara que tout cela le dépassait : comment une femme aussi intelligente et aussi sensible qu'elle pouvait-elle gober ce tissu d'absurdités, forgé de toutes pièces par une mère aux trois quarts sénile? Pour sa part, il n'y avait pas cru un seul instant, il n'avait jamais douté d'elle, il prétendait même relever des ressemblances flagrantes entre sa femme et certains des ancêtres qui figuraient sur les photos de famille de Mormor.

Mais pourquoi Mor aurait-elle inventé tout ça? Elle a dû s'inspirer de Dickens, rétorquait Torben non sans quelque fierté devant l'ingéniosité de sa trouvaille. Il est vrai que Mormor était très souvent plongée dans Dickens (elle ne lisait pratiquement rien d'autre), vrai aussi que ces histoires d'enfants découvrant brusquement leur identité secrète sont l'un des éléments récurrents de ses intrigues. Songe à Estella, songe à Esther Summerson, poursuivait Torben, lui-même grand lecteur. Asta était sénile, elle mélangeait la fiction et la réalité, les faits concrets et les délires imaginaires. Swanny remarqua alors quelque chose qui lui avait toujours échappé, à savoir que Torben n'aimait pas sa mère.

Le cancer d'Asta n'était que le fruit de son imagination, une pure invention, voire une ruse dont elle s'était servie. Pour une femme d'un âge aussi avancé, elle était d'une rare robustesse et jouissait d'une santé exceptionnelle. Ce fut ma mère qui eut un cancer et qui en mourut.

Elle était sur le point de se marier. Je ne veux pas dire qu'elle était vaguement « fiancée », comme cela était arrivé à plusieurs reprises : cette fois-ci, c'était sérieux. George s'y était engagé, ils étaient déjà allés s'inscrire au bureau des mariages de Hampstead et la cérémonie devait avoir lieu au cours du mois d'août suivant. Elle fut victime d'un cancer dénommé carcinomatose, une maladie qui affecte l'ensemble de l'organisme et qui ravage le patient en très peu de temps. Elle mourut trois semaines après que le diagnostic eut été établi.

Les funérailles eurent lieu à Golders Green et Asta y assista. Swanny avait tenté de l'en dissuader mais elle avait tenu à venir, revêtue de son costume funèbre, ce manteau en satin noir croisé sur le devant, et coiffée de son chapeau en forme de crêpe. Après la cérémonie, alors que nous contemplions les gerbes et les couronnes disposées dans le jardin du crématorium, elle lança d'une voix parfaitement audible l'une de ses remarques dévastatrices :

« J'ai vu mourir tous mes enfants. »

Ce n'était pas faux. Il y avait d'abord eu le petit Mads puis, sans doute, le bébé dont Swanny avait pris la place, puis Mogens, tombé lors de la bataille de la Somme, et maintenant Marie. Puisque Swanny n'était pas sa fille, Knud — mon oncle Ken — était le seul de ses enfants encore en vie.

« Oh, Mor..., murmura Swanny.

— Ce n'est plus aussi pénible qu'autrefois, je vous assure. On s'endurcit en vieillissant, ces choses n'ont plus grande importance. Je ne ressens plus rien. »

Et à la stupéfaction générale – tout le monde était un peu gêné –, Asta se pencha et ramassa une gerbe de roses, les huma et détacha la carte qui était fixée à leurs tiges.

« Je crois que je vais les ramener à la maison, *lille* Swanny. J'adore les roses rouges. Tu oublies régulièrement de mettre des fleurs dans ma chambre. »

Elle les emporta bel et bien, en remarquant que Marie ne risquait plus d'en profiter à présent et que Peter et Sheila (je ne vois même plus de qui il s'agissait) auraient mieux fait de lui offrir des fleurs de son vivant.

Je regagnai la maison de Swanny en compagnie de George et de son fils Daniel, un beau garçon assez discret qui avait à peu près mon âge et qui était psychiatre. De nos jours, Swanny aurait probablement consulté un médecin au sujet de ses pertes de conscience et de ses problèmes d'identité, mais dans les années soixante le contexte était différent. Le simple fait de se rendre chez un psychiatre était déjà une manière d'audace. Alors que nous atteignions Willow Road, je me dis brusquement que je devrais peut-être suggérer cette idée à Daniel. Il paraissait gentil et n'avait pas cet air inquisiteur, distant et supérieur qu'affectent généralement les membres de sa profession.

Durant les funérailles, il m'avait demandé qui était Asta et avait manifesté un intérêt assez surprenant à son égard. Il avait ce comportement qu'adoptent les hommes attirés par une séduisante jeune femme dont ils souhaitent faire la connaissance.

« Qui est cette drôle de dame?

– C'est ma grand-mère.

– Elle a vraiment de l'allure. C'est un peu déplacé de le dire dans les circonstances présentes, mais on a l'impression qu'elle sait vraiment profiter de la vie.

– Je l'ignore », dis-je.

Et c'était la vérité.

« Je suis désolé, pour votre mère. (Il me l'avait déjà dit peu avant, mais peut-être l'avait-il oublié.) J'aurais été très heureux de l'avoir pour belle-mère. »

Quelqu'un avait dû le présenter à Asta car je les aperçus un peu plus tard en train de converser ensemble dans le salon de Swanny. Asta lui racontait l'histoire de l'homme que sa cousine avait connu en Suède et qui avait assassiné sa maîtresse afin de récupérer l'enfant qu'il avait eu d'elle et de le faire adopter par sa femme. Je me demandai si Swanny avait elle aussi songé que l'histoire pouvait avoir un lien avec ses propres origines, même s'il était difficile d'imaginer Far dans le rôle du meurtrier.

Vu les circonstances, je renonçai finalement à convaincre Swanny de consulter un psychiatre, que ce soit Daniel Blain ou l'un de ses confrères. La mort de ma mère l'affecta profondément mais la tira aussi de ses propres angoisses. Ce brusque décès nous rapprocha également l'une et l'autre. Sa sœur Marie avait été sa plus intime amie et elle-même n'avait pas d'enfant. Il était au fond assez naturel que je tienne – du moins à ses yeux – le rôle de la fille qu'elle n'avait pas eue.

Elle regretta beaucoup sa sœur. Cela la rapprocha une nouvelle fois de Torben, qui partagea sa peine et lui prodigua toute son affection. Il avait aimé ma mère comme une sœur, mais j'espère ne pas me montrer injuste envers lui en disant que, de son point de vue, puisqu'elle devait mourir elle n'aurait pu mieux choisir son moment. Cette mort lui rendit sa femme en chassant de son esprit – du moins eut-il cette impression – les sombres pensées qui l'agitaient au sujet de ses origines.

Il n'avait bien sûr jamais été aussi borné que l'oncle Ken, cet homme stupide et insensible qui méprisait toutes les femmes de trente-cinq à soixante ans, dès lors qu'elles s'écartaient des normes les plus strictes et des conventions que leur imposait « leur âge ». Avant la mort de ma mère, avant même qu'elle ne soit tombée malade, Swanny était allée le voir, poursuivant son enquête désespérée. Après tout, il avait été témoin de tout ça. Et ce n'était plus un bébé à l'époque, mais un enfant de cinq ans, en âge d'aller à l'école.

Swanny se revoyait fort bien dans sa cinquième année. Elle se souvenait de la mort d'Edward VII, survenue au mois de mai cette année-là : son père leur avait dit que la reine – d'origine danoise – était veuve à présent. Elle se rappelait même l'une de ces histoires scandaleuses dont Asta avait le secret et qui faisait état d'une rumeur selon laquelle la reine Alexandra portait des colliers de diamants afin de dissimuler les cicatrices qu'elle avait au cou, le roi ayant un jour tenté de l'étrangler. Ken se rappelait sûrement le jour où Asta avait donné naissance à une petite fille, où on lui avait montré le bébé, où une infirmière, un médecin – les deux peut-être – étaient venus à la maison. Elle traversait à ce moment-là l'une de ses phases vaguement optimistes où elle se rangeait à l'avis de Torben et tentait de ne pas prendre cette affaire au sérieux.

Ken ne se souvenait de rien. Il lui déclara – non sans une certaine fierté, selon Swanny – qu'il n'avait pas le moindre souvenir antérieur à sa sixième année. Il revoyait à peine la maison de Lavender Grove, qu'ils avaient quittée lorsqu'il avait six ans et demi. Dans sa mémoire, Swanny était toujours présente, elle avait toujours partagé sa vie.

« C'est l'âge, dit-il à Torben après lui avoir lâchement rapporté toutes les questions que Swanny lui avait posées. Passé un certain seuil, les femmes deviennent toutes un peu cinglées, je l'ai souvent remarqué. Et il leur faut bien sept ans pour retrouver leur état normal. »

Je me suis demandée depuis lors si Ken n'avait plus de souvenirs parce qu'il faisait un blocage (comme aurait dit Daniel) concernant sa petite enfance, si son inconscient n'avait pas effacé ces années de sa mémoire pour la simple raison que leur évocation était trop douloureuse. Ce fut assurément une période difficile, la famille n'arrêtait pas de déménager, de changer de domicile (et de pays), ses parents se disputaient sans cesse, son jeune frère n'avait pas survécu, il avait fallu venir s'installer en Angleterre, apprendre une langue nouvelle et supporter l'apparente disparition de son père. C'étaient là des motifs suffisants pour avoir oblitéré le passé. Les choses s'arrangèrent peu après, mais l'année où naquit Swanny fut la pire qu'ils aient eue à affronter.

D'un autre côté, il se souvenait peut-être parfaitement de ce qui s'était passé, tout en étant trop retors pour l'avouer. Ç'aurait bien été dans son caractère. Il ne fallait pas encourager les délires de ces « étranges animaux » qu'étaient les femmes. Il prétendait souvent qu'il était extrêmement heureux (et soulagé) de ne pas avoir eu de fille. Mais je ne crois pas qu'il en ait su davantage. On tenait soigneusement les enfants à l'écart de tout ce qui concernait la conception, la grossesse, la naissance à l'époque. Mormor s'était mise au lit et quelqu'un lui avait amené le bébé. C'est du moins ce qu'elle raconte dans son journal.

Peut-être était-ce la vérité.

Mormor n'était guère du genre à aimer la nature : la plupart du temps, elle ne semblait même pas remarquer son existence. Pour elle, un jardin était un endroit où l'on allait s'asseoir lorsqu'il faisait beau et prendre le repas à l'ombre des feuillages. D'ailleurs, elle reprochait constamment à Torben et à

Swanny de n'avoir jamais aménagé le jardin de manière à ce que l'on puisse manger dehors. Ils n'avaient pas installé de table au pied d'un arbre, ni de sièges à auvent que l'on puisse sortir au printemps et disposer dans un coin approprié, afin de prendre le thé ou le petit déjeuner. Elle s'en plaignait fréquemment en évoquant Padanaram, où il était bien agréable de pouvoir aller prendre le thé à l'ombre du mûrier. Une photographie en témoigne : on y aperçoit Asta, une grosse théière en argent à la main ; Swanny est à ses côtés, ma mère est assise sur les genoux de Morfar, les garçons portent des vestons de Norfolk et Hansine se trouve derrière eux, le sourire aux lèvres, revêtue pour l'occasion d'une petite toque et d'une tenue de domestique. Torben n'aimait pas manger en plein air mais Asta avait toujours accueilli cette explication avec scepticisme.

Comme on ne pouvait pas s'y asseoir – à l'exception d'un inconfortable banc en teck –, Mormor ne faisait que de rares apparitions dans le jardin de Willow Road. Il y avait beaucoup de fleurs, mais non celles qu'elle aimait. Ses préférences allaient aux boutons de rose du fleuriste et aux espèces tropicales aux effluves cireuses cultivées en serre. Swanny et Torben employaient un jardinier qui venait deux ou trois fois par semaine. Même à cette époque, dans les années soixante, je suis certaine qu'il n'avait pas le droit de faire de feu : Londres et sa banlieue était déjà une zone où la fumée était interdite. Et pourtant, cela lui arrivait, lorsqu'il voulait brûler les mauvaises herbes et les feuilles mortes, en automne. Selon Swanny, il fut extrêmement surpris en voyant un après-midi « la vieille dame » descendre l'allée et repartir après s'être emparée de sa brouette. S'il l'avait interrogée, Mormor aurait probablement fait la sourde oreille, comme cela lui arrivait parfois lorsqu'elle voulait éviter de répondre à une question, alors qu'elle entendait comme vous et moi. Elle avait décampé avec la brouette, en courant presque, raconta le jardinier qui s'émerveillait de sa vigueur.

Swanny était chez le coiffeur. Lorsqu'elle rentra, le jardinier s'apprêtait à partir. Il lui dit que « la vieille dame » était revenue avec sa brouette remplie de livres et de paperasses mais qu'il avait alors déjà éteint son feu et piétiné les cendres. Elle lui avait demandé s'il en referait un la semaine suivante mais il lui avait répondu que non, qu'il attendrait maintenant l'année prochaine.

Swanny interrogea Mormor à ce sujet mais n'obtint qu'une réponse évasive.

« C'est une affaire privée, *lille* Swanny. Pourquoi crois-tu donc que j'avais voulu profiter de ton absence ?

— Si tu as des affaires à brûler, Mor, tu peux utiliser le poêle qui est à la cuisine.

— J'ai changé d'avis. »

Son comportement ne connut pas de modification apparente lorsqu'elle cessa de tenir son journal, à l'automne 1967 – à supposer que tel ait bien été le cas, comme je le crois et comme les cahiers eux-mêmes l'attestent. Elle continua de se promener, d'assister aux réceptions de Torben et de Swanny, de raconter des histoires et de lire son cher Dickens. Lorsqu'elle avait de la compagnie, elle en lisait à voix haute de longs passages qu'elle jugeait particulièrement perspicaces ou pénétrants, sans se soucier de savoir si son entourage avait ou non envie de l'écouter. Ses personnages préférés étaient ceux qui lui ressemblaient le moins : Amy Dorrit, Lizzie Hexham, Sidney Carton, Esther Summerson.

Je ne crois pas avoir jamais mis les pieds dans la chambre qu'elle occupait, au troisième étage. Elle l'avait choisie elle-même et refusait d'en changer, malgré les protestations de Swanny qui estimait que cela lui faisait beaucoup trop de marches à monter. Et lorsqu'elle lui demanda un jour ce que les gens allaient penser d'une fille qui laissait sa mère grimper trois étages, à près de quatre-vingt-dix ans, pour regagner sa chambre, Asta lui répondit avec un sourire sardonique :

« À ton âge, *lille* Swanny, tu n'as pas encore appris qu'il ne sert à rien de s'inquiéter de ce que les gens pensent ? Ils ont toujours un avis à donner sur ce que nous faisons, de toute façon, et ils se trompent la plupart du temps. »

C'est là-haut qu'elle rangeait ses volumes de Dickens, ses albums de photos, ses vêtements, et qu'elle avait longtemps conservé son Journal. Ses affaires étaient toujours plus ou moins exposées, d'après Swanny, y compris ses vêtements car elle laissait en permanence la porte de son armoire ouverte « pour qu'ils ne sentent pas le renfermé » – mais les fameux cahiers étaient invisibles.

Tapis dans un recoin, ils attendaient leur heure.

8

29 juin 1910

JEG voksede op med Had til Tyskerne – eller Prøsjerne og Østrigerne som vi dengang kaldte dem. Krigen mellen dem og Danmark eller skulde jeg sige Besoettelsen af Danmark var forbi i 1864, laenge før jeg blev folt, men jeg skal aldrig glemme, hvad min Fader fortalte mig, hvordan vi maatte give Afkald paa en Del af vores Faedreland, det hele af Slesvig og Holsten, til Prøjsen.

J'ai été élevée dans la haine des Allemands – ou plus exactement, des Prussiens et des Autrichiens, comme nous les appelions alors. Leur guerre contre le Danemark – leur invasion du Danemark, devrais-je dire – avait pris fin en 1864, bien avant ma naissance, mais je n'oublierai jamais ce que mon père m'a raconté, et comment nous avons dû céder une partie de notre territoire à la Prusse, toute la région du Schleswig et du Holstein. L'oncle et la tante de mon père vivaient dans le Schleswig. Mais le pire, ce fut ce qui arriva à mon grand-père – le père de ma mère –, qui avait combattu durant cette guerre et en avait ramené une terrible blessure. Son pied était enflé en permanence et, un jour, la douleur fut si forte qu'il se rendit dans le hangar jouxtant sa maison et se pendit. Ma mère avait découvert son cadavre qui se balançait à une poutre. Elle n'avait que seize ans.

Je n'ai donc que haine pour les Teutons. Ils veulent toujours s'emparer des terres de leurs voisins. L'année dernière, c'était la

Bosnie-Herzégovine et ils sont passé outre le traité de Berlin, sur lequel reposait la paix en Europe. C'est du moins ce que Rasmus disait ce soir à son ami et associé, Mr. Housman. Ils ont discuté des heures durant de ce sujet odieux entre tous : la guerre. Enfin, pour une fois qu'ils ne parlent pas de voitures à moteur... Je leur ai dit que si la guerre éclatait, nous ne serions pas impliqués, et le Danemark pas davantage.

« Qu'en chavez-vous, fous autres femmes? » a galamment répliqué Rasmus.

J'ai bien vu que Mr. Housman se retenait de rire, à cause de l'élocution de Rasmus. Il porte toujours la main à sa bouche pour dissimuler son sourire lorsque Rasmus écorche ainsi certaines consonnes.

« L'Europe se prépare à la guerre, fous allez voir, a-t-il poursuivi. Non seulement l'Autriche-Hongrie, mais aussi la France et la Russie. Che fous en fiche mon pillet. »

Je ne devrais pas me moquer de lui. Mon propre anglais est loin d'être parfait. J'admire et j'envie les enfants, qui le parlent si bien tous les trois. Ils seront quatre l'an prochain, j'en ai la quasi-certitude – et j'en suis ravie, pour une fois!

Celui qui avait été conçu peu après le retour de mon mari n'est pas allé à terme, je l'ai perdu au bout de trois mois et cela m'a fait beaucoup de peine. J'étais tellement triste que je ne l'ai même pas mentionné dans mon journal. Certaines choses vous atteignent trop profondément pour que l'on parvienne à les transcrire. Puis, dieu sait pourquoi – car ce ne sont certes pas les preuves « d'amour » qui ont manqué – je ne suis pas retombée enceinte, jusqu'à ces derniers temps. Ce qui se passe à l'intérieur d'une femme demeure mystérieux et je suppose qu'on ne parviendra jamais à le comprendre entièrement.

11 février 1911

C'est une fille. Si je dois avoir d'autres enfants – et il n'y a pas de raison pour que cela cesse – je préfère de très loin que ce soient des filles. Je n'ai pas écrit une ligne dans ce journal depuis des mois, tellement je redoutais d'avoir encore un garçon.

Elle est née hier matin. L'accouchement n'a pas été trop pénible, l'affaire a été rondement menée, j'ai simplement ressenti une intense et terrible douleur à la fin, comme si l'on m'éventrait avec une épée, puis elle est arrivée. Après avoir dormi et pris une bonne collation, je me suis assise dans mon lit en songeant au contraste que cela faisait, par rapport à la dernière fois. Les choses ont bien changé pour la famille Westerby.

Pour commencer, notre maison est plutôt agréable et une servante vient seconder Hansine pour les travaux « pénibles ». Nous ne sommes pas à court d'argent et ne manquons de rien. Lorsque Swanny est née, Hansine m'avait apporté une grande assiette de saucisses et de pommes de terre qu'elle avait déposée sur mon lit, sans grand ménagement. Cette fois-ci, j'ai eu droit à du saumon en *crystade* et à du poulet rôti. Je porte une nouvelle chemise de nuit en soie blanche et la bague que mon mari a jugé bon de m'offrir, pour me remercier du bonheur que je viens de lui procurer. Ce sont ses propres termes.

Nous allons l'appeler Marie. Pour une fois, nous sommes tombés d'accord sur quelque chose, bien que ce soit pour des raisons différentes. En ce qui me concerne, j'aime tout simplement ce prénom, c'est même celui que je préfère, après Swanhild, il a une sonorité si harmonieuse. Rasmus, évidemment, le trouve à sa convenance parce qu'il a quelque chose d'anglais et qu'il raffole de tout ce qui est originaire de ce pays. « Les Anglais ne seront pas trop dépaysés », m'a-t-il dit – entendant par là qu'ils prononceront « Maaa-rie », comme pour cette Marie Lloyd que nous avons vue sur les planches. « Les Français non plus, si tu vas par là », ai-je, rétorqué pour le taquiner, mais en l'espèce, peu lui importait ce que je pouvais dire. J'étais parée de toutes les vertus parce que je venais de donner le jour à sa fille. On dirait vraiment que c'est la première fois qu'il en a une !

3 mars 1911

Aujourd'hui, je suis sortie pour la première fois depuis la naissance de Marie. Comme je suis une « dame », je suis censée rester des jours alitée après avoir été cloîtrée dans ma chambre, alors que je me sens en pleine forme. Les femmes d'un rang inférieur ne se comportent jamais ainsi, elles se lèvent et reprennent leurs activités dès le lendemain, elles y sont bien obligées. J'ai connu le cas de certaines servantes qui avaient clandestinement accouché dans l'arrière-cuisine ou dans un hangar voisin et qui s'étaient remises au travail le jour même.

113

Cela m'a fait du bien de prendre l'air, même si Rasmus a insisté pour me faire monter à bord de sa « carriole améliorée ». Il serait évidemment très offusqué que je la désigne ainsi devant lui. Il faut dire « voiture à moteur » ou même « automobile »... Elle est d'origine américaine et possède un moteur électrique. Elle roule si lentement qu'on irait plus vite à pied – enfin, disons en courant...

Heureusement, j'ai retrouvé mes formes et ma silhouette habituelle quelques jours après l'accouchement. Je n'ai jamais eu besoin de corset, bien que je sois évidemment obligée d'en porter. Rasmus s'est récemment entiché de haute couture presque autant que de voitures à moteur, et il tient absolument à ce que je sois bien habillée. Je lui ai dit que lorsque ces « autos » seront passées de mode, ce qui finira bien par arriver, il pourra toujours se recycler dans la lingerie. Je le soupçonne en fait de se dire qu'il ne peut nuire aux affaires d'avoir une femme séduisante, lorsque ses clients passent à la maison. Non que je me trouve séduisante, mais enfin, ces temps-ci je suis relativement présentable.

Ce matin, dans la voiture, je portais mon manteau beige en pongé, aux revers en lin, et un chapeau surmonté d'un authentique oiseau empaillé – de quelle espèce au juste, je l'ignore, mais au plumage vert et noir. J'avais une voilette verte et un manchon de renard blanc, mais j'ai grelotté de froid pendant toute la durée de la promenade.

Rasmus s'est aperçu que je frissonnais et il m'a dit – phrase que je désespérais de l'entendre un jour prononcer : « Ma chère, je vais t'acheter un manteau de fourrure, je te le promets. »

Voilà un engagement que je compte bien lui rappeler. Il me ramène ce nouveau magazine américain baptisé *Vogue*, et j'y ai découvert un manteau de fourrure qui correspond exactement à celui de mes rêves. C'est un mélange d'agneau persan et de renard blanc très voyant – je me ferai sûrement remarquer en le portant mais c'est précisément ce que je souhaite. Je ne pense pas avoir un grand souci de mes vêtements, contrairement à certaines femmes; ce que j'aime, c'est qu'ils attirent le regard, que les gens se demandent combien a pu coûter un tel ensemble et comment j'ose arborer une tenue aussi extravagante.

Ma bague est ornée d'une émeraude sertie dans de l'or à vingt-deux carats et son « collet » est rehaussé de tout petits diamants. Il prétend qu'elle lui a coûté cinq cents livres, mais il exagère toujours. Bien qu'elle me plaise beaucoup, j'y renoncerais sans l'ombre d'une hésitation si cela pouvait amener Rasmus à aimer ma petite Swanny. Je la donnerais volontiers à Hansine ou la jetterais sans remords dans la Lea pour obtenir un tel résultat, mais je sais que ce genre de troc ne mène à rien, dans la vie.

La situation s'est encore aggravée depuis la naissance de Marie. Telle est du moins mon impression. Il ne s'est jamais beaucoup occupé des garçons lorsqu'ils étaient petits, il était fier d'avoir des fils mais cela n'allait pas plus loin. Aujourd'hui, il prend Marie dans ses bras et la porte à travers la maison. Il l'emmène dans le jardin et lui montre les voitures à moteur qui sont garées là. Elle a trois semaines à peine, mais elle est évidemment censée comprendre toutes ses explications à propos des batteries à accumulateur et des culasses amovibles.

Cela ne me dérange pas qu'il l'adore, j'en suis ravie au contraire, c'est une vraie révolution que de le voir porter ainsi tant d'amour à quelqu'un. À dire vrai, il est également très tendre avec moi en ce moment, mais cela passera, comme passeront les automobiles Ford – et encore, je suis sûre que ces dernières dureront plus longtemps. Il se comporte à peu près correctement avec les garçons, je veux dire qu'il n'est pas méchant ni injuste à leur égard, mais il ne va jamais jouer au football ou au cricket avec eux, ce qui les ravirait. Il est vrai qu'à treize ans, Mogens est presque aussi grand que lui et qu'il a déjà du duvet sur le menton, cela n'a donc sûrement plus grande importance. Mais Swanny n'a que cinq ans et elle est si mignonne, si adorable. C'est elle la plus belle de la famille. Marie ne pourra jamais rivaliser avec elle, j'en ai l'absolue certitude bien qu'elle ne soit encore qu'un tout petit bébé.

Rasmus n'aime pas le physique de Swanny. J'ignore pourquoi, je n'arrive pas à l'expliquer. Je lui ai posé la question, j'ai dû prendre sur moi pour l'interroger et il a commencé par prétendre que tout cela était ridicule. « Où es-tu allée chercher de telles idées ? » Mais j'ai insisté :

« Ta fille est belle, grande pour son âge, elle est bien bâtie – grâce à la nourriture et aux soins que je lui ai prodigués –, elle a une peau superbe, laiteuse à souhait, des cheveux blonds, brillants comme un sou neuf, des yeux bleus et doux, contrairement aux miens, et tu n'aimes pas son physique ! »

Il a fini par reconnaître que c'était vrai.

« Elle fait trop danoise, m'a-t-il dit.

– Et alors ? Où est le mal ? »

Il s'est contenté de pousser l'un de ses petits rires idiots. Il cherche à faire croire qu'il rêve d'être anglais, je le sais bien, et étend cette prétention à l'ensemble de ses « biens » (c'est ainsi qu'il nous désigne). Le plus drôle, c'est qu'il suffit de l'entendre parler une seconde pour savoir qu'il est étranger. Je sais que j'ai un accent, moi aussi, et que je l'aurai jusqu'à la fin de mes jours, mais enfin, il ne m'arrive jamais de dire *égole* pour « école », ou *choix* pour « soie ».

Évidemment, il s'est vite repris et m'a déclaré qu'il aimait également tous ses enfants, qu'il n'avait pas de préférence et les mettait tous sur le même plan, mais ce ne sont que des mots et je ne leur ai pas accordé le moindre crédit. J'ai parfois des pulsions meurtrières à son égard lorsque je vois Swanny aller vers lui, poser sa petite main sur son genou et lui demander quelque chose alors qu'il la repousse sans ménagement, comme s'il s'agissait d'un chien. En fait, il a plus de tendresse pour Bjørn, notre petit danois, que pour elle.

Pourquoi lui répugne-t-elle à ce point? Cela m'effraie un peu, lorsque j'y songe, il vaut mieux ne pas trop y penser.

28 juillet 1911

C'est l'anniversaire de la petite Swanny. Elle a eu six ans aujourd'hui. Nous lui avons offert une poupée aussi grande qu'un vrai bébé et munie d'authentiques cheveux humains. J'ai écrit « nous », mais c'est évidemment moi qui l'ai choisie et qui l'ai ramenée en cachette à la maison, sans qu'elle s'en aperçoive. Rasmus s'est contenté d'inscrire son nom sur la carte : « Avec l'amour de Mor et de Far. »

Il y a longtemps que j'ai envie de noter quelques refléxions au sujet de Rasmus dans ce journal. Je voulais tout d'abord écrire qu'il est un peu spécial, mais au fond qu'en sais-je? En fait d'homme, je n'ai aucune expérience en dehors de mon mari et une fille ne peut jamais réellement connaître la personnalité de son père. Elle ne voit la plupart du temps que ses bons côtés, ou les facettes qu'il veut bien lui montrer. Il est possible que Rasmus ne soit pas plus bizarre que n'importe quel autre représentant du sexe masculin.

Il y a un hangar, une sorte de remise au fond de notre jardin, et il en a fait son atelier. L'endroit est suffisamment spacieux pour contenir une voiture et c'est là qu'il bricole ses moteurs. Il passe des heures et des heures à les démonter, puis à les remonter. Lorsqu'il rentre à la maison, il empeste l'huile, et il a beau se savonner abondamment, l'odeur lui colle à la peau. L'huile dégage un étrange parfum, on dirait du métal fondu, et je me dis qu'on doit avoir la tête qui tourne à force de respirer ça.

Il a aussi un établi et des quantités d'outils. Il a fabriqué une niche pour Bjørn, avec une fenêtre sur le côté et un petit toit en pente, couvert de véritables tuiles. Je n'ai pas pu m'empêcher de la trouver belle et de lui témoigner mon admiration, bien que je me sois fixé pour règle de ne jamais lui révéler ce genre de sentiment, afin que cela ne lui monte pas à la tête. Il a sans cesse de nouveaux projets et veut aussitôt les réaliser. En ce moment, il s'est mis en tête de fabriquer du verre soufflé. J'imagine que ce sera ensuite le tour de la sculpture. Aujourd'hui, alors que nous roulions en automobile – nous étions censés faire une promenade pour l'anniversaire de Swanny, Marie n'arrêtait pas de se trémousser sur mes genoux –, il s'est arrêté le long d'un terrain où un marbrier était en train de tailler une pierre tombale et nous sommes restés plus d'une heure à regarder travailler cet homme. Comme distraction, ça se pose là! Et en plus, nous étions à South Mill Fields, le plus sinistre et le plus pouilleux des quartiers environnants.

Rasmus est rarement à la maison. Il semble y avoir une sorte de loi voulant que les femmes vivent à l'intérieur et les hommes au-dehors. C'est drôle, car nous sommes très choqués, révoltés même à l'idée qu'en Orient on cloître les femmes dans des harems, mais il ne me semble pas que les choses soient très différentes par ici. Je passe mon temps à la maison et Rasmus vit à l'extérieur. Bien sûr, il m'arrive de sortir, d'aller me promener, de m'échapper – mais justement, cela reste une échappée, et lorsque Rasmus y fait allusion, c'est bien ainsi qu'il l'entend. « Tu es restée absente bien longtemps », me dit-il. Ou bien : « Tu n'as donc rien à faire à la maison? »

Une fois finie la niche de Bjørn, il a voulu fabriquer une arche de Noé pour les garçons. J'imagine que c'était l'idée de sculpter tous ces petits animaux qui l'excitait. Lorsque je désire lui parler, disons entre huit heures du matin et neuf heures du soir, il faut que j'interrompe l'un de ses pourparlers d'affaires ou que je me rende moi-même à l'atelier. J'y suis allée hier matin et lui ai demandé s'il se rendait compte de l'âge qu'avaient ses fils.

« C'est pour me poser une question aussi stupide que tu viens me déranger? »

117

Voilà de quelle charmante manière il s'adresse à moi.

« J'ai juré préférable de t'en parler, lui dis-je, avant que tu ne perdes ton temps à fabriquer des jouets pour bébé. Au cas où tu l'aurais oublié, je te rappelle que Knud a onze ans et que Mogens en a treize. »

Il n'aime pas qu'on lui fasse des remarques, aussi a-t-il changé de sujet en me demandant pourquoi je ne les appelais pas Ken et Jack. Il est tellement entiché de ce pays que pour lui, il faudrait que tout soit anglais.

« Si tu tiens à faire quelque chose, repris-je, pourquoi ne pas construire une maison de poupées pour Swanny ? »

Il ne répondit rien.

« Tu n'as donc rien à faire à la maison ? » lança-t-il enfin.

Voilà comment se déroulent nos conversations. Je m'en rends compte à l'instant : chacun pose des questions auxquelles l'autre se garde bien de répondre.

5 mars 1912

Quelqu'un s'est mis à courtiser Hansine. Je n'aurais jamais cru cela possible, quoique en y réfléchissant un peu, cela s'était déjà produit lorsque nous étions à Copenhague. Ce matin, elle m'a dit qu'elle voulait me parler, et lorsque j'ai voulu savoir de quoi il retournait elle m'a demandé si elle pouvait inviter l'une de ses connaissances à venir prendre le thé à la cuisine.

J'ai évidemment pensé qu'il s'agissait d'une femme, une domestique comme elle. Elle s'est liée de la sorte avec quelques personnes, au fil des années. Mais lorsque je lui ai demandé si cette femme était employée dans notre rue, elle a eu l'air très embarrassée, elle s'est mise à rougir et à tortiller son tablier entre ses doigts comme elles le font toujours, elle et ses semblables.

« Il ne s'agit pas d'une femme, mais d'un homme », a-t-elle fini par me dire.

Je n'ai pu m'empêcher de rire car elle s'était exprimée en danois, d'une manière très comique. Elle a évidemment cru que je me moquais d'elle, que j'étais stupéfaite, abasourdie que sais-je, et j'ai eu l'impression qu'elle allait fondre en larmes.

« Oh, ne fais pas l'idiote ! dis-je. Ce n'était pas méchant de ma part, j'ai simplement été surprise. Bien sûr que tu peux inviter cet homme à venir prendre le thé. Comment s'appelle-t-il ?

– Sam Cropper. Il est dans les chemins de fer. »

Cette réponse n'aurait probablement rien de drôle pour un Anglais, elle paraîtrait même tout à fait naturelle, mais je l'ai trouvée tout bonnement hilarante. J'ai fait de mon mieux pour garder mon sérieux mais elle a dû voir que je me retenais pour ne pas éclater de rire. Elle estime que je suis trop sévère. Je le sais parce que la petite Swanny me l'a rapporté il y a quelques semaines. Elle m'appelle *lille Mor*, ce qui est très mignon.

« *Lille Mor*, Hansine m'a dit que tu étais souvent trop sévère et je lui ai répondu que tu n'étais pas sévère avec moi. C'est la vérité, n'est-ce pas ?

– Je l'espère bien, ma chérie. »

Mais je bouillais intérieurement. J'étais sur le point de faire venir Hansine et de lui demander comment elle osait dire des choses pareilles devant ma fille. De lui rappeler que c'était moi, ici, la maîtresse de maison, et qu'elle allait recevoir son congé si elle s'obstinait à parler de la sorte. Mais bien sûr, étant donné les circonstances je ne l'ai pas fait. Nous nous connaissons depuis longtemps, Hansine et moi, nous avons traversé bien des épreuves ensemble. Et si elle me trouve trop sévère, je ne la ferai pas changer d'avis. Je le suis parfois. Les gens n'ont guère été gentils avec moi, on ne récolte que ce qu'on a semé.

Je ne puis toutefois m'empêcher de me demander ce qu'un homme pourrait bien lui trouver. Elle a un visage épais, adipeux, qui fait songer à un quartier de viande, et plus précisément à cette pièce du mouton qui s'appelle la selle. Lorsqu'on dit aux gens – notamment aux hommes – que telle femme est blonde et qu'elle a les yeux bleus, ils croient aussitôt qu'elle est belle et rêvent de la rencontrer. Mais selon moi, ce sont les traits qui comptent. Hansine est effectivement une blonde aux yeux bleus, mais elle a une bouche en forme de saucière et un nez aussi fin qu'une cuillère. Elle est plutôt du genre armoire à glace, comme on dit. J'ai relevé cette expression dans un roman, pas bien fameux du reste, que je viens d'acheter. Je crois que je vais m'inscrire à la bibliothèque municipale afin d'y emprunter de bons livres.

Hansine va chercher Swanny à l'école et nous sert le thé à quatre heures, aux filles et à moi. Nous sommes obligées de le prendre dans la salle à manger, non sans avoir disposé une toile cirée sur le tapis car la petite Marie s'amuse à jeter sa nourriture par-dessus sa chaise haute, en agitant sa cuillère et en riant aux éclats. Je supporte assez mal ce spectacle et, généralement, je finis par appeler Emily afin qu'elle l'emmène prendre son goûter ailleurs. Mais aujourd'hui, j'ai dû m'en charger moi-même.

Emily ne répondait pas. Hansine était assise devant la table de la cuisine en compagnie d'un homme relativement grand et d'assez belle allure. Ils buvaient du thé et mangeaient des gâteaux apparemment bien plus appétissants que ceux dont ma fille venait de joncher le sol de la salle à manger. Hansine portait un chemisier en soie, un de ceux que je lui ai donnés, et elle avait remisé son tablier Dieu sait où. C'est étrange, on pourrait croire que ce sont les plus belles femmes qui attirent les hommes séduisants, mais ce n'est pratiquement jamais le cas. Ils semblent préférer les femmes ordinaires, ce qui est un peu dommage. Ce Cropper me rappelle un célèbre avocat, Edward Marshall Hall, dont j'ai vu la photo autrefois. Il a bien trop d'allure et un air beaucoup trop distingué pour être un simple ouvrier. Je me demande quel poste il occupe, dans les chemins de fer. S'il est porteur, toutes les femmes doivent lui courir après pour lui confier leurs affaires.

Ils avaient l'air un peu gênés en me voyant, ce qui n'a rien de surprenant. Hansine était même encore plus rouge que d'habitude.

« Où est Emily ? demandai-je en anglais.

– Là-bas, Madame », me répondit Hansine d'une voix étranglée, en tendant la main.

La pauvre Emily avait été reléguée dans l'arrière-cuisine où elle était assise, seule dans son coin, devant une tartine de confiture et une tasse de thé. Je déposai la petite Marie sur ses genoux, fis demi-tour et retraversai la cuisine, suivie des yeux par Hansine et son prétendant, l'un et l'autre muets comme des carpes.

2 juin 1913

J'ai reçu ce matin une lettre de mon cousin Ejnar, celui qui est officier dans l'armée danoise, m'annonçant que tante Frederikke était morte. Il aurait pu se fendre d'un télégramme, même s'il était exclu que je fasse un tel voyage pour assister aux funérailles. J'ai vu ma tante pour la dernière fois voici neuf ans et le temps estompe un peu nos souvenirs. Si j'annonce la nouvelle à Rasmus, il est capable d'insister pour que je porte le deuil, et comme je ne tiens pas à m'habiller en noir cet été je ne crois pas que je lui en parlerai.

Ejnar me dit que tante Frederikke a souhaité me léguer son édition des œuvres complètes de Charles Dickens, traduites en danois. Il ne m'est guère possible de refuser. Je me débrouille assez bien en anglais, ce qui est heureux au bout de huit années, je suis sûre que je le lis même mieux que nombre d'Anglais – Emily, par exemple – mais je ne le maîtriserai jamais aussi bien que ma langue maternelle. Il y a peu de livres dans cette maison, cela me frappe pour la première fois. Personne ne lit ici, en dehors de moi.

Je trouve grotesque de prendre le deuil, sauf si l'on est vraiment proche du défunt. Je n'aimais pas ma tante, même si elle prétendait que l'inverse était vrai. Elle disait toujours que je représentais pour elle la fille qu'elle n'avait pas eue. L'amour n'a guère de chance de survivre entre deux personnes dont l'une ne cesse de houspiller l'autre, de lui faire la morale et de lui dire comment il faut se comporter. Ma tante passait son temps à critiquer mon allure, mes goûts, mes manières, ma façon de parler ou de m'habiller, sans parler de mes mœurs. Même si ma conduite a toujours été irréprochable sur ce dernier point – plutôt par ignorance, d'ailleurs : je suis restée sage parce que je n'ai jamais eu l'occasion de faire le mal, et parce que j'avais peur.

Je vais finir par avoir le bourdon si je continue sur ce ton. De surcroît, comme le répétait inlassablement ma tante, il est néfaste de penser sans cesse à soi. « Sors un peu de ta coquille, Asta », me disait-elle souvent. Je serai heureuse de recevoir ces livres, ce sont les seuls souvenirs d'elle que j'aie envie de posséder.

Parlons plutôt de Hansine. Elle s'affiche ouvertement avec Cropper à présent. Ils se retrouvent régulièrement les jours où elle est de congé et je suis sûre qu'il vient plus souvent à la maison que je n'ai l'occasion de m'en apercevoir. Rasmus lui-même, qui ne remarque jamais ce que les gens font et se rend à peine compte de leur *présence*, l'a vu traîner par ici. L'anecdote est assez plaisante et il faut que je la rapporte. J'ai d'abord hésité à le faire, en me disant qu'il n'était guère décent de plaisanter ainsi, alors que je viens d'apprendre le décès de ma tante. Mais c'est une retenue parfaitement ridicule. Si j'avais vraiment voulu faire preuve de gravité, il aurait fallu que ce soit le jour où elle est effectivement morte, et non deux semaines plus tard. De toute façon, plaisanter me soulagera, j'en ai bien besoin.

Rasmus ne s'est décidé à parler qu'après avoir vu Cropper rôder à trois reprises dans les parages de la maison. Il a pris son air de curé, qui me fait toujours penser au pasteur luthérien de la paroisse, du temps où nous vivions à Hackney.

« Qui est donc cet ami à toi, Asta ? m'a-t-il demandé.

— De qui veux-tu parler ?

— De ce gentleman que j'ai aperçu hier dans le jardin. »

J'ai alors entrevu la vérité. Mais je l'ai laissé s'enferrer dans sa méprise, en prétendant que je ne voyais pas à qui il faisait allusion et en prenant même un air vaguement coupable. Puis, comme si la lumière se faisait brusquement en moi, je me suis exclamée :

« Oh, je vois de qui tu veux parler. Mais ce n'est pas un gentleman, Rasmus, c'est le prétendant de Hansine. »

Il est devenu rouge comme une tomate. Pour commencer, il n'aime pas me laisser croire qu'un ingénieur aussi compétent et affairé que lui puisse se montrer jaloux. Ensuite, il n'ignore pas qu'il devrait savoir distinguer un ouvrier d'un gentleman, comme tout Anglais qui se respecte. Certes, ses habits excepté, Cropper n'a guère l'allure d'un ouvrier. Rasmus devait s'imaginer que j'étais en train de suivre la même pente que Mrs. Roper — même s'il n'a jamais entendu parler d'elle, ce qui est aussi bien.

6 juillet 1913

C'est mon anniversaire, une fois de plus. J'ai trente-trois ans aujourd'hui et j'atteindrai bientôt l'âge mûr si celui-ci débute bien à trente-cinq ans, comme le prétendait mon père.

Rasmus ne s'en est pas souvenu, selon sa bonne habitude. Notre voisine d'à côté, Mrs. Evans, m'a dit que son propre mari ne risquait pas d'oublier la date de son anniversaire ou de celui de leur mariage, vu qu'elle ne cessait de le lui rappeler durant les quinze jours précédant l'événement. « Tu n'as pas oublié pour vendredi prochain, mon chéri ? » Ou : « Tu sais que jeudi prochain n'est pas un jour ordinaire... » Et ainsi de suite. Je ne m'abaisserai jamais à faire une chose pareille. Puisque cela a si peu d'importance aux yeux de Rasmus, j'aime autant qu'il l'oublie. Les cadeaux ont un goût de cendre lorsqu'ils sont dictés par le devoir.

J'imagine que Hansine a dû rafraîchir la mémoire des enfants. Mais elle n'oserait pas en parler à Rasmus. En tout cas, ils m'ont chacun offert un cadeau : Mogens m'a donné une petite paire de ciseaux dans un étui en peau de porc, Knud deux mouchoirs marqués d'un *A* dans une boîte en argent et Marie un dé à coudre, parce que j'ai abîmé le mien avec une grosse aiguille. J'ai délibérément gardé pour la fin le présent de Swanny, parce qu'elle est la seule à l'avoir confectionné elle-même : j'aime à penser que c'est par amour qu'elle l'a fait. Il s'agit d'un essuie-plume qu'elle a cousu elle-même, un très beau carré de feutre violet qu'elle a finement ourlé et sur lequel elle a brodé des roses – elle sait que ce sont mes fleurs préférées – ainsi que le mot *Mor* en tout petits points roses. Je n'ai pas l'intention de l'abîmer en y essuyant des plumes. Je le conserverai précieusement.

Juste avant le dîner, Rasmus est arrivé en brandissant un appareil que je n'avais encore jamais vu, hormis sur des reproductions photographiques.

« Ah, tu es là, a-t-il lancé. Regarde, c'est un téléphone. Qu'est-ce que tu en dis ?

– C'est mon cadeau d'anniversaire ? »

Je le vis réfléchir un instant.

« Bien sûr, répondit-il enfin.

– Mais qui va s'en servir ?

– J'en aurai besoin pour mes affaires, évidemment. Mais tu pourras l'utiliser aussi.

– Mille mercis. »

J'ai vu cette réplique sur l'écran la semaine dernière, au cinéma, et je guettais depuis l'occasion de la ressortir.

Il nous a fait la tête pendant plus d'une heure. Je plains nos pauvres enfants : gare à celui qui se risquerait à lui adresser la parole lorsqu'il est d'une humeur pareille. Sauf Marie, évidemment, qui a toujours raison. C'est la plus insupportable de tous les enfants que j'ai eus, elle ne tient jamais en place, elle court partout et n'arrête pas de faire des bêtises. Cet après-midi, elle a fait une chose affreuse. Elle est allée trouver Hansine et lui a dit :

« Mor est tombée par terre, elle a les yeux fermés et elle ne dit plus rien. »

Complètement affolée, Hansine a grimpé les escaliers quatre à quatre et s'est précipitée dans ma chambre. Elle m'a trouvée tranquillement assise, en train d'écrire mon journal. Enfin, pas tout à fait, car j'avais prestement glissé le cahier dans un tiroir et faisais mine de regarder par la fenêtre. Je suppose que Marie a fait cela pour attirer l'attention. J'ai remarqué que les petits enfants détestent qu'on lise ou qu'on écrive en leur présence. Ils se sentent exclus d'une activité à laquelle ils ne peuvent se livrer et dont ils ne comprennent même pas la fonction.

Mais il ne faut pas lui permettre de raconter des mensonges sans lui faire la leçon. Je lui ai donné une bonne gifle et j'ai raconté à Rasmus le dernier exploit de sa petite préférée. Tout ce qu'il a trouvé à dire, c'est qu'elle était vraiment intelligente pour faire une chose pareille alors qu'elle a à peine deux ans et demi. Je me demande pourquoi il l'aime tant. J'avais exactement la même allure qu'elle à son âge, et elle me ressemblera lorsqu'elle aura grandi. Elle a même hérité de mes affreux yeux bleus, de mes pommettes saillantes, de mes lèvres étroites, et ses cheveux ont une couleur de sable mouillé.

Enfin, voilà un autre anniversaire de passé!

20 septembre 1913

Nous allons déménager.

Mon cher mari m'a appris la nouvelle ce matin. Je suis persuadée qu'il existe des couples où mari et femme font certaines choses *ensemble*, même si je ne suis guère spécialiste en matière de mariage : je me suis contentée d'observer les couples qui se promènent dans la rue, bras dessus, bras dessous, ou ceux chez qui nous nous rendons parfois – très rarement, du reste –, les gens qui achètent des voitures à Rasmus. Peut-être ces maris ne consultent-ils pas davantage leurs épouses. Mais je refuse de trouver normal qu'un homme déclare à la femme dont il partage la vie depuis seize ans qu'il vient d'acheter une maison et qu'il va falloir s'y installer le mois prochain.

En réalité, cela ne me dérange absolument pas car j'adore déménager. J'aime le changement de décor, le remue-ménage, les emballages, l'agitation, – et plus encore la première nuit que l'on passe dans une nouvelle maison. C'est toute une aventure. Mais j'aurais aimé avoir un mot à dire dans le choix de mon nouveau cadre, au lieu d'être traitée comme une enfant ou une demeurée.

« Où se trouve-t-elle? demandai-je.

– À Highgate. »

J'ai aussitôt songé à l'ancien village et à ces vieilles bâtisses affreuses, autour du pré communal ou au pied de West Hill. Je ne tiens pas davantage à vivre à côté d'un cimetière. Mais non, pour une fois il a l'air de s'être bien débrouillé.

C'est une grande maison de construction récente, située à Shepherds Hill, du nom de Padanaram.

9

J'AI fait la connaissance de Cary Oliver à l'époque où nous travaillions l'une et l'autre à la BBC, vers la fin des années soixante. Elle m'a piqué l'homme que j'aimais et a fini par l'épouser.

La phrase qui précède a un côté mélodramatique, mais je crois que Cary elle-même conviendrait qu'elle résume assez bien la vérité. En tout cas, je ne vois pas comment la formuler autrement. Il y avait cinq ans que je vivais avec Daniel Blain, le fils du dernier fiancé de ma mère, psychiatre de son état. Il serait sans doute exagéré de prétendre qu'il fut l'unique amour de ma vie, bien que cette affirmation ne soit pas très éloignée de la vérité. Cary jeta son dévolu sur lui et le ramena dans ses filets.

Je sais fort bien ce que l'on ne manquera pas de me rétorquer. On ne se sépare pas de quelqu'un si l'on n'a pas envie de le quitter. Les gens ne sont pas des paquets que l'on convoite, dont on s'empare puis que l'on abandonne sur le bord du chemin. Le libre arbitre existe. S'il m'avait réellement aimée... Bon, peut-être n'était-ce pas le cas. C'est moi qui suis partie. Je ne l'ai pas plaqué, cela relevait plutôt de la retraite offensive, comme on dit.

Un peu plus tard, Daniel et Cary se marièrent. Plus tard encore, ils divorcèrent. Daniel partit en Amérique et disparut de la circulation, mais j'entendais périodiquement parler de Cary, généralement par le biais de la télévision : son nom apparaît fréquemment dans le générique de certaines émissions. Elle est devenue productrice de dramatiques et de feuilletons, et elle

126

est assez cotée. Mais lorsqu'elle avait laissé un message sur mon répondeur téléphonique, il y avait bien quinze ans que je n'avais pas entendu le son de sa voix. Cela remontait en fait à cette soirée où elle m'avait révélé la nature de ses sentiments, en me déclarant d'un air extasié, avec des trémolos dans la voix :

« Il est si beau ! »

Je ne l'avais pas rappelée. C'est elle qui avait fait le premier pas et j'admirais son courage. Quinze ans, cela ne compte pas, cela n'efface rien, dans ce genre d'affaires. Pour être tout à fait honnête, je reconnais que je m'étais demandé de quoi elle pouvait bien avoir envie de me parler. Il y avait belle lurette que le Journal avait été adapté sous forme de feuilleton à la télévision, sans parler des lectures à la radio, et une proposition venait même de m'arriver pour une diffusion sur cassettes. Mais j'avais fini par me dire que je pouvais parfaitement survivre sans connaître les motivations de Cary.

Les lettres de condoléances ne cessaient d'affluer et le courrier s'empilait sur mon bureau depuis la mort de Swanny, deux semaines auparavant. Swanny avait autrefois engagé une secrétaire qui venait trois fois par semaine et se chargeait fort bien de sa correspondance, laquelle était évidemment monumentale, mais elle avait quitté ses fonctions un an plus tôt, lorsque Swanny avait eu sa première attaque et était devenue impotente. Elle parvenait à peine à signer une lettre et était encore moins capable d'en déchiffrer le contenu. De toute façon, au stade où elle en était, quel nom aurait-elle pu inscrire ? Ne risquait-elle pas de produire la signature de « l'autre », en accord avec la nouvelle personnalité qu'elle avait endossée ?

Il n'y avait donc que moi pour répondre à tout ce courrier et je venais de m'y atteler. Swanny ne connaissait pas une foule de gens, je veux dire qu'elle avait peu d'amis intimes, mais elle avait des milliers d'admirateurs – elle ou sa mère, peu importe, puisqu'elle incarnait Asta à leurs yeux. J'avais déjà écrit une bonne centaine de cartes pour remercier toutes ces lectrices (c'étaient presque exclusivement des femmes) de leurs lettres de condoléances et pour les assurer que la publication du Journal se poursuivrait, lorsque Cary me rappela.

Elle n'avait pas perdu cette habitude de parler sur un ton précipité, sans reprendre son souffle.

« Tu as dû avoir mon message, tu me détestes, on t'assiège de tous les côtés et tu t'apprêtes à raccrocher, mais je t'en prie, écoute-moi, il faut absolument que je te parle. »

Ma bouche était brusquement devenue sèche et il me sembla que je parlais d'une voix enrouée.

« Je n'ai pas l'intention de raccrocher, Cary.

— Tu veux bien me parler?

— C'est ce que je fais en ce moment, il me semble. »

J'étais en train de me dire : comment cela, on m'assiège de tous les côtés? Avais-je donc été harcelée? J'avais été absente la plupart du temps et n'avais pas branché mon répondeur. Je repris avec circonspection :

« Il y a bien longtemps que l'occasion ne s'est pas présentée. »

Cary ne répondit pas mais ne resta pas pour autant silencieuse à l'autre bout du fil.

« Tu devrais te faire engager dans l'une de tes productions, dis-je. Tu as un souffle remarquable.

— Oh, Ann... M'as-tu enfin pardonnée?

— Si nous parlions plutôt de ce qui motive ton appel? Tu as quelque chose à me demander, j'imagine?

— Bien sûr, je te l'ai dit l'autre jour. Mais je suis comme un gosse, tu le sais bien. Je voudrais d'abord que tu me dises que tout est arrangé, que tu m'as pardonné, pour que la situation soit claire. Je voudrais que nous repartions du bon pied, après avoir... comment dire... fait table rase. »

Si Daniel t'entendait... songeai-je. Mais je ne dis rien, je ne voulais pas prononcer son nom.

« Très bien, Cary, je te pardonne. Ça te va comme ça?

— Tu es sincère, Ann?

— Parfaitement. Maintenant, dis-moi ce que tu veux. Étonne-moi. »

Elle y parvint assez bien. Elle demeura silencieuse un instant, savourant apparemment son absolution avec autant de plaisir que si elle avait mariné dans un bain bien chaud, puis elle émit un ronronnement qui devait être un soupir et déclara :

« Dis-moi d'abord si tu as une objection de principe à ce qu'on jette ne fût-ce qu'un coup d'œil aux passages inédits du Journal?

— Quoi?

— Il y a un passage qui manque dans le premier cahier, comme tu le sais sûrement. Accepterais-tu que quelqu'un en prenne connaissance?

— Il y a un passage qui manque? Je l'ignorais.

— Tu parles sérieusement?

— Je ne vois même pas à quoi tu fais exactement allusion. Tu veux dire que des passages ont été coupés, ou quoi?

– Tu n'es donc pas au courant... Laisse-moi reprendre mon souffle, j'ai sans doute une petite chance d'être engagée. »

En attendant son explication, je me dis qu'il était fort improbable que Cary s'intéresse aux origines de Swanny. Après tout, celle-ci était certes devenue une personnalité connue que l'on interviewait de temps en temps à la radio, à la télévision ou dans certains magazines, mais même de son vivant peu de gens se seraient intéressés au fait de savoir si elle était bien la fille d'Asta. C'est cette dernière qui passionnait le public. Swanny n'était que son intermédiaire, son porte-parole en quelque sorte, ou son interprète. Et maintenant qu'elle était morte, ce n'était pas vers elle que se tournait l'intérêt du public, mais vers l'avenir du Journal qui restait à paraître et qu'elle aurait pu éditer. C'était pourtant la première idée qui m'avait traversé l'esprit : Cary désirait sûrement en savoir un peu plus long sur la naissance de Swanny. La question me tourmentait peut-être plus profondément que je ne le croyais.

« Je suis sûre que tout ce qui concerne l'enfance de ma tante a déjà été imprimé, dis-je.

– L'enfance de ta tante ? De quoi parles-tu, Ann ? Je ne sais même pas qui est ta tante.

– Swanny Kjaer.

– Oh, mon Dieu, bien sûr... Je suis désolée. Je savais que vous étiez parentes mais je n'avais pas réellement enregistré que tu étais sa nièce. Mais pourquoi fais-tu allusion à son enfance ? Les paparazzi ne sont tout de même pas venu te harceler à ce sujet ? »

Je lui demandai ce qu'elle voulait, puisqu'il ne s'agissait pas de ça.

« Ann, accepterais-tu que nous nous rencontrions ? Seras-tu capable de le supporter ? »

Je réfléchis un instant à la question et décidai que oui. Évidemment, que j'en étais capable.

« Mais peux-tu me dire de quoi il s'agit ?

– Roper, répondit-elle. Je veux faire une série sur Roper. »

Je lui répondis, en toute bonne foi, que je ne voyais pas à quoi elle faisait allusion.

« Dans le premier volume, celui qui s'appelle *Asta*, au tout début il y a un passage qui concerne... comment s'appelait-elle déjà... la domestique...

– Hansine.

– C'est ça. Hansine rentre à la maison et raconte qu'elle a

fait la connaissance d'une autre servante, employée dans une maison quelques rues plus loin. »

C'était la première fois que quelqu'un me parlait du Journal comme si j'étais censée le connaître par cœur, du début à la fin. Cela devait m'arriver bien souvent par la suite.

« C'est possible, dis-je.

– Elle y revient plus longuement, peu après, lorsque cette femme vient prendre le thé avec Hansine et parle de ses employeurs. Eh bien, c'était la domestique de Roper, de son épouse et de sa belle-mère. Ne me dis pas que tu l'ignorais ? »

Le nom ne m'évoquait strictement rien. Je me demande à présent pourquoi je n'ai pas cherché à en savoir plus long ce jour-là, mais je me contentai de prendre rendez-vous avec Cary pour le surlendemain. Ma curiosité commença à s'éveiller lorsque j'eus reposé l'écouteur. J'allai chercher mon propre exemplaire d'*Asta* et lus les passages en question, au tout début de l'ouvrage. Le nom de Roper n'était pas mentionné une seule fois. Je retrouvai l'allusion au vieillard qui avait perdu connaissance en pleine rue, à l'amie de Hansine et à ses employeurs. Elle parlait effectivement d'un homme, de son épouse et d'une vieille belle-mère. Mais la domestique évoquait « sa maîtresse, Mrs. Hyde », et non une Mrs. Roper. Un peu plus loin, Asta raconte qu'elle s'est rendue dans la rue où habitaient ces gens, qu'elle a contemplé leur maison et en a vu sortir une femme accompagnée d'une enfant.

Ce passage figurait dans le compte rendu du 26 juillet 1905, deux jours avant la naissance de Swanny. Le Journal s'interrompait ensuite jusqu'au 30 août, détail que je n'avais pas remarqué jusqu'alors et qui me surprit un peu, mais sans plus, lorsque je m'en aperçus. Le Journal était ponctué de semblables silences, Asta n'écrivait pas tous les jours dans ses cahiers, ni même toutes les semaines. Un peu plus loin, à la date du 15 octobre, je tombai sur une allusion à « l'homme qui a assassiné sa femme, dans Navarino Road », mais là encore, aucun nom n'était mentionné. Et c'était tout. Pas le moindre détail, pas la moindre explication. De toute évidence, Asta ne semblait pas s'être passionnée pour cette affaire. Et je ne me sentais guère plus concernée – à ce moment-là.

La lettre que j'ouvris ensuite m'intéressa bien davantage. Elle provenait d'un certain Paul Sellway.

Le nom, cette fois, me disait quelque chose, mais je n'arrivais pas à le situer. J'y réfléchis un moment, avant de prendre connaissance de la lettre. Sellway, Sellway... Une parente de Maureen, la femme de Ken, n'avait-elle pas épousé un Sellway? N'aboutissant à rien, je me mis à lire la lettre.

Son auteur désirait m'exprimer ses sincères condoléances, suite au décès de ma tante. Il n'avait qu'un très vague souvenir d'elle, l'ayant rencontrée à une seule reprise lorsqu'il était enfant, peu après la mort de sa grand-mère. La lettre comportait plusieurs paragraphes mais il avait attendu le tout dernier pour m'expliquer qu'il était le fils de Joan (née Cropper) et de Ronald Sellway, et qu'il était né en 1943. C'était tout simplement le petit-fils de Hansine Fink. La lettre portait comme entête « Dr P.G. Sellway », suivie d'une adresse située dans le district E8 de Londres.

Dieu sait pourquoi, je me demandai comment Asta aurait réagi en recevant une telle missive. Elle était profondément snob, attitude aussi injustifiable chez elle que chez la plupart de ses semblables. Elle aurait été stupéfiée d'apprendre que Paul Sellway était docteur, titre qu'elle respectait profondément tout en s'en méfiant un peu. Quoi! Le petit-fils de cette illettrée de Hansine était docteur! Le descendant de cette fille de bouseux, guère plus éduquée qu'une vache, comme la pauvre Karoline! Le fait que Morfar soit lui-même issu d'une telle écurie (dans tous les sens du terme) ne modifiait en rien son point de vue. Elle avait quant à elle le douteux privilège d'appartenir à une famille qui ne portait plus de sabots depuis au moins deux générations.

Swanny voyait les choses différemment. Poursuivant son enquête sur ses propres origines, elle était allée voir la fille de Hansine. Cela s'était passé deux ans environ après la mort de ma mère. Elle avait fini par digérer le décès de sa sœur cadette et par l'intégrer à son existence : elle s'occupait différemment le mercredi après-midi et ne guettait plus inconsciemment l'heure de leur coup de fil quotidien. Dans cet espace vacant – à l'image de la nature qui a horreur du vide –, l'angoisse relative à ses origines avait refait surface.

Hansine elle-même, qui n'avait que quelques mois de plus qu'Asta, était morte au début des années cinquante. Ce fut sûrement à l'occasion de ce décès, ou peu après, que Paul Sellway avait entrevu Swanny. J'ai le vague souvenir, non que ma tante s'était rendue à l'enterrement – ni elle ni Asta ni ma mère

131

n'y assistèrent – mais qu'elle avait appelé la fille de Hansine quelques jours ou quelques semaines plus tard, pour une raison qui m'échappe aujourd'hui. Peut-être Hansine avait-elle demandé à Joan Sellway de transmettre à Swanny un objet qui lui avait appartenu, en guise de souvenir ? Swanny avait toujours été sa préférée dans la famille Westerby, comme il en allait pour Asta.

À l'époque dont je parle, Swanny voulut la revoir, mais cela s'avéra moins facile que prévu. Pour commencer, Joan Sellway avait déménagé. Swanny avait téléphoné à son ancien domicile et était tombée sur un inconnu qui n'avait pas la moindre idée de ce qu'étaient devenus les Sellway. Il faut bien comprendre que Swanny était mue par une pulsion contradictoire : elle désirait retrouver cette femme sans y tenir vraiment. Elle voulait connaître la vérité et, en même temps, elle la redoutait. Son état commençait une fois de plus à se détériorer.

Je fus chargée de la retrouver. Swanny n'était pas la première à me considérer comme une sorte de détective privé, à cause de mon métier. « Tu sais comment t'y prendre, tu parviendras bien à la dénicher. » En fait, cela ne posa pas le moindre problème, un enfant y serait arrivé. Ni Joan ni Ronald Sellway, son mari, ne figuraient dans l'annuaire de Londres pour la bonne raison qu'ils s'étaient expatriés. Je tombai sur le nom de Joan dans le Bottin régional. Elle vivait à Borehamwood.

Il faut maintenant que je fasse très attention à ce que je vais écrire, au sujet de Joan Sellway. Je ne l'ai jamais rencontrée, je n'ai pas eu le moindre contact avec elle et il serait malvenu, tout particulièrement dans mon cas, de parler d'elle en me basant sur de simples ouï-dire. Quoi qu'il en soit, elle se montra extrêmement distante à l'égard de Swanny et ne parut même pas comprendre ce que celle-ci attendait d'elle.

C'était une blonde élancée, mince mais bien charpentée – le type que Swanny qualifiait de « fortement danois » – avec de grands yeux bleus et de longues mains nerveuses. Tout ce qu'elle sut répondre aux questions de Swanny, ce fut : « J'ignore à quoi vous faites allusion », ou : « Je ne comprends pas ce que vous voulez dire. » À la fin, comme si elle faisait un grand effort pour prendre en considération ces histoires à dormir debout, elle lui déclara d'un air triomphant :

« Pourquoi ne posez-vous pas la question à votre mère ? »

Swanny lui expliqua qu'elle l'avait déjà fait et lui résuma ce qui en avait résulté.

« Vous feriez mieux d'aller trouver mon fils », n'arrêtait pas de dire Mrs. Sellway.

Elle faisait évidemment allusion à Paul, l'auteur de la lettre. Elle désirait visiblement que Swanny aille raconter toute cette histoire à son fils, à qui elle se raccrochait de toute évidence depuis que son mari l'avait quittée, et elle ne voulut pas en démordre, même lorsque Swanny lui objecta que cela ne servirait à rien puisqu'il n'avait pas été témoin de tout ça.

« Je n'étais pas là, moi non plus », répliqua Joan Sellway.

Swanny se disait qu'elle n'avait vraiment rien hérité de Hansine. La bonne à tout faire d'Asta était souriante et enjouée, très maternelle (au contraire de sa maîtresse), attentionnée et rassurante. Ainsi du moins était-elle restée dans son souvenir.

« Je m'étais dit que votre mère avait pu vous parler de cette époque. Je veux dire, de l'époque où elle était à notre service.

– Eh bien, elle ne l'a pas fait. »

En observant l'attitude de Joan Sellway (une sorte de repli intérieur cachant une colère et une hostilité profondément enfouies), Swanny réalisa brusquement que celle-ci n'avait probablement jamais souhaité connaître la vie que menait sa mère avant de se marier, qu'elle lui avait même peut-être demandé de ne pas y faire allusion en présence de son fils ou de son époux. Sa mère avait été une domestique. Elle avait eu un statut d'inférieure, lorsqu'elle était au service d'Asta. Et qu'avait-elle donc fait – *elle*, Joan Sellway – pour être soumise à un tel interrogatoire de la part d'une femme qui ne valait guère mieux qu'elle maintenant qu'elle vivait dans une belle petite maison, à Borehamwood, et que son fils aurait bientôt son diplôme de docteur ? Cette femme n'était probablement venue la trouver et la harceler de questions que pour se moquer d'elle, pour l'humilier en lui rappelant les origines modestes et même un peu honteuses de sa propre mère. Swanny comprit qu'il ne fallait pas insister. De toute façon, Joan Sellway n'avait rien à lui apprendre, elle ne savait strictement rien, elle était aussi ignorante qu'elle. Et, contrairement à elle, elle n'avait pas la moindre envie d'en savoir davantage, de démêler l'écheveau du passé.

Swanny ressentit une profonde humiliation. Elle réalisa – ou crut réaliser – qu'elle se rendait ridicule, mais elle n'y pouvait rien, elle était incapable de se retenir. Elle était dans un état bien pire qu'après la mort de ma mère. Et en même temps, elle craignait qu'Asta ne soit bientôt plus en mesure de lui révéler la vérité – à supposer que cela eût été dans ses intentions : elle n'allait plus tarder à décliner, à sombrer dans la sénilité, elle n'aurait plus que des souvenirs incohérents qu'elle ne parviendrait même pas à transmettre. À dire vrai, d'après ce que j'ai pu constater moi-même, Asta ne montrait pas le moindre signe de déclin à cette époque ; bien qu'elle n'eût pas loin de quatre-vingt-dix ans, elle était rigoureusement fidèle à ce qu'elle avait toujours été : capricieuse, entêtée, révoltante, totalement égocentrique et étrangement charmante.

C'est Torben qui avait fourré dans la tête de Swanny l'idée que sa mère sombrait lentement dans la sénilité. Il la jugeait responsable de « cette lamentable affaire », pour reprendre ses termes. Cela arrangeait Swanny de croire sa mère sénile, car cela pouvait signifier que cette « lamentable affaire » n'avait pas le moindre fondement, ainsi que l'estimait Torben. Mais si Asta était plus ou moins gâteuse, serait-elle jamais en mesure d'avouer la vérité à sa fille, à supposer une fois encore qu'elle le voulût ?

Swanny alla aussi voir l'oncle Harry. Celui-ci avait deux ou trois ans de moins qu'Asta mais se portait nettement moins bien qu'elle. Il vivait toujours seul, mais ses filles (il en avait une ribambelle) venaient à tour de rôle s'occuper de lui. Elles étaient toutes mariées et, à l'exception de l'une d'entre elles, habitaient aux environs de Leyton.

Asta prétendait depuis toujours qu'il adorait Swanny et qu'elle lui avait immédiatement plu, le jour où ils avaient fait connaissance. Swanny n'avait alors que quatorze ans. Harry était venu voir Asta à Padanaram, afin de lui faire un compte rendu détaillé de la mort de son fils. Cela se faisait fréquemment, après la guerre : les survivants allaient trouver les parents éplorés et tentaient de les consoler en leur racontant les dernières heures de leurs enfants, leur attitude courageuse, leur insensibilité à la souffrance (car ils s'étaient bien sûr tous comportés en héros), ainsi que la gloire, la noblesse, l'abnégation de leur mort. C'est Emily qui lui avait ouvert la porte, avant de l'introduire au salon : Swanny s'y trouvait et ils avaient discuté ensemble une dizaine de minutes, en attendant qu'Asta descende les rejoindre.

« Ton frère m'avait bien dit qu'il adorait sa petite sœur, lui déclara-t-il ce jour-là, mais il ne m'avait pas précisé qu'elle était aussi charmante. »

Lorsqu'elle se rendit à Leyton – Harry habitait une grande

maison edwardienne, sur Essex Road –, Swanny le trouva seul chez lui. Celle de ses filles qui lui tenait actuellement compagnie venait de débarrasser les restes de son repas et d'allumer le feu, après lui avoir apporté son journal. Du temps de sa jeunesse, on m'a dit qu'il était aussi svelte et aussi beau que le grand-père de Paul Sellway, Sam Cropper, à ceci près qu'il était blond alors que Sam était brun, mais il s'était voûté et ratatiné avec l'âge. Il avait un visage livide et marbré de rose, comme celui d'un enfant qui meurt de froid. Il souffrait de la maladie de Parkinson et ses mains tremblaient constamment, mais il n'avait rien perdu de sa tendresse, de son amabilité ni de son enjouement. Il fit un baisemain à Swanny. Nul ne savait d'où il tenait cette habitude si peu anglaise, à laquelle Asta était extrêmement sensible. Il lui baisait toujours la main lorsqu'ils se retrouvaient, et elle adorait ça. Swanny lui raconta toute l'histoire. On parlait facilement avec lui, c'était un excellent auditeur. Qualité indispensable pour quelqu'un qui s'était si souvent promené avec Asta! Lorsque Swanny eut terminé, il lui déclara :

« Asta ne m'a jamais parlé de ça.

— Elle ne me révélera jamais la vérité, se lamenta Swanny. Est-il possible qu'elle ait forgé cette histoire de toutes pièces? L'en crois-tu capable?

— Je vais te dire une chose, ma chérie, qui n'est sans doute qu'une banalité. Toute ma vie, j'ai entendu dire qu'un enfant un tant soit peu futé, reconnaîtrait instinctivement son père : mais c'est de la blague, tu ne crois pas? On distingue toujours les traits de ses parents sur le visage d'un enfant, et vice versa. On ne s'en rend jamais bien compte soi-même, parce qu'on ne connaît pas réellement son propre visage, les miroirs ne nous en donnent qu'une image déformée. Mais pour les autres, on le voit bien : lorsque l'on connaît à la fois les parents et l'enfant, on distingue toujours la ressemblance. Et si on ne l'aperçoit pas, c'est que quelque chose ne tourne pas rond.

— Tu as connu mon père. (Swanny se reprit aussitôt :) Tu as connu Rasmus Westerby, tu connais bien Asta. Est-ce que je leur ressemble? Est-ce que mes traits ressemblent aux leurs, ou à l'un d'entre eux?

— Ma chérie, faut-il vraiment que tu me poses une telle question? »

Elle lui répondit que oui, que c'était inévitable, qu'elle ne pouvait faire autrement. Harry demeura une bonne minute silencieux, puis il lui prit la main.

« Dans ce cas, la réponse est non. Non, tu ne leur ressembles pas. Je l'ai constaté depuis le début et cela m'a toujours étonné. C'est pourquoi je n'ai pas le moins du monde été surpris par ta question. Vois-tu, lorsque nous sommes devenus très proches, ta mère et moi, et que nous nous connaissions bien, je croyais qu'elle finirait par m'en parler. Je me disais : un de ces jours, Asta va m'expliquer que cette fille n'est pas la sienne, qu'elle n'est pas la mère de cet adorable petit bout de femme, qu'elle l'a adoptée jadis. Mais cela ne s'est jamais produit. J'aime profondément ta mère, à quoi bon le nier à présent, mais tu étais bien trop belle, tu avais beaucoup trop de classe pour être leur enfant. »

Il l'embrassa tendrement lorsqu'elle prit congé de lui. Sans qu'elle le lui ait demandé, il lui promit d'interroger Asta de son côté. Si tel fut bien le cas, Asta ne lui révéla rien, rien en tout cas qu'il ait jugé utile de rapporter ensuite à Swanny. Asta n'était guère enchantée que Swanny soit ainsi allée l'interroger.

« Le pauvre, à son âge... Lui faire un choc pareil... Il avait les larmes aux yeux lorsqu'il m'a rapporté votre conversation.

– Je lui ai simplement demandé s'il savait que tu m'avais adoptée.

– Il a le cœur fragile, tu aurais pu le tuer. Et bien sûr, le résultat de tout ça c'est qu'il te croit maintenant un peu dérangée, *lille* Swanny. Comme si tu n'étais pas ma fille et celle de mon mari!

– Mais je ne le suis pas, Mor. Tu me l'as affirmé.

– Cela ne signifie pas que je tienne à ce que le monde entier soit au courant. Réfléchis un peu, je t'en prie! Et pourquoi interroger oncle Harry? Tu avais quatorze ans lorsque nous avons fait sa connaissance. Que pourrait-il bien savoir à ton sujet?

– C'est ton ami le plus proche, voilà tout. »

Selon Swanny, une lueur de fierté rêveuse éclaira à cet instant le visage de Mormor.

« Il a mené une existence bien solitaire, dit-elle. Il ne s'est jamais remarié. Je ne crois pas t'en avoir parlé auparavant, mais il m'a demandé un jour de l'épouser. Oh, il y a déjà longtemps. »

Swanny était tellement en rogne contre sa mère qu'à cet instant précis elle aurait vraiment souhaité que Mormor eût épousé Harry : elle aurait vécu à Leyton, en prenant soin de lui.

« Pourquoi as-tu refusé? »

L'éternelle réaction : regard fuyant dans un sens, mouvement de main dans l'autre direction.

« Oh, vraiment, cela ne me disait rien. Toi, tu as de la chance, tu as un gentil mari et une belle maison... Pour ma part, mon mariage ne m'a guère enthousiasmée. Pourquoi courir le risque une nouvelle fois ? Les gens changent une fois mariés, j'aime mieux te le dire. Je préfère avoir un ami qu'un mari. »

Harry mourut quelques semaines plus tard. Mais il ne savait rien, il n'avait pas la moindre révélation à faire.

Les années s'écoulèrent. Swanny m'a raconté qu'elle avait lutté avec l'énergie du désespoir pour se retenir d'interroger Asta, d'exiger qu'elle lui révèle la vérité – mais c'était impossible, elle ne pouvait s'en empêcher et finissait toujours par remettre la question sur le tapis. Selon les jours, Asta réagissait diversement en lui disant que cela n'avait pas d'importance, qu'elle ne se souvenait plus ou que Swanny ferait mieux d'arrêter de se ronger les sangs pour une affaire aussi insignifiante – ou qui, du moins, n'aurait eu de l'importance que si sa mère adoptive ne l'avait pas aimée. N'était-il pas évident qu'elle (Asta) l'avait toujours adorée, l'avait toujours préférée à ses autres enfants : dès lors, pourquoi se montrait-elle aussi peu raisonnable ?

Et puis, un beau jour, Asta sortit son atout. Peut-être était-elle simplement lasse d'être harcelée de la sorte, ou de jouer à un jeu qui n'aboutissait à rien. Elle s'asseyait plus volontiers à cette époque, mais la plupart du temps sur un coin de chaise, pour ne pas donner l'impression qu'elle se reposait. Sans raideur non plus, du reste, ce n'était guère son genre. Elle rejeta la tête en arrière et leva les yeux au ciel, comme on le fait en signe d'exaspération. On suppose que ce geste remonte à une époque où les gens regardaient le ciel et priaient Dieu de les aider à faire preuve de patience.

« Et si ce n'était pas vrai ? dit-elle. Si j'avais tout inventé ? »

Swanny se mit à trembler. Cette réaction était chez elle de plus en plus fréquente, à l'énoncé des commentaires que faisait sa mère à propos de ses origines. Elle se mettait à frissonner et parfois même à claquer des dents. Elle dévisagea Asta en tremblant. Celle-ci reprit :

« Si nous disions que les choses se sont passées ainsi, *lille* Swanny ? J'ai forgé cette histoire de toutes pièces parce que je suis une horrible vieille dame qui aime tourmenter les gens. Voilà ce qui est arrivé et désormais n'en parlons plus, mettons un point final à cette affaire.

– Je suppose donc que c'est toi qui as écrit la lettre? » dit Swanny d'une voix tranchante.

Comme à son habitude, Asta haussa les épaules, jeta à Swanny un regard en biais et se mit à sourire.

« Si tu veux..., dit-elle. Si cela peut te satisfaire. »

Swanny s'était décidée à commettre un acte aussi hardi qu'effrayant, non sans avoir tout d'abord envisagé la chose avec une certaine honte. Elle finit par me l'avouer, quelque temps après la mort d'Asta. Elle évita mon regard en me racontant l'histoire à voix basse. Elle avait l'intention de profiter de la première occasion qui se présenterait pour s'introduire dans la chambre d'Asta et fouiller ses affaires.

Peu après, le hasard voulut justement qu'Asta aille passer quelques jours chez Ken et Maureen. Ce séjour était absolument sans précédent. Asta n'éprouvait guère d'affection pour Ken, elle prétendait qu'elle ne lui avait jamais pardonné d'avoir modifié son prénom. Mais Mogens avait fait de même et elle n'y avait apparemment rien trouvé à redire. La vérité, sans doute, c'est que dès le départ elle n'avait jamais désiré Ken, elle aurait voulu une fille à ce moment-là. Le fils qu'elle avait toujours préféré, c'était le petit Mads, le bébé qui était mort peu après la naissance. Un jour où elle était exaspérée plus que de coutume, Swanny lui avait déclaré que si Mads avait survécu il aurait probablement changé de prénom, lui aussi. Bizarrement, cela fit rire Asta.

Ken et Maureen l'avaient souvent invitée chez eux, mais elle avait toujours refusé. Ils avaient quitté leur appartement de Baker Street lorsque Ken avait pris sa retraite et vivaient depuis lors à Twickenham. Asta disait toujours qu'elle n'aimait pas la banlieue. Pour elle, Hampstead n'était pas une banlieue, excepté la portion de la ville qui abritait un groupe de lotissements et qui, selon elle, ne relevait pas de Hampstead mais de Finchley. Marcheuse impénitente et observatrice aguerrie, elle avait assisté à sa construction. Ken et Maureen renouvelèrent leur invitation lorsque Torben dut être hospitalisé.

Il avait eu une crise cardiaque mais sa convalescence se déroula bien. Swanny passait l'essentiel de ses journées à son chevet, à l'hôpital. Lorsque Ken apprit la nouvelle, il dit à Asta qu'elle devait se sentir bien seule, livrée à elle-même dans cette grande maison, et il déclara à Swanny que cela « la décharge-rait un peu » de ne plus avoir leur mère sur les bras pendant une quinzaine de jours. Asta n'était certes pas un fardeau pour Swanny, elle n'avait rien de ces vieilles dames de quatre-vingt-dix ans dont la présence nécessite beaucoup de soins et d'atten-tion. Elle était vaillante, indépendante et elle avait toute sa tête.

Swanny attendait son départ avec impatience, me raconta-t-elle, car elle pourrait alors accéder librement à sa chambre. Elle soupçonnait son frère d'avoir une motivation moins désin-téressée, même si elle ne voyait pas très bien laquelle. Asta n'avait rien de spécial à léguer et ne possédait pas grand-chose. Aucune « coquette somme » en tout cas, comme aurait dit Ken. Les souffrances de Swanny et le doute perpétuel dans lequel elle vivait avaient fini par la rendre malveillante, m'avoua-t-elle. Selon toute vraisemblance, Ken et Maureen faisaient sim-plement preuve de gentillesse. Quoi qu'il en soit, peu lui impor-tait, elle souhaitait ardemment qu'Asta accepte leur invitation, mais elle la connaissait trop bien pour l'encourager dans ce sens. Finalement, ce fut Asta qui l'étonna en lui déclarant qu'elle n'avait jamais été aux jardins de Kew. Si elle allait à Twickenham, elle pourrait fort bien se rendre à pied jusque là-bas, vu le quartier qu'habitait Ken.

Non que la nature l'intéressât beaucoup. Elle savait à quoi ressemble une rose et elle fait çà et là allusion aux bouleaux, dans son Journal. Mais on y trouve aussi une phrase révélatrice, qui montre clairement qu'elle était incapable de reconnaître un marronnier. Les jardins de Kew l'attiraient parce qu'elle voulait voir à quoi ressemblent les bananiers qui y sont cultivés en serre. À peine était-elle montée dans la voiture de Ken et de Maureen que Swanny se précipita dans sa chambre, au troi-sième étage. Elle me raconta qu'elle était en proie à une pulsion irrésistible, comme quelqu'un qui boit en cachette et qui se jette sur sa bouteille dès qu'il est enfin seul, ou comme un adepte acharné de la masturbation ou d'un fétichisme quel-conque, bien que cette dernière formulation soit de moi et qu'elle n'ait pas employé de tels termes. Mais la pulsion était si forte qu'elle en avait presque le souffle coupé et éprouvait une vague nausée. Sa drogue à elle, ou son vice, c'était la décou-verte de sa propre identité.

La chambre d'Asta était assez vaste, il s'agissait en fait de deux pièces séparées par des portes à double battant qui res-taient constamment ouvertes. Elle avait une salle de bains indé-

139

pendante. En fait, on pouvait dire que l'ensemble du troisième étage lui appartenait, car personne ne se servait du débarras et elle aurait pu en disposer si elle l'avait voulu. J'ai dit plus haut que je n'avais jamais pénétré dans sa chambre, et effectivement je ne devais y mettre les pieds qu'après la mort de Swanny. Asta n'invitait jamais personne dans son domaine. Les gens l'intéressaient, mais elle se passait d'eux. Je n'ai donc découvert cette pièce que quatorze ans après la mort de son occupante, mais bien sûr j'en avais vu des reproductions dans les magazines et les suppléments du dimanche, comme tous ceux qui prennent la peine de lire ce genre de rubrique. C'était la dernière demeure de l'auteur du Journal et on en voyait donc fréquemment des photos dans la presse – du moins à la sortie de chaque nouveau volume.

Elle était fort bien meublée, et même avec un certain luxe, comme les autres pièces de la maison de Swanny, mais je la trouvais nue, elle ne donnait pas l'impression d'avoir été habitée. Swanny m'avait pourtant certifiée qu'elle n'avait touché à rien, qu'elle avait laissé les choses en l'état, sans ôter ni rajouter quoi que ce soit au décor d'origine. Asta n'avait rien d'une maniaque des objets, loin de là, c'était la vie qui l'intéressait, non les formes palpables du souvenir. C'est Swanny qui avait meublé et décoré la pièce, bien avant qu'Asta vînt s'installer à Willow Road. Les seuls objets qui lui appartenaient en propre étaient le lit napoléonien et la table de bois sombre, sculptée de motifs floraux, les livres, les albums de photos et un certain nombre d'autres photographies, sous cadre celles-ci, qui n'étaient pas posées sur les meubles comme c'est généralement la coutume mais accrochées aux murs, comme des tableaux : une reproduction lugubre de Padanaram, tirée en sépia et visiblement prise un jour de grisaille, plusieurs portraits de Swanny, les photos du mariage de mes parents et de celui de Swanny, un portrait d'Asta elle-même, réalisé en studio du temps de sa jeunesse – on distinguait dans un coin, en bas à droite, le nom d'un photographe de Copenhague et la signature «*Asta*» s'étalait sur la gauche, comme un autographe de pop star.

Swanny avait déjà fouillé de fond en comble le bureau d'Asta – peut-être devrais-je dire : le bureau sur lequel elle écrivait, à supposer qu'elle l'ait jamais utilisé. Swanny l'ignorait. Les tiroirs contenaient du papier à lettres, des enveloppes, un carnet encore vierge et un nombre impressionnant de stylos bille bon

140

marché. Évidemment, à l'époque elle n'avait pas la moindre idée de l'existence du Journal et ne pouvait deviner que le gros cahier relié qui gisait dans le tiroir du haut était le dernier volume d'une longue série – celui qu'Asta avait abandonné deux ou trois ans plus tôt, celui dans lequel elle avait tracé la dernière ligne qu'elle devait jamais écrire avant de le refermer définitivement, le soir du 9 septembre 1967. Beaucoup plus tard encore, elle réalisa que cette date correspondait au jour qui avait suivi les funérailles de Harry Duke.

Naturellement, Swanny le parcourut. Elle avait profondément honte d'elle-même, mais elle ne voulait rien laisser au hasard, elle était prête à examiner tout ce qui lui tombait sous la main. Le cahier était rédigé en danois : elle pouvait le déchiffrer mais ne s'en donna pas la peine lorsqu'elle vit que les dates correspondaient aux années 1966 et 1967. Quelque temps auparavant, une amie de Torben était morte en laissant un journal qu'elle avait tenu en 1913, du temps où elle vivait à Saint-Pétersbourg. Son mari travaillait à la Compagnie télégraphique du Nord et ils avaient passé un an en Russie, logés dans un hôtel. Lorsqu'il en avait entendu parler, Torben s'était dit que ce journal devait être passionnant et il s'était arrangé pour le récupérer. Il imaginait déjà un vaste tableau de la Russie à l'aube de la Révolution, accompagné de commentaires inspirés sur la vie politique et sociale. Ce journal avait certes une dimension sociale... mais qui n'excédait pas quelques remarques prosaïques : la jeune femme parlait presque exclusivement de ses rendez-vous, des réceptions auxquelles elle avait été invitée et des robes qu'elle venait d'acheter – avec en outre un commentaire quotidien sur l'état du ciel et la température ambiante. Swanny se souvint de cette anecdote lorsqu'elle eut entre les mains le journal de sa mère. Elle lut un passage relatif à un méchant orage et à un arbre qui s'était abattu dans le jardin des voisins, et elle remit le cahier dans son tiroir.

Les portes de la penderie étaient grandes ouvertes, comme à l'ordinaire, pour permettre l'aération. Mais le meuble ne contenait rien d'intéressant, Swanny l'avait déjà exploré. Elle y jeta tout de même un nouveau coup d'œil. Honteuse de l'examen auquel elle se livrait, elle fouilla dans les poches de manteaux qu'Asta ne portait plus depuis des lustres, explora de vieux sacs à main. Mais Asta ne gardait jamais rien, elle ne laissait même pas traîner de vieilles bricoles dans ses sacs, contrairement à la plupart des femmes. Non qu'elle fût soigneuse ou particulièrement ordonnée, simplement, elle ne tenait pas à s'encombrer de tout ce bric-à-brac quotidien.

Swanny visait tout spécialement l'armoire, qui était fermée à clef. La clef n'était pas dans la serrure, ce qui signifiait qu'Asta l'avait emmenée avec elle ou qu'elle l'avait cachée quelque part. Mais ce n'était pas un obstacle insurmontable. Il y avait d'autres armoires fermant à clef dans la maison et Swanny se dit – non sans raison – que leurs clefs étaient sûrement interchangeables. Elle haïssait ce qu'elle était en train de faire, mais en même temps elle était soulagée d'être seule à la maison, certaine que personne ne risquait de la surprendre. Je crois qu'elle avait au moins autant peur d'être surprise par Torben que par Asta. Son mari était un homme aux principes assez stricts, un rien collet monté – même si sa gentillesse compensait largement cet aspect de sa personnalité – et il aurait été aussi profondément choqué de découvrir sa femme en train de fouiller la chambre de sa mère que s'il l'avait surprise en train de regarder en cachette un film pornographique.

Mais le pauvre Torben ne risquait pas de l'interrompre. Même s'il était bien rétabli et n'allait plus tarder à regagner son foyer, il se trouvait toujours à l'hôpital. Quant à Asta, elle était en route pour Twickenham, à des kilomètres de là. Swanny ouvrit l'armoire et découvrit qu'elle était remplie de vêtements.

À première vue, ces effets ne différaient guère de ceux qui étaient dans la penderie, sauf qu'ils étaient plus vieux. Il en émanait une forte odeur de camphre. Comme Asta n'avait pas la manie de la collection et qu'elle n'était nullement sentimentale à l'égard de ce genre d'objets, Swanny en conclut qu'elle devait les conserver dans l'espoir qu'ils reviennent un jour à la mode. Ce fut d'ailleurs le cas : l'année de la mort d'Asta, on vit réapparaître les jupes tombant jusqu'aux chevilles. Ces robes et ces « costumes » dataient de la Grande Guerre (certains étaient même plus anciens) mais il y avait aussi quelques articles des années vingt. Swanny était profondément déçue. Mais elle se trompait quant aux intentions d'Asta : celle-ci comptait vendre le contenu de l'armoire et c'est ce qu'elle fit d'ailleurs quelques mois plus tard, après avoir déniché dans St John's Wood High Street une boutique spécialisée dans les vieilles fripes, lesquelles suscitaient alors un regain d'engouement. Elle leur céda le lot pour une somme rondelette, faisant une fois de plus la preuve de ses dons en matière de commerce.

Swanny ne découvrit rien d'autre, pas la moindre lettre, pas le moindre document. Après cet échec, elle regagna sa propre chambre et alla chercher son acte de naissance. Ce n'était évidemment pas la première fois – loin de là ! – qu'elle le contemplait depuis l'arrivée de la lettre. Mais elle l'examina à nouveau et constata une fois encore que sa naissance avait été officiellement enregistrée le 21 août 1905 au bureau de l'état civil de Dalston, 55, Sandringham Road, dont dépendait tout le sud-ouest du district de Hackney. Elle y figurait sous le prénom de Swanhild (les autres, choisis ultérieurement par Rasmus, n'avaient pas encore été ajoutés), fille de Rasmus Peter Westerby, ingénieur, âgé de trente et un ans, et d'Asta Birgit Westerby, née Kastrup, âgée de vingt-cinq ans. L'acte avait été contresigné par un officier de l'état civil, du nom d'Edward Malby.

Tout cela dépassait son entendement.

10

L A veille du jour où je devais retrouver Cary et lui montrer les cahiers du Journal, je me rendis à Willow Road afin d'y jeter moi-même un coup d'œil. Il y avait des années que je n'avais pas vu les originaux – quatorze ans en fait, depuis le jour où Swanny me les avait montrés.

Il était impossible de se garer dans les parages immédiats de la maison et je fis plusieurs fois le tour du quartier avant de me résoudre à laisser ma voiture sur le seul emplacement apparemment libre de Hampstead, un bon kilomètre plus loin, dans Pond Street. Je ne crois pas que j'aurais reconnu Gordon Westerby parmi la foule des usagers qui émergeaient du métro, à Hampstead Heath Station : je lui aurais à peine accordé un regard s'il ne m'avait pas fait un grand signe de la main, d'un air enthousiaste.

Le temps était beaucoup plus clément qu'en cette affreuse journée d'avril où nous avions fait connaissance, lors des funérailles de Swanny, et la tenue de Gordon témoignait d'une certaine concession au climat – sans aller toutefois jusqu'à la plus complète décontraction. Il n'avait pas plu depuis une semaine et on n'annonçait pas la moindre ondée, mais cela ne l'empêchait pas d'arborer un imperméable du genre de ceux que portent les inspecteurs de police dans les feuilletons télévisés. Son col, un peu moins raide que le jour de l'enterrement, surmontait une chemise à rayures bleues et blanches, complétée par une cravate bleu vif. Ses chaussures noires vernies et son attaché-case étaient également assortis.

« J'espérais bien te rencontrer un jour », me dit-il.

Sa remarque paraissait sincère, comme si nous n'avions pas eu la moindre possibilité de nous contacter et avions dû nous en remettre à une rencontre de hasard. À l'entendre, on aurait dit que la poste n'existait pas et que le téléphone n'avait pas encore été inventé.

« Je suis très heureux de te voir, ajouta-t-il.

– Qu'est-ce que tu fais par ici ? »

Partagée entre la surprise et l'amusement, je me demandais s'il se rendait à Willow Road.

« J'habite ici. (Il paraissait un peu gêné que je sois aussi étonnée.) Je partage un appartement avec un ami, dans Roderick Road. Tu croyais que je vivais encore chez mes parents ? »

Je ne m'étais pas posé la question. À dire la vérité, j'avais à peine pensé à lui. Il ne s'attendait visiblement pas à ce que je lui réponde et, se penchant vers moi, il me déclara sur un ton confidentiel :

« Quand je leur ai révélé mes penchants, cela les a évidemment mis un peu mal à l'aise. Il était plus diplomatique de déménager. Mais nous sommes restés en très bons termes, ne va pas croire le contraire. »

Je lui répondis que je m'en garderais bien mais en même temps, je me demandai pourquoi il n'était jamais allé voir sa grand-tante, puisqu'il habitait aussi près.

« J'ai eu une idée de génie, à propos de cet arbre généalogique dont je t'ai parlé l'autre jour, reprit-il. D'autres volumes du Journal vont ultérieurement paraître, n'est-ce pas ?

– Oui, certainement, lui répondis-je. D'ici un an ou deux.

– Eh bien, lorsque j'aurai établi cet arbre, il pourrait y figurer. Dans le livre, veux-je dire. Ainsi que dans les précédents volumes, lors des futures rééditions. Qu'est-ce que tu en penses ? »

Il me lança un regard aussi franc qu'interrogateur. Il avait les mêmes yeux qu'Asta, mais d'un bleu un peu plus pâle, légèrement dilué. Pour faire une comparaison, ceux d'Asta avaient l'éclat et la dureté d'une peinture à l'huile et les siens évoquaient plutôt l'aquarelle.

– J'ai acheté le Journal, en édition de poche, mais je ne l'ai pas encore lu. J'attends d'avoir un peu de temps devant moi. Nous aimons bien nous faire la lecture à voix haute, mon ami et moi. »

Je lui demandai s'il avait besoin d'aide pour établir cet arbre. Le Journal était loin de contenir l'ensemble des détails relatifs aux ancêtres et aux divers parents de Rasmus et d'Asta, mais je pensais pouvoir l'aider à combler les trous.

« Je comptais un peu sur toi, répondit-il. Et j'étais sûr que tu me le proposerais. Mon père n'y connaît rien. J'ai remarqué que ce sont les femmes qui s'intéressent à ces histoires de lignée, les hommes s'en fichent royalement. Je l'ai constaté cent fois, dans l'exercice de mon passe-temps. (Il sourit pour la première fois, en exhibant une double rangée de dents à la Bertie Wooster.) Nous nous reverrons donc bientôt », me dit-il, avant d'ajouter qu'il avait été ravi de me rencontrer et de partir comme une flèche en direction de Gospel Oak.

La maison de Swanny – car je la considérais toujours sienne – était étrangement silencieuse mais elle avait été bien aérée et la température y était agréable. J'avais toujours eu l'impression, lorsque je m'y trouvais, de me déplacer dans une sorte de grand coffre à bijoux. Swanny et Torben possédaient tellement de bibelots en cuivre ou en argent, tellement de lampes et de chandeliers que les pièces faisaient l'effet de ne pas être totalement inanimées, qu'elles paraissaient au contraire parcourues en permanence d'infimes frissons lumineux. À n'importe quelle heure du jour ou de la nuit, ce scintillement était omniprésent, sous de multiples formes : un croissant de lumière sur la courbe d'un vase, un éclat brun sur une coupe, un éclair sur la facette d'un prisme, une tache ocelée et mouvante au plafond, reflétée sur du cristal taillé. Lorsque le soleil ne brillait pas, tout ce scintillement s'estompait : il se faisait plus secret, plus incertain, comme s'il attendait que la pluie s'arrête et que l'obscurité se dissipe.

Depuis toujours, Torben avait aménagé une pièce qui lui tenait lieu de bureau, au rez-de-chaussée. J'ignore à quel genre de travail il se livrait ou s'il se retirait simplement là pour lire et écrire, vu qu'il disposait très certainement de tout l'espace nécessaire, à l'ambassade. Mais les hommes de son rang se devaient d'avoir un bureau, tout comme leurs épouses disposaient d'une pièce réservée à leurs travaux de couture. Après sa mort, l'endroit était resté vide jusqu'à ce que Swanny l'investisse à son propre usage. Elle l'appelait toujours « ma pièce », en insistant légèrement sur le second terme. C'est là qu'on l'avait photographiée, lorsque le *Sunday Times* lui avait consacré une pleine page dans sa rubrique « A Life in the Day ».

J'avais souvent pénétré dans ce bureau et je savais que les cahiers d'Asta ne s'y trouvaient pas. Swanny avait ajouté au décor plutôt austère de Torben une machine à traitement de texte et une petite photocopieuse, qui trônaient à côté de son stylo à plume, de son sous-main et de son encrier aux armes de la Couronne. La maison abritait de nombreux ouvrages, plusieurs milliers sans doute, et la plupart étaient rassemblés dans ce bureau dont les murs étaient presque entièrement tapissés de livres. Swanny avait délibérément exposé sur des tablettes les trois volumes publiés sous les titres respectifs d'*Asta, Une vie dans une pièce vide* et *La Trentaine accomplie*, ainsi que les multiples traductions qui en avaient été faites, la plus récente étant en islandais. Sur le mur, dans un cadre de bois clair, trônait la reproduction en fac-similé (très agrandie) de la page initiale du premier cahier.

Swanny avait côtoyé le monde de l'édition et rencontré d'éminents écrivains lors de nombreuses réceptions, son agent l'avait toujours accueillie comme un hôte de marque et elle avait participé à d'innombrables tournées promotionnelles, mais elle n'était jamais parvenue à avoir face aux livres l'attitude des vrais professionnels de la chose écrite, cette totale familiarité qui fait que l'on se soucie peu de l'apparence extérieure d'un ouvrage et que l'on se préoccupe uniquement de son contenu. Elle ne perdit jamais ce respect un peu distant qu'elle éprouvait depuis toujours à l'égard de l'œuvre imprimée. Elle avait disposé sur son bureau un exemplaire de l'édition originale d'*Asta*, dans son étui de présentation, calé à dire vrai par l'édition limitée de chez Gyldendal, en grand format et abondamment illustrée, alors que les jeux d'épreuves (reliés, mais non corrigés), y compris les tout premiers, étaient relégués au fin fond d'une étagère, sur le dernier rayon de la bibliothèque qui tapissait le mur, en face du bureau.

J'ai dit que les cahiers eux-mêmes, les originaux du Journal, ne se trouvaient pas dans cette pièce. J'entendais par là que ces cahiers n'étaient pas, n'avaient jamais été exposés nulle part. Ils étaient en fait totalement invisibles. J'ouvris les tiroirs du bureau, un peu au hasard, ressentant comme un vague écho de l'impression que Swanny avait éprouvée en allant fouiller la chambre d'Asta. À ceci près que Swanny (contrairement à sa mère ce jour-là) n'était pas en visite chez des parents à Twickenham. Elle était morte. Une brusque angoisse me saisit. Je refermai les tiroirs et allai m'asseoir dans un coin, sans un regard pour les éditions limitées et les exemplaires de présentation, en songeant aux efforts désespérés de Swanny et aux tour-

147

ments que l'on doit vivre lorsque l'on cherche à apprendre la vérité tout en sachant que la seule personne qui en connaisse la clef refusera toujours de vous la livrer.

Six mois plus tard, Torben avait été emporté par une nouvelle crise cardiaque. Pour Swanny, ce décès marqua le début de la pire période de sa vie, la seule peut-être où elle ait réellement touché le fond, car comme elle me le déclara un peu plus tard, après en avoir émergé et pansé provisoirement ses plaies, elle avait jusqu'alors été heureuse, on l'avait toujours protégée, aimée, entourée de tendresse et d'affection. Hormis la mort de son frère Mogens, qui l'avait profondément affectée lorsqu'elle avait onze ans, elle n'avait connu ni douleur, ni tristesse.

Le fait que sa mère ait toujours ouvertement déclaré qu'elle était son enfant préférée avait eu beaucoup d'importance pour elle. Le coup de foudre de Torben lors de leur rencontre, puis sa flamme persistante l'avaient placée dans une position privilégiée. Elle m'a raconté qu'elle vivait dans la conscience quotidienne du culte que lui vouait son mari, que lorsque celui-ci rentrait le soir, il était aussi fébrile et empressé que du temps de leur jeunesse, qu'il hâtait le pas dès que la maison était en vue afin d'arriver quelques minutes plus tôt, que lorsqu'ils assistaient l'un et l'autre à une réception quelconque, il voyait à peine les gens qui l'entouraient, ne distinguait que vaguement leurs traits, alors que son visage à elle se détachait et brillait avec clarté. C'était lui qui lui avait fait tous ces aveux.

Ils n'avaient ni l'un ni l'autre souhaité avoir d'enfant et, comme l'événement ne s'était jamais produit, il lui avait dit un jour qu'il en était heureux car cela l'aurait rendu jaloux. Mais ce n'était pas par jalousie qu'il n'aimait pas Asta. L'origine de son sentiment était relativement différente. La sénilité d'Asta, comme il disait, ses mensonges et ses inventions perpétuels avaient fini par rendre Swanny malheureuse. Et cela, il ne le lui pardonnait pas.

Il éprouvait pour Swanny le même amour, le même désir violent que lorsqu'il l'avait aperçue pour la première fois à Copenhague, à l'âge de vingt-deux ans. Dans l'une de ces lettres qu'Asta n'avait jamais lues mais qu'elle aimait monter en épingle devant leurs invités, il avait écrit à Swanny qu'il mourrait vierge si elle renonçait finalement à l'épouser. Il n'avait apparemment jamais eu de contact charnel avec une autre femme et s'en était abstenu jusqu'à leur mariage, « se réservant » pour elle afin d'être aussi « pur » que sa future épouse –

et lui exposant toutes ces questions dans les termes qui avaient cours à l'époque et qui nous paraissent aujourd'hui d'un ridicule achevé. Torben Kjaer avait quelque chose de wagnérien, et cela ne tenait pas uniquement à ses traits nordiques ou à sa stature imposante.

Swanny ressortit ces lettres, elle les lut et les relut en entier, non sans les souiller de ses pleurs, selon son propre aveu. Larmes provoquées par la douleur, mais aussi par un sentiment de culpabilité car il lui semblait qu'elle n'avait pas su apprécier Torben à sa juste mesure tant qu'il était en vie. Elle n'avait jamais éprouvé un amour égal à celui qu'il lui portait. Mais il en va sans doute souvent ainsi, dans n'importe quel couple – surtout entre deux personnes dont l'une aime aussi pleinement, aussi passionnément l'autre. L'être humain est semble-t-il capable d'une ardeur amoureuse quasi illimitée, mais sa faculté de réaction est nettement plus faible. Swanny disait souvent, du temps de sa détresse, qu'il vaut mieux être celui qui donne le baiser que celui qui tend la joue. Il vaut mieux tenir un rôle actif que passif, être celui qui agit plutôt que celui qui subit. Les transports de Torben l'agaçaient parfois quelque peu.

Mais elle souffrait, à présent. Elle prétendait même qu'elle n'avait jamais réalisé avant sa mort qu'elle l'aimait pour de bon. Elle commit la maladresse de confier cela à sa mère – après tout, avec qui pouvait-elle bien parler, la plupart du temps? – et Asta se moqua d'elle. Quoi? Était-elle devenue folle? Évidemment, qu'elle l'avait aimé! Quelle femme n'aurait pas aimé un mari aussi généreux, attentif, dévoué? Qui lui écrivait des lettres pareilles? Ce n'était pas elle, Asta, qui aurait eu la chance d'avoir un tel époux, *et cetera, et cetera.*

Je me mis à fréquenter régulièrement Willow Road, à cette époque. Je venais une fois par semaine, généralement pour dîner le soir avec Swanny. En plus de sa peine, elle était en proie à une crise d'arthrite (phénomène qu'Asta considérait avec étonnement, d'un air presque dubitatif) et devait subir une série de piqûres extrêmement douloureuses. Ses genoux la faisaient constamment souffrir, les jointures de ses doigts s'étaient mises à enfler. Elle perdait du poids et maigrissait de jour en jour. En la voyant à cette époque, lors de ces soirées du mercredi ou du jeudi, en train de préparer le repas (pour moi, car elle-même y touchait à peine), nul n'aurait soupçonné un instant le personnage qu'elle était destinée à devenir, dans la huitième décennie de sa vie.

149

Mes visites étaient régulières, mais avant l'ultime maladie de Swanny je me rendais rarement dans les étages supérieurs. En montant aujourd'hui les escaliers, je me demandai par où j'allais commencer. Je savais que la chambre de Swanny constituait la pièce principale (elle donnait sur la rue, juste au-dessus du salon), mais il était fort improbable qu'elle y eût rangé les cahiers. Peut-être étaient-ils dans la chambre d'Asta ? En grimpant les deux escaliers successifs, je me demandai une fois de plus pourquoi celle-ci avait choisi de vivre au troisième étage, et comment une femme de quatre-vingt-dix ans avait réussi à escalader quotidiennement – et à plusieurs reprises – toutes ces marches, alors que je trouvais déjà pénible de le faire une fois et que j'avais tout de même quarante ans de moins. D'évidence, elle aimait se sentir à l'écart, là-haut. Comme beaucoup d'écrivains, elle était tour à tour animée par un profond instinct grégaire et par un besoin de solitude quasi physique.

Les cahiers n'étaient pas là.

Enfin, pas exactement. Le dernier s'y trouvait bien, celui qui était resté inachevé et qui s'interrompait à la date du 9 septembre 1967. Il gisait sur le bureau, à l'endroit où Swanny l'avait trouvé. Les albums de photos étaient également là, presque trop méticuleusement « disposés » – l'un d'eux, par exemple, trônait sur la table de chêne, ouvert à la page où figurait la photo de Knud et de Mogens en costume de marin. Ils portaient encore de longs cheveux bouclés et le nom du photographe apparaissait en bas : *H.J. Barby, Gamle Kongevej, 178.* La photo avait été prise juste avant leur départ pour l'Angleterre. Deux autres albums étaient posés sur une console, à côté d'un vase rempli de fleurs séchées.

Je me souvenais des reproductions en couleurs de cette chambre qui étaient parues dans un dossier de l'*Observer*. Swanny avait dû arranger la pièce de la sorte et la laisser en l'état, à l'intention des journalistes de passage et des directeurs de magazines de décoration. Cela évoquait un peu un mausolée, mais de toute évidence les soixante-deux autres cahiers n'étaient pas destinés à y figurer. Je tirai le rebord de la table de chêne, à l'endroit où Swanny m'avait dit un jour qu'il y avait un tiroir secret. J'aperçus à l'intérieur du matériel de couture, des aiguilles, un petit coussinet à épingles, un dé à coudre en argent et, curieusement glissé dans un sac en plastique à fermeture Éclair, l'essuie-plume en feutre violet que Swanny avait cousu et brodé pour sa mère, à l'occasion de son trente-troisième anniversaire.

150

Il y avait encore un étage, au-dessus. J'y montai et découvris des pièces qui semblaient n'avoir jamais été habitées, remplies de malles, de cartons, de valises rangés avec soin et bien entretenus. Dans la première, j'aperçus notamment une boîte à chapeau enveloppée dans un grand sac en lin, en toile dite « de Hollande », et une penderie de voyage en cuir, portant en lettres d'or l'estampille M.S.K. – les initiales de la mère de Torben. Je l'ouvris et constatai que les cintres en bois verni étaient toujours suspendus à leur tringle. Il y avait d'autres caisses, ainsi qu'une grande malle, mais elles étaient vides.

En pénétrant dans la deuxième pièce, j'eus l'impression qu'un événement dramatique était sur le point de se produire – que j'allais faire une découverte troublante ou avoir une révélation quelconque. Mais j'avais oublié le caractère de Swanny, son mépris du sensationnel, son calme, sa prudence, sa tranquillité. Le fait de découvrir, à près de soixante ans, qu'elle n'était pas la fille de ses parents, l'avait plus bouleversée que si elle avait été d'une nature émotive ou romantique. Cela m'était sorti de l'esprit et je m'attendais presque à découvrir qu'elle avait commis un acte ultime et révoltant, au terme de sa vie, sous les combles de sa maison.

Les caisses entreposées dans cette pièce contenaient des livres, couchés horizontalement afin que leurs titres soient visibles. Il s'agissait pour l'essentiel d'ouvrages en suédois, des vieilles éditions de poche de Bonniers et Hugo Gerber aux couvertures fragiles, imprimées sur fond orangé. Parmi eux, muni d'une étiquette ajoutée par Torben, se trouvait le journal qu'avait tenu sa tante ou sa cousine lors de son séjour à Saint-Pétersbourg, en 1913. Je le saisis et le feuilletai, en me disant une fois de plus que tous les Européens – disons, avant 1920 – avaient la même écriture légèrement penchée, déliée, agréable à regarder mais plutôt malaisée à déchiffrer. Je fus incapable d'en lire une ligne et le remis à sa place, là où je l'avais trouvé.

Il restait encore une pièce. Je ressentis la même impression que précédemment, mais je me jouais la comédie car le décor ne s'y prêtait en rien. Des meubles avaient été remisés là, des chaises empilées les unes sur les autres, une table et deux autres sièges Art déco (ou Modern Style) qui de toute évidence n'auraient pas eu leur place en bas. Il y avait aussi une armoire en acajou à double battant : c'était le dernier endroit où j'aurais songé trouver les cahiers – et pourtant, ils étaient bien là.

J'avais l'impression d'avoir été les chercher au bout du

151

monde. Il y avait plus de trois heures que je fouillais la maison. Mais je compris aussitôt pourquoi on les avait rangés là : comme la chaleur monte, le dernier étage était l'endroit le plus chaud ; il échappait de surcroît à la juridiction des femmes de ménage. Swanny avait donc remisé les cahiers hors des zones habitées de la maison, au milieu d'autres objets qui lui tenaient à cœur mais dont elle se servait peu, pour éviter qu'un visiteur ne tombe dessus et que cela ne lui mette la puce à l'oreille – pour se prémunir, en fait, contre la curiosité maladive des journalistes.

Chaque cahier était glissé dans un sachet en plastique et ils étaient réunis par groupes de dix dans des sacs plus volumineux, fermés par deux élastiques. À travers la double épaisseur de plastique, on pouvait voir qu'ils portaient tous une étiquette, indiquant l'année de la rédaction. De même, chaque lot avait son étiquette, indiquant la période couverte. Aucune mention ne précisait quels cahiers avaient déjà été traduits, édités et publiés.

J'étais un peu impressionnée. Je me souvins brusquement que ce Journal était désormais à moi (à supposer qu'il fût la propriété de quiconque) les droits ayant été établis au nom de Swanny et devant le rester pour de longues années encore. Je sortis le premier paquet, celui qui était le plus à gauche sur l'étagère du haut et qui portait l'étiquette 1905-1914. C'étaient les cahiers qui formaient la matière d'*Asta*, ceux que Cary Oliver désirait voir – notamment le premier d'entre eux.

Une étrange odeur s'en dégagea lorsque je l'ouvris : rien à voir avec L'Aimant de chez Coty... Un parfum douceâtre, poussiéreux, caractéristique d'un début de pourrissement. Les taches de moisissure, de la taille d'une petite pièce de monnaie, s'étaient estompées et avaient pris une vague teinte de café. Mais je parvins fort bien à déchiffrer ce qui était écrit. Connaissant les premières lignes par cœur, comme sans doute des milliers de lecteurs fervents, je les lus en danois, dans l'écriture penchée mais relativement lisible d'Asta : *Quand je suis sortie ce matin, une femme m'a demandé s'il y avait des ours polaires dans les rues de Copenhague...*

J'éprouvai un léger frisson en découvrant ainsi l'original. Je feuilletai le cahier, en me demandant brusquement comment Cary comptait résoudre la question linguistique. Je pouvais lui montrer le manuscrit de la traduction, mais ce n'était pas cela qui l'intéressait. N'importe qui pouvait la lire dans les volumes publiés – mais était-ce bien le cas? Avait-elle voulu insinuer que non seulement les cahiers, mais la traduction originale elle-même pouvait contenir des révélations, des passages qui auraient été supprimés lors de la publication de l'ouvrage? Peut-être bien.

18 juillet, 21 juillet, 26 juillet... Certaines lignes étaient fort peu lisibles et une bonne partie du danois m'échappait totalement. Je tournai la page et parvins à déchiffrer le paragraphe où Asta rapporte que ses fils veulent changer de prénom, et qui s'interrompt brusquement : ... *il y a quatre garçons qui portent ce prénom dans la classe de Mogens. Je leur ai dit de demander la permission à leur père, ce qui est la meilleure façon de différer la chose pour de nombreux mois.* Il n'est guère malaisé de lire un texte étranger lorsque l'on connaît son contenu à l'avance.

Je ne m'attendais pas qu'il y ait autre chose avant le 30 août. Dans la version publiée, la naissance de Swanny est annoncée comme imminente; puis, cinq semaines plus tard, Asta affirme que tout s'est déroulé de façon satisfaisante. J'avais présumé – comme l'ensemble des lecteurs, je suppose – qu'elle avait été trop occupée et peut-être même trop mal en point pour noter quoi que ce soit dans son journal dans l'intervalle.

Mais ce n'était pas le cas.

Il manquait à cet endroit cinq ou six pages, qui avaient été arrachées du cahier. Ces pages s'inséraient entre le 26 juillet et le 30 août et, apparemment, le paragraphe qui se terminait par « différer la chose pour de nombreux mois » comportait initialement quelques phrases supplémentaires. Je viens de dire un peu évasivement « cinq ou six pages », mais je me mis aussitôt à les compter, ou plus exactement à compter les lambeaux qui restaient. Cinq feuillets, très précisément, avaient été arrachés, ce qui représentait dix pages, puisque Asta remplissait ses cahiers recto verso; soit un total d'environ deux mille mots, si l'on estime qu'elle écrivait entre dix et douze mots par ligne, à raison de vingt-cinq lignes par page.

C'était probablement Swanny qui avait arraché ces pages. Mais peut-être ne l'avait-elle fait qu'une fois le texte traduit. J'étais aux États-Unis à l'époque où elle avait découvert le Journal, ce qui n'était pas sans présenter maintenant un certain avantage. Elle m'avait en effet longuement écrit, à plusieurs reprises, et j'avais conservé ses lettres. Je n'aurais donc pas à m'en remettre à ma seule mémoire. Elle faisait peut-être allusion à ces pages disparues dans sa correspondance, bien que je n'en eusse pas le moindre souvenir. Il était d'ailleurs naturel que je n'aie pas prêté attention sur le moment à une révélation de ce genre : la découverte de l'existence du Journal – et de sa valeur – était en soi un événement suffisamment exceptionnel.

En tout cas, je pouvais d'ores et déjà jeter un coup d'œil à la traduction. Il n'y avait peut-être là-dessous aucun mystère, sinon infime : Swanny avait fort bien pu agir par discrétion (ou par pudeur), et non pour cacher un secret. Je remis les cahiers de 1905 à 1914 dans l'armoire, à l'exception du premier que je ramenai en bas avec moi afin de le comparer à la traduction.

Le côté méthodique et méticuleux de Swanny facilita grandement mes investigations. Les différents manuscrits dactylographiés de la traduction se trouvaient dans l'ancien bureau de Torben. Ils étaient rangés dans le tiroir du bas, par ordre chronologique, dans des chemises séparées qui ne portaient aucun titre mais où figuraient les dates et le nom de la traductrice.

J'ouvris la première chemise.

Quand je suis sortie ce matin, une femme m'a demandé s'il y avait des ours polaires dans les rues de Copenhague...

18 juillet, 21 juillet, 26 juillet... J'arrivai au paragraphe clôturant cette dernière journée : *...il y a quatre garçons qui portent ce prénom dans la classe de Mogens. Je leur ai dit de demander la permission à leur père, ce qui est la meilleure façon de différer la chose pour de nombreux mois.* On sautait ensuite au 30 août.

Cary était déjà là lorsque j'arrivai au Hollybush de Holly Mount, où nous nous étions donné rendez-vous. Elle avait perdu du poids et était fort élégante dans ses jeans de High Street et sa veste rose en tweed, achetée chez un couturier de renom – probablement Ralph Laurent. Cary n'avait jamais la même couleur de cheveux. Lors de notre entrevue suivante, elle me raconta qu'elle avait fini par oublier leur teinte d'origine et qu'à présent, lorsqu'elle scrutait leurs racines, il lui fallait bien admettre qu'ils étaient devenus blancs. Ce soir-là, ils étaient d'une couleur qu'Asta aurait qualifiée d'« ordinaire » et les générations suivantes de châtain foncé.

Avant notre rupture, nous avions l'habitude de nous embrasser. Je n'ai jamais été une fanatique de la poignée de main. Nous nous regardâmes, scrutant sur nos visages les ravages du temps.

« Tu as l'air en pleine forme.

– Toi aussi.

– Trouverais-tu inconvenant que nous buvions un verre de champagne ? »

J'acceptai la proposition.

« Tu vas être déçue, dis-je. Du moins, je le pense. Il y a un trou dans les journaux, et c'est probablement là que figuraient les renseignements que tu recherches. Je te montrerai tout ça, une fois que nous serons chez Swanny. Mais parle-moi d'abord un peu de cette histoire de meurtre.

– L'affaire n'a rien de sordide, ni d'ailleurs de banal, ne va pas croire cela.

– Je ne crois rien du tout, dis-je. Je n'avais jamais entendu parler de ce Roper avant que tu prononces son nom.

– Nous ne comptons pas faire une simple dramatique, mais une série en trois épisodes. Tu comprends, l'histoire n'a rien de très sensationnel, elle est essentiellement tragique. J'ai un peu romancé la chose, mais uniquement pour combler les trous. Il y a des lacunes énormes. Et une fillette qui a disparu. Outre le fait qu'Asta mentionne Roper dans son journal. »

J'avais entre-temps retrouvé la référence, mais elle n'y faisait allusion qu'une fois – le 2 juin 1913, lorsqu'elle se demande si Rasmus s'imagine qu'elle est en train de suivre la même pente que Mrs. Roper.

« Il n'apparaît qu'une fois, dis-je. Mais qui était ce Roper ?

– C'était un pharmacien installé à Hackney. Il a assassiné sa femme, c'est du moins ce qu'on a prétendu. Les faits remontent à 1905.

– Et cela se passait non loin de l'endroit où vivaient mes grands-parents ?

– On a retrouvé le cadavre de sa femme dans une maison de Navarino Road, à Hackney. Roper a été arrêté à Cambridge, où il se trouvait avec son fils. C'était un été caniculaire, il faisait plus de quarante degrés – c'est du moins ce qu'on prétend, mais j'ai de la peine à le croire – et de nombreux meurtres furent commis à la suite de cet excès de chaleur. Il y eut une vague de violence incroyable. J'ai dépouillé les journaux parus en juillet et en août, cette année-là. Mais il faut que tu lises le chapitre qui est consacré à cette affaire dans " Les procès célèbres ". Je te prêterai mon exemplaire, si tu veux. On y apprend des choses très intéressantes – sauf qu'on aimerait en savoir plus. »

Je dis à Cary qu'il était temps de nous rendre à Willow Road et d'examiner les journaux, mais qu'elle risquait de ne pas avoir grand-chose à se mettre sous la dent.

« Oh, tu te trompes peut-être.

– Non, j'en suis certaine. »

Dehors, la nuit était déjà tombée. Le ciel est toujours dégagé dans ce quartier et il fait aussi frais qu'à la campagne, malgré les longues files de voitures qui remontent lentement Heath Street jusque tard dans la soirée. Nous traversâmes Streatley Place et New End à la lueur des réverbères qui trouaient l'obscurité à intervalles réguliers, avant d'atteindre Willow Road.

« Tu comptes venir t'installer ici ? me demanda Cary.

– Je ne crois pas. Pas tout de suite, en tout cas. La maison est bien trop grande pour une femme seule. »

Je sentis que ma remarque la mettait mal à l'aise. Elle reprit sur un ton badin :

« Elle doit valoir une fortune.

– Oui. »

Tandis que nous entrions, je me dis que j'aurais dû descendre les cahiers au rez-de-chaussée, ceux du moins qui nous intéressaient au premier chef. Éprouvais-je donc tant de respect pour les originaux d'*Asta* que je n'osai pas les déplacer ? Je résolus cette fois-ci de redescendre au moins le premier paquet.

Cary me suivit dans les escaliers en ahanant, de plus en plus essoufflée à mesure que nous montions. À vrai dire, elle n'avait pas pour Asta la même vénération qu'une bonne partie de ses lecteurs, mais elle voulut néanmoins faire une halte au troisième étage, afin de jeter un coup d'œil dans sa chambre. J'avais laissé la porte grande ouverte, n'ayant pas – contrairement à Swanny – la manie de fermer systématiquement les portes derrière moi ou d'aller vérifier si toutes les pièces étaient bien barricadées avant de quitter mon domicile.

Le spectacle parut la décevoir. Elle s'attendait que la chambre d'Asta « évoque davantage le Journal », me dit-elle, sans m'expliquer ce qu'elle entendait au juste par là. Lorsque nous arrivâmes au dernier étage, la vue de toutes ces caisses et de ces cartons empilés me parut si lugubre et si déprimante que j'allai chercher le lot étiqueté 1905-1914 et le tendis à Cary en lui disant que nous allions l'examiner en bas. Je pris moi-même le paquet qui correspondait aux années 1915-1924.

Nous nous installâmes dans le salon de Swanny. Nous devions bien y être depuis déjà cinq minutes lorsque je réalisai brusquement que nous n'avions même pas ôté nos manteaux. Après tout, nous étions dans une demeure confortable – la mienne, de surcroît, même si j'avais du mal à le réaliser – et non dans une salle d'attente. Je me débarrassai de mon manteau, pris celui de Cary et allai les suspendre dans l'entrée.

« Tu veux boire quelque chose? dis-je.

– Qu'est-ce que tu as sous la main?

– Il doit y avoir du vin. Dans les dernières années de sa vie, Swanny ne buvait plus que du champagne. Je ne veux pas dire qu'elle en consommait des litres, mais qu'elle ne buvait jamais autre chose, lorsque l'occasion se présentait.

– Voyons d'abord si nous faisons une découverte digne d'être arrosée. »

Elle se plongea dans le premier cahier, effleurant les feuillets jaunis du bout des doigts, d'un air presque intimidé. Je vis son visage blêmir lorsqu'elle arriva à l'endroit où les cinq pages avaient été déchirées. Je ne l'avais pas avertie, afin qu'elle découvre la chose par elle-même.

« Qui a fait ça?

– Swanny, je suppose. Cinq pages ont été éliminées de la sorte.

– Et c'était un passage intéressant?

– Je ne peux pas m'empêcher de penser qu'on les a justement arrachées parce que cela devenait *trop* intéressant. »

Cary me demanda ce que j'entendais par là.

« Trop intime, si tu préfères. Trop proche de la vérité. (Je n'avais pas l'intention de lui en dire plus.) Mais cela n'a probablement rien à voir avec ton histoire de meurtre. »

Elle eut un haussement d'épaules.

« Est-ce que cela se produit ailleurs? Je veux dire, a-t-elle déchiré d'autres passages, dans les cahiers ultérieurs?

– Nous pouvons le vérifier. »

Nous examinâmes de la sorte les deux paquets que nous avions descendus, mais tous les cahiers étaient intacts. Cary crut avoir une idée, une inspiration de génie, et me dit que les pages avaient peut-être été arrachées *après* avoir été traduites.

« Désolée, dis-je. J'ai eu la même idée que toi. Mais la traduction correspond exactement au texte que tu as entre les mains.

– Cela signifie donc que Swanny Kjaer a supprimé dans le journal de sa mère un passage faisant allusion à quelque chose d'intolérable pour elle, je veux dire *sur un plan personnel*.

« – N'est-ce pas une réaction naturelle? Généralement, nous ne sommes jamais confrontés à ce genre d'épreuve. Nos mères n'écrivent pas toutes un journal destiné à devenir un best-seller. Toi-même, n'y a-t-il pas certains épisodes de ta vie que tu n'aimerais pas voir révélés au grand jour, fût-ce à travers l'autobiographie d'un autre? »

Cary détourna les yeux. Elle avait sûrement compris à quoi je faisais allusion mais voulait éviter de me le montrer.

« La plupart du temps, repris-je, les gens ne doivent même pas être au courant. Un beau jour, ils lisent l'autobiographie en question et découvrent qu'ils y tiennent un rôle important. Cela doit faire un choc. Disons que Swanny s'est trouvée en mesure d'éditer l'autobiographie de sa mère, et qu'elle l'a fait... à son propre avantage.

– Tu veux dire qu'elle l'a censurée! s'exclama Cary. C'est scandaleux, d'avoir ainsi traficoté les choses! »

Je n'appréciai guère qu'elle s'en prenne de la sorte à Swanny. Mais c'était parce que la critique venait d'elle. De la part de n'importe qui d'autre – Gordon Westerby, par exemple –, j'aurais fermé les yeux. Mais dans la bouche de Cary Oliver... Je lui répétai ce que je lui avais déjà déclaré tout à l'heure, que le passage disparu ne concernait probablement pas le crime de Roper. Pourquoi Swanny aurait-elle voulu cacher des détails révélateurs au sujet d'un ancien meurtre? Qui ne la concernait en rien?

« Si nous examinions les autres cahiers? » proposa Cary.

Nous montâmes une fois encore cet interminable escalier et sortîmes le paquet relatif aux années 1925-1934, puis celui de 1935-1944, et ainsi de suite. Pas la moindre page n'avait été déchirée, sauf dans le cahier de 1954 où il manquait un unique feuillet. Je déchiffrai tant bien que mal le texte danois et compris qu'il s'agissait d'un passage où Asta évoquait la mort de Hansine.

« Allons boire ce champagne », dis-je.

Cary leva son verre et lança :

« Au futur éditeur d'*Asta*!

– Je ne sais pas si je vais m'en charger. Le Journal n'est pas encore entièrement traduit, tu sais.

– Pourquoi Swanny Kjaer a-t-elle supprimé un passage de l'année 1954? Je veux dire, elle était déjà bien vieille, à cette époque... Le temps des passions était loin... »

La perche était trop belle :

« Elle avait le même âge que toi aujourd'hui », dis-je.

Cary ne réagit pas immédiatement. Je me dis que le passage en question ne devait d'ailleurs pas la concerner davantage. Ce qui l'intéressait, c'était le meurtre de Roper, et en 1954 ce dernier était mort depuis longtemps. Elle répéta ce qu'elle m'avait déjà demandé au téléphone :

« M'as-tu pardonné ? »

Sa question me fit rire, bien qu'elle n'eût rien de drôle.

« Asta m'a dit un jour que selon elle, il fallait toujours accorder son pardon... mais sans trop se hâter.

— Quinze ans, c'est un délai raisonnable, non ? Et je suis vraiment désolée, Ann.

— Tu es désolée parce que ça n'a pas marché, non parce que tu es... comment dire... intervenue. En me fauchant l'homme que j'aimais. »

Elle répéta d'une voix très douce :

« Je suis désolée.

— Je ne crois pas que je voudrais de Daniel à présent, de toute façon, dis-je en pesant mes mots. Pas dans un tel contexte en tout cas.

— Vous étiez sur le point de vous marier. C'est lui qui me l'a dit.

— Je me demande si j'aurais accepté, au bout du compte. D'ailleurs, je suis restée célibataire. »

Je la regardai sans aménité. Son jean trop moulant faisait ressortir son ventre, sa gorge était toute plissée, du cou au menton, le long de la double ligne des tendons. Tout en la dévisageant, je me dis qu'il n'y avait Dieu merci aucun miroir dans la pièce, ce qui m'évitait d'avoir à faire la comparaison.

« Nous avons passé l'âge des amours, dis-je.

— Oh, Ann ! C'est horrible de dire ça !

— Le temps des passions est loin, pour reprendre ta formule. Tu reveux un peu de champagne ? »

Elle poussa un petit gloussement, par nervosité sans doute, ce qui était compréhensible mais me parut toutefois un peu déplacé. J'aurais voulu à cet instant me pencher vers elle, lui prendre la main, passer qui sait un bras autour de son épaule — mais ce n'était guère mon genre. De toute façon, je n'avais plus d'affection pour elle, il y avait longtemps que je ne l'aimais plus et j'étais convaincue qu'elle me détestait, comme on déteste toujours les gens qu'on a blessés.

À la place de ce geste affectueux, je lui déclarai :

159

« Je peux te prêter les traductions du Journal, si tu veux. Il y a peut-être certains passages qui n'ont pas été retenus à l'impression.

— Merci », bredouilla-t-elle d'une voix un peu pâteuse.

Je me souvins alors qu'elle ne supportait pas très bien le vin et me dis qu'il était préférable de ne pas la resservir. Son visage était un peu bouffi et curieusement luisant. Il n'y avait guère de lumière dans le salon de Swanny et cette ambiance intime, chaleureuse, paisible, contrastait étrangement avec la conversation que nous venions d'avoir. J'allai allumer le lustre central, qui dégagea aussitôt une lumière aveuglante. Cary cligna des yeux et frissonna légèrement.

« Je vais prendre ces traductions, avant de m'éclipser, dit-elle. Je te laisse le compte rendu de l'affaire Roper et la transcription du procès, plus quelques bricoles que j'ai dénichées et notées sur des feuilles volantes. »

Elle se pencha pour les tirer de sa serviette. Je pouvais entendre – ou sentir – le sang battre à ses tempes.

« Voilà », dit-elle en me tendant le tout d'une main légèrement tremblante.

Je compris alors que ce n'était pas le fait que je ne lui aie pas pardonné, ni le souvenir de Daniel Blain, ni son embarras à l'évocation de tout ce passé qui l'avait à ce point secouée. Ce qui l'avait mise dans un tel état, c'était que j'aie osé dire que nous avions passé l'âge des amours. C'était une contrevérité, bien sûr, on n'est sans doute jamais trop vieux pour tomber amoureux. Et après tout, nous n'avions pas encore cinquante ans. Mais enfin, je l'avais piquée au vif. Je n'y pouvais plus rien, à présent, mais j'étais désolée de lui avoir fait de la peine – sentiment que je ne me serais jamais crue capable d'éprouver à son égard.

« Oublions tout ça, Cary. Nous n'en parlerons plus jamais, d'accord ? C'est une affaire enterrée.

— S'il te plaît », me dit-elle.

Puis elle se redressa, brusquement requinquée, et m'adressa un grand sourire en serrant contre elle les chemises qui contenaient les traductions, comme s'il s'agissait de vieilles lettres d'amour qu'elle venait enfin de récupérer. Elle avait toujours eu le don de me surprendre, en sautant d'un sujet à l'autre.

« À ton avis, qu'a-t-elle fait de ces pages manquantes ?

— Qui ?

— Ta tante. Nous étions en train de dire qu'elle les avait

déchirées parce qu'elles contenaient sans doute des informations qu'elle tenait à garder secrètes, après sa mort. »

J'avais perdu le fil de la conversation. Mais cela ne ressemblait pas à Swanny – en tout cas, pas au souvenir que j'avais
d'elle.

« Eh bien? dis-je.

– Je ne pense pas qu'elle les ait détruites. Elle a dû les
cacher quelque part. »

Je nous imaginais, Cary et moi, passant la nuit à fouiller de
fond en comble la maison de Swanny à la recherche d'un trésor
pareil. Ou plus exactement, je nous voyais mal nous livrer à une
telle activité. Nous ne parlions pas des mêmes personnes, elle et
moi. Mais après son départ, après qu'elle se fut engouffrée dans
son taxi et m'eut promis de me revoir bientôt, je regagnai la
maison vide, chaleureuse, illuminée, m'assis avec le reste du
champagne et songeai à ce qu'elle m'avait déclaré. Je me dis
qu'il était peut-être temps, en effet, de chasser Daniel Blain de
mes pensées, de ne plus songer à cet homme que j'avais toujours désigné dans mon for intérieur, de manière quelque peu
dramatique, comme l'unique amour de ma vie.

Avais-je vraiment envie de savoir qui était réellement
Swanny? Cela avait-il de l'importance à mes yeux? Je n'avais
pas la même approche que Cary, évidemment, mais enfin, oui,
cela m'intriguait. Et à présent, les questions qui se posaient
étaient encore plus nombreuses. Il ne s'agissait plus seulement
de découvrir la véritable identité de Swanny, mais de savoir *qui*
elle était devenue, juste avant sa mort. La réponse se trouvait-
elle dans ces cinq feuillets manquants, de juillet et d'août
1905? Contenaient-ils de même une révélation décisive, en rapport avec l'affaire Roper?

Je réalisai trop tard que Cary ne m'avait pas dit si Roper
avait été pendu ou s'il avait été acquitté, et que je n'avais même
pas songé à lui poser la question.

11

7 novembre 1913

IGAAR flyttede vi ind i vores nye Hus, Rasmus og jeg, Mogens, Knud, Swanny og Marie, Hansine og Emily. Aah ja, og selvfølgelig Bjørn. Der er nok Sovevaerelser til Børnene, saa de kan have hver sit, og Hansine og Emily oppe i Loftet, saa de behøver ikke mere at dele Vaerelse. Men Hansine er slet ikke tilfreds med det. Hun er bekymret for, at hendes Cropper ikk vil tage hele Turen fra Homerton, eller hvor det nu er, at han bor.

Hier nous avons tous emménagé dans notre nouvelle demeure, Rasmus et moi, Mogens, Knud, Swanny et Marie, Hansine et Emily. Ainsi que Bjørn, cela va de soi. Il y a suffisamment de chambres pour que les enfants aient chacun la leur; quant à Hansine et Emily, elles n'ont plus à partager la même pièce, sous les combles. Hansine est pourtant loin d'être enchantée. Elle craint que son Cropper hésite à faire ce long trajet depuis Homerton (si je ne m'abuse) pour venir lui rendre visite.

Tout est sens dessus dessous, les nouveaux tapis n'ont pas encore été livrés et nos meubles font un piteux effet dans ce superbe décor. Ce matin, j'ai tout laissé en plan et je suis sortie afin d'explorer mon nouveau territoire. L'air est vif par ici, lorsqu'on respire profondément on ressent la même impression qu'après avoir vidé un verre de *snaps* bien frais. Depuis les fenêtres qui donnent sur l'arrière de la maison, on domine toute la ville de Londres et on aperçoit la Tamise qui scintille au soleil, mais dès qu'on met le nez dehors on se croit à la campagne, au milieu de ces bois et de ces collines balayées par le vent.

J'ai traversé la forêt jusqu'à Muswell Hill, avant de redescendre sur Hornsey. J'ai marché pendant des kilomètres. J'ai aperçu Alexandra Palace, qui ressemble à une gigantesque serre, et j'ai vu la gare où passent les trains qui redescendent ensuite vers Londres. Je n'ai pas pris le train très souvent, depuis que je suis dans ce pays, mais je compte le faire à présent, ne serait-ce que pour aller me promener du côté de Hampstead Heath.

Lorsque je suis rentrée, Rasmus m'a demandé d'où je sortais et si je n'étais pas devenue folle, d'aller me balader ainsi alors qu'il y avait tant de choses à faire à la maison. « Eh bien, me voilà, lui ai-je répondu, quel est le programme? » Il m'a fait monter dans l'une de ses voitures à moteur et nous sommes allés acheter des meubles. Il m'a ensuite montré le grand local qu'il vient de louer dans Archway Road pour vendre ses « automobiles ».

12 décembre 1913

J'ai eu mon manteau de fourrure. Rasmus me l'a acheté pour Noël et vient de me l'offrir, avec deux semaines d'avance.

Lorsque je feuillette ces cahiers, comme cela m'arrive parfois, et que je relis ce que j'ai écrit, je me fais l'effet d'être une épouse ingrate, une femme sans cœur qui déteste son mari. Qui n'arrête pas de geindre et de s'apitoyer sur elle-même. On prétend que l'essentiel, dans la vie, c'est de se connaître soi-même. C'est bien vers ce but que l'on tend lorsqu'on tient un journal. Mais est-ce que cela vous enseigne à devenir meilleur? Probablement pas. On est ce que l'on est. Les gens ne changent pas, sauf lorsqu'ils sont encore très jeunes. À chaque nouvel an, ils prennent ces stupides résolutions et s'empressent de les oublier au bout de deux jours. La vérité, c'est qu'il ne peut en aller autrement. On ne change pas, même lorsqu'un drame vient bouleverser le cours de votre vie : tout au plus, on s'endurcit.

Lorsque Rasmus m'a donné ce manteau de fourrure, j'ai été horriblement déçue. Cela m'a rappelé un événement de mon enfance. Quelqu'un – tante Frederikke peut-être – m'avait offert une boîte de couleurs et je m'étais découvert une passion pour la peinture. Mon père m'avait promis de m'acheter une palette et je m'étais forgé une image bien précise de cet objet. J'en avais aperçu une, dans un tableau montrant un peintre au travail. Curieusement, d'ailleurs, ce peintre était une femme : les femmes qui font de la peinture et qui y gagnent même une certaine notoriété ne se rencontrent pas tous les jours. Il s'agissait en l'occurrence d'une Française, Élisabeth Vigée-Lebrun, qui avait des cheveux roux assez semblables aux miens. Sur ce tableau, elle tenait son pinceau d'une main, et de l'autre une grande palette ovale, barbouillée de diverses couleurs et percée d'un trou où était glissé son pouce. Je me voyais déjà tenant un objet identique, dans la même attitude que cette femme. Mais lorsque Far me donna son cadeau, la palette ne ressemblait absolument pas à l'idée que je m'en étais faite : c'était une simple plaque métallique munie d'une petite poignée.

Je n'ai jamais oublié cet épisode et, bien sûr, il m'est revenu à l'esprit lorsque Rasmus m'a donné le manteau. C'est une fourrure de mouffette tirant sur le marron foncé, qui n'a rien à voir avec le mélange d'agneau persan et de renard blanc dont j'avais rêvé – tout comme ce bout de métal, qui ne correspondait en rien à la belle palette ovale. Ma déception devait se lire sur mon visage. Je l'ai enfilé pour lui faire plaisir et il m'a dit qu'il m'allait très bien.

« Il ne te plaît pas? m'a-t-il demandé. Je croyais que tu avais envie d'un manteau de fourrure. »

Je n'ai pas répondu à sa question. À la place, je lui ai dit :

« M'as-tu vraiment trouvée désagréable et ingrate durant toutes ces années, Rasmus? Penses-tu que je me sois montrée trop dure, trop injuste, trop critique à ton égard? »

Il ne me prenait visiblement pas au sérieux, je le voyais à son air cauteleux. Il devait se dire que je cherchais à le taquiner.

« Je renonce à comprendre les femmes, dit-il. Leur mystère est impénétrable, tous les hommes te le diront.

– Non, réponds-moi. En as-tu assez de moi? Est-ce que tu m'abandonnerais, si tu en avais la possibilité? »

Qu'est-ce que j'attendais de lui? Que pouvait-il bien répondre à une question pareille?

« Je ne comprends rien à ce que tu racontes, dit-il.

– Je pensais que nous pouvions aborder ce genre de sujet.

– C'est ce que nous sommes en train de faire, dit-il, et nous voilà bien avancés. Si c'est parce que ce manteau te déplaît que tu me dis tout ça, je peux encore l'échanger.

– Non, dis-je, ne t'inquiète pas. Il fera parfaitement l'affaire. »

18 décembre 1913

C'est étrange, lorsqu'un nom nous vient brusquement à l'esprit et qu'on se met à y réfléchir, il ne cesse de nous hanter pendant le reste de la journée. Il y avait des années que je n'avais pas repensé à cette Vigée-Lebrun et elle m'est revenue en mémoire à cause de cette histoire de palette. Je songeais encore à elle lorsque j'ai emmené les enfants à la National Gallery et, tout à coup, j'ai aperçu son autoportrait sur le mur, juste en face de nous. C'était bien elle, avec ses cheveux roux, sa robe et son chapeau assortis, ses pinceaux à la main et le pouce glissé dans le trou de cette fameuse palette dont j'avais tant rêvé.

La chère petite Swanny m'a dévisagée et s'est exclamée : « Cette dame te ressemble, *lille* Mor. »

Évidemment, les garçons se sont crus obligés de la rabrouer, en lui disant que c'était moi qui ressemblais à cette dame, puisque j'étais plus jeune qu'elle, et Marie a ajouté : « Mor n'a pas des boucles d'oreilles pareilles, on dirait des larmes roses » (je la cite textuellement), mais je dois effectivement ressembler un peu à Mme Vigée.

Puis, dans l'après-midi, je suis passée à la bibliothèque – j'ai décidé de lire des livres en anglais, sans renoncer pour autant à ceux que je relis régulièrement en danois – et qu'est-ce que j'ai déniché, au hasard d'une étagère ? Un ouvrage sur cette Vigée-Lebrun, dans la collection « Les maîtres de la couleur », écrit par un individu portant le nom saugrenu de Haldane MacFall. Je l'ai lu et j'ai longuement regardé les portraits de Marie-Antoinette – tristes images, puisque la pauvre reine devait finir sur l'échafaud. J'ai été heureuse d'apprendre que Mme Vigée avait échappé à la guillotine et qu'elle avait quitté la France avant le début de la Terreur.

Cela m'entraîna vers d'autres réflexions. On croit généralement que la France est le seul pays à faire usage de la guillotine, mais ce n'est pas exact. Les Suédois en ont possédé et en possèdent toujours une, même s'ils ne s'en sont servis qu'une fois. Ma cousine Sigrid m'a raconté qu'à Stockholm, non loin de chez eux, vivait un homme qui fut condamné à mort après avoir assassiné une femme. Il était marié, mais son épouse et lui n'avaient pas d'enfant et ils en désiraient désespérément un. Cela venait probablement de sa femme, car l'homme avait eu jadis un enfant avec sa maîtresse, qui vivait à Sollentuna. Celle-ci refusa d'abandonner sa progéniture, elle voulait que le bonhomme divorce afin de l'épouser, mais lui adorait sa femme : il finit par assassiner sa maîtresse et ramena l'enfant chez lui, afin que son épouse et lui puissent l'adopter.

Il devait être guillotiné. Il aurait été le premier en Suède à faire les frais d'un tel engin, car jadis on décapitait les gens avec une épée. Mais je ne sais plus pour quelle raison, sa peine fut commuée et il passa le reste de ses jours en prison. Je crois que je préférerais encore avoir la tête tranchée !

Ils ont fini par se servir de leur guillotine, une seule et unique fois, voici à peine trois ans. Qui sait ? Cela arrivera peut-être encore. Lorsqu'on a commis un meurtre, on mérite la mort, selon moi.

27 décembre 1913

C'est le premier Noël que nous passons dans notre nouvelle maison. Nous avons acheté un sapin de deux mètres de haut que j'ai couvert de décorations – blanches et argentées, uniquement, pour recréer le pur éclat de la neige et du gel. Rasmus a décrété que puisque nous sommes désormais chez nous, que nous sommes propriétaires et « solidement établis » dans ce pays, il fallait que nous célébrions Noël à l'anglaise – ce qui signifie que nous avons dû faire deux repas : un pour le réveillon et l'autre le jour même, après la distribution des cadeaux le matin.

Rasmus a depuis toujours horreur de se déguiser en Père Noël et c'est Mogens qui s'en est chargé cette année pour la première fois, non sans avoir affirmé qu'il le ferait désormais tous les ans. « Tu ne resteras pas éternellement avec nous, lui ai-je dit, tu te marieras un jour et tu auras tes propres enfants. » Je n'ai guère de mal à imaginer la chose, quand je vois comme il a grandi. Dire qu'il aura seize ans le mois prochain...

Les filles ne voulaient évidemment pas aller se coucher, elles avaient englouti ce repas de roi et attendaient le Père Noël.

Rasmus n'aurait jamais eu la patience d'attendre qu'elles se soient endormies pour aller remplir leurs bas de laine. Mais Mogens, lui, ne s'est pas découragé. Il est resté assis pendant des heures en haut de l'escalier, drapé dans son manteau et sa capuche rouge, à transpirer sous sa fausse barbe en coton. Il m'a dit que lorsqu'elles avaient enfin fermé les yeux et qu'il avait pu se glisser avec sa hotte dans leurs chambres, il était bien deux heures du matin.

Je crois qu'il serait prêt à faire n'importe quoi pour sa sœur Swanny, il l'adore depuis toujours. Marie n'est à ses yeux qu'un bébé, pas toujours très facile à vivre, mais il est littéralement fou de Swanny. Tout comme moi.

Le lendemain matin, elle a descendu l'escalier et a dit d'un air détaché : « Pourquoi n'as-tu pas fait le Père Noël cette année, Far ? » C'est ainsi que nous avons appris qu'elle n'y croyait plus. J'oublie toujours qu'elle a grandi, qu'elle a huit ans maintenant et qu'elle va peu à peu s'éloigner de moi. Elle est allée vers Mogens, l'a serré dans ses bras et l'a embrassé en lui disant qu'il était son *Frère* Noël.

Rasmus m'a fait un *autre* cadeau. Il m'a donné de l'argent, cette fois-ci, pour que je m'achète des vêtements. Suivant l'exemple de ma petite Swanny, je suis allée vers lui et je l'ai embrassé. Je ne sais pas qui était le plus surpris de nous deux : moi, pour avoir reçu cet argent, ou lui, parce que je l'embrassais. Je suis quasi devenue une sainte. Cela doit tenir au fait que je possède à présent tout ce dont je rêvais – enfin, à peu près –, une belle maison, des meubles et maintenant cet argent... Comme on dit, le bonheur vous rend plus sage et le malheur vous enlaidit.

Je vais m'acheter ce cardigan français que j'ai déjà repéré et un manteau d'automobiliste à manches raglan. Ainsi peut-être que ce tailleur en forme de pagode, avec le tricorne assorti. J'adore les tenues extravagantes, qui font se retourner les gens.

3 janvier 1914

Tous les enfants ont fait leurs vœux pour le nouvel an. C'est Swanny qui a trouvé celui de Marie : elle a toujours le droit de sucer son pouce, mais elle ne doit plus mordiller ce bout de couverture qu'elle transporte partout avec elle. La pauvre petite Marie a tout de même réussi à tenir le coup pendant deux bonnes heures! Swanny a fait le vœu de ne plus pleurer, Mogens de faire des progrès en mathématiques et Knud de ne pas fumer de cigarettes. Comme je lui faisais remarquer qu'il ne fumait pas, de toute façon, vu qu'il était trop jeune, il m'a répondu qu'on ne pouvait pas savoir à l'avance quand l'envie viendrait, et qu'il n'était jamais trop tôt pour prendre de bonnes résolutions.

Pour plaisanter et pour amuser les enfants (c'est du moins ce qu'il a prétendu) Rasmus a fait le vœu de devenir millionnaire! Je crois bien qu'il parlait sérieusement.

30 juin 1914

Il y a deux jours, l'archiduc d'Autriche François-Ferdinand et son épouse ont été assassinés par un Serbe de Bosnie dans une ville du nom de Sarajevo. Je me demande pourquoi on parle toujours d'*assassinats* lorsque les victimes sont des gens importants, des altesses royales ou autres, alors que les gens du commun n'ont droit qu'à de simples *meurtres*...

Il est évident que le pauvre gars qui a commis cet acte n'avait pas supporté l'invasion de son pays par l'Autriche-Hongrie. Mon père avait ressenti la même chose après l'annexion du Schleswig et du Holstein, mais il n'avait assassiné personne, dieu merci! Certains inconscients clament qu'il s'agit d'un complot fomenté par le gouvernement serbe. Pourquoi chercher ainsi à aggraver la situation?

Je suis heureuse que tout cela se passe loin d'ici.

J'ai emmené les filles et Emily faire un pique-nique à High-gate Woods, mais Marie s'est fait piquer par un moustique, elle pleurait sans arrêt et était inconsolable. Il a fallu que je la porte, ce qui ne me ravissait guère car elle est grasse comme une oie et pèse près de vingt kilos. Emily se chargeait des provisions. Nous étions dans Muswell Hill Road, et devinez sur qui nous sommes tombées? Sur cette Mrs. Gibbons qui habitait à deux pas de chez nous, du temps de Lavender Grove.

Je ne crois pas qu'elle m'aurait reconnue si je ne lui avais pas adressé la parole. Elle m'a dévisagée de la tête aux pieds, en ne manquant pas une miette de ma robe bordeaux aux motifs tricolores et de mon chapeau blanc orné d'une cocarde rouge. Je porte mon alliance à la main gauche, depuis le jour où elle m'a dit que les gens risquaient de jaser si je ne le faisais pas, et j'y ai récemment fait fixer l'émeraude que Rasmus m'a offerte. J'ai caressé Marie dans le dos afin de bien lui montrer mes bagues et j'ai vu qu'elle les scrutait attentivement.

« Votre mari est donc revenu, Mrs. Westerby ? »

Comme si elle ne l'avait pas vu des dizaines de fois, à Lavender Grove... J'imagine que c'était pour elle une façon de se venger, en découvrant que j'étais devenue si riche et qu'une domestique m'accompagnait. La pauvre... Pour sa part, elle ne payait guère de mine.

Sur mon insistance, Marie lui a tout de même dit bonjour, malgré ses yeux gonflés de larmes.

« Vous savez, m'a-t-elle dit, il y a des enfants qui sont morts après avoir été piqués par des moustiques. »

J'étais sur le point de l'inviter à venir prendre le thé à Padanaram, mais cela m'a arrêtée net. « Raison de plus pour se hâter, ai-je répondu, et pour lui mettre de l'arnica. » Mais cela m'a fait réfléchir aux relations que j'entretiens avec les autres femmes. Mrs. Bisgaard, que j'ai rencontrée à l'église danoise et qui habite Hampstead, est plutôt gentille – je suis déjà allée prendre le thé chez elle, et vice versa – mais elle est trop collet monté, elle ne s'intéresse qu'aux enfants et sa conversation ne vaut pas tripette. J'aimerais tant avoir une amie !

29 juillet 1914

C'était hier l'anniversaire de Swanny. Elle a eu neuf ans. J'avais organisé une petite réception à cet effet, à la sortie de l'école, et dix de ses amies y ont assisté. Enfin, dix camarades de classe – j'ignore si elles sont vraiment amies. Je ne suis pas un cordon-bleu, loin de là, mais je tenais à me charger moi-même de son gâteau d'anniversaire et, ma foi, je ne m'en suis pas trop mal sortie. J'ai fait une génoise fourrée à la confiture, recouverte d'un glaçage et couronnée des neuf bougies qu'elle a soufflées du premier coup.

Je lui avais également confectionné une robe, spécialement pour cette réception, en taffetas vert émeraude et bleu de Saxe, avec des engrêlures en dentelle à tous les volants. Lorsque Hansine a vu le tissu, elle m'a dit qu'on n'associait jamais le vert et le bleu, mais je crois que cela peut donner un très beau résultat. Swanny a de splendides cheveux blonds, qui lui arrivent à la taille. C'était pratiquement elle la plus mignonne, lors de cette réunion. La petite Dorte Bisgaard avait la plus belle robe, tout en dentelle vieux rose, mais cela n'ôtait rien au côté ingrat de son visage. Rasmus ne s'est pas montré au cours de cette « bamboula » (pour reprendre son terme), il est resté cloîtré dans son atelier jusqu'à ce que tout soit terminé. Comme je lui en faisais le reproche, il m'a répondu d'un air sarcastique : « Je croyais que tu voulais une jardinière en fer forgé pour l'entrée... » Il prétend que c'est pour la fabriquer qu'il disparaît ainsi pendant des heures.

Événement plus lourd de conséquences que cette petite réunion : l'Autriche a déclaré la guerre à la Serbie. Mr. Housman est passé à la maison, plus tard dans la soirée, en compagnie de sa jeune épouse (on dirait qu'ils sont encore fiancés), et il prétend que cette affaire sera terminée d'ici une semaine. C'est un homme réfléchi et j'ai confiance en son opinion. La Russie, qui s'imagine que ce petit État slave est sous sa protection, risque fort de se retrouver dans l'humiliante position d'une puissance vaincue. Puisqu'elle ne souhaite pas l'affrontement, il lui faudra assister à l'irrésistible ascension et à l'irrépressible expansion de l'Empire teuton (pour reprendre les termes de Mr. Housman, mais je crois que la rime était involontaire).

Mrs. Housman, une femme d'assez forte corpulence mais plutôt mignonne – elle a des cheveux si roux qu'elle doit les passer au henné – portait une tenue très élégante. Comme elle est grande, elle peut se le permettre. Il s'agissait d'une robe à carreaux verts et blancs, très serrée à la taille – mais sans ceinture –, avec de vastes poches sur le côté et un gros nœud de satin noir sur la poitrine. Elle m'a invitée à venir prendre le thé chez elle, en compagnie de mes filles.

2 août 1914

Heureusement que mes fils sont trop jeunes pour partir au combat ! Lorsqu'ils seront en âge d'être soldats, la guerre sera vraisemblablement terminée – si jamais elle débute. Mais cela semble bien devoir être le cas.

L'Allemagne vient d'entrer en guerre. Apparemment, son objectif est d'envahir la France, l'alliée de la Russie, avant que cette dernière ne puisse lancer une contre-offensive. Ces histoires sont toujours très compliquées. Jusqu'ici, l'Empire britannique ne semblait guère concerné mais cela risque de changer, surtout depuis que le Kaiser paraît décidé à défier notre puissance maritime. C'est drôle : j'ai écrit « notre puissance », alors que je me sens danoise jusqu'au bout des ongles.

Rasmus ne parle plus que de la guerre. Pour me changer les idées, je me suis mise à lire les livres que m'a légués tante Frederikke. Cela fait un an qu'ils sont en ma possession mais je n'avais pas encore mis le nez dedans. Celui que je viens de commencer s'appelle *Un chant de Noël*.

7 septembre 1914

Hansine est bouleversée parce que son Cropper vient de s'engager. Il est un peu plus jeune qu'elle, (il n'a guère plus de trente et un ou trente-deux ans) mais il n'est évidemment pas trop âgé pour être enrôlé. Elle m'a révélé en pleurant comme une Madeleine qu'ils étaient plus ou moins fiancés, qu'ils avaient mis de l'argent de côté afin de se marier et espéraient réaliser ce rêve d'ici l'année prochaine. Je dois dire que j'aurais préféré qu'elle me mette un peu plus tôt au courant de ses projets.

C'est un fort bel homme. Et s'il se faisait tuer, ce serait une affreuse injustice.

J'avais songé à tenir dans ce journal une chronique exacte des événements liés à la guerre, mais c'est impossible, il se passe tellement de choses – dans plusieurs pays à la fois – et tout est beaucoup trop compliqué. Un fait est sûr, c'est que nous n'en verrons pas la fin de sitôt. Les blessés qui reviennent de Mons ont tous une histoire à raconter, illustrant la perfidie et la couardise des Allemands. L'un d'eux a déclaré : « Tant qu'on se tient sur la ligne de feu, on ne risque rien. Ils ne mettent personne en joue et se méfient des baïonnettes. Ils ont peur des armes blanches. » Qui ne les redouterait ? Je crois volontiers à la perfidie des Teutons, mais s'ils sont aussi couards et aussi piètres soldats qu'on le prétend, pourquoi n'arrivons-nous pas à les chasser de Belgique ?

Je me félicite une fois de plus de tenir ce journal en danois, car si quelqu'un tombait dessus j'ignore ce qui m'arriverait. Chacun est aujourd'hui censé faire preuve de patriotisme, en affirmant que tous les Anglais sont des saints ou des héros et les Allemands d'ignobles lâches. Il n'y a pas de juste milieu.

J'ai vu dans *La Guerre illustrée* la reproduction d'un tableau représentant Belgrade telle qu'elle était autrefois. On l'appelait alors « la belle ville blanche ». Depuis le bombardement autrichien, ce n'est plus qu'un tas de ruines. Je suis heureuse – pour moi comme pour mes enfants – de ne pas être serbe. On dit que la Belgique abonde en vieilles églises, plus belles les unes que les autres. Je me demande jusqu'à quand elles tiendront encore debout...

Je suis allée prendre le thé chez Mrs. Housman, à Hampstead, dans le quartier de Frognal. J'avais emmené Marie avec moi, mais Swanny était à l'école. Il y avait six dames en plus de moi, ainsi que deux autres enfants – impossible donc d'avoir une conversation intéressante. Ce ne furent que babillages et bavardages, on n'aurait vraiment pas dit que nous étions en guerre.

21 janvier 1915

Mogens a eu dix-sept ans hier. Il faut bien reconnaître qu'il n'est pas très intelligent, mais c'est un fort gentil garçon. Je me demande de qui il tient ça. Aussi loin que je remonte, il n'y a pas une seule personne dans ma famille qui ait eu ce que l'on pourrait appeler « un bon caractère ». Je ne compte pas ma mère, qui a été malade durant toute mon enfance. Difficile de se montrer gentille lorsque l'on souffre ainsi en permanence. Mon père était très strict, très sévère, d'une moralité irréprochable, mais cela ne l'a pas empêché de laisser le premier coureur de dot venu mettre la main sur moi. Quant à tante Frederikke et ses fils, c'étaient des gens austères, sans le moindre humour, une bande de sermonneurs. Je ne vois donc pas de qui Mogens a hérité sa gentillesse. De Rasmus sans doute, et de sa famille de paysans rustauds, hilares et abrutis.

Mogens veut laisser tomber le collège cet été. Avec son air revêche, Rasmus a déclaré qu'il ne servait à rien de payer des études à un garçon qui échouera à tous ses examens, ou qui n'essaiera même pas de les passer. Je ne sais pas ce que va faire Mogens, peut-être pourra-t-il seconder son père dans ses affaires. Rasmus dit que la seule activité intellectuelle dont il veuille bien le charger, c'est de collectionner les numéros de *La Guerre illustrée*, qu'il a l'intention de faire relier plus tard – ce qui nous promet des heures de lecture déprimante, pour nos vieux jours.

La nuit dernière, des zeppelins ont traversé la mer du Nord et ont bombardé la côte de Norfolk. Il y a eu des blessés à King's Lynn et Yarmouth et une femme dont le mari est parti au front a été tuée. Quelle ironie du sort! La presse traite les Allemands d' « odieuses brutes assoiffées de sang » dont les méthodes guerrières sont encore plus barbares que celles des « races arriérées dont les anthropologues nous ont révélé l'existence ». Cela m'a fait rire. Comment réagirait Mrs. Housman, si elle lisait le danois? Le journal prétend qu'il faut s'attendre à des représailles de notre part. Jusqu'à présent, nos avions ont survolé les villes allemandes mais n'ont pas lâché la moindre bombe.

Le frère de Mrs. Housman vient de s'engager.

1ᵉʳ mars 1915

Mr. H.G. Wells est sûrement bien plus intelligent que moi, sinon il n'occuperait pas la place de premier plan qui est la sienne et ne serait pas aussi célèbre, écouté et respecté de tout un chacun. Mais en lisant ce qu'il écrit, je me demande parfois s'il n'est pas un peu naïf. Quelle idée, de croire que les gens vont changer, que le pays entier va se transformer du jour au lendemain, d'un coup de baguette magique! Voici par exemple comment il envisage l'évolution du peuple anglais, une fois la guerre terminée : « Toutes ses habitudes antérieures ayant été éradiquées, il se retrouvera " à l'état naissant ", comme on dit en chimie (...). Critique, insoumis, il ne tolérera plus les gouvernements qui " naviguent à vue ", il voudra lui aussi mettre la main à la pâte. J'estime ainsi qu'il est fort improbable que la vieille loi des partis régisse encore la vie politique britannique lorsque la guerre aura pris fin (...). » Ah, bon.

Quoi qu'il en soit, la guerre n'est pas terminée et elle risque visiblement de durer encore un bon moment. J'ai appris à tricoter à Swanny et elle se débrouille vraiment bien, alors qu'elle n'a même pas dix ans. Elle tricote des chaussettes kaki pour les soldats. Commentaire de son père, toujours aussi aimable : « Je plains les pauvres gars qui devront supporter toutes ces bosses et tous ces nœuds dans leurs godasses. »

Elle est très grande pour son âge. J'essaie de ne pas trop me ronger les sangs à ce sujet. Si c'était un garçon, j'imagine que je serais ravie. Elle a presque rattrapé Emily, qui a déjà sa taille adulte même si elle est plutôt petite. Rasmus, qui n'hésite jamais à prendre des gants, m'a dit l'autre jour que les femmes trop grandes ne trouvent jamais à se marier.

« Et alors? répliquai-je. Ce ne serait tout de même pas un drame. »

Il s'est mis à rire, avant d'ajouter :

« Comment te serais-tu débrouillée sans mari, ma chère? »

Il n'a pas tort. Une femme qui ne se marie pas ne sert strictement à rien, elle est la risée générale, mais il y a quelque chose qui ne tourne pas rond là-dedans, les choses devraient être plus équitablement réparties.

Je suis en train de lire *Le Magasin d'antiquités*. Je ne savais pas qu'on pouvait prendre autant de plaisir à lire ce genre d'histoires. C'est drôle, mais j'ai l'impression de pénétrer à l'intérieur des personnages et de *vivre* à leur place, ce qui fait que j'ai hâte de retourner à ma lecture, pour savoir ce qui va leur arriver.

30 mars 1915

Le frère de Mrs. Housman a été tué dans les Flandres, trois semaines après s'être engagé.

Parmi toutes les femmes que j'ai rencontrées et qui ont perdu un homme au front, aucune ne semblait s'y être préparée. Comme si la mort frappait uniquement les autres, et que leur fils ou leur mari menait une existence idyllique. Est-ce que cela rend le choc et la douleur plus difficiles à supporter? Je l'ignore. Peut-être que non, car j'ai remarqué que l'on est incapable de se préparer à la mort. On peut fort bien avoir conscience de son caractère inéluctable, y penser même jour et nuit, mais lorsqu'elle arrive pour de bon et frappe l'un de vos proches, on réagit toujours comme si l'on ne s'y attendait absolument pas et que la personne en question était censée vivre éternellement.

Mrs. Housman n'arrêtait pas de répéter : « Pourquoi lui? Pourquoi moi? Pourquoi fallait-il que cela lui arrive à lui? » Comme si cela n'arrivait pas à des centaines et à des milliers d'autres. Et que voulait-elle insinuer au juste? Que cela pouvait bien arriver à n'importe qui, sauf à lui – pour l'unique raison qu'il était son frère?

Les Français ont publié une liste chiffrant à *trois millions* les morts et les blessés dans les rangs allemands, alors que dans notre camp le nombre des victimes tombées aux Dardanelles s'élèverait seulement à vingt-trois morts, vingt-huit blessés et trois soldats portés disparus. Je ne crois pas à ces chiffres, ils ne peuvent pas correspondre à la vérité.

28 juillet 1915

C'est aujourd'hui l'anniversaire de Swanny, et le dernier jour de collège pour Mogens. Il va désormais se lancer dans la vente des voitures à moteur, aux côtés de Rasmus. Je suppose que son rôles se confinera à un simple travail d'écriture, car j'ai l'impression que ses connaissances en mécanique sont assez limitées, pour ne pas dire inexistantes. On ne me raconte jamais grand-chose, mais je me rends bien compte que les affaires ne sont pas fameuses, en ce moment, ce qui n'a rien d'étonnant avec la guerre que nous subissons. Voilà plus d'un an et demi que Rasmus a fait le vœu de devenir millionnaire, mais pour l'instant cela ne s'est toujours pas réalisé.

Pour son anniversaire, nous avons inscrit Swanny à un cours de danse, elle s'y rendra tous les vendredis soir, jusqu'au printemps prochain. J'ai découvert une merveilleuse expression, en feuilletant mon dictionnaire, et je lui ai dit que nous espérions qu'elle maîtriserait bientôt « l'art de Terpsichore ».

Cropper a été porté disparu dans les Dardanelles. Hansine espère – ainsi que nous tous – qu'il a été fait prisonnier. N'étant pas officiellement fiancés (elle n'est pour l'instant que sa « petite amie »), elle doit s'en remettre à la sœur de Cropper qui est venue la voir en cachette, hier, pour lui apprendre la nouvelle. Sa mère est jalouse comme une tigresse et ne veut pas entendre parler de Hansine, « cette bonniche étrangère » comme elle l'appelle. Mais aujourd'hui, la pauvre Hansine a reçu une lettre de Cropper, écrite voici évidemment plusieurs semaines, avant l'évacuation de la zone ouest de Gallipoli. Je ne crois pas qu'il sache qu'elle est analphabète, sinon il ne se serait pas donné la peine de lui écrire. Il n'avait certainement pas songé que ce serait moi qui lui lirais à voix haute tous les mots doux, les mignardises et les détails intimes que contenait sa lettre. D'ailleurs, hormis cela elle ne nous apprend pas grand-chose, le reste de ce qu'avait écrit Cropper ayant été caviardé par la censure. Il y a de fortes chances pour qu'il soit mort, à

175

présent. C'est étrange, de déchiffrer ainsi les paroles enjouées et rassurantes de quelqu'un qui n'est plus de ce monde.

14 mars 1916

Mrs. Evans, qui était notre voisine à Ravensdale Road, est venue prendre le thé à la maison en compagnie de ses affreux rejetons. Tout cela soi-disant pour faire plaisir à son fils cadet, un garçon au visage grêlé, prénommé Arthur et gras comme un cochon, qui voulait venir jouer avec Marie à l'occasion de son anniversaire. La chose avait déjà été repoussée à plusieurs reprises : l'un des enfants était d'abord tombé malade, puis ç'avait été le tour d'un autre, après quoi Mrs. Evans avait elle-même été victime d'un zona, je vous demande un peu ! Les choses ne se sont pas très bien passées aujourd'hui. Le garçon a frappé Marie qui s'est mise à hurler, si fort que son père l'a entendue depuis son atelier, au fin fond du jardin, et s'est préci-pité dans la maison en menaçant de flanquer une raclée à Arthur et de le laisser sur le carreau s'il recommençait. Je ne crois pas que nous reverrons Mrs. Evans de sitôt !

Nous étions assis au salon ce soir, Rasmus et moi. Je lisais *Un conte de deux villes* tandis qu'il fumait une cigarette en *dévo-rant* littéralement *La Guerre illustrée*. Il a brusquement levé les yeux et m'a déclaré qu'il avait l'intention de construire une maison de poupées pour Marie.

« Son anniversaire est déjà passé, dis-je, modestement inté-ressée. Tu la lui donneras pour Noël.

– Oh, je n'aurai pas fini d'ici Noël. Cela me prendra bien deux ans. Je compte reproduire cette maison. Faire une copie de Padanaram, en miniature.

– Quoi ! m'exclamai-je. Mais elle n'a que cinq ans !

– Elle en aura sept lorsque j'aurai terminé. Tu pourrais encourager un peu ton homme, ma chère. Il y a des femmes qui seraient fières que leur mari soit aussi habile que moi de leurs doigts.

– Mais pourquoi ne fais-tu pas cette maison pour Swanny ? Je croyais que tu aimais tous tes enfants, sans distinction.

– Elle est trop vieille. Et au rythme où elle grandit, elle aura atteint un mètre quatre-vingts lorsque j'aurai fini.

– Eh bien, n'espère pas me mettre à contribution, dis-je. Quand tu auras besoin de tapis, de rideaux, de coussins ou de dieu sait quoi, tu n'auras qu'à t'adresser à Hansine. Elle coud à la perfection. Mais ne compte pas sur moi. »

26 mars 1916

Swanny et Marie ont toutes les deux la varicelle. Swanny l'a ramenée hier soir, et ce matin Marie était à son tour couverte de boutons. J'ai entendu dire que les enfants peuvent l'attraper en côtoyant un adulte victime d'un zona, et bien que je n'accorde généralement aucun crédit à ce genre de racontars dignes de nos grand-mères, j'ai bien l'impression que celui-ci n'est pas entièrement dénué de fondement. Nous avons plaisanté à ce sujet, en disant que Mrs. Evans avait sûrement voulu se venger à cause de la manière dont Rasmus avait maltraité ce pauvre Arthur. Mais je redoute les cicatrices ! Swanny est obéissante, elle m'a promis de ne pas se gratter, mais avec cette petite effrontée de Marie je ne sais pas comment m'y prendre. Je l'ai menacée de lui ficeler les mains derrière le dos, et je crois bien que je vais m'y résoudre si je la vois encore porter les ongles à son visage.

Sam Cropper est prisonnier des Allemands. Je ne sais pas comment on peut en avoir la certitude, mais sa sœur est passée cet après-midi l'annoncer à Hansine et, depuis, celle-ci n'arrête pas de rire et de chantonner.

Ce soir, Rasmus a commencé la maison de poupées. Je veux dire qu'il a commencé à en faire les plans. Il dessine remarquablement bien, je dois le reconnaître : les croquis qu'il a faits me rappellent ceux de Léonard de Vinci, dont j'ai vu des reproductions. Swanny lui a demandé pourquoi il se mettait ainsi à dessiner notre maison. Il lui a répondu d'une voix bourrue, et en anglais (car il est fier de montrer qu'il connaît des proverbes locaux) : « Ne pose pas de questions, tu ne récolteras pas de mensonges. »

Je me suis acheté une nouvelle robe en taffetas vieux rose à pois blancs, ainsi qu'un turban assorti, vieux rose lui aussi et rehaussé de perles nacrées.

7 mai 1916

Je ne sais pas comment l'écrire – peut-être parce que je n'arrive pas à y croire. J'aimerais m'éveiller et pousser un soupir de soulagement, comme au sortir d'un cauchemar, en me disant : ce n'est pas vrai, cela n'a pas eu lieu, ce n'était qu'un rêve.

Mais c'est hélas bien réel. En rentrant à la maison ce soir, Mogens nous a révélé qu'il venait de s'engager. Il est désormais soldat de seconde classe dans la brigade des fantassins du 3e régiment de Londres.

12

Au sommet de la pile de documents que Cary m'avait confiés figuraient deux photographies. J'ignore pourquoi elles retinrent à ce point mon attention car ni Lizzie Roper ni son mari n'avaient la mine particulièrement engageante; et s'il fallait en croire ces clichés, ils ne paraissaient pas davantage avoir brillé par leur intelligence ou leur sensibilité. Lui semblait tourmenté, rongé de l'intérieur, et son épouse avait tout simplement l'air vulgaire. Mais il y avait chez l'un comme chez l'autre quelque chose de fascinant, qui captivait mon imagination. De surcroît, Asta les avait connus, ou avait du moins entendu parler d'eux, elle avait même aperçu Mrs. Roper, élégamment vêtue et coiffée d'un grand chapeau à plumes.

Peu d'entre nous prennent vraiment plaisir à lire autre chose que des livres, des journaux ou des magazines. J'ai trop souvent eu entre les mains des extraits d'ouvrages photocopiés – sans parler des textes manuscrits ou dactylographiés – pour envisager avec enthousiasme de renouveler l'expérience lorsque l'occasion se présente. J'examinai donc tout d'abord les deux livres que contenait le paquet de Cary. Le premier était un volume de la collection « Les procès célèbres » des éditions Penguin, à la couverture verte et passablement fatiguée. L'autre semblait avoir été publié à compte d'auteur : c'était une mince plaquette, dénuée de jaquette; aucun titre n'apparaissait sur la couverture et celui qui figurait jadis au dos de l'ouvrage n'était plus lisible depuis longtemps. À l'intérieur, sur la page de garde, je lus : *Une famille victorienne*, par Arthur Roper, suivi de la date en chiffres romains : MCMXXVI.

Un morceau de papier s'échappa du volume. C'était un mot de Cary : « Lis d'abord le récit de Ward-Carpenter, puis le volume de chez Penguin. Je pense que tu peux te dispenser des souvenirs d'Arthur. » Ce qu'elle appelait le récit de Ward-Carpenter, c'était cette liasse de photocopies grisâtres, froissées et constellées de taches qui m'avait initialement rebutée. Comme je voulais en savoir un peu plus sur Roper, je décidai tout de même de m'y mettre. Mais avant de commencer ma lecture, j'allai jeter un coup d'œil dans l'*Encyclopédie du crime* qu'avait éditée mon auteur de romans policiers historiques.

Un bref paragraphe lui était consacré : « Alfred Eighteen Roper, né en 1872 à Bury St Edmonds (Suffolk), mort à Cambridge en 1925. Accusé du meurtre de sa femme, Elizabeth Louisa Roper, dans le district de Hackney, à Londres, en juillet 1905. Le procès eut lieu à la cour d'assises de Londres en octobre 1905, et se distingua notamment par la prestation spectaculaire de Howard de Filippis, conseiller de la Couronne, qui assurait la défense du prévenu. »

C'était tout. Rien n'indiquait l'origine du texte figurant sur les photocopies dont je disposais, mais il était probablement extrait d'un ouvrage consacré à certaines affaires criminelles célèbres. En haut de la première page, quelqu'un avait ajouté à la main la date de 1934.

Le Déclin et la Chute d'un pharmacien
par Francis Ward-Carpenter
docteur en droit, juge de paix

L'essentiel de l'intérêt et de l'horreur que suscitent les crimes les plus monstrueux ne tient pas à leur aspect extraordinaire, mais à ce qui relève au contraire en eux de la normalité. Des individus médiocres commettent des actes hors du commun, non dans des palais ou des demeures princières, mais dans de pauvres logis, au fin fond des quartiers les plus populaires. La trivialité de leur geste s'en trouve transcendée, le sordide y gagne en grandeur, de sorte que pour un bref instant au moins, le crime élève l'odieux, le médiocre et le vil aux cimes de la tragédie.

L'affaire Roper ne fait pas exception à cette règle. Au contraire, on pourrait dire qu'elle en est l'illustration parfaite, avec ses principaux acteurs issus de l'ultime cercle des classes moyennes, son cadre familial et son décor suburbain. Ici encore, dans les eaux troubles de la grande cité, des hommes et des femmes réunis par des circonstances parfaitement banales se sont brusquement laissés entraîner dans une débauche et une violence atypiques, bafouant ainsi les règles de la vie civilisée.

Alfred Eighteen Roper n'était toutefois nullement londonien, pas plus par sa naissance que par son éducation. Son second prénom, assez peu ordinaire, lui venait de sa mère qui portait ce patronyme avant d'épouser Thomas Edward Roper en 1868. Eighteen est un nom relativement courant dans le Suffolk et c'est dans cette province, très précisément dans la plaisante bourgade de Bury St Edmonds, sur les bords de la Lark, qu'Alfred naquit, quatre ans après ce mariage. Ses parents avaient alors déjà deux filles, Beatrice et Maud, mais Alfred était leur premier fils et donc le premier mâle de leur descendance. Les Roper devaient par la suite donner le jour à deux autres garçons, Arthur et Joseph, ainsi qu'à une fille qui semble n'avoir pas vécu plus de quelques semaines.

Thomas Roper travaillait chez un certain Morley, un pharmacien qui tenait boutique dans Butter Market, mais il n'était visiblement pas un simple employé. Il avait plusieurs hommes sous ses ordres et, de nos jours, on l'aurait probablement considéré comme le gérant ou le responsable du magasin. Il gagnait apparemment bien sa vie, puisqu'il put se dispenser de faire travailler ses fils et les envoya tous les trois au lycée; et bien que la mère de Thomas, ainsi que sa propre épouse, aient jadis été employées, il ne semble pas que la question se soit jamais posée en ce qui concernait leurs deux filles. C'était apparemment une famille heureuse, respectable et raisonnablement prospère, dont les fils au moins pouvaient envisager d'accéder dans l'avenir à une position sociale supérieure à celle où les avait placés la Providence.

Tout cela tourna court lorsque Thomas fut terrassé à l'âge de quarante-quatre ans par une apoplexie, probablement due à une hémorragie subarachnoïdienne. Alfred avait alors seize ans. Le propriétaire de la pharmacie fit à la famille une proposition qu'il aurait été fort imprudent de refuser : Alfred pouvait occuper un poste dans son officine, s'il le désirait.

Alfred aurait à l'époque déclaré à son frère qu'il espérait obtenir une bourse – son lycée en décernait chaque année quelques-unes, d'une durée de quatre ans – ce qui lui aurait

181

permis de s'inscrire à l'université de Cambridge. Mais les choses ayant tourné autrement, il abandonna ses études et partit travailler à la pharmacie. Il commença bien sûr au bas de l'échelle, mais son salaire était suffisant pour subvenir aux besoins de la famille et ses frères purent ainsi poursuivre leurs études. L'une de ses sœurs était déjà mariée et l'autre devait suivre son exemple l'année suivante.

Alfred demeura quelques années chez Morley et finit par accéder au poste que son père avait jadis occupé – celui de pharmacien chef. Appliqué et travailleur, c'était un jeune homme tranquille qui adorait sa famille ; mais selon son frère Arthur il n'avait guère d'amis et pas la moindre relation avec le sexe opposé.

En 1926, Arthur Roper, alors directeur d'école à Beccles, écrivit et publia à compte d'auteur un petit livre de souvenirs sur ses proches intitulé Une famille victorienne. Son unique intérêt réside aujourd'hui pour nous dans les renseignements qu'il contient sur le frère de l'auteur, Alfred. La famille Roper ne pouvait en rien prétendre à la notoriété – ou à une gloire quelconque – et elle ne serait jamais sortie de l'anonymat si Alfred n'avait pas été accusé d'avoir tué sa femme. Le procès qui s'ensuivit, puis son dénouement, le rendit momentanément célèbre, mais Arthur n'y fait pas une seule fois allusion au cours de son ouvrage. Son frère tient un rôle de premier plan dans ce bref opuscule – une dizaine de pages lui sont entièrement consacrées ; parmi les illustrations, deux photographies le représentent, l'une faite en studio, l'autre où on le voit en compagnie de sa femme et de ses enfants. Mais il n'est dit nulle part qu'il a été jugé pour meurtre. Arthur mentionne simplement qu'il a épousé Elizabeth Louisa Hyde en 1898, mariage dont devaient naître un fils (en 1899) et une fille (en 1904).

Les commentaires d'Arthur concernant les divers membres de sa famille sont tellement dithyrambiques qu'il convient de les considérer avec circonspection. Cette volonté de grandir et de glorifier à tout prix des gens qui appartenaient au fond à une famille très ordinaire (et dans l'ensemble fort respectable) le conduit parfois à des contrevérités évidentes. Il écrit par exemple que son grand-père, Samuel Roper, était directeur du jardin botanique de Bury St Edmonds en 1830, alors que N. S. H. Hodson, le fondateur du jardin, occupait alors ce poste. Samuel y était sans doute employé en tant que jardinier.

Le grand-père maternel d'Arthur, William Eighteen, a peut-être été postier, mais il n'était pas receveur du bureau principal de Bury St Edmonds en 1844. Si l'on en croit le White's Suffolk, *ce bureau – situé sur Hatter Street – était à cette date dirigé par un certain John Derk.*

Il nous décrit son frère Alfred comme un être pensif, curieux de tout, presque un intellectuel qui fréquentait avec ferveur la bibliothèque municipale, ainsi que celle de l'Institut technique de Bury. Habitant avec sa mère et son frère Joseph dans la demeure familiale de Southgate Street, il passait ses soirées plongé dans les livres, faisant même souvent la lecture à sa mère dont la vue déclinait et qui semble avoir largement dépendue de lui, sur ce point comme sur beaucoup d'autres. Bien que n'ayant pas suivi de formation particulière avant d'être employé dans cette pharmacie, il s'intéressait – selon Arthur – à toutes les formes de « chimie » et se livrait dans sa chambre, à Southgate Street, à de nombreuses expériences et à des recherches diverses. Il fabriquait également des machines à vapeur miniatures, qu'il mettait ensuite à chauffer sur les fourneaux de la cuisinière à gaz maternelle et qui crachaient de grands jets de vapeur.

Arthur ne nous donne pas la moindre description d'Alfred. Il se contente de nous dire qu'à l'image des autres hommes de la famille, son frère était très grand et mesurait plus d'un mètre quatre-vingts. D'après les photographies qui nous sont parvenues, on constate qu'il était plutôt maigre pour sa taille, avec des épaules étroites et une ossature assez frêle. Il était brun et son crâne commençait à se dégarnir, ainsi qu'il apparaît sur le portrait qui fut pris en juillet 1898, juste avant son mariage. Il avait des traits réguliers, il était rasé de près et ses yeux étaient sombres, bien que l'on ne connaisse pas leur couleur exacte. Une marque légèrement plus foncée sur l'arête du nez nous autorise à penser qu'il portait des lunettes et qu'il les a ôtées avant de poser pour cette photo.

Quelques années après être devenu le responsable de la pharmacie Morley, dans Butter Market – Arthur ne le précise pas, mais nous savons que cela faisait six ans qu'il y travaillait –, Alfred fit la connaissance de Robert Maddox, qui était de passage en ville et logeait à l'auberge Angel, sur Angel Hill. Mr. Maddox était entré chez Morley et avait demandé un remède, car il souffrait d'un panaris. C'est Alfred Roper qui s'était occupé de lui, et au lieu de lui prescrire un placebo quelconque, il avait lui-même incisé son doigt et l'avait pansé avec tant de soin que Maddox était venu le remercier le lendemain et lui avait demandé s'il pouvait lui conseiller un traitement contre le catarrhe nasal dont il était chroniquement affligé. Alfred lui recommanda tel ou tel produit et Maddox se montra enchanté du résultat.

On ne voit pas en quoi ces deux interventions prédisposaient Alfred à devenir le sous-directeur d'une compagnie publicitaire spécialisée dans les produits médicaux. En tout cas, Arthur ne le dit pas et nous n'avons pas d'autre source d'information concernant les débuts de la carrière de son frère. Robert Maddox s'était sans doute tout simplement entiché de lui. Par leur calme apparent et le sérieux de leur comportement, les individus de la nature d'Alfred Roper donnent très souvent une impression de compétence, sans commune mesure avec leurs capacités réelles. Quoi qu'il en soit, Maddox lui proposa d'occuper ce poste dans la société dont il était en partie propriétaire – la Compagnie du Souverain Remède, dont le siège était à Londres, sur High Holborn – et Alfred accepta.

Si la vieille Mrs. Roper n'était pas morte un mois plus tôt, il est douteux qu'Alfred eût sérieusement considéré cette proposition. Il n'aurait sans doute pas abandonné sa mère, en se disant qu'il n'en avait pas le droit. Au cours des dernières années, c'est lui qui s'occupait pour l'essentiel de la maison, qui aidait sa mère à monter et à descendre les escaliers et souvent même qui lui préparait à manger. Son frère Joseph était sur le point de se marier et avait l'intention de venir s'installer avec son épouse à Southgate Street, où vivait également Arthur. À lire entre les lignes les souvenirs de ce dernier, il n'est pas interdit de penser qu'Alfred fut au fond soulagé d'avoir ainsi la possibilité de s'échapper et, qui sait, d'aller faire fortune ailleurs.

À Londres, il semble s'être temporairement installé dans un hôtel meublé de Gray's Inn Road, tout en se mettant aussitôt en quête d'un logement moins provisoire. Au cours de son procès, l'un des témoins, John Smart, employé lui aussi à la Compagnie du Souverain Remède, révéla qu'un jour où ils prenaient leur repas ensemble dans un petit restaurant, il avait suggéré à Alfred de porter ses recherches du côté de Fulham. En effet, Smart habitait lui-même par là-bas et pensait qu'il y avait un appartement vacant dans la pension où il logeait. L'endroit était facile d'accès, le trajet en métro par la District Line ne prenait qu'un quart d'heure, de Walham Green à Charing Cross, et il suffisait ensuite de traverser le Strand pour rejoindre Covent Garden à pied.

Nous ignorons ce qui retint Alfred de suivre cet excellent conseil, mais une chose est sûre : s'il l'avait fait, il n'aurait jamais été accusé de meurtre et n'aurait pas vécu comme une sorte de paria au cours des vingt années qui suivirent son procès. Arthur ne nous révèle pas les circonstances qui amenèrent son frère à s'installer à Hackney, dans l'est de Londres, ni pourquoi il choisit d'emménager au domicile de Mrs. Hyde, dans Navarino Road. Son silence s'explique peut-être par les lacunes de ses informations et par le trouble dans lequel le plongèrent les événements ultérieurs : il ne nous apprend pratiquement rien sur la période la plus obscure de la vie d'Alfred et son récit ne reprend vraiment qu'à partir de 1906.

Ce fut en 1895 (il avait alors vingt-trois ans) qu'Alfred emménagea à Devon Villa, dans Navarino Road. Il y occupait au premier étage un logement composé d'une chambre et d'un petit salon. Le bâtiment comportait quatre étages, sans compter le sous-sol, et l'appartement où logeait Alfred était assez vaste, agréable même, avec ses hauts plafonds et ses grandes fenêtres. Son loyer se montait à vingt-cinq shillings par semaine, somme qui couvrait le petit déjeuner, le thé et le dîner quotidiens. Avec un salaire annuel de cent cinquante livres, il pouvait fort bien se le permettre. L'appartement était, sinon luxueusement, du moins correctement meublé, les fenêtres du salon donnaient sur les arbres de London Fields, une domestique venait régulièrement faire le ménage et il n'avait pas à se soucier des repas.

Hackney avait été un village « jadis célèbre pour le nombre de ses parlementaires, tant de la haute que de la petite noblesse », qui, au XVIIIe siècle, comptait parmi ses résidents tellement de marchands et de personnes de distinction « qu'il surpasse tous les autres bourgs du royaume, et sans doute du monde, par la richesse et l'opulence de ses habitants, comme on peut en juger par le nombre de personnes qui y roulent carrosse ».

Avant que les chemins de fer ne réduisent les distances, Hackney avait aux yeux des hommes d'affaires l'avantage d'être à la fois nettement à l'écart de Londres et suffisamment proche de la ville pour qu'ils puissent sans encombre venir y travailler. La commune et ses environs se couvrirent de vastes demeures entourées de jardins, séparées les unes des autres *par des plantations maraîchères et des champs où paissait le bétail. Ce furent les occupants de ces propriétés qui firent construire les superbes églises et les chapelles de Hackney et y laissèrent des fondations destinées aux classes les plus défavorisées.*

Car les pauvres, comme on sait, sont toujours parmi nous, et pendant fort longtemps la zone qui s'étend autour de Homerton High Street fut couverte de taudis. Durant la seconde moitié du XIXᵉ siècle, Hackney s'appauvrit considérablement. À l'époque où Alfred Roper s'y installa, dans la dernière décennie du siècle, la ville était surpeuplée et la plupart de ses habitants vivaient dans la misère. Les statistiques montrent par exemple qu'en vingt ans, entre 1881 et 1901, la population passa de 163 681 à 219 272 habitants. En 1891, ils étaient 3 000 à vivre à quatre personnes ou plus dans la même pièce, et près de 8 000 à vivre à trois ou plus dans des conditions similaires.

Mare Street constituait l'une des frontières séparant les vastes demeures d'autrefois, où logeaient les derniers survivants de la bourgeoisie, et les taudis où s'entassait en nombre sans cesse croissant la miséreuse population ouvrière. Les parages de London Fields étaient encore relativement préservés, alors que les pauvres les plus anciennement établis à Hackney vivaient autour de Homerton High Street et de Wells Street. Au nord, du côté de South Mill Fields, Hackney Wick-and-All-Souls ou Clapton, régnait la plus noire misère. On aurait dit qu'un exode général avait été décrété et que la population rejetée du centre était condamnée à aller occuper les cabanes et les taudis délabrés bâtis sur les rives boueuses de la Lea.

Navarino Road s'étendait juste à l'ouest du « mauvais » côté de Mare Street, une artère commerçante où se tenait un marché, et la maison de Mrs. Hyde avait jadis appartenu à un marchand de la ville maintenant installé à Stamford Hill. La gare de London Fields, où s'arrêtaient les trains emmenant les ouvriers à la ville, se trouvait à deux pas. Il y avait des omnibus et des voitures à chevaux. Le terrain communal de Hackney n'était pas très loin et une petite demi-heure de marche suffisait pour rejoindre Victoria Park, avec ses terrains de cricket, ses pistes de boules et son lac, où l'on pouvait faire du canotage. On trouvait toutes les denrées nécessaires dans les grands magasins de Mare Street et de Kingsland High Street, et le bazar de Matthew Rose & Fils proposait nombre de services, dont un buffet.

Les distractions ne manquaient pas : cabarets, théâtres, salles de concert pullulaient. Le Hackney Empire était célèbre et de nombreuses vedettes du music-hall (telles Marie Lloyd, Vesta Tilley ou Little Tich) s'y produisaient régulièrement. Le cinéma n'arriva pas avant 1906, mais drames et comédies se succédaient au New Alexander Theatre de Stoke Newington Road, ainsi qu'au Dalston Theatre et au Grand d'Islington. La plupart donnaient des pantomimes pour Noël.

Telle était donc cette banlieue londonienne en pleine mutation où Alfred Roper avait choisi de vivre : un lieu où se côtoyaient la pauvreté et les privations, le confort relatif et les valeurs de la classe moyenne, le monde des bourgeois pratiquants et la cohorte païenne des miséreux, entassés à quatre dans une pièce. Il devait y passer les dix années suivantes de son existence.

Il est temps de s'attarder un peu sur Mrs. Hyde et sa famille, ainsi que sur l'histoire et la personnalité des locataires de la demeure où Alfred Roper venait de s'installer.

Maria Sarah Hyde était veuve – ou se prétendait telle – et en 1895 elle devait avoir atteint l'âge de cinquante-sept ans. Elle ne parlait jamais de son ancien mari et personne ne semble avoir su grand-chose de ses origines lorsqu'elle vint s'établir à Devon Villa, cinq ans plus tôt. C'était une grande maison de quatre étages qui avait connu des jours meilleurs. Elle comprenait en tout douze pièces, sans compter la cuisine et les parties communes. Les deux halls du rez-de-chaussée étaient spacieux et hauts de plafond, le salon pouvait se diviser en deux grâce à des portes à double battant. L'escalier était élégant, au moins dans sa partie basse, et le vestibule dallé de marbre rouge. Un autre escalier, plus étroit, menait au sous-sol où se trouvaient la cuisine, la réserve et une pièce aveugle, réservée à la bonne. Une croyance largement répandue voulait que Mrs. Hyde eût hérité de cette maison sans débourser un centime, pour « services rendus ». En d'autres termes, l'homme qui l'entretenait lui aurait offert cette demeure après s'être séparé d'elle.

En tout cas, elle en était indubitablement propriétaire. En arrivant, elle y logea un homme déjà âgé du nom de Joseph

Dzerjinski, un immigré russe ou polonais qui occupait la plus grande partie du deuxième étage, et sa fille Elizabeth Louisa, que tout le monde appelait Lizzie et qui dormait au premier. Mrs. Hyde avait par la suite accueilli deux autres locataires, une certaine Beatrice Cottrell, une vieille fille qui prétendait avoir été couturière et qui occupait une autre chambre au premier, et George Ironsmith, un représentant en conserves de viande, qui habitait à l'étage au-dessus, à côté de Mr. Dzerjinski. Mrs. Hyde occupait elle-même la totalité de l'étage supérieur.

L'entretien de la maison était confié à une domestique, Florence Fisher. Celle-ci avait abandonné ses études l'année précédente et était encore presque une enfant lorsqu'elle avait été engagée à Devon Villa, quelques mois avant l'arrivée de Roper. Avant elle, Maria Hyde employait une servante plus âgée qui avait quitté ses fonctions pour se marier. Deux pour cent à peine des habitants de Hackney avaient des domestiques ; il est donc probable que Florence Fisher se trouva fort satisfaite d'avoir déniché une bonne place, à l'âge de treize ans, non loin de la maison de sa mère (celle-ci vivait à South Mill Fields, près de la station d'épuration). Son rôle consistait à faire les chambres, à monter le charbon, nettoyer le perron, entretenir le jardin, laver la vaisselle et souvent même à aller faire les commissions. À cette époque, Maria et Lizzie se chargeaient à tour de rôle de préparer les repas.

Maria Hyde prétendait avoir le cœur très malade, ce qui lui tenait lieu d'excuse pour en faire le moins possible, et elle passait le plus clair de son temps à boire en compagnie de Joseph Dzerjinski, à la Dolphin Tavern de Mare Street. Le gin avait visiblement sa préférence, mais elle tenait fort bien l'alcool et nul ne se souvient l'avoir vue dans un état indigne, suite à une trop forte absorption. Selon Miss Cottrell, elle disait souvent que l'alcool était bon pour son cœur.

Certains prétendent qu'elle était à la recherche d'un mari pour sa fille. D'autres affirment que la fille en question n'avait – selon l'expression alors en vigueur – « pas grand-chose à perdre » et que sa mère, tout en ne s'étant jamais mariée, n'en avait pas moins eu un ou plusieurs autres enfants. Ce qu'il était advenu de cette hypothétique progéniture, nul ne le savait. On disait que George Ironsmith, le représentant en conserves qui habitait au même étage que Dzerjinski, avait plus ou moins été fiancé avec Lizzie Hyde et que la rumeur de leur mariage avait même circulé. Mais, pour un motif inconnu, les fiançailles avaient été rompues et Ironsmith était parti en Amérique où la compagnie qui l'employait avait son siège principal. Après son départ, les deux pièces qu'il occupait avaient été louées à un couple de jeunes mariés, les Upton.

En 1895, Lizzie Hyde prétendait avoir vingt-quatre ans. Elle en avait probablement au moins six de plus et était donc de sept ans l'aîné d'Alfred Roper. Les rares photos d'elle qui nous sont parvenues montrent une femme d'une indéniable beauté, quoique déjà flétrie par le temps et les vicissitudes de l'existence. Son visage était parfaitement ovale, avec des traits réguliers, un nez droit et une petite bouche aux lèvres charnues, de grands yeux brillants et des sourcils bien dessinés. Elle avait une chevelure blonde et abondante, un cou pareil à celui d'un cygne et une stature assez forte, sans être corpulente. Si l'on en croit un article de journal écrit plus tard par une voisine, ainsi qu'un mémoire laissé par Miss Cottrell, elle avait travaillé à plusieurs reprises dans la commune, comme vendeuse chez un marchand de tissus puis, par la suite, comme modiste, ayant été apprentie couturière dans sa jeunesse. Quoi qu'il en soit, en 1895 elle n'exerçait plus le moindre emploi rémunéré et se contentait d'aider sa mère pour les besognes domestiques.

Ce fut dans ce contexte que débarqua Alfred Roper et il ne tarda pas à devenir le locataire le mieux soigné de la maison. Tout le monde avait immédiatement remarqué sa bonne mine et sa respectabilité, et cela paraît avoir influé, au moins dans un premier temps, sur le comportement des autres occupants. Selon Miss Cottrell, la qualité des repas et la propreté de la maison augmentèrent sensiblement après son arrivée. Un « ami » de Lizzie Hyde qui venait régulièrement la voir à Devon Villa et qui, toujours selon elle, y passait fréquemment la nuit, disparut brusquement de la circulation.

Néanmoins, une semaine environ après l'installation d'Alfred Roper à Navarino Road, Miss Cottrell jugea préférable de le prendre à part et lui recommanda de quitter la maison dès que cela lui serait possible. En fait, elle lui suggéra même de se mettre sur-le-champ en quête d'un nouveau domicile. L'endroit pouvait à la rigueur convenir à une vieille fille comme elle, qui n'avait plus rien à perdre, mais il n'était pas « digne de lui ». Alfred ne tint aucun compte de cet avertissement, inutile de le dire. Était-il à ce point innocent, comme le suggéra son défenseur, Mr. Howard de Filippis, au cours de son procès, ou agit-il simplement sous l'emprise de la vanité? Il est difficile de l'établir. En tout cas, les femmes de la maison furent aux petits soins pour lui à partir de ce moment-là, ce qui ne lui était encore jamais arrivé. Il fut autorisé à poursuivre ses expériences de chimie dans sa chambre et à utiliser le fourneau de la cuisine pour ses engins à vapeur. Il ne fait du reste aucun doute qu'il a éprouvé un certain plaisir à vivre pour la première fois de sa vie dans une grande maison, à bénéficier d'une vue agréable et d'un certain espace, même si la demeure ne lui appartenait pas.

Peut-être trouvait-il déjà un certain charme à la compagnie de la fille de Mrs. Hyde. Londres était aussi facile d'accès depuis la gare voisine de London Fields que depuis Fulham, et le trajet qu'il devait ensuite faire à pied était sensiblement égal, à ceci près qu'il fallait prendre la direction du sud au lieu de remonter vers le nord.

Nous avons fort peu de renseignements sur l'existence que mena Alfred au cours des trois années suivantes. Nous savons qu'il finit par être nommé directeur de la Compagnie du Souverain Remède et que son salaire fut en conséquence augmenté d'une livre par semaine. Il est également établi qu'il retourna à une seule et unique reprise dans le Suffolk au cours de cette période, pour assister aux funérailles de sa belle-sœur, l'épouse de Joseph, qui était morte en couches. Le seul fait certain que nous possédions ensuite concerne son mariage avec Elizabeth Louisa Hyde, qui eut lieu en août 1898 à l'église paroissiale de St John, South Hackney.

Plus surprenante est la date de naissance de son fils, le 19 février 1899, six mois après la cérémonie. Il n'est pas interdit de penser que Lizzie Hyde avait ainsi manœuvré pour contraindre Alfred à se marier. Ce qui est certain en tout cas – quel qu'ait pu être leur bonheur jusqu'à leur mariage et la naissance de leur fils –, c'est que leur entente ne devait guère se prolonger.

Par la suite, Beatrice Cottrell écrivit et publia un compte rendu au vitriol de sa vie à Devon Villa, très nettement orienté en faveur d'Alfred. Celui-ci était « fou » de sa femme, au début. Lizzie était toujours pendue à ses basques, on l'entendait souvent appeler son mari par des petits surnoms affectueux et dire qu'elle était prête à faire n'importe quoi pour lui. Mais cette dévotion fut de courte durée. Alfred était un mari idéal, largement supérieur à son entourage. Une voisine, Cora

Green, qui s'était liée avec Maria Hyde et passait fréquemment à la maison, a confié son « histoire » à un journal, après l'acquittement d'Alfred. Elle raconte que Lizzie Roper était parfois un peu trop démonstrative, à son goût : elle était toujours pendue au cou de son mari et l'embrassait très souvent en public. Les deux couples – Maria et Dzerjinski, Alfred et Lizzie – allaient fréquemment au music-hall ensemble, ainsi qu'à l'Hackney Empire. Alfred se mit même à fréquenter le Dolphin avec sa femme et sa belle-mère, ce qui, pour lui, constituait indéniablement une nouveauté.

Tout cela semble avoir pris fin à la naissance de leur premier enfant, Edward Alfred. Cora Green affirme que Lizzie était totalement dénuée d'instinct maternel et qu'elle s'avéra incapable de s'occuper d'un bébé. L'enfant était sale, mal nourri et ne profitait pas normalement. Lizzie faisait des scènes épouvantables, menaçant de le tuer et de mettre fin à ses jours ; elle finit par s'aliter et ne quitta plus sa chambre pendant des semaines. Florence Fisher était trop occupée par ailleurs dans la maison pour se charger en plus du bébé. De surcroît, sa propre mère était gravement malade et la jeune fille (elle avait alors seize ans) passait le peu de temps libre dont elle disposait au chevet de Mrs. Fisher, dans sa pauvre bicoque de Lea Bridge Road. Beatrice Cottrell remarque que l'entretien de la maison se dégrada nettement à cette époque. Alfred fut obligé d'engager une nourrice, ce qu'il pouvait difficilement se permettre, surtout que Maria Hyde – maintenant qu'elle pouvait pour ainsi dire compter sur le soutien d'un chef de famille – commençait à envisager de mettre un terme à sa carrière de logeuse. Elle y fit allusion à plusieurs reprises devant Miss Cottrell.

Les pleurs incessants du bébé conduisirent entre autres les Upton à donner leur congé. Ils se plaignaient également du fait que la qualité des repas ne cessait de décroître depuis que Lizzie n'était plus en état de faire la cuisine. Mrs. Upton raconta à Cora Green qu'il y avait des cafards dans leur chambre. Après leur départ, Mrs. Hyde n'entama pas la moindre démarche pour leur trouver des successeurs. Mr. Dzerjinski alla s'installer au premier, dans l'appartement jadis occupé par Alfred, ce dernier et son épouse prirent sa suite au deuxième et Mrs. Hyde installa ses propres pénates à côté de chez Dzerjinski, en prétendant que ses ennuis cardiaques ne lui permettaient plus de grimper toutes ces marches. L'étage supérieur

191

fut condamné, sous le prétexte qu'il était trop onéreux à entretenir et à chauffer.

Alfred avait donc désormais femme et enfant, mais d'une certaine façon, vu la tournure des événements, sa situation était nettement moins enviable qu'avant son mariage. Il était obligé de partager les pièces du rez-de-chaussée avec les autres locataires et de prendre tous ses repas avec eux. Sa belle-mère lui avait permis à contrecœur d'utiliser une pièce sous les combles pour y poursuivre ses expériences de chimie, mais elle était revenue sur sa décision lorsqu'elle avait décidé de condamner l'étage. Et puis, il y avait le bruit. Dzerjinski était un virtuose de l'accordéon, si l'on peut s'exprimer ainsi – il s'était jadis produit dans divers cabarets et s'entraînait régulièrement jusque tard dans la nuit. Il donnait de surcroît des cours d'anglais dans sa chambre à des immigrés russes et allemands. Entre l'accordéon et ce concert de voix gutturales qui traversaient aisément les cloisons, le tintamarre s'avérait souvent insupportable.

Miss Cottrell demeura encore quatre ans à Devon Villa. Si l'on en croit Cora Green, Lizzie Roper ne s'occupait absolument pas de son enfant : elle s'en remit tout d'abord entièrement à la nourrice, puis – après le départ de celle-ci – à sa mère, lorsque cette dernière acceptait de s'en charger. « L'ami » mentionné par Miss Cottrell (celui qui fréquentait régulièrement la maison avant l'arrivée d'Alfred) ne tarda pas à refaire son apparition, à moins qu'il ne s'agît d'un autre individu. En tout cas, au cours des deux ou trois années suivantes, il ne fut certainement pas le seul.

Selon Cora Green, un homme que Lizzie surnommait Bert venait régulièrement la chercher dans une voiture à cheval. Il semble qu'il s'agissait d'un certain Herbert Cobb, que Mrs. Green nous dépeint comme le patron d'un magasin de confection. Il n'était pas inconnu non plus de Miss Cottrell, laquelle a eu de la chance qu'il ne la poursuive pas pour diffamation lorsqu'elle fit paraître son libelle. Elle le traite avec indignation de « briseur de ménages », de « démon incarné », et le présente comme un être malhonnête, grossier, blasphémateur, fréquentant les femmes de mauvaise vie et jurant comme un charretier.

Lizzie avait d'autres cordes à son arc. Percy Middleman, un homme d'affaires proche de la retraite et – dit-on – très fortuné, fréquentait également la maison et restait seul avec Liz-

zie pendant des heures. Ironsmith, le représentant en conserves qui était parti à l'étranger, fit lui aussi sa réapparition et passa voir Lizzie à plusieurs reprises, d'après Mrs. Green. Un jour, à la fin de l'été 1903, celle-ci le croisa dans la rue alors qu'il sortait de Devon Villa et l'identifia aussitôt, mais il fit mine de ne pas la connaître.

Alfred lui-même était évidemment absent de la maison douze heures par jour, ce qui laissait Lizzie libre d'occuper son temps comme bon lui semblait. Nous ignorons s'il était au courant du comportement de sa femme, à cette époque, mais plusieurs personnes remarquèrent qu'il paraissait malheureux et que sa santé déclinait; notamment John Smart, le jeune homme qui lui avait conseillé d'aller s'établir à Fulham. Selon lui, Alfred avait maigri et s'était légèrement voûté, comme cela arrive souvent aux hommes de sa taille. Smart prétend qu'il se plaignait parfois de mal dormir et de souffrir de brûlures d'estomac.

En mai 1904, Lizzie Roper donna le jour à une fille, Edith Elizabeth, qui fut baptisée deux mois plus tard à l'église St John. Dès le début, l'attitude de Lizzie à l'égard du bébé s'avéra fort différente de celle qu'elle avait eue pour son fils. Tout d'abord, elle s'occupa elle-même de l'enfant. Elle promenait Edith en landau et la montrait avec fierté aux gens du voisinage. Les visites de Cobb, de Middlemass et du reste de la bande s'interrompirent, du moins pendant quelque temps.

Si l'on en croit John Smart, Alfred paraissait plus heureux et il se réjouissait déjà à l'idée d'emmener sa famille en vacances à Margate, au mois d'août suivant. Il était fier de sa fille, mais c'est apparemment à son fils Edward qu'il réservait l'essentiel de son affection. Lorsque celui-ci était petit, comme sa mère ne voulait pas s'en occuper, Alfred avait été très proche de lui, plus que cela n'est généralement le cas pour un père, dans notre société. Il est possible que cela soit en partie à l'origine de cet amour extravagant qu'il vouait à son fils. Les lettres qu'il écrivit à sa sœur Maud, et qui sont en la possession de l'auteur de ces lignes, sont remplies d'allusions à Edward, à son charme, à son comportement stupéfiant et à ses prodigieuses capacités, tout cela assorti de longues citations destinées à prouver la précocité des remarques et des reparties de son fils. À dire la vérité, certaines de ces lettres ne contiennent strictement rien d'autre. Alfred ne mentionne Lizzie et Edith qu'à la fin, en disant qu'elles se joignent à lui pour embrasser sa sœur – formule purement rhétorique quand on sait que Maud ne les avait jamais rencontrées, du moins à notre connaissance.

Alfred avoua un jour à John Smart qu'il espérait ne pas avoir d'autres enfants car il comptait consacrer l'essentiel de ses revenus à l'éducation d'Edward. Il n'avait pas l'intention de le confier à l'école publique, ni à un quelconque collège de quartier. Il voulait éviter que son fils ne puisse entrer à l'Université pour l'unique raison que ses ressources seraient insuffisantes, comme cela s'était passé dans son propre cas. Alfred considérait Edward comme un enfant exceptionnel. Dans ses lettres à Maud, il mentionne l'aisance avec laquelle son fils lit et fait ses additions, à l'âge de quatre ans et demi. Il note aussi comme une preuve d'intelligence inhabituelle le fait qu'Edward marchait à neuf mois et s'exprimait déjà distinctement à un an et demi.

Les vacances qu'il avait projetées devaient-elles véritablement avoir lieu? Il nous est impossible de le savoir, car en août survinrent deux événements capitaux tout à fait inattendus. Tout d'abord, Miss Cottrell quitta Devon Villa après une violente dispute avec Maria Hyde, au cours de laquelle elle accusa sa propriétaire de tenir une maison de passe et de prostituer sa propre fille. Ensuite, Alfred Roper perdit son emploi.

C'est le récit « journalistique » de Cora Green qui nous permet de mesurer la détérioration des rapports entre Miss Cottrell et Maria Hyde. Il y avait déjà un certain temps, selon elle, que Miss Cottrell se plaignait de l'absence de moralité de Lizzie Roper, en dépit du fait que les anciens « amis » de la jeune femme eussent cessé leurs visites. À présent, elle ne se contentait plus d'accuser Maria Hyde d'avoir « favorisé » les intrigues de sa fille, elle prétendait ouvertement qu'Alfred n'était pas le père d'Édith.

Un jour, toujours selon Mrs. Green, une violente querelle éclata ; Miss Cottrell déclara que la maison était sale, qu'il y avait des cafards dans les murs, que Lizzie ne valait pas mieux qu'une traînée et qu'il fallait qu'Alfred Roper apprenne la vérité. Elle était elle-même « à deux doigts » de lui en parler. Maria la pria de quitter les lieux et demanda un peu plus tard à Dzerjinski de descendre les affaires de Miss Cottrell et de les entreposer sur le trottoir, devant la maison. Ainsi prit fin la carrière de logeuse de Maria Hyde, sauf à considérer Dzerjinski comme un locataire, bien qu'il n'eût certainement jamais payé le moindre loyer.

Un beau matin, au début du mois d'août, la Compagnie du Souverain Remède cessa brusquement ses activités. La société avait emprunté des sommes considérables et ses créanciers s'étaient rassemblés dans la rue, devant ses bureaux, en exigeant le remboursement de leurs prêts. On crut tout d'abord que Robert Maddox s'était enfui sur le continent avec les fonds de la compagnie. Mais ceux-ci avaient été entièrement dilapidés – en tout cas, on ne devait jamais les retrouver. Maddox ne s'était pas réfugié en France, il s'était arrêté à Douvres, avait pris une chambre dans un hôtel et s'était tiré une balle dans la tête. Les neuf employés de la compagnie, y compris son directeur, perdirent ainsi leur emploi.

Pour Alfred Roper, cela constitua de toute évidence un choc considérable. Il avait cinq adultes et deux enfants à charge, sans parler des frais d'entretien d'une grande maison. Et la famille n'avait aucune autre source de revenus, si l'on écarte – comme on est probablement fondé à le faire – les insinuations les plus fielleuses de Miss Cottrell. Alfred se mit en quête d'un nouvel emploi et finit par dénicher un poste subalterne à la Imperial Optics Limited, une firme spécialisée dans la fabrication des verres de lunettes. Son salaire était deux fois moins élevé qu'avant et l'unique avantage de ce nouveau travail – si l'on peut parler d'avantage – était la relative proximité de son domicile. Les bureaux de l'Imperial Optics étaient en effet situés sur Cambridge Heath Road, à Bethnal Green, et Alfred pouvait s'y rendre à pied.

Peu après ces événements, Cora Green quitta à son tour le quartier et alla s'installer à Stoke Newington. Comme l'endroit n'était pas très loin, elle venait de temps en temps rendre visite à son amie Maria Hyde, mais elle n'habitait plus à côté et ne pouvait donc plus surveiller au jour le jour ce qui se tramait chez ses voisins. Durant près d'un an, le mystère s'abattit sur Devon Villa. Certes, Florence Fisher continuait d'y travailler et son témoignage s'avéra de premier plan lors du procès d'Alfred. Mais la jeune femme n'avait pas une grande faculté d'observation. Lorsqu'elle ne s'occupait pas de l'entretien des chambres, dans les étages supérieurs, elle passait le plus clair de son temps à la cuisine ou dans ses propres quartiers. De surcroît, elle avait alors d'autres sujets de préoccupation. Sa mère venait de mourir – elle n'avait donc plus à se rendre régulièrement chez elle – et elle s'était mise à « sortir » avec un jeune homme qu'elle désigna par la suite comme

195

son fiancé. Ernest Henry Herzog, employé dans une famille d'Islington et lui-même petit-fils d'immigrés, avait un an de moins que sa promise et lui était légèrement supérieur, socialement parlant; mais comme l'affaire tourna court et que le mariage n'eut jamais lieu, il est inutile de s'étendre ici sur son cas. Quoi qu'il en soit, Florence menait sa propre vie de son côté. Et s'il y eut des algarades ou des scènes de ménage dans la maison de ses employeurs, elle n'y prêta guère attention.

Au printemps de 1905, les choses commencèrent à changer. John Smart, qui était resté en rapport avec Alfred et qui était en fait son unique ami, le retrouva au cours du mois d'avril, dans un salon de thé. Alfred était accompagné de son fils, Edward, et il révéla ce jour-là à John Smart deux faits de la plus haute importance. Le premier, c'est qu'il était désormais convaincu qu'Edith n'était pas sa fille. Sa femme lui avait lancé cette révélation au visage durant l'une de leurs disputes, bien qu'elle se fût rétractée par la suite en prétendant avoir seulement voulu « le faire marcher ». Alfred admit néanmoins qu'il doutait depuis longtemps de cette paternité et qu'il était également certain de ne pas être le père du nouvel enfant que Lizzie attendait en ce moment.

Smart fut profondément choqué par ces révélations. Il insista même sur le fait que, d'après lui, Edith ressemblait beaucoup à Alfred, mais la conviction de ce dernier était inébranlable. Il dit à Smart qu'il ne voyait pourquoi il continuerait à « suer sang et eau » pour entretenir une telle famille et des « bâtards » qui ne représentaient rien à ses yeux. Son mariage avait été une folie, il s'en rendait compte aujourd'hui, mais lui avait tout de même permis d'avoir son fils Edward.

L'autre nouvelle qu'il annonça à Smart concernait une place de pharmacien qui, d'après ce qu'il avait entendu dire, devait bientôt se libérer dans une importante et prospère officine de Cambridge. Il n'avait pas déniché l'information dans les offres d'emplois d'un quelconque quotidien national. L'un de ses collègues à l'Imperial Optics était justement le cousin de l'homme qui occupait actuellement ce poste et qui était sur le point de partir à la retraite. Son collègue, un certain Hodges, lui avait dit que, selon lui, Alfred pourrait vraisemblablement prendre sa succession, s'il en faisait la demande d'ici la fin du mois suivant. De plus, sa sœur Maud – qui avait toujours été la plus proche de ses frères et sœurs – vivait avec son mari dans la petite commune de Fen Ditton, juste à la sortie de la ville.

Smart lui dit que c'était une excellente idée et lui conseilla de faire immédiatement les démarches nécessaires. Il pourrait ainsi soustraire sa femme et ses enfants à l'influence probablement néfaste de sa belle-mère et entamer une nouvelle existence. Mais Alfred, ne l'entendant pas de cette oreille, nourrissait des projets fort différents. Il avait en effet l'intention d'abandonner Lizzie et sa fille et d'aller s'installer à Cambridge – à supposer bien sûr qu'il obtienne ce poste – en se faisant passer pour un veuf accompagné de son fils. Car il comptait évidemment emmener Edward avec lui.

Smart fit de son mieux pour détourner Alfred d'un tel projet, non seulement ce jour-là mais au cours de rencontres ultérieures. Et, visiblement, Alfred se laissa un peu fléchir. Mais il fallait que Lizzie change d'attitude si elle voulait qu'il reste avec elle. Il raconta à Smart que, mettant à profit ses connaissances pharmaceutiques, il avait entrepris de « traiter » sa femme pour la guérir d'une mystérieuse « maladie ». Lors d'une entrevue ultérieure, Smart insista pour connaître la nature exacte de ce mal et Roper lui répondit que Lizzie était nymphomane. Il lui expliqua qu'il lui administrait du bromure d'hyoscine, un sédatif qui éteignait les pulsions sexuelles, afin de calmer l'ardeur de sa femme à son égard et son attirance irréfrénée pour les autres hommes. Il supportait de plus en plus mal la situation qui s'était instaurée à Devon Villa et avait en tout état de cause décidé de cesser d'entretenir Maria Hyde et Joseph Dzerjinski, dès que cela s'avérerait possible.

Ce dernier personnage devait d'ailleurs bientôt cesser d'être à sa charge, ou à celle de n'importe qui. En revenant de chez sa sœur, qui habitait Highbury, Joseph Dzerjinski fut en effet victime d'un malaise en pleine rue, alors qu'il regagnait Navarino Road. On le retrouva sur le trottoir, dans un état grave, et on le transporta d'urgence au German Hospital, non loin de là, mais il mourut au cours du trajet. Cela se passait dans les tout premiers jours de juillet, en 1905, et Joseph Dzerjinski aurait eu soixante-dix-huit ans à la fin du mois s'il avait vécu jusque-là. Une enquête fut menée, qui se conclut par un verdict de mort accidentelle. Au cours de l'autopsie, on découvrit que le cœur était très atteint et que la victime souffrait d'une cirrhose du foie déjà fort avancée. Selon toute vraisemblance, ce fut Alfred qui paya les funérailles.

L'été 1905 fut extrêmement chaud. Le thermomètre dépassa

les 40° centigrades. Les journaux d'alors débordent d'histoires concernant des individus que la chaleur avait rendus fous et le nombre des meurtres, des infanticides notamment, s'accrut considérablement. Durant la journée, toutes les portes et les fenêtres restaient ouvertes à Devon Villa, mais même ainsi il y régnait une chaleur suffocante.

En dehors du témoignage de John Smart, nous n'avons aucune autre preuve concernant la grossesse de Lizzie. Il est de fait qu'elle se sentait souvent « affaiblie », qu'il lui arrivait de vomir le matin et qu'elle était sujette à de fréquentes somnolences, mais ces symptômes s'expliquent peut-être par le fait qu'elle prenait constamment du bromure d'hyoscine. Florence Fisher n'a jamais fait allusion à cette hypothétique grossesse, et Maria n'en souffle pas mot dans la lettre qu'elle écrivit à cette époque à Martha Boll, la sœur du défunt Dzerjinski. Cora Green n'en avait pas entendu parler et, d'après les actes du procès de Roper, l'autopsie n'en révéla pas davantage la trace. Il semble donc probable qu'à la suite d'un incident quelconque, ou peut-être de l'excès de chaleur, Lizzie ait fait une fausse couche et perdu son enfant au cours de l'été. À moins que cette grossesse n'ait été une invention pure et simple, un mensonge forgé de toutes pièces pour que son mari renonce à la quitter.

Alfred avait peut-être toujours l'intention de l'abandonner. Dans une lettre qu'il écrivit à Mrs. Maud Leeming, à Fen Ditton, le 15 juillet, il ne fait une fois encore allusion à Lizzie qu'au moment des salutations finales. Et il ne dit pas un mot d'Edith. Il avait finalement obtenu ce poste chez Jopling, à Cambridge, et devait prendre ses fonctions le 1er août. Il demande à sa sœur s'il lui serait possible de les héberger, Edward et lui, à partir du 27 juillet, en attendant qu'ils trouvent à se loger. Par ailleurs, évoquant la question de leur futur logement, il parle de son « nouveau foyer » et d'un « retour à la vie de famille ».

Au début de la deuxième semaine de juillet, ce fut lui – et non sa femme – qui donna son congé à Florence Fisher. Il lui révéla qu'il n'aurait plus besoin de ses services à compter du 31 juillet car il allait s'installer à Cambridge avec sa femme et leurs enfants. Mrs. Hyde resterait à Devon Villa et se débrouillerait de son côté, mais comme elle allait se retrouver seule elle n'aurait plus besoin de domestique. Tels furent, selon Florence, les termes qu'il employa.

Florence alla se plaindre auprès de Maria Hyde, qui n'était au courant de rien et en parla à son tour à sa fille; celle-ci n'en savait pas plus qu'elle. On ne comprend pas très bien pourquoi Florence tenait tant à conserver un emploi qui n'était pas une sinécure, loin de là, et pour lequel elle était à la fois fort mal payée et passablement exploitée. Elle vivait dans une pièce étriquée, sale et insalubre. C'était alors une solide jeune femme de vingt-deux ans qui n'aurait guère eu de peine à retrouver un emploi, surtout qu'Alfred lui aurait certainement fourni un bon certificat. Peut-être ne désirait-elle pas prendre de nouveaux engagements pour un laps de temps nécessairement court, puisqu'elle comptait toujours se marier au printemps suivant.

Quelles qu'aient pu être ses raisons, elle était en tout cas fermement décidée à rester à Devon Villa et, apparemment, Roper ne fit plus d'autres allusions à son départ. L'après-midi du 27 juillet, Mrs. Hyde dit à Florence qu'elle ne se sentait pas très bien – elle souffrait d'élancements dans le bras gauche et la poitrine. C'était encore son cœur « qui lui jouait des tours », affirma-t-elle, et il valait mieux qu'elle aille s'allonger. Sur ces entrefaites, Alfred apparut et lui annonça qu'Edward et lui allaient « bientôt » partir pour Cambridge; il ajouta que Mrs. Roper et Edith les rejoindraient « sous peu ». Florence ne le vit pas quitter la maison, mais supposa qu'il l'avait fait.

Trois quarts d'heure plus tard, il était de retour et sonnait à la porte d'entrée en déclarant qu'il avait oublié un petit étui en argent qu'il tenait de son père. Florence lui proposa de l'aider à le chercher mais il déclina cette offre, lui dit de retourner à son travail, et la fit sortir par la porte de la salle à manger où elle devait aller chercher du linge sale avant de mettre une lessive en route. Elle l'entendit monter à l'étage où se trouvaient sa femme, Edith et Maria Hyde.

Environ une demi-heure avant le retour de Roper, Maria Hyde était descendue à la cuisine en disant qu'elle se sentait mieux et en priant Florence de lui préparer du thé, ainsi qu'une légère collation. Sa fille était malade, lui dit-elle, et ne pouvait quitter son lit. Florence s'exécuta et Maria monta le plateau elle-même. Il contenait du saumon en conserve, du pain, du beurre, une théière, un sucrier, ainsi que du lait pour Edith. Ce sucrier et son contenu devaient constituer une importante pièce à conviction trois mois plus tard, lors du procès de

199

Roper, car ce dernier ne sucrait jamais son thé, pas plus que sa belle-mère ou que Florence Fisher.

Roper resta un long moment à l'étage, probablement pour y chercher son étui en argent. Selon ses propres déclarations, au cours du procès, il dit l'avoir finalement retrouvé sur le manteau de la cheminée, dans la salle à manger. Après avoir glissé l'étui dans sa poche, il rejoignit à pied la station de fiacres de Kingsland High street, ce qui représentait une distance considérable, et prétendit avoir buté en cours de route sur un pavé disjoint et être tombé par terre en s'entaillant la main. Une personne au moins affirma avoir aperçu du sang sur la main de Roper, ainsi que sur la manche de son manteau, mais elle fut par la suite incapable de l'identifier.

Il atteignit enfin la gare de Liverpool Street, où il avait laissé son petit garçon et ses bagages aux bons soins d'un porteur. Au départ, il avait eu l'intention de prendre le train de 17 h 15 pour Cambridge et il aurait largement eu le temps de le faire s'il n'avait dû retourner à Navarino Road. Mais il était à présent près de 18 h 30 : il y avait bien un convoi qui allait jusqu'à Bishops Stortford, à 19 h 32, mais aucun pour Cambridge même avant 20 h 20. Roper et son fils avaient presque deux heures d'attente devant eux.

L'une des énigmes de cette affaire est de déterminer pourquoi Roper avait décidé de partir pour Cambridge si tard dans la journée. Il avait démissionné de son poste à Bethnal Green, il n'avait pas de contraintes ni de travaux particuliers à faire à la maison. Si l'on en croit les horaires de la Great Eastern Railway pour le mois de juillet 1905, de nombreux trains partaient à destination de Cambridge au cours de la journée. Il aurait, par exemple, pu prendre celui de midi ; ou, s'il préférait un direct, partir de St Pancras et prendre celui de 12 h 20, qui arrivait à Cambridge à 13 h 21. Il aurait également pu choisir celui de 14 h 30, qui ne s'arrêtait que deux fois et qui parvenait à destination à 15 h 50.

Il était accompagné d'un petit garçon qui se couchait normalement à 18 h 30, et il avait malgré tout choisi un train qui n'arrivait à destination qu'à cette heure tardive. Vu la tournure prise par les événements, il ne devait finalement débarquer à Cambridge qu'à 21 h 40. Mais nul doute qu'il ait eu ses raisons.

Le lendemain matin, vers huit heures, la petite Edith descendit et Florence lui servit son déjeuner. La chose n'avait rien *d'inhabituel, même si cela n'enchantait guère Florence qui devait déjà s'occuper de la maison et aller faire les courses. Le fait que Mrs. Roper et Mrs. Hyde ne se montrent pas n'était pas en soi surprenant, car elles restaient souvent couchées jusque vers midi. Mais après avoir lavé et habillé Edith, Florence lui dit de remonter jouer en haut. La fillette aux cheveux blonds s'engagea dans l'escalier menant au premier étage de Devon Villa, Navarino Road, Hackney – et ce fut la dernière image que Florence Fisher conserva d'elle. À vrai dire, nul ne devait plus jamais revoir Edith Roper par la suite.*

Vers dix heures, Florence sortit faire des courses. Il faisait encore très chaud, moins toutefois que les jours précédents mais suffisamment semble-t-il pour l'avoir affectée car, lorsqu'elle rentra au bout de deux heures, croulant probablement sous le poids de ses paquets, elle ne se sentait déjà pas très bien.

La maison était apparemment vide. Florence se traîna au premier étage et alla jeter un coup d'œil dans la chambre où était installé le petit lit d'Edith. La pièce était passablement en désordre – ce qui n'avait, là encore, rien d'inhabituel. Elle fit un effort et ôta les draps et les couvertures souillés d'urine. Elle pensa (sans doute était-ce une réaction naturelle) que Mrs. Roper et sa fille étaient parties pour Cambridge en son absence. Si elle n'avait pas été elle-même en piteux état, elle se serait peut-être demandé ce qu'était devenue Maria Hyde et pourquoi Lizzie et Edith étaient parties – non pas temporairement, mais à titre définitif – sans emmener avec elles le moindre vêtement. Mais Florence était malade. Peut-être avait-elle été victime d'une insolation. Quoi qu'il en soit, elle fut obligée de garder le lit, au sous-sol de Devon Villa, et ne quitta pas sa chambre durant les deux jours suivants.

Pendant plus d'une semaine, Florence Fisher se retrouva donc seule à Navarino Road. Durant tout ce temps, elle continua à supposer que Mr. et Mrs. Roper se trouvaient à Cambridge en compagnie de leurs enfants. Et si elle se fit du souci, ce ne fut pas à leur sujet mais à cause de son propre avenir. Ses patrons allaient-ils revenir pour lui payer ses gages? Ou devait-elle en faire son deuil et se considérer comme d'ores et déjà congédiée? L'absence de Mrs. Hyde était également un peu surprenante. Cela faisait dix ans que Florence était employée dans cette maison et Mrs. Hyde n'avait jamais passé une nuit en dehors de chez elle. D'un autre côté, comme sa fille et elle avaient toujours vécu ensemble – du moins à sa connaissance –, l'explication la plus plausible c'est qu'elle s'était elle aussi rendue à Cambridge et s'y trouvait encore, en compagnie de sa fille et de son gendre.

Florence s'occupa de ses propres affaires. Elle fut bientôt rétablie et reprit ses activités. Le 28 juillet était un vendredi et nous savons, grâce aux archives de l'agence, que le mardi suivant – le 3 août – elle contacta Miss Elizabeth Newman, qui tenait une agence de placement dans Mare Street, pour lui apprendre qu'elle était à la recherche d'un nouvel emploi. Elle rencontra probablement l'homme avec qui elle était fiancée. Des fournisseurs se manifestèrent. Le rémouleur devait passer, ce qu'il fit sans doute. Le boulanger vint livrer le pain tous les jours, comme à son habitude.

Il y avait des mois que Florence n'était pas montée sous les combles, mais elle avait l'habitude de donner toutes les semaines un coup de balai à l'étage inférieur. Lorsqu'elle s'engagea dans l'escalier, le vendredi 4 août au matin, armée d'une serpillière et d'un balai (la dernière fois qu'elle était montée là-haut, c'était l'avant-veille du départ de Roper), elle remarqua une tenace et désagréable odeur, qu'elle n'avait jamais perçue auparavant. Elle atteignit le deuxième étage et s'arrêta sur le palier, probablement déconcertée. Les effluves étaient ici bien pires que dans l'escalier. Florence noua un chiffon propre autour de son visage et ouvrit la porte de la première chambre.

C'était celle que Lizzie Roper partageait avec son mari. Mais en l'occurrence, le corps que Florence aperçut, étendu sur le plancher entre la porte et le lit, la face contre le sol, était celui de Mrs. Hyde. Elle était habillée mais avait encore des bigoudis dans les cheveux. Revêtu d'une simple chemise de nuit blanche en coton léger, le corps de Lizzie Roper était – plutôt que couché – allongé en travers du lit, sur lequel était disposée une courtepointe blanche. Les cadavres, le lit, les couvertures et les tenues de nuit des deux femmes, ainsi que le tapis et une partie des murs, étaient imbibés et constellés de sang. Lizzie Roper avait été égorgée et une horrible plaie lui barrait le cou, d'une oreille à l'autre.

Sur une table, Florence aperçut le plateau où reposaient encore les deux tasses ayant contenu du thé, le sucrier à moitié plein, deux verres et une bouteille de gin aux trois quarts vide.

Une semaine s'était écoulée et les restes de saumon avaient pourri. Les rideaux étaient tirés, l'atmosphère aussi lourde que fétide, et la pièce pleine de mouches qui virevoltaient en bourdonnant au-dessus des cadavres et de la nourriture avariée.

Florence ne toucha à rien, elle se contenta de refermer la porte. Elle redescendit, mit son chapeau et se rendit au commissariat de Kingsland Road, où elle fut reçue par l'inspecteur divisionnaire Samuel Parlett, à qui elle fit part de sa découverte. Deux policiers la raccompagnèrent à Navarino Road.

Le compte rendu du procès d'Alfred Roper constitue la matière du chapitre suivant. Il suffit ici de dire qu'à la suite de l'enquête, un mandat pour meurtre avec préméditation fut délivré contre lui et que, le lendemain, Roper fut arrêté à Fen Ditton, près de Cambridge, et écroué pour le meurtre de sa femme. Il fut conduit le matin suivant au tribunal de police du district nord de Londres et présenté devant le juge Edward Snow Fordham, lequel décida que son procès aurait lieu aux assises de Londres.

Bizarrement, Maria Hyde n'avait pas été victime de la moindre violence. Elle était morte d'un arrêt cardiaque, dont les causes s'avérèrent naturelles. Des années durant, elle s'était plainte de son cœur en disant qu'il risquait de la lâcher n'importe quand, et elle avait apparemment eu raison. On estima – il semble d'ailleurs difficile d'envisager d'autres hypothèses –, soit qu'elle avait été témoin du meurtre de sa fille, soit qu'elle avait découvert son cadavre un peu plus tard, et que son cœur avait cessé de battre à cet instant-là.

Maria Hyde avait-elle également assisté au meurtre de la petite Edith, alors âgée de quatorze mois? En tout cas, l'enfant avait disparu. Des recherches furent entreprises, on interrogea tous les habitants de la zone délimitée par Graham Road, Queensbridge Road, Richmond Road, et Mare Street, on dragua le lac de Victoria Park ainsi qu'une partie du Grand Union Canal. Bien que la terre ne parût pas avoir été remuée, on fouilla le jardin de Devon Villa, en creusant à plus de un mètre de profondeur. À London Fields comme à Hackney Downs, la population locale se joignit aux recherches, qui s'étendirent jusqu'à Hackney Marshes.

Mais tout cela s'avéra vain. Edith Roper avait disparu. Morte ou vive, on ne devait jamais la retrouver.

13

Le chapitre suivant avait peut-être bien été écrit, ainsi qu'il était annoncé, mais il ne figurait pas dans le dossier de Cary. Je n'étais pas démunie pour autant, en ce qui concernait le procès de Roper. Un chapitre lui avait été consacré dans l'un des volumes de la collection « Les procès célèbres », publiée par Penguin, sans doute parce que l'acquittement du prévenu fut l'un des premiers succès de Howard de Filippis, conseiller de la Couronne. Le livre de poche à la couverture verte contenait aussi le compte rendu du jugement de Crippen, d'Oscar Slater, de George Lamson, de Madeleine Smith et de Buck Ruxton. Il ne comportait pas d'illustrations, mais la couverture présentait une sorte de collage réalisé à partir des photos des divers accusés. Et là, planant comme un ectoplasme entre le portrait de Crippen dans sa chemise à col raide et la belle, la sévère, l'inflexible Madeleine, je reconnus le visage sombre et émacié d'Alfred Roper, dont la ressemblance avec Abraham Lincoln était on ne peut plus frappante. Je mis l'ouvrage de côté, ainsi que les souvenirs d'Arthur Roper, sans trop savoir si je me déciderais à les lire un jour. Mon propre travail m'attendait et il fallait aussi que je réponde à toutes ces lettres de condoléances.

Je commençai par Paul Sellway. Je ne lui écrivis pas une très longue lettre mais fis allusion au Journal et lui avouai que je regrettais à présent que ma mère ne m'ait pas parlé en danois, lorsque j'étais enfant, ce qui m'aurait laissée un peu moins démunie aujourd'hui. Je terminai en lui posant une question qui, dans mon esprit, était de pure forme : en allait-il de même pour lui, ou bien Hansine et sa mère avaient-elles fait en sorte qu'il fût bilingue? Cette lettre devait avoir des répercussions inattendues.

Gordon Westerby, mon cousin issu de germains, se manifesta une semaine à peine après notre conversation impromptue devant la station d'Hampstead Heath. Il choisit de m'écrire plutôt que de me téléphoner.

Sa lettre était une merveille visuelle, on aurait dit qu'elle avait été imprimée, et non tapée à la machine. Il avait ajouté à la main, avant de signer, la mention « très cordialement ». Il m'annonçait qu'il avait enfin lu le Journal et l'avait fort apprécié. Cela l'avait convaincu, si besoin était, qu'il n'y manquait plus qu'un arbre généalogique, de préférence en page de garde, et il me demandait si, selon moi, cette idée avait quelque chance d'être favorablement accueillie (je le cite) par les éditeurs du Journal.

Pouvais-je lui indiquer les prénoms exacts des parents de Morfar? Ainsi que leurs dates de naissance, si ce n'était pas trop demander? Tante Frederikke était-elle la sœur du père ou de la mère d'Asta? Et qui était Onkel Holger? Accepterais-je de venir dîner avec Aubrey et lui, à leur domicile de Roderick Road? Quel jour aurait ma convenance? Le 5, le 6, le 7, le 12, le 14 ou le 15?

Il aurait fort bien pu poser toutes ces questions à Swanny et je me demandais pourquoi il ne l'avait pas fait. Elle ignorait à peu près tout ce qui avait trait à l'histoire des Westerby du vivant de Mormor, mais après la mort de celle-ci, lorsqu'elle avait mis la main sur le Journal, elle s'était mise à reconstituer les pièces du puzzle, se rendant même au Danemark pour fouiller les archives et rencontrer le pasteur de l'église où Asta et Rasmus s'étaient mariés.

Ces questions n'étaient jamais évoquées dans le Journal. Mormor ne s'intéressait nullement à ses ancêtres. Elle ne s'était pas donné la peine de mentionner le moindre nom ni la moindre date dans ses albums de photos. Si elle avait jadis connu le nom de la grand-mère de Rasmus, ou les raisons qui avaient poussé les membres de sa propre famille à s'éparpiller entre la Suède et le Danemark, elle ne s'en souvenait plus. Dans son extrême grand âge, elle avait d'ailleurs pratiquement tout oublié.

Mormor passa la dernière année de sa vie seule avec Swanny,

à Willow Road. Elle avait quatre-vingt-treize ans et jouissait apparemment de toutes ses facultés. Elle se contentait encore de mettre ses lunettes pour lire, n'avait aucun problème auditif et trottait aussi allègrement que jamais. Mais elle avait perdu la mémoire.

Généralement, les personnes très âgées ont tendance à oublier les événements récents mais se souviennent parfaitement de faits survenus cinquante ou soixante ans plus tôt. Les choses ne se passèrent pas ainsi pour Asta. Dans son esprit, le passé était à ce point effacé, ou si profondément altéré, qu'elle avait fini par confondre les histoires qu'elle racontait, mélangeant par exemple celle de la visite à l'orphelinat avec celle des champignons empoisonnés. Cela donnait un résultat abracadabrant : sa cousine se rendait seule dans cet orphelinat et, à son retour, trouvait son mari mort, victime des champignons toxiques.

Certes, le mari de Swanny avait prétendu pendant des années qu'elle était sénile. Ce qui n'était pas exact mais le devint après la mort de Torben. Asta ne tenait pratiquement plus que des propos sans queue ni tête. Le spectacle aurait été moins éprouvant si elle avait été très diminuée physiquement. Mais elle ne paraissait guère plus de soixante-dix ans, trottait toujours comme un lapin et grimpait ses escaliers sans sourciller. Elle lisait son Dickens comme auparavant et poursuivait ses travaux de couture. Elle s'était même mise depuis peu à broder toute sa lingerie aux initiales de Swanny. Elle s'interrompait parfois et relevait les yeux de son travail pour livrer une anecdote totalement fictive, mais qui comportait tout de même un embryon de vérité. Par exemple, l'histoire des ours polaires sur quoi s'ouvre le premier cahier avait fini par devenir réelle à ses yeux et elle racontait comment, se promenant par une glaciale journée d'hiver à Østerbrogade, sa mère et elle avaient aperçu l'un de ces animaux devant la vitrine d'une boucherie.

Curieusement, le dernier souvenir qu'elle avait évoqué devant moi témoignait d'une certaine lucidité. Je ne l'avais jamais entendu raconter cette histoire auparavant, pas plus que Swanny je crois bien, qui était également présente ce jour-là.

C'était lors d'une de mes visites vespérales (elles s'étaient espacées, depuis que Daniel Blain partageait mon existence) et Asta était en train de lire, étendue sur le canapé comme à son habitude. Peut-être sa lecture lui avait-elle brusquement rappelé cette anecdote. À moins qu'elle l'ait purement et simplement inventée.

Elle se mit tout d'abord à rire en douce, puis elle releva les yeux, ôta ses lunettes et dit :

« Nous avions une servante du nom d'Emily. Il y avait aussi Hansine, mais cette Emily était anglaise. Elle était particulièrement bornée, mais pleine de bonnes intentions. Tu te souviens de Bjørn, n'est-ce pas, *lille* Swanny ? »

Swanny la dévisagea, interloquée. Mais oui, bien sûr, elle s'en souvenait.

« Lorsque nous donnions à manger à Bjørn, reprit Asta, nous lui disions toujours : *Spis dit brod*.

— "Mange ta pâtée", traduisit Swanny à mon intention ; mais j'avais compris la formule, malgré mon danois déficient.

— Eh bien, j'ai surpris un jour cette écervelée qui tendait son écuelle à Bjørn en lui disant : " Espèce d'idiot, espèce d'idiot." »

Asta éclata de rire et Swanny eut un sourire poli. Je suppose que *spis dit brod* a un peu, très vaguement, la même sonorité qu'*espèce d'idiot*. En tout cas, si la pauvre fille suivait l'exemple de Morfar en matière de prononciation, cela n'avait rien d'étonnant. Asta enchaîna sur l'histoire d'une promenade qu'elle avait faite dans son enfance, et je la laissai pour rentrer chez moi et retrouver Daniel. À ceci près que Daniel n'était pas là, qu'il était allé rejoindre Cary Dieu sait où et qu'il devait me quitter peu après pour se mettre en ménage avec elle.

J'ai déjà dit que je n'avais pas l'intention de raconter mon histoire dans ce livre. Le problème, c'est que j'en suis tout de même l'auteur et que les choses qui me sont arrivées l'affectent par endroits. Peut-être suffit-il de dire que Daniel fut le seul homme dont j'aie jamais partagé la vie, ce qui n'est pas la même chose que de passer la nuit ou un week-end avec quelqu'un. Mais tandis qu'Asta, avant de devenir sénile, semblait considérer mon attitude comme parfaitement normale, Swanny au contraire la désapprouvait totalement. Elle voulait que je régularise la situation et que j'épouse Daniel, ce que je souhaitais aussi. Là-dessus, Cary se mit en tête de nous séparer et se lança dans cette entreprise avec une volonté de fer, en déployant une stratégie méthodique, sans le moindre scrupule. Et lorsqu'une femme agit de la sorte, et qu'elle est séduisante, elle parvient généralement à ses fins.

Résultat, ce fut moi qui me retirai. On dit souvent qu'on n'oublie pas ce genre de chose en fuyant, mais c'est inexact. Mettre cinq mille kilomètres entre l'homme qu'on vient de perdre et soi est une manière efficace d'atténuer le choc et d'initier le processus qui reléguera peu à peu la douleur dans les limbes du passé. Une romancière américaine m'avait peu de temps auparavant chargée de faire des recherches sur la ville de Cirencester au XIXᵉ siècle. Tout en s'attendant à un refus à peu près inévitable de ma part, elle me demanda ensuite de la rejoindre là-bas et de passer plusieurs mois à ses côtés, pour que je lui expose mes découvertes et mes vues sur la Nouvelle-Angleterre victorienne, afin de l'aider à mettre en place l'arrière-plan de la saga historique qu'elle se proposait d'écrire. À sa grande surprise, j'acceptai la proposition.

Je me trouvais donc au Massachusett le jour du décès d'Asta.

Je savais qu'elle allait mourir, comme on peut s'attendre à la mort imminente d'un proche. Je savais aussi combien Swanny était malheureuse, combien elle se sentait seule et de plus en plus désespérée par l'état de sa mère. Elle me l'avouait ouvertement dans les nombreuses lettres qu'elle m'écrivit alors. Elle aurait aimé que je revienne. Peut-être n'avait-elle pas la moindre idée de ce que j'éprouvais, peut-être pensait-elle même que puisque nous n'avions jamais été mariés, Daniel et moi, les choses ne devaient pas être difficiles. Certaines femmes de sa génération pensaient de la sorte. Mais j'avais littéralement la trouille de me retrouver dans le même pays, dans la même *île* que Daniel et Cary. Je ne m'attendais évidemment pas à les rencontrer à tous les coins de rue, mais il me semblait que j'aurais éprouvé, en Grande-Bretagne, un sentiment de proximité à leur égard qui m'était épargné de l'autre côté de l'Atlantique.

Swanny m'écrivit qu'Asta avait été transportée à l'hôpital, victime de ce que son médecin avait qualifié « non d'une attaque, mais plutôt d'une sorte de spasme ». Peut-être aurais-je dû lui proposer de rentrer. Je me disais un peu lâchement qu'Asta n'était après tout que ma grand-mère, qu'elle était très, très âgée, qu'elle avait d'autres petits-enfants et arrière-petits-enfants. Mais ce n'était évidemment pas Asta qui avait besoin de moi, c'était Swanny. Vu la façon dont les choses tournèrent ensuite, il est toutefois probable que je ne pouvais prendre de meilleure décision, la concernant, que celle de ne pas rentrer immédiatement.

Dans la plus triste de ses lettres, elle m'écrivait qu'elle réalisait à présent qu'elle ne saurait jamais la vérité. La question resterait toujours en suspens. Elle l'avait posée une ultime fois, quelques jours avant qu'Asta n'ait son « spasme », un soir où elles étaient toutes les deux assises au salon. Les rideaux étaient tirés et la lueur du gaz brillait derrière l'élégant grillage en cuivre du radiateur. Au cours de la journée, Asta s'était montrée plus lucide, plus semblable à la femme qu'elle était autrefois.

Elle était allongée sur le canapé placé devant le feu, son travail de broderie était posé sur une table basse, *Martin Chuzzlevit* ouvert à côté d'elle, reposant à l'envers sur un coussin, surmonté de sa paire de lunettes. Ses cheveux blancs, écrivait Swanny, paraissaient presque blonds à la lumière dorée de la lampe et, en fermant à demi les yeux, on avait l'impression que c'était une jeune femme qui était étendue là. Swanny (qui affichait dans ses lettres une imagination plus débridée que dans la vie quotidienne) me demandait si j'avais lu cette nouvelle de Poe où un jeune homme myope, trop fier pour porter des lunettes, courtise et finit par épouser la sémillante vieille dame qu'il a prise pour une demoiselle, mais qui s'avère être en réalité sa propre arrière-grand-mère. Swanny ajoutait que jusqu'ici, elle avait toujours trouvé cette chute invraisemblable, mais qu'à présent elle lui paraissait plus concevable.

Saisie d'une brusque impulsion, elle s'adressa à sa mère comme si c'était la première fois qu'elle lui posait la question :

« Qui suis-je, *moder*? Où m'as-tu trouvée? »

Asta la dévisagea et Swanny m'écrivit qu'elle avait alors l'expression la plus tendre, la plus maternelle qu'elle lui ait jamais vue – la plus compréhensive aussi.

« Tu es ma fille, *lille* Swanny. Tu ne veux tout de même pas que je te dise où les mères vont chercher leurs enfants? Tu le sais bien, n'est-ce pas? »

Comme si Swanny était encore une enfant et qu'on eût oublié de l'inscrire au cours d'éducation sexuelle... Les paupières d'Asta se refermèrent et elle s'endormit, comme cela lui arrivait à présent, le soir, après avoir reposé son livre et ôté ses lunettes.

Swanny me téléphona pour m'apprendre la mort d'Asta. Je ne fis aucune allusion à mon éventuel retour, et lorsqu'elle eut compris que je ne reviendrais pas sur ma décision elle me supplia de ne pas faire le voyage exprès, en me disant que ce n'était pas nécessaire. Asta était très vieille, elle avait quatre-vingt-treize ans et sa mort était depuis longtemps prévisible. C'était un choc, bien sûr, mais il en va toujours ainsi.

Swanny m'écrivit une semaine plus tard.

Moder *a précisé dans son testament qu'elle ne voulait pas être enterrée. Elle me l'avait dit à une ou deux reprises de vive voix, mais je crois que je ne l'avais pas prise au sérieux. Je pensais qu'on doit* obligatoirement *se faire enterrer, mais apparemment ce n'est pas le cas. Il suffit de préciser aux pompes funèbres que la personne désirait être incinérée, ce que j'ai fait (non sans une certaine appréhension), mais cela ne les a pas surpris le moins du monde et ils n'ont pas eu l'air de trouver cela étrange.*

Moder était une athée convaincue. Elle m'a souvent raconté qu'elle avait cessé de croire en Dieu à la mort de son petit Mads. Tout s'était brisé à ce moment-là et elle ne pria plus jamais par la suite. Je me souviens qu'un jour, au cours de l'une de nos réceptions, elle a déclaré à voix haute qu'elle était nietzschéenne et croyait que Dieu était mort. Je ne sais pas où elle avait trouvé ça mais elle savait beaucoup de choses, c'était une grande autodidacte. En tout cas, il m'a semblé juste de respecter sa volonté.

Dans son testament, elle m'a légué tout ce qu'elle possédait, ce qui ne représente pas grand-chose mais est déjà bien trop pour moi. Elle l'a mentionné noir sur blanc: «À ma fille, Swanny Kjaer», et bien sûr cela n'a pas posé le moindre problème, on ne m'a même pas demandé mon acte de naissance. Et même si j'avais dû le montrer, qu'est-ce que cela aurait changé? Il y est bien spécifié que Mor et Far sont mes parents et que mon prénom est Swanhild. Mais cela me fait un drôle d'effet et ranime en moi toutes ces vieilles histoires, je me suis même demandé si je n'aurais pas dû refuser et dire que je ne pouvais y prétendre.

Mais je ne l'ai pas fait. Lorsqu'on rédige un testament, après tout, c'est pour laisser ses biens à ceux que l'on a choisis pour héritiers, et Mor souhaitait indéniablement me léguer tout cela. Je me sens tellement perdue sans elle. Je ne sais pas si tu le réalises mais nous n'avons jamais été séparées, elle et moi, je n'ai jamais vécu loin d'elle. Même au début de mon mariage, nous habitions juste à côté de chez elle, Torben et moi. Notre plus longue séparation, ce fut lors de mon séjour au Danemark, en 1924, quand j'avais dix-neuf ans et que j'ai ren-

contré Torben. *Le reste du temps, toute ma vie durant, j'ai vu Mor quotidiennement, ou je conversais au moins avec elle par téléphone. Depuis la mort de Far, nous vivions sous le même toit, et cela a duré vingt ans. Je n'arrive pas à croire qu'elle est morte. Elle faisait tellement partie de ma vie, elle était ma vie. Je l'entends encore monter les escaliers, ou m'appeler* lille Swanny, *je sens même les effluves de ce parfum qu'elle mettait toujours. L'autre jour, j'ai ouvert un tiroir de sa commode et l'odeur qui s'en dégageait m'a tellement fait penser à elle que je me suis mise à pleurer.*

Je ne devrais pas t'écrire tout cela, je le sais bien, je devrais me montrer plus stoïque ou plus philosophe. Sa mort me rend plus disponible, d'une certaine façon, il y a beaucoup de choses que je ne pouvais pas faire de son vivant et que je suis libre de faire à présent. Mais je n'en ai pas la moindre envie, je me sens trop déprimée pour lever le petit doigt. Heureusement, le docteur m'a prescrit des comprimés et je dors au moins correctement. Je crois que je devrais vendre cette maison, pour ne pas vivre au milieu de tous ces souvenirs. Écris-moi un mot si tu as le temps, pour me remonter le moral.

Avec tout mon amour,
tante Swanny

Je ne l'avais pas appelée « tante » depuis une éternité, depuis le jour de mes quinze ans, en fait, où je lui avais déclaré avec l'effronterie dont sont capables les adolescents que j'allais désormais laisser tomber ce « titre » et que j'espérais qu'elle n'y voyait aucun inconvénient. Elle devait l'avoir oublié, elle était si abattue et si bouleversée qu'elle ne s'était pas souvenue que depuis des années je l'appelais Swanny, comme tout le monde.

Non que le « monde » en question fût extrêmement nombreux. Éloignée d'elle comme je l'étais, aux États-Unis, je me mis à réfléchir en me demandant *qui* l'appelait encore par son prénom... John et Charles, mais elle ne les voyait presque jamais. Ses amis du temps de l'ambassade, si elle était restée en contact avec eux, ce dont je doutais. Le père de Daniel, l'homme que ma mère devait épouser, lui rendait visite autrefois mais elle l'avait fort peu vu depuis qu'elle était veuve.

Si j'étais rentrée à ce moment-là, comme il m'arrivait parfois de l'envisager, j'imagine que je serais venue habiter chez Swanny. Après tout, une bonne partie de mon angoisse à l'idée de me retrouver dans les parages de Daniel et de Cary venait de ma répugnance à revivre dans l'appartement où nous avions vécu ensemble pendant cinq ans : les pièces étaient encore imprégnées de la présence de Daniel et sans doute même de son odeur, celle de son savon et de ses cigarettes, tout comme la chambre d'Asta l'était des effluves de son parfum. Je songeais même sérieusement à ne plus jamais m'y réinstaller, à charger une agence de le vider et de le mettre en vente, pour aller m'installer à Willow Road.

Je soupesais le pour et le contre, sachant combien une telle décision ferait plaisir à Swanny. J'allais même jusqu'à faire des plans de réaménagement, en me demandant si l'on ne pourrait pas diviser la maison en deux appartements séparés... Mais là-dessus je reçus une nouvelle lettre, où elle m'annonçait son intention de déménager.

Je n'ose pas trop te le demander, car tu as vraisemblablement d'autres projets, mais ce serait merveilleux si tu pouvais être à la maison pour Noël. Tu te rappelles nos charmants Noëls d'autrefois ? Cette fête est très importante pour les Danois, qui décorent magnifiquement leurs maisons et font un grand dîner pour le réveillon. Même l'an dernier, alors que la pauvre Mor ne savait même plus où elle était, nous avons respecté la tradition : nous avons fait du riz aux amandes, du sirop de fruits, une oie et de l'œblekage. Je ferai un menu de ce genre si tu viens, même si nous ne sommes que toutes les deux.

Mais je voulais surtout te dire que je compte déménager. Cette maison me paraît brusquement immense. Je n'ai pas encore contacté d'agence mais j'ai commencé à trier les affaires et à nettoyer les pièces. De toute façon, cela m'occupe et me change les idées. Je ne réalisais pas que nous avions autant de choses ici.

J'ai commencé par le grenier, qui est bourré à craquer de livres ayant jadis appartenus à Torben et de grandes valises, des penderies de voyage en fait, que personne ne songerait plus à utiliser de nos jours mais qui étaient fort pratiques à l'époque où il y avait des porteurs pour s'en charger. Impossible d'embarquer ce genre d'engin dans un avion : on aurait déjà dépassé la charge autorisée avant même d'avoir mis quoi que ce soit dedans !

La pauvre Mor ne possédait vraiment pas grand-chose. Sa chambre sera vite débarrassée, lorsque j'arriverai à son étage. Je n'avais pas réalisé qu'il lui restait aussi peu de vêtements.

Elle a dû vendre un par un ses manteaux et ses robes d'autre-fois à ces marchands de vieilles fripes. Je me demande ce qu'ils pensaient d'elle, s'ils l'appréciaient à sa juste valeur ou s'ils la prenaient tout bonnement pour une vieille cinglée.

À la lecture de la phrase précédente tu peux juger de mon état, puisque j'en arrive à supposer que des gens aient pu avoir une telle opinion de ma mère chérie. Je l'aimais profondément, Ann, et j'avais me semble-t-il beaucoup plus d'affection pour elle que la plupart des gens de mon âge à l'égard de leurs vieux parents. Je voulais qu'elle vive, j'ai prié pour que ce soit le cas. Comme elle aurait ri, si elle l'avait su !

Il vaut mieux que j'arrête là. Comme je te l'ai dit, j'en ai terminé avec le grenier et je m'apprête à passer aux chambres. S'il y a quelque chose que tu désires conserver, il vaudrait mieux que tu me le fasses savoir. Je te dis cela comme si j'étais moi-même sur le point de mourir, mais je pense que tu me comprendras. Je vais devoir éliminer tout un tas de choses si je veux acheter une petite maison sur Holly Mount, comme c'est mon intention.

Comment va ton travail ? Es-tu allée à ce dîner où tu étais invitée pour Thanksgiving ? Dis-moi si tu comptes revenir à la maison dans les trois prochaines semaines.

Avec tout mon amour.
Swanny

Je ne revins pas pour Noël. Je n'avais toujours pas digéré la traîtrise de Cary. Elle était en fait beaucoup plus présente dans mes pensées que Daniel. Je me souvenais qu'elle me répétait sans cesse : « Il est si beau ! »

« Il est si beau, Ann ! » – comme si elle n'en revenait pas que j'aie réussi à mettre le grappin sur un type pareil ! Et par la suite, lorsqu'elle nous rendait visite et que Daniel avait momen-tanément quitté la pièce, elle remettait ça : « Il est si beau... », en poussant un profond soupir, comme si elle était incapable de résister à une telle beauté, ce qui s'avéra d'ailleurs être le cas.

Mais sa phrase semblait aussi impliquer qu'il n'y avait rien d'autre de remarquable en lui. Peut-être était-ce la vérité, même si durant les années où nous avons vécu ensemble Daniel m'a fait l'effet d'un être sensible et intelligent. C'était un inter-locuteur agréable, drôle parfois, qui riait souvent et faisait rire les autres. Mais Cary, qui fut tout de même honnête envers moi une fois parvenue à ses fins, ne trouva pas d'autre excuse pour justifier son inqualifiable attitude.

213

« Il était si beau, Ann... »

Je remarquai qu'elle parlait maintenant au passé, comme si la beauté de Daniel n'avait servi qu'à la faire tomber dans ses rêts et s'était depuis lors évaporée. À mes yeux, il n'avait pas changé : je contemplais son visage familier avec une peine atroce et une épouvantable jalousie, mais Cary ne fit plus jamais allusion à sa beauté, du moins devant moi.

Ils s'installèrent dans une maison que Daniel acheta à Putney. Ce fut une vieille copine de lycée restée en rapport avec eux qui me l'apprit. De nos jours, ils l'auraient achetée conjointement, mais cela n'était guère aisé il y a quinze ans lorsqu'on n'était pas marié. Mon amie me révéla ensuite que le mariage avait eu lieu et cela m'ôta brusquement un grand poids de la poitrine. Je réagis à l'opposé de Cléopâtre, lorsqu'un messager vint lui annoncer le mariage d'Antoine et d'Octavie. J'étais toujours aussi malheureuse, toujours aussi jalouse, mais ce dénouement m'aida à accepter la situation. Il ne semblait plus y avoir d'espoir, à présent, ni donc de craintes à nourrir. Finis les réveils en pleine nuit et les heures d'insomnie où je me demandais : et s'il la quittait? et s'il cherchait à savoir ce que je suis devenue? Finies les spéculations auxquelles je me livrais pour décider comment me comporter si j'apprenais qu'ils avaient rompu et que Daniel se retrouvait à nouveau libre. Je ne me suis jamais mariée et j'ai sans doute une vision un peu démodée d'une telle union. Ou est-ce dû au fait qu'il n'y a jamais eu de divorce dans ma propre famille? Quoi qu'il en soit, je vois toujours le mariage comme un lien éternel, indissoluble et pour moi (même si je me trompais, comme la suite le prouva) Daniel et Cary se trouvaient désormais unis l'un à l'autre pour la vie.

Il ne me restait en tout et pour tout qu'une profonde détresse, pas très différente au fond de celle que Swanny ressentait. Du moins le supposais-je. Ce sentiment d'un désastre ou d'un naufrage identique me rapprochait d'elle et je me dis qu'il valait peut-être mieux rentrer et le partager pour de bon avec elle. On était alors en février et il faisait épouvantablement froid dans la région de Boston. Il avait beaucoup neigé, l'aéroport était fermé. J'avais encore du travail devant moi mais je pouvais en venir à bout d'ici la fin du mois. J'écrivis à Swanny en lui proposant de venir passer « quelques jours » avec elle, avant de retourner m'installer dans mon appartement. Deux semaines s'écoulèrent avant que j'aie de ses nouvelles. Elle me disait dans sa lettre que j'étais la bienvenue et que je pouvais venir quand

214

bon me semblerait, mais elle semblait préoccupée par autre chose et évoquait ma proposition de manière passablement vague, ce qui n'était pas dans ses habitudes. Elle avait entre-temps fait une découverte qui l'avait tirée de la crise qu'elle traversait. Sa lettre ne contenait plus une seule allusion à son déménagement.

Il serait satisfaisant pour l'esprit de pouvoir affirmer qu'en découvrant le Journal, Swanny se rendit immédiatement compte qu'elle avait mis la main sur quelque chose d'unique, de fabuleux. Ce fut d'ailleurs ce qu'elle prétendit par la suite. Elle racontait régulièrement aux journalistes venus l'interviewer l'intense excitation qui s'était emparée d'elle lorsqu'elle avait ouvert le premier cahier et lu la page initiale, et elle prétendait avoir tout de suite eu conscience de se trouver en présence d'un chef-d'œuvre littéraire.

Les choses se passèrent de façon sensiblement différente, du moins si les lettres qu'elle m'écrivit alors correspondent à la vérité, ce que je crois. J'en reçus deux avant de regagner l'Angleterre, et elles mentionnent l'une et l'autre la découverte du Journal sur lequel Swanny était tombée en rangeant la maison. Elle découvrit d'abord le cahier qui était resté sur le bureau, dans la chambre d'Asta, vu qu'elle était partie du grenier et procédait étage par étage, de haut en bas. Il s'agissait du tout dernier, celui dont Asta avait écrit l'ultime ligne en septembre, six ans auparavant.

Swanny m'écrivait, à la fin d'une longue lettre :

Hier, je suis allée dans la chambre de Mor pour trier ses affaires. Savais-tu qu'il y avait un tiroir « secret » dans sa grande table en chêne? Il y a une sorte de frise sculptée tout autour du meuble et j'ai remarqué qu'elle saillait légèrement, sur l'un des côtés. Je l'ai tirée et me suis aperçue qu'il s'agissait d'un tiroir. Il est possible que Mor ait ignoré son existence car il n'y avait rien à l'intérieur, hormis une très vieille photographie qui semble avoir été prise avant même la naissance de Mor. Elle représente une grosse femme particulièrement laide dans une robe à crinoline, qui fixe l'objectif d'un air furibond.

Un cahier était posé sur le bureau. Je l'ai évidemment ouvert et, lorsque j'ai reconnu son écriture, mon cœur s'est mis à battre. Je me suis dit qu'il pouvait contenir des informations décisives et, qui sait, que j'allais peut-être enfin savoir qui j'étais. En même temps, je n'osais pas trop le lire, j'avais peur de commettre une indiscrétion. J'ai néanmoins parcouru une ou deux pages mais j'ai vu que le texte datait de 1967 et qu'il ne risquait donc pas de contenir la moindre révélation.

Sans lire exactement le reste, j'ai vu qu'il s'agissait d'un journal. Tu ne peux pas savoir, Ann, mais cela a provoqué en moi un terrible sentiment de culpabilité. Je me suis dit : « La pauvre, se sentait-elle donc à ce point rejetée ? » Nous vivions tellement repliés sur nous-mêmes, Torben et moi, que nous l'avions peut-être tenue à l'écart sans nous en rendre compte, et qu'elle en était réduite à monter dans sa chambre pour noter ses pensées dans ce cahier.

La seconde lettre était beaucoup plus courte. Je dus attendre mon retour pour avoir un compte rendu détaillé de sa visite au garage et de la découverte qu'elle y avait faite. Elle se contentait de me dire :

Je viens de dénicher un grand nombre de cahiers dont Mor s'est apparemment servie pour tenir un journal. Qui aurait imaginé qu'elle se livrait à une telle activité ? Je les ai comptés, il y en a exactement soixante-trois. Ils sont tous écrits en danois et le premier commence avant ma naissance, en 1905.

Ils sont humides, gondolés et même moisis par endroits, mais cela représente des centaines, voire des milliers de pages. Ce sont des cahiers épais, de grand format, et toutes les feuilles sont écrites recto verso. N'est-ce pas une découverte extraordinaire ?

Le téléphone sonna alors que je m'apprêtais à sortir pour me rendre à Roderick Road. C'était Paul Sellway. Durant une fraction de seconde, je me demandai de qui il s'agissait. Je lui dis que je ne m'attendais pas à ce qu'il réponde à ma question.

Cette repartie parut le dérouter. Il me rétorqua, non sans un certain bon sens :

« Dans ce cas, pourquoi me l'avez-vous posée ?

— Pour dire quelque chose, j'imagine. Cela m'a toujours un peu contrariée, que ma mère ne m'ait pas appris le danois. J'en ai sûrement conservé un ressentiment inconscient qui cherche à s'épancher, d'une manière ou d'une autre. Alors, et vous ?

— Moi, quoi ?

— On vous a appris le danois ?

216

– Non, malheureusement. Ma mère ne le parlait pas et ma grand-mère n'en avait pas le droit. Ma mère le lui avait formellement interdit. Elle disait que lorsqu'on vit en Angleterre, il faut se comporter comme un Anglais. »

Il se tut un instant et je me demandais ce que j'allais lui dire lorsqu'il reprit :

« Mais je le parle néanmoins et... Enfin, je le lis et je l'écris couramment. C'est mon métier. Je veux dire que je l'ai étudié à l'Université.

– Je croyais que vous étiez docteur.

– Oui, mais pas en médecine. (Il se mit à rire.) Ma mère raconte toujours aux gens que je suis docteur, mais ce qu'elle veut dire, c'est que j'ai passé ma thèse. Elle préférerait que je sois généraliste... J'enseigne les langues et la littérature scandinaves à l'université de Londres. Et cela m'amène au motif de mon appel. J'ai eu l'impression que vous cherchiez de l'aide, pour les volumes encore inédits du Journal. C'est le ton de votre lettre qui m'a laissé penser ça, vous aviez l'air un peu... déconcertée, dirais-je. Mais je me trompe peut-être?

– Non, dis-je. Vous n'avez pas tort. »

Nous prîmes rendez-vous pour la semaine suivante. Il m'avait proposé de venir dîner chez lui mais j'avais refusé. Sa femme aurait probablement été présente et même si je n'avais aucune intention de le débaucher – ni d'ailleurs la moindre prévention à l'égard de Mrs. Sellway –, il m'était trop souvent arrivé de jouer le rôle inconfortable de la célibataire dans ce genre de dîners, et de me trouver un peu déplacée en face de ces éternels couples mariés. D'une certaine façon, j'allais être confrontée à cette situation le soir même. Paul Sellway me dit qu'il passerait lui-même à Willow Road. Après tout, c'était là que se trouvaient les cahiers.

Je me demandai pourquoi j'avais accepté qu'il examine les traductions et les compare aux originaux – ou plus exactement, qu'il vérifie si les pages manquantes avaient été arrachées *après* avoir été traduites. J'arrivai à la conclusion que c'était pour que Cary ne fasse pas ce travail. Je voulais lui couper l'herbe sous le pied. Non par rancœur personnelle, j'avais depuis longtemps dépassé ce genre de sentiment, mais simplement pour être en mesure de lui présenter la chose comme un *fait accompli* * : je pourrais aussi lui envoyer le résultat par la poste, ce qui m'éviterait le désagrément d'une nouvelle rencontre.

* En français dans le texte *(N.d.T.)*.

217

Qui se ressemble s'assemble, dit-on. L'assertion s'avéra fausse ce soir-là. Le strict, le réservé, le conformiste Gordon vivait dans un appartement aux murs peints en noir et en rouge sang, où trônaient des tableaux dans les tons rose ou violet représentant des créatures androgynes dont la musculature s'inspirait visiblement des statues qui décorent les tombeaux des Médicis. Les divans et les sofas étaient recouverts de lamé argenté, la salle de bains débordait de phallus à peine camouflés (sous forme d'arbres, de tours ou de doigts érigés). Nous mangeâmes autour d'une table en verre aux reflets d'émeraude, dans de la vaisselle en laque noire, et Aubrey nous distribua des serviettes également noires où était reproduit le *David* de Michel-Ange.

Le thème réapparaissait sur ses vêtements : des fuseaux en velours noir et un tee-shirt orné d'un montage de divers visages préraphaélites. Gordon, quant à lui, arborait ce qui était probablement sa tenue d'été habituelle : un pantalon de flanelle grise, une chemise blanche et une cravate noire, ainsi qu'un vêtement que je n'avais vu personne porter depuis plus de vingt ans, un tricot sans manches au col en V. Le dîner était excellent et le vin remarquable. Si je n'en avais pas bu autant, je n'aurais sans doute pas posé une question qui pouvait passer pour un reproche :

« Pourquoi n'es-tu jamais allé voir Swanny ? »

Je m'attendais à ce qu'il me réponde qu'elle n'était que sa grand-tante, qu'ils n'avaient plus aucun contact depuis la mort de son grand-père, ou même qu'il ignorait son adresse exacte. Gordon me regarda au contraire d'un air étonné.

« Mais je l'ai fait. Tu ne le savais pas ?

— Tu es allé à Willow Road ? Tu as vu Swanny ? »

Gordon se tourna vers Aubrey qui se contenta de hausser les épaules en souriant.

« Je pensais que tu étais au courant. Je veux dire, qu'elle t'avait rapporté les faits. »

Quelqu'un qui l'aurait entendu parler sans le voir lui aurait probablement donné cinquante ans, tant il s'exprimait de manière pédante et "vieillotte", comme aurait dit Asta. Il s'éclaircit la gorge.

« Voyons voir... Je suis passé chez elle pour la première fois il y a environ un an. Nous étions au plus fort de l'été, n'est-ce pas, Aubrey ? Une femme est venue m'ouvrir, je pense qu'il s'agissait de sa dame de compagnie, je l'ai aperçue à l'enterrement.

Mais elle n'a pas voulu me laisser entrer. Elle m'a dit que Mrs. Kjaer ne se sentait pas bien mais qu'elle lui dirait que j'avais demandé à la voir. »

"Ne se sentait pas bien" était sans l'ombre d'un doute un euphémisme. Il devait s'agir d'une de ces journées où Swanny se prenait pour "l'autre" et errait à travers la maison en traînant les pieds, avec ses pantoufles, ses bas plissés et sa trousse de couture. Il était compréhensible que Mrs. Elkins n'ait pas laissé entrer Gordon.

« La semaine suivante, je fis une nouvelle tentative. J'avais évidemment fort envie de faire sa connaissance, mais je souhaitais aussi lui poser les questions dont je t'ai fait part. Mais je fis encore chou blanc et... je ne dirai pas que j'étais offensé, mais je dois avouer en avoir déduit que je n'étais visiblement pas le bienvenu. Il se passa ensuite une chose fort curieuse. N'est-ce pas, Aubrey ?

– C'est moi qui ai répondu. Je n'en revenais pas.

– Tante Swanny m'a téléphoné. J'avais laissé mon numéro à sa dame de compagnie, la première fois. Elle m'a dit qu'elle était désolée de n'avoir pu me recevoir lors de mes précédents passages, mais qu'elle se sentait mieux à présent et qu'elle serait ravie si j'acceptais de venir prendre le thé chez elle.

– C'était d'un tact exquis, intervint Aubrey. Une grand-tante invitant son petit-neveu à venir pour le thé... quoi de plus approprié ?

– Et tu y es allé ?

– Oh, oui... Et elle m'a splendidement reçu. Un thé tout ce qu'il y a de plus authentique, à l'ancienne, avec des sandwiches au *cresson*. J'ai dû faire un terrible effort pour lui cacher que je n'avais pas lu le Journal. Elle m'a dit qu'elle avait elle-même établi un arbre généalogique rudimentaire et qu'elle allait le rechercher afin de me l'envoyer.

– Mais elle ne l'a jamais fait, dit Aubrey.

– Non, jamais. Mais nous en arrivons à la partie étrange de l'histoire. (Gordon cligna des yeux. Je m'attendais presque à ce qu'il me demande si j'étais confortablement installée.) Elle m'a téléphoné peu après et m'a proposé d'aller faire avec elle une tournée d'exploration, pour reprendre ses termes. J'ai évidemment accepté et lui ai demandé si je pouvais emmener mon ami. Tu comprends, Ann, si Aubrey avait été ma femme (ou mon mari, selon l'optique où l'on se place), je lui aurais posé la même question. Nous tenons à ce que les choses soient claires et à ce qu'il n'y ait aucun malentendu à ce sujet, n'est-ce pas, Aubrey ? »

Ce dernier acqueisça en souriant d'un air désinvolte. Tout le sérieux était du côté de Gordon.

« Je lui ai donc dit qu'il me serait agréable de venir avec mon ami, que c'était un homme et que nous habitions ensemble. Elle m'a répondu : "Oui, très bien", ou quelque chose d'approchant. Et le jour convenu, nous sommes passés la prendre chez elle. Elle avait tout d'abord parlé d'y aller en taxi, mais nous nous étions dit qu'il serait plus plaisant de prendre la voiture d'Aubrey.

— D'aller *où* ? demandai-je.

— Voir cette maison, à Hackney. Ce fut toute une expédition, je t'assure. Elle nous a expliqué que c'était la demeure où elle était née et où ses parents avaient vécu, et je dois dire que nous étions passablement impressionnés, car elle était fort vaste. Bien sûr, elle est aujourd'hui divisée en appartements séparés, elle a été repeinte et elle est un peu... chamarrée, n'est-ce pas, Aubrey ? Nous sommes entrés tous les trois et tante Swanny s'est entretenue avec un homme qui habitait en bas et semblait être une sorte de gardien. Il nous a raconté une histoire de fantôme qu'aucun de nous n'a réellement prise au sérieux. Mais tante Swanny avait l'air satisfaite et nous l'avons ensuite ramenée chez elle. »

Cette affaire me contrariait terriblement.

« Quand avez-vous fait cette visite, Gordon ?

— Je puis te dire la date exacte, car c'était la veille de l'anniversaire d'Aubrey. C'était le mercredi 12 août. »

Swanny avait eu sa première attaque en août. Il fallait que je vérifie la date, mais j'étais quasi certaine qu'elle avait eu lieu le 13, parce que Mrs. Elkins avait remarqué que le chiffre ne lui avait pas porté chance. Pourquoi Swanny ne m'avait-elle pas demandé de l'accompagner à Lavender Grove ? Pourquoi s'était-elle adressée à Gordon Westerby ?

Aubrey m'offrit du cognac. J'acceptai, ce qui n'était guère dans mes habitudes. Les deux hommes se mirent à parler de leurs futures vacances : ils comptaient se rendre au Danemark pour retrouver la trace des ancêtres Kastrup et Westerby. Gordon me demanda si je pouvais essayer de retrouver cet arbre généalogique établi par Swanny. Je fis de mon mieux pour ne pas trop bredouiller en répondant à ses questions.

Il n'était pas très tard, à peine onze heures moins le quart, lorsque j'appelai un taxi pour regagner mon domicile. J'avais bu tant de vin et de cognac que je sombrai aussitôt dans un sommeil de plomb. Je me réveillai à trois heures pile : j'avais la migraine, mais à part ça je me sentais en forme et n'avais pas la moindre envie de me rendormir.

J'allumai la lumière, avalai trois cachets d'aspirine, m'assis dans mon lit et me mis à lire le récit que Donald Mockridge avait consacré au procès d'Alfred Eighteen Roper devant la cour d'assises de Londres.

14

LE PROCÈS D'ALFRED ROPER

*Le procès d'Alfred Roper relatif au meurtre de sa femme fut
l'un des derniers au cours desquels Mr. Howard de Filippis,
conseiller de la Couronne, plaida dans l'ancien bâtiment du
palais de justice, le Old Bailey. Il s'ouvrit le 16 octobre 1905.
La cour était présidée par M. le Juge Edmondson et le ministère public était représenté par Mr. Richard Tate-Memling.
Roper était accusé d'avoir assassiné sa femme, Elizabeth
Louisa Roper, le 27 juillet 1905, en lui tranchant la gorge,
charge contre laquelle il avait décidé de plaider non coupable.*

*Mr. de Filippis, un colosse d'une taille impressionnante, aux
yeux vifs et perçants, pénétra dans le tribunal précédé comme
à son habitude par trois clercs : le premier portait une pile de
mouchoirs, le deuxième une carafe d'eau et deux verres et le
troisième un coussin pneumatique. Le grand avocat utilisait
fréquemment ces « accessoires » comme tactiques de diversion
et il les employa rarement à meilleur escient – et avec de meilleurs résultats – que dans l'affaire Roper.*

*Mr. Tate-Memling était quant à lui excessivement petit –
physiquement parlant, s'entend, car il dégageait tant d'autorité
et son élocution était si puissante que les personnes présentes
au tribunal oubliaient vite l'insignifiance de sa taille. Sa voix
doucereuse, insinuante, presque charmeuse était particulièrement célèbre : il avait des intonations d'acteur, mais d'un
acteur qui aurait joué sur le théâtre même de la vie.*

Le juge Lewis Wilford Edmondson, ancien conseiller de la

reine, était renommé pour le silence qu'il observait durant toute la durée des procès qu'il présidait. Loin d'interrompre les débats par ces remarques amusées ou ces questions tout simplement oiseuses qui sont trop souvent l'apanage des membres de sa profession, il faisait régner dans le tribunal un calme oppressant, écoutant et observant attentivement chacun, tout en restant lui-même muet ou presque durant l'ensemble des séances.

Le jury fut chargé de juger l'affaire relative au meurtre d'Elizabeth Roper et, après avoir balayé du regard l'assistance silencieuse et avoir fixé le juge, aussi muet qu'impavide, Mr. Tate-Memling commença son allocution.

Il déclara que l'affaire était extrêmement grave et allait exiger toute l'attention et tout le sérieux du jury. Le 4 août au matin, on avait découvert dans une chambre sise au deuxième étage de Devon Villa, sur Navarino Road, district de Hackney, le corps d'une femme mariée, Mrs. Elizabeth Louisa Roper. À ses côtés gisait également le corps de sa mère, Mrs. Maria Sarah Hyde. Toutefois, la mort de Mrs. Hyde était d'origine naturelle et ne concernait donc pas le tribunal pour l'instant. Quant à Mrs. Roper, on lui avait tranché la gorge et son décès remontait au moins à une semaine.

Il évoqua la vie de l'accusé, à Devon Villa, en compagnie de son épouse, de sa belle-mère, de ses enfants ainsi que des divers autres occupants de la maison. L'accusé, déclara-t-il, avait été pharmacien et comptait apparemment renouer avec son ancienne vocation. Il possédait donc une connaissance approfondie d'un certain nombre de médicaments. La cour devait savoir que durant le printemps et l'été 1905, il avait administré à sa femme, de manière régulière et sur une période de six mois, une quantité considérable de bromure d'hyoscine, une substance hautement toxique, sauf lorsqu'elle est absorbée à des doses soigneusement contrôlées.

Son but était sans l'ombre d'un doute de provoquer le décès de Mrs. Roper. Le mariage n'était pas heureux et Roper avait exprimé le désir d'aller vivre avec son fils dans une autre région du pays, sans emmener sa femme. Mais en dépit de cette absorption massive d'hyoscine, Mrs. Roper ne se décidait pas à mourir. Le jour du départ pour Cambridge arriva et Mrs. Roper était toujours vivante. Elle avait même l'intention de suivre son mari à Cambridge au cours de la semaine suivante et d'y reprendre leur commune existence.

223

L'accusation avait établi qu'à 16 h 30 environ, dans l'après-midi du 27 juillet, l'accusé et son fils avaient quitté Devon Villa à bord d'un fiacre qui les conduisit à la gare de Liverpool Street, où ils devaient prendre le train de 17 h 15 à destination de Cambridge. Toutefois, à peine arrivé à la gare, l'accusé déclara à son fils, un garçon de six ans, qu'il avait oublié à la maison un étui en argent (qu'il fixait généralement à sa chaîne de montre et qui contenait quatre souverains) et qu'il devait retourner le chercher. Il raconta la même histoire à un porteur qu'il chargea de surveiller son fils jusqu'à son retour, et au conducteur du fiacre qui les avait conduits à la gare. L'accusé retourna alors à Navarino Road, district de Hackney, et monta au deuxième étage pour récupérer son étui. Dans leur chambre, il trouva sa femme endormie sous l'effet de la drogue qu'il lui avait administrée. Il lui trancha la gorge avec un couteau à pain et regagna Liverpool Street, toujours en fiacre, au bout d'une heure et demie d'absence.

Ayant manqué le train de 17 h 15, le père et le fils prirent celui de 20 h 20 et arrivèrent à Cambridge à 21 h 40. Jamais un meurtre n'avait témoigné d'une aussi impitoyable détermination de la part de son instigateur, qui avait froidement calculé et planifié son crime avant d'aller prendre le train pour refaire sa vie, en compagnie de l'enfant même de la victime qu'il venait d'assassiner.

Témoins cités par l'accusation

Le D' Thomas Toon déclara qu'il était docteur en médecine et relevait officiellement du ministère de l'Intérieur. Il avait procédé à un premier examen du corps d'Elizabeth Roper à Devon Villa, Navarino Road, dans la matinée du vendredi 4 août.

La position du corps (dit-il) était normale, comme durant le sommeil. La tête reposait sur l'oreiller, le visage était calme et détendu. Il y avait du sang partout : la literie en était imbibée, mais il avait entre-temps totalement séché.

La plaie était très profonde et allait d'une oreille à l'autre, du lobe gauche au lobe droit. La tête était pratiquement détachée du corps et n'était plus retenue que par quelques muscles. Les vertèbres avaient été entièrement sectionnées. L'incision était nette et profonde et, une fois le coup porté, la victime *n'avait pas été en état de crier. La carotide, la trachée-artère, la veine jugulaire et le pharynx, tout comme la colonne vertébrale, avaient été tranchés.*

Après avoir examiné l'estomac, il était parvenu à la conclusion que la victime avait été assassinée plusieurs heures après avoir absorbé de la nourriture pour la dernière fois. La mort avait dû être instantanée. Selon lui, l'arme employée était probablement très aiguisée et avait été maniée avec une extrême vigueur. La victime n'aurait pas été en mesure de s'infliger elle-même une telle blessure. Il n'avait pas pu, et ne pouvait toujours pas déterminer de manière précise le moment du décès : tout ce qu'il pouvait dire, c'est qu'il avait eu lieu une semaine environ avant que le cadavre ne lui soit confié.

Plus tard, à la morgue de l'hôpital St Bartholomew, il s'était livré à une autopsie plus approfondie du corps de la victime. (Ici, le D' Toon s'étendait sur l'état de divers organes, qu'il décrivait comme sains, et concluait en disant que Mrs. Roper avait porté au moins un enfant, mais qu'elle n'était pas enceinte au moment du décès.) Dans l'estomac, le foie, la rate et les reins de la victime, il avait décelé la présence de bromure d'hyoscine, dans une proportion qui n'excédait pas 0,05 gramme. D'après lui, l'hyoscine n'avait en rien contribué au trépas de Mrs. Roper.

L'accusation appela ensuite à la barre le D' Clarence Pond, pharmacologue, et lui demanda d'exposer à la cour les propriétés du bromure d'hyoscine. Le D' Pond en indiqua la formule chimique et en décrivit la substance. Le produit n'était toxique qu'à très fortes doses. La dose mortelle était de l'ordre de 0,25 gramme.

On lui présenta ensuite un sucrier. (Ledit sucrier fut alors enregistré comme « pièce à conviction n° 1 » et le D' Pond confirma qu'il s'agissait bien de celui dont il avait antérieurement analysé le contenu.) Il révéla que ledit contenu équivalait approximativement à 7 onces de sucre en poudre, auquel se trouvait mélangé une quantité de bromure d'hyoscine supérieure à 0,25 gramme.

Mr. de Filippis n'avait posé aucune question au D' Toon mais il se leva pour interroger le pharmacologue.

« Docteur Pond, l'hyoscine n'est-elle pas utilisée comme sédatif sexuel dans les cas aigus de nymphomanie, chez certains pensionnaires des asiles d'aliénés, par exemple?

– Si, tout à fait.

— N'est-ce pas là son principal usage?

— C'est l'un de ses usages.

— Je vais reformuler ma question dans un langage plus trivial, en priant les membres du jury de bien vouloir excuser la crudité d'une terminologie dont ils comprendront sûrement qu'elle s'avère ici nécessaire : l'hyoscine sert essentiellement à calmer de trop fortes pulsions sexuelles, c'est bien cela?

— Tout à fait. »

L'inspecteur de police Arthur Hood déclara qu'il s'était rendu à Devon Villa à la suite de la déclaration faite au commissariat de Hackney par Miss Florence Fisher, le 4 août. Il avait découvert le corps de Mrs. Roper dans une chambre du deuxième étage. Les fenêtres de la pièce donnaient sur le jardin qui s'étendait à l'arrière de Devon Villa. Plus tard, accompagné par le commissaire Dewhurst, il avait fouillé le jardin et découvert dans un parterre de fleurs un grand couteau à pain, dont la lame était constellée de sang séché. Le couteau se trouvait dans un parterre proche de la maison, en appui contre la clôture qui séparait le jardin de la propriété voisine, comme si on l'avait jeté depuis l'une des fenêtres des étages supérieurs.

Le couteau à pain fut présenté à la cour et enregistré comme pièce à conviction. L'inspecteur Hood attesta qu'il s'agissait bien de celui qu'il avait découvert. Il déclara ensuite que le mardi 8 août, en compagnie de l'inspecteur Lawrence Poole, il s'était rendu dans la commune de Fen Ditton, aux abords de Cambridge, où se trouvait l'accusé. Celui-ci avait accompagné les deux inspecteurs à Londres, au commissariat de Hackney, où on lui avait notifié la charge de meurtre avec préméditation qui pesait contre lui. Ce fut l'inspecteur Poole qui se chargea de lui, et l'inspecteur Hood était présent lorsque l'accusé dicta et signa sa déposition, un peu plus tard.

Samuel William Murphy, cocher à la station de fiacres de Judd Street, King's Cross, déclara que le jeudi 27 juillet, vers 16 h 30, il attendait dans sa file sur Kingsland High Street lorsqu'un gamin qu'il employait comme rabatteur de clients vint le trouver. Suite à ce que le garçon lui dit, il se rendit à Devon Villa, dans Navarino Road, pour charger un client qu'il devait conduire à la gare de Liverpool Street.

Son client était ici présent. Il s'agissait de l'accusé, Alfred Roper. Il était accompagné d'un petit garçon. Une fois arrivé à la gare, l'accusé lui avait déclaré qu'il avait oublié son étui en

argent et avait demandé à Mr. Murphy de le ramener à Nava-
rino Road, après avoir confié l'enfant à un porteur. Mr. Mur-
phy avait ramené l'accusé à Devon Villa et était reparti. On ne
lui avait pas demandé d'attendre.

Robert Grantham, cocher à la station de fiacres de Dalston
Lane, Hackney, déclara que vers 18 heures ou un peu plus
tard, il attendait dans sa file lorsqu'un homme s'était appro-
ché et lui avait demandé de l'emmener à la gare de Liverpool
Street. Il le conduisit jusque là-bas et vit son client franchir les
enceintes de la gare.

MR. TATE-MEMLING : *«Avez-vous remarqué un détail parti-*
culier, concernant cet homme?

— Oui, il s'était coupé la main.

— Quelle main?

— Je ne saurais vous dire.

— Avez-vous vu sa blessure?

— Non, il s'était bandé la main avec son mouchoir. Mais le
sang avait filtré au travers et avait même taché la manche de
son manteau.

MR. TATE-MEMLING *(qui devait fort bien savoir la réponse*
décevante que provoquerait sa question): *Seriez-vous en*
mesure d'identifier l'homme qui est monté dans votre fiacre ce
jour-là, monsieur Grantham?

— Identifier, je n'irais pas jusque-là. Je pourrais vous dire à
qui il ne ressemblait pas. Il ne s'agissait pas de vous, ni de
vous, votre Honneur.

LE JUGE EDMONDSON *(interrompant le témoin, contrairement*
à son habitude): *Vous pouvez vous dispenser de telles alléga-*
tions, monsieur Grantham.

— Bien, votre Honneur.

— L'homme qui est monté dans votre fiacre le 27 juillet se
trouve-t-il dans l'enceinte de ce tribunal?

— Je n'en suis pas certain. Ce n'était pas un jeune homme,
mais pas un vieillard non plus. Je ne l'ai pas examiné en
détail. J'ai tellement de clients, je ne fais pas toujours atten-
tion à leur visage.

MR. DE FILIPPIS *(s'adressant au témoin)*: *Mais vous faites*
attention à leurs mains?

— Cela m'arrive parfois.

— Vous ne vous souvenez pas du visage de cet homme, mais
vous vous rappelez qu'il avait un mouchoir noué autour de la
main?

— Oui, je m'en souviens bien.

— Votre client était-il l'accusé, Alfred Eighteen Roper?

— Je ne sais pas. Il s'est écoulé trop de temps. »

À cet instant, Mr. de Filippis éternua bruyamment. Il demanda un mouchoir à voix basse et on lui tendit le premier de la pile, ainsi qu'un verre d'eau prélevée dans la carafe.

« Je vous prie de m'excuser, votre Honneur. Pouvez-vous répéter cela, monsieur Grantham?

— Répéter quoi?

— Je vous ai demandé si votre client était l'accusé, Alfred Roper?

— Tout ce que je peux dire, c'est qu'il pouvait s'agir de lui. Mais au fond, je n'en sais rien. »

Le dernier témoin cité par l'accusation était John Smart, présenté comme un employé de Lillie Road, Fulham, et comme le meilleur ami d'Alfred Roper. La présence de Smart provoqua un certain émoi au sein du public qui assistait à l'audience, et il y eut des remous indignés lorsque Mr. de Filippis lui demanda s'il n'était pas l'ami le plus intime de l'accusé. « N'êtes-vous pas, demanda-t-il, celui à qui il confiait les secrets les plus profondément enfouis dans son cœur? »

Mr. Smart fut bien obligé d'admettre que tel était le cas. Avant cela, au cours de son témoignage, il avait raconté comment, lors de diverses rencontres, Roper lui avait avoué à plusieurs reprises l'échec de son mariage. Ils s'étaient retrouvés un jour dans un salon de thé, en avril 1905, non loin de Leicester Square.

À cette occasion, l'accusé lui avait parlé de ce poste qui devait bientôt se libérer, dans une pharmacie de Cambridge. Smart lui avait dit que c'était une excellente idée et avait conseillé à l'accusé d'entreprendre aussitôt les démarches nécessaires. De la sorte, Alfred pourrait soustraire sa famille à l'influence néfaste de sa belle-mère et repartir du bon pied. Mais tels n'étaient pas les projets d'Alfred. Il comptait au contraire abandonner sa femme et sa fille et s'installer à Cambridge avec son fils, en se faisant passer pour veuf. Il avait confié à Smart que d'après lui, Edith n'était pas sa fille. Roper pensait que sa femme le trompait. Il avait avoué à Smart qu'elle manifestait à son endroit des désirs qu'il n'était pas en mesure de satisfaire et cela expliquait (selon lui) qu'elle se tourne vers d'autres hommes.

Interrogé par la défense, Mr. Smart raconta que lors d'une

228

autre rencontre, toujours en avril 1905, ils s'étaient retrouvés
pour aller visiter quelques églises de la ville, comme cela leur
arrivait parfois. Les éclats de rire qui saluèrent cette remarque
furent aussitôt interrompus par le juge, qui pria Mr. Smart de
poursuivre.

L'accusé lui avait déclaré être convaincu que Lizzie, sa
femme, pouvait succomber à n'importe qui. C'était chez elle
une maladie, plutôt qu'un vice. Il la soignait d'ailleurs pour
cela.

« De quelle manière?
— Il ne me l'a pas dit ce jour-là.
— Mais il vous l'a dit plus tard?
— Oui, votre Honneur. Il m'a dit qu'il lui donnait de l'hyos-
cine. Il mélangeait ce produit au sucre qu'elle mettait dans son
thé, afin qu'elle ne s'en aperçoive pas.
— Qu'elle ne s'aperçoive pas de quoi?
— Qu'il lui donnait ce médicament, votre Honneur.
— Connaissiez-vous alors les propriétés de l'hyoscine?
— Je savais qu'il s'agissait d'un poison.
— Étiez-vous au courant de ses propriétés sédatives sur le
plan sexuel?
— Non. Il m'en a parlé, mais je l'ignorais jusque-là. »

Lentement, Mr. de Filippis se leva, but un nouveau verre
d'eau et interrogea ensuite Mr. Smart sur ses relations privilé-
giées avec l'accusé. La cour s'attendait probablement à un
contre-interrogatoire sévère, où il insisterait en particulier sur
ce terme de « poison » utilisé pour qualifier l'hyoscine, mais
l'avocat se contenta de demander :
« Connaissiez-vous Mrs. Elizabeth Roper?
— Oui.
— Vous l'avez rencontrée à plusieurs reprises?
— Oui.
— Il vous est sans doute arrivé de vous trouver seul avec
elle?
— Une ou deux fois, oui. J'étais arrivé un peu en avance et
l'accusé n'était pas encore chez lui.
— A-t-elle... laissez-moi formuler cela le plus courtoisement
possible... a-t-elle jamais manifesté devant vous ces penchants
passionnés qui semblent l'avoir caractérisée?
— Non, jamais. »

Les éclats de rire qui s'ensuivirent furent une fois encore
interrompus par le juge, qui menaça de suspendre la séance si

de tels propos venaient à être répétés. Mais Mr. de Filippis était parvenu à ses fins. La femme qui « succombait à n'importe qui » n'avait pas trouvé John Smart assez séduisant pour lui faire des avances. L'homme avait été repoussé, ce qui expliquait notamment sa présence parmi les témoins à charge.

Ainsi se déroula l'accusation du ministère public contre Alfred Eighteen Roper.

Première plaidoirie de la défense

MR. DE FILIPPIS : « *Votre Honneur, je saisis le tribunal et demande que cette affaire lui soit retirée. Notre législation établit sans ambiguïté qu'un accusé est présumé innocent tant que sa culpabilité n'est pas clairement démontrée. Or, premièrement, absolument rien ne nous prouve que l'arme ayant servi à commettre le forfait se soit jamais trouvée entre les mains de l'accusé. Deuxièmement, rien ne prouve davantage que le crime ait été commis en fin d'après-midi, le 27 juillet. Le temps nécessaire à son exécution était à peine suffisant et, surtout, aucun indice concernant le comportement de l'accusé après la prétendue exécution du crime n'indique qu'il l'ait effectivement perpétré. Troisièmement, nous n'avons pas l'ombre d'un mobile concernant l'acte imputé à l'accusé. Son contentieux avec la victime avait été parfaitement réglé grâce au traitement qu'il lui administrait. Je demande donc à votre Honneur de décréter que l'accusé ne se voie pas exposé à encourir des dommages supplémentaires, sur la base de charges aussi faibles que celles qui ont été avancées devant ce tribunal. C'est à votre Honneur de décider si le jury est ici réuni pour débattre d'un cas de simple présomption.*

LE JUGE EDMONDSON : *Je ne puis accéder à votre demande de retrait de l'affaire.* »

À cet énoncé, Mr. de Filippis remua les lèvres en silence et inclina la tête une fraction de seconde. Il saisit un mouchoir propre et le porta à sa bouche. Au bout de quelques instants, il reprit la parole :

« *Je vais donc faire comparaître l'accusé, ainsi que d'autres témoins. Roper s'expliquera devant vous à la barre, messieurs les Jurés, et il vous appartiendra de juger son histoire. Nous le ferons comparaître à la barre et vous découvrirez un homme blessé, brisé, un homme qui a été victime de deux des pires revers que la fortune puisse infliger à un père de famille dans nos temps de déclin : la perte d'un emploi lucratif et l'inconstance de celle qui aurait dû se montrer une épouse loyale et dévouée. Vous découvrirez un homme rongé par l'inquiétude, brisé par les revers, miné par le destin qu'il lui a fallu endurer – mais vous découvrirez aussi un innocent, prêt à vous exposer avec la plus totale franchise l'histoire récente de sa vie.*

» Et c'est de cette vie qu'il me faut à présent vous parler. Car cela doit être dit, Alfred Eighteen Roper a toujours été un homme honnête et travailleur. Il n'y a pas une seule tache à son caractère, pas la plus infime tache, messieurs les Jurés. Tout ce qui concerne Alfred Roper est limpide, déchiffrable, nous pouvons lire en lui comme dans un livre. Et ce livre ne recèle aucun passage codé, aucune obscurité. C'est un ouvrage que vous pourriez sans la moindre crainte, sans l'ombre d'une hésitation, mettre entre les mains de vos épouses. Il est pur, rien ne l'a entaché. Lisons donc ensemble certains de ses premiers chapitres.

» Dès la mort prématurée de son père, alors qu'il avait seize ans, Roper s'est avéré le pilier et le principal soutien de sa famille. C'est avec un dévouement presque féminin qu'il s'est occupé de sa mère invalide et avec une affection toute fraternelle qu'il a veillé au destin et à l'éducation de ses cadets. Ce fut seulement à la mort de sa mère qu'il se résolut à quitter la demeure familiale de Bury St Edmonds et partit chercher fortune ailleurs. Avec la perspective d'une excellente situation (on lui avait proposé la direction d'une société de promotion pharmaceutique), il quitta son Suffolk natal et vint s'établir à Londres. Qui s'étonnerait qu'après ces années de prime jeunesse, il soit arrivé dans cette ville étrangère avec toute l'innocence de son tempérament ?

» À Londres, il chercha et trouva un logement qui, dans son esprit – naïf et confiant jeune homme qu'il était – devait lui procurer un foyer confortable, un havre de repos au terme de ses journées de labeur. Il y chercha et y trouva de même une épouse, comme cela arrive tôt ou tard à tous les hommes. Y en a-t-il un parmi vous, messieurs les Jurés, qui puisse lui reprocher d'être tombé sur une femme dont le caractère devait s'avérer bien différent du parangon de pureté et de vertu auquel tout honnête homme aspire à bon droit ?

» Mais ainsi allèrent les choses : il l'épousa et vécut avec

elle dans la maison de sa mère, à Devon Villa, sur Navarino Road, dans le district de Hackney. Mrs. Roper donna peu après naissance à un fils, et plus tard à une fille. Mais entre-temps, l'innocence de Roper avait été bien ébranlée et son bonheur fortement altéré. Dans tout le voisinage, où c'était même une source de scandale, il était de notoriété publique que Mrs. Roper avait à ce point oublié ses devoirs matrimoniaux qu'elle était en commerce avec d'autres hommes que son mari, au point que Roper avait acquis la conviction qu'il n'était pas le père de son deuxième enfant.

» Néanmoins, au lieu d'opter pour un divorce qui aurait incontestablement été prononcé en sa faveur, et ayant entrevu l'origine des graves manquements de sa femme, il entreprit de soigner un état qu'il était assez magnanime pour qualifier de maladif. Son traitement semble d'une certaine façon avoir porté ses fruits, au point que renonçant à se séparer de sa femme, il se mit à bâtir des plans pour donner à sa famille la chance d'un nouveau départ. Il comptait lui faire quitter la banlieue londonienne pour l'atmosphère saine et rurale des environs de Cambridge, où il venait de retrouver un emploi digne de ses qualifications, celui de responsable d'une pharmacie.

» J'en viens à présent aux événements qui se déroulèrent le jeudi 27 juillet.

» Roper avait prévu de se rendre à Cambridge en train avec son fils et de s'installer chez sa sœur, dans la bourgade voisine de Fen Ditton, jusqu'à ce qu'il eût trouvé un logement moins provisoire pour sa famille et pour lui-même. Mrs. Roper devait le rejoindre la semaine suivante, dès qu'il aurait la certitude de pouvoir disposer d'un appartement bien à eux. Le jour en question, en fin d'après-midi, il prit congé de sa femme et de sa belle-mère. Puis, en compagnie de son fils – et d'un certain nombre de bagages –, il rejoignit en fiacre la gare de Liverpool Street. Mais à peine arrivé, il réalisa avec quelque contrariété qu'il avait oublié un objet auquel il tenait beaucoup, un étui en argent ayant jadis appartenu à son père et qui contenait de surcroît une somme dont il risquait d'avoir besoin. Après avoir confié son fils et ses bagages à un porteur, il remonta à bord du même fiacre et retourna à Navarino Road.

» Il possédait évidemment les clefs de la maison. Mais il ne s'en servit pas pour y pénétrer, comme il l'aurait indubitablement fait s'il avait été animé d'une intention coupable. Non,

232

messieurs les Jurés, il sonna à la porte d'entrée. Cet homme qui se trouve devant vous, chargé du crime le plus grave dont la société puisse l'accuser – le meurtre prémédité de l'un de ses semblables –, cet homme, loin de chercher à dissimuler sa présence, loin de marcher vers son destin comme un spectre (ainsi que le dit le poète), sonna ouvertement à la porte d'entrée. Et l'on vint répondre à son coup de sonnette.

» Miss Florence Fisher, la domestique, vint lui ouvrir la porte et fit entrer Roper dans sa propre demeure. Il lui exposa le motif de son retour et monta dans les étages supérieurs pour y chercher son étui en argent. Miss Fisher entendit-elle des cris, des coups, des plaintes? Des appels au secours? Non, messieurs les Jurés, elle n'entendit rien de tel. Le calme et le silence régnaient. Et une vingtaine de minutes plus tard, elle perçut le bruit de la porte que l'on refermait doucement.

» Roper se rendit à pied jusqu'à la station de fiacres de Kingsland High Street. En cours de route, il trébucha sur un pavé et tomba, tendant la main en avant pour amortir sa chute. En de telles circonstances on se sert de sa main droite pour se protéger – et ce fut donc à la main droite que Roper se blessa.

» Il noua un mouchoir autour de sa plaie et poursuivit son chemin jusqu'à la station de fiacres, puis rejoignit la gare de Liverpool Street. Cet homme, que l'on accuse ici du meurtre bestial d'une femme à laquelle il aurait hideusement, haineusement tranché la gorge, cet homme, messieurs les Jurés, alla retrouver son fils et le porteur à qui il l'avait confié, sans manifester une nervosité ou une agitation supérieure à celle de quelqu'un qui vient de faire une chute désagréable ou, par étourderie, de manquer son train.

» Il arriva finalement à Cambridge à 21 h 40 ce soir-là et se rendit chez sa sœur, à Fen Ditton. Quant aux tragiques événements survenus à Devon Villa, il devait les apprendre de la bouche des deux policiers venus le trouver chez sa sœur, dans l'après-midi du mardi 8 août.

» Pour ma part, je ne parviens pas à comprendre l'attitude et les méthodes employées par la police dans cette affaire. Aucune recherche n'a été menée pour retrouver l'instigateur de cet horrible crime. Non, messieurs les Jurés, on a tout simplement conclu – selon un raisonnement qui éclaire de manière choquante l'état présent de notre société – que le suspect le plus probable, s'agissant du meurtre d'une femme, était l'homme qu'elle avait choisi entre tous pour protecteur, pour support, pour soutien – bref, pour mari.

» Telle fut la conclusion de la police. Mais les preuves avancées par l'accusation avoisinent quasi le néant. En sélectionnant certains témoignages (au détriment des autres), l'accusation n'est même pas en mesure d'établir que Roper est l'auteur de ce crime, l'un des plus monstrueux des temps modernes. »

Témoins cités par la défense

La domestique et cuisinière de Devon Villa fut sans conteste le principal témoin cité par la défense. Elle aurait d'ailleurs tout aussi bien pu être citée par la partie adverse car sa déposition ne fit preuve d'aucun parti pris. Elle ne manifesta pas plus de sympathie que d'antipathie à l'égard de Roper. Elle se comporta avec une grande impartialité, dans l'intention évidente d'exposer la vérité.

À l'époque du procès, Florence Fisher avait vingt-trois ans. Elle était au service de Maria Hyde depuis l'âge de treize ans et son installation dans la maison avait immédiatement précédé l'arrivée de Roper. C'était une femme de grande taille, bien bâtie, aux yeux bleus, aux cheveux roux et bouclés. Ces détails nous sont connus grâce à un récit relatif à la famille Hyde-Roper que confia au Star *une de leurs voisines de Navarino Road, Cora Green. Celle-ci nous dit que Miss Fisher était de constitution robuste, qu'elle jouissait d'une bonne santé et travaillait d'arrache-pied. Mrs. Green nous révèle aussi — cherchant peut-être à satisfaire les désirs de la presse, toujours avide d'histoires romantiques même si celle-ci était indubitablement vraie — que Florence Fisher était sur le point de se marier.*

Mr. de Filippis lui demanda d'abord depuis combien de temps elle était employée à Devon Villa et quelles y étaient ses fonctions. Il la pria ensuite d'exposer à la cour et aux jurés ce qui s'était passé dans la matinée du lundi 10 juillet.

« Mon maître, Mr. Roper, m'a annoncé qu'il me donnait mon congé et que je quitterais mes fonctions à la fin du mois. Il m'a dit qu'il allait s'établir dans le Nord avec sa famille, à l'exception de Mrs. Hyde. Mr. Roper m'a dit que Mrs. Hyde allait se retrouver seule et n'aurait donc plus besoin de domestique.

— Qu'avez-vous fait ensuite?

— Je ne voulais pas partir. Je suis allée trouver Mrs. Hyde

234

et lui ai demandé de me garder à son service. Elle m'a répondu...

— *Vous n'avez pas à rapporter les propos de Mrs. Hyde. Tenez-vous-en à vos actes. Qu'avez-vous fait après votre discussion avec Mrs. Hyde?*

— *Je suis restée à Devon Villa. Je n'ai pas cherché de nouvel emploi, car je comptais alors me marier au début de l'année prochaine.*

— *Est-il exact que votre mariage n'aura pas lieu, que vos fiançailles ont été rompues et que vous êtes actuellement au service de Mr. et Mrs. Summer, à Stamford Hill, au nord de Londres?*

— *Oui, monsieur.*

— *Il faut dire votre Honneur, Miss Fisher. Vous êtes donc restée à Devon Villa et vous vous y trouviez le 27 juillet?*

— *Oui, votre Honneur.*

— *Racontez, je vous prie, à la cour ce qui s'est passé le jeudi 27 juillet.*

— *Mr. Roper est venu me trouver dans l'après-midi et m'a donné une demi-couronne. Il m'a dit que nous ne nous reverrions plus, puisque j'allais quitter ma place et qu'il partait lui-même à Cambridge pour prendre ses nouvelles fonctions. Il comptait s'y rendre en train et emmener Edward avec lui. Mrs. Roper et le bébé devaient les rejoindre bientôt. Il n'a pas précisé quand, il a juste dit : bientôt.*

— *L'avez-vous vu quitter la maison?*

— *Non. J'étais à la cuisine avec Mrs. Hyde. Elle m'avait dit que Mrs. Roper ne se sentait pas très bien et qu'elle allait s'occuper du bébé comme elle le faisait souvent à cette heure-là, afin que Mrs. Roper... »*

Mr. de Filippis tarda relativement à interrompre Miss Fisher. Le jury n'en saisit peut-être pas très bien la raison mais Mr. Tate-Memling, lui, avait parfaitement compris. Il se leva au moment même où l'avocat déclarait :

« Vous n'avez pas à rapporter les propos de Mrs. Hyde, sauf si l'accusé était présent à ce moment-là. Était-ce le cas?

— *Non.*

— *Q'avez-vous fait à la suite de cette conversation avec Mrs. Hyde?*

— *J'ai coupé du pain et du beurre. J'ai ouvert une boîte de saumon en conserve et j'ai disposé le tout sur un plateau, à côté de la théière, du sucrier et du lait pour le bébé.*

– Avez-vous monté ce plateau à Mrs. Roper?

– Non, c'est Mrs. Hyde qui s'en est chargée.

– Quelle heure était-il, Miss Fisher?

– Un peu plus de 17 heures.

– Vous avez découpé les tartines avec le couteau à pain?

– Oui, votre Honneur. »

On présenta alors à Miss Fisher le couteau avec lequel Mrs. Roper avait été égorgée; elle le contempla et devint brusquement très pâle. Mr. de Filippis saisit sa carafe et versa de l'eau dans le second verre. Il demanda au témoin si elle avait besoin de se rafraîchir ou si elle désirait s'asseoir.

« Non, merci, cela ira comme ça.

– Dans ce cas, Miss Fisher, pouvez-vous certifier que le couteau qui vient de vous être présenté et dont vous avez supporté la vue, je dois le dire, avec une grande force morale, si ce couteau est bien celui dont vous vous êtes servie pour découper les tartines de Mrs. Hyde, peu après 17 heures cet après-midi-là?

– Oui, c'est bien celui-là.

– Qu'avez-vous fait de ce couteau après vous en être servie?

– Je l'ai rincé, votre Honneur, avant de l'essuyer et de le remettre dans le tiroir.

– Dans le tiroir où il était habituellement rangé?

– Oui, à côté de la panière.

– Que se passa-t-il ensuite?

– La sonnette de la porte d'entrée a retenti. Je suis allée ouvrir et j'ai aperçu Mr. Roper. Il m'a dit qu'il avait oublié son étui en argent.

– Saviez-vous à quoi il faisait allusion?

– Oui, votre Honneur. Il était très attaché à cet objet qui avait appartenu à son père. Il n'aurait pas voulu partir sans l'emporter.

– S'est-il rendu dans la cuisine?

– Je ne crois pas. Il n'en aurait pas eu le temps. Je suis allée chercher du linge dans la salle à manger. Pendant que je m'y trouvais, j'ai entendu Mr. Roper monter l'escalier. Et j'ai ramené le linge à la cuisine juste après.

– Quand Mr. Roper a-t-il quitté la maison?

– Une vingtaine de minutes plus tard. Je ne l'ai pas vu partir mais je l'ai entendu refermer la porte d'entrée. »

Florence Fisher décrivit ensuite la manière dont s'étaient déroulées la soirée et la matinée suivantes. Elle n'avait ni aperçu ni entendu Lizzie Roper et sa mère. Au cours de la soirée, il faisait si chaud qu'elle avait sorti une chaise et s'était installée dans le jardin, derrière la maison. Le lendemain matin, vers 8 heures, Edith était descendue toute seule, ce qui lui arrivait souvent. Florence lui avait donné son petit déjeuner au sous-sol, dans la cuisine. La fillette savait à peine prononcer quelques mots et ne lui avait donc pas dit où étaient sa mère et sa grand-mère.

LE JUGE : *Vous n'avez pas à rapporter ce que la fillette vous a dit.*

FLORENCE FISHER : *Elle ne m'a rien dit du tout.*

MR. DE FILIPPIS : *Je vous remercie, votre Honneur. Miss Fisher, avez-vous été surprise de ne pas voir apparaître Mrs. Roper ou Mrs. Hyde?*

MISS FISHER : *Non, votre Honneur, pas le moins du monde. Il leur arrivait fréquemment de ne pas se lever avant la fin de la matinée ou le repas de midi.*

— Les avez-vous aperçues à un autre moment de la journée?

— Non, je ne les ai vues ni l'une ni l'autre ce jour-là. J'ai renvoyé la fillette jouer en haut avec sa mère, parce que je devais aller faire les courses. Je ne les ai plus jamais revues, l'enfant y compris, à compter de ce moment-là. »

Mr. Tate-Memling procéda ensuite au contre-interrogatoire. Le public et le jury ne comprirent peut-être qu'à cet instant-là les raisons qui avaient poussé M. le Juge Edmondson à rejeter la demande de retrait de l'affaire, malgré les arguments avancés par la défense.

« *Miss Fisher, vous avez déclaré à la cour et au jury que vous aviez préparé un plateau contenant une théière, un pot de lait et un sucrier, ainsi sans doute que quelques tasses, à la demande de Mrs. Hyde.*

— Oui, c'est ce que j'ai fait.

— Qui a monté ce plateau à l'étage?

— Mrs. Hyde.

— Saviez-vous que Mrs. Hyde avait le cœur malade?

— Oui, votre Honneur.

— Vous saviez aussi, ou vous pouviez constater que c'était une vieille dame. Quel âge avez-vous, Miss Fisher?

— Vingt-trois ans.

— Vous avez vingt-trois ans et Mrs. Hyde en avait soixante-sept, c'est bien cela? Miss Fisher, lorsque vous avez introduit l'accusé dans la maison le 27 juillet, vers 17 h 30, avez-vous discuté avec lui de cette affaire d'étui oublié?

— *Je lui ai proposé de l'aider à le rechercher.*

— *Et qu'a-t-il répondu?*

— *Que ce n'était pas nécessaire. Il m'a dit que j'avais sûrement du travail de mon côté et je lui ai répondu qu'effectivement, il fallait que je mette une lessive en route. Dans ce cas, m'a-t-il dit, allez vous en occuper. Et il a ouvert la porte de la salle à manger pour me laisser passer.* »

Mr. Tate-Memling *marqua ici une longue pause, dans le but évident de laisser les jurés méditer cette déclaration lourde de sens. Au bout de trente secondes, il s'éclaircit la gorge et reprit :*

« *Miss Fisher, sucrez-vous votre thé?*

— *Je vous demande pardon, monsieur?*

— *Je vous répète ma question et vous assure que je suis tout à fait sérieux : mettez-vous, oui ou non, du sucre dans votre thé?*

— *Non, je n'en mets pas.*

— *Les autres habitants de Devon Villa agissaient-ils de même?*

— *Seule* Mrs. Roper *sucrait son thé. Ni* Mr. Roper *ni* Mrs. Hyde *n'en prenaient et Edward ne buvait pas de thé.*

— *Mais la victime,* Mrs. Roper, *sucrait toujours son thé?*

— *Oh, oui, votre Honneur. Je l'ai souvent vue faire, elle en mettait trois bonnes cuillerées.*

— *Très bien,* Miss Fisher, *vous ne sucrez donc pas votre thé. Votre érémitisme s'étend-il à la non-absorption de matières grasses et de pain beurré?* »

En plaisantant de la sorte, Mr. Tate-Memling *espérait faire sourire les membres les plus cultivés du jury aux dépens de la pauvre domestique, mais sa ruse se retourna contre lui. Elle n'avait pas la moindre idée de ce qu'il voulait dire et se tourna vers lui en le fixant d'un air interloqué. S'extirpant de sa léthargie, le juge fit l'une de ses rares interventions :*

« *Vous feriez mieux de vous exprimer dans un anglais courant, maître* Tate-Memling. *J'ignore pour ma part ce que signifie érémitisme et je n'ai pas de dictionnaire sous la main.* »

Mr. de Filippis *émit un son qui ressemblait à un braiment et qui était peut-être un éclat de rire, mais qu'il acheva par un éternuement bruyant, exigeant du même coup qu'on lui tende un nouveau mouchoir. Il saisit ensuite sur son plateau le coussin pneumatique et se mit en devoir de le gonfler, dans le plus profond silence.*

238

MR. TATE-MEMLING *(avec raideur)* : « *Je vous prie de m'excusez, votre Honneur. Laissez-moi vous poser ma question autrement, Miss Fisher. Il était 17 heures lorsque vous avez confié le plateau contenant du pain, du beurre et divers autres ingrédients à Mrs. Hyde. Vous n'êtes probablement pas allée vous coucher tout de suite. N'avez-vous rien mangé dans la soirée?*

— J'ai mangé du pain beurré. Je m'étais préparé quelques tartines en même temps que celles destinées à Mrs. Hyde. Puis j'ai rincé et essuyé le couteau, avant de le ranger.

— Avez-vous mangé du pain le lendemain matin, au petit déjeuner?

— Non.

— En avez-vous donné à la fillette?

— Non, elle a pris du porridge.

— Avez-vous ouvert le tiroir où se trouvait le couteau?

— Non, pas alors.

— Quand l'avez-vous ouvert la fois suivante?

— Je l'ignore. Je ne m'en souviens pas. Pas ce jour-là.

— Vous parlez du 28 juillet?

— Oui, je suis sûre de ne pas l'avoir ouvert ce jour-là. Je ne me sentais pas bien, je n'ai strictement rien mangé. J'étais malade en revenant de faire les courses. Il n'y avait personne à la maison, c'est du moins ce que je croyais, et je suis allée me coucher.

— Aussi étrange que cela vous paraisse, la cour se soucie peu de votre atonie ou de vos états somnolents, Miss Fisher...

— Maître Tate-Memling! intervint le juge avec une certaine rudesse.

— Excusez-moi, votre Honneur. Miss Fisher, quand avez-vous revu ce couteau à pain?

— Je ne l'ai jamais revu, votre Honneur. C'est la police qui l'a retrouvé, dans le jardin je crois bien. »

À cet instant, Mr. de Filippis plaça le coussin pneumatique sur son siège et s'assit par-dessus, en poussant un profond soupir. Mr. Tate-Memling le dévisagea avant de reprendre son interrogatoire.

« *Quand avez-vous constaté la disparition de ce couteau?*

— Je ne sais pas. Je l'ai cherché le dimanche, nous étions donc le 30, et je ne l'ai pas trouvé.

— Mais vous l'aviez cherché avant? Ne me dites pas que vous ne l'aviez pas cherché depuis le 27 juillet, à 17 heures?

– Non, je ne l'avais pas cherché.

– Nous savons, messieurs les Jurés, que le pain constitue la base même de notre alimentation. L'Écriture nous enseigne que l'homme ne peut se nourrir uniquement de pain, qu'il a également besoin d'alimenter son âme. Mais quelle que soit la nature de ces nourritures spirituelles, le seul aliment véritablement adapté à ses besoins matériels, c'est le pain. Vous-mêmes, messieurs les Jurés, vous pourriez sans nul doute affirmer ne pas vous en être passé un seul jour de votre vie. Et pourtant, Miss Fisher vous demande de croire qu'elle a vécu trois jours en se privant de pain, que trois journées se sont écoulées, du 27 juillet au soir jusqu'au 30, sans qu'elle avale la moindre miette de pain. C'est bien ce que vous venez de nous dire, Miss Fisher?

– J'étais malade. Je n'avais pas faim. »

Mr. Tate-Memling marqua une pause significative. Puis il reprit :

« Tandis que vous étiez dans la salle à manger et rassembliez le linge sale, où se trouvait l'accusé?

– Dans l'entrée, je suppose.

– Vous supposez... Vous ne pouviez évidemment pas le voir.

– Je l'ai entendu monter l'escalier.

– Combien de temps s'est-il écoulé entre le moment où vous avez pénétré dans la salle à manger et celui où vous l'avez entendu monter?

– Très peu de temps.

– Qu'appelez-vous " très peu de temps ", Miss Fisher? Une minute? Trente secondes? Quinze secondes?

– Je ne saurais vous dire.

– Puis-je requérir votre indulgence, votre Honneur, et demander que nous observions tous une minute de silence, afin que Miss Fisher – ainsi que le jury – se rendent compte de la longueur du temps écoulé?

– Si vous l'estimez indispensable...

– Je vous remercie, votre Honneur. »

On observa donc une minute de silence. Florence Fisher déclara qu'il s'était écoulé beaucoup moins de temps entre son entrée dans la salle à manger et le moment où Roper était monté.

« Moitié moins de temps, diriez-vous?

– Entre les deux, je crois.

– Vous avez donc attendu le vendredi 4 août pour monter au deuxième étage de Devon Villa, c'est bien cela Miss Fisher?

— Oui, c'était le vendredi.

— Vous étiez employée à Devon Villa pour l'entretien de la maison, n'est-ce pas?

— Et pour faire la cuisine. Et m'occuper du bébé.

— Mais l'entretien de la maison faisait partie de vos fonctions?

— Oui.

— Et pourtant, vous n'avez pas fait le ménage au-delà du premier étage, sept jours durant...

— Je les croyais tous partis à Cambridge. »

Il y eut quelques rires dans la salle, mais pas suffisamment pour que M. le Juge Edmondson daigne sortir de sa torpeur et réclamer le silence. Mr. James Wood, porteur à la Great Eastern Railway, domicilié à Globe Road, dans le Bow, se présenta ensuite à la barre des témoins. Il déclara qu'il se trouvait à la gare de Liverpool Street peu avant 17 heures dans l'après-midi du jeudi 27 juillet. Un homme qu'il reconnaissait aujourd'hui comme étant l'accusé l'aborda alors et lui demanda de surveiller un petit garçon de cinq ou six ans, ainsi qu'un grand nombre de bagages. Il lui donna six pence à cet effet et lui expliqua qu'il avait oublié chez lui un objet dont il avait impérativement besoin et qu'il reviendrait aussitôt qu'il l'aurait récupéré.

MR. DE FILIPPIS : « Est-il revenu?

— Oui. Il s'est absenté une heure environ, un peu plus peut-être, une heure et demie au maximum.

— À son retour, comment l'avez-vous trouvé?

— Il était contrarié parce qu'il avait manqué son train. Je dirais qu'il était un peu agité. Il m'a dit qu'il avait dû marcher un bon moment avant de trouver un fiacre. Il avait un bandage à la main droite.

— Un bandage ou un mouchoir?

— Un morceau de tissu blanc, je ne sais pas quoi au juste.

— Qu'avez-vous remarqué, concernant ses vêtements?

— D'après mes souvenirs, ils étaient dans le même état que lorsqu'il m'avait demandé de garder son fils.

— Y avait-il des taches ou des traces quelconques sur ses vêtements?

— Je n'ai rien remarqué de tel. »

Au cours de son contre-interrogatoire, Mr. Tate-Memling demanda :

« N'avez-vous pas trouvé qu'une heure et demie, c'était bien long pour faire un aller et retour en fiacre de Liverpool Street à Hackney? Il aurait eu le temps de faire le trajet à pied...

– Je proteste, votre Honneur! »

Mr. de Filippis se dressa, l'air furieux :

« Votre Honneur, quelle compétence ou quelle connaissance possède donc le représentant du ministère public pour oser affirmer une chose pareille? A-t-il lui-même fait ce trajet? Je doute qu'il puisse seulement dire au jury la distance exacte que cela représente. Et en vertu de quoi se croit-il autorisé à estimer ainsi les éventuelles capacités athlétiques de Mr. Roper?

– Très bien. Cette remarque ne figurera pas dans les actes du procès. Poursuivez, maître Tate-Memling, si vous souhaitez poser d'autres questions au témoin. Et vous pouvez vous dispenser de vos considérations déambulatoires, pour employer une terminologie que vous affectionnez. »

Mais Mr. Tate-Memling n'avait rien d'autre à ajouter. En dépit des reproches qu'il avait encourus, il pensait assurément avoir marqué un point important, sur cette question de la distance séparant Navarino Road de Liverpool Street. Il se rassit d'un air satisfait tandis qu'Alfred Roper lui-même se présentait à la barre.

15

LE PROCÈS D'ALFRED ROPER
(suite)

Robert Fitzroy, un journaliste qui couvrait le procès et qui suivit l'ensemble des audiences, publia peu après son propre compte rendu, qui comportait notamment une description détaillée de Roper :

« L'homme, écrivait-il, paraissait nettement plus vieux que son âge. Il avait des cheveux grisonnants et une calvitie précoce, révélant un front large et ridé. D'une taille gigantesque (appréciation qui nous amène à conclure que Mr. Fitzroy n'était lui-même pas très grand), maigre au point de paraître émacié, il avait le dos fortement voûté, des épaules tombantes et la tête penchée, inclinée sur sa poitrine, le menton appuyé sur le revers de son manteau.

» Il était vêtu de noir, ce qui soulignait plus encore l'extrême pâleur de son visage et le faisait ressembler à un malade. Ses yeux noirs comme du charbon étaient entourés de cernes sombres. Ses joues étaient creusées et ses pommettes saillaient exagérément. Il avait une bouche assez large mais qui tremblait constamment, ce qui l'obligeait à serrer sans arrêt les lèvres, en une mimique aussi nerveuse que fréquente.

» Lorsqu'il s'avança pour répondre aux questions de Mr. Howard de Filippis, sa voix aiguë, presque criarde, surprit considérablement l'assistance. Attendu l'aspect bourru du personnage, nous nous attendions tous à ce qu'il s'exprimât avec

243

vigueur et fermeté, mais son débit traînant et fluet évoquait
plutôt les gémissements d'une vieille femme. »

Il est facile de prétendre aujourd'hui que Roper fut son pire
ennemi au cours de ce procès, et que son apparition n'arrangea
nullement son affaire. Il ne s'adressa pas une seule fois au
juge en le désignant par son titre. Et il ne livra pas l'ombre
d'un renseignement, en dehors de ce qui lui était strictement
demandé. Il est possible que les récents événements (la mort de
sa femme, les conditions de son arrestation puis de son procès)
aient brisé un ressort en lui, mais dans l'ensemble il faisait
l'effet d'être totalement demeuré. L'assistance pouvait se dire
à juste titre qu'aucune femme n'aurait pu vivre avec un individu pareil sans devenir folle ou aller se consoler auprès
d'autres hommes.

Son avocat, qui lui posa quelques questions sur son mariage
et la manière dont il vivait, n'obtint que des réponses monosyllabiques. Lorsqu'on en arriva à l'histoire de l'hyoscine,
Roper se montra un peu moins taciturne. On l'entendit même
pousser un profond soupir.

« Vous vous êtes procuré du bromure d'hyoscine, c'est bien
cela?

— J'en ai acheté. J'ai signé le registre.

— Donniez-vous de l'hyoscine à votre femme?

— Je la mélangeais au sucre qu'elle mettait dans son thé.

— Quelle quantité lui administriez-vous?

— Je faisais attention à ne pas dépasser la dose. J'en mélangeais 0,5 gramme à une livre de sucre.

— Pouvez-vous exposer à la cour les raisons qui vous avaient
poussé à administrer de l'hyoscine à votre femme?

— Elle souffrait d'une maladie nommée nymphomanie.
L'hyoscine supprime les trop fortes pulsions sexuelles.

— Avez-vous jamais eu l'intention de provoquer la mort de
votre femme?

— Non, jamais. »

Lorsque Mr. de Filippis en vint aux événements qui l'avaient
amené à quitter Devon Villa le 27 juillet, Roper retomba dans
son discours monosyllabique. La tête penchée, le menton sur la
poitrine, il marmonnait entre ses dents et il fallut lui demander d'élever la voix.

« Lorsque vous êtes revenu chez vous, vous n'avez pas
demandé au fiacre de vous attendre?

244

— Non.

— Pourquoi cela?

— Ça pouvait prendre du temps.

— Qu'est-ce qui pouvait prendre du temps?

— Je ne me souvenais plus où j'avais mis l'étui. »

Il faisait des progrès : sa dernière phrase comportait neuf mots. Mr. de Filippis poursuivit :

« Pouvez-vous dire à la cour pourquoi vous ne vous êtes pas servi de votre clef pour pénétrer dans la maison?

— Je n'avais pas de clef. Je ne l'avais pas emmenée. Je ne pensais pas revenir.

— Vous aviez tiré le rideau sur cette partie de votre vie?

— Oui.

— Florence Fisher vous a introduit dans la maison. Qu'avez-vous fait ensuite?

— Je suis monté.

— Vous êtes monté tout de suite à l'étage?

— Non. J'ai d'abord cherché l'étui dans le tiroir du guéridon.

— Le guéridon du vestibule?

— Oui.

— Combien de temps cela vous a-t-il pris? Trente secondes?

— Oui.

— Puis vous êtes monté?

— Oui.

— Qu'avez-vous fait une fois là-haut? »

À cet instant, Roper parut se souvenir que sa vie était en jeu, dans ce procès. S'il était reconnu coupable de ce crime, il serait très certainement pendu et l'exécution aurait sans doute lieu dans les deux ou trois semaines suivantes. Pour employer une expression courante, il se ressaisit.

« Qu'avez-vous fait une fois là-haut?

— Je suis monté au deuxième étage et je suis allé dans la chambre de ma femme — enfin, la chambre que nous partagions, elle et moi. Elle s'y trouvait, en compagnie de sa fille Edith et de sa mère. Ma femme était en chemise de nuit mais n'était pas couchée. Il y avait de la nourriture sur un plateau et les ingrédients nécessaires pour le thé.

— Leur avez-vous parlé?

— J'ai demandé à ma femme si elle savait où était mon étui. Elle m'a dit qu'elle le croyait fixé à la chaîne de ma montre. La plupart de mes vêtements étaient dans mes valises mais j'avais encore un costume dans l'armoire, ma femme devait

245

l'emmener en venant me rejoindre à Cambridge. J'ai inspecté les poches du costume mais l'étui n'y était pas.

— Avez-vous cherché ailleurs?

— J'ai regardé dans les tiroirs du secrétaire. Je me souviens que ma femme m'a dit que j'avais sûrement manqué mon train. Je leur ai une fois encore dit au revoir, et en quittant la chambre je me suis rappelé que j'avais posé l'étui le matin même sur le manteau de la cheminée, dans la salle à manger. Je l'ai effectivement trouvé là et je suis reparti.

— Combien de temps êtes-vous resté à la maison?

— Un quart d'heure, peut-être un peu plus.

— Êtes-vous allé à la cuisine?

— Non.

— Vous n'êtes pas allé à la cuisine? Vous n'avez pas sorti un couteau à pain du tiroir?

— Bien sûr que non.

— Vous vous êtes rendu à la station de fiacres de Kingsland High Street. Que vous est-il arrivé en cours de route?

— J'ai buté contre un pavé disjoint, au bord du caniveau, dans Forest Road. J'ai tendu la main pour amortir ma chute et je me suis écorché. Ma main saignait et je l'ai enveloppée avec mon mouchoir. J'ai trouvé un fiacre qui m'a ramené à la gare de Liverpool Street, où mon fils m'attendait.

— Avez-vous tué votre femme?

— Bien sûr que non.

— Vous n'avez pas tué votre femme en lui tranchant la gorge avec un couteau à pain?

— Non. »

La séance fut suspendue et, le quatrième jour du procès, Mr. Tate-Memling se leva pour procéder au contre-interrogatoire de Roper. Il n'obtint lui aussi que des réponses monosyllabiques en interrogeant l'accusé sur ses premières années de mariage, sa conviction qu'Edith n'était pas sa fille et les confidences qu'il avait faites à John Smart à ce sujet. Lorsqu'il en arriva à l'achat et à l'administration de l'hyoscine, il demanda à Roper comment celui-ci avait eu connaissance des propriétés de ce produit et Roper lui répondit qu'il avait lu un article à ce sujet du temps où il travaillait à la Compagnie du Souverain Remède. Mr. Tate-Memling s'apesantit lourdement sur les propriétés toxiques de l'hyoscine.

« La dose mortelle est de 0,25 gramme, c'est bien cela?

— Je crois.

– *Vous avez entendu le docteur Pond l'affirmer. Je ne pense pas que vous puissiez contester sa déclaration. Vous êtes donc d'accord avec lui : la dose mortelle est de 0,25 gramme ?*

– *Oui.*

– *Vous avez déclaré à la cour que vous en aviez versé 0,5 gramme dans le sucrier dont votre femme était la seule à se servir ?*

– *Oui, mais mélangé à une livre de sucre.*

– *Peu importe le sucre. Vous avez donc introduit une dose mortelle de cette substance toxique dans un produit que votre femme était la seule à consommer ? »*

Roper manifesta à cet instant son premier signe d'indignation :

« Je ne présenterais pas les choses ainsi.

– *Voulez-vous insinuer que votre compétence concernant les substances toxiques est supérieure à celle du docteur Pond ?*

– *Non, mais...*

– *Il me semble que les choses sont claires. Lorsque vous êtes retourné à Devon Villa vers 17 h 30, le 27 juillet, pourquoi ne vous êtes-vous pas servi de votre clef ?*

– *Je ne l'avais pas emmenée. Elle était dans la maison.*

– *À côté de ce fameux étui, j'imagine ?*

– *J'ignore où elle se trouvait.*

– *Après vous avoir fait entrer, Miss Fisher s'est rendue dans la salle à manger ?*

– *J'ignore où elle s'est rendue.*

– *Elle s'est rendue dans la salle à manger et vous êtes allé à la cuisine pour prendre le couteau à pain ?*

– *Non. J'ai cherché mon étui dans le tiroir du guéridon. Comme il n'y était pas, je suis monté à l'étage.*

– *Vous vous êtes rendu dans votre chambre, où vous avez trouvé votre femme seule, endormie dans son lit ?*

– *Elle ne dormait pas.*

– *Elle dormait, n'est-ce pas, comme cela lui arrivait souvent à ce moment de la journée, à cause des effets soporifiques de l'hyoscine ?*

– *Elle ne dormait pas et n'était pas dans son lit.*

– *N'avez-vous pas songé qu'elle constituait une victime idéale, profondément endormie comme elle l'était sous l'effet de la drogue, seule et couchée dans son lit ?*

– *Non.*

– *Son sommeil n'était-il pas si profond qu'elle n'a même*

pas bronché ni poussé le moindre cri lorsque vous lui avez tranché la gorge?

— Je n'ai rien fait de tel.

— Vous vous étiez protégé avec la courtepointe mais le sang a tout de même giclé sur votre main et sur la manche de votre manteau?

— Le sang venait de cette écorchure à la main. »

Mr. Tate-Memling harcela Roper sans relâche au sujet des quinze minutes qu'il avait passées dans la maison, mais l'accusé ne céda pas et ne modifia pas ses réponses. Mr. de Filippis se moucha et but un verre d'eau. Il avait utilisé cinq de ses mouchoirs et il ne lui en restait plus qu'un seul de propre. La scène atteignit son intensité maximale lorsque l'avocat général posa à l'accusé une question évidemment char-gée d'une certaine émotivité. Un frisson parcourut l'assistance, non pas à l'énoncé de la question, mais lorsque Roper y répondit.

«Aimiez-vous votre femme?

— Non, je ne l'aimais plus. »

Plaidoirie finale de la défense

« Messieurs les Jurés, je vous remercie pour l'attention sans faille que vous avez manifestée tout au long de cette affaire. Je voudrais simplement vous rappeler qu'il vous faudra pronon-cer votre verdict — dont la responsabilité vous incombe — non pas en fonction des diverses plaidoiries ou de l'allocution que vous fera le juge, mais en fonction des preuves, et d'elles seules.

» La législation n'a pas encore fait litière de cette présomp-tion d'innocence qui est à la base de notre système juridique en matière criminelle. J'avais espéré que mon estimable confrère, représentant le ministère public en cette affaire, allait finale-ment déclarer qu'il renonçait à ses poursuites puisque le cas qui nous occupe repose sur de simples présomptions. Mais à l'énoncé de ses arguments, je ne pense pas qu'il faille le regret-ter et j'ai la conviction que cela vous conduira assurément à prononcer un verdict de non-culpabilité.

» Est-il concevable qu'un homme commette un crime pareil en plein jour, dans une maison où se trouvaient deux autres femmes et une enfant? Est-il concevable qu'il ait sonné pour

qu'on lui ouvre la porte alors qu'il possédait sa propre clef? Et qu'ayant du sang sur lui, il n'ait même pas cherché à laver sa main ou la manche de son manteau et se soit contenté de nouer un mouchoir autour de son poignet?

» Est-il concevable qu'ayant prémédité son meurtre, il s'en soit remis au plus grand des hasards pour dénicher une arme et qu'il ait dépendu, pour s'en emparer, de l'absence improbable de la domestique de son habituel lieu de travail?

» J'ai attentivement suivi les débats en attendant qu'on nous avance ici ne serait-ce que l'ombre d'un mobile. Il y a deux sortes de meurtres : ceux qui n'obéissent à aucun motif apparent et ceux qui ont un fondement réel. Les premiers sont le fait d'individus que l'on pourrait plus ou moins qualifier de fous. Mais je vous pose la question, messieurs les Jurés : quel est donc le mobile du meurtre qui nous occupe?

» Un homme assassine-t-il sa femme pour la simple raison qu'il a cessé de l'aimer? Si tel était le cas, vu la pente navrante suivie par notre société et le déclin des valeurs ancestrales auprès d'une bonne partie de ses membres, le fait d'assassiner sa femme relèverait déjà de la banalité. Non, un homme qui a cessé d'aimer sa femme se raccroche à son sens du devoir ou à ses obligations, à moins qu'il n'ait recours à la loi, laquelle est en mesure de lui rendre au plus tôt sa liberté. Si sa détresse morale s'avère insupportable, s'il est de surcroît rongé par la jalousie ou la passion, il est possible − certains cas sont là pour nous le prouver − qu'il lève la main sur sa femme, en proie à un brusque accès de violence et de rage entraînant éventuellement la mort. Mais il ne prémédite pas son geste, pas au point d'oublier délibérément ses clefs ou son étui en argent, de droguer sa victime à l'avance et de s'assurer que les éventuels témoins de son crime sont occupés ailleurs dans la maison.

» Qui nous a prouvé que mon client était dans un état d'esprit propice à la perpétration d'un tel crime? L'accusation a-t-elle fait comparaître des témoins prêts à déclarer qu'ils avaient entendu Roper menacer la victime? Vous a-t-on apporté la preuve que la victime et l'accusé se disputaient? L'accusé a-t-il une seule fois levé la main sur la victime, avant ce coup mortel? Non, non et non. Le seul témoignage dont nous disposions, c'est celui d'Alfred Roper lui-même, dont vous mesurez sûrement, messieurs les Jurés, étant vous-mêmes aguerris par la vie, la dimension tragique et à certains égards bouleversante. "Non, vous a-t-il dit, non je ne l'aimais plus."

Tel a été son seul commentaire sur les années de souffrance qu'il a vécues et sur les sentiments qu'il éprouvait : "Je ne l'aimais plus."

» Quant à savoir si, n'étant pas médecin, il a eu raison de décider de traiter sa femme pour ce qu'il estimait être une maladie, ce n'est ni à vous ni à moi d'en juger. Mais au simple énoncé de son témoignage, nous pouvons au moins affirmer une chose : c'est qu'en agissant de la sorte, il a fait preuve d'une attention, d'une patience, d'une générosité exemplaires – car il aurait pu, preuves à l'appui, traîner sa femme devant les tribunaux afin d'exiger le divorce ou la séparation, et la garde de leurs enfants.

» Je dois vous rappeler avec une certaine vigueur, messieurs les Jurés, que l'homme qu'il vous faut juger est accusé de meurtre, et non d'avoir établi un diagnostic erroné ou usurpé le rôle d'un médecin. Ne l'oubliez pas. Même si nous avons la preuve qu'il a agi sur ce plan avec une certaine légèreté, voire une certaine imprudence, nous n'en avons en revanche aucune concernant le meurtre et je vous mets au défi d'envoyer cet homme à la potence sur la base des arguments avancés par l'accusation.

» Je dois vous rappeler que le moment exact de la mort de Mrs. Roper nous est inconnu et le restera à tout jamais. On a pu l'assassiner dans la soirée du 27 juillet, mais tout aussi bien durant la matinée suivante. Aucune preuve, médicale ou indirecte, ne nous permet de trancher la question. La seule chose que l'accusation ait pu relever contre mon client, c'est qu'il avait la main bandée en arrivant pour la seconde fois à la gare de Liverpool Street. Bandée, mais non pas ensanglantée, retenez bien cela, messieurs les Jurés. L'individu que Mr. Grantham a déposé à Liverpool Street avait peut-être du sang sur la main, mais souvenez-vous que le cocher s'est montré incapable d'identifier son client. Il nous a dit que ce dernier avait bien du sang sur la main, mais il n'a pu nous préciser de quelle main il s'agissait, ni identifier cet homme de manière formelle. Il ne l'a pas reconnu parmi les personnes présentes dans l'enceinte de ce tribunal.

» Mr. Wood, le porteur de Liverpool Street, a remarqué que Roper avait la main droite bandée. Il n'a pas parlé de sang. Rien ne nous permet d'affirmer que l'homme entrevu par Mr. Grantham et qui avait du sang sur la main soit effectivement Roper. Il pourrait tout aussi bien s'agir de n'importe quel *autre individu ayant souhaité se rendre à Liverpool Street ce soir-là.*

» Hormis cela, tout ce que l'accusation reproche à l'accusé c'est d'avoir été marié et de se retrouver veuf. Il était l'époux d'une femme que l'on a assassinée – ergo, dit l'accusation, il est forcément l'auteur du meurtre. Peu importe tous ces hommes, vraisemblablement nombreux, qui ont traversé l'existence de cette créature infortunée dans les années qui précédèrent, et hélas suivirent, son mariage avec l'accusé. On ne les a pas pris en compte. On ne les a pas retrouvés. À dire la vérité, on ne les a même pas cherchés.

» Si vous avez malgré tout l'intime conviction que l'homme qui se tient devant vous a assassiné Elizabeth Roper dans la soirée du 27 juillet, et quoi qu'il vous en coûte, déclarez-le coupable et envoyez-le à la potence. Mais si, guidés par une puissance supérieure à tout pouvoir terrestre, et prenant votre décision en conscience, vous ne pouvez honnêtement vous avouer convaincus par les preuves avancées par l'accusation pour établir la culpabilité de cet homme, alors je vous affirme qu'il est de votre honneur et de votre devoir de décider, comme vous ne pouvez manquer de le faire, qu'Alfred Roper n'est pas coupable du meurtre de sa femme. »

Réquisitoire de l'avocat général

« Je vous demande, messieurs les Jurés, de ne pas attacher trop d'importance à l'apparente absence de mobile dans cette affaire. L'existence d'un mobile clairement établi facilite indéniablement la tâche des jurés, mais n'est pas d'une absolue nécessité. Des cyniques vous diront que tout homme marié possède un mobile suffisant pour assassiner sa femme, mais je ne me rangerai pas à leur côté. Je vous dirai en revanche que, parmi tous ceux qui partageaient la vie d'Elizabeth Roper, nul plus que son mari n'avait de meilleure raison de vouloir se débarrasser d'elle.

» Qu'elle qu'ait été la vérité à son sujet, elle lui apparaissait – pardonnez la virulence de mon vocabulaire – comme une créature libidineuse, licencieuse, immorale, comme une femme aux appétits sexuels voraces et insatiables. Pouvons-nous concevoir qu'il ait envisagé de la droguer jusqu'au terme naturel de son existence ? Ou qu'il se soit réjoui de continuer à vivre ainsi à ses côtés, s'il devait y renoncer ?

251

» Mais l'évidence du mobile n'est pas impérativement néces-saire, surtout lorsqu'on est confronté à un crime pareil, où les circonstances qui entourent l'exécution sont aussi singulières. Avant que nous n'examinions une fois de plus ensemble lesdites circonstances, je voudrais toutefois vous demander s'il vous paraît possible, pour ne pas dire probable, que toute autre per-sonne – quel qu'ait pu être son mobile – ait disposé des condi-tions et du savoir nécessaires à l'exécution de ce crime. Un visi-teur de passage aurait-il su où se trouvait le couteau à pain? Aurait-il su que Mrs. Roper sombrait fréquemment dans un sommeil de plomb à une heure pareille, c'est-à-dire après avoir bu son thé généreusement arrosé d'hyoscine? Aurait-il pu avoir la certitude de la trouver seule, endormie dans sa chambre? Aurait-il réalisé qu'à ce moment précis, la mère de la victime prenait habituellement sa petite-fille avec elle, afin de la lais-ser se reposer tranquillement?

» L'accusé, messieurs les Jurés, était parfaitement au cou-rant de ces faits. Sachant de même avec précision où se trou-vait le couteau, il avait calculé qu'il lui faudrait, non pas une minute, mais à peine une quinzaine de secondes pour mettre la main dessus. Pour parvenir à ses fins, vous avez remarqué qu'il prit soin d'expédier sa domestique dans la salle à manger, afin qu'elle fût hors de sa vue lorsqu'il s'emparerait de l'arme. Avec une politesse dont rien ne nous permet de penser qu'elle lui était coutumière, il ouvrit lui-même la porte de la salle à man-ger pour l'introduire dans la pièce.

» La défense n'a cessé de brandir devant vous le mot "pré-somption". On a même tenté, d'une manière que je n'hésite pas à qualifier d'absurde, de vous convaincre, messieurs les Jurés, que cette affaire ne relevait pas de votre compétence. M. le Juge, dans sa grande sagesse, ne s'est pas laissé abuser par un piège aussi grossier.

» En observant avec impartialité les faits dont vous dispo-sez, peut-on sérieusement contester le fait que l'accusé avait du sang sur la main, ou qu'il a délibérément écarté Miss Fisher de son chemin afin de s'emparer du couteau nécessaire à l'accomplissement de son forfait? Peut-on nier que l'accusé administrait de longue date une substance toxique à sa femme et soutenir avec quelque bonne foi qu'il n'agissait ainsi que pour calmer les élans passionnés de cette infortunée créature?

» Ces faits sont-ils des "présomptions"? Le dictionnaire nous apprend, messieurs les Jurés, que le mot présomption sert

entre autres à qualifier un acte illégal imaginaire, ou conjectu-
ral, dont la réalité n'a pas été prouvée. Cela ne s'applique pas
au cas qui nous occupe. S'il y a présomption dans cette affaire,
elle concerne la manière dont l'accusé a ourdi son plan, dont il
a cherché à empoisonner sa femme, ou dont il a pris soin
d'oublier son étui en argent en se rendant la première fois à la
gare de Liverpool Street.

» Mais il n'y a pas la moindre présomption quant au fait
qu'il administrait une substance toxique à sa femme depuis de
nombreux mois, qu'il l'a droguée dans l'après-midi du 27 juil-
let, ou qu'il s'est débarrassé de Miss Fisher de manière à pou-
voir mettre la main sur l'arme qui devait lui servir à tuer son
épouse. Tout cela, ce sont des faits clairement établis, ce sont
des preuves.

» Je vous demande de prendre votre décision, non pas en
fonction des présomptions, mais des preuves qui ont été avan-
cées devant vous. »

Allocution du juge

L'attitude de M. le Juge Edmondson changeait générale-
ment lorsque arrivait le moment de son allocution. Sa léthar-
gie se dissipait et ceux qui l'avaient soupçonné de ne pas suivre
très attentivement les débats, ou de leur être indifférent, réali-
saient tout à coup que leurs soupçons étaient sans fondements.
Non qu'il se montrât brusquement enjoué, ni qu'il se lançât
dans un discours patelin ou alambiqué : il manifestait plutôt
une grande maîtrise du dossier, une profonde compréhension
des faits, une extrême habileté à trancher entre les subtiles
insinuations lancées tant par la défense que l'accusation, et la
terrible nudité des faits.

Il commença son allocution au jury avec autant de lenteur
que de gravité.

« Je suis extrêmement heureux d'avoir enfin l'opportunité de
vous remercier, messieurs les Jurés, maintenant que votre tra-
vail touche à son terme. J'ignore si ma remarque est à même
de récompenser vos efforts, mais peut-être éprouverez-vous
quelque satisfaction à savoir que vous venez d'assister à l'un
des plus remarquables procès qui se soit tenu devant une cour
anglaise depuis bien des années. Le fait qu'on ait assassiné
cette malheureuse créature ne fait aucun doute. Le meurtre

dont elle a été victime est en tout point remarquable. Il est également certain que son auteur savait parfaitement comment s'y prendre pour mettre à mort l'un de ses semblables avec le maximum de célérité.

» J'ai été amené à juger de nombreuses affaires criminelles, mais jamais à ce jour un meurtre où la victime a visiblement été tuée dans son sommeil, d'un seul coup porté avec une vigueur extrême, et sans résistance apparente de sa part. Cette infortunée créature a été assassinée pendant qu'elle dormait, sans même reprendre conscience, d'un unique coup de couteau asséné avec autant de force que d'adresse, avec beaucoup de calme et de détermination.

» On a beaucoup insisté devant vous sur l'absence de mobile apparent et l'accusation n'est pas parvenue à éclaircir ce point. Il est de mon devoir de vous informer que dans ce genre d'affaires, la perplexité que l'on peut éprouver en s'interrogeant sur les raisons qui ont poussé un être à commettre un acte pareil ne prouve rien en soi. Aucun de nous n'est en mesure de décrypter les pensées, les sentiments ou même les simples mécanismes qui régissent le cœur humain. Le passé nous apprend, vous ne l'ignorez pas, qu'une bonne partie des meurtres les plus violents ont été commis sans le moindre motif apparent, tel du moins que l'esprit d'un homme ordinaire pourrait l'envisager. Aussi, bien que le mobile de l'accusé n'ait pu être établi, ce serait une erreur d'en déduire qu'il n'est pas coupable.

» Il vous appartient de trancher cette affaire en vous basant sur les preuves, et si celles-ci vous semblent suffisamment solides et vous convainquent que l'accusé a bien commis ce crime, alors vous devrez le déclarer coupable. Cette affaire a été excellemment conduite par les deux parties en présence, et d'une manière digne de la meilleure tradition du barreau anglais. Mr. de Filippis a défendu son client avec une habileté et une maîtrise remarquables. Sa thèse est que non seulement l'accusé mérite d'être déclaré non coupable, mais qu'on ne peut rien retenir contre lui. Et si l'on croit l'histoire que nous a présentée l'accusé, ainsi que son comportement, il ne peut effectivement être l'auteur de ce meurtre. Il n'y a pas l'ombre d'une preuve directe contre lui, car nous ne savons pas et ne saurons jamais à quel moment exact le crime a été commis. Souvenez-vous qu'il peut avoir eu lieu à n'importe quel instant entre le jeudi 27 juillet vers 17 h 30 et le vendredi 28 aux environs de midi.

» La grande difficulté à laquelle s'est heurtée l'accusation dans cette affaire, c'est la question du temps. En examinant les faits clairement établis, il faut bien dire que nous n'avons pas plus de raisons de croire qu'Elizabeth Roper est morte dans la soirée du 27 juillet que durant la nuit ou la matinée suivantes. L'accusé a pu s'emparer de l'arme du crime à la cuisine dans la soirée du 27, mais n'importe qui d'autre aurait pu faire de même dans la matinée du 28. Toujours à propos de cette question, vous pouvez laisser de côté le problème du temps mis par l'accusé entre le moment où il a quitté Devon Villa et celui où il a rejoint la gare de Liverpool Street pour la seconde fois. Il a trébuché sur un pavé et il est tombé. Il s'est pansé la main. Il était en retard. Vous n'avez aucune raison de vous attarder sur ces divers problèmes.

» La principale preuve allant à l'encontre de l'accusé tient au fait qu'il a indéniablement administré une substance toxique à sa malheureuse épouse. En agissant de la sorte, il est possible qu'il ait voulu mettre fin à ses jours. Il est tout aussi possible qu'il ait eu un but moins sinistre et ait simplement voulu la libérer de ses pulsions libidineuses. La question n'est pas de savoir quelle était l'intention de l'accusé, mais ce qu'il a effectivement fait : or, Mrs. Roper n'est pas morte empoisonnée par l'hyoscine, mais parce qu'on lui a tranché la gorge. Il est important que vous vous en souveniez lorsque vous établirez votre verdict.

» Les deux parties se sont longuement étendues sur cette décision d'administrer de l'hyoscine, de la part d'un individu qui n'avait pas les qualifications nécessaires. Vous pouvez négliger le fait que, de son propre aveu, l'accusé avait mélangé une dose de 0,5 gramme d'hyoscine – c'est-à-dire une dose mortelle – à une livre de sucre. Il savait fort bien, tout comme nous, que sa femme n'allait pas absorber une livre de sucre en une seule "rasade", si vous me passez l'expression, mais qu'elle la consommerait graduellement, pendant plusieurs jours, à raison peut-être d'une once à la fois.

» Bien qu'il m'appartienne indubitablement de faire tout ce qui est en mon pouvoir pour assurer les intérêts de la justice, de manière que les criminels soient jugés et châtiés ainsi qu'ils le méritent, il est également de mon devoir, messieurs les Jurés, de vous prévenir – ainsi que je le fais devant n'importe quel jury – que, quelle que soit l'antipathie que l'on peut ressentir à l'égard d'un accusé, on ne doit pas prononcer un verdict de culpabilité s'il existe une *possibilité, fût-elle infime,* pour qu'il soit innocent. À mon avis, si forte soit la présomption, l'accusation n'a pas apporté de preuves suffisantes contre le prévenu dans cette affaire.

» Telles que les choses se présentent, je ne pense pas que ces preuves soient assez solides pour justifier de votre part un verdict de culpabilité. À moins que vous n'accordiez plus d'importance que je ne le fais personnellement au témoignage de Miss Fisher, selon lequel l'accusé lui aurait ouvert la porte de la salle à manger, et que vous ne considériez ce geste comme une tentative délibérée pour détourner l'attention de Miss Fisher et la tenir à l'écart de la cuisine, vous n'avez pas la moindre preuve que l'accusé ait effectivement pu s'emparer de l'arme qui a indéniablement servi à commettre ce crime. Là encore, vous devez vous poser la question du temps et vous demander si, dans une telle situation, un homme se préparant à commettre l'acte qu'on l'accuse même d'avoir prémédité aurait pris le risque d'émerger de la cuisine son arme à la main, alors qu'il pouvait croiser Miss Fisher à tout moment. Vous devez également vous demander si un homme ayant eu la main et la manche de son manteau tachées de sang à la suite de ce terrible geste aurait enveloppé sa main dans un mouchoir pour dissimuler ce sang, plutôt que de s'en débarrasser en le lavant.

» En ce qui concerne les preuves indirectes, tant les juges que les jurés doivent se comporter avec la plus extrême prudence avant de condamner un homme. Il est donc de mon devoir de vous faire remarquer qu'à moins que les preuves avancées aient tant de force qu'elles entraînent la conviction générale, l'on doit toujours laisser à chacun le bénéfice du doute et le déclarer non coupable. Rien ne vous oblige à suivre mes vues, mais il nous appartient à tous d'être extrêmement prudents lorsqu'il s'agit de reconnaître un homme coupable d'une charge aussi grave. Reste que c'est bien sûr à vous, et à vous seuls qu'il appartient de trancher, messieurs les Jurés.

» Je vais à présent vous demander de vous retirer afin d'établir votre verdict. Soupesez avec soin les preuves qui vous ont été présentées de part et d'autre. Si vous estimez que l'accusation est parvenue à prouver la charge qui pèse contre l'accusé, vous devrez le déclarer coupable. Si vous pensez le contraire, s'il y a à ce sujet le moindre doute, fût-il infime, dans votre esprit, vous devez le déclarer non coupable. »

Deux officiers prêtèrent serment afin de prendre en charge les membres du jury, qui se retirèrent à 14 h 35. Les délibérations durèrent deux heures et demie. La décision ne fut pas facile à prendre et fut longuement débattue.

LE GREFFIER DU TRIBUNAL : « *Messieurs les Jurés, vous êtes-vous mis d'accord sur votre verdict?*

LE PRÉSIDENT : *Oui.*

LE GREFFIER : *Déclarez-vous l'accusé qui est à la barre coupable ou non coupable du meurtre avec préméditation d'Elizabeth Louisa Roper?*

LE PRÉSIDENT : *Nous le déclarons non coupable.*

LE GREFFIER : *Votre verdict a-t-il été décidé à l'unanimité?*

LE PRÉSIDENT : *Oui.*

MR. DE FILIPPIS : *Votre Honneur, je demande l'acquittement et la remise en liberté de l'accusé.*

LE JUGE : *Certainement.*

» *Messieurs les Jurés, la longueur de ce procès vous a forcément porté préjudice. Je vous suis extrêmement obligé pour le grand soin que vous avez manifesté du début à la fin de cette affaire. En reconnaissance du temps et du labeur que vous lui avez consacrés, je vais édicter un arrêt vous exemptant de toute participation future à un jury pour une période de dix ans.* »

16

LE PROCÈS D'ALFRED ROPER
(fin)

Alfred Roper était libre de retourner à Cambridge ou à Devon Villa, selon sa volonté. La loi veut en effet que lorsque deux personnes sont mortes sans témoin, ou sans que le moment exact du décès puisse être déterminé, on admet que la plus jeune des deux s'est éteinte en dernier. En tant que légataire naturel de sa femme, Roper hérita donc de la maison de Navarino Road. Comme il se retrouvait sans emploi, il résolut de s'y établir avec son fils et de louer une partie des chambres pour subvenir à ses besoins. Mais aucun locataire ne se présenta et il ne tarda pas à être en butte à l'hostilité déclarée du voisinage.

Tout le monde savait qui il était et la plupart des gens le considéraient coupable. Ses vitres étaient régulièrement brisées. Un soir d'été, alors qu'il se trouvait dans son jardin, un homme lui tira dessus avec un fusil à pompe. Les enfants le prenaient à partie dans la rue et tout ce qu'il pouvait attendre de leurs parents, c'était qu'ils l'ignorent ostensiblement. Il dénicha un emploi dans une firme de Shacklewell, mais fut renvoyé lorsque ses employeurs découvrirent à qui ils avaient affaire.

Il finit par retourner à Cambridge avec son fils. Le mari de sa sœur, Thomas Leeming, eut pitié de son sort et lui proposa de travailler comme magasinier. Roper conserva cet emploi jusqu'à sa mort, une quinzaine d'années plus tard.

Edward s'engagea en 1915 (il dut se vieillir de deux ans car il n'en avait en fait que seize) mais ne trouva la mort que dans les derniers jours de la Grande Guerre : il tomba au champ d'honneur à Argonne, au cours de l'automne 1918. Après la mort de son fils, Roper abandonna la petite maison dont il était locataire et alla s'installer chez sa sœur et son beau-frère, dans la bourgade de Fen Ditton, à la sortie de la ville. Ce fut là qu'il mourut, sept ans plus tard, d'une tumeur maligne aux reins.

Au cours des vingt années qui suivirent le meurtre de sa femme, on raconte qu'il ne se soucia pas une seule fois du sort de la fillette qui portait son nom mais dont il refusait de reconnaître la paternité. Il savait évidemment qu'elle avait disparu et qu'après la découverte du cadavre de Lizzie, des recherches intensives avaient été menées plusieurs jours durant, dans l'espoir de la retrouver. La police l'avait longuement interrogé (Roper disait : persécuté) au sujet de l'enfant et l'enquête se poursuivit sporadiquement, y compris après son retour à Cambridge.

Rien dans ses déclarations ne permet de supposer qu'il ait su ce qui était arrivé à la fillette. Peut-être ignorait-il au fond, comme tout le monde, le fin mot de l'affaire.

C'était un bébé de quatorze mois, solide, en bonne santé, qui savait non seulement marcher, mais monter et descendre seule les marches. Selon les archives de la police métropolitaine, elle avait quinze dents, des yeux bleus, des cheveux blonds. Elle ne portait aucune cicatrice et son seul signe particulier était un grain de beauté relativement gros situé en haut de la joue, juste sous l'œil gauche. Sa taille était de 2 pieds 3 pouces et son poids de 26 livres 9 onces.

Il n'existe, et il n'exista probablement jamais aucune photographie d'elle. Elle est souvent décrite comme assez mignonne et plutôt replette, avec un visage tout rond – ce qui tendrait à contredire l'affirmation de John Smart selon laquelle elle ressemblait à Alfred Roper. Florence Fisher dit qu'elle ne parlait pas encore mais il semble qu'elle ait su prononcer quelques mots, comme « maman », « Eddy » ou « Fo » (pour Florence). Le 28 juillet 1905, jour où elle disparut à tout jamais, elle portait un tablier à carreaux bleus et blancs sur une robe ou une jupe de flanelle bleue, et elle avait un ruban rouge dans les cheveux. Pour ce que l'on sait – c'est-à-dire fort peu –, Florence Fisher fut la dernière personne à l'avoir vue, ou la dernière à rester en vie après l'avoir vue.

Florence Fisher fut son tout dernier lien avec le monde. Comme nous le savons, c'est elle qui lui prépara son petit déjeuner lorsque Edith descendit seule ce matin-là, aux environs de huit heures. Elle lui donna du porridge, mais pas de pain, s'il faut en croire la domestique. Au début du siècle, les mères se méfiaient du lait, aliment susceptible de transmettre la tuberculose (ou la « phtisie« comme on l'appelait aussi), même si celle-ci décrut alors rapidement. Le lait de coco jouissait d'une certaine faveur et peut-être Edith en but-elle ce matin-là.

Il est peu probable qu'elle ait été en mesure de se nourrir toute seule. Souvenons-nous qu'elle n'avait qu'un an et deux mois. Mais elle savait probablement boire dans un bol. Florence se chargea vraisemblablement de la faire manger, de lui laver le visage et les mains, de la conduire aux cabinets (qui se trouvaient à l'extérieur) ou de l'asseoir sur son pot de chambre. Ce fut elle qui revêtit Edith de la jupe de flanelle bleue et du tablier à carreaux. Tout cela en plus de son propre travail. Pauvre Florence!

Elle dit ensuite à la fillette de remonter trouver sa mère. Qui pourrait l'en blâmer? Il faisait chaud, elle n'était pas très en forme. Et d'ailleurs, il fallait qu'elle nettoie les chambres et qu'elle aille faire les courses. Les réfrigérateurs n'existaient pas à cette époque et il n'y avait pas de glacière à Devon Villa : lorsqu'il faisait chaud, il fallait pratiquement se réapprovisionner tous les jours. Sans doute resta-t-elle un moment dans l'entrée, au pied des escaliers, à regarder la fillette qui montait vers l'étage. Peut-être se réjouit-elle intérieurement à l'idée qu'Edith allait réveiller sa mère ou même sa grand-mère, mais là encore, qui pourrait l'en blâmer?

À dix heures, elle sortit faire ses courses. Un épicier du quartier venait les livrer tous les jours et on ne comprend pas très bien pourquoi il fallait que Florence se déplace ainsi en personne. Peut-être éprouvait-elle parfois le besoin de mettre le nez dehors et ce prétexte lui servait-il à s'évader temporairement de la maison? Sans doute se rendait-elle au marché de Broadway, juste au sud de London Fields, ou au marché de Wells Street, ou encore à celui de Mare Street où se trouvaient également des boutiques et des grands magasins. Il y avait une succursale de Sainbury's sur Kingsland High Street. Nous n'avons aucun moyen de connaître sa destination exacte, mais nous savons qu'elle s'absenta deux heures environ.

Que se passa-t-il entre-temps?

Lizzie et Maria étaient vraisemblablement déjà mortes avant qu'Edith ne descende au rez-de-chaussée, ce matin-là – la mère de la fillette rigide et froide dans son lit, sa grand-mère étendue sur le sol, à l'endroit où elle était tombée lorsque son cœur avait cessé de battre. Il n'y avait personne d'autre dans la maison. Roper se trouvait à Cambridge, cela ne fait pas l'ombre d'un doute, une multitude de témoins sont là pour l'attester. Lorsque Florence sortit pour se rendre au marché, la petite Edith était le seul être vivant dans l'enceinte de Devon Villa.

Nous pouvons l'imaginer grimpant cet escalier – un bébé, une toute petite fille d'à peine plus d'un an, appelant peut-être sa mère : « Maman, maman », tout en sachant bien sûr où se trouvait sa chambre. Elles ne devaient pas être faciles à escalader, ces deux volées d'escalier, pour une petite créature dont la taille ne dépassait pas les 80 centimètres, alors que chaque marche en mesurait bien 20. L'effort serait aussi grand pour un adulte obligé de grimper des marches de 60 centimètres et qui devrait s'aider pour cela de ses mains, comme la fillette le fit sans doute, s'accrochant, se hissant, s'arrêtant, s'accrochant à nouveau. Avant d'avoir atteint le sommet, elle s'était vrai-semblablement mise à pleurer, parce que les secours qu'elle attendait n'arrivaient pas.

Découvrit-elle les cadavres dans la chambre? Et, si oui, les corps étant rigides et froids, réalisa-t-elle que les deux femmes ne dormaient pas, que leur immobilité n'était pas le fait du sommeil? Eut-elle peur? Remarqua-t-elle le sang qui avait giclé de partout? S'approcha-t-elle de cet horrible lit, aperçut-elle la plaie béante qui sillonnait la gorge de sa mère? Autant de questions dont nous n'aurons jamais la réponse.

Supposons qu'elle soit redescendue au rez-de-chaussée, à la recherche de Florence. Mais celle-ci était déjà partie, croyant que Lizzie Roper et Maria Hyde étaient à la maison. Peut-être avait-elle laissé la porte d'entrée ouverte, comme on le faisait souvent par ces temps de canicule? Supposons qu'Edith ait marché jusque dans la rue pour retrouver Florence, qu'elle ait été renversée et broyée sous les roues d'un attelage. Que le conducteur, horrifié par l'acte qu'il venait de commettre ait, en *l'absence de tout témoin, ramassé le petit corps et soit allé s'en débarrasser un peu plus loin. Imaginons même qu'un fou ou une folle, un bourreau d'enfant à la recherche d'une proie se soit emparé d'elle.*

Mais on en revient toujours à la même question : qu'est-il advenu de son cadavre? C'était un tout petit corps, pesant moins de 27 livres, plus facile donc à déplacer que celui d'une femme de 65 ou 70 kilos. Mais il fallait tout de même s'en débarrasser. La température était trop élevée pour que les chaudières ou les cheminées fussent allumées dans les maisons. C'était un quartier industriel et de nombreuses usines possédaient des fours ou des hauts fourneaux, mais cette solution suppose que le meurtrier d'Edith ait eu accès à l'un de ces établissements.

Il aurait également pu l'enterrer. Dans ce cas, ce ne fut pas dans le jardin de Devon Villa, car la police le fouilla de fond en comble et jusqu'à un mètre de profondeur durant la deuxième semaine d'août. On constata alors que le sol était sec et qu'aucune tombe n'avait récemment été creusée. On inspecta tous les jardins et les terrains vagues du quartier pour s'assurer que la terre n'avait pas été fraîchement retournée, mais en vain. On ne découvrit absolument rien de suspect. Parmi les personnes qui vivaient dans les parages immédiats de Navarino Road, de Richmond Road ou de Mare Street, aucune ne reconnut avoir aperçu Edith Roper le 28 juillet, ni au cours des jours suivants. Le mystère de sa disparition demeure complet et restera sans doute à jamais irrésolu.

Ce ne fut pourtant pas faute de candidates. Au fil des années, chaque fois que l'affaire se trouvait incidemment remise en lumière, une véritable procession de fillettes, d'adolescentes puis de jeunes femmes ont tour à tour prétendu être Edith Roper.

L'histoire du frère d'Edith, Edward, mort dans l'Argonne dans les dernières semaines de la Première Guerre mondiale, fit l'objet d'un article quelque peu romancé dans un quotidien de Cambridge, qui en profita pour ressortir l'ensemble de l'affaire : le meurtre de Lizzie Roper, la mort de Maria Hyde, l'acquittement de Roper et la disparition d'Edith. Suite à la parution de cet article, le commissariat de Cambridge vit un jour débarquer une certaine Mrs. Catchpole, de King's Lynn, accompagnée d'une fillette de douze ou treize ans. Selon elle, il s'agissait d'Edith : elle prétendait l'avoir élevée en la faisant passer pour sa fille après l'avoir achetée à un voyageur de commerce, en septembre 1905, pour la somme de 27 livres, 2 shillings et 6 pence. On découvrit rapidement que Mrs. Catchpole avait passé les deux années précédentes dans un asile d'aliénés. L'enfant était indubitablement sa fille.

À la même époque, une fille d'une quinzaine d'années se présenta au commissariat de police de Hackney, prétendant être Edith Roper. Elle était employée dans une famille de Hampstead, sous le nom de Margaret Smith. On demanda à Alfred Roper s'il désirait la rencontrer afin de l'identifier, mais il refusa cette proposition, ainsi qu'il le fit pour les candidates ultérieures.

« Son cas ne m'intéresse pas, déclara-t-il à un journaliste. Elle n'était pas ma fille. »

Deux quotidiens nationaux saisirent ce prétexte pour déterrer l'ensemble de l'affaire Roper. On vit apparaître des articles où des individus se déclaraient prêts à jurer sur l'honneur que leurs enfants avaient été à l'école avec Edith, des photographies d'adolescentes prétendant être la fillette disparue, des lettres émanant de soi-disant Edith et postées dans des villes aussi lointaines qu'Édimbourg, Penzance ou Belfast.

Toute cette effervescence finit par se calmer. Margaret Smith reconnut qu'elle avait « tenté sa chance », ayant entendu dire qu'un héritage de cent livres était à la disposition d'Edith, au cas où elle reparaîtrait, dans une banque de Lombard Street. Aucune autre candidate ne se manifesta jusqu'en 1922, année où parut un roman prétendument inspiré par l'affaire Roper. Il s'agissait de For Pity's Sake, *de Venetia Adams, dont l'héroïne (une fillette prénommée Pity) assistait au meurtre de sa mère, poignardée par un amant jaloux, échappait elle-même à la mort et était élevée par un peintre excentrique qui l'avait vue errer dans Tite Street, à Chelsea, non loin de son atelier.*

La publication de cet ouvrage, qui fut pourtant loin d'être un best-seller, provoqua une nouvelle émergence de prétendues Edith. Cette fois, comme il se devait, elles étaient un peu plus âgées. Toutes soutenaient avoir dix-huit ans, l'âge qu'aurait eu Edith. Aucune ne fut en mesure de prouver son identité, ni même de fournir un semblant d'indication à ce sujet. Il y avait une mûlatresse dans le lot.

Il y eut encore deux candidates lorsque Alfred Roper mourut à Fen Ditton, en 1925. Le mobile, là encore, semble avoir été

263

l'argent. Roper était mort intestat et les quelques centaines de livres qu'il possédait avaient été réparties entre ses frères et sœurs. Aucune des deux prétendantes ne put fournir la preuve de son identité. L'une d'elles avait sept ou huit ans de plus que n'aurait eu Edith Roper. L'autre avait des parents légaux et bien vivants, qui s'empressèrent de démentir les allégations de leur fille.

Après cela, l'intérêt suscité par l'affaire Roper s'éteignit rapidement, et pendant des années aucune autre candidate ne se manifesta. Vers la fin des années quarante, une certaine Elizabeth Robinson écrivit pour News of the World un article dans lequel elle prétendait avoir été enlevée dans Navarino Road, en juillet 1905, par un homme du nom de Robinson. Ce dernier l'avait élevée, en compagnie de son épouse légitime, dans le but avoué de lui faire épouser leur fils. Il y avait quinze ans qu'elle était mariée à Harold Robinson, déclarait-elle, et ils avaient quatre enfants. L'article faisait partie d'une série consacrée aux gens portés disparus dans leur enfance. Deux semaines plus tard, Mrs. Robinson se rétracta et avoua que l'article était un canular.

Elle fut la dernière du lot. Aucune autre Edith Roper ne s'est manifestée depuis lors et il n'y en aura probablement plus à présent. Il est certes possible que la publication du présent compte rendu consacré au procès de Roper suscite l'apparition de nouvelles prétendantes. Mais il n'y a qu'une probabilité infime, sinon inexistante, pour que l'une d'entre elles soit effectivement cette fillette que l'on vit disparaître pour la dernière fois au sommet d'un escalier, à la recherche de sa mère.

Par cette journée d'été, voici cinquante-deux ans, Edith Roper s'est évanouie à tout jamais.

> Donald Mockridge
> Moreton-in-Marsh
> 1957

17

11 novembre 1918

*H*ER *i Morgenavisen var der nyt om, at Kejseren var*
stukket af til Holland. Det hedder sig, at da han
blev født, blev hans Skulder flaaet i Stykker af Lae-
gerne, da de forsøgte at hale ham i Land fra Kejserinde Frede-
rick. I den senere Tid har jeg undret mig over, om det var Aar-
sagen til hans Ondskab, om det var det, det gjorde, at han
hadede Kvinder, fordi han gav sin Moder og Moend Skylden
for, at de havde beskadiget ham.

J'ai lu dans les journaux ce matin que le Kaiser s'était enfui
en Hollande. On raconte qu'à sa naissance, les médecins lui ont
brisé l'épaule en l'extirpant tant bien que mal du ventre de
l'impératrice Frederick. Je me suis souvent demandé si sa
méchanceté ne venait pas de là, s'il ne détestait pas les femmes
par rancœur envers sa mère, et les hommes parce qu'on l'avait
malmené de la sorte.

Mogens avait le bras un peu tordu quand il est né, mais
j'avais un bon docteur à Stockholm, il m'a expliqué comment
manipuler le membre chaque jour et tout s'est remis en place.
En tout cas, on ne lui a pas trouvé de défauts lorsqu'on l'a examiné pour voir s'il était apte à manier un fusil! J'ai beaucoup
repensé à Mogens ces derniers temps, à l'époque surtout où il
était petit : c'était mon premier-né, il était si gentil, si doux —
l'opposé de son frère. Il avait beau être devenu totalement
anglais, je ne me ferai jamais à ce prénom de Jack. J'ai relu

hier la lettre que m'a adressée son supérieur hiérarchique, celle où il m'écrit que le soldat « Jack » Westerby a fait preuve d'une grande vaillance et – détail plus important, aux yeux d'une mère – qu'il est mort sans souffrir.

On peut supporter la mort de ses enfants. Ce qui est intolérable, c'est de penser qu'ils aient pu souffrir, de se représenter l'agonie d'un être, de l'enfant qu'on a porté, de se l'imaginer blessé, mourant, ensanglanté. Ces images me hantaient avant que je ne reçoive la lettre du colonel Perry, et aujourd'hui encore je me pose des questions. Est-il possible que les choses se soient passées ainsi? Que Mogens se soit effondré en une fraction de seconde, alors que l'instant d'avant il était bien en vie, pointant peut-être son fusil vers les lignes adverses? Vu ma nature, je voudrais bien savoir la vérité. Écrire sur tout cela me fait du bien, écrire est toujours une délivrance, et c'est la raison, je suppose, pour laquelle je me livre à cette activité.

Knud est sûrement tiré d'affaire à présent. J'en ai la certitude, bien que je n'aie pas la moindre idée de l'endroit où il se trouve actuellement. Rasmus prétend le savoir : selon lui, Knud nous l'a révélé à mots couverts dans la lettre que nous avons reçue hier. Faisant allusion à cette ridicule maison de poupées, il nous demande « si nous avons trouvé le verre vénitien dont nous avions besoin pour les fenêtres de Marie ». Si Rasmus a raison, cela signifierait qu'il se trouve sur le front italien, où les hostilités ont cessé depuis que les Autrichiens ont signé l'armistice, la semaine dernière. Mais Rasmus s'était trompé, la dernière fois, lorsqu'il avait cru que Knud était en Palestine à cause d'un ami dont il nous parlait et qu'il qualifiait de « bon Samaritain ». Enfin, nous verrons bien.

Les Alliés doivent se retrouver dans un wagon de chemin de fer, quelque part en France, pour présenter les conditions de l'armistice. Dans un wagon, quelle drôle d'idée... Si je devais rencontrer mon adversaire pour mettre un terme à une guerre pareille, je ferais cela dans un palace, avec de la cuisine française et du champagne à volonté (ce n'est pas ce qui manque à Paris), surtout si c'est le camp d'en face qui doit régler l'addition, ce qui sera indubitablement le cas. Il paraît que c'est une idée typiquement féminine, prouvant que je n'ai pas la moindre notion de ce genre de chose : c'est du moins ce que m'a dit mon cher mari lorsque je lui ai exposé mon point de vue, au détour d'une tendre conversation conjugale.

Il consacre toutes ses soirées à la maison de poupées, et maintenant qu'il fait trop froid pour travailler dans l'atelier, il la ramène à l'intérieur et s'installe dans ma salle à manger. Avant d'aller se coucher, il la ressort en ahanant comme un phoque afin que Marie ne l'aperçoive pas à son réveil, le lendemain matin. Plaisanterie mise à part (j'adore cette expression, ce pourquoi je la note en anglais), je crois que le fait de travailler à cette maison de poupées l'a aidé à ne pas devenir fou après la mort de Mogens. Je n'en ai pas encore parlé dans ces pages, je ne sais trop pourquoi. Un jour, je me suis rendue à l'atelier pour y chercher une bricole quelconque et j'ai aperçu Rasmus, un rabot dans une main, un bout de bois dans l'autre : de grosses larmes coulaient le long de ses joues.

Je me suis aussitôt éclipsée afin qu'il ne m'aperçoive pas. Je n'ai pas eu la même réaction, je n'ai pas pleuré lorsque nous avons appris la nouvelle, ni depuis. Je ne pleure jamais.

10 février 1919

Lorsque nous avons donné la maison de poupées à Marie, ce matin, elle était incapable d'articuler un mot tant elle était stupéfaite ; elle est devenue toute pâle et j'ai cru qu'elle allait se mettre à pleurer. Elle n'osait pas y toucher mais au bout d'un moment, elle l'a effleurée du doigt et a aussitôt retiré sa main, comme si elle venait de se brûler.

Elle a fait volte-face et s'est jetée dans mes bras. Rasmus était terriblement vexé, cela lui a vraiment fait de la peine.

« Et moi alors ? Je n'ai pas droit à un baiser ? Qui s'est farci tout le boulot, peux-tu me le dire ? »

Il n'arrêtait pas de pester et j'étais désolée pour lui. Il ne comprend pas que c'est encore une enfant (elle a eu huit ans aujourd'hui) et que tout cela est bien trop grand pour elle, c'est un véritable palais, une projection idéalisée plutôt qu'une simple copie de notre maison. Je m'y suis habituée et, de toute façon, j'ai toujours trouvé cette idée ridicule – j'imagine donc que je ne suis plus en mesure de réaliser à quel point le résultat est splendide.

Marie s'est vite ressaisie. Elle n'est pas aussi sensible que Swanny. Au bout de cinq minutes, elle embrassait Rasmus, le serrait dans ses bras, ouvrait toutes les portes, sortait les coussins et les tableaux, les remettait en place n'importe comment et criait à Swanny de venir admirer cette merveille. Swanny l'avait bien sûr déjà vue et s'est probablement demandé – moi, en tout cas, j'aurais réagi ainsi – pourquoi Far n'avait pas construit une telle maison pour elle.

Elle a fait preuve d'une extrême gentillesse à l'égard de Marie. Pas le moindre signe de jalousie ou de ressentiment. Elle a confectionné deux petits costumes pour des poupées qu'elle a offertes à sa sœur en cadeaux d'anniversaire. Elles sont un peu grandes pour la maison, mais y rentrent tout juste et sont censées figurer Mor et Far : elle m'a représentée dans ma robe en mousseline bleue et Rasmus, dans son costume noir, arbore une barbe plus vraie que nature.

Elle n'a manifesté aucune jalousie mais j'ai horreur de la voir aussi triste. Elle a réagi comme une adulte à la mort de Mogens, sa peine est grave, silencieuse, et je lis tant de souffrance sur son doux visage. J'ai demandé à Rasmus de se montrer spécialement gentil envers elle – enfin, gentil *tout court*, pour une fois – mais il s'est contenté de me répondre :

« Et moi alors ? Quelqu'un s'apitoie-t-il sur mon sort depuis que j'ai perdu un fils ? D'ailleurs, les enfants ne connaissent pas la souffrance. »

9 mai 1919

Nous avons dîné hier soir avec Mr. et Mrs. Housman. La veuve de son frère était également présente – elle n'est d'ailleurs plus veuve, elle s'est remariée avant même que le corps de son mari ait refroidi dans sa tombe (pour reprendre l'expression de Mrs. Housman, qui ne le lui a toutefois pas dit en face). Elle a épousé un Mr. Cline, nom qui est évidemment la transposition de l'allemand Klein. L'arrière-grand-père de cet homme, d'origine allemande, est venu s'établir en Angleterre il y a plus d'un siècle, mais les gens le prenaient tout de même à partie dans la rue, pendant la guerre. Ses vitres étaient régulièrement brisées, et un jour, quelqu'un a écrit à la peinture rouge, sur la façade de sa maison : « Que le sang des soldats anglais retombe sur toi. »

Le plus drôle, c'est qu'il n'y avait pas plus anti-allemand que lui, hier soir. Il n'arrêtait pas de dire qu'il fallait détruire et anéantir l'Allemagne, afin que les événements récents ne puissent jamais se reproduire. Puis tout le monde s'est mis à parler de ce qui est en train de se passer à Versailles et Mr. Cline a déclaré qu'il faudrait déposséder l'Allemagne de toutes ses colonies d'outre-mer, la priver de son armée et arrêter le Kaiser, avant de l'exécuter. Mrs. Cline s'est mise à rire en battant des mains – elle avait trop bu – et a décrété que les protestations de l'Allemagne concernant les conditions du traité la faisaient franchement rigoler.

Je portais une nouvelle robe dans le style quaker, en charmeuse blanche et en crêpe de Chine vieux rose. C'est la plus courte que j'ai jamais eue, elle me dénude une bonne partie des jambes. Ma foi, je n'ai pas encore quarante ans!

3 août 1919

Je m'aperçois que je n'ai pas encore fait allusion dans ce journal au retour de Cropper. Cela fait maintenant deux mois qu'il est rentré et il est plus fringant que jamais, sans doute parce qu'il a été prisonnier pendant toute la durée de la guerre, au lieu de la passer dans les tranchées.

Officiellement, il lui était interdit d'approcher de trop près les *fräulein* et les *mademoiselles* *. Quoi qu'il en soit, il semble décidé à respecter ses engagements à l'égard de Hansine et ils ont fixé la date de leur mariage.

« À quoi bon attendre février prochain? lui ai-je dit. Pourquoi ne pas vous marier tout de suite? Tu n'es déjà plus toute jeune. »

Elle a quelques mois de plus que moi et fêtera donc ses quarante ans avant le jour de la cérémonie.

« Il n'est pas indispensable d'être jeune pour se marier, m'a-t-elle répondu.

– Tout dépend de ce que l'on souhaite. »

Elle a compris à quoi je faisais allusion.

« Je ne désire pas d'enfant », m'a-t-elle rétorqué.

Cela m'a fait rire. Comme si le désir jouait le moindre rôle dans cette affaire. Si elle croit qu'on ne risque plus rien après quarante ans, c'est qu'elle n'en sait vraiment pas long. Mais elle m'a surprise en me lançant :

« J'en ai jusque-là, des enfants. »

Elle ne fait même plus mine de me témoigner le moindre respect. Elle est à peine polie avec Rasmus, alors qu'elle le craignait tant autrefois. Elle doit se dire qu'elle n'a plus rien à redouter. Cropper a retrouvé son emploi dans les chemins de

_____
* En Français dans le texte *(N.d.T.)*.

269

fer, il a un bon salaire et semble même plus enclin qu'elle à se marier. Je ne comprendrai jamais les gens.

1er octobre 1919

Je viens de relire pour la troisième fois une lettre écrite par l'homme qui a ramené Mogens du champ de bataille. Cela se passait le 1er juillet 1916 ; en tant que sergent, il était parti à la recherche de l'un de ses supérieurs et, avant de retrouver le corps de cet homme, il avait aidé cinq blessés à regagner le relatif abri des lignes britanniques. Mogens faisait partie de ce petit groupe. Le sergent E. H. Duke a reçu la croix de Victoria pour cette action. La plupart de ceux qui ont obtenu cette décoration sont morts, il a eu de la chance d'en sortir vivant.

Je me suis mise à penser à cet homme parce qu'il nous propose de venir nous voir pour nous parler de Mogens. C'est le motif de sa lettre. Il habite à Leyton, ce qui n'est pas très loin d'ici. Je ne maîtrise certes pas très bien l'anglais, mais il me semble que sa lettre est fort bien écrite de la part de quelqu'un qui n'est après tout qu'un simple ouvrier. Bien supérieure, par exemple, à celles que cet amoureux transi de Cropper envoyait à Hansine. J'ai montré sa lettre à Rasmus, qui m'a déclaré :

« Je ne veux pas voir ce type.

— Pourquoi ? lui ai-je demandé.

— S'il avait sauvé la vie de Jack, je ne dis pas... »

Je lui ai dit qu'il avait fait tout ce qui était en son pouvoir, mais avec le manque de logique, voire de bon sens qui le caractérise, Rasmus m'a répondu :

« Eh bien, son pouvoir n'a pas suffi. »

Jadis, du temps de ma jeunesse, j'aurais aussitôt répondu en invitant le sergent à passer nous voir, mais ma jeunesse est loin et j'ai appris qu'il est souvent utile de différer les choses. Attendons jusqu'à demain, nous verrons bien ce qu'il en est, me suis-je dit. Il peut bien patienter quelques jours si besoin est, cela ne le vexera pas.

15 novembre 1919

Je me demande si l'irritation que m'inspire Hansine ne vient pas du fait qu'elle va connaître l'amour, ce qui ne m'est jamais arrivé.

La phrase qui précède m'a coûté un certain effort. Il n'est jamais facile d'être honnête, que ce soit par écrit ou non. Mais lorsqu'on note ses pensées sur le papier, ce n'est pas la même chose que de faire une remarque à voix haute. Car on peut les relire et sentir la blessure se rouvrir à nouveau.

Le mariage est peut-être un moyen de connaître l'amour, c'est même le seul qui s'offre aux femmes respectables. J'ai cru jadis qu'il en irait ainsi pour moi, mais ce ne fut jamais le cas. L'histoire de mon mariage se résume à une brève désillusion, suivie d'une lente, d'une interminable spirale déclinante.

Il y a quelque chose d'étrange, vraiment, dans le fait d'écrire en danois tout en sachant que cette langue est plus proche de moi que n'importe quelle autre, qu'elle est *ma* langue, la première que j'ai su parler (je lis toujours mon cher Dickens en danois) et qu'elle est à mes yeux aussi secrète que l'écriture dont se servait Mogens lorsqu'il était enfant. Knud et lui avaient découvert qu'en écrivant sur une feuille après avoir trempé la plume dans du jus de citron, les mots demeuraient invisibles, sauf si l'on plaçait le papier devant une bougie. Ma propre écriture est encore plus secrète, d'une certaine façon, car un Anglais pourrait bien brandir mon journal devant les flammes aussi longtemps qu'il le voudrait, il ne parviendrait jamais à déchiffrer mes phrases.

Cela me donne le sentiment de pouvoir écrire sans risque qu'il m'arrive parfois, en regardant certains hommes vaguement séduisants tels Cropper ou Mr. Cline (ce dernier, au moins, est un gentleman), d'éprouver un étrange désir que je ne peux ou ne veux définir. Je me dis intérieurement que si nous vivions dans un autre contexte, ou dans un autre temps, ou dans l'univers des rêves – nous pourrions être amants. Mais dans ce monde tel qu'il est, cela m'est interdit et le sera à tout jamais.

La pauvre Swanny a la rougeole. L'épidémie vient paraît-il d'Allemagne. Lorsque Rasmus l'a appris, il m'a dit :

« Je croyais que la guerre était finie, mais apparemment ils ont décidé de lancer une contre-attaque. »

30 novembre 1919

Le sergent Duke est venu me voir aujourd'hui.

Je l'attendais pour le thé mais il est arrivé en avance. Swanny ne va toujours pas à l'école à cause de la rougeole et c'est elle qui est allée lui ouvrir la porte, après son coup de sonnette. C'était l'après-midi de congé de Hansine et j'étais moi-même en haut, en train de m'habiller. Je n'avais pas porté le deuil de Mogens, mais j'avais décidé de mettre ma robe en crêpe de Chine noir, avec les rubans en satin; cela me paraissait plus digne et plus approprié. Au dernier moment, pourtant, je me suis demandé pourquoi j'agissais de la sorte, en cherchant à présenter une fausse image de moi à cet homme, à ce simple ouvrier qui s'était avéré plus courageux que la plupart de ses semblables. J'ai donc finalement opté pour ma robe bleue et mon chemisier au crochet. Pour seul bijou, j'ai choisi ma fameuse broche ornée d'un papillon.

Cet homme a encore plus d'allure que Cropper. Il est blond, élancé – le soldat idéal, tel qu'on se l'imagine. Pourquoi diantre m'étais-je imaginée qu'il serait en uniforme? La guerre est *terminée*. Il portait un costume sombre, avec un col raide et une cravate noire. La première chose que je me suis dite, *évidemment*, c'est que j'aurais dû garder ma robe noire.

Je me suis avancée et lui ai tendu la main. Il l'a serrée entre les siennes – ce qui, je ne sais pourquoi, m'a prise de court. Généralement, je ne fais guère attention à la couleur des yeux, il y a des gens que je connais depuis des années et dont je serais incapable de dire s'ils ont les yeux clairs ou foncés, mais dans son cas, je l'ai tout de suite remarqué. Ils ne sont heureusement pas d'un éclat aussi vif que les miens! Mais leur teinte m'a frappée avant même que je lui adresse la parole. Ils sont gris, pas d'un gris uniforme, mais constellés de petits points minuscules et brillants comme du granite.

Il m'a appelée « madame ».

« Madame, m'a-t-il dit, c'est très aimable à vous de me recevoir ici. (Puis, après une pause :) Cette gentille petite demoiselle m'a parlé de son frère. »

J'ai demandé à Swanny de sortir. J'avais le pressentiment que j'allais entendre des choses qui ne devaient pas parvenir à ses oreilles. Le sergent est resté debout jusqu'à ce que je le prie de s'asseoir; il se montrait très respectueux, mais en même temps j'avais la conviction que cet homme n'avait pas l'âme d'un domestique. Qu'il était son propre maître et ne dépendait de personne, ainsi qu'il en va pour moi.

Emily vint nous apporter le plateau de thé mais je fis le service moi-même, à l'aide de la bouilloire en cuivre. J'agis généralement de la sorte pour les invités de marque. Il me pria de l'excuser : s'il me dévisageait ainsi, me dit-il, c'est qu'il s'attendait à ce que je sois plus âgée. Il continuait de m'appeler « madame ».

« Je vous en prie, appelez-moi Mrs. Westerby, lui dis-je. Vous êtes quelqu'un d'important, maintenant, vous avez reçu la plus haute distinction qu'un soldat puisse obtenir. Me montrerez-vous cette croix de Victoria? »

Vous n'allez pas me croire, mais il ne l'avait pas sur lui. Il ne la porte jamais. Je lui ai demandé s'il connaissait Mogens avant cette bataille.

« Mônes? » s'enquit-il, l'air étonné.

Je crois que j'ai réalisé à cet instant, pour la première fois, combien ce prénom devait paraître absurde à des oreilles anglaises.

« Je veux parler de Jack, dis-je. Tout le monde l'appelle Jack ici, sauf sa mère. »

Et je lui ai expliqué l'histoire des changements de prénoms dans notre famille, nos problèmes linguistiques et les difficultés d'adaptation que l'on rencontre lorsqu'on débarque dans un pays étranger. Il m'a écoutée comme si cela l'intéressait vraiment. Je n'ai pas l'habitude de rencontrer des hommes de ce genre, la plupart ne font jamais attention à ce que racontent les femmes. Cette dissertation sur les prénoms nous avait éloignés du véritable motif de sa visite et ce fut moi qui remis la question sur le tapis.

« Le connaissiez-vous vraiment? lui demandai-je. Je serais curieuse de savoir comment il se comportait.

— Il se montrait plutôt jovial, me dit-il. C'était un très gentil garçon. »

Et il poursuivit en me racontant qu'ils se connaissaient bien et avaient longuement discuté ensemble. C'était le fait d'avoir habité l'un et l'autre dans des quartiers assez voisins de Londres qui les avait rapprochés. Mogens lui avait dit qu'il avait vécu à Hackney (il avait même précisé l'adresse exacte) lorsque nous étions venus nous établir dans ce pays, en 1905, et le sergent lui avait répondu que c'était une sacrée coïncidence car il connaissait fort bien ce quartier, il avait des amis qui habitaient juste à côté à cette époque.

Je l'ai prié de me parler de cette journée du 1er juillet dans la Somme. Il m'a demandé ce que je savais au juste. Je lui ai répondu que le colonel Perry m'avait écrit en me disant que Mogens était mort sur le coup mais que je ne l'avais pas cru.

« Je voudrais que vous me disiez ce qui s'est réellement passé cette nuit-là.

— La guerre ne se déroule pas comme le croient les civils, me dit-il. S'ils savaient ce qu'il en est vraiment, il n'y aurait plus jamais de guerres. Les hommes politiques ne peuvent pas se permettre de leur révéler la vérité.

— Qu'avez-vous fait ? » demandai-je.

Il a posé sur moi ses yeux semblables à du granite mais les a aussitôt détournés. C'était comme s'il m'avait dit : « Je puis vous regarder en face tant que nous en restons à la fiction des mondanités, mais cela m'est impossible si je dois vous révéler la vérité. » Il m'a raconté qu'il s'était dirigé dans la zone des combats pour retrouver un jeune officier, un sous-lieutenant du nom de Quigley dont l'ordonnance, partie à sa recherche, avait été tuée en marchant sur une mine. Mais avant de retrouver Quigley, il avait croisé plusieurs blessés et les avait ramenés l'un après l'autre au camp. Il m'exposait tout cela avec une modestie, un effacement complets, et avec autant de détachement que s'il avait été un simple chasseur récupérant à travers champs les oiseaux qu'il venait d'abattre.

L'aube pointait déjà lorsqu'il avait retrouvé Quigley. Il était mort, à deux pas des lignes allemandes. Il avait alors fait demi-tour et avait regagné son camp à découvert, exposé au feu de l'ennemi.

« Ils ne m'ont pas tiré dessus, dit-il, et je n'ai toujours pas compris pourquoi. Peut-être n'en croyaient-ils pas leurs yeux. Je me retournais de temps en temps pour les regarder et c'est ainsi que j'ai buté contre le corps de Jack. Je lui ai tendu une gourde pour qu'il se désaltère puis je l'ai soulevé, en le prenant dans mes bras : ça a dû être la goutte qui a fait déborder le vase ; ils se sont mis à tirer et l'une de leurs balles m'a traversé le bras. C'est un autre type, bien plus courageux que moi, qui nous a sortis de là en nous traînant jusqu'à l'abri d'une tranchée. »

J'aurais bien donné dix ans de ma vie pour avoir la force de renoncer à l'interroger davantage. Mais il est impossible de faire ce genre de troc. On est ou non du genre à se boucher les yeux. Je préfère être malheureuse à en mourir et connaître la vérité des faits, les regarder en face, plutôt que de me raconter des histoires. Quant à Rasmus, c'est son affaire : il peut bien s'illusionner s'il le souhaite, je renonce même à le juger, mais en ce qui me concerne je suis responsable de ma nature et de mes actes.

En posant ma question, je me sentais si mal qu'il me semblait que le thé me remontait à la gorge, mélangé de bile.

« Mogens était donc encore en vie, à ce moment-là?

— Ne préférez-vous pas vous en tenir à la version du colonel Perry?

— Je veux savoir la vérité. »

Il me l'a dite. Je ne puis la rapporter ici. Je voulais à tout prix savoir, et j'ai eu ce que je désirais. Inutile de s'apesantir. Mogens mourut deux jours plus tard à l'hôpital du Quai d'Escale, dans la ville du Havre.

Le sergent s'attendait à ce que je me mette à pleurer. Mais je ne l'ai pas fait. Je ne pleure jamais. Je me disais : Pourquoi cet homme a-t-il voulu sauver mon fils? Ils n'avaient aucun lien de sang, ne se connaissaient même pas depuis longtemps, et pourtant il a risqué sa propre vie pour sauver Mogens. » Je ne comprendrai jamais les gens.

« Reviendrez-vous nous voir? lui ai-je demandé. Quand pourrons-nous reparler de tout cela ensemble? »

Il a accepté mon invitation. Je ne tenais pas vraiment à aborder une fois encore un aussi pénible sujet, même dans un avenir lointain, mais je voulais revoir cet homme, discuter à nouveau avec lui. Suis-je devenue folle? Lorsqu'il a pris congé, je lui ai tendu la main. Il l'a prise et l'a portée à ses lèvres. Aucun homme à ce jour ne m'avait fait de baisemain.

18

Swanny nettoya les couvertures des cahiers à l'aide d'un torchon humide, les regroupa par lots de dix, calés entre des annuaires téléphoniques, et les rangea dans un endroit sec. J'ignore si ce genre de traitement conviendrait à de vieux ouvrages rongés par l'humidité, mais dans ce cas précis il s'avéra relativement efficace. Lorsque Swanny me les montra, à mon retour d'Amérique (je m'étais aussitôt rendue chez elle), elle avait déjà lu la totalité du Journal, s'était lancée dans la traduction des tout premiers cahiers et avait une relative idée de leur valeur.

Je me revois, observant ceux qu'elle m'avait mis entre les mains comme s'il s'agissait de paquets plutôt que de livres. Bien qu'ayant été nettoyés, ils sentaient encore le moisi. Leurs couvertures étaient marbrées de taches indélébiles; on aurait dit une mosaïque à dominante grise, rehaussée çà et là de rose. L'écriture d'Asta était parfaitement déchiffrable, à condition de savoir le danois et de ne pas se laisser rebuter par sa visible réticence à revenir à la ligne pour entamer un nouveau paragraphe. Je ne comprenais qu'un mot par-ci, par-là. Je ne me souviens plus à présent quels cahiers au juste j'ai feuilletés ce jour-là, mais je suis sûre de ne pas avoir remarqué de pages arrachées. Le premier n'en faisait de toute façon pas partie.

« Ils étaient au garage, me dit Swanny, sur des étagères, à côté de la collection du *National Geographic* de Torben. Je m'imagine fort bien ce qui s'est passé. Elle a dû les descendre le jour où le jardinier m'a dit qu'elle voulait brûler de vieux livres, mais le feu étant déjà éteint elle n'a pas dû avoir le courage de les remonter. Elle les a entreposés sur ces étagères et n'y a plus pensé. »

L'exemplaire que j'avais entre les mains était si peu ragoûtant que je me demandais pour quelle raison Swanny avait eu envie de les lire. Elle prit un air un peu honteux.

« J'ai aperçu mon nom, par-ci, par-là...

– Et tu as voulu savoir ce qu'elle disait de toi?

– Je me suis mise à lire, Ann, et je n'ai plus pu m'arrêter. Comme lorsqu'on est plongé dans un roman. Plus encore, j'avais l'impression de découvrir *le* roman que j'avais toujours rêvé de lire mais que je n'avais encore jamais déniché. Tu comprends ce que je veux dire? »

Je comprenais surtout – mais je m'abstins de lui en faire la remarque – qu'ayant aperçu son nom, Swanny avait voulu savoir si la question de ses origines était abordée dans ce premier cahier. J'imaginais l'excitation fébrile qui s'était emparée d'elle lorsqu'elle avait découvert la date : juillet 1905. Elle se mit à rougir. Peut-être l'avais-je dévisagée d'un air trop pénétrant.

« Je n'étais pas certaine d'avoir le droit de lire tout ça. Je me suis dit : si Mor avait eu l'intention de les brûler, c'était peut-être pour que personne n'en ait jamais connaissance. Mais ce n'est pas si sûr, au fond. Elle pouvait très bien avoir d'autres raisons, je suis même convaincue que c'est le cas. Dans les premières pages, au début, elle dit qu'elle n'aimerait pas que Far tombe un jour sur ce qu'elle est en train d'écrire. Hansine était analphabète – sujet sur lequel nous étions toujours très discrets, Jack, Ken et moi. Mais Mor ne dit jamais clairement qu'elle s'oppose à ce que les gens lisent son journal, elle déclare seulement que le danois est une sorte de code secret pour elle. Je me suis demandé si elle n'avait pas voulu les brûler pour éviter qu'on se moque d'elle. Elle s'était peut-être dit que l'on risquait de découvrir ces cahiers après sa mort et que les gens – toi et moi, j'entends – risquaient de la trouver tout bonnement ridicule. »

Cela ne ressemblait guère à Mormor, qui ne s'était jamais beaucoup souciée de ce que l'on pouvait penser d'elle. Le plus probable, c'est qu'elle avait tout simplement voulu détruire ces cahiers parce qu'ils ne lui servaient plus à rien : ils étaient terminés, achevés, exactement comme un livre que l'on referme avant de l'abandonner. Elle avait toujours eu horreur du désordre. Elle était aussi peu possessive que sentimentale. Elle

277

avait tenu ce journal parce qu'elle était un écrivain né, notant les faits et gestes de sa vie quotidienne pour la même raison, j'imagine, que tous les auteurs de journaux : pour se guérir, pour alléger le fardeau de son âme. Il s'agit pour de tels écrivains d'une forme de thérapie, comme s'ils s'étendaient chaque jour sur le divan d'un psychanalyste. Ils se soucient peu du verdict de la postérité.

« Je suis sûre que tu as raison », me dit Swanny.

Je la sentais immensément soulagée. Il lui fallait justifier son attitude, trouver une excuse pour ce que l'on risquait de considérer comme une intrusion dans l'intimité de sa défunte mère.

« Cela correspondrait bien à son caractère, reprit-elle. Tu te souviens de quelle manière elle se débarrassait de ses vieux vêtements ? Lorsqu'elle est venue habiter ici, elle a pratiquement vendu tous ses meubles, Dieu sait pourtant que la place ne manquait pas. Elle a sûrement voulu jeter ces cahiers parce qu'ils occupaient trop de place. Elle n'avait sans doute jamais songé à les publier.

— Les publier ? dis-je.

— Mais oui, Ann. Pourquoi pas ?

— Pour un tas de raisons. Publier un livre, ce n'est pas si facile.

— Oh, je voulais dire : à compte d'auteur. Je ne suis pas à court d'argent, tu sais. Je pourrais parfaitement l'envisager. (Elle me dévisagea d'un air mélancolique.) Faire imprimer, disons, une centaine d'exemplaires. »

Je lui expliquai que ça lui coûterait les yeux de la tête, que l'édition d'un livre ne se limitait pas à son impression ni au choix d'une couverture, qu'il fallait aussi le vendre, le diffuser, assurer sa promotion. Elle m'interrompit sans m'avoir écoutée.

« J'ai déniché une traductrice. Une vraie. Je suis d'ailleurs assez fière de moi, à ce sujet. Je suis allée à la librairie de High Hill et j'ai compulsé tous leurs romans, jusqu'à ce que j'en trouve un qui soit traduit du danois. C'était d'ailleurs le seul qu'ils possédaient. Il était traduit par une certaine Margrethe Cooper. J'ai pensé qu'il devait s'agir d'une Danoise mariée à un Anglais, ce qui s'est effectivement avéré le cas. Je lui ai écrit par l'intermédiaire de son éditeur et lui ai demandé de traduire le premier cahier pour moi. Elle a accepté et elle est actuellement en train de le faire. C'est pourquoi ce cahier n'est pas ici, celui qui commence avant le jour de ma naissance. »

Pas un mot concernant une éventuelle révélation. Swanny me

regardait avec détachement, d'un air honnête et franc, exactement comme le font toutes les Westerby lorsqu'elles ont quelque chose à cacher. Son visage ne trahissait pas la moindre anxiété, pas la moindre angoisse. Elle avait l'air plus heureuse que lorsque j'étais partie, elle paraissait plus jeune. Je compris alors qu'il ne fallait pas que je tente de la détourner de ce projet apparemment extravagant. Cela lui faisait du bien, cela donnait un certain sens à sa vie. Peut-être même espérait-elle trouver en cours de route la réponse qu'elle attendait.

Je passai deux semaines avec elle. J'ignore quels rangements elle avait bien pu faire, mais tout était à sa place habituelle. Lorsque je lui demandai si elle avait toujours l'intention de vendre la maison, elle me dévisagea d'un air incrédule. Elle semblait presque outrée et je compris que ce projet lui était sorti de la tête, comme s'il ne l'avait jamais effleurée. Elle parlait beaucoup d'Asta, disant qu'il lui arrivait encore de l'entendre descendre l'escalier et lui dire : « Quelle est cette bonne odeur de café? » Elle me fit monter dans sa chambre et ouvrit le tiroir de la commode pour que je sente moi aussi l'odeur de son parfum. Mais elle n'aborda jamais la question de ses propres origines, de cette quête qui jadis avait tourné chez elle à l'obsession.

Si la publication du Journal devait coûter de l'argent, me dit-elle un jour, elle se servirait de la somme qu'Asta lui avait léguée. Mais elle était souriante en me disant cela, comme si cela ne lui posait plus de problème et qu'elle se sentait désormais parfaitement en droit d'hériter de sa mère.

Je finis par regagner l'appartement qui était alors le mien, à West Hampstead, prenant mon courage à deux mains pour affronter le fantôme ou les ombres de Daniel. J'avais finalement décidé de le vendre et de déménager, de faire ce que Swanny n'avait pas voulu faire afin d'exorciser le passé. Je n'aurais même pas à prendre le pli, me disais-je, je n'y resterais pas assez longtemps.

Je n'achetai pas l'appartement de Camden Town pour la seule raison qu'il comportait une pièce parfaitement adaptée à la maison de poupées, mais ce fut assurément un argument décisif que le vendeur n'aurait jamais soupçonné. Lorsque je m'y installai, je m'aperçus qu'elle occupait la totalité de la pièce. Maintenant qu'Asta était morte et que le Journal avait été découvert, dotant sa vie d'une nouvelle dimension puisqu'elle avait caché cet immense secret, j'observais avec un intérêt renouvelé les objets qu'elle avait jadis confectionnés pour décorer la maison de poupées. Jusqu'alors, je n'avais vu que des rideaux miniatures, de minuscules coussins, d'infimes napperons cousus avec soin et finement brodés ; à présent, ils me semblaient refléter l'essence même de sa vie. En les sortant de leur décor et en les rangeant dans des cartons pour le déménagement, je les trouvais changés, différents, car ils étaient l'œuvre d'une femme qui, entre ses séances de couture, se replongeait dans un travail d'un tout autre ordre, ayant un jour décidé de noircir d'innombrables pages pour en faire le récit morcelé de sa vie.

Elle n'était plus seulement Asta à présent, la Mormor que j'avais connue, l'épouse de l'homme qui avait construit cette maison de poupées, mais quelqu'un de fort différent au fond. C'était comme si j'étais partie à sa recherche, dans la maison de Swanny, et que je l'avais trouvée assise, me tournant le dos, en train de lire son Dickens peut-être – mais que j'aie découvert le visage d'une autre femme au moment où elle faisait volte-face pour me regarder. Je me demandais à qui – ou à quoi – pouvait bien ressembler ce visage étranger, mais aucune réponse ne se présentait.

Paul Sellway devait arriver vers 18 h 30 à Willow Road. Je m'y rendis beaucoup plus tôt, redoutant que la maison n'ait pas été suffisamment chauffée ou que Mrs. Elkins ne soit pas passée récemment pour faire le ménage. Mais à peine avais-je pénétré dans le hall et allumé les lumières que mes craintes se dissipèrent : tout allait bien, l'endroit était tel qu'il avait toujours été, paisible et agréable, la température était celle d'une belle journée d'été et aucune odeur ne planait dans les pièces. L'intérieur brillait de mille reflets, comme à l'ordinaire, et la lumière jouait de toutes parts sur les surfaces, les angles, les facettes des meubles et des objets.

Sur le guéridon du vestibule, la pendule de Chelsea était arrêtée. Swanny la remontait immanquablement chaque soir, mais à présent les deux aiguilles immobilisées sur le petit cadran rond marquaient 12 h 10. Lorsque j'étais enfant, j'adorais cette pendule à cause des deux figurines qui l'ornaient, assises sur leur parterre de fleurs en porcelaine – un sultan vêtu d'un manteau jaune et coiffé d'un turban, aux côtés d'une odalisque dont il soulevait le voile en savourant le privilège d'être le seul à pouvoir contempler son visage. La dernière assiette de chez Bing et Grøndhal était datée de 1987. La première de la série, où figuraient deux corbeaux perchés sur une branche et contemplant la ville qui s'étendait au loin, portait sur son bord l'inscription : *Juleaften 1899*. La prochaine arriverait, comme chaque année, peu avant Noël. Je me rendis dans le bureau, ayant décidé de recevoir Paul Sellway dans cette pièce, et ouvris le radiateur, bien que la température fût tout aussi estivale que dans le hall.

Je songeai qu'il serait plus logique de ranger les cahiers dans ce bureau au lieu de les reléguer sous les combles et décidai d'aller les chercher avant l'arrivée de mon invité. Ils me parurent plus lourds et plus nombreux que dans mon souvenir, ou plus exactement, j'avais oublié combien pesait chacun des soixante-trois volumes. Il me fallut quatre aller et retour pour descendre le tout. Lorsque j'eus terminé, je me demandai où j'allais bien pouvoir les mettre. Tous les tiroirs du bureau étaient pleins et il n'y avait pas une seule étagère de libre. De plus, je songeais qu'il fallait les ranger de manière qu'ils soient à l'abri tant de la poussière que des regards étrangers. Vu leur histoire et leur valeur potentielle, le plus sage aurait sans doute été de les déposer dans une banque. Mais qui risquait de les voler ? À quoi pouvaient-ils bien servir ?

Swanny avait occupé ce bureau, non pas à la mort de Torben – elle n'avait alors nullement besoin d'une pièce de travail – mais lorsqu'elle s'était lancée dans la traduction du Journal. Le bureau de son mari était devenu le sien. Un jour de grande audace (pour reprendre ses termes), elle avait acheté une machine à écrire et avait appris à taper toute seule, avec trois doigts – ce qui, d'ailleurs, est souvent la meilleure méthode, et la plus rapide. Lorsqu'elle sut se servir de la machine, traduire devint une sorte de jeu. Elle venait s'asseoir ici tous les matins, à dix heures pile, ouvrait le journal d'Asta et le tapait en anglais sur son Olivetti.

Je m'assis au bureau, essayant de me mettre dans la peau de Swanny le jour où elle avait feuilleté le premier cahier et était fatidiquement tombée sur *la* révélation. Mais les choses s'étaient-elles réellement passées ainsi ? Elle avait fort bien pu faire cette découverte avant d'acheter la machine à écrire, du temps où elle transcrivait encore le journal à la main. Cela avait dû se passer au tout début, bien sûr, avant même mon retour d'Amérique. Elle s'était assise ici et le voile s'était enfin

281

déchiré, elle avait obtenu la réponse qu'elle avait cherchée dix ans durant – à moins qu'elle n'ait été tout simplement déçue, ou soulagée... Je songeai soudain que cette découverte lui avait peut-être confirmé ce que Torben ne cessait de lui répéter : qu'Asta était sénile, qu'elle racontait des histoires, qu'elle avait tout inventé. À la date du 28 juillet 1905 – ou du 29, ou du 30 – elle avait lu qu'elle était bien l'enfant d'Asta, qu'elle était née de sa chair et avait été mise au monde le 28 juillet à Lavender Grove, fille légitime de Rasmus et d'Asta Westerby.

Mais dans ce cas, pourquoi avait-elle arraché ces cinq pages ?

Je regardai les étagères situées en face de moi, en me demandant si je ne pourrais pas ranger ailleurs les livres de poche qui s'y trouvaient de manière à y installer les cahiers, et je remarquai soudain un volume à la couverture verte, caractéristique des séries policières des éditions Penguin. Il y en avait d'ailleurs un seul. Avant même d'aller le chercher, je savais duquel il s'agissait.

L'exemplaire était en bien meilleur état que celui que m'avait prêté Cary. Les coins n'étaient pas écornés et la couverture encore légèrement pelliculée faisait mieux ressortir les visages qui l'illustraient : Madeleine Smith, Hawley Harvey Crippen, Oscar Slater, le docteur Lamson, Buck Ruxton et Alfred Eighteen Roper. Swanny et Torben inscrivaient toujours leurs noms et la date de leur achat sur la page de garde de leurs livres – coutume un peu démodée, qui semble en voie de disparition. J'ouvris le volume au dos vert. Au sommet de la première page, Asta avait écrit : « A. B. Westerby, juillet 1966. »

La littérature policière que possédait Swanny se limitait en tout et pour tout à deux romans d'Agatha Christie en collection de poche et à un livre de A. E. W. Mason : *The House of the Arrow*. Ils appartenaient d'ailleurs à Torben, car son nom était inscrit à l'intérieur. Swanny avait donc dû dénicher cet exemplaire dans les affaires d'Asta, elle l'avait feuilleté et, voyant que Navarino Road et le nom de Roper y étaient mentionnés, s'était mise à le lire. Elle était déjà tombée sur ce nom dans le journal d'Asta. Et elle n'avait pas tardé à découvrir l'histoire de la disparition d'Edith.

J'étais sûre néanmoins que le nom de Roper n'apparaissait dans le journal qu'à une seule et unique reprise. J'avais lu trois fois le premier volume : en manuscrit, sur épreuves, puis lorsque l'ouvrage était sorti – et pourtant, lorsque Cary l'avait mentionné, le nom ne m'avait strictement rien dit. La solution m'apparut brusquement : les passages qui lui avaient mis la puce à l'oreille devaient figurer dans les pages manquantes. Cary avait raison. Swanny avait dû y découvrir une longue digression sur Alfred et Lizzie Roper, un compte rendu détaillé de leur histoire écrit par sa mère en août 1905, et elle devait parfaitement savoir de qui il s'agissait.

Je feuilletais le livre de poche à la couverture verte dans l'espoir de découvrir une page cornée au sein du chapitre consacré à Roper, ou mieux encore un passage coché ou souligné au crayon, lorsque la sonnette retentit à l'entrée. Paul Sellway. Je m'attendais à voir débarquer un grand blond, un de ces Danois typiques au visage lisse, aux yeux bleus et à la lèvre supérieure légèrement proéminente. Je n'avais jamais rencontré Hansine mais j'avais vu des photos d'elle, notamment celle où elle porte un tablier et une coiffe de dentelle, et Swanny m'avait raconté que Joan Sellway était une blonde élancée. Je pensais donc que Paul devait correspondre à l'image – largement imaginaire – que je m'étais forgée de Hansine et de sa fille.

Il était mince et avait les cheveux foncés. Si l'on m'avait demandé de deviner sa nationalité, j'aurais dit qu'il était irlandais. Il avait les lèvres charnues, le regard fiévreux, les pommettes saillantes et l'abondante chevelure frisée caractéristiques de ce peuple.

« Je suis un peu en avance, me dit-il. J'étais trop excité par l'idée de voir les cahiers. »

Même en regard des circonstances, il me parut un peu cavalier de le faire passer directement dans le bureau.

« Entrez, lui dis-je, nous allons prendre un verre. »

Pour la première fois de ma vie, je découvris le plaisir qu'on éprouve à être fière de sa propre maison. Car c'était *ma* maison désormais, ce que je n'avais pas vraiment réalisé lors de la visite de Cary – peut-être étais-je alors trop bouleversée par les diverses émotions que m'inspiraient nos retrouvailles. Lorsque Paul Sellway me suivit au salon, je ressentis un léger frisson d'orgueil, aussi puéril qu'inattendu. Dans la maison de Swanny, les seules taches de couleur provenaient des tableaux et des décorations. Le noir et le blanc dominaient partout ailleurs, rehaussés par les éclats et les reflets conjoints de l'or et de l'argent. Je le vis regarder le tableau de Larsson et s'avancer pour l'étudier de près.

« Il y en a un presque identique au musée de Stockholm, dit-il. J'ai d'abord cru qu'il s'agissait du même, mais ce n'est pas le cas. Sur l'autre figure un second bouleau ; en revanche, il n'y a pas de chien. »

Je ne lui dis pas que le tableau de Swanny ne pouvait être identique à celui de Stockholm puisqu'il s'agissait d'un original. J'avais entendu Torben déclarer un jour qu'il était hors de question pour lui d'exposer sur ses murs une simple reproduction. À l'époque, j'avais trouvé sa remarque snob et élitiste et je n'avais pas changé d'avis depuis lors, au contraire.

J'offris un verre à Paul.

« J'ai pensé que vous aimeriez peut-être profiter de votre passage pour voir également quelques photos de votre grand-mère. Il y en a des quantités ici.

— En tenue de domestique ? »

Sa remarque me prit de court.

« Sur l'une d'entre elles, oui. Mais je crois sincèrement qu'il s'agissait d'un déguisement. Je veux dire que *ma* grand-mère avait fait enfiler ce costume à la vôtre pour les besoins de la photo. »

Il éclata de rire. C'était un rire joyeux – et contagieux. Je ne pus me retenir de l'imiter, avant d'ajouter, de manière un peu ridicule :

« Qu'est-ce qui vous fait rire ainsi ?

— J'ai fait ma thèse de doctorat sur Strindberg, en m'intéressant particulièrement à son autobiographie qui s'intitule *Le Fils de la servante*. Telle était effectivement son origine et il ne l'avait jamais acceptée. Ma mère n'était guère enchantée que j'aie choisi un sujet pareil. »

Je lui demandai pourquoi.

« Ma grand-mère est restée très longtemps au service de votre famille, vingt ans au moins, et elle aimait beaucoup parler de cette époque. Après tout, c'était le temps de sa jeunesse. Mais ma mère avait horreur de ça, elle avait profondément honte de ce passé de domestique et ma grand-mère, je le crains, se moquait un peu d'elle. Je veux dire qu'elle la faisait marcher. J'étais alors très jeune, mais je m'en souviens parfaitement. Ma grand-mère s'étendait à loisir sur son magnifique costume, elle lui expliquait comment elle empesait ses coiffes et passait un tablier neuf pour aller ouvrir la porte – enfin, des détails de ce genre. Vous imaginez le résultat... »

Cela me remit en mémoire la visite que Swanny avait faite à Joan Sellway, les dénégations et les reparties glaciales auxquelles elle s'était heurtée. Je demandais à Paul quels souvenirs il gardait de Hansine. Était-il proche d'elle ? Avait-elle été cette créature chaleureuse, maternelle, que je m'étais imaginée et dont le Journal semblait attester la réalité ?

« Non, elle n'était pas vraiment ainsi, me dit-il. Rétrospectivement, je pense qu'elle n'aimait pas les enfants. Elle habitait chez nous et elle se disputait souvent avec ma mère. On aurait dit qu'elle cherchait délibérément à la provoquer, et l'inverse était également vrai. Je préférais de beaucoup mon autre grand-mère : elle au moins me traitait comme un être humain, comme une créature autonome, pas comme un simple pion que les adultes manipulent au gré de leurs jeux. Quand vous dites qu'elle vous semblait chaleureuse et maternelle, je suppose que vous faites allusion à son attitude à l'égard de Mogens et de Knud ? »

J'étais tellement surprise que je ne pus m'empêcher de m'exclamer :

« Vous avez donc lu le Journal ?

– Bien sûr. Je pensais que vous le saviez.

– Lorsqu'on leur pose la question, la plupart des hommes répondent : "Non, mais ma femme l'a dévoré."

– Je ne suis pas marié. Je l'ai été, jadis, mais ce n'était déjà plus le cas lorsque le premier volume du Journal d'Asta est paru. Peut-être pourrions-nous y jeter un coup d'œil à présent ? »

Paul saisit le cahier à deux mains. On sentait qu'il était à la fois ravi et légèrement intimidé. On aurait dit un enfant prenant enfin possession du cadeau de Noël si longtemps attendu. Il fut surpris par les traces de moisissure qui constellaient les pages et hocha la tête d'un air incrédule lorsque je lui expliquai où Asta avait entreposé les cahiers avant qu'on ne les découvre.

Je lui passai un exemplaire de la toute première édition d'*Asta*. Il la compara à l'original, me confirma évidemment que les cinq pages manquantes ne figuraient ni dans le volume imprimé ni dans le manuscrit de la traduction, et me dit qu'il lui faudrait un peu plus de temps pour se livrer à une comparaison plus minutieuse et plus approfondie. Mais allais-je accepter qu'il emporte le cahier chez lui ? Au moins celui de 1905 ?

Une heure plus tôt, je lui aurais rétorqué que c'était hors de question. Mais je m'entendis lui répondre que cela ne posait pas le moindre problème, qu'il n'y avait pas d'autre solution, que le cahier serait de toute façon en sécurité entre ses mains. Il me sembla que Swanny se retournait dans sa tombe, mais je décidai de l'ignorer.

« Le nom de Roper vous dit-il quelque chose? demandai-je.

– La baignoire d'acide, répondit-il du tac au tac. Puis, se reprenant : Non, l'arsenic. Enfin, un type qui empoisonnait ses victimes, une sorte de créature à la Crippen. »

Je lui exposai l'histoire. Ou plus exactement, je lui expliquai ce que Cary avait en tête, à défaut de lui raconter mes visées *à moi*, que je n'étais d'ailleurs pas certaine d'entrevoir très clairement. Je lui donnai le volume des "Procès célèbres". Après tout, j'en possédais deux exemplaires, à présent.

« Puis-je également emporter les cahiers qui couvrent les deux années suivantes? » s'enquit-il.

Je refusai, en sachant pertinemment que c'était de ma part une invitation implicite à revenir les prendre, une fois qu'il en aurait terminé avec le premier volume. Il me dévisagea en souriant – un sourire qui n'avait rien de résigné, ce qui me laissa penser qu'il avait lui aussi parfaitement saisi l'allusion. Après quoi, je devrais sans doute écrire qu'il m'invita à dîner. Mais la phrase ne rend pas exactement compte de la situation : il y eut plutôt reconnaissance mutuelle du fait que nous mourions de faim, que l'heure habituelle du repas était largement dépassée et que les restaurants ne manquaient pas dans South End Green. Je pense qu'il ne serait pas faux de dire qu'il s'agissait d'une simple suggestion, comme il en va entre deux vieux amis décidant brusquement de dîner ensemble.

« Voulez-vous que nous allions manger quelque part?

– Je vais chercher mon manteau », dis-je.

Beaucoup plus tard, cette nuit-là, je m'assis pour relire la première partie du Journal d'Asta et fus stupéfaite de découvrir à quel point cette lecture me consternait. Toutes les pointes d'Asta à l'encontre de Hansine, ses commentaires sardoniques qui constituaient presque le fil secret de son récit m'apparaissaient dans toute leur évidence et me faisaient rougir de honte. Pour la première fois je me demandai comment les descendants de Hansine avaient pu réagir devant ce torrent de remarques désobligeantes. Qu'avait bien pu penser Joan Sellway en voyant sa mère décrite comme « un animal »,

« grasse comme une oie, le visage rougeaud », gourmande, paresseuse – bref, comme une moins que rien, indigne de sa patronne?

Si Paul ne m'avait pas dit avoir déjà lu le livre mes sentiments auraient été encore pires, et j'adressai une prière muette à Celui dont j'ignorais s'il m'entendait ou non, en me félicitant d'avoir stupidement demandé à Paul si sa femme avait lu le Journal. Mais même ainsi, il n'allait pas tarder à redécouvrir les jugements dédaigneux d'Asta, que ce soit dans l'original ou dans la traduction de Margrethe Cooper. D'une certaine façon, il me semblait que cela aggravait leur aspect déplaisant. Je savais que j'aurais bientôt de ses nouvelles, car c'était un individu consciencieux, mais d'un autre côté je n'aurais pas été surprise s'il m'avait renvoyé les documents que je lui avais confiés, accompagnés d'une note aussi brève qu'outrée.

Je restai debout jusqu'à une heure avancée cette nuit-là, à feuilleter le Journal en y cherchant des allusions à Roper ou des indices relatifs à l'identité de Swanny. Ma seule « découverte » fut qu'Asta s'attardait un peu longuement, plus qu'elle n'aurait dû le faire si elle n'avait rien eu à cacher, sur cette conversation au cours de laquelle Rasmus l'avait interrogée à propos de leur fille en lui faisant remarquer qu'elle ne leur ressemblait guère. Tout cela me mettait un peu mal à l'aise. J'ai déjà eu l'occasion de dire que, ne m'étant jamais mariée, j'ignore à peu près tout ce qui concerne ce genre d'union, mais j'étais tout de même un peu choquée par l'idée que l'un des deux partenaires ait pu dissimuler à l'autre un secret pareil, dans le cadre d'une telle relation. Il s'agissait de surcroît de mes grands-parents, ils avaient vécu ensemble durant plus d'un demi-siècle, partagé le même lit et engendré une nombreuse progéniture. Le fait de réfléchir à tout cela me convainquit presque – comme Swanny l'avait peut-être envisagé vers la fin de sa vie – qu'Asta lui avait bel et bien dit la vérité lorsqu'elle s'était rétractée en prétendant avoir forgé cette histoire de toutes pièces.

Mais qu'en était-il alors de la lettre anonyme? D'évidence, Torben pensait qu'Asta elle-même l'avait envoyée. Elle s'en était emparée lorsque Swanny la lui avait montrée et l'avait déchirée avant de la brûler. Afin que nul ne puisse identifier son écriture?

La rédaction d'une telle lettre était peut-être une manière –

passablement alambiquée, je le concède – de révéler à Swanny la vérité sur ses origines. Admettons qu'Asta ait voulu que Swanny l'apprenne avant sa mort : cette lettre lui évitait de faire le premier pas (évidemment difficile, ou malaisé) et devait inéluctablement les conduire l'une et l'autre à aborder la question, à entamer une discussion où il lui serait toujours loisible – à elle, Asta – de choisir entre deux solutions : avouer la vérité ou se rétracter.

Elle avait évidemment fait les deux.

19

L A traduction du Journal coûta à Swanny énormément
d'argent. Une fois la chose mise en route, elle se dit
qu'elle n'avait plus le droit de reculer et demanda à
Margrethe Cooper de traduire les dix cahiers qu'Asta avait
écrits entre 1905 et 1914.

Mrs. Cooper était sans nul doute une femme très demandée,
car elle travaillait non seulement à partir du danois mais de
deux autres langues scandinaves et faisait partie de ces rares
individus qui sont capables de traduire dans les deux sens : elle
traduisait aussi bien des ouvrages danois en anglais que des
ouvrages anglais en danois. D'origine danoise, mariée à un
Anglais, elle avait grandi comme Swanny, en apprenant les
deux langues, et les maîtrisait l'une et l'autre à la perfection.
Mais à l'inverse de ma tante – qui aurait été la première à le
reconnaître –, elle éprouvait une véritable passion pour la littérature ainsi que pour les rythmes propres aux diverses langues à
partir desquelles elle travaillait.

J'ai toutefois de la peine à imaginer qu'elle ait accepté de
consacrer des mois, voire des années de sa vie à un travail
qu'elle considérait probablement comme le simple caprice
d'une vieille dame fortunée. Lorsqu'elle se mit à l'ouvrage, elle
devait se dire que sa traduction allait rester inédite, que l'idée
même d'une publication ne serait jamais sérieusement envisagée. Elle n'avait pourtant pas accepté de s'en charger uniquement – ou principalement – pour des raisons financières. En
effet, elle s'était rapidement rendu compte que ce journal
n'avait rien de banal, que son style et son contenu étaient sans

commune mesure avec celui que la cousine de Torben avait tenu, à Saint-Pétersbourg. Elle confia un jour à Swanny qu'elle poursuivait ce travail, d'une part parce qu'elle était fascinée par l'écriture d'Asta, mais aussi parce qu'il y avait de bonnes chances, selon elle, pour qu'un éditeur accepte de publier l'ouvrage.

Cela donna confiance à Swanny. Elle fut très excitée lorsqu'elle lut les premiers brouillons de la traduction de Margrethe Cooper. Elle ne m'avoua pas comment elle avait réagi en découvrant ce qu'Asta avait écrit à propos des réactions de Morfar et de son rejet de sa fille aînée, lors de la naissance de ma mère. Peut-être était-elle résignée, au bout de tant d'années. Mais à l'époque, évidemment, elle avait déjà déchiré les cinq pages qui livraient la clef de ses propres origines.

S'était-elle demandé si Morfar était au courant? Rien dans le Journal ne permet de le penser et Asta elle-même semble parfois ne pas comprendre l'indifférence, voire la répulsion que Swanny inspirait à Rasmus. Il est certes possible qu'il ait eu l'intuition, ou qu'il ait fortement soupçonné, qu'elle n'était pas sa fille, tout en refusant de croire qu'Asta ait pu le tromper. La beauté de Swanny, ses cheveux blonds, sa grande taille, la blancheur de sa peau – tout cela jouait en sa défaveur. D'où avait-elle hérité ces traits? Sûrement pas de sa famille à lui, ces paysans trapus aux cheveux foncés et à la peau tannée, ni des ancêtres d'Asta, qui étaient couverts de taches de rousseur et dont aucun n'avait jamais atteint sa propre taille – il mesurait un mètre soixante-dix –, alors qu'à dix-sept ans Swanny faisait déjà pratiquement un mètre quatre-vingts. Mais Asta ne lui aurait jamais joué un tour pareil, elle était incapable de le tromper.

J'ignore si Swanny s'est ou non posée toutes ces questions, car elle ne refit plus jamais allusion devant moi à l'histoire de sa naissance et de son éventuelle adoption. À la lumière de son comportement ultérieur, il est évident que ces spéculations concernant ses origines tenaient toujours une grande place dans sa vie, mais le fait est qu'elle ne m'en parla plus jamais. Et si elle s'est abstenue d'aborder le sujet avec moi, je doute qu'elle l'ait fait avec qui que ce soit d'autre. De surcroît, à cette époque – au milieu des années soixante-dix –, elle commençait à se composer un personnage qui devait être absolument inattaquable : celui de la fille d'Asta Westerby.

Tout son succès futur dépendait de son aptitude à jouer ce

rôle, à *être* pleinement la fille d'Asta Westerby. Elle allait être la dépositaire du Journal, son éditrice, la gardienne du sanctuaire, l'intercesseur de la morte auprès des vivants.

Elle adressa la première partie du Journal d'Asta (celle qui correspond à l'année 1905) à deux éditeurs anglais qui la refusèrent l'un et l'autre. La seule différence est que le second garda le manuscrit un peu plus longtemps. C'était en 1976 et le *Country Diary of an Edwardian Lady* n'était pas encore paru, il devait voir le jour l'année suivante. C'est donc en vertu d'une simple coïncidence que Swanny intitula le manuscrit : *The Diary of a Danish Lady*.

Ces refus ne semblèrent pas la rebuter. Elle avait depuis le début une immense confiance dans le destin de ce journal et Margrethe Cooper, qui était devenue son amie, l'encourageait dans ce sens. Ce fut elle qui persuada l'éditeur danois Gyldendal de lire l'original : elle l'avait dupliqué elle-même, non sans peine, sur une vieille Ronéo, et c'est ainsi que le journal tenu par Asta en danois fut pour la première fois révélé au public dans son pays d'origine. En 1978, Gyldendal publia une édition grand format merveilleusement illustrée, sous le titre *Asta Bog*.

Ces illustrations furent ultérieurement reprises dans la version anglaise, lorsque la même année, Swanny trouva enfin un éditeur à Londres. Il s'agissait pour une bonne part de dessins et d'aquarelles représentant un marché de Hackney dans la première décennie du siècle, une jeune femme en tenue d'automobiliste dans le style des gravures de mode et bien d'autres sujets. Le reste consistait en photos de famille. Sur la couverture, un médaillon mettait en valeur un portrait d'Asta réalisé durant son adolescence, à Stockholm, dans Nackströmgatan, par un photographe du nom de Berzelius. Elle porte une robe à col en V avec un liseré en soie, ses cheveux sont tirés en arrière à l'exception d'une petite frange bouclée, mais la photo ne correspond pas vraiment à ce premier volume. Asta a déjà l'air d'une adulte, mais en fait elle avait quatorze ans lorsque la photo fut prise, au cours d'un séjour qu'elle faisait chez le cousin de sa mère et ses enfants, Bodil et Sigrid.

Il est inutile que je m'attarde sur le contenu du Journal d'Asta. Ceux qui ne l'ont pas lu l'ont au moins eu entre les mains, ou l'ont aperçu dans les vitrines des magasins, si ce n'est dans les pages des magazines et des journaux. Bien que n'ayant rien d'une femme d'affaires, Swanny eut assez de jugeote pour demander que l'on supprime du contrat la clause autorisant la reproduction de ce portrait et des autres illustrations de l'ouvrage sur des calendriers, des couvercles de théière, des bocaux en verre, des taies d'oreiller, du papier à lettres et divers articles de vaisselle.

L'éditeur se montra conciliant sur ce point car il ne lui était évidemment pas venu à l'esprit que le livre pût se vendre à plus de deux mille exemplaires, et moins encore inspirer un véritable culte. Il devait paraître en octobre, en prévision des fêtes de Noël. Entre-temps, Swanny s'était rendue à Copenhague à l'invitation de Gyldendal pour promouvoir l'édition d'*Asta Bog*. Elle logeait dans un ancien entrepôt reconverti en hôtel, dans le quartier de Nyhavn où, bien des années plus tôt, selon une des anecdotes d'Asta, l'un de ses parents, sous l'emprise de la boisson, s'était querellé avec un quidam dans un bar et lui avait lancé une bouteille à la tête avant de finir la nuit au commissariat.

Swanny fut enchantée par son séjour au Danemark. Elle m'écrivit deux ou trois lettres en me disant qu'elle avait l'impression d'être de retour chez elle – alors qu'en vérité elle n'avait jamais séjourné bien longtemps là-bas, depuis les trois mois qu'elle y avait passés dans sa jeunesse et au cours desquels elle avait fait la connaissance de Torben. Depuis, ils y étaient retournés ensemble à plusieurs reprises, mais pour de brefs séjours qui n'avaient jamais excédé deux semaines. Et encore quittaient-ils rarement Copenhague, alors que cette fois elle s'était mise à sillonner tout le pays, de Aarhus à Odense en passant par Elseneur. Les attachés de presse de son éditeur devaient l'adorer. Elle était étrangère mais parlait le danois, elle connaissait le pays et était prête à aller n'importe où et à faire tout ce qu'on lui demandait. Elle pouvait passer à la télévision sans l'aide d'une interprète. Elle acceptait toutes les demandes d'interview, même lorsqu'elles émanaient des plus obscurs quotidiens régionaux.

Elle rendit également visite à ses cousins, ou plus exactement à ceux de Torben car les deux fils de sa grand-tante Frederikke n'avaient ni l'un ni l'autre eu d'enfant. Elle passa une semaine avec la nièce de Torben et son mari, à Roskilde. Elle se rendit au théâtre et à l'opéra, visita les châteaux de Frederiksborg et de Fredensborg, ainsi que la maison d'Andersen, à Odense. Elle se fit photographier à Copenhague, devant la statue de la petite sirène : c'est ce portrait qui a été reproduit depuis en quatrième de couverture sur toutes les éditions du Journal. Swanny porte un tailleur en tweed et un petit chapeau en feutre (semblables à ceux de la reine) ainsi que le sac à main de rigueur, pendu à son bras gauche. Vu sa taille, sa minceur, ses jambes élancées, ses chevilles fines et ses pieds menus, martyrisés par des escarpins à talons hauts, elle ne fait vraiment pas son âge. Ni, *a fortiori*, celui qu'elle prétendrait bientôt avoir.

Les lettres qu'elle m'écrivit alors sont celles d'une femme heureuse et prenant du bon temps. L'expression est un peu exagérée : disons, d'une femme qui réapprend le bonheur et qui découvre en elle de nouvelles possibilités. Peut-être réalisait-elle, tout comme moi, qu'elle avait jusqu'alors toujours vécu dans l'ombre de quelqu'un d'autre, qu'il s'agisse d'Asta ou de Torben. Elle s'en était remise à eux, avait fait preuve d'obéissance, voire de soumission à leur égard. Elle avait été la fille favorite, puis l'épouse modèle, sa vie privée avait obéi aux règles édictées par sa mère et son mari. Ceux-ci s'étaient certes comportés en despotes « éclairés », mais ils ne l'avaient pas moins maintenue dans une certaine dépendance. Sa mère la traitait comme une enfant. Son mari la plaçait sur un piédestal et la révérait, lui donnait tout ce qu'elle désirait et n'attendait rien en retour − sinon qu'elle fût présente à ses côtés − mais il ne lui demandait pas son avis et ne la consultait jamais sur rien. Même les réceptions qu'elle organisait étaient destinées à divertir ses relations diplomatiques et ses amis à lui. De son propre chef, Swanny aurait-elle souhaité rencontrer Aase Jørgensen, la spécialiste en histoire maritime ?

Mais à présent, elle faisait ce dont elle avait envie, obéissant à son désir et à sa propre volonté. Et on la fêtait, on l'admirait, on recherchait sa compagnie. Elle gagnait de l'argent, ce qui ne lui était jamais arrivé depuis qu'elle avait épousé Torben − avant son mariage, elle avait travaillé quelque temps à Highgate, chez une vieille dame dont elle arrosait les fleurs et allait promener le chien.

Le plus extraordinaire, c'est qu'elle ne paraissait nullement étonnée par ce qui lui arrivait. Les journalistes venus l'interviewer après la sortie d'*Asta* − et tous ceux qui leur succédèrent au fil des années − lui demandaient immanquablement si elle n'avait pas été surprise par le succès du Journal. Avait-elle imaginé, « dans ses rêves les plus fous », qu'une telle chose pût arriver ?

293

« Dès la première page, j'ai su que ce n'était pas un livre ordinaire », déclara-t-elle à l'*Observer*.

Dans le *Sunday Times*, elle se montre plus ironique :

« L'étrange, à mes yeux, c'est que je savais depuis le départ que ce livre serait un best-seller, mais que les éditeurs à qui j'avais envoyé le manuscrit n'en paraissaient pas convaincus. On aurait pu penser qu'avec leur expérience, ils s'en seraient doutés, vous ne croyez pas?

— Vous auriez sans doute pu faire une brillante carrière dans l'édition?

— Les femmes ne se mêlaient pas de ce genre de chose, dans ma jeunesse. »

Les jeunes femmes qui venaient interviewer Swanny ne parvenaient pas à croire qu'elle n'avait jamais fait d'études supérieures. D'où tirait-elle sa culture? Où avait-elle donc appris le danois? *Et cetera*. Swanny ne se laissait pas démonter. Elle m'a raconté que la première fois où elle était passée à la radio, en Angleterre, c'était pour une émission en direct et elle était un peu tendue. Mais dès qu'on lui avait posé la première question, il n'y avait pas eu le moindre problème et elle s'était bien amusée. À un moment donné, le journaliste lui avait demandé combien coûtait le livre. Elle l'ignorait. Il y avait un exemplaire devant elle, sur la table du studio, elle l'avait pris pour regarder la jaquette mais c'était une édition de club et le prix n'y figurait pas.

« Je lui ai dit : " Je n'en ai pas la moindre idée, mais quelle que soit la somme je vous assure que vous en aurez pour votre argent. " Le journaliste a ri, moi aussi, et tout s'est bien terminé. »

Elle était complètement transformée et finit par devenir une vraie professionnelle. Tous les jours, elle travaillait sur le Journal — les cinquante-trois cahiers qui étaient encore inédits. Elle avait des séances de travail régulières avec Margrethe Cooper et déjeunait fréquemment avec ses éditeurs. Elle acheta une machine électrique à mémoire. Elle se plongea dans la lecture des mémorialistes célèbres : Pepys, *The Paston Letters*, Fanny Burney, Kilvert, Evelyn, *The Journal of a Disappointed Man*, alors qu'auparavant elle ne lisait que des romans de bon ton et des magazines prétendument « de luxe ».

Elle avait engagé une secrétaire qui venait deux après-midi par semaine pour s'occuper du courrier. Au printemps 1979, Swanny recevait tout au plus deux lettres de lecteurs par semaine, mais à la fin de la même année, le chiffre se montait déjà à quatre lettres quotidiennes. Sandra, sa secrétaire, avait mis au point un système de classement extrêmement élaboré, rien que pour le Journal d'Asta : un dossier pour l'agent de Swanny (elle en avait pris un cette année-là), un autre concernant les demandes d'adaptation et les diverses options pour le cinéma et la télévision, un pour les droits étrangers, un relatif à son seul éditeur américain, d'autres encore pour le courrier des lecteurs, les illustrations, les couvertures des éditions de poche, les coupures de presse, les divers rendez-vous.

Par la suite, Swanny fut de plus en plus souvent invitée à participer à des manifestations publiques, des remises de prix, des concours, des lectures, des conférences, des dîners littéraires. Mais en 1979, alors que le Journal trônait dans toutes les vitrines des libraires et progressait irrésistiblement dans la liste des best-sellers (catégorie « Essais ») pour atteindre finalement la première place en avril, l'essentiel du courrier qu'elle recevait provenait de journaux et de magazines sollicitant une interview. Je crois bien qu'à cette époque, elle n'en refusa aucune. Après avoir quasi exclusivement soliloqué en son for intérieur toute sa vie durant, elle savourait à présent l'occasion qui s'offrait à elle de raconter au monde entier comment elle avait découvert les cahiers et compris leur valeur, mais aussi d'exposer ses goûts en matière d'alimentation, de boissons, de vêtements, de dire où elle comptait passer ses vacances, ce qu'elle faisait le soir, quelles étaient ses lectures, ses émissions ou ses vedettes préférées. Et, bien sûr, de parler d'Asta.

Lors de ces divers « portraits », elle ne fit jamais une seule fois allusion au fait qu'elle n'était peut-être pas la fille – la fille préférée de surcroît – de l'auteur du Journal. Alors que depuis assez longtemps elle avait pris l'habitude de désigner Asta en l'appelant par son prénom – ou, lorsqu'elle s'adressait à moi, de dire « Mormor » ou « ta grand-mère » –, elle n'avait plus que « ma mère » à la bouche lorsque la presse ou la télévision l'interrogeait. Certes, la plupart de ces articles concernaient la vie de la famille Westerby, sujet sur lequel les lecteurs des magazines étaient censés s'extasier en permanence (ce qui était d'ailleurs peut-être le cas), et Swanny se prêtait avec enthousiasme à cette demande ininterrompue de souvenirs et d'anecdotes. Ses histoires étaient parsemées de formules telles que « ma mère disait... », « mon père racontait souvent... », « mes frères avaient l'habitude de... », « lorsque ma sœur est née... », etc. Quand parut le deuxième volume du Journal, celui qui s'intitule *Une vie dans une pièce vide* et s'ouvre sur le cahier de 1915, elle raconta à la radio l'histoire de la maison de poupées que son père avait fabriquée pour sa petite sœur, en prétendant qu'elle-même était alors trop grande pour ce genre de jouet.

À la suite de cet entretien, *Woman's Own* m'envoya une photographe, Padanaram étant alors entreposé chez moi, dans la pièce de l'entresol. Elle prit des clichés de la maison de poupées sous toutes ses coutures et le magazine s'en servit pour illustrer une interview de Swanny (vêtue d'un tailleur en tweed et d'un chapeau en feutre bleu) où elle évoquait la vie d'Asta durant la Première Guerre mondiale et la mort de Mogens, *alias* Jack, à la bataille de la Somme. Ou, plus exactement, dans un hôpital du Havre, deux jours après que l'oncle Harry l'eut ramené du champ de bataille.

C'est vers cette époque que la manière dont Swanny parlait d'elle et de sa famille se mit insensiblement à changer. J'ignore si cela tenait à la publication du deuxième volume du Journal ou s'il s'agissait d'une simple coïncidence. Mais il ne semblait pas y avoir de véritable explication à cette nouvelle bizarrerie de son comportement.

Elle avait alors soixante-seize ans. Je ne mentionne pas ce fait en cherchant à insinuer qu'elle était victime du même phénomène qu'Asta (du moins selon Torben) : je ne crois absolument pas qu'elle était en train de devenir sénile. Elle avait soixante-seize ans, mais commençait à prétendre qu'elle en avait soixante-dix-sept. Et désormais, lorsqu'on parlait d'elle dans les journaux ou dans la presse – ce qui arrivait sans arrêt –, on indiquait qu'elle avait soixante-dix-sept ans. Cela commença peu avant l'été où elle devait célébrer son soixante-seizième anniversaire, au mois de juillet.

Il y eut bientôt un autre indice. Swanny figurait à présent dans le *Who's Who*, où elle était évidemment présentée comme la fille de Rasmus Westerby et d'Asta Kastrup, née un 28 juillet à Londres. Or elle donna un jour une interview à la conseillère astrologique d'un magazine féminin et prétendit être née sous le signe du Taureau, qui correspond à la fin du mois d'avril et aux deux premiers tiers du mois de mai.

Je mis tout d'abord cela sur le compte d'une étourderie de journaliste. Ils avaient dû se tromper, comme cela leur arrive souvent. Puis j'eus entre les mains la maquette de la quatrième de couverture – notice biographique et extraits de presse – destinée à l'édition de poche d'*Une vie dans une pièce vide*. On y prétendait que Swanny était née en 1904.

« Ce n'est pas la peine de corriger ça », me dit-elle lorsque je lui en fis la remarque.

Je lui dis que cela ne posait aucun problème, que c'était justement pour cette raison qu'on lui envoyait des épreuves, au cas où elle aurait des corrections à faire.

« Je ne crois pas qu'ils voudront changer ça, me dit-elle avec un regard évasif que je ne lui avais encore jamais vu.

– Mais enfin, Swanny! Bien sûr que si!

– Lorsque je me suis lancée dans cette affaire, dans l'édition du Journal de Mor, je me suis juré de ne jamais chercher à tricher sur mon âge. C'est tellement indigne, de vouloir se faire passer pour plus jeune que l'on est. Je ne me suis jamais livrée à de telles gamineries.

– Mais tu veux te vieillir, au contraire! Ce n'est pas indigne, c'est tout simplement absurde.

– Cela n'a guère d'importance à mon âge, tu ne crois pas? me dit-elle avec un manque de logique confondant. L'essentiel, c'est d'être honnête – honnête et franche, dans tout ce que l'on entreprend. C'est ainsi que Mor m'a élevée et je m'en suis toujours tenue à ce principe. »

Je ne tentai même pas de retenir mon rire, ce qui parut vexer Swanny.

« Prétendre que tu es née en mai 1904, c'est de l'honnêteté, selon toi?

– Ils déforment toujours tout, dans ces journaux. »

Je n'arrivais pas à comprendre quel était son but. Quelques semaines plus tard, je vis qu'elle avait raconté au *Sunday Express* que le frère qu'elle avait perdu lors de la Première Guerre mondiale était mort dans l'Argonne, en 1918. Si la journaliste qui l'avait interrogée s'était donné la peine de vérifier les faits dans le Journal, elle se serait aperçue que Swanny s'était trompée de deux ans et de quelque trois cents kilomètres.

L'explication la plus probable, c'est qu'elle était en train de perdre les pédales, pour reprendre l'expression de mon cousin John. Il m'avait téléphoné afin de me dire ça. Son frère et lui, jaloux sans doute de la place distinguée que Swanny occupait à présent dans le monde des lettres, s'étaient eux-mêmes désignés comme les gardiens attitrés de la mémoire de l'oncle Mogens (ou Jack). À un moment donné, peut-être lorsque Asta avait emménagé chez Swanny après la mort de Morfar, ils avaient mis la main sur les lettres que Jack avait écrites à sa mère, depuis la France. C'était d'ailleurs probablement elle qui les leur avait données. Elle était tellement peu sentimentale qu'elle ne se souciait guère de conserver les lettres que son fils lui avaient adressées avant de mourir. John et Charles avaient tenté de les faire publier, agrémentées d'une introduction et de quelques digressions narratives destinées à lier le tout. Ils avaient, pour ainsi dire, tenté de prendre en marche le train que Swanny avait lancé sur ses rails. Mais leurs efforts s'étaient avérés vains. Aucun éditeur n'en avait voulu, et vu ce qu'écrivait le pauvre Jack– variations infinies sur l'air de « je me porte bien et j'espère que tout va pour le mieux à la maison » – cela ne m'avait pas franchement étonnée.

John écrivit au *Sunday Express* en leur demandant d'insérer un rectificatif, mais ils ne le firent pas et ne publièrent pas sa lettre. La journaliste avait enregistré l'entretien et je ne doute pas qu'en repassant la bande elle ait entendu Swanny affirmer, sans la moindre ambiguïté, que son frère était mort dans l'Argonne au cours des derniers mois de la Grande Guerre.

Pour une fois, j'étais d'accord avec John. Je pensais tout comme lui que Swanny était... disons « surmenée » – ce fut le terme que j'employai au téléphone. Elle en avait trop fait, elle avait dû s'épuiser en se pliant à toutes ces stratégies promotionnelles indispensables, si l'on en croit les éditeurs, à la vente d'un ouvrage, fût-il un best-seller. Son arthrite s'était remise à la faire souffrir. Je fus soulagée le jour où elle me déclara qu'elle avait besoin d'un peu de repos et qu'elle allait partir en croisière avec ses cousins de Roskilde.

20

Paul me téléphona lorsqu'il eut fini de comparer le cahier original du Journal, la traduction de Margrethe Cooper et la version imprimée, et il me demanda si nous pouvions nous rencontrer pour parler de ses découvertes.

Je ne fus pas franchement déçue d'apprendre que celles-ci étaient quasi inexistantes. Mais j'étais heureuse qu'il ait fait preuve d'une telle rapidité : il avait bouclé le tout en quatre jours et y avait probablement consacré toutes ses soirées. Rien dans son expression ni dans son attitude n'indiquait qu'il eût été offensé par ce qu'il avait lu, mais je ne voulais pas différer plus longtemps ce que j'avais résolu de lui dire.

« Je regrette profondément que ma grand-mère se soit montrée aussi blessante et aussi injurieuse envers la vôtre. Quand je songe à tout ce qu'elle a pu écrire, je suis morte de honte. Et je pense qu'il est de mon devoir de vous prier de bien vouloir excuser le caractère offensant de ses jugements.

— Dans ce cas, il faut aussi que je vous présente mes excuses pour toutes les maladresses, les indiscrétions et les potiches brisées dont ma grand-mère est responsable. »

Je lui dis qu'il ne devait pas arriver souvent d'avoir ainsi des ancêtres qui s'étaient côtoyés aussi longtemps et de savoir dans quelle estime ils se tenaient — du moins pour l'un d'entre eux.

« Est-ce que les gens s'expriment plus franchement lorsqu'ils tiennent un journal qu'au fil de la conversation ?

— Oui, s'ils pensent que personne ne le lira jamais.

— Croyez-vous qu'une femme puisse écrire de la sorte toute sa vie durant, en espérant que nul n'en saura jamais rien ?

« – C'est ce qu'a fait Asta. De surcroît, elle a même voulu détruire son journal.

– Quand on cherche à se débarrasser de quelque chose, dit Paul, ce ne sont pas les moyens qui manquent. Je veux dire que ce n'est pas très difficile. Êtes-vous sûre qu'elle souhaitait vraiment que personne ne le lise ? »

Nous étions à Willow Road. J'étais repassée une fois chez moi afin de prendre des vêtements et j'étais revenue m'installer ici. À l'instar de Swanny après qu'elle eut découvert le Journal, je ne songeais déjà plus à vendre mon appartement. Peut-être ces cahiers avaient-ils le mystérieux pouvoir d'influer sur le comportement des gens : on avait envie de rester à leurs côtés, de vivre sous le même toit qu'eux.

Paul déposa le cahier, le manuscrit dactylographié et son propre exemplaire du Journal sur la table qui nous séparait. Il avait glissé des bouts de papier entre certaines pages, mais à seule fin de retrouver telle ou telle phrase qui lui avait semblé intéressante ou significative. La traduction de Margrethe Cooper correspondait mot pour mot au texte du cahier et les cinq pages manquantes n'y figuraient pas. Quant à la première édition du d'*Asta*, elle suivait scrupuleusement la version de Mrs. Cooper, sans la moindre coupure ni le moindre ajout.

Le premier passage qu'il avait coché concernait le 2 novembre 1905, le lendemain du jour où Morfar était rentré, après son séjour au Danemark. Cela n'avait peut-être rien à voir avec Roper, me dit Paul, mais il avait été intrigué par le fait qu'Asta rapporte les remarques de son mari, étonné que leur fille ne ressemble pas plus à son père qu'à sa mère. Il y avait un autre passage du même genre, en février de l'année suivante, que Paul avait également remarqué. Pourquoi Asta montait-elle sur ses grands chevaux à propos de sa fidélité et consacrait-elle toute une page à exposer son opinion quant aux femmes qui ne respectaient pas leurs vœux de mariage ? Elle n'était très certainement pas dans ce cas : pourquoi s'étendait-elle donc sur le sujet ?

Ce fut cette dernière remarque qui me poussa à lui parler de Swanny et de la question qui avait hanté l'ultime partie de sa vie – question que la découverte puis la publication des journaux n'avaient ni effacée, ni même atténuée, comme je le savais à présent, mais qui avait persisté jusqu'au jour où, quelques années avant sa mort, après avoir lu le compte rendu d'un « procès célèbre », elle était parvenue à une étrange conclusion.

Paul suivit attentivement l'histoire. C'était un auditeur remarquable : il vous écoutait d'un air concentré, mais sans vous regarder, la tête en appui sur une main, les sourcils légèrement froncés, en gardant un silence absolu. Il était pour moi un peu troublant de voir un être aussi svelte, aussi vigoureux – athlétique, même – et doté de la capacité de rester totalement coi, immobile et silencieux durant un si grand laps de temps.

Je lui racontai toute l'histoire de Swanny. Quand on s'embarque de la sorte dans un long récit, on a parfois l'impression qu'il faudrait çà et là abréger, sauter certains passages et en résumer d'autres, mais avec Paul il n'en va pas ainsi. Lorsqu'il a vraiment envie de savoir, il vous écoute – des heures durant s'il le faut. Toutefois, mon récit ce jour-là dura à peine une quinzaine de minutes. Il ne m'interrompit qu'une fois.

« Qu'est-ce qui a provoqué ses doutes, au tout début ? Qu'est-ce qui l'a amenée à se demander si elle était bien la fille d'Asta ?

– Je ne vous l'ai pas dit ? Elle avait reçu une lettre anonyme. »

Si j'écris aujourd'hui que son expression changea, qu'il se raidit ou devint brusquement livide, c'est uniquement parce que je connais la suite. Sur le moment, je ne remarquai rien. Je poursuivis mon récit, et lorsque j'eus terminé, je lui révélai qui, selon moi, Swanny croyait être en réalité.

Le Journal rapporta beaucoup d'argent à Swanny. Il fut publié dans le monde entier et en 1985 il était traduit dans une vingtaine de langues, sans compter le danois et l'anglais. On en tira un film, médiocre mais passablement lucratif, et il y eut bien sûr l'adaptation télévisée en cinq épisodes, qui commençait par la cour de Rasmus à Asta (suite à la découverte de l'existence de la dot) et se terminait sur la rencontre d'Asta et d'oncle Harry, juste après la mort de Jack (avec, dans les principaux rôles, un Anthony Andrews barbu, Lindsay Duncan coiffée d'une perruque rousse et Christopher Ravenscroft en uniforme de soldat). Le feuilleton remporta le prix de la meilleure série télévisée en 1984. Il fut diffusé par PBS aux États-Unis et dans toute l'Europe.

L'argent rentrait donc à flots mais Swanny en disposait avec parcimonie, comme elle l'avait toujours fait. On aurait dit que Torben était toujours en vie et qu'il s'agissait de ses revenus à lui. Elle devait néanmoins avoir une sorte d'intuition, car elle employa une partie de ces sommes à s'assurer une aide et une prise en charge correctes. Mrs. Elkins, qui depuis longtemps déjà venait trois fois par semaine pour s'occuper de la maison (cela remontait au décès de Torben), fut engagée à plein temps : même si elle ne dormait pas à Willow Road, elle y passait toutes ses journées (à l'exception du dimanche) de neuf heures du matin à cinq heures de l'après-midi. Une jeune fille de Kilburn venait lui donner un coup de main deux fois par semaine. Mais la décision la plus sensée de Swanny fut d'engager une infirmière qui arrivait à neuf heures du soir et passait la nuit à la maison, ne repartant le matin qu'après l'arrivée de Mrs. Elkins.

Non que Swanny se rendît compte de la bizarrerie de son comportement. Elle ne manifesta jamais le moindre signe indiquant qu'elle eût conscience de son trouble mental grandissant. Elle avait engagé cette infirmière parce que son arthrite, qui l'avait laissée en paix plusieurs années durant, s'était remise à l'indisposer et la faisait parfois atrocement souffrir, surtout dans la région du dos, du cou et des poignets. Elle dormait donc très mal et restait éveillée une bonne partie de la nuit. Lorsqu'il lui fallait se lever – ce qui lui arrivait souvent –, elle avait peur de faire une chute en franchissant les quelques mètres qui séparaient sa chambre de la salle de bains.

Elle dut rapidement renoncer à son personnage affairé et distingué d'éditeur du Journal. Avant Noël, elle faisait encore des tournées, prenait la parole à des dîners littéraires et accordait nombre d'interviews. Au mois de juin, l'année suivante, elle était devenue une vieillarde impotente, tant physiquement que mentalement.

Le contraste entre sa vieillesse et celle d'Asta était évident, mais elle n'y fit jamais allusion. Elle ne me dit jamais (comme elle aurait pu le faire autrefois) : « Regarde-moi un peu, et songe à l'allure qu'avait Asta à mon âge. » Elle avait définitivement cessé de l'appeler « Mor » ou « maman » et n'employait plus que son prénom, « Asta ». Elle ne disait plus « mon frère » ou « ma grand-tante » pour évoquer les divers protagonistes du Journal, mais se contentait de les désigner par leurs prénoms. Quant à elle, elle ne se considérait plus comme danoise mais comme une authentique Anglaise. Elle était devenue quelqu'un d'autre.

Je veux dire : en privé, à la maison. Devant moi et les diverses personnes qui travaillaient pour elle. Car aux yeux de son agent, de son éditeur et de tous ceux à travers le monde pour qui elle était la fille d'Asta, elle demeura la même. Comme si, sur la fin de sa vie, elle avait maîtrisé l'art difficile consistant à mener une double existence. Cela ne fut pas sans conséquence, évidemment, et l'entraîna plus avant sur la pente de la folie.

Il n'est peut-être pas exagéré de dire que c'était Asta qui l'avait rendue folle. Le besoin de connaître nos propres origines est très profondément inscrit en nous, il est à la base même de notre personnalité. La plupart du temps, cela ne pose aucun problème. Nous grandissons en sachant, en apprenant, en ayant la certitude absolue que cet homme est notre père, cette femme notre mère, et par voie de conséquence que tous ces gens qui nous entourent sont à des degrés divers les membres de notre famille. Swanny était passée par là, elle aussi, elle avait vécu dans cette certitude pratiquement jusqu'au seuil de la vieillesse. Or soudain, toute une partie de sa vie, ses fondements en fait, lui avaient été retirés, aussi brutalement qu'une épée s'abattant sur le sol et y ouvrant une immense faille. Et c'était Asta la responsable : elle avait bâti les fondations, puis creusé l'abîme où sa fille devait sombrer. Bien sûr, elle n'avait pas réalisé la portée de son geste. Si sa propre mère lui avait révélé qu'elle l'avait adoptée tout en refusant de s'expliquer davantage, Asta se serait contentée de hausser les épaules et de poursuivre son train-train quotidien, comme si de rien n'était.

Lorsque Swanny était « l'autre », elle s'exprimait différemment. Elle avait d'ordinaire le même accent que ses voisins de Hampstead et que tous les Anglais soi-disant « cultivés ». Mais sa langue maternelle, celle qu'Asta lui parlait dans sa petite enfance, c'était le danois, et elle prononçait certains mots d'une manière qui révélait ses origines. Tous les Danois, par exemple, disent *lidd'l* au lieu de *little* et Swanny ne faisait pas exception à la règle. Mais lorsqu'elle assumait la personnalité de son *alter ego*, elle ne parlait plus du tout de la même façon. Au lieu d'être douce et chantante, son intonation se faisait traînante et elle déformait systématiquement les participes présents, en omettant le *g* final. *Everything* ou *nothing* devenaient *everythink* et *nothink*. Elle parlait avec l'accent de la classe ouvrière du nord de Londres et l'on avait parfois l'impression un peu gênante qu'elle cherchait délibérément à imiter la voix et les intonations de Mrs. Elkins.

Fort heureusement, aucune des personnes avec qui elle était

en rapport pour l'édition et la promotion du Journal ne l'aperçut ni ne l'entendit jamais lorsqu'elle était en proie à ce dédoublement. Sandra assuma très vite le rôle d'intermédiaire entre Swanny et le monde extérieur. Elle prit l'habitude d'observer ses humeurs et quand elle voyait que « l'autre » prenait le dessus, elle annulait les interviews, les signatures, les déjeuners éditoriaux ou les autres rendez-vous. Swanny était après tout très âgée. Elle avait eu quatre-vingts ans en 1985 (ou en 1984 selon le point de vue adopté...). Qui aurait pu trouver à redire, en apprenant qu'elle était fatiguée ou « ne se sentait pas très bien aujourd'hui » ?

Elle ne révélait donc son autre personnalité qu'à Sandra, Mrs. Elkins, Carol et Clare (les deux infirmières) et moi – et à nous seules. Peut-être étions-nous toutes d'une nature réservée. Pour ma part, je n'ai jamais évoqué devant personne la double personnalité de Swanny. Si les autres l'ont fait, cela n'est jamais arrivé jusqu'aux oreilles des journalistes. Aux yeux du reste du monde, Swanny Kjaer demeurait la gardienne « étonnante », « merveilleuse », « remarquable » (et autres adjectifs employés par la presse pour qualifier une vieille dame qui n'a pas sombré dans le gâtisme) du Journal de sa mère, ainsi qu'elle l'avait toujours été. Lorsque Jane Asher enregistra le Journal pour une diffusion sur cassettes, les prospectus publicitaires reproduisirent le portrait de Swanny devant la petite sirène de Copenhague, la dernière photo qu'on devait jamais prendre d'elle.

À la maison, son comportement même se mit à changer à une allure croissante. Elle avait toujours fait preuve d'une méticulosité presque maladive dans le soin qu'elle apportait à sa tenue, son apparence et sa toilette. Elle prenait une douche ou un bain deux fois par jour – ce dont Asta ne manquait pas de se moquer – et s'habillait avec une attention pointilleuse. Elle se souciait beaucoup de ses cheveux et allait chez le coiffeur deux fois par semaine. Tout comme ma mère, elle consacrait une part importante de ses journées à l'entretien de sa garde-robe et l'achat de nouveaux vêtements était l'un des grands plaisirs de sa vie. Mais à présent, les jours où elle était dans la peau de « l'autre » elle refusait de se laver et se débattait comme un beau diable lorsque Carol ou Clare tentaient de l'entraîner à la salle de bains. Elle n'acceptait d'enfiler qu'une vieille jupe en tweed et un tricot de laine, alors qu'elle regardait jadis ce genre de tenue avec condescendance. Ses cheveux courts et fournis n'étaient pas trop hirsutes mais elle ne se donnait même pas la peine de les peigner une fois sortie du lit. Elle ne mettait plus de bas et se contentait d'une paire de pantoufles élimées. Elle parvenait assez bien à ressembler à la vieille femme qui remontait Heath Street en poussant sa charrette.

Aussi loin que remontent mes souvenirs, Swanny avait toujours eu une petite tache rouge sur la joue, à gauche, juste en dessous de l'œil. Il ne s'agissait pas d'un grain de beauté (la tache était apparue suite à la rupture d'un petit vaisseau) mais elle s'arrangea pour que cela le devienne. Je lui dis un jour qu'elle avait un vilain bouton au visage, mais elle se contenta de m'adresser l'un de ses sourires énigmatiques. Peu après, je m'aperçus que la tache avait grossi au point de former un cercle parfait, de la taille d'un bouton de chemise. Elle l'avait dessinée à l'aide d'un crayon pour les yeux et ce prétendu grain de beauté ne quitta plus son visage par la suite, que Swanny soit « elle-même » ou « l'autre ».

Elle me demanda un jour de lui acheter de la laine et une paire d'aiguilles. Asta avait bien sûr été une couturière émérite et ma mère se défendait également fort bien dans ce domaine : à une époque, elle confectionnait elle-même tous nos vêtements. Mais, même si Asta raconte avoir acheté de la laine pour les vêtements du bébé dans les premières pages de son journal, elle avait dû s'arrêter de tricoter lorsque sa situation s'était améliorée. Et je n'avais jamais vu Swanny manipuler des aiguilles.

« J'ignorais que tu savais tricoter, lui dis-je.

– Il le fallait bien, jadis, me répondit-elle avec la voix de Mrs. Elkins. Il y eut une époque où je tricotais tous mes vêtements – enfin, au moins les lainages.

– Quelle couleur préfères-tu, pour la laine? Et quelle taille d'aiguilles veux-tu, au fait?

– Rose ou lilas – enfin, un ton pastel. Et prends-moi du n° 8, à double maille. Cela m'occupera lorsque je regarde la télé le soir. Je n'aime guère rester oisive.

– Je t'achèterai tout ça cet après-midi, lui dis-je, pour que tu puisses commencer ce soir. »

Ne contrariez jamais les fous, recommande-t-on généralement aux gens qui ont affaire à eux. Conseil d'ailleurs superflu, car telle est la plupart du temps notre réaction naturelle – la plus facile à suivre en tout cas. C'est un réflexe tout à fait normal. Il est tellement effrayant de s'opposer à eux ou de les contredire – ce que Daniel faisait parfois en cours de thérapie –

qu'on finit généralement par y renoncer pour s'en tenir à une approbation neutre et souriante. Il vaut mieux ne pas contrarier une femme en proie à la folie, et ne pas affronter les conséquences inconnues et potentiellement terrifiantes de questions telles que : « Pourquoi dis-tu ça ? » « Pourquoi agis-tu ainsi, t'habilles-tu de la sorte ? » « Qui es-tu devenue ? » « Que t'est-il arrivé ? »

J'avais vécu avec un psychiatre et j'étais parfaitement au courant de ses méthodes. Je savais ce qu'il m'aurait conseillé de faire, et pourtant j'ai agi tout autrement. Je ne demandai même pas à Swanny qui elle pensait être. Elle se comportait comme une vieille grand-mère d'un quartier ouvrier, tricotant des vêtements de bébé, et je réagissais comme si tout cela était parfaitement naturel et correspondait à ce que j'attendais d'elle, feignant même d'admirer l'inextricable écheveau qu'elle produisait au fil des jours, la pelote de laine rose se transformant peu à peu en une structure informe, d'une infinie complexité, sous le jeu des aiguilles que manipulaient péniblement ses doigts arthritiques.

Il y avait bien sûr les autres jours — les jours où elle était à nouveau Swanny Kjaer. Le tricot était mis de côté (où d'ailleurs, me demandais-je, et à la suite de quelles résolutions ?), elle s'habillait normalement, se brossait les cheveux et se fardait discrètement, même si elle ne renonçait pas à son grain de beauté. Attifée de la sorte, s'exprimant à nouveau comme une dame de Hampstead, elle prenait un taxi et se rendait à Covent Garden ou à Kensington pour signer des livres dans une librairie ou déjeuner avec son agent. Et Sandra n'eut pas besoin de la décommander le jour où elle passa en direct à la télévision, dans l'émission *Woman's Hour*.

Mais « l'autre » gagnait peu à peu du terrain. L'autre — cette entité sans nom distinct, imprécise — absorbait lentement la Swanny que j'avais connue. Les moments où elle était vraiment elle-même se firent de plus en plus rares. En disant que nous ne cherchions pas à la contrarier, je ne veux pas donner l'impression que nous ne faisions rien et assistions à tout cela les bras croisés. Un docteur suivait depuis le début l'évolution de son état. Comme il s'agissait de son médecin traitant — ou qu'elle le payait, si l'on préfère — il lui rendait visite une fois par semaine.

« Je pourrais demander à un psychiatre de venir la voir, me dit-il un jour. Mais il faudrait expliquer à Mrs. Kjaer la nature et la raison de ces visites. En d'autres termes, il faudrait admettre ouvertement devant elle que nous la tenons pour mentalement dérangée. »

Apparemment, il était lui aussi partisan de la thèse conciliante. « Elle paraît heureuse ainsi », ajouta-t-il.

Je n'en étais pas si sûre, mais j'étais lâche moi aussi. Je ne lui avouai pas qu'à certains moments, tant dans son état normal que lorsqu'elle était « l'autre », il m'arrivait de lire sur son visage une immense détresse.

« À son âge, reprit-il, il vaut mieux ne pas lui faire de choc. C'est une très vieille dame. »

Je ne lui révélai pas qu'au même âge, la mère de Swanny trottait comme un lapin le long de Hampstead Heath, assistait à des réceptions, revendait ses vieux vêtements, lisait Dickens et tenait encore son journal. À quoi bon? Les gens ne se ressemblent pas, de toute façon.

« Il est sans doute préférable que nous nous en tenions au traitement que je lui ai prescrit. »

Swanny continua donc à prendre ses tranquillisants, bien qu'à vrai dire elle n'eût jamais manifesté la moindre agitation. Et s'il m'avait fallu choisir un adjectif propre à qualifier son état, j'aurais justement employé celui-là : elle était *tranquille*. Elle l'avait du reste toujours été et je suis certaine que son calme, sa douceur, sa quiétude avaient au départ autant attiré Torben que son allure de déesse nordique. Après tout, lorsqu'on dit d'une personne qu'elle est tranquille, cela n'implique pas qu'elle soit satisfaite mais peut-être simplement qu'elle accepte avec une placidité ou une soumission relatives les infortunes du destin.

J'ai déjà dit que je n'avais jamais demandé à Swanny qui elle était, lorsqu'elle cessait ainsi d'être elle-même. Pour autant que je sache, personne ne lui avait posé la question. Les autres femmes – Sandra, Mrs. Elkins, les infirmières – avaient tendance à s'éclipser lorsque « l'autre » prenait le dessus : elles lui parlaient lorsque cela s'avérait nécessaire et accomplissaient correctement leurs tâches, mais de toute évidence la chose les terrifiait. Comme tous ceux qui sont en contact avec les fous, elles avaient tout simplement peur des actes qu'elle risquait de commettre.

Du reste, elles n'avaient probablement guère envie de savoir qui Swanny devenait, dans ces moments-là. Nous redoutons tous les manifestations de la folie, parce que ses caprices et ses révélations mettent en lumière ce qui se tapit peut-être dans les profondeurs de notre propre esprit. J'étais parfois tout aussi effrayée que les autres, mais contrairement à elles j'avais envie de savoir. J'ai souvent failli lui poser la question, je l'avais au bord des lèvres, et dans ces instants-là je devais éprouver le même genre de sentiments que Swanny, du temps où elle luttait intérieurement avant de demander à Asta qu'elle lui révèle la vérité. Peut-être ne m'aurait-elle rien avoué, du reste, se contentant d'attribuer un nom et une identité fictifs à la vieille femme qui tricotait laborieusement, les pieds dans ses pantoufles.

Je commençai à entrevoir la vérité six mois seulement après la mort de Swanny. Elle se prenait pour Edith Roper. Swanny croyait qu'elle était Edith Roper.

Je relus les dernières pages du compte rendu de Donald Mockridge, dont Swanny avait elle aussi pris connaissance. Edith était née en mai 1904. Elle avait les yeux bleus, elle était blonde et grande pour son âge. Elle avait un grain de beauté sur la joue gauche. En vertu d'un raisonnement biscornu, Swanny avait dû se dire que si Edith n'avait pas été adoptée par Asta, si elle avait grandi dans son milieu d'origine, à l'âge de quatre-vingt-un ans elle aurait probablement ressemblé à la mère de Mrs. Elkins, qui habitait Walthamstow, avait d'innombrables arrière-petits-enfants, tricotait en regardant la télévision et était membre du club des doyens de la ville.

Elle s'était donc glissée dans la peau de cette femme. Peut-être parce qu'elle pensait – ou que son inconscient lui soufflait – que c'était le choix le plus approprié, la meilleure chose à faire. Le destin avait été truqué et c'était à elle de redresser la situation. Ou bien, croyant être Edith Roper, elle avait véritablement *voulu* le devenir : elle avait enfin déniché une identité, et bien qu'elle ne l'eusse sans doute pas choisie de son propre gré elle n'en avait pas d'autre à sa disposition.

Son imagination – l'imagination limitée d'une femme protégée, dont le seul et bref contact avec les classes laborieuses avait eu lieu lorsqu'elle était dame de compagnie – fit qu'elle rangea instinctivement Edith dans la catégorie des prolétaires. Elle avait aperçu cette vieille femme qui poussait sa charrette dans Heath Street et s'était inspirée d'elle pour composer le personnage d'Edith, avec ses cheveux hirsutes et ses pantoufles élimées. Et elle reproduisait inconsciemment l'accent et les intonations de Mrs. Elkins pour donner voix à Edith.

« Et pourtant, elle se trompait, dit Paul.

– Bien sûr, qu'elle se trompait! Asta a adopté un bébé autour du 28 juillet 1905. À cette époque, Edith avait quatorze mois et elle marchait déjà.

– Et si je me souviens bien, Asta rapporte que trois mois plus tard, elle allaitait encore l'enfant. De surcroît, il lui aurait été difficile de faire passer Edith pour un bébé (elle aurait eu dix-huit mois) lors du retour de Rasmus, en novembre suivant.

– Vous connaissez ce journal par cœur, dis-je.

– Je viens de le relire. D'ici une semaine, je serai sans doute moins brillant. De toute évidence, votre tante avait besoin de croire en quelque chose, elle avait désespérément besoin d'une identité et elle a saisi la première possibilité qui se présentait. Peut-être n'y en avait-il pas d'autre, d'ailleurs. Elle avait sûrement envisagé différentes hypothèses dans le passé, mais aucune ne cadrait aussi bien avec les faits.

– Ce n'est pas réellement possible, n'est-ce pas?

– Qu'elle ait été Edith? Non... à moins qu'Asta ait falsifié la vérité dans tous les passages concernant sa fille au cours des trois ou quatre années suivantes, qu'elle ait menti en rapportant ses conversations avec Rasmus et qu'elle ait réussi à convaincre celui-ci d'adopter une enfant qu'il ne pouvait manquer de considérer comme la fille d'un assassin et d'une femme se livrant plus ou moins à la prostitution. Je pense que nous pouvons écarter toutes ces hypothèses. Et puis, réfléchissons un peu : est-il concevable qu'Asta, qui a très certainement mis un bébé au monde autour du 28 juillet, ait déambulé le même jour dans les rues, prête à s'emparer du premier enfant abandonné qui se présenterait et à le ramener chez elle? Cela ne tient pas debout.

– Je me demande ce qui s'est passé. Je veux dire : son enfant était-il mort-né? Ou mourut-il peu après la naissance? S'agissait-il d'un garçon, une fois de plus? Ou d'une fille? J'imagine que nous ne le saurons jamais.

– Qui sait..., dit Paul. La réponse figure sûrement dans les cinq pages manquantes du premier cahier. Votre tante les a déchirées, mais peut-être ne les a-t-elle pas jetées.

– Vous voulez dire qu'il faudrait fouiller la maison?

– Je ne sais pas. Mais si vous avez réellement envie de connaître la vérité... »

Je lui répondis que c'était vraisemblablement le cas. Pourtant, même si je finissais un jour par l'apprendre je ne pourrais jamais la communiquer à Swanny maintenant qu'elle était morte, lui dire qu'elle avait fait une grossière erreur en croyant découvrir une identité qui n'avait pas la moindre chance d'être la sienne. Swanny ne ressemblait pas au reste des Westerby, mais il y a des tas de gens qui n'ont pas les mêmes traits que les autres membres de leur famille. Asta avait dit à Swanny qu'elle l'avait adoptée, mais cela n'avait jamais été prouvé. Elles étaient l'une et l'autre nées bien des décennies trop tôt pour que l'on puisse avoir recours aux empreintes génétiques.

Le plus vraisemblable, c'est qu'elle était bel et bien la fille d'Asta et que celle-ci avait inventé toute l'histoire. Torben avait eu raison depuis le début. Asta avait écrit et envoyé elle-même cette lettre anonyme. D'ailleurs, elle avait été postée à Hampstead. Et elle avait pris soin de la brûler par la suite. Oui, malgré ses protestations et sa réprobation affichée, Asta était très certainement l'auteur de cette lettre.

« J'ai peur de ne pas pouvoir vous suivre sur ce point, dit Paul.

— Peur? Pourquoi?

— Façon de parler. »

Je dus me contenter de cette réponse, mais elle ne me satisfaisait pas. Du moins, pas tout à fait. Paul avait un visage franc et ouvert, comme tous ceux qui ressemblent aux Irlandais, des yeux qui reflétaient ses pensées et une bouche très expressive. Son regard devenait fixe, distant et presque lointain à mesure que je parlais, en avançant mes suggestions et mes hypothèses comme on le fait toujours à la suite d'une révélation insoupçonnée, m'étendant sur l'allusion que Swanny avait faite au sujet de la mort de son frère dans l'Argonne (où le frère d'Edith était tombé) ou sur son insistance à vouloir se vieillir d'un an.

Sur le moment, je ne trouvai pas particulièrement surprenant qu'il ne désire pas s'attarder davantage sur l'histoire de la lettre anonyme. Je supposai – à tort, comme la suite le montrera – que toute cette affaire commençait à l'ennuyer et m'arrangeai pour changer discrètement de sujet, dès que cela s'avéra possible.

Je renonçai également à fouiller la maison. Au lieu de cela, je raccompagnai Paul jusque chez lui, à Hackney, non loin de l'endroit où Asta avait vécu jadis. Il voulait me montrer les lieux et nous n'évoquâmes plus le Journal ce soir-là, ni l'étrange méprise dont Swanny avait été victime.

21

17 janvier 1920

*D*ET er moerkeligt, men sidste Gang Sergeanten kom paa Besøg, var det igen Hansines Frieftermiddag. Jeg kan svoerge paa, at jeg ikke arrangerede det med Vilje, men det vare bare helt tilfoeldigt.

C'est étrange mais la dernière fois, lorsque le sergent est venu me voir, cela tombait une fois encore sur l'après-midi de congé de Hansine. Je n'avais rien manigancé, je le jure, c'était une simple coïncidence. Je préfère évidemment qu'elle ne soit pas dans mes pattes lorsqu'il vient ici. Je ne tiens pas à ce qu'elle se dandine en tortillant son tablier et en me disant qu'elle le trouve charmant, voire qu'elle se livre à des insinuations plus perfides... Enfin, maintenant qu'elle nous a quittés, cela ne risque plus de se produire.

Elle est allée s'installer chez les parents de Cropper jusqu'à ce que le mariage soit célébré, le mois prochain. Je dois reconnaître que je ne l'envie guère. À moins qu'elle ait exagéré, la vieille Mrs. Cropper ne rate pas une occasion de se moquer de son anglais et de lui rappeler qu'elle n'est qu'une étrangère. De surcroît, elle a découvert que Hansine avait bien *six mois de plus* que son fils – crime à ses yeux impardonnable. Tout cela est d'un ridicule...

La plus grande frousse de la pauvre Hansine, c'est que sa future belle-mère apprenne un jour qu'elle ne sait ni lire ni écrire. Je ne vois pas comment elle compte lui cacher bien longtemps la vérité.

311

12 février 1920

Hansine est mariée. Nous étions invités à la cérémonie, Rasmus et moi, mais nous n'y sommes évidemment pas allés. J'ai
offert à l'heureux couple un vase royal de Copenhague qui
traîne ici depuis des années et que m'avait donné la sœur de
Onkel Holger, à l'occasion de mon propre mariage. Je ne l'ai
jamais aimé et il est toujours resté au fond d'une armoire, tellement bien caché que Hansine, selon moi, ne l'avait probablement jamais aperçu. Mais vu la tête qu'elle a faite lorsque je le
lui ai donné, je n'en suis plus si sûre. J'espère qu'elle en prendra
soin et qu'il ne connaîtra pas le même sort que les plus belles
pièces de ma collection.

Notre nouvelle domestique, qui a pris la succession de Hansine, s'appelle Elsie. Entre Emily et Elsie, je ne vais pas m'y
retrouver! Mrs. Cropper – puisque tel est désormais le nom de
Hansine – compte aller s'installer à Leytonstone avec son mari.
Un jour, lorsqu'il fera beau – et à supposer qu'elle m'invite – je
demanderai au sergent de m'emmener là-bas. Quoique en y
réfléchissant, je ne suis pas certaine que ce soit une très bonne
idée. Il y a d'autres endroits plus intéressants.

Qui aurait cru que Rasmus m'autoriserait à faire ces sorties
en compagnie du sergent? (Il ne faut pas que j'oublie de l'appeler Harry, désormais.) J'étais sûre qu'il allait entrer dans une
rage folle, comme cela lui arrive de plus en plus souvent ces
temps-ci. Je l'entendais déjà me dire : « Lorsque *ma* femme se
promène dans *ma* voiture, je tiens à ce que ce soit *moi* qui
conduise. » Mais il m'a seulement priée de me contenter de la
Mercedes – celle de ses voitures qui lui plaît le moins.

Harry était enchanté. Il m'a dit qu'il pouvait m'emmener
tous les samedis si je le désirais – et n'importe quel soir, en
semaine, une fois son travail terminé. Il est employé à la
Compagnie des Eaux, bien qu'il ait commencé sa carrière
comme conducteur de fiacre. Mieux vaut s'en tenir au samedi
pour l'instant, lui ai-je répondu. Songez à votre femme, à vos
enfants : ils ont sûrement envie que vous restiez avec eux. Il
s'est contenté de sourire et m'a déclaré qu'il n'avait pas l'intention de négliger sa famille, bien au contraire. Et c'est ainsi que
nous avons fait notre première sortie : nous sommes allés dans
le Hertfordshire, afin d'admirer la campagne et quelques jolies
bourgades des environs.

J'éprouvais une impression bizarre et pendant quelque

temps, je ne me suis pas sentie très rassurée. Je me disais qu'il allait probablement tenter sa chance – on m'a élevée en me répétant que les gens de son milieu social se comportent toujours ainsi lorsque l'occasion se présente –, mais il ne l'a pas fait. Son attitude reste extrêmement respectueuse. J'avais préparé un pique-nique. Nous avons déniché un endroit charmant, à l'abri des arbres, au bout d'un paisible chemin de campagne. Harry a porté le panier du pique-nique et a étendu une nappe sur l'herbe, il a disposé une couverture et des coussins à mon intention, mais je voyais bien qu'il n'avait pas prévu de s'asseoir à mes côtés, ni de partager mon repas. Il m'a dit qu'il préférait aller faire un petit tour.

Je n'allais évidemment pas le laisser partir. Je l'ai prié de s'asseoir en face de moi; il semblait plutôt réticent, au début, mais il a fini par se laisser convaincre. Cela m'a fait une drôle d'impression de réaliser qu'à mon âge (pourtant avancé) j'avais enfin trouvé quelqu'un à qui parler. Il m'a semblé que je ne devais pas laisser passer ma chance, cette fois-ci, car sinon l'occasion risquait fort de ne pas se représenter.

Il m'a interrogée sur le Danemark et m'a demandé ce que l'on ressentait, en s'exilant de la sorte – et je me suis brusquement aperçue que nous étions assis sous des bouleaux. J'ai ressenti à cet instant un tel pincement au cœur, en songeant à mon pays, que je suis restée sans voix. Il a dû s'en apercevoir, mais au lieu de changer de sujet il m'a longuement questionnée sur le Danemark. Cette conversation et les souvenirs qu'elle ranimait m'ont fait du bien : au bout d'un moment j'avais repris le dessus et je riais à nouveau de bon cœur.

Il sait beaucoup de choses. J'étais sur le point d'ajouter « pour un ouvrier », mais ce serait injuste. Il sait beaucoup de choses *dans l'absolu*, par rapport à n'importe qui. Sur le plan historique, notamment. Il m'a cité par exemple les membres de la famille royale anglaise qui ont épousé des princesses danoises. Sur le moment, j'étais incapable de vérifier ses dires : mais de retour à la maison j'ai consulté une encyclopédie et j'ai pu constater que sa liste était en tout point conforme à la vérité. Il connaît également fort bien la campagne et m'a parlé d'un peintre anglais dont le nom m'était inconnu – j'ignorais même que les Anglais avaient produit des peintres. Il s'agit d'un certain John Constable, qui a peint les forêts et les champs du Suffolk et de l'Essex mais qui a vécu à Hampstead et est enterré dans le cimetière de la ville. Je lui ai dit que nous pourrions y aller un jour ensemble, afin de nous rendre sur sa tombe.

La semaine prochaine, nous emmènerons aussi les enfants. Harry s'est entiché de Swanny, il n'arrête pas de me dire qu'elle est aussi charmante qu'adorable. D'un côté, il m'est agréable de voir que Swanny suscite une admiration méritée, mais de l'autre cela me met un peu mal à l'aise. Je crois bien que je suis jalouse – jalouse de ma propre fille!

29 juillet 1920

Hier, Swanny a eu quinze ans. Elle n'a pas voulu que j'organise de réception, en me disant qu'elle ne se sentait pas suffisamment proche des filles qui sont à l'école avec elle pour les inviter à la maison. Elle n'a pas de véritables amies. Elle est comme moi, elle ne se lie pas facilement. Les parents disent toujours, en parlant de leurs enfants : « Mais de qui tiennent-ils ça? Pas de moi, en tout cas, ni de leur père. Nous ne sommes pas ainsi, dans la famille. » Comme si l'on devait systématiquement transmettre le moindre de ses traits de caractère à ses descendants... Je ne crois pas qu'il en aille ainsi : les enfants se contentent d'imiter leurs parents, ils cherchent à leur ressembler et à se comporter comme eux – telle est du moins mon opinion, même si elle n'est guère partagée.

Swanny m'a dit qu'elle aurait peut-être réagi différemment si Mogens était encore en vie et avait pu assister à cette réception. J'aurais pu lui répondre que Mogens aurait vingt-deux ans s'il était encore parmi nous et qu'il ne vivrait sans doute plus sous notre toit, mais je m'en suis abstenue. Je lui ai dit que la mort de Mogens nous avait tous attristés mais que la vie devait continuer, qu'il nous fallait apprendre à évoquer son souvenir sans tristesse. Mais cela n'a guère eu d'effet sur elle. Je ne tiens pas à ce qu'elle gâche sa jeunesse en se morfondant sans arrêt sur la mort de son frère.

Je relis *La Maison d'âpre-vent* pour la troisième fois.

4 septembre 1920

Nous nous apprêtons à partir au Danemark, Rasmus et moi. C'est étrange, je suis allée en vacances à Paris et à Vienne, mais je ne suis jamais retournée dans mon propre pays et je suis tout émoustillée. Il nous faudra passer deux jours chez son insupportable sœur, à Aarhus, mais le reste du temps nous logerons à Copenhague, chez Ejnar et Benedicte. Je connais fort peu Benedicte – elle a passé une nuit ici avec son mari, il y a deux ans –, mais elle me plaît assez. En tout cas, elle semble épargnée par la pruderie, la mesquinerie, la froideur, l'hypocrisie et la prétention qui caractérisent la plupart de mes compatriotes. Les Danois ont la réputation d'être de joyeux buveurs de bière, rieurs et boute-en-train, mais jusqu'ici je n'ai guère eu l'occasion de le remarquer.

Les filles logeront chez Mrs. Housman. Il faut bien qu'elles aillent à l'école. J'aurais dû écrire qu'elles logeront *en principe* là-bas, si Rasmus ne s'est pas querellé entre-temps avec Mr. Housman. Il raconte à qui veut l'entendre que celui-ci l'a escroqué, et j'espère que cela ne parviendra pas aux oreilles de l'intéressé d'ici le 12, date de notre départ.

J'ai acheté deux nouveaux ensembles pour le voyage, un tailleur de chez Chanel en charmeuse noir et bleu, et une robe d'intérieur violette avec un col et des poignets en velours noir et lilas. La mode est au noir et au bleu cette année, et fort heureusement ces couleurs me vont bien. J'ai aussi une nouvelle paire d'escarpins vernis, à double bride et talons larges, le style que je préfère. Les deux tenues sont on ne peut plus courtes. Je n'aurais jamais cru que je porterais un jour des robes qui me dénudent les jambes presque jusqu'au genou !

En descendant, ce matin, Emily a découvert le cadavre déjà raide de Bjørn, dans l'arrière-cuisine. Pauvre bête... Il a tout de même mené une paisible existence, et relativement longue pour un chien. Rasmus s'est mis à pleurer lorsque je lui ai annoncé la nouvelle. Lui qui n'a jamais manifesté le moindre sentiment à l'égard de quiconque – sauf de Mogens, évidemment –, il a versé de grosses larmes pour la mort de son chien.

« Si on te voyait..., lui ai-je dit. On ne croirait jamais que tu es danois. »

20 mars 1921

Harry m'a révélé une chose surprenante. Nous avions l'intention d'aller aux jardins de Kew, mais comme il pleuvait à verse nous avons finalement passé l'après-midi au théâtre. La pièce était très mauvaise et j'ai déjà pratiquement oublié de quoi il s'agissait, alors que cela remonte à quelques jours à peine.

L'étonnant, c'est que je sois parvenue à convaincre Harry d'acheter lui aussi un billet et d'assister au spectacle à mes côtés. Nous nous sommes aperçus que nous réagissions exactement de la même façon, en nous retenant de rire lors des scènes sentimentales et en bâillant au cours des interminables tirades qui émaillaient la pièce. La plupart des spectacles qui se jouent en ce moment parlent de la guerre et de ses retombées, on n'y voit que parents éplorés, soldats estropiés et jeunes femmes condamnées à finir vieilles filles parce qu'il n'y a plus suffisamment d'hommes pour les épouser.

À la sortie, j'ai encore insisté et fini par persuader Harry de m'accompagner dans un salon de thé. Nous nous sommes entretenus de Swanny et de l'héroïne de la pièce, dont le fiancé avait été tué. Je lui ai parlé à cœur ouvert, en lui disant que je craignais que Swanny ne parvienne pas à trouver un jeune homme digne d'elle. Car il est vrai qu'ils se font rares, on ne voit plus dans les rues que des enfants et des hommes d'âge mûr. Les jeunes ont tous été fauchés dans la fleur de l'âge.

Je relis ce qui précède et m'aperçois que j'évoquais au début une révélation surprenante que m'avait confiée Harry. J'ai apparemment fait une longue digression avant d'en venir au fait. Nous nous étions mis à parler de la haine que les Anglais vouent aux étrangers et il me disait que j'avais de la chance de porter un nom qui pouvait passer pour anglais, malgré ses origines danoises. Harry m'a avoué qu'il avait un nom germanique, au départ : son grand-père, d'origine allemande, était venu s'installer en Angleterre vers 1850. Harry, tout comme son père, était né à Londres, mais il avait eu l'intuition que sa situation serait extrêmement inconfortable si jamais la guerre éclatait. Je lui ai déclaré que c'était fort clairvoyant de sa part, me souvenant de Mr. et Mrs. Cline qui n'avaient pas suffisamment modifié leur nom et avaient connu quelques ennuis.

Le choix du nom de Duke est singulièrement pertinent. Harry m'a dit qu'il ne parlait pas un mot d'allemand, mais qu'il savait tout de même lire : il a cherché son nom dans un dictionnaire et découvert qu'il signifiait *duke*. C'était juste avant qu'il ne rencontre sa femme, et lorsqu'il se mit à lui faire la cour, il entreprit les démarches légales et changea officiellement de nom.

Puisque je parle des gens qui savent ou ne savent pas lire, Hansine vient d'avoir une fille. Elle compte l'appeler Joan. Voilà ce qui arrive, lorsqu'on ne veut pas d'enfant!

À ma grande surprise, Swanny a émis le désir de voir le bébé et Harry doit donc nous emmener là-bas un jour prochain. Nous nous entendons bien, Harry et moi, et chaque semaine qui passe semble réduire un peu plus la barrière sociale qui nous sépare. Quant à la barrière des sexes, c'est une autre affaire. Nos rapports sont à vrai dire ceux d'une maîtresse de maison et de son domestique – bien qu'il ne touche évidemment aucun salaire –, mais je ressens parfois intensément le fait qu'il est un homme, fort séduisant au demeurant, et que je suis une femme, plus consciente de surcroît que la plupart de mes pareilles des nuances et des *frissons* * de la tension sexuelle. S'il me faut être franche, je dirai que j'ai conscience de l'amour dont je constate la réalité chez les autres, qui circule entre eux, que je pense n'avoir jamais connu un tel phénomène et que ma foi, oui, j'aimerais bien l'éprouver un jour. Malgré mon âge avancé, je ne désespère pas de connaître l'amour.

Comme il n'en sera rien, j'imagine que ce sentiment passera vite. J'aurai quarante et un ans cet été mais je n'ai pas encore un seul cheveu blanc. Ce matin, je me suis attentivement examinée et j'ai constaté que mes cheveux avaient toujours leur couleur de sable mouillé. La barbe du pauvre Rasmus est déjà grise, bien que ses cheveux soient encore foncés.

23 juin 1923

Nous sommes rentrés de Paris la nuit dernière, Rasmus et moi. Je ne tiens jamais mon journal lorsque je suis en voyage, et cela me manque. Les vacances sont une étrange institution. On est censé changer de cadre et se reposer, mais la vérité c'est qu'on ne sait pas trop quoi faire de son temps. Lorsque vous êtes avec quelqu'un qui ne s'intéresse pas aux mêmes choses que vous, avec qui toute discussion est impossible, les journées paraissent interminables et s'écoulent très lentement. Nous avons visité le Louvre, escaladé la tour Eiffel, fait un tour à Versailles et flâné sur les Champs-Élysées, mais la seule chose qui intéresse Rasmus ce sont les voitures.

Ce n'est évidemment pas ce qui manque à Paris et chaque fois ou presque qu'il en apercevait une, il se tordait le cou pour l'étudier sous toutes les coutures en m'expliquant quantité de choses qui ne me disent strictement rien et que je ne tiens pas à

* En français dans le texte *(N.d.T.)*.

connaître. Bizarrement, la seule activité que nous ayons pris un certain plaisir à effectuer ensemble fut de courir les magasins pour m'acheter des vêtements. Je dois reconnaître que Rasmus ne regarde pas à la dépense.

Paris a décrété que les chemisiers étaient passés de mode et ne jure plus que par les silhouettes rectilignes. La taille est descendue aux hanches et les ceintures ont disparu. Nous sommes allés chez Patou, où je me suis acheté une robe plissée, toute droite, dans les tons noir et blanc, avec la cape assortie, puis chez Chanel où j'ai choisi un ensemble en foulard imprimé. Les couturiers s'inspirent largement du costume national indochinois, ces temps-ci, mais cela ne m'a guère tentée; je n'ai pas envie de ressembler à une paysanne cambodgienne. J'ai acheté pour Swanny une robe en crêpe de Chine un peu vaporeuse, dans des tons légèrement pastel. Rasmus croyait qu'elle était pour moi. Quelle drôle d'idée! Comme si j'allais porter une robe qui me tombe aux chevilles!

Mon journal m'a manqué mais j'ai également regretté – combien plus! – l'absence de Harry. Pendant toutes ces journées, aux côtés de Rasmus, je n'arrêtais pas de me dire que la situation aurait été bien différente si Harry m'avait accompagnée – combien nous aurions parlé, et ri, et partagé de choses! Je songeais que nous aurions eu envie d'aller dans les mêmes endroits, car nous aimons tous deux la peinture – les portraits surtout – sans parler de la bonne chère. Nous adorons ces succulents repas qui se prolongent des heures durant. Rasmus, pour sa part, mange uniquement pour se nourrir.

Enfin, je verrai Harry demain et je lui demanderai son avis. Je devrais normalement poser la question à Rasmus, mais je sais qu'il s'en fiche et me dira de faire comme bon me semble. J'ai trouvé à notre retour une lettre de Benedicte, me demandant si j'autoriserais Swanny à se rendre au Danemark pour passer quelque temps chez eux. Elle ne parle pas de deux ou trois semaines mais d'un séjour de six mois. Je ne suis pas certaine que je supporterais d'être séparée aussi longtemps de ma fille, mais je demanderai à Harry ce qu'il en pense.

12 avril 1924

Rasmus est fou de joie. Il a appris aujourd'hui qu'il venait d'obtenir la concession de la firme Cadillac pour les îles britanniques. Cela signifie apparemment qu'il sera le seul à pouvoir vendre des voitures de cette marque dans ce pays. Eh bien, qu'ils les vendent, lui et Mr. Cline – avec qui il est maintenant associé. Rasmus s'est définitivement brouillé avec Mr. Housman et l'accuse de l'avoir escroqué de plusieurs milliers de livres.

Ils ont l'intention d'ouvrir un grand magasin d'exposition à Chelsea, sur King's Road. J'imagine que d'ici peu, il va me demander d'abandonner Padanaram et d'aller vivre à Cheyne Walk, ou dans un endroit de ce genre. Mais qu'il ne compte pas sur moi! J'ai appris à me défendre un peu mieux depuis l'époque – avant-guerre – où il m'annonçait que nous allions déménager le mois suivant, que cela me plaise ou non.

Hier, justement, je lui ai prouvé que j'étais parfaitement capable de défendre mon point de vue, lorsqu'il m'a informée de ses projets concernant nos vacances d'été. Il avait décidé de nous emmener, les filles et moi, deux semaines à Bognor Regis (je ne vois même pas où ça se trouve) puis de passer deux semaines en Belgique, en tête à tête avec moi. J'ai refusé de l'accompagner là-bas – qu'est-ce que je pourrais bien faire à Bruxelles, seule avec lui, pendant quinze jours? Nous nous sommes violemment disputés, comme cela ne nous était plus arrivé depuis longtemps. Marie assistait évidemment à la scène et elle s'est mise à pleurer.

J'aurais étranglé Rasmus. Il l'a prise sur ses genoux et s'est mis à l'embrasser – alors qu'elle a déjà treize ans – en lui demandant si elle accepterait de venir habiter avec lui et d'être sa « petite femme d'intérieur » s'il ne supportait plus de vivre avec Mor. Je lui ai crié de ne pas parler de la sorte devant les enfants. Le pire, ce fut lorsque Marie lui a demandé si, dans ce cas, Mor allait partir pour épouser oncle Harry.

Elle est beaucoup trop grande pour tenir des propos pareils. Encore, si elle avait six ans, je ne dis pas. Elle était toujours sur les genoux de son père, à se frotter la joue contre sa barbe, et j'ai vu Rasmus esquisser un sourire narquois.

« C'est cela, Mor épousera le chauffeur... (Puis, se tournant vers moi :) Tu vois à quoi ça mène, d'aller te balader toute seule avec ce type! »

Mais il ne parlait pas sérieusement. Il sait que je serais incapable de le tromper. Ce n'est pourtant pas l'envie qui m'en manque, mais c'est évidemment exclu. Peut-être Harry ressent-il la même chose... Je veux dire : que cela est impossible, que ce n'est pas notre genre. Il me fait un baisemain de temps en temps, mais cela ne va jamais plus loin. Quoi qu'il en soit, je ne veux plus partir seule avec Rasmus, me rendre à l'étranger en pensant sans cesse à Harry et en me disant qu'il pourrait être à mes côtés si le monde n'était pas ce qu'il est.

Mrs. Duke, l'épouse de Harry, vient une nouvelle fois d'accoucher. Il s'agit encore d'une fille (ils en ont déjà trois). Lorsqu'il m'a annoncé la nouvelle, j'ai senti que je devenais toute pâle, je me suis mise à trembler tandis que le sang refluait de mon visage, mais j'ai tout de même réussi à lui sourire et à le féliciter. La vérité, c'est que je suis jalouse – jalouse de cette femme qui a porté les enfants de Harry. Je voudrais moi aussi avoir un enfant de lui, mais à quoi bon l'écrire : cela ne fait qu'aggraver ma douleur et ma peine.

2 juin 1924

Swanny est en route pour le Danemark. Elle a pris le bateau ce matin, en compagnie de Mrs. Bisgaard. Dorte Bisgaard va épouser un jeune (et fortuné) aristocrate danois et le mariage ne peut évidemment avoir lieu au domicile beaucoup trop *commun* des Bisgaard, sur West Heath Road. Tout cela est d'un ridicule! Enfin, je suis tout de même contente que Swanny parte sous la surveillance d'une personne en tout point digne de confiance.

Swanny va être demoiselle d'honneur pour la première fois. Elles seront six au total, toutes habillées de la même façon – un ensemble en soie bleu ciel dont la jupe est doublée de satin turquoise. Il a fallu que j'insiste pour que Swanny accepte, elle me disait qu'elle allait dépasser les autres filles d'une bonne tête et aurait l'air ridicule. Ce ne sera évidemment pas le cas, mais elle est tellement modeste – beaucoup trop selon moi.

Dès leur arrivée, Mrs. Bisgaard la conduira chez Ejnar et Benedicte et Swanny la rejoindra pour le mariage. Je ne veux pas qu'elle soit trimbalée de droite à gauche, je tiens à savoir où elle est. À dire vrai, je préférerais que ce soit elle qui épouse un jeune homme riche et élégant – et qui sache prendre soin d'elle.

La maison est bien vide sans elle, toutes les pièces paraissent mornes, inanimées. Et pourtant je suis là – seule créature en vie dans une pièce vide.

16 mars 1925

Nous nous remettons lentement du mariage de Knud. C'était la deuxième fois que Swanny était demoiselle d'honneur et je ne tiens pas à ce qu'il y en ait une troisième. Non que je sois superstitieuse – la superstition est ridicule – mais tout de même, je ne puis m'empêcher de songer au vieux dicton : « Trois fois demoiselle d'honneur, n'a jamais trouvé mari. »

Maureen a jeté son bouquet à Swanny afin qu'elle le rattrape – coutume à laquelle je n'avais jamais assisté mais signifiant apparemment que la jeune fille qui s'en emparera sera la prochaine à se marier. Certes, elle n'a pas encore vingt ans et ne manque pas de prétendants. Il y a notamment ce jeune homme qui s'est entiché d'elle au Danemark (celui dont elle a fait la connaissance au cours de la réception qui a suivi le mariage de Dorte) et qui lui écrit sans arrêt. Il est danois et ferait fort bien l'affaire. Le seul point noir au tableau, c'est qu'il veut l'emmener en Amérique du Sud. Il compte l'épouser et prendre aussitôt le bateau pour Santiago ou Asuncion, je ne sais plus. Fort raisonnablement, Swanny lui a demandé d'attendre un peu. Elle lui répond, mais pas très souvent, et ses lettres ne sont jamais bien longues.

16 avril 1927

Je suis grand-mère. Cela ne me fait ni chaud ni froid et d'ailleurs, ce bébé ne m'inspire pas le moindre sentiment. Nous sommes allés les voir ce matin, sa mère et lui. C'est le portrait craché de Maureen – il a un gros visage boulot – mais après tout, Knud n'a rien d'un Apollon lui non plus. Ils vont l'appeler John Kenneth.

Les hommes sont allés boire en bas (pour « arroser l'événement », comme dit Knud) et ils avaient à peine quitté la pièce que Maureen s'est mise à me raconter les moindres détails de l'accouchement, à quel point c'était douloureux, interminable, terrassant... Je l'ai immédiatement interrompue, en lui disant que cela n'avait rien d'original, que toutes les femmes avaient des enfants – sauf bien sûr les malheureuses dont le fiancé était mort à la guerre – et passaient par les mêmes épreuves. Je lui ai rappelé que j'en avais moi-même eu cinq, sans parler de mes deux fausses couches, et qu'elle n'avait rien à m'apprendre que je ne sache déjà.

321

C'est probablement elle qui a choisi l'horrible appartement où ils habitent. Peut-être pas, au fond. Knud n'a rien de commun avec moi, ni d'ailleurs avec son père – du moins sur ce point. Le plus drôle, c'est qu'il se prétend plus anglais que les Anglais alors que ceux-ci, comme on sait, préfèrent vivre dans des pavillons plutôt que dans des appartements, contrairement aux Européens du continent. Mais les gens sont incohérents, je devrais le savoir.

Maintenant que le temps s'est radouci, Harry m'emmène à nouveau en promenade le soir, après le dîner. La Mercedes est plus ou moins en panne et Rasmus m'a dit que nous pouvions prendre la Cadillac. Je ne m'installe plus derrière, mais à l'avant, à côté de Harry. Cela s'est décidé d'une drôle de manière. J'avais pris l'habitude de monter à l'arrière, puis, après un arrêt quelconque (pour contempler le paysage, ou faire quelques pas), je m'installais à l'avant lorsque nous repartions. Mais avant-hier, au moment de monter à l'arrière, j'ai brusquement réalisé que j'agissais ainsi à cause du qu'en-dira-t-on et des éventuels cancans du voisinage. Et j'ai eu honte de mon comportement. Jusque-là, m'étais-je souciée de ce que les gens pensaient de moi ? J'ai hoché la tête et Harry a visiblement compris sur-le-champ, ou lu dans mes pensées, comme cela lui arrive souvent : il est aussitôt allé m'ouvrir la portière avant. Nous n'avons jamais rien fait de mal et il en ira de même à l'avenir. Le mal est dans l'esprit de ceux qui l'imaginent, telle est mon opinion.

Il s'est mis à rire lorsque je lui ai dit que je me souciais peu d'être grand-mère et m'a surprise en m'annonçant que sa fille aînée songeait à se marier – si bien que d'ici peu, qui sait, il se retrouvera dans la même situation que moi. Elle n'a que seize ans, elle est née en 1911 – un peu plus tôt qu'elle n'aurait dû, selon moi. Je ne sais pas pourquoi, mais l'idée que nous puissions bientôt avoir tous deux des petits-enfants m'amuse.

Nous sommes allés voir *La Lettre* de Somerset Maugham, au Playhouse. C'est Gladys Cooper qui tient le rôle principal et je l'ai toujours aimée – elle est si belle, comme devraient l'être toutes les actrices. Mais la pièce était stupide, c'est l'histoire d'une femme qui a abattu un homme ayant soi-disant tenté de la violer. Sauf qu'il était réellement son amant et qu'elle l'a tué après avoir découvert qu'il avait une maîtresse chinoise.

À la sortie, malgré l'heure tardive et l'obscurité, nous sommes allés à Hampstead et avons marché le long du Heath.

Depuis quelque temps, nos virées en voiture se font plus courtes et nous passons de plus en plus te temps à marcher, à dîner dans des restaurants et à aller au théâtre ou au concert. Je sais bien ce qui est en train de se passer et Harry n'en est pas dupe, lui non plus. Il me fait la cour et je ne le décourage pas, au contraire – à ceci près que nous ne nous embrasserons jamais, qu'il ne tentera même pas de m'enlacer et de me serrer contre lui. Nous nous contenterons, comme jusqu'ici, d'échanger un regard complice, de partager un brusque fou rire et de nous promener en nous tenant tendrement par la main.

2 novembre 1929

Swanny a pris ses fonctions aujourd'hui, largement contre ma volonté. Mais j'ai déjà longuement exposé mon point de vue dans ces pages et n'ai pas l'intention de m'étendre davantage sur le sujet. Torben Kjaer l'épouserait demain matin si elle voulait de lui. Il y a aussi ce jeune homme qui est plus ou moins apparenté à Maureen. Il est entiché d'elle et n'arrête pas de téléphoner. Si elle préfère se rendre tous les matins à Hampstead pour aller promener le chien d'une vieille dame et lui lire des romans à deux sous, c'est son affaire. Elle est assez grande maintenant. Rasmus se désintéresse évidemment de la décision qu'elle a prise, sauf qu'il est plutôt soulagé de ne plus avoir à lui acheter de vêtements. Le peu qu'elle va gagner suffira à peine à ça.

En refeuilletant ce journal, je m'aperçois que j'ai oublié de noter que Knud et Maureen avaient eu un nouvel enfant lundi dernier – un garçon qu'ils ont prénommé Charles. Et la fille aînée de Harry est enceinte, elle aussi. Elle a le même âge que moi à l'époque où j'ai eu Mogens, mais aussi (cela me frappe davantage) le même âge que Marie, que je considère toujours comme une enfant.

Rasmus prétend que le crack boursier de New York va affecter ses affaires. Je ne vois pas comment, mais j'imagine qu'il ne parle pas à la légère. Les sujets d'inquiétude ne manquent pas en ce moment : il est possible qu'il perde l'exclusivité de cette concession, ou qu'il nous faille quitter cette maison pour aller vivre dans un endroit plus modeste. Il m'a dit ce soir que Mr. Cline l'avait escroqué de plusieurs milliers de livres.

Je vais noter une phrase sur laquelle je ne reviendrai plus.

323

Après l'avoir écrite, je ne la relirai pas – d'ailleurs, je ne relis jamais ce journal.

Je suis amoureuse de Harry. J'aurai cinquante ans l'an prochain et je suis amoureuse de lui depuis le début. Que va-t-il advenir de nous? Le plus triste, c'est qu'il ne se passera rien. Nous continuerons à nous comporter comme par le passé.

22

SI mon histoire formait la trame de ce livre, je m'étendrais longuement sur les diverses étapes de notre liaison. Je rapporterais nos conversations, en omettant celles qui ne concernaient qu'Asta. J'évoquerais notre premier baiser, le soir où nous fîmes l'amour pour la première fois. Mais comme tel n'est pas le cas, un simple résumé fera l'affaire. Qu'il suffise au lecteur de savoir que je découvris bien vite – mais sans doute le savais-je déjà – à quel point je m'étais trompée en disant à Cary que j'avais passé l'âge d'avoir un amant, ou en croyant avoir épuisé mes réserves amoureuses durant mes années de vie commune avec Daniel.

Je réalisai également qu'il était absurde d'éviter Cary plus longtemps. Depuis quinze jours je n'avais plus dormi chez moi, ayant partagé mon temps entre Willow Road et la maison de Paul, à Hackney, mais j'étais passée à plusieurs reprises pour relever les messages laissés sur mon répondeur. Chaque fois, j'avais entendu la voix de Cary, un peu plus énervée à mesure que les jours s'écoulaient. Elle parut extrêmement soulagée lorsque je me décidai enfin à l'appeler.

« Ah, quel plaisir de t'entendre pour de bon et de ne plus devoir parler à cette foutue machine! Je me disais sans arrêt que j'avais dû commettre un impair, faire un faux-pas plus *grave* qu'autrefois, si tu vois à quoi je fais allusion. Écoute... Je dois aller visiter la maison de Roper. Veux-tu venir avec moi? »

Une drôle de chose venait d'arriver : je m'aperçus que j'avais cessé de la détester. Elle débarqua à Willow Road un samedi matin dans une tenue provocante, comme si elle avait voulu me prouver – à moi plus qu'à tout autre – que les années n'avaient pas altéré sa jeunesse. Et peut-être était-ce effectivement important pour elle, si l'on songe à la teneur de notre précédente conversation.

Elle portait une paire de fuseaux – sur le modèle de ceux qui ont initialement été conçus pour le ski, avec une bride autour du pied –, une tunique bleu vif qui la moulait étroitement et une sorte de poncho à franges. Mais elle avait une expression anxieuse et un regard un peu tendu. Je réalisai que je lui avais menti l'autre fois, en lui disant que je lui avais pardonné, mais que c'était bel et bien la vérité aujourd'hui. Nous étions amies, jadis. Puis, dans les derniers temps de notre jeunesse, Daniel s'était interposé entre nous. J'eus le sentiment que quelque chose venait de se produire, effaçant toutes ces années, et que j'avais devant moi la Cary d'autrefois, comme si elle avait brusquement rajeuni, selon ses plus profonds désirs. Et sans doute en allait-il de même pour moi.

Je l'embrassai. Elle eut un léger mouvement de recul, mais tandis que nous pénétrions dans le salon de Swanny elle m'enlaça et déposa un baiser sur ma joue. Je ne devais pas être bien réveillée, ce jour-là, car il me fallut un certain temps pour comprendre ce qui s'était passé – pourquoi je n'avais plus le moindre ressentiment et éprouvais à nouveau de l'affection pour elle. Nous étions à Hackney toutes les deux, explorant la maison de Roper, traversant les pièces où Lizzie avait vécu et avait trouvé la mort, lorsque, d'un seul coup, la vérité m'apparut.

Il s'agissait de savoir si, pour la réalisation de ce film sur Roper, les scènes d'intérieur allaient être tournées à Devon Villa même, dans Navarino Road, ou dans une autre maison choisie pour les besoins de la cause. Devon Villa existe toujours, tout comme l'ancienne maison d'Asta, à Lavender Grove – c'est du moins ce que l'on m'a dit, car je n'y ai jamais mis les pieds. Il paraissait logique, dis-je à Cary, d'utiliser le décor d'origine puisque, par une chance inouïe, la maison n'avait pas été détruite.

« Ah, me dit-elle, on voit bien que tu ne connais pas les producteurs de télévision... Il est possible qu'un autre cadre convienne mieux, même si ce n'est pas celui où les choses se sont réellement passées.

— Tu veux dire que tu comptes "arranger" l'histoire?

— La réalité est souvent brouillonne, me dit-elle, il est parfois nécessaire d'y mettre un peu d'ordre. Songe à tous les événements ahurissants qui se produisent. Je veux éliminer de cette série tous les facteurs d'invraisemblance.

— Et Devon Villa en fait partie?

— Pour l'instant, je n'en sais rien. Je ne l'ai pas encore vue. Mais c'est une grande maison, plutôt imposante, même si elle avait connu des jours meilleurs quand Maria Hyde était venue s'y installer. Ce n'est peut-être pas exactement le genre de décor que l'on imagine, pour une histoire pareille. »

Cette conversation se déroulait pendant le trajet qui nous emmenait là-bas. J'avais décidé d'accompagner Cary sur un coup de tête, alors que je m'étais montrée plutôt réticente auparavant à l'égard de ce projet. Mais la situation avait changé, ainsi que mes sentiments envers elle. L'idée de me retrouver seule avec Cary ne me rebutait plus et je me disais même qu'il pouvait être agréable de passer une journée en sa compagnie. De surcroît, connaissant à présent l'identité que Swanny avait cru être la sienne dans les dernières années de sa vie (même s'il n'y avait pas la moindre chance pour qu'elle ait eu raison), j'avais envie de voir la maison où avait vécu la petite Edith.

En tant que productrice de la future série, Cary avait rendez-vous avec la propriétaire du rez-de-chaussée et du sous-sol de Devon Villa, ainsi qu'avec celui du premier étage. Le deuxième et le troisième étages étaient actuellement inoccupés, les propriétaires se trouvant au Maroc, mais les gens du dessous avaient leur clef et pourraient donc nous montrer la pièce où les corps de Lizzie et de Maria avaient été découverts.

Cary n'avait pas eu tort de qualifier la maison d'imposante. À Hampstead, elle aurait eu la classe d'un hôtel particulier, mais ici, la désolation du voisinage lui ôtait un peu de sa superbe. Le perron faisait penser à ceux que l'on voit du côté de Bayswater, dans le plus pur style victorien, avec ses grandes fenêtres à châssis, son fronton en stuc et sa volée de marches menant à la porte d'entrée, abritée sous un porche à colonnes. Devon Villa avait été rebaptisée Devon Court et il y avait trois sonnettes à côté de la porte d'entrée. Une femme qui se présenta sous le nom de Brenda Curtis nous introduisit dans son appartement et je compris aussitôt ce que Cary avait voulu dire en parlant de « facteurs d'invraisemblance ». Une fois la porte d'entrée refermée sur le décor et les bruits du voisinage, on se serait cru dans l'une de ces propriétés aujourd'hui divisée en appartements qui abondent du côté de Willow Road.

Le hall d'entrée était plutôt prometteur : le dallage en marbre rouge mentionné par Ward-Carpenter était toujours en place, inchangé, ainsi que la rampe sculptée de l'escalier. Les plinthes qui couraient le long des murs devaient bien avoir une centaine d'années, tout comme les incrustations du plafond, avec leurs motifs de feuilles et de fleurs en relief. Certes, comme tous les autres éléments en bois (à l'exception de la rampe d'acajou), elles étaient à présent peintes en blanc – couleur que Maria Hyde aurait probablement réservée à la salle de bains. Mais une fois dans l'appartement lui-même (Brenda Curtis et son mari occupaient les deux pièces du rez-de-chaussée et les trois pièces du sous-sol), on se serait cru dans une demeure de construction récente, imitant évidemment le style néogéorgien, avec des voûtes, des niches, des alcôves et un escalier vaguement incongru qui descendait droit au sous-sol.

« Je ne sais pas si j'arriverais à vivre au deuxième, nous dit-elle en nous accompagnant au sous-sol, dans l'ancien domaine de Florence Fisher. Les Mannering sont très souvent absents, peut-être cela ne les dérange-t-il pas. Et ils ont la manie de l'" ancien ", ce qui fait que les lieux sont restés à peu près en l'état, là-haut, même si tout a bien sûr été nettoyé. Ils dorment dans cette chambre, vous savez, ajouta-t-elle en nous lançant un regard de biais. Je veux dire, celle où l'on a découvert les cadavres. Je ne sais pas si j'en serais capable. »

Nous acquiesçâmes en lui déclarant à mi-voix que nous aurions bien sûr eu la même réaction.

« Lorsque nous sommes venus nous installer ici, il y a sept ans, il a fallu tout refaire. L'endroit était exactement tel qu'il devait être du temps où Roper y habitait. Une très vieille dame occupait le sous-sol ; elle vivait seule ici depuis des décennies et elle y est morte. Je ne crois pas qu'elle ait jamais passé la moindre couche de peinture. On ne l'aurait pas dit, en tout cas. Elle avait laissé la cuisine dans le même état qu'au temps de Maria Hyde et lorsque nous sommes arrivés la pièce grouillait littéralement de blattes. Il y avait un petit recoin au-dessus, pas plus grand qu'un placard : c'était là que dormait la pauvre boniche. L'arrière-cuisine donnait de ce côté, sur l'extérieur : vous n'allez pas me croire, mais il y avait encore une vieille lessiveuse, un affreux engin en pierre avec un couvercle en bois. Le type de l'agence prétendait qu'il s'agissait d'une pièce de musée, comme la cuisinière, mais nous nous en sommes débarrassés. Nous avons tout chamboulé afin d'avoir des pièces spacieuses et aérées, on ne peut donc pas très bien se représenter comment les choses étaient disposées avant. »

La cuisine, ultra-moderne, avait une porte vitrée qui donnait sur un jardin couvert de dalles et entouré de murs. Un chat tigré était assis sur le bord d'un bassin, entre des bacs en pierre contenant des lauriers. Seuls les murs paraissaient authentiques, avec leur trois mètres de haut et leurs briques marron, noircies par les fumées de jadis, depuis longtemps disparues. À l'endroit où la police avait découvert le couteau à pain se dressait un parterre entouré d'une bordure de pierre, d'où émergeaient quelques conifères rabougris.

Je n'arrêtais pas de penser à Edith, mais comme cette femme venait de nous le dire, il était impossible de l'imaginer dans cette cuisine, assise devant une table et mangeant son porridge, tandis que la domestique s'affairait dans son coin – à la lueur du gaz, probablement, car le soleil ne devait guère pénétrer jusqu'au sous-sol, même par une matinée de juillet. Autrefois, la pièce possédait vraisemblablement une ou deux ouvertures donnant sur l'extérieur, mais il était tout aussi difficile de se les représenter.

Avant de monter au premier, nous restâmes un moment au pied de l'escalier, soulagées d'avoir pris congé de Mrs. Curtis. Nous pensions à Edith, qui avait péniblement escaladé ces marches trop hautes pour elle la dernière fois où on l'avait vue, avant de disparaître derrière la rampe une fois arrivée au sommet. Nous avions nous-mêmes franchi la moitié des marches lorsque le propriétaire du premier, qui avait dû nous entendre, apparut sur le palier.

« Vous ne la verrez pas à une heure pareille », nous lança-t-il.

Cary lui demanda de qui il voulait parler.

« D'Edith. »

Comme nous le dévisagions sans doute avec des yeux exorbités, il parut savourer l'effet de sa repartie.

« N'ayez crainte, mesdames, c'était une simple plaisanterie. Il y a dix ans que j'habite ici et je ne l'ai jamais aperçue.

– Son fantôme rôderait donc dans la maison?

– À ce qu'on raconte. La dame du dessus, Mrs. Mannering, jure ses grands dieux qu'elle l'a aperçue une fois. Vous devriez réduire la dose, lui ai-je dit, l'alcool ne vous réussit pas. Ne faites pas l'idiot, m'a-t-elle répondu, vous savez bien que je ne bois pas. Elle prétend l'avoir vue dans l'escalier en rentrant chez elle un soir, juste avant minuit. »

De toute évidence, ce n'était pas la première fois qu'il racontait cette anecdote et son numéro était parfaitement au point. Dans sa vie de célibataire endurci, le récit inlassablement repris de cette histoire de fantôme constituait sans doute le sommet d'une existence par ailleurs bien terne.

« Elle était en bas, au pied de l'escalier, et en levant les yeux elle a vu cette gamine qui escaladait les marches.

– Que s'est-il passé ensuite ? demanda Cary.

– Pas grand-chose. Elle a disparu au détour de la rampe et ne s'est plus montrée. Mrs. Mannering l'a revue à une autre occasion et Mrs. Curtis, la dame du rez-de-chaussée, prétend avoir entrevu un jour quelque chose. En tout cas, elle hurlait comme un veau ce jour-là : elle ne m'a pas dit pourquoi mais elle a déclaré qu'elle ne sortirait plus jamais seule dans le hall à la nuit tombée. »

Tout ceci apportait de l'eau au moulin de Cary et je voyais qu'elle réfléchissait, se demandant sûrement si elle ne pourrait pas utiliser cette anecdote pour sa série. J'en étais ravie pour elle, animée d'une brusque chaleur à son égard, et ce fut à cet instant précis que je compris pourquoi notre amitié avait pu renaître de ses cendres. Daniel ne comptait plus pour moi, ni notre histoire commune, ni le fait qu'elle lui avait jadis mis le grappin dessus. Il n'était plus à mes yeux qu'un homme que j'avais connu dans des temps reculés et dont le souvenir était en train de s'estomper. Le rôle que Cary avait joué dans cette affaire et « l'affaire » elle-même n'avaient plus la moindre importance – parce que j'avais rencontré Paul.

Je passai ma main sous le bras de Cary. Elle ne parut pas surprise mais eut ce geste tendre et chaleureux par lequel on manifeste son accord avec quelqu'un : elle pressa son coude – et du même coup ma main – contre sa taille. Elle devait se dire que cette histoire de fantôme m'avait un peu secouée. Nous pénétrâmes de concert dans l'appartement du vieux monsieur, où se trouvait la chambre qui avait jadis été celle d'Edith. Mr. Wagstaff se tenait fièrement sur le seuil, visiblement satisfait que toutes les traces du passé eussent été effacées. Les fenêtres étaient invisibles derrière leurs doubles rideaux, et les murs recouverts d'un papier peint rehaussé de fleurs en velours rose.

Il n'en allait pas de même à l'étage au-dessus. Mrs. Curtis avait eu raison de nous dire que le décor n'avait guère changé.

Tous les éléments d'origine avaient été scrupuleusement conservés, voire reproduits ou recopiés. Par exemple, l'éclairage avait été conçu de manière à évoquer l'atmosphère feutrée du XIXe siècle. Sur les tables de chevet trônaient des lampes à huile reconverties et les appliques murales diffusaient sous leur verre gravé les mêmes ombres hachurées que les anciens manchons à gaz. Les plinthes étaient toujours en place, mais je doute qu'à ce niveau de la maison les plafonds eussent jadis comporté des moulures représentant des fleurs et des fruits. Ce détail était vraisemblablement un ajout des Mannering.

Tous les objets étaient recouverts d'une fine pellicule de poussière. Visiblement, me murmura Cary, malgré son empressement Mr. Wagstaff ne va pas jusqu'à balayer les pièces. L'atmosphère était un peu oppressante et il régnait une odeur de renfermé, de poussière et de vieux papiers, comme dans tous les lieux qui restent longtemps inhabités ou les usines qui ne sont jamais aérées.

Les Mannering avaient garni l'endroit de tout un bric-à-brac d'objets du début du siècle sur lequel tranchaient quelques belles pièces de l'ère edwardienne. Il y avait un de ces antiques canapés en crin rappelant les salles d'attente des gares d'autrefois et sur lesquels il est impossible de s'asseoir – à moins de s'accrocher aux accoudoirs – sans se retrouver aussitôt par terre. Les tentures et les tapis en velours cramoisi qui proliféraient de toute part auraient bien mérité que Florence Fisher ou l'une de ses semblables les batte avec l'un des fléaux qui traînaient çà et là. Les murs disparaissaient sous une multitude de vieilles photos sépia dans des cadres d'époque, comme ceux que l'on expose dans les pubs en croyant qu'ils ont de la valeur. J'avais la certitude qu'il ne s'agissait pas des ancêtres des Mannering, mais d'inconnus quelconques dont ils avaient déniché les portraits en faisant la tournée des brocanteurs. Il était étrange de songer qu'à l'inverse des œuvres picturales, ces photos représentaient des hommes et des femmes réels, qui avaient vécu jadis et avaient été les amants, les maris, les épouses, les parents d'autres gens; ils avaient posé un jour pour qu'on leur tire le portrait, avaient admiré ou haï leur propre image – à moins que le résultat ne les eût laissés indifférents. Et ils étaient toujours là, près d'un siècle plus tard, bénéficiant d'une manière d'immortalité un peu suspecte, au fond. Car ceux qui avaient encadré ces portraits et les avaient accrochés à leurs murs ne les avaient pas choisis en fonction de la valeur, de la beauté, de l'intelligence ou de l'intérêt des modèles, mais tout simplement parce que ceux-ci les amusaient, à seule fin sans doute que leurs invités puissent s'exclamer : « Qui est cette bonne femme ? Et ce zigoto-là ? Vous avez vu comme ils sont habillés ? Et ces coiffures ! Dire qu'ils se trouvaient beaux ! »

Cary me déclara par la suite qu'elle se méfiait terriblement des gens qui décorent leur appartement dans le but de faire rire leurs invités. Que penser de quelqu'un qui s'entoure ainsi d'objets « amusants », qui écarte délibérément la beauté au profit de l'incongru, le confort au profit du grotesque ? Ne s'en lasse-t-on pas, à la longue ? Et dans ce cas, qu'advient-il ?

Les Mannering, pour leur part, n'en avaient visiblement pas épuisé les charmes. D'un autre côté, ils étaient souvent absents : peut-être le côté « amusant » de leur environnement les frappait-il comme une nouveauté à chacun de leurs retours ? On pouvait difficilement s'empêcher de penser qu'ils avaient conçu leur chambre comme la pièce la plus « drôle » de la maison pour la seule raison que c'était là que le crime avait eu lieu. Sinon, pourquoi auraient-ils adopté une disposition aussi abracadabrante : les chambres étaient en bas, alors que le salon et la salle à manger se trouvaient au niveau supérieur, sous les combles, dans ce dernier étage jadis condamné par Maria Hyde.

Nous nous dévisageâmes, Cary et moi. Mon amie fit la grimace. Le portrait de Roper trônait au mur, à côté de celui de Lizzie : il s'agissait des photos qui illustraient le récit de Ward-Carpenter, démesurément agrandies et placées dans un cadre doré. Les Mannering avaient un lit en cuivre, sans doute copié sur celui où gisait le cadavre de Lizzie. Il était recouvert d'une courtepointe blanche en coton. Les rideaux de la fenêtre étaient en reps rose foncé, doublés d'un voilage en dentelle. Sur chacune des deux tables de chevet au plateau de marbre était posée une lampe Art nouveau, en forme de lys : il ne s'agissait pas d'objets d'époque mais de simples reproductions, comme on en trouve dans n'importe quel grand magasin au rayon des luminaires.

« Vous les connaissez, ces deux-là ?... »

Mr. Wagstaff désignait les portraits encadrés. Il se mit à glousser. Cela le faisait rire, lui aussi. Je me demandai si l'humanité, dans son écrasante majorité, trouvait ce genre de détail amusant. Mais ce qu'il déclara ensuite chassa aussitôt ces pensées.

« Une vieille dame accompagnée de deux jeunes gens est venue visiter l'endroit, il y a environ deux ans. Elle était très frappée par ces photos et voulait les acheter, mais bien entendu je n'ai pas pu accepter, vu qu'elles ne m'appartiennent pas. Elle a insisté pour que je pose la question à Mr. et Mrs. Mannering et je lui ai dit que je n'y manquerais pas, à leur prochain passage. Mais je ne l'ai pas fait. Je n'ai pas eu l'impression qu'il fallait la prendre au sérieux, elle était un peu... (Il se frappa la tempe du doigt.) Enfin, vous voyez ce que je veux dire.

– À quoi ressemblait-elle ? »

Il me dévisagea d'un air soupçonneux – réaction, d'ailleurs, on ne peut plus naturelle.

« Elle était grande, très mince. Elle portait un chapeau, ce qui n'est plus guère à la mode de nos jours. Pourquoi ? Vous la connaissez ? »

C'était donc ici que Swanny s'était rendue en compagnie de Gordon et d'Aubrey, et non pas à Lavender Grove, comme je l'avait tout naturellement cru. Elle était venue voir la maison où les Roper avaient vécu.

« Comment s'est-elle présentée à vous ?

– Elle a sonné en bas, je me souviens, et Mrs. Curtis lui a dit de s'adresser à moi. Elle m'a demandé si elle pouvait visiter les étages et je lui ai répondu que c'était de l'ordre du possible. Elle n'était pas la première, vous comprenez. Il y a des gens qui se présentent ainsi, de temps en temps, et Mr. et Mrs. Mannering n'y voient pas d'objection. Elle a eu de la peine à monter l'escalier, elle m'a dit qu'elle avait de l'arthrite, et l'un des jeunes gens a dû l'aider en la soutenant par le bras. »

Swanny avait cru que ces photos représentaient ses parents. Rien d'étonnant à ce qu'elle ait eu envie de les acquérir. Une bouffée de pitié m'envahit : je l'imaginais, à l'endroit même où nous nous tenions, scrutant le moindre détail – la bouche, les yeux, la chevelure, le nez – de ces portraits estompés et grisâtres et cherchant à comparer ses propres traits, tels qu'ils étaient devenus au fil des ans, à ces visages qui la fixaient d'un air maussade. Et elle ne les avait pas acquis, finalement, puisque Mr. Wagstaff ne l'avait pas prise au sérieux. Une horrible pensée me traversa soudain.

« Lui avez-vous raconté votre histoire de fantôme ? lui demandai-je.

– Bien sûr, me dit-il en souriant. Je pensais que cela l'intéresserait. »

De toute évidence, il la débitait invariablement aux "gens qui se présentaient de temps en temps", à l'image du guide de Holyrood Palace qui ne manquait jamais de désigner sur le sol une tache brune, dernier vestige du sang que Rizzio avait versé en mourant.

« Et cela l'a intéressée?

– Elle n'y a pas cru. Elle m'a dit que c'était impossible, car pour qu'il y ait un fantôme, il faut que la personne soit morte, alors qu'Edith était toujours vivante. »

Nous descendîmes l'escalier qu'Edith avait grimpé jadis. Personne ne savait jusqu'où elle était montée. Peut-être s'était-elle arrêtée au premier, pour se rendre dans sa chambre. Mais ensuite? Que s'était-il passé? Était-elle tombée par la fenêtre? Mais si quelqu'un l'avait aperçue, n'aurait-il pas donné l'alerte?

Elle était peut-être montée plus haut. J'essayai tant bien que mal d'échafauder un scénario : sa grand-mère qui était alors encore en vie l'avait emmenée dans un endroit plus sûr, la confiant à quelqu'un avant de revenir mourir ici.

Mr. Wagstaff eut l'air déçu que Cary ne lui propose pas sur-le-champ cinq cents livres par semaine pour l'utilisation illimitée de son appartement. J'admirai la fermeté de Cary, son refus de prendre une décision ou d'engager sa compagnie à l'aveuglette, et je réalisai brusquement à quel point nous connaissons peu nos amis sous l'angle professionnel, la manière dont ils se comportent dans le cadre de leur travail. C'était une facette de sa personnalité que je n'avais jamais aperçue : elle se montrait polie, souriante même, mais parfaitement inflexible.

« Rien n'est encore décidé. Si nous nous engageons dans ce projet plus avant, nous ne manquerons pas de vous recontacter. »

Une fois la porte refermée, tandis que nous descendions les marches du perron, elle me déclara :

« L'endroit ne conviendra pas. Beaucoup trop surchargé. Cette chambre est même le contraire de ce que nous recherchons.

– Où est l'autre maison que tu voulais voir? »

Elle se trouvait dans Middleton Road, la rue où habitait Paul. Je n'avais pas parlé de lui à Cary et n'eus brusquement plus très envie de l'accompagner. C'était un samedi, Paul serait chez lui et il risquait de nous voir. Nous devions nous retrouver dans la soirée, lui et moi, mais l'idée qu'il puisse m'apercevoir dans sa propre rue, en compagnie de Cary, ne m'enchantait pas vraiment.

« Nous pouvons y aller ensemble, si tu veux, me dit Cary. Je

334

ne pense pas que nous puissions entrer, je n'ai pas pris de rendez-vous, mais tu me diras ce que tu penses de l'extérieur.

– Oh, non. Ce n'est pas la peine.

– Mais si... Sincèrement, cela me ferait plaisir. Après tout, c'est à deux pas. Et on ne passe pas par Hackney tous les jours, pas vrai? Autant profiter de l'occasion. On peut même y aller à pied, c'est tout à fait faisable. Je veux dire, même pour moi.

– Cary, dis-je, ne trouves-tu pas un peu étrange que toutes ces femmes – Maria Hyde, Lizzie Roper et Florence Fisher – soient tombées malades en même temps? Lizzie s'était alitée à cinq heures du soir, suite à une indisposition quelconque. Le lendemain, c'était au tour de Florence de se sentir mal. Qu'est-ce qui leur arrivait? Y avait-il un microbe dans l'air? Quelqu'un s'est-il déjà posé la question?

– En ce qui concerne Maria, nous connaissons la réponse. Elle est morte d'une crise cardiaque. Quant à Lizzie, nous savons que Roper lui administrait ce fameux bromure. Apparemment, ce produit provoque des nausées et une certaine somnolence, pris à trop fortes doses. Et il ne pouvait pas exactement savoir quelle quantité sa femme allait en absorber, n'est-ce pas? Florence prétend que Lizzie mettait parfois trois cuillerées de sucre dans sa tasse de thé. Imagine qu'elle en ait bu deux ou trois tasses... »

Je lui rappelai que Florence, quant à elle, ne sucrait jamais son thé et ne pouvait donc avoir été indisposée par le bromure d'hyoscine.

« Je me suis souvent dit que Florence avait exagéré la gravité de son état. Tate-Memling a vu juste, quand il lui a demandé pourquoi, bien qu'étant chargée de l'entretien de la maison, elle avait attendu une semaine pour mettre les pieds au deuxième étage. La vérité, sans doute, c'est qu'une fois ses employeurs hors de vue, elle avait délaissé son travail. Mais bien sûr, elle n'allait pas l'avouer devant le tribunal. Un domestique qui, en 1905, aurait admis qu'il négligeait sa charge ou que son travail l'ennuyait, aurait quasi été taxé d'immoralité.

– C'est bizarre qu'elle n'ait pas monté le plateau et qu'elle ait laissé Maria s'en charger. Celle-ci venait d'avoir une attaque, un peu plus tôt dans la journée.

– Elle s'était sans doute remise. Je n'ai pas réponse à tout, Ann.

– La police a-t-elle jamais soupçonné Florence Fisher de s'être enfuie avec Edith? L'a-t-on seulement interrogée? On dirait qu'elle n'a jamais été en position de suspecte, alors qu'elle était tout de même la dernière à avoir vu la fillette en vie.

— J'y ai songé, moi aussi, mais d'après ce que j'ai pu découvrir, il semble qu'on ne l'ait pas soupçonnée un seul instant. Peut-être émanait-il d'elle une grande honnêteté, ou une grande probité, comme tu voudras. Et puis, elle n'avait aucune raison apparente de tuer cette enfant. Elle semble avoir eu de l'affection pour Edith. Pourquoi l'aurait-elle assassinée? Même au bout de tout ce temps, elle donne l'impression d'avoir été une femme solide, honnête et forte.

— Je me demande ce qu'elle est devenue...

— Florence Fisher? Je peux te le dire, du moins en partie. Nous avons une équipe qui se livre à ce genre de recherches et nous l'avons mise à contribution. Elle n'a pas épousé ce type avec qui elle était fiancée, personne ne semble savoir pourquoi. Lorsqu'elle a témoigné, au cours du procès, elle était au service d'une famille de Stamford Hill, les Summer. Elle ne s'est jamais mariée par la suite. Nous avons tout un dossier sur elle, tu pourras y jeter un coup d'œil si tu le souhaites, mais il ne contient pas grand-chose d'intéressant. »

Je lui demandai si elle était toujours en vie.

« Ce serait difficile, Ann. Elle serait largement centenaire aujourd'hui. Elle est morte en 1971, si je me souviens bien – ce qui n'est sans doute pas le cas, car ma mémoire me joue des tours ces temps-ci. Nous avons retrouvé sa petite-nièce, la petite-fille de sa sœur, mais elle n'avait que des banalités à nous dire : que Tatie était merveilleuse, honnête, dévouée, etc. – tu vois le genre. Elle n'a pas été domestique toute sa vie. D'une manière ou d'une autre, elle est parvenue à amasser un petit pécule et a fini par ouvrir un bureau de tabac qu'elle a tenu pendant des années. Elle a atteint un grade assez élevé au sein des femmes volontaires, pendant la guerre, et a même été photographiée aux côtés de la marquise de Clovenford. Sa nièce a insisté pour me montrer le cliché. La seule chose qui m'a intéressée, dans cette affaire, c'est que le beau-père de Lady Clovenford était le premier marquis de Clovenford, et que ledit premier marquis n'était autre que Richard Tate-Memling, l'avocat général qui représentait le ministère public au cours du procès de Roper.

— Je me demande si Florence le savait », dis-je.

Après avoir pris une profonde inspiration, je lui montrai la maison qui se dressait au coin de la rue.

« C'est là que vit mon ami Paul », ajoutai-je.

Cary poussa un petit cri :

« Oh, Ann! Quelle cachottière tu fais! Pourquoi ne m'as-tu rien dit? Pouvons-nous y passer? Tu crois qu'il nous offrirait du café? J'en boirais volontiers un. Et toi? »

On aurait dit deux collégiennes. "Alors, c'est là que vit ton petit copain? Tu ne veux pas me le présenter?"

« Où est la maison dont tu me parlais? » demandai-je.

Elle me montra le chemin d'un air résigné. Nous étions sur le trottoir d'en face et je me demandais si Paul nous observait. Le bâtiment avait bien trois étages et un sous-sol, mais en dehors de ça il ne ressemblait guère à Devon Villa. Plus récent, il datait d'une époque moins glorieuse, où l'on commençait à construire les maisons à la chaîne. Ses proportions étaient moins harmonieuses, comme celles de tant d'édifices conçus dans les années 1890. Il était en fait assez laid, avec ses murs en brique marron, ses lourdes décorations en plâtre et sa façade ornée d'une avancée à double vitrage, dans les tons rouge et vert. Mais je me rendais bien compte que c'était dans ce genre de maison que Maria Hyde aurait dû vivre, plutôt qu'à Devon Villa.

Nous rebroussâmes chemin. Paul nous avait aperçues et se tenait dans son jardin, devant sa maison.

« Comme il est beau! » s'exclama Cary.

J'éclatai de rire.

« Que se passe-t-il? me lança-t-elle.

– Celui-là, tu ne lui mettras pas le grappin dessus! »

Je la présentai à Paul et nous pénétrâmes tous les trois à l'intérieur de la maison.

23

Il n'y avait cette fois pas le moindre danger du côté de Cary, comme je l'appris très vite. Un peu timidement, en me demandant de ne pas trop lui en vouloir, Paul m'avoua qu'il ne l'avait pas trouvée extrêmement sympathique. Mais ce qui m'enchanta un peu moins, ce fut son refus de s'occuper davantage du Journal.

Le terme de « refus » est un peu exagéré. Il vaudrait sans doute mieux dire qu'il se montrait réticent. L'affaire Roper l'intéressait visiblement, il en parlait volontiers, avait lu les comptes rendus de Mockridge et de Ward-Carpenter et avait même déniché pour moi les actes complets du procès, dans la série des « Grands procès anglais ». La bibliothèque de son université la possédait au complet et il y avait évidemment accès. Le destin d'Edith l'intriguait également, et il se demandait ce qu'il était advenu d'elle ou si elle avait survécu. Mais il semblait avoir perdu tout intérêt pour le Journal, qui l'avait pourtant tellement passionné au début. J'avais la curieuse impression que quelque chose le gênait, à son sujet. Il me rendit sans un commentaire les cahiers qu'il m'avait empruntés, et lorsque je lui proposai de jeter un coup d'œil dans ceux des années vingt et trente, il se contenta de hocher la tête et changea aussitôt de sujet. Si ces cahiers avaient été de simples souvenirs de famille, des documents légués par un quelconque ancêtre, cela n'aurait pas eu la moindre importance. Le fait de tomber amoureux et d'entamer une nouvelle relation avec quelqu'un n'implique pas automatiquement qu'on s'apprête à *tout* partager avec lui. Après tout, Paul était un adepte fervent du golf et des échecs,

338

activités qui ne m'attiraient nullement. Mais ce Journal représentait bien plus qu'un simple héritage familial, qu'un lot de paperasses transmises par un ancêtre et reléguées dans un placard. J'étais désormais son éditrice et le fardeau de Swanny était pour l'essentiel retombé sur mes épaules. Je faisais de moins en moins de recherches pour les écrivains ; un an environ après la mort de ma tante, j'abandonnai définitivement mon travail.

Le Journal n'allait pas envahir totalement ma vie, comme cela avait été le cas pour Swanny, mais il devait y tenir une place importante. C'était à moi maintenant de prendre en charge tout ce dont elle s'était jadis occupée : de discuter des rééditions avec les éditeurs, d'approuver les illustrations et le format des éditions de poche, de fixer le montant des droits étrangers et de régler quantité d'autres questions. On venait d'envisager pour l'année suivante la parution simultanée, en Angleterre et chez Gyldendal, des cahiers couvrant la période 1935-1944. Cela représentait beaucoup de travail et, bien entendu, j'avais parfois envie de parler de la tâche qui m'occupait avec l'homme qui partageait ma vie.

Chaque fois que cela m'arrivait, malgré sa nature généreuse, chaleureuse, enthousiaste, Paul refrénait poliment mes élans. Il le faisait gentiment, avec tact et délicatesse, mais il était clair qu'il ne voulait plus entendre parler du Journal, quoi qu'il advienne. J'aboutis à la conclusion que celui-ci devait l'ennuyer – ce qui, au fond, n'avait peut-être rien que de naturel. N'aurais-je pas eu la même réaction s'il n'avait pas été écrit par une femme que j'avais bien connue, évoquant des personnes qui m'étaient familières ? D'un autre côté, il n'avait apparemment pas ennuyé les millions d'individus qui l'avait lu à travers le monde.

Je décidai donc de ne plus y faire allusion devant lui, résolution qui n'était guère facile à tenir car il m'interrogeait souvent sur ce que j'avais fait au cours de la journée : comme je n'avais rien d'une femme d'intérieur, que j'allais rarement faire des emplettes et que je ne voyais généralement mes amis qu'en soirée, il m'arrivait de ne pas trop savoir quoi lui répondre. Après tout, j'avais consacré l'essentiel de ma journée au prochain volume du Journal.

Mais je ne voulais pas laisser planer cette ombre entre nous et je lui posai un jour la question. Il hésita, puis me répondit que je n'avais probablement pas très envie de savoir comment il se débrouillait pour enseigner la littérature danoise à des adolescents de dix-neuf ans.

« Pourquoi? dis-je. Ça doit être amusant. Et plein d'imprévu.

– C'est extrêmement monotone. Et nullement amusant.

– Ah, bon. Moi, je ne m'ennuie jamais et il m'arrive parfois de vivre des moments surprenants, en parlant du Journal avec Margrethe ou avec l'éditeur de Swanny.

– Raconte-moi ça », me dit-il.

Mais c'était uniquement par gentillesse envers moi. Je cessai d'aborder le sujet lorsque je m'aperçus que son expression n'était pas tant lointaine ou ennuyée que profondément triste. Oui, triste, et je ne comprenais pas pourquoi. J'aurais dû le deviner, cela crevait les yeux – mais non. Les choses auraient peut-être été différentes si j'avais connu sa mère. Mais je n'étais pas du genre à demander à l'homme que j'aimais de me présenter à sa famille, surtout à mon âge, alors que mon cinquantième anniversaire se profilait à l'horizon. Et Paul ne me le proposa jamais. Il allait voir sa mère de temps en temps, il ne me le cachait nullement et faisait même quelques commentaires à ce sujet, me parlant de son état de santé et de ses occupations du moment, mais il ne me demanda pas une seule fois si j'avais envie de l'accompagner là-bas.

Nous ne vivions pas exactement ensemble. J'ai souvent pensé qu'il existe dans nos sociétés un obstacle important à l'établissement de relations durables entre les gens, obstacle auquel les sociologues n'ont apparemment jamais réfléchi. On est propriétaire de son logement, on y a investi beaucoup d'argent et on s'y plaît, généralement : lorsqu'un couple se forme, lequel des deux partenaires va-t-il abandonner son cher foyer? Ce n'est pas seulement une affaire d'argent. Vous pouvez fort bien aimer vivre à Dulwich et être horrifié à l'idée d'habiter Brondesbury, tandis que votre partenaire n'envisagera jamais de s'établir au sud de la Tamise. Paul adorait sa maison de Hackney. Je possédais pour ma part deux domiciles, l'un en plein cœur de Hampstead, l'autre dans les environs. Lequel de nous deux allait-il se sacrifier?

J'avais toutefois pris la décision de mettre mon appartement en vente, mais j'y avais laissé toutes mes affaires, à l'exception de Padanaram. La maison de poupées était maintenant installée dans une pièce spécialement aménagée pour elle, à Willow Road. Les déménageurs vinrent me la livrer à Hampstead le jour même où Margrethe Cooper me présenta la traduction du nouveau volume – dans lequel je pus lire le récit de la vente du véritable Padanaram, au début des années trente. J'habitais la plupart du temps dans la maison de Swanny et Paul vivait toujours à Hackney, même si nous passions la plupart de nos soirées et tous nos week-ends ensemble, dans l'une ou l'autre de nos demeures respectives.

La solution aurait peut-être été de vendre toutes ces maisons et d'en acheter une autre conjointement, mais depuis tout ce temps, j'étais profondément attachée à Willow Road. Paul aimait l'endroit où il vivait mais parlait parfois de le vendre. Si je m'y opposais, ou ne l'y encourageais guère, c'est uniquement parce que je me demandais comment j'allais pouvoir vivre avec un homme de toute évidence ennuyé, perturbé, angoissé peut-être par le travail qui occupait l'essentiel de mes journées.

Cary avait confié à une jeune femme l'écriture du scénario. Satisfaite de son travail, elle engagea un metteur en scène et commença le casting de sa production. La série devait tout bonnement s'intituler *Roper*, selon la mode des titres courts alors en vogue. Elle devait comporter trois épisodes, que l'on prévoyait de diffuser soit à la suite (un lundi, un mardi et un mercredi), soit à raison d'un par semaine. La décision n'avait pas encore été prise.

Pour le décor, elle avait finalement choisi la maison située dans la rue de Paul et elle m'apprit qu'une équipe de six personnes y avait travaillé trois mois d'affilée, afin qu'aucun détail ne cloche et que tout ait l'air authentique. Les heureux propriétaires – on leur avait proposé de remettre la maison en l'état, telle qu'elle était auparavant, ou de les faire bénéficier de cette superbe décoration, dans le style du début du siècle – avaient quitté les lieux, profitant de l'occasion pour faire un séjour prolongé chez leur fils, établi en Nouvelle-Galles du Sud. Nous assistâmes Paul et moi au tournage de la scène au cours de laquelle Roper revient chercher son étui en argent. Cela eut lieu très tôt, un samedi matin, et j'étais chez lui pour le week-end. Middleton Road, d'ordinaire envahie de voitures, avait été entièrement dégagée et un fiacre stationnait devant la maison, tiré par un cheval trop bien nourri et au pelage trop lisse. Ils n'avaient pas réussi à en dénicher un qui ait l'air efflanqué.

Un petit attroupement s'était formé sur le trottoir d'en face, auquel nous nous étions mêlés, Paul et moi, avant de réaliser que nous profiterions aussi bien du spectacle depuis l'une des fenêtres de sa chambre. L'acteur qui tenait le rôle de Roper ressemblait fidèlement à son portrait et faisait encore plus penser à Abraham Lincoln qu'Alfred lui-même. Après l'avoir vu descendre du fiacre pour se précipiter vers le perron une bonne quinzaine de fois, et constaté que le metteur en scène n'était toujours pas satisfait, nous abandonnâmes la partie et allâmes prendre notre petit déjeuner.

Le tournage dura huit semaines et lorsqu'il fut achevé – mais avant le montage définitif, me semble-t-il –, Cary fit imprimer de luxueuses brochures destinées à la promotion de la série. Il s'agissait pour l'essentiel de grands encarts de quatre pages, tirés en quadrichromie sur papier glacé, et illustrés de photos extraites du feuilleton. Il y avait aussi une notice en dernière page concernant l'équipe technique, ainsi qu'un paragraphe à la gloire de Cary et de son metteur en scène, Miles Sinclair. On découvrait une photo de Roper en compagnie de Lizzie, une autre montrant Lizzie aux côtés de Maria Hyde. On voyait aussi la petite Edith en train de grimper l'escalier et Florence Fisher dans sa cuisine. La liste des acteurs y figurait également – je mentionne ce point parce qu'il ne fut pas sans influence sur ce qui advint par la suite.

Le but de ces brochures était essentiellement de promouvoir la vente de la série à l'étranger. Elles furent expédiées en Australie, en Nouvelle-Zélande, au Canada et aux États-Unis, et leurs retombées furent extrêmement satisfaisantes puisque Cary vendit sa production dans tous ces pays. Mais leur envoi eut aussi une autre conséquence, moins directement commerciale.

Cary m'annonça un jour qu'elle avait reçu une lettre, puis un coup de téléphone, d'une Américaine du nom de Lisa Waring. Cette personne travaillait à Los Angeles pour une compagnie de télévision et sa tâche – ou celle de son service – consistait à sélectionner les productions étrangères (principalement britanniques) susceptibles d'être diffusées aux États-Unis sur le réseau câblé. Pour l'instant, elle se trouvait toujours en Californie mais comptait venir prochainement en Angleterre.

Dans la brochure promotionnelle de *Roper*, Lisa Waring avait remarqué un nom qui était précisément celui de son arrière-grand-père (du côté paternel), nom qu'elle n'avait jamais rencontré à ce jour. Les maigres tentatives qu'elle avait faites pour retrouver ses ancêtres dans cette branche de sa famille s'étaient soldées par un échec, parce qu'elle ignorait tout des origines de cet homme.

« De qui parle-t-elle ? demandai-je.

– Elle ne le précise pas. Tout cela est bien mystérieux mais n'a sans doute pas beaucoup d'importance.

– Qu'attend-elle de toi, au juste ?

– Elle veut me voir pour me montrer divers papiers qui sont en sa possession. »

Paul déclara qu'il fallait s'attendre à ce genre de phénomène dès lors qu'on adaptait un fait réel à la télévision. D'autres individus risquaient fort de se manifester au moment de la diffusion de *Roper*.

« Je ne vois pas en quoi je pourrais lui être utile, dit Cary. Si son arrière-grand-père était un Roper, il ne peut s'agir que d'Arthur puisque les autres frères n'ont pas eu de descendant ou que leurs enfants sont morts – comme Edward, qui a été tué au cours de la Première Guerre mondiale. Arthur a eu deux filles : dans son mémoire, il dit qu'elles sont nées en 1912 et 1914. L'une d'elles pourrait parfaitement être la grand-mère de cette femme.

– Je ne pense pas qu'il s'agisse d'un Roper, dit Paul. Ce nom est relativement courant. »

Je connais bien Cary : ses émotions se lisent sur son visage et je devinais à la soudaine gravité de son expression qu'elle s'inquiétait pour l'avenir de sa production. Elle avait peur que cette femme lui révèle quelque chose qui vienne tout remettre en question.

Elle me dit quelques jours plus tard qu'elle s'était souvent demandé s'il n'y avait pas un détail, dans le passé de Roper, susceptible d'expliquer la nature du meurtre de Lizzie. Il n'est pas donné à n'importe qui d'arriver à trancher la gorge de quelqu'un d'un seul coup de couteau, si affûté soit ce dernier. Comment Roper avait-il surmonté l'inhibition qui retient normalement la plupart des hommes de commettre un acte pareil ? Et où avait-il acquis la technique et l'habileté nécessaires ? À supposer, bien sûr, que ce fût lui le coupable.

Lisa Waring proposait de rencontrer Cary à son bureau, ou à son domicile, comme cela lui conviendrait. Avec sa volubilité habituelle, Cary me supplia de ne pas la lâcher et d'être présente à ses côtés, ce jour-là. J'acceptai, mais Lisa Waring ne se remanifesta pas. Peut-être avait-elle changé d'avis. Il n'était d'ailleurs pas impossible qu'il s'agît d'un canular, d'une histoire qu'elle avait inventée de toutes pièces pour attirer l'attention sur elle. Si ça se trouve, elle ne travaillait peut-être même pas pour la compagnie en question et avait simplement eu la brochure promotionnelle entre les mains. Je demandai à Cary si elle avait vérifié ce dernier point, ce qui ne devait guère poser de problèmes.

Elle m'avoua que non. Je voyais que cette affaire la tracassait, mais son visage s'éclaira lorsque je lui suggérai que Lisa Waring – si tel était bien son nom – avait peut-être simplement voulu lui faire une farce. Elle me dit qu'elle appellerait la compagnie américaine et demanderait à lui parler. Je lui rappelai que la simple idée d'être en contact, même ténu, avec un responsable de la télévision plongeait la plupart des gens dans une excitation incontrôlée.

Entre-temps, mon appartement avait été vendu et je m'étais définitivement installée à Willow Road. Gordon et Aubrey me rendaient fréquemment visite. Ils avaient effectué leur séjour de recherches au Danemark et Gordon avait pratiquement comblé toutes les lacunes de sa généalogie. Il avait réussi à remonter la branche des Westerby jusqu'en 1780 et celle des Kastrup d'un demi-siècle plus haut. Gyldendal avait été séduit par l'idée de faire figurer un arbre généalogique en frontispice du nouveau volume du Journal et les éditeurs anglais s'étaient montrés presque aussi enthousiastes. Il ne restait plus à Gordon qu'à découvrir l'identité de l'arrière-grand-père d'Asta, le nom de la jeune femme que le grand-père de tante Frederikke avait épousée vers 1790, et à vérifier si, comme il le soupçonnait, la grand-mère maternelle de Rasmus n'était pas une enfant illégitime.

Je l'avais bien sûr interrogé sur cette fameuse visite à Devon Villa, mais il n'en savait pas plus que ce qu'il m'avait déjà raconté. Swanny s'était montrée plutôt énigmatique et à l'époque il s'était dit qu'elle devait lui cacher quelque chose.

« Elle n'a pas exactement affirmé qu'elle nous emmenait voir la maison d'Asta, dit Aubrey. Simplement, elle ne nous a pas dit qui avait vécu là.

– Mais elle laissait entendre qu'il s'agissait de sa famille – enfin, de la mienne, ajouta Gordon. Elle nous a bien déclaré que son père et sa mère avaient habité là. »

Gordon se souvenait de cette histoire de fantôme et de l'irritation qu'elle avait suscitée chez Swanny. Le deuxième étage l'avait tout comme moi consterné, mais il ne se souvenait plus des photos, ni du fait que Swanny eût manifesté le désir de les acheter.

« Je n'ai pas demandé qui elles représentaient, cela ne m'intéressait guère. Je savais bien qu'il ne s'agissait pas de Rasmus et d'Asta. »

Je leur révélai alors, à l'un et à l'autre, l'ignorance dans laquelle était Swanny au sujet de ses origines. La première pensée de Gordon fut pour son arbre généalogique. Il se demandait s'il n'allait pas devoir ajouter entre parenthèses la mention « adoptée », après le nom de Swanny ; mais se rangeant finalement à mon avis, il y renonça lorsque je lui eus expliqué les problèmes que cela risquait de soulever pour les futures éditions du Journal, et même pour la réédition des volumes précédemment parus.

Hochant légèrement la tête et me fixant droit dans les yeux, avec ce regard limpide et franc des Westerby, il me déclara :

« Je découvrirai son identité.

– Eh bien, bonne chance », lui répondis-je.

Le nouveau volume du Journal qui devait s'appeler *Paix et Guerre* était sous presse, et il me fallut en relire les épreuves, comme une douzaine d'autres personnes. Nombre d'écrivains prétendent que l'on ne sait pas exactement à quoi ressemble un livre tant qu'il n'est pas composé, ce qui est parfaitement exact. On n'éprouve pas le même sentiment devant un manuscrit tapé à la machine ou sortant d'une imprimante. Je lisais ces épreuves en y traquant les coquilles typographiques et les maladresses de style, mais cela ne m'empêchait pas d'y prendre un certain plaisir.

Ayant déjà pris connaissance sur manuscrit de la traduction de Margrethe Cooper, je savais que le volume ne contenait aucun indice relatif aux origines de Swanny. J'étais pourtant à l'affût d'un détail de ce genre. Tant que ma tante était en vie, je ne m'étais guère sentie concernée par la question, mais depuis sa mort, depuis que j'avais découvert l'affaire Roper et l'identité qu'elle croyait être la sienne, mon propre désir de connaître la vérité n'avait cessé de croître. Ce désir ne serait certes jamais aussi fort qu'il l'avait été pour elle, mais il avait bel et bien pris racine en moi. Cary voulait savoir qui était Edith Roper – et moi, qui était Swanny. La seule chose dont nous étions pratiquement assurées, c'est qu'elles n'étaient pas une seule et même personne.

Je n'avais jamais eu le courage de lire les souvenirs d'Arthur

Roper et j'avais rendu à Cary l'exemplaire qu'elle m'avait prêté. Elle me suggéra un jour de jeter un coup d'œil sur l'article que Cora Green avait écrit pour le *Star*, à l'automne 1905.

Je m'accordai une pause dans la correction des épreuves et lus le texte en question. Cora Green n'avait évidemment pas écrit l'article elle-même, un « nègre » s'en était chargé, mais tous les faits rapportés, qu'ils fussent ou non conformes à la vérité, provenaient indubitablement d'elle. Le nègre en question écrivait dans un style ampoulé, aussi fleuri que pompeux, qui devait déjà paraître démodé à l'époque. Lizzie Roper était morte et ne pouvait légalement être diffamée : Mrs. Green ne s'étendait donc guère sur les amants de la jeune femme ni sur son comportement en leur présence. Maria Hyde n'était plus de ce monde, elle non plus, et Cora Green passait donc sous silence le fait qu'elles avaient été très liées autrefois.

Notre rue était en tout point respectable jusqu'à ce que cette illustre famille, dont les faits et gestes furent source de tant de scandale par la suite, décidât d'établir ses pénates à Devon Villa. Étant de celles qui sont enclines à voir le bon côté de leurs semblables tant que la preuve de leur déshonneur n'a pas été établie, étant par surcroît d'une nature confiante et peut-être exagérément innocente, je dois reconnaître que je nouai bien vite des liens amicaux avec ma nouvelle voisine, Mrs. Maria Hyde.

Méritait-elle d'ailleurs ce titre honorable? Je m'abstins évidemment de m'en enquérir auprès d'elle. Chacun la connaissait sous le nom de « Mrs. » Hyde et c'est ainsi que je m'adressais à elle (tout comme elle, en retour, m'appelait Mrs. Green) jusqu'à ce que notre intimité et notre amitié naissantes nous eussent par la suite amenées à nous en tenir à l'usage de nos prénoms : Maria et Cora.

En ces temps déjà lointains, durant la dernière décennie du siècle précédent, Maria Hyde avait trois locataires : Mr. Dzerjinski, Miss Cottrell et Mr. Ironsmith. La jeune servante, qui était à peine sortie de l'enfance mais que l'on chargeait pourtant de la plupart des tâches domestiques, s'appelait Florence et était originaire du quartier le plus déshérité de Hackney, de cette plaie notoire que constituent les berges de la Lea.

Mr. Dzerjinski, d'origine étrangère comme son nom l'indique, était davantage l'ami de Mrs. Hyde qu'un véritable

pensionnaire. Quelle était la nature exacte de leurs relations?
Quel degré peut-être répréhensible et criminel celles-ci
avaient-elles atteint? Je ne suis pas en mesure de le dire. Un
penchant naturel me pousse à voir le bon côté de mes sem-
blables et non le mal qu'ils portent en eux. Personne néan-
moins, eût-il été un ange ou un saint, n'aurait été enclin à
considérer d'un œil charitable les activités auxquelles se
livrait la fille de Mrs. Hyde, Elizabeth – plus communément
appelée Lizzie – en compagnie des gentlemen *(à défaut d'un*
meilleur terme) qui se présentaient régulièrement à Devon
Villa.

Mr. George Ironsmith, quant à lui, n'avait guère besoin de se
présenter puisqu'il y résidait en permanence. Mrs. Hyde
m'annonça un jour qu'il venait de se fiancer avec sa fille et
Miss Lizzie me montra fièrement une bague qu'il lui avait
offerte – un vulgaire anneau en alliage surmonté d'une pierre
en strass ou en verre, d'après moi, mais témoignant tout de
même d'une louable intention, visant à légaliser leurs rela-
tions. L'engagement qu'elle avait pris envers lui ne l'empêcha
pas, toutefois, de continuer à recevoir d'autres hommes chez
elle. Son fiancé travaillait, après tout, et il était absent de la
maison une bonne partie de la journée. Mrs. Hyde elle-même
me présenta un jour un certain Mr. Middlemass, qui n'était
déjà plus dans la fleur de sa jeunesse, et se prétendait, comme
elle me le déclara, « un ami de Lizzie ».

Nous nous étions rencontrés par hasard, un après-midi où
elle lui faisait visiter les lieux et où je sortais inopinément sur
le porche de ma maison. Mr. Middlemass avait au moins cin-
quante ans et ne paraissait pas dans le besoin, à en juger du
moins par le col de fourrure de son manteau et la canne à pom-
meau d'or qu'il tenait à la main. Je l'aperçus à plusieurs
reprises par la suite et j'ai la conviction que les fiançailles de
Miss Lizzie furent rompues à la suite de ses fréquentes visites.
L'infortuné Mr. Ironsmith déménagea peu après.

Ce fut un couple d'une respectabilité sans faille, Mr. et
Mrs. Upton, qui occupa ensuite l'appartement laissé vacant.
Nous ne tardâmes pas à découvrir, Mrs. Upton et moi, que
nous avions nombre de goûts en commun et partagions la
même philosophie de l'existence : aussi nous liâmes-nous
d'amitié. Cette amitié survécut aux ans, y compris lorsque
nous quittâmes l'une après l'autre le voisinage, et elle a per-
duré jusqu'à ce jour. Ce fut Mrs. Upton qui me révéla l'état de

347

dégradation dans lequel la maison sombrait lentement, qu'il y avait des « bêtes » dans les murs et jusque dans les matelas et que les blattes fourmillaient à la cuisine en même temps que d'autres spécimens tout aussi indésirables du règne entomologique.

Suivait une longue digression, rédigée dans le même style ampoulé et pétri de morale, sur les conditions de vie qui prévalaient à Devon Villa. Cora Green faisait aussi le portrait détaillé de tous les occupants de la maison. Elle évoquait également le départ de Miss Cottrell et donnait la version de Mrs. Upton sur la querelle qui l'avait opposée à Maria Hyde, motivant son propre départ.

Cary m'avait dit, je m'en souvenais, qu'un autre témoignage de valeur concernant la vie quotidienne et les occupants de Devon Villa avait malheureusement disparu : il s'agissait des souvenirs de Beatrice Cottrell. À l'instar de certains textes antiques, tels ceux qui ont péri dans le grand incendie de la bibliothèque d'Alexandrie, l'existence et le contenu de ce document n'étaient connus qu'à travers quelques citations figurant dans d'autres ouvrages. Cary était même allée vérifier au British Museum, mais il n'y était pas. Je ne pouvais pas dire que cela me consternait outre mesure. Je poursuivis ma lecture :

Je fus grandement soulagée lorsque Miss Lizzie épousa le nouveau loctaire, Mr. Roper. Au début, vu ce qui s'était passé jusqu'alors, j'avais cru – à tort mais non sans quelque motif – que Mr. Roper allait tout simplement venir grossir la liste de ses « relations » et que leur « amitié » n'était pas destinée à déboucher sur une union plus durable, sanctionnée par l'Église et la loi. Mais Miss Lizzie était cette fois-ci encline à envisager sans défaveur la perspective de ces liens matrimoniaux et les autres « gentlemen » ne se représentèrent plus à Devon Villa.

La rumeur courait dans notre quartier que Miss Lizzie, ou plus exactement Mrs. Roper, puisque tel était désormais son nom, se trouvait dans un état « intéressant » au moment de son mariage. Et il est vrai que le fils aîné de Mr. Roper naquit six mois à peine après ce notable événement.

Quelle ne serait pas ma joie si je pouvais écrire qu'après cela Mrs. Roper rentra dans le rang et racheta sa conduite, se muant en épouse loyale et en mère dévouée. Hélas, cela ne serait pas conforme à la vérité. Aussi surprenant que cela puisse paraître, elle n'avait que haine pour le beau et vigoureux garçon auquel elle avait donné le jour. Afin de lui épargner le sort qui l'attendait suite à la négligence, à la malnutrition et – qui sait? – aux mauvais traitements que lui infligeait sa mère, Mr. Roper se vit contraint d'engager une nourrice.

Florence avait déjà une bien lourde charge et suffisamment de travail domestique à accomplir dans cette maisonnée pour s'occuper en plus d'un nouveau-né. Je la plaignais depuis toujours, elle qui ployait sous un bien lourd et injuste fardeau de tâches plus ingrates les unes que les autres. Elle se confiait souvent à moi et me révélait les secrets les plus enfouis au fond de son si jeune cœur. Elle s'était fiancée et devait elle aussi se marier avec un autre domestique, un jeune homme dont les employeurs possédaient une splendide propriété à Canonbury. Je fus grandement soulagée de l'apprendre et de comprendre que l'homme que je voyais se présenter depuis quelque temps à Devon Villa et pénétrer dans la maison par le sous-sol était en fait le prétendant de Florence, et non, comme je l'avais redouté, l'un des nombreux admirateurs de Mrs. Roper.

Ces derniers, toutefois, ne tardèrent pas à se manifester à nouveau. Mrs. Roper était restée sur sa réserve tant que son fils était encore un nourrisson, mais au bout de quelque temps je vis réapparaître Mr. Middlemass : il arrivait en fiacre et descendait devant le portail de Devon Villa. Il y eut aussi un autre visiteur, à cette époque, un jeune homme du nom de Cobb, ou Hobb. On imaginera ma stupeur lorsque j'aperçus un jour Mrs. Roper se promener dans London Fields au bras de cet individu! Mrs. Roper avait toujours été d'une nature expansive, ce qui était à la rigueur excusable, attendu son manque d'éducation; et tant que son mari était l'objet de ces transports, il aurait fallu être bien intransigeant pour y trouver à redire. Mais c'était une tout autre affaire que de la voir s'afficher avec ce Mr. Cobb (ou Hobb), approcher ainsi son visage du sien et lui permettre de la tenir par la taille.

Elle aurait sans nul doute préféré ne pas me rencontrer, ce jour-là, mais comme nous marchions le long de la même allée et étions sur le point de nous croiser elle pouvait difficilement m'éviter. Elle fit bravement face à la situation et me présenta le jeune homme sous le nom de Bert, en me disant qu'il s'agissait d'un ami de Mr. Roper.

Sur ces entrefaites, j'aperçus peu après dans notre rue une autre vieille connaissance de Mrs. Roper. Je veux parler de

349

Mr. Ironsmith, qui avait quitté les lieux quelques années plus tôt. Je le remis immédiatement mais il fit mine, lui, de ne pas me connaître. Où avait-il disparu entre-temps, je serais bien incapable de le dire. Il portait un manteau à carreaux extrêmement voyant, ainsi qu'un chapeau à larges bords, et il fumait un cigare. Plus tard, ayant descendu les marches de mon perron pour m'entretenir avec un fournisseur, je ne pus éviter de l'entendre, en grande conversation avec Mrs. Roper sur le porche de Devon Villa. Si je ne l'avais pas aperçu juste avant et avais simplement entendu sa voix, je ne crois pas que j'aurais été en mesure de l'identifier, car il s'exprimait avec un fort accent colonial.

Non sans réticence, je finis par aboutir à la conclusion que Mrs. Hyde elle-même prenait part à ces transactions. Qu'elle tenait, en bref, un certain genre d'établissement et qu'elle mettait sa fille à contribution. Elles avaient peut-être l'une et l'autre des circonstances atténuantes, mais je ne doute pas que ce fut une déduction de même nature qui provoqua le départ de Miss Cottrell. À cette occasion, une terrible altercation éclata dans la maisonnée, soulevant une flambée de violence – tant physique que verbale, selon moi – et culminant par le renvoi de la pauvre Miss Cottrell dont les affaires furent déversées sans ménagement sur le trottoir.

Mr. Roper ne nourrissait guère d'illusions et se doutait bien qu'il n'était pas le père de la fillette que sa femme avait mise au monde en mai 1904. À qui fallait-il attribuer cette paternité ? Je ne m'aventurerai pas à le dire. Le caractère de plus en plus choquant de la situation qui régnait à Devon Villa avait selon moi dépassé les bornes du tolérable et j'eus heureusement la chance de pouvoir profiter d'un autre logement, à Stoke Newington : j'y emménageai au mois de novembre, cette année-là. Et je n'entendis plus parler des Roper ni de Mrs. Hyde jusqu'au jour où j'appris, dans les colonnes d'un journal, la stupéfiante nouvelle du meurtre de Mrs. Roper, assassinée dans cette maison à deux pas de laquelle j'avais moi-même vécu si longtemps.

Dans les cahiers qu'elle avait rédigés durant les années précédant immédiatement la guerre, puis au cours du conflit lui-même, Asta parlait bien davantage d'elle et de ce qu'elle ressentait que durant la période 1925-1934. Il y avait moins d'allusions à la vie domestique, moins de scènes d'intérieur, mais un plus grand souci de soi et des considérations plus nombreuses sur la politique, les événements internationaux, la peur physique aussi qu'engendrait la guerre. Une bombe était un jour tombée juste en face du « 98 ». Au Danemark, un ami de la famille avait été exécuté par les nazis parce qu'il avait abrité un Juif.

Le fait d'avoir atteint un certain âge la tracassait, même si elle prenait la chose avec humour et philosophie. Elle parvenait visiblement à ignorer la présence de son mari des heures, voire des journées durant, bien qu'ils vécussent sous le même toit et partageassent le même lit – celui qui était orné de sphinx et dans lequel je dormais depuis six mois, souvent aux côtés de Paul. Plus que jamais, elle passait une grande partie de son temps en compagnie d'oncle Harry. Page après page, il n'y en avait que pour ce que faisait ou disait Harry, parfois même pour ce qu'il mangeait et buvait ou la manière dont il s'habillait. Elle l'aimait, comme elle l'avait avoué, et il ne fait aucun doute que ce sentiment était partagé, mais leur relation ne fut jamais d'ordre sexuel.

Une fois la cinquantaine atteinte, et *a fortiori* la soixantaine, Asta estima qu'elle était trop vieille pour ça. Mais elle n'avait pas toujours eu cet âge et elle était encore jeune lorsqu'elle avait fait la connaissance de Harry, en 1919. Il y avait bien sûr entre eux une barrière sociale, qu'ils respectaient l'un et l'autre. Mais ni l'âge ni cette différence de niveau social ne les avaient apparemment empêchés d'aller se promener ou de prendre le thé ensemble, de visiter les parcs, le zoo, le British Museum ou de se rendre l'après-midi au cinéma ou au théâtre. La réponse, bien sûr, c'est qu'ils étaient victimes d'une prohibition morale, d'une sorte de tabou, étant mariés chacun de leur côté. Ils pouvaient se comporter en camarades, en amis, mais il était exclu qu'ils deviennent amants.

Du reste, Harry ne m'intéressait guère, sinon sous cet angle. Je cherchais à résoudre un mystère, non à dresser la chronologie d'une amitié. J'étais bien l'héritière de Swanny, dans tous les sens du terme. Comme elle, je voulais connaître la clef de l'énigme – même si, étant émotivement moins impliquée qu'elle dans l'affaire, je ne risquais guère de m'en remettre à des solutions illusoires. Et en réfléchissant à la manière subtile et insidieuse dont ce désir avait germé en moi, je compris que c'était ce besoin même qui m'avait initialement conduite à aborder avec Paul la question du Journal. À dire vrai, je n'avais pas tant cherché à lui en parler sur un plan général qu'à évoquer ce qui, dans son contenu, était en rapport étroit avec les origines de Swanny. Et chaque fois que j'avais abordé le sujet, quel que fût mon point de départ j'en étais invariablement revenue à cette seule et unique question.

Or c'était cela, justement, dont il refusait de parler. Lorsque je l'eus réalisé, je voulus aussitôt l'appeler à son travail afin de m'excuser pour l'obstination et la cécité dont j'avais fait preuve et lui demander pourquoi il avait réagi de la sorte. Mais je ne l'avais quasi jamais appelé à l'université. Il n'était pas du genre à traîner dans la salle des professeurs ou à donner des cours privés dans son bureau, où il avait d'ailleurs refusé de faire installer un téléphone. Nous ne devions pas nous voir ce soir-là. Sa mère était gravement malade, elle avait eu une violente crise cardiaque huit jours plus tôt et était encore sous surveillance intensive dans un hôpital spécialisé, à l'autre bout de Londres. Paul allait la voir tous les jours et il avait rendez-vous le soir même pour discuter de son état avec le médecin en charge de son dossier.

Dans l'impossibilité d'obtenir une quelconque certitude, je me livrai évidemment à d'innombrables spéculations. Je mis les épreuves de côté et me demandai pourquoi Paul, qui avait d'abord semblé intrigué par toute cette affaire, s'était ensuite obstinément refusé à évoquer avec moi la question de l'identité réelle de Swanny. Peut-être connaissait-il la vérité ? L'hypothèse était séduisante, mais pratiquement infondée. Comment aurait-il pu le savoir ? Et si par un invraisemblable hasard cela avait été le cas, pourquoi aurait-il voulu me le cacher ?

La dernière partie du Journal, c'est-à-dire les cahiers écrits entre 1955 et 1967, n'était toujours pas traduite. Je veux dire que Margrethe Cooper ne s'y était pas encore attaquée. Paul avait été sur le point de le faire, avant de s'en désintéresser et de prendre le Journal en grippe. Je me demandai s'il n'était pas tombé sur quelque chose qui avait non seulement brisé son élan, mais l'avait empêché de me dire la vérité.

Dans ce cas, il ne pouvait s'agir que d'un passage relatif à sa grand-mère. Inéluctablement, j'en revenais à Hansine. Elle était morte en 1954 mais Asta parlait fort peu d'elle, au moment du décès. Peut-être avait-elle gardé ses commentaires pour elle, ne les rédigeant que l'année suivante – et Paul était tombé dessus. À moins que sa grand-mère ne lui ait jadis révélé la vérité. Il n'était pas du tout impossible que Hansine ait connu le fin mot de l'histoire, je me le disais depuis déjà longtemps : elle partageait l'existence d'Asta à Lavender Grove et sauf s'il s'était passé quelque chose de vraiment bizarre elle avait dû être au courant. Mais aurait-elle évoqué tout cela devant son petit-fils, qui n'avait que onze ans lorsqu'elle était morte?

Non, bien sûr – en revanche elle pouvait en avoir parlé à sa fille. J'en étais là de mes déductions – ou, plus exactement, j'avais abouti à cette impasse et ne cessais de tourner et de retourner le problème dans ma tête – lorsque Paul m'appela. La nuit était déjà tombée et je m'étais replongée dans les épreuves, repassant laborieusement à l'encre les corrections que j'avais faites au crayon en me basant sur le tableau de l'*Encyclopaedia Britannica*.

Paul m'appelait pour me dire que sa mère n'était plus. Elle était morte quelques minutes avant qu'il n'arrive à l'hôpital.

24

4 juin 1947

D<small>ET</small> *er nøjagtig femten Aar siden idag, at vi maatte tage
fra Padanaram og komme hertil. Jeg skrev ikke
Datoen ned nogen Steder, men jeg kan huske den.
Hvis jeg var den Slags Kvinde, der er dramatisk anlagt, saa
vilde jeg sige, at den var skrevet i mit Hjerte.*

Il y a exactement quinze ans aujourd'hui que nous avons
quitté Padanaram et que nous sommes venus nous installer ici.
Je n'ai noté la date nulle part mais je m'en souviens parfaitement. Si mon tempérament me portait au mélodrame, je dirais
qu'elle est restée gravée dans mon cœur.

Par une étrange coïncidence, Marie est venue prendre le thé
chez nous, cet après-midi, et elle m'a annoncé qu'elle comptait
offrir son Padanaram à Ann le jour de ses sept ans. Je crois que
son anniversaire est en décembre, il faudra que je vérifie.
J'aimais beaucoup Padanaram – je parle de l'original, évidemment, et non de cette ridicule maison de poupées : j'étais
furieuse à l'époque que Rasmus ne l'ait pas construite pour
Swanny. Ce n'est pas que nous soyons mal logés, au « 98 », mais
le quartier est tout de même assez miteux et il me rappelle de
plus en plus l'époque lointaine où nous vivions à Lavender
Grove.

Heureusement que Marie n'a pas évoqué *son* Padanaram en
présence de Swanny et qu'elle n'a plus abordé le sujet après
l'arrivée de celle-ci. Je me trompe peut-être, mais j'ai encore

le sentiment que Swanny a été très affectée par la façon dont Rasmus la rejetait jadis. Le plus drôle, c'est qu'à présent il se montre absolument charmant à son égard et qu'il passe autant de temps chez elle (à ennuyer Torben avec le récit des escroqueries dont il a été victime) que chez Marie, où il débite d'ailleurs les mêmes sornettes. Il radote, le pauvre. Mais si Swanny avait fait un mariage plus modeste et vivait à Hornsey, ce serait évidemment une autre affaire.

Il y a des années que ses affaires ont périclité et que l'entreprise Westerby a fermé boutique, mais il ne se passe pas une journée sans qu'il revienne sur le sujet, en racontant qu'Untel l'a escroqué, que tel autre l'a volé de tant, qu'on l'a mis sur la paille et que tout se serait déroulé autrement si on ne l'avait pas dépouillé de la sorte. Je me demande s'il se rend compte de l'allure qu'il a, avec son col raide, son chapeau mou et ses immuables guêtres, au volant de cette vieille Fiat qui ressemble à un cercueil. Et pourtant, malgré mon cœur de pierre, je ne puis m'empêcher d'éprouver une certaine tendresse à son égard. C'est peut-être un vieux radoteur, mais moi je suis devenue sentimentale avec l'âge. En le regardant, je me rappelle... deux ou trois choses, survenues voici des siècles. Je me souviens fort bien de cette nuit où il est rentré – mais plus du tout de ce que j'ai écrit, à la suite de notre conversation. Je sais seulement que j'ai plus ou moins menti, que je n'ai pas tout à fait rapporté la vérité. Je n'irai toutefois pas jusqu'à prétendre que son sort me préoccupe – puisque tel n'est pas le cas.

Les filles sont venues discuter avec moi de la réception qu'elles comptent organiser chez Frascati, à l'occasion de nos noces d'or. Quelle idée saugrenue, vraiment! Pour commencer, la nourriture sera infecte, on ne trouve rien de mangeable nulle part. La situation est encore pire que durant la guerre. Les restaurants ne servent plus que des blancs-mangers et des vol-au-vent garnis de légumes et de sauces en conserve, à en juger par le goût. Mais peu importe le repas, il sera de toute façon raté, nous ne nous faisons pas d'illusions. La liste des invités va nous poser quelques problèmes, je le pressens.

Il est *hors* de question que nous invitions Hansine. L'idée venait de Marie, évidemment. « Tous ces préjugés un peu snobs n'ont plus cours depuis la guerre, Mor », m'a-t-elle déclaré. Ce n'est pas une affaire de snobisme, en ce qui me concerne, bien que je me sois abstenue de le lui dire. Il est vrai que Joan Cropper a épousé un homme nanti d'une bonne situation et d'un

355

salaire confortable, qu'ils ont un logement nettement plus huppé que le « 98 » et que Hansine habite chez eux depuis la mort de Sam. Il est exact qu'elle a grimpé les échelons – plus sans doute qu'elle ne l'avait rêvé – tandis que nous avons déchu. La vérité, c'est que je ne l'aime pas. Et que je ne l'ai jamais aimée. Cela ne tient pas seulement au fait qu'elle me rappelle les temps lointains de ma jeunesse, même s'il y a un peu de ça. Mais lorsque j'aperçois son gros visage rougeaud, ses yeux bovins et son sourire idiot, je ne peux m'empêcher de ressentir une sorte de frayeur, ce qui ne m'arrive pourtant pas fréquemment.

En tout cas, j'inviterai qui bon me semble à cette réception. En ce qui concerne Hansine, c'est exclu, mais j'insisterai pour que Harry soit présent, ainsi que son épouse, évidemment. Impossible de faire autrement. Swanny n'y verra aucune objection, elle adore Harry. Et si cela ne plaît pas à Marie, elle n'a qu'à faire un trait sur cette réception, peu m'importe. N'est-il pas un peu ridicule de célébrer ce demi-siècle de vie commune alors qu'il y a bien quarante-neuf ans que nous n'éprouvons plus rien l'un pour l'autre, mon mari et moi?

15 septembre 1954

Je ne me suis jamais plainte de Rasmus auprès de quiconque, lorsqu'il était en vie. Je n'en éprouvais pas le besoin – je pouvais le faire dans ces pages. Je n'en ai même jamais parlé à Harry, et je savais pourtant qu'il aurait gardé ça pour lui.

Lorsqu'on tient un journal de manière aussi régulière, des années durant, on ne se contente pas d'y rapporter les menus faits de sa vie ou d'y noter ses pensées – on s'adresse à lui comme à un être humain. On peut tout lui confier, sans omettre un seul secret, lui parler de tout ce qui nous préoccupe et même lui révéler nos mauvais côtés. Ou ceux que le monde qualifie de mauvais. Personne ne pourrait tenir ce rôle pour moi, dans la réalité, pas même Harry. Oui, en y réfléchissant, je sais qu'il m'est arrivé de penser ou de ressentir un certain nombre de choses que je n'aurais jamais voulu confier à Harry. D'un autre côté, bien que j'aie fait preuve de franchise dans ce journal, il y a tout de même une question que je n'ai jamais abordée.

Même si je ne me suis pas plainte de Rasmus, les gens ne cessaient de me dire qu'il allait me manquer, une fois mort. Peut-être se rendaient-ils compte, au fond, que je ne me souciais pas beaucoup de lui. Marie elle-même, qui aurait pourtant dû le savoir, me répétait sans arrêt ces derniers mois, alors qu'il était si malade, que sa disparition allait m'affecter plus que je ne le soupçonnais. Eh bien, il est mort, à présent, et je n'éprouve rien de tel. Il ne me manque pas. Je me sens enfin libre et je trouve cela fort agréable.

Lorsque la femme de Harry est morte, il y a environ trois ans, lui-même semblait très affecté. Je me rappelle qu'il m'a dit un jour n'avoir jamais eu réellement envie de l'épouser et j'ai parfois été tentée de lui rappeler cette déclaration mais je me suis retenue. Si l'on dit une chose pareille à quelqu'un, il risque de vous haïr jusqu'à la fin de ses jours – il suffit d'une ou deux paroles malheureuses, qui ne s'effaceront jamais. Sa femme était morte, il la pleurait et j'étais jalouse. Je l'ai noté à l'époque mais je n'ai pas l'intention de refeuilleter mes cahiers. Je ne le fais jamais. Je ne me souviens plus des termes exacts que j'ai alors employés, mais je me rappelle de la jalousie que m'avait inspirée une morte.

Chez lequel de mes enfants vais-je aller m'installer? Chez Swanny, bien sûr. La réponse n'a jamais fait de doute, ils le savent tous pertinemment. Nous nous sommes contentés de plaisanter à ce sujet lorsque nous avons abordé la question, après les funérailles. Le seul ennui, c'est que cela va m'éloigner de Harry, mais c'est un inconvénient mineur puisqu'il possède une voiture, à présent.

23 novembre 1954

Les gens meurent les uns après les autres. C'est au tour de Hansine à présent. Joan Sellway, née Cropper, m'a envoyé un faire-part extrêmement vulgaire, bordé d'un liseré noir.

Je ne me rendrai pas à l'enterrement – j'en ai trop vu dans ma vie. De surcroît, nous avons déjà pris nos billets, Harry et moi, pour un spectacle qui se donne en matinée ce jour-là. Je relis *Temps difficiles*, pour la cinquième fois me semble-t-il.

3 avril 1957

J'ai eu droit à deux propositions de mariage dans ma vie, à soixante ans d'intervalle. J'avais répondu oui à la première, inconsciente que j'étais, et la seconde m'a été faite aujourd'hui.

Je ne m'y attendais pas. Après tout, j'ai presque soixante-dix-sept ans et lui-même doit bien en avoir soixante-quinze, je ne suis pas tout à fait sûre du chiffre – enfin, dans ces eaux-là. Il m'avait invitée à déjeuner et nous sommes allés à Londres, dans un sympathique restaurant français de Charlotte Street. Prendre un repas ensemble est l'un de nos plus vieux plaisirs, nous avons les mêmes goûts et aimons que les plats soient les plus copieux possible.

Nous étions en train de boire le café, accompagné d'un verre de cognac. Harry est un amateur de cigares; pour ma part, j'aime bien ce penchant chez un homme, même si je ne vais pas jusqu'à fumer moi-même, contrairement à tant de Danoises. Il venait donc d'allumer son cigare et me demanda soudain, à brûle-pourpoint et sans paraître le moins du monde anxieux :

« Asta, voulez-vous m'épouser? »

Je ne sus quoi lui répondre, ce qui est assez inhabituel chez moi. Je ne me suis pas mise à rougir non plus. Peut-être ne rougit-on plus, à l'âge avancé qui est le mien. Mais j'ai probablement pâli et j'ai senti que je tremblais un peu.

« Je vous aime, a-t-il ajouté, et je sais que la réciproque est vraie.

– Bien sûr, rétorquai-je, cela va sans dire.

– Il vaut toujours mieux dire les choses clairement, Asta, a-t-il répondu d'une voix très douce et très gentille.

– Dans ce cas, je vous aime. »

Un long silence s'ensuivit. Nous nous dévisagions, détournions les yeux, nous regardions de nouveau. Et durant tout ce temps je réfléchissais, plus intensément que cela ne m'était jamais arrivé. Du moins je l'imagine. Au bout d'une vie aussi longue que la mienne, on finit par oublier ce que l'on a pensé ou éprouvé jadis, inutile de se leurrer. Mais je songeais à quel point je l'avais désiré lorsque nous étions jeunes, comme il était séduisant et m'avait lui aussi désirée, et je me disais : « Je suis une vieille femme toute desséchée » – oui, desséchée, c'est bien le terme qui convient, même si personne n'ose jamais s'avouer ce genre de vérité. Sauf moi. Je ne crois pas que je parviendrais encore à faire toutes ces choses au lit avec un homme, aujourd'hui, cela me serait physiquement impossible. Et quand je me regarde dans la glace, j'ai l'impression que mon corps aurait besoin d'un bon coup de fer à repasser, que ce serait le seul moyen d'éliminer toutes ces rides, tous ces plis. J'aurais bien trop honte qu'un homme me voie dans un état pareil. Et plus encore qu'il me touche.

Évidemment, ce n'était pas cela que Harry avait en tête en me parlant de mariage. Où était donc le problème? Eh bien, c'est que cette chose qui m'était désormais interdite, je l'avais toujours attendue du mariage mais n'y avais jamais eu droit. Le reste – la familiarité, la découverte des pires côtés d'un être, le mépris grandissant – je ne le connaissais que trop et je l'avais toujours eu en horreur. Je savais bien qu'il allait me rétorquer que cela ne risquait pas de nous arriver. Aussi ne lui ai-je rien expliqué. Je me suis contentée de refuser.

« Non, Harry, lui ai-je dit. Je ne vous épouserai pas.

– C'est drôle, je redoutais un refus de votre part. Je m'y attendais presque.

– Je vous aurais dit oui, autrefois, du temps où cela nous était impossible.

– Je me demande ce que nous avons gagné, dit Harry, en nous montrant aussi stricts, aussi respectueux de la morale. Je veux dire, en restant fidèles à nos conjoints respectifs. On aurait qualifié notre attitude de digne et d'honorable, du temps de notre jeunesse.

– Vous n'auriez pas pu abandonner Mrs. Duke, dis-je. (Bizarrement, je n'arrivais plus à me souvenir de son prénom. Je l'avais toujours appelée Mrs. Duke.) Je le savais parfaitement. Et je n'aurais pas davantage quitté mon mari. J'étais beaucoup trop têtue pour ça, j'imagine. Lorsqu'on a conclu un marché, on s'y tient – du moins raisonnais-je ainsi. C'était de la foutaise, non? »

Il me répondit qu'il l'ignorait. Il ne connaissait pas les réponses, sinon qu'il était trop tard, et que c'était sans doute déjà le cas du temps où je vivais à Lavender Grove, où il était encore célibataire et travaillait à Islington.

« Mais nous ne nous séparerons jamais, n'est-ce pas? ajouta-t-il. Nous resterons amis jusqu'à ce que l'un d'entre nous disparaisse? »

J'acquiesçai en silence. Durant quelques instants, je fus dans l'incapacité de parler et continuai de hocher la tête, comme une poupée ou un ludion. Harry s'empara de ma main et l'embrassa, comme cela lui arrive parfois.

16 juin 1963

J'ai acheté deux douzaines de cartes destinées aux invitations du goûter qui doit être organisé pour mon quatre-vingt-troisième anniversaire, le mois prochain. Swanny et Marie seront évidemment présentes. Je compte également inviter Ann, mais on ne sait jamais ce que fabriquent les jeunes, de nos jours. J'ignore même où elle habite en ce moment. Sûrement pas chez sa mère, j'imagine.

Je serai bien obligée d'inviter Knud et Maureen, mais je doute qu'ils se déplacent jusqu'ici. Knud a soi-disant des ennuis de santé en rapport avec sa prostate – enfin, des soucis d'ordre masculin. Je ne compte pas inviter John et sa femme, je les connais à peine et ne crois pas les avoir revus depuis l'enterrement de Rasmus. Il y aura Mrs. Evans, bien sûr, et Mrs. Cline, ainsi que Margaret Hammond, qui est mariée à présent, mais je ne me rappelle plus le nom de son époux. Contrairement aux hommes, les femmes savent enterrer la hache de guerre et mettre un terme aux querelles sempiternelles. Si Mr. Housman ne nous avait pas prématurément quittés, je suis sûre que Rasmus aurait continué à lui vouer une haine tenace jusqu'à sa propre mort : mais comme il a succombé à une mauvaise grippe – ce qui a arrangé tout le monde, il faut bien le dire –, Mrs. Housman, que j'ai toujours appréciée, a pu se remarier avec Mr. Hammond. Je suis à peu près certaine d'avoir déjà noté tout cela précédemment. À mon âge, on finit par se répéter. Il faut que je pense à demander à Swanny le nom d'épouse et l'adresse exacte de Margaret.

Quelqu'un que j'aurais bien aimé inviter, c'est cette Mrs. Jørgensen, avec qui j'ai eu une discussion fort intéressante lors du déjeuner que Swanny avait organisé. Je me demande si elle tiendra sa promesse et m'enverra un exemplaire du livre qu'elle est en train d'écrire, lorsqu'il paraîtra (celui dans lequel elle souhaite consacrer un chapitre au *Georg Stage*...).

Harry va mieux, dieu merci. Ce goûter ne serait pas réussi sans lui. Il est sans doute préférable que j'invite aussi sa fille aînée, pour qu'elle lui tienne lieu de chauffeur. Il hésite un peu à conduire depuis qu'il a ces tremblements dans les mains.

J'ai gardé ce qui suit pour la fin. En fait, je n'avais pas très envie d'en parler. Swanny m'a montré une lettre anonyme qu'on vient de lui adresser. La pauvre, cela l'a secouée. Elle arrivait à peine à parler et tremblait de tous ses membres, je ne vois vraiment pas pourquoi. C'était au moment où je m'apprêtais à sortir pour aller acheter ces cartes, j'avais l'esprit ailleurs, je pensais aux gens que j'allais inviter, aussi ne l'ai-je écoutée que d'une oreille. Mais elle a brandi ce malheureux bout de papier

360

sous mon nez et j'ai bien vu qu'elle s'énervait. Je le lui ai arraché des mains, avant de le déchirer et d'y mettre le feu. C'était la meilleure chose à faire. Je suis sortie aussitôt après, afin de reprendre mes esprits. On ne réagit pas sur-le-champ à un choc pareil, cela prend toujours quelques minutes. Je tremblais un peu en descendant Willow Road. Quelle importance? ai-je fini par me dire. Qui cela intéresse-t-il encore, à présent?

5 octobre 1964

Ann n'a pas téléphoné, elle est venue en personne cet après-midi nous annoncer la mort de Marie. Nous nous y attendions, la nouvelle ne nous a pas surpris, mais cela fait tout de même un choc.

C'est une terrible chose que de perdre ses enfants, la pire peut-être qui puisse arriver. Mais depuis fort longtemps j'ai décidé qu'il valait mieux ne pas laisser transparaître mes sentiments, affronter les choses avec calme, poursuivre, tenir bon. Comme un vaillant petit soldat, pour reprendre la formule de Torben. Je prétends désormais ne plus éprouver le moindre sentiment et je constate qu'on me croit, autour de moi – à mon avis cela les arrange tous, ils se sentent un peu moins de responsabilité à mon égard. Je leur dis que mon cœur a fini par s'endurcir, à la suite de tous les coups qu'il a reçus, pendant des années.

Ce journal prend parfois l'apparence d'une chronique mortuaire, les gens disparaissent les uns après les autres, mais je ne m'attendais pas à perdre ma fille cadette, qui n'avait que cinquante-trois ans et que je considérais toujours comme une enfant.

21 avril 1966

Les journaux s'étendent longuement sur le procès d'un couple (un certain Ian Brady et sa compagne, Myra Hindley) accusés d'avoir assassiné plusieurs enfants dans le Lancashire. L'histoire est aussi horrible que fascinante. Sur les photographies, la femme paraît beaucoup plus vieille que son âge (elle n'a qu'une vingtaine d'années) et l'homme a une vraie tête de brute. Cette fille a vaguement l'air germanique, je suis sûre qu'elle a du sang allemand dans les veines.

361

Il n'est pas donné à tout le monde de connaître un meurtrier. Cela doit faire un drôle d'effet d'apprendre qu'une personne que l'on a côtoyée vient d'assassiner quelqu'un. Cela m'a rappelé cette affaire de Navarino Road, au tout début de notre installation à Londres. Ma mémoire part en lambeaux, car je ne me rappelle même plus le nom de cette maison et celui des gens qui y vivaient. Je me souviens seulement que j'avais un jour aperçu cette femme et que je l'avais enviée d'habiter là.

4 juin 1966

Je déteste perdre ainsi la mémoire. Des pans entiers, des décennies de ma vie se détachent lentement de moi et il ne me reste plus que le vague souvenir de mes premières années, comme un vitrail dont le motif serait presque entièrement effacé. Je me rappelle mon enfance, mes séjours estivaux dans la petite maison de Strandvej, l'été que j'ai passé à Bornholm, l'année de mes sept ans, à l'époque où ma mère était malade, où elle ne quittait plus son lit et où il fallait se déplacer à pas de loup pour ne pas la déranger. Tante Frederikke m'obligeait à marcher avec un livre sur la tête afin que je me tienne droite, mettait du babeurre dans ma soupe, ce dont j'avais horreur, et me forçait à rester assise à table tant que je n'avais pas fini mon assiette. Je me souviens de journées entières, datant de cette époque, je les revois dans leurs moindres détails. Ce sont mes années de maturité qui se sont effacées.

J'aimerais bien que Swanny cesse de m'interroger. Elle ne veut pas me croire quand je lui dis que je ne m'en souviens plus. Je me souviens d'une partie de l'histoire, évidemment, du fait lui-même, mais j'ai oublié les circonstances, le cadre exact et le nom des protagonistes. Jadis, j'avais décidé une fois pour toutes de ne jamais faire allusion à cette affaire mais cette résolution a aujourd'hui quelque chose de risible : je serais incapable d'écrire la moindre ligne à ce sujet, même si je le voulais, les faits se sont pratiquement tous effacés de ma mémoire.

2 octobre 1966

Je suis très fatiguée à présent en fin de journée, assez tôt dans la soirée, ce qui n'était jamais le cas auparavant, et les fragments que je note dans ces pages sont de plus en plus courts. À la place, je me suis mise à écrire à Harry. Nous continuons à nous voir régulièrement, deux fois par semaine environ, mais ce n'est plus aussi facile maintenant qu'il est cloué chez lui et a définitivement renoncé à conduire. Et il me déplaît de dépendre de Swanny pour aller le voir en taxi.

Les taxis sont *hors de prix*. Heureusement que j'ai gagné un peu d'argent en revendant tous ces vieux vêtements. Je suis retournée voir cette femme qui tient une boutique dans St John's Wood High Street et je lui ai vendu mon tailleur Chanel bleu et noir, ainsi que la robe plissée de chez Patou. Elle m'a demandé si je les avais achetés à Londres ou à Paris, mais je ne m'en souvenais pas. Elle avait l'air passablement excitée et m'a dit qu'elle ne s'attendait pas à ce qu'on lui propose d'aussi belles pièces, et en aussi bon état.

Je vais m'en tenir là et écrire à Harry. Mon anglais est toujours aussi approximatif, mais cela lui est égal. Il considère ces lettres comme des lettres d'amour et il m'a dit que j'étais la seule femme à lui en avoir jamais adressé.

« Et cette fille dont vous étiez amoureux, quand vous aviez vingt-cinq ans ?

– Vingt-quatre, seulement. C'est vrai, j'étais amoureux d'elle et je voulais l'épouser, mais elle a fini par ne plus vouloir de moi : elle m'a dit qu'il s'était passé quelque chose qui l'avait à jamais dégoûtée des hommes et du mariage. Mais elle m'a annoncé ça de vive voix, pas dans une lettre.

– Votre femme a dû vous écrire lorsque vous étiez en France, durant la Première Guerre mondiale.

– Oh, oui, régulièrement. Elle me parlait de la maison, de nos filles, elle me disait que tout le monde attendait mon retour, mais ce n'était pas des lettres d'amour. Elles n'avaient aucun point commun avec les vôtres, Asta. Vous, vous écrivez des lettres... je ne sais pas, comme celles que recevait Robert Browning.

– Vous voulez parler de celles que lui envoyait *Mrs.* Browning. »

J'ai dit cela à seule fin de dissimuler le plaisir que me procurait sa remarque. Jusqu'à ce jour, personne ne m'avait dit que j'écrivais bien. Il est vrai qu'en dehors de lui, personne n'a pu en juger.

Nous avons lu ensemble la correspondance des Browning. Enfin, pas tout à fait : j'ai emprunté l'ouvrage à la bibliothèque et le lui ai passé après l'avoir terminé.

2 septembre 1967

Tout est fini. J'ai l'impression que la vie s'est arrêtée mais c'est faux, évidemment, elle doit continuer. Je n'exprimerai jamais assez ma reconnaissance à sa fille, qui m'a appelée pour que je sois aux côtés de son père dans ses derniers instants. Je n'ai pas assisté à son décès car il est mort après notre départ, au cours de la nuit, pendant son sommeil, mais j'étais présente juste avant, tandis qu'il attendait la fin. Il a été victime d'une pneumonie et les médicaments qu'on lui a donnés n'ont servi à rien, le mal était trop profond. L'une de ses filles m'a dit qu'il était sujet aux bronchites, que chaque hiver cela le reprenait parce qu'il avait été gazé durant la Grande Guerre, mais je n'ai jamais entendu parler de cette histoire. Je me suis abstenue de le lui dire, sans dissimuler toutefois mon étonnement. Quant à moi, je songeais à la manière dont il toussait en fumant tous ces cigares.

Il avait quatre-vingt-cinq ans, c'est un bel âge pour mourir. N'importe qui aimerait vivre aussi longtemps, mais moi je trouve cela encore trop court. J'aurais voulu qu'il vive au moins jusqu'à ma mort, par égoïsme. Il ne m'a rien dit d'extraordinaire, étendu sur son lit d'hôpital – il ne m'a pas déclaré qu'il m'aimait depuis toujours, ni rien de semblable. Il s'est contenté de tenir ma main dans la sienne et de me regarder droit dans les yeux, mais il était trop affaibli pour me faire un baisemain.

Voilà, il n'est plus. C'est Swanny qui m'a conduite à l'hôpital et nous sommes rentrées au moment où Torben arrivait à la maison. Je n'ai pas dit un mot, j'ai dîné avec eux comme d'ordinaire et suis montée me coucher à l'heure habituelle. On nous a téléphoné ce matin pour nous annoncer qu'il n'avait pas passé la nuit. Swanny a été gentille avec moi mais je n'ai pas voulu qu'elle m'embrasse ; je me sentais un peu gênée – après tout, Harry n'était pas mon mari, ce n'était que mon meilleur ami. Je suis remontée dans ma chambre et j'y suis restée toute la journée, puis la nuit suivante, en pensant à lui et en notant ce qui précède. Ce ne sont pas les pages les plus brillantes de ce journal. Ni le sommet de ma prose. Mais au moins, je n'ai pas pleuré.

Je ne pleure jamais.

Je suis épuisée. Je suis allée à l'enterrement de Harry. Swanny voulait m'accompagner mais j'ai refusé, je tenais à y aller seule. Elle a regardé mon bouquet de fleurs comme si je portais une brassée de rhubarbe, mais ma mémoire a beau être défaillante je me souviens fort bien que Harry adorait les cannas. Lorsque nous nous promenions, dans un parc ou dans un jardin, il s'arrêtait toujours le long des parterres de cannas et me disait : « Ça, au moins, ce sont des fleurs. »

Il n'y a rien d'autre à ajouter. Je ne cesserai jamais de penser à lui mais je n'ai pas la moindre envie d'en parler. Je suis trop fatiguée. C'est la dernière fois que je note quelque chose dans ce journal. Il est inutile de s'obstiner à conserver ainsi la trace des choses quand on est incapable de se rappeler ce qui se passait, cinq minutes plus tôt. Peut-être brûlerai-je tous ces cahiers, nous verrons bien. Ceux au moins que j'ai écrits lorsque j'étais très jeune et dont je me souviens comme si c'était hier.

Mais non, pas comme si c'était hier – puisque ce sont justement les choses les plus récentes que j'oublie.

25

JOAN SELLWAY est trop proche de moi, ou du moins le serait si elle était encore en vie, pour que j'entreprenne ici de la juger. Mais Paul, qui du vivant de sa mère n'avait jamais émis le moindre reproche à son égard, n'est pas un farouche adepte de ce respect soi-disant dû aux morts – ce en quoi il n'a pas tort, à mon avis. Il est plus sage (et plus généreux) de dire du bien des gens tant qu'ils sont encore parmi nous et d'attendre qu'ils nous aient quittés pour les condamner. Non d'ailleurs que ses propos aient rien impliqué de tel. Mais enfin, l'explication tant attendue a eu lieu.

Je ne lui avais pas parlé des réflexions ni des déductions que j'avais faites, l'après-midi où sa mère était morte. Ce fut lui qui, le premier, aborda le sujet.

« Tu te souviens du jour où tu m'as parlé de cette lettre anonyme qu'avait reçue ta tante Swanny? Celle qui avait tout déclenché? »

Comme si je risquais de l'oublier... Elle n'avait pas seulement marqué le début des ennuis de Swanny. Je savais que nos propres problèmes, à Paul et moi, dataient précisément du jour où je lui avais révélé l'existence de cette lettre. Je revoyais la manière dont ses traits s'étaient figés, dont son regard était devenu lointain, tandis qu'il se retirait lentement en lui-même et me manifestait une froideur inhabituelle.

« C'est ma mère qui l'avait envoyée. »

Je le fixai, interloquée.

« Je n'en ai pas la certitude absolue, reprit-il, c'est-à-dire que je ne suis pas en mesure de le prouver. Mais je sais que c'est la vérité. Je l'ai su à l'instant même où tu m'en as parlé. J'étais cloué sur place, horrifié, incapable de prononcer un mot. (Il avait l'air un peu honteux, tout en cherchant à paraître détaché.) Tu l'as sans doute remarqué. Je voyais bien que tu t'en rendais compte mais je n'y pouvais strictement rien. Le dégoût qui m'avait envahi était trop fort. Et j'avais peur.

— Comment l'as-tu deviné?

— Que c'est elle qui avait envoyé la lettre? Je n'ose pas dire "écrit", parce qu'elle se servait généralement de petits tampons munis de caractères d'imprimerie.

— Elle en a envoyé d'autres?

— Des quantités. Non, j'exagère. Quatre ou cinq, peut-être, avant celle que ta tante a reçue. Elle en avait adressé une à une femme dont le mari avait une liaison et une autre à quelqu'un qui ignorait que son fils était homosexuel. Un jour où elle était en colère, elle a avoué la vérité à mon père. Elle prétendait que c'était son devoir d'informer les gens – j'imagine qu'on s'abrite toujours derrière ce genre de prétexte, dans ces cas-là. Quand mon père l'a quittée, ils avaient l'un et l'autre largement dépassé la quarantaine et étaient mariés depuis un quart de siècle. Il m'a longuement expliqué les raisons qui avaient poussé ma mère à envoyer ces lettres.

— Elle-même ne t'en a jamais parlé?

— Non, mais je me suis vraisemblablement arrangé pour que l'occasion ne se présente pas. Les conversations que j'avais avec elle restaient extrêmement superficielles. Je refusais de m'engager plus avant. Je suppose que cela m'effrayait trop. »

Je réfléchis à ce qu'il venait de m'apprendre. Nous nous dévisagions en silence, l'un et l'autre. Puis je lui demandai pourquoi il avait eu si peur, la première fois où j'avais fait allusion à cette lettre.

« J'avais peur de te perdre. »

Il avait dit cela avec une simplicité déconcertante.

« À cause de ça? demandai-je.

— Les gens pensent généralement que les enfants sont la copie conforme de leurs parents, qu'ils ont les mêmes travers, les mêmes défauts qu'eux. On reproche toujours à quelqu'un les erreurs ou les torts de ses ancêtres, ce qui est profondément injuste. Je ne suis pas fier d'être le fils d'une femme qui envoyait des lettres anonymes. Honnêtement, si je t'avais avoué la vérité es-tu certaine que cela n'aurait rien changé pour toi? »

Le plus étrange, c'est que rien n'était moins sûr. Mais je ne

367

pouvais pas le lui dire ouvertement. Oui, cela aurait probablement creusé un certain écart entre nous, sans doute infime, quoique... Mais était-ce encore le cas maintenant?

« Quel fin psychologue tu fais! » lui dis-je.

Je me levai et m'approchai de lui. Après l'avoir enlacé, je l'embrassai et sentis que tout allait bien, de nouveau, qu'on ne pouvait pas exiger davantage.

Cette lettre avait gâché les vingt dernières années de la vie de Swanny. Ses répercussions s'étaient étendues à toute son existence et l'avaient privée du bonheur auquel elle aurait pu prétendre. L'arrivée de cette missive marqua le début de sa vaine quête, qui devait déboucher sur la folie et l'anéantissement de tout ce qu'elle était autrefois. On pouvait certes rétorquer à cela (je ne manquai pas de la dire à Paul, afin de dissiper son malaise) que sans cette lettre le Journal n'aurait vraisemblablement jamais été exhumé, puis publié, avant de devenir le best-seller et la manne financière que l'on sait. Swanny n'aurait probablement jamais eu l'idée de le lire, moins encore de le faire traduire, mettant ainsi en branle le processus qui devait aboutir à sa publication.

Mais je la revoyais sur son lit de mort... J'étais présente ce jour-là, elle était morte chez elle, aux toutes premières heures d'une sombre matinée d'hiver.

Elle devait être transportée à l'hôpital le jour même – le docteur nous l'avait conseillé et avait même fini par l'exiger. Depuis la violente attaque qui avait paralysé toute la moitié gauche de son corps – même ses lèvres étaient inertes, de ce côté-là –, elle s'était repliée sur elle-même et restait plongée dans un mutisme, une immobilité totale. Elle avait découragé par sa seule apathie les efforts des physiothérapeutes et les exercices de rééducation qui font généralement partie des soins dispensés à la suite d'une thrombose cardiaque. Elle refusait de réapprendre à marcher et ne tentait même pas de retrouver l'usage de son bras. La nuit, elle restait étendue sur son lit et elle passait ses journées dans un fauteuil roulant. Je venais la voir pratiquement tous les jours et passait parfois le week-end chez elle.

Ce fut à cette période que son médecin nous conseilla de lui faire quitter la maison. L'une des infirmières nous avait laissées tomber et il s'avérait malaisé de trouver une personne apte à lui succéder. L'état de Swanny exigeait l'embauche de deux infirmières – l'une pour le jour, l'autre pour la nuit – ainsi que de deux remplaçantes, pour les jours de congé. Si elle était placée dans une clinique où elle disposerait d'une chambre privée, les choses seraient grandement facilitées, nous avait dit le docteur, ne serait-ce que pour Swanny qui refusait qu'on la transporte au rez-de-chaussée et restait forcément seule de longues heures d'affilée.

Elle n'était plus victime de ce dédoublement de personnalité, le règne d'Edith était terminé. Je l'ignorais, à l'époque, mais j'ai aujourd'hui la certitude que Swanny eut sa première attaque le jour ou le lendemain de sa visite à Hackney, après avoir vu la maison de Roper en compagnie de Gordon et d'Aubrey et entendu l'histoire de l'escalier hanté. C'était bien plus qu'elle n'en pouvait supporter, son cœur et son cerveau n'avaient pas résisté à un choc pareil.

À la suite de cette attaque, Edith fut donc rejetée ou sublimée par la véritable Swanny, malgré la déroute mentale qui était alors la sienne. Elle donnait l'impression d'être en proie à une immense terreur, à une indicible horreur qu'elle parvenait à peine à refréner. Lorsqu'elle relevait la tête et tentait de comprimer ses lèvres déformées, je distinguais parfois dans son regard, non plus sa sérénité d'autrefois ni sa plus récente détresse, mais tout simplement la peur, à l'état pur. Et je ne pouvais strictement rien faire : aucun geste, aucune parole n'y aurait rien changé.

Ce matin-là, l'infirmière de nuit était venue me réveiller et je m'étais rendue au chevet de Swanny. Elle parvenait à parler, elle avait toujours été en mesure de le faire, même si cela ne lui arrivait que très rarement. Ses lèvres n'arrêtaient pas de remuer, comme si elle avait cherché à dire quelque chose. Sa main droite, celle qui bougeait encore, allait et venait sans cesse au bord du drap qu'elle pinçait, frottait parfois entre son pouce et son index. J'ai dû rester une heure ainsi, à lui tenir la main, et durant ce laps de temps la pression de ses doigts s'affaiblit et décrût graduellement.

Clare, l'infirmière de nuit, devait normalement partir mais elle resta avec nous après l'arrivée de sa collègue de jour. Elles étaient assises et attendaient, silencieuses, dans la chambre. Nous savions toutes les trois que Swanny était en train de mourir. Ses lèvres continuaient à bouger, comme si elle mâchait du pain, mais leur mouvement se fit de plus en plus faible.

L'étreinte de sa main qui enserrait la mienne se relâcha progressivement. Elle se mit brusquement à parler et j'entendis derrière moi l'une des infirmières émettre un son infime, une sorte de soupir ou d'inspiration.

« Personne », dit Swanny.

Puis, une fois encore :

« Personne. »

Ce fut tout. Elle n'ajouta rien d'autre. Qu'est-ce que cela signifiait? Avait-elle voulu dire : « Personne ne sait, personne ne comprend, personne ne peut plus m'accompagner à présent »? Ou faisait-elle allusion à son propre cas, en disant qu'elle n'était personne? Qu'à l'image de Melchisédech, elle n'avait ni père, ni mère, ni descendants? Je ne le saurai jamais. Elle ne prononça plus un seul mot par la suite. Un son rauque sortit de sa gorge lorsque ses poumons lâchèrent leur dernier soupir, sa tête retomba sur le côté, sa bouche se referma et s'immobilisa. La vie quitta ses yeux et son regard devint vitreux.

Carol, l'infirmière de jour, s'approcha et lui toucha le front. Elle chercha son pouls, hocha la tête et ferma les paupières de Swanny. Je vis la jeunesse revenir sur le visage de ma tante, ses rides s'estomper, ses joues et son front redevenir lisses. Il en va toujours ainsi, me dit Carol par la suite, on a toujours l'impression qu'ils redeviennent jeunes, juste après.

Clare et Carol se retirèrent pour me laisser seule avec elle mais je ne restai pas très longtemps dans la chambre. Je sentais que la chaleur de la vie l'abandonnait déjà et je ne tenais pas à la toucher, une fois son corps devenu froid.

« Pourquoi, d'après toi, ta mère a-t-elle attendu si longtemps? demandai-je à Paul. Elle avait plus de quarante ans et Swanny en avait déjà cinquante-huit.

— Il a dû se passer quelque chose qui l'a mise hors d'elle. Généralement, elle agissait par jalousie, ou par ressentiment. À moins que l'homme ou la femme en question l'ait personnellement offensée. Je préférerais ne pas parler de tout ça, mais enfin il le faut bien. Dans le cas du type qui était homosexuel, son seul tort avait été de la croiser un jour dans la rue sans lui adresser la parole.

— J'ai toujours pensé que l'auteur de cette lettre avait dû voir la photo de Swanny dans le *Tatler*.

— Oui, ç'aurait été un motif suffisant. Avait-elle l'air heureuse, prospère, ravissante sur cette photographie? »

J'acquiesçai. Paul éclata de rire et je l'imitai. Sa remarque n'avait rien de drôle, mais qui a prétendu que seul ce qui est hilarant fait rire?

Comment sa mère avait-elle su que Swanny n'était pas la fille d'Asta? Je posai la question à Paul et il me répondit que c'était probablement sa grand-mère qui le lui avait révélé. Hansine devait être au courant. Asta et elle avaient vécu sous le même toit. Asta n'aurait pas pu mettre au monde un enfant mort-né puis en adopter un autre (qu'elle soit elle-même allée le chercher ou qu'on le lui ait amené à domicile) sans que Hansine fût au moins partiellement informée de la situation. Quelque part, dans le Journal, Asta écrit que Hansine et elle ont traversé bien des épreuves ensemble. Il est évident qu'elle entretenait une relation particulière avec sa domestique, même si ces rapports n'étaient guère empreints de chaleur ou de sympathie.

« Mais pourquoi aurait-elle raconté ça à ta mère?

— Un secret est un fardeau bien lourd, pour la plupart des gens, et plus ils vieillissent, plus il pèse sur leur conscience. De surcroît, je suppose que ni ma mère ni ma grand-mère n'allaient jamais vous voir. Ma grand-mère devait se dire qu'il valait mieux tenir ta famille à l'écart de la sienne – mais elle connaissait mal ma mère, du moins sous cet angle. Peut-être ont-elles discuté un jour des enfants adoptés et ma grand-mère a-t-elle dit qu'autrefois les choses étaient bien plus faciles qu'aujourd'hui, qu'il suffisait de recueillir un bébé dont les parents ne voulaient pas et de le ramener chez soi, comme cela s'était passé pour Mrs. Westerby.

— Je me demande si c'est pour cette raison qu'Asta a toujours évité ta famille, dis-je. Il y a un passage dans le Journal où elle raconte qu'elle refuse d'inviter ta grand-mère au dîner donné pour ses noces d'or. J'avais pensé jusqu'ici que c'était pur snobisme de sa part, mais à présent je n'en suis plus si sûre.

— Cela prouve en tout cas que les méthodes d'adoption en vigueur sont préférables, dit Paul. Mieux vaut s'en remettre aux tribunaux, au moins tout est en ordre. Mais cela ne nous concerne pas, n'est-ce pas? Nous n'avons pas l'intention d'adopter un enfant?

— Non, merci », dis-je.

Nous assistâmes ensemble, Paul et moi, à une projection privée de *Roper*. La presse n'était pas invitée et l'assistance se composait essentiellement des responsables de la chaîne télévisée qui produisait la série. Cary était évidemment présente, ainsi que Miles Sinclair et deux des acteurs : celui qui tenait le rôle de Roper et la jeune femme qui incarnait Florence Fisher.

Nous allâmes boire un verre au bar avec Cary avant la projection. Elle semblait satisfaite et arborait un tailleur de chez Chanel que quelqu'un lui avait offert – nous confia-t-elle d'un air mystérieux – en profitant des soldes de janvier. Il avait néanmoins coûté plus d'un millier de livres. Je lui demandai si elle était contente de sa production.

« Oui, je suis très heureuse – très excitée, même, pour dire la vérité. Comme tu le sais, Ann, cela nous a conduits à mener une sorte d'enquête et je pensais que j'allais finir par résoudre le mystère. Mais je n'y suis pas arrivée.

– Comment aurait-ce été possible, au bout de quatre-vingt-cinq ans? intervint Paul.

– Ma foi, je ne sais pas. Je suis peut-être idiote, mais j'espérais que la vérité finirait par apparaître. »

Elle nous donna à l'un et à l'autre une brochure où figurait la liste des acteurs et une photo montrant Clara Salaman (dans le rôle de Lizzie) au pied d'un réverbère. Le nombre des personnages était assez impressionnant : outre la famille Roper et Florence, il y avait les amants de Lizzie, divers policiers, des hommes de loi, le petit ami de Florence, des conducteurs de fiacre, les commerçants du quartier, le porteur de la gare, ainsi que la sœur et le beau-frère de Roper. Je remarquai que le rôle d'Edith était tenu par deux jumelles, à cause de la loi qui interdit de faire jouer les très jeunes enfants au-delà d'une brève période de temps.

Nous rejoignîmes l'auditorium et la projection commença à 18 h 30 précises. Auparavant, Cary était montée sur l'estrade et avait déclaré qu'elle tenait à présenter au public les deux personnes qui avaient rendu cette réalisation possible : l'auteur du scénario et le metteur en scène. Elle leur demanda de se lever, ce qu'ils firent l'un et l'autre un peu gauchement. Miles Sinclair était un vrai colosse et arborait une barbe broussailleuse. Il était assis à côté de Cary, tout contre elle à vrai dire, et lorsque les lumières s'éteignirent il étendit le bras et le posa sur le dossier de son fauteuil. Je me demandai si c'était lui qui avait acheté ce tailleur de chez Chanel.

Que dire de *Roper*?

La série était très bonne, distrayante, envoûtante même. La

réalisation n'avait rien de médiocre ni de tape-à-l'œil, elle était subtile, intellectuelle presque, et témoignait d'une authentique connaissance de l'époque où se déroulait l'action. Je suis sûre qu'elle ne comportait pas le moindre anachronisme. Mais la plupart de mes lecteurs auront vu *Roper*, comme ils ont sans doute lu le Journal d'Asta, et il est inutile que je m'étende sur le sujet. Le seul reproche que je ferai au film, c'est qu'il ne correspondait en rien au tableau de la vie à Devon Villa que je m'étais inconsciemment forgé à partir de mes diverses lectures. Les acteurs ne ressemblaient pas aux personnages réels et la maison n'avait aucun point commun avec celle de Maria Hyde. Durant la projection, je me disais qu'il planait sur ce film l'ombre des innombrables séries télévisées consacrées à Jack l'Éventreur, qui doivent certainement hanter les producteurs de feuilletons policiers ayant pour cadre le Londres de la fin du xixe siècle ou du début du xxe.

Le film ne montrait pas la scène du meurtre : on apercevait seulement le cadavre de Lizzie, la gorge tranchée. Je ne sais pas pourquoi, mais je m'étais attendue à voir surgir au détour d'une ruelle une silhouette effrayante, brandissant un couteau ensanglanté. Rien de tel n'apparaissait à l'écran, inutile de le dire. Cary et sa scénariste n'avaient évidemment pas pu nous livrer la clef de l'énigme, même si le film (comme les comptes rendus de Mockridge et de Ward-Carpenter) donnait la vague impression que c'était sans doute Roper qui avait tué sa femme, malgré l'acquittement dont il avait bénéficié.

Cary avait lu les souvenirs d'Arthur Roper et les lettres échangées par Alfred et sa sœur (celles que Ward-Carpenter avait récupérées par la suite), ainsi que les articles parus dans la presse au moment du procès. Toutes ces données lui avaient permis d'introduire quelques personnages supplémentaires; mais quant au fond, le mystère restait entier. Pourtant, le film m'avait plu et je ne le cachai pas à Cary. Paul ajouta qu'il espérait que cela allait faire grimper le prix de sa maison, le jour où il la vendrait. J'étais sur le point de lui dire que c'était la première fois que j'entendais parler de ces projets de vente quand Cary nous présenta Miles Sinclair, d'une manière qui ne laissait planer aucun doute sur la nature de leurs relations.

Cela me fit plaisir pour elle. Si quelqu'un m'avait dit, deux ou trois ans plus tôt, que j'aurais été enchantée de voir Cary heureuse, j'aurais traité mon interlocuteur de fou. C'était pourtant la vérité. Nous prîmes rendez-vous afin de dîner ensemble un soir, tous les quatre. Miles Sinclair inscrivit son numéro de téléphone sur l'une des brochures et j'en déduisis que Cary était probablement plus facile à joindre chez lui qu'à son propre domicile. Je repliai la feuille et la glissai dans ma poche.

« Tu ne m'avais pas dit que tu comptais vendre ta maison, dis-je à Paul tandis que nous rentrions à Hampstead.

— Ça s'est décidé comme ça, sur un coup de tête.

— Où comptes-tu aller t'installer ensuite ? demandai-je, brusquement paralysée par l'anxiété.

— La vente n'est pas encore faite. Cela prendra bien un an.

— Mais où comptes-tu t'installer ? insistai-je.

— Du côté de Hampstead. À Willow Road, par exemple. Si tu veux bien de moi. »

J'avais oublié l'existence de Lisa Waring. Lorsque Cary mentionna son nom, je dus lui demander à qui elle faisait allusion. C'était à la fin de ce dîner dont nous avions convenu, avec Miles et elle. Nous étions en train de prendre le café lorsqu'elle me lança, à brûle-pourpoint, que Lisa Waring lui avait téléphoné. Elle se trouvait en bas de chez elle, « au coin de la rue », au pied de l'immeuble où Cary avait son bureau, dans Frith Street. Cary insista sur ce détail comme si cela aggravait encore la situation et venait confirmer ses soupçons : cette Lisa Waring devait être une espionne, une sorte de Némésis, bien que Cary ne sût toujours pas ce qu'elle voulait au juste lui montrer.

« Quand dois-tu la voir ? demandai-je.

— Mercredi matin. Tu viendras, n'est-ce pas ? Tu me l'avais promis. »

Miles la regarda d'un air indulgent, comme s'il s'agissait d'un caprice d'enfant, mais je n'étais guère enchantée. Le mercredi ne m'arrangeait pas vraiment. Pourtant, il est toujours plus judicieux de ne pas contrarier Cary, trait de caractère sur lequel elle a bâti le succès de sa carrière. Si on lui résiste, on se voit immanquablement confronté à des scènes épouvantables, des accusations hystériques, des crises de larmes et autres manifestations tout aussi dramatiques. Elle saisit ma main.

« J'ai besoin de ta présence. Au cas où elle chercherait à m'écraser. À me détruire. »

Lisa Waring était apparemment incapable de détruire qui que ce soit ou d'écraser un être dont la taille aurait excédé celle d'un scarabée. Lorsqu'elle pénétra dans le vieux bureau crasseux de Cary, situé au cœur de Soho, l'une de ces créatures s'était justement risquée à traverser la pièce : elle l'écrasa d'un coup de talon aussi précis qu'appliqué. Puis, du bout de sa chaussure, elle repoussa négligemment le tas informe à quoi elle avait réduit l'insecte et demanda s'il était exact que Mozart avait vécu dans la maison voisine lorsqu'il avait séjourné à Londres, dans son enfance.

Cary avait arrêté de fumer une semaine plus tôt mais elle s'y était remise le matin même et allumait une nouvelle cigarette lorsque sa secrétaire introduisit la visiteuse. La petite pièce disparaissait derrière un écran de fumée bleue. Cary répondit d'une voix si rauque qu'elle dut s'éclaircir la gorge et se mit à tousser sans pouvoir s'arrêter. Elle réussit enfin à répondre que Mozart avait vécu dans un bâtiment qui formait à présent l'entrée du Casino de Londres. Lisa Waring acquiesça sagement.

Elle n'avait visiblement pas apporté le moindre document. Elle n'avait même pas de sac à main, mais un simple manteau, enfilé sur un jean et un sweater. Elle devait avoir entre vingt-cinq et trente ans. Petite, menue, elle avait des cheveux noirs et des paupières très légèrement bridées, signe qu'elle comptait un Oriental parmi ses ancêtres. Je me souvins à cet instant que c'était elle qui attendait quelque chose de Cary, qu'elle n'était pas venue pour lui révéler quoi que ce soit ni même pour la menacer. Bizarrement, nous avions oublié ce fait et Cary, tout au moins, s'était imaginée qu'elle venait pour l'intimider, voire pour la faire chanter.

Et maintenant elle était assise devant nous, nous dévisageant en silence tandis que Cary faisait les présentations. Elle finit par baisser les yeux.

« Que voulez-vous savoir, au juste ? lui demanda Cary.

– C'est à propos de mon ancêtre. Le grand-père de mon père. J'aimerais savoir qui il était, d'où il venait. »

Je suis sûre que Cary pensait alors la même chose que moi, à savoir que cela ne posait guère de problèmes. Les documents relatifs à la vie d'Alfred Roper ne manquaient pas, nous n'étions pas sans le savoir. Cette fille devait ressembler à ces étudiantes qui font le désespoir de Paul – celles qui, malgré leur bagage, leurs études, les conseils qu'on leur prodigue, n'ont pas la moindre idée de la manière dont on s'y prend pour mener une recherche, dépouiller et interpréter des documents avant de poursuivre l'enquête, et qui préfèrent au bout du compte que quelqu'un fasse le travail à leur place.

La jeune fille dissipa aussitôt ces soupçons :

« Je n'ai abouti à rien. J'ai fait tout ce qui était en mon pouvoir, mais je ne suis pas une seule fois tombée sur son nom avant de le voir dans le casting de votre brochure. »

Je pense que ce fut cette dernière remarque qui me mit la puce à l'oreille et me fit comprendre que nous étions victimes d'un malentendu.

« Ce n'est pas du tout Roper qui vous intéresse, n'est-ce pas ? » lui dis-je.

Je m'étais évidemment mal exprimée. Elle me regarda d'un air ahuri.

« Oui, je sais que votre feuilleton porte ce titre. Mais moi, c'est mon arrière-grand-père qui m'intéresse. Il s'appelait George Ironsmith et je voudrais savoir s'il s'agit bien du même individu. »

26

Je ne voyais plus très bien qui était George Ironsmith. Son nom apparaissait dans le casting, dans la brochure de Cary. Un exemplaire traînait justement sur son bureau et j'y jetai un coup d'œil : mais oui, bien sûr, c'était l'ancien fiancé de Lizzie, celui qui lui avait offert une bague ornée d'un vulgaire caillou. Cary sortit les photocopies du récit de Ward-Carpenter, des souvenirs d'Arthur Roper et de l'article de Cora Green paru dans le *Star*. Elle les tendit à Lisa Waring. Celle-ci les feuilleta, saisit un stylo et, après avoir demandé la permission, se mit à souligner çà et là certains mots.

« Un dénommé George Ironsmith a donc été l'amant de cette femme, c'est cela ?

– Apparemment, répondit Cary. Ils étaient censés se marier, en 1895, mais les fiançailles ont été rompues et il est parti à l'étranger.

– Où, exactement ?

– Je n'en ai pas la moindre idée. Cora Green rapporte qu'il avait un accent " colonial ", mais elle ne précise pas de quelle provenance. »

Quelle qu'ait pu être ladite provenance, Lisa Waring ne paraissait pas vraiment satisfaite.

« Quel âge avait-il ?

– Au moment du meurtre ? Entre trente et quarante ans. Nous avons tablé là-dessus, pour le film. L'acteur qui tient son rôle a trente-six ans.

– Mon arrière-grand-père, George Ironsmith, avait quarante-neuf ans lorsqu'il est mort, en 1920. Je me suis rendue sur sa tombe. Il était né en 1871 et avait donc trente-quatre ans en 1905. »

Cary était visiblement soulagée.

« Il doit s'agir de lui. Tout concorde, apparemment.

– Comment pourrais-je découvrir ses origines exactes ? »

Cary lui suggéra de consulter l'ensemble des annuaires téléphoniques du pays. Nous lui conseillâmes également d'aller compulser les archives de St Catherine's House. Je lui expliquai comment procéder pour ce genre de recherche et lui dis qu'elle pourrait sans doute retrouver la trace de ses ancêtres dans les archives paroissiales du *Mormon's World*. Je crois que j'étais légèrement déçue. Je m'étais attendue à une révélation stupéfiante, tout en espérant qu'elle ne remettrait pas en cause la reconstitution de Cary.

Cette dernière était très soulagée. Comme la plupart des gens à qui l'on vient d'ôter un grand poids des épaules, elle devint brusquement expansive. Si Lisa Waring lui avait annoncé, par exemple, que son arrière-grand-père était Arthur Roper, qu'il avait été jadis l'assistant d'un chirurgien et qu'il se trouvait à Londres le 28 juillet 1905, elle n'aurait vraisemblablement pas accédé à sa requête et aurait refusé de lui montrer le film en avant-première. Mais tout ce qu'elle lui avait révélé, c'est qu'elle était probablement la descendante d'un personnage secondaire de l'histoire. Aussi Cary lui promit-elle de lui envoyer les trois cassettes de *Roper*.

Après le départ de Lisa Waring, Cary manifesta son soulagement en bondissant de son fauteuil, en venant m'enlacer et en m'invitant à aller « faire un bon gueuleton quelque part ». Au cours de ce repas qui se prolongea une bonne partie de l'après-midi, elle m'interrogea sur un point qui la tracassait et dont elle voulait paraît-il me parler depuis longtemps. Qu'est-ce qui m'avait amenée à établir un lien entre la famille d'Asta et les Roper ?

« C'est toi qui as fait le rapprochement, dis-je. C'est même pour cela que tu m'avais recontactée, au début. Tu voulais savoir s'il y avait d'autres allusions à Roper dans le Journal. Et c'est à la suite de ça que nous avons découvert que Swanny avait déchiré ces fameuses pages. Ce n'est pas moi qui ait tout mis en branle, c'est toi.

– Oui, mais je n'ai pas poussé mes recherches plus loin, lorsque nous avons constaté la disparition de ces pages. En l'absence des éventuelles révélations qu'elles contenaient, nous sommes dans une impasse et ne connaîtrons sans doute jamais la vérité. Le seul lien tangible dont nous disposions reste le fait que Hansine a assisté à la mort de Dzerjinski, en pleine rue – et les deux ou trois allusions aux Roper que contient le Journal d'Asta.

– Six, dis-je. Il y en a exactement six, et je les connais par cœur. La première fois, c'est lorsqu'elle rapporte l'histoire de Hansine et de Dzerjinski. La deuxième, lorsque Hansine lui demande si elle peut inviter Florence Fisher à venir prendre le thé à la maison. La troisième, lorsque Asta se rend à Navarino Road et voit par hasard Lizzie Roper sortir de chez elle, en compagnie d'Edith. C'est à cette occasion qu'elle dit qu'Edith ressemble à une petite fée et qu'elle a l'étrange impression que la fillette établit une sorte de contact télépathique avec l'enfant qu'elle est elle-même sur le point de mettre au monde. Un peu plus loin, elle fait allusion, sans le nommer, à " l'homme qui a assassiné sa femme, dans Navarino Road " : mais n'importe quel habitant du quartier tenant lui aussi un journal aurait sans doute utilisé une expression similaire. Il aurait même été plus surprenant qu'elle ne mentionne pas l'événement. La cinquième allusion est la plus étrange de toutes, parce qu'elle apparaît huit ans plus tard, en 1913, le jour où Rasmus prend Sam Cropper pour un " admirateur " de sa femme et où elle dit qu'il la croit " en train de suivre la même pente que Mrs. Roper ". Enfin, dans l'un des tout derniers cahiers, elle évoque les meurtres de Moors et dit qu'ils lui rappellent " cette affaire de Navarino Road ".

– Cela signifierait, selon toi, qu'elle avait gardé un souvenir précis de Lizzie Roper?

– D'une certaine façon. Évidemment, cela tient peut-être tout simplement au fait qu'Asta n'avait jamais rencontré une autre femme " de mauvaise vie ", ou qu'elle aurait du moins étiquetée comme telle.

– Oui, c'est possible. Et n'oublions pas qu'elle avait vu Lizzie en chair et en os. Ne fait-elle pas allusion à son grand chapeau à plumes et à sa tenue voyante? Les femmes comme Asta, c'est-à-dire " honorables ", étaient souvent fascinées jadis par leurs consœurs " dévoyées " et cela peut expliquer qu'elle se soit souvenue de Lizzie au bout de tant d'années. Mais tout ceci montre bien qu'il n'y avait aucun lien réel entre la famille d'Asta et Devon Villa. C'est *moi* qui t'ai fourré cette idée dans la tête et elle ne t'a plus quittée, même après que nous avons découvert la disparition de ces pages.

– Sans doute parce que ce lien, quelle que soit sa nature, devait clairement y apparaître.

– Mais nous ignorons même s'il a existé. Tout ce que nous savons, c'est que Swanny Kjaer a découvert dans ces pages un indice concernant ses propres origines et que la vérité, quelle qu'elle ait pu être, lui fut à ce point insupportable qu'elle les a déchirées. Oh, Ann, je suis tellement contente que cette petite peste – le terme lui convient à merveille, tu ne trouves pas ? – ne soit pas venue m'annoncer que son arrière-grand-père était Arthur Roper et qu'il avait rédigé avant de mourir une confession où il reconnaissait être l'auteur du meurtre ! »

Tout en m'étant promis de le faire, je n'avais jamais fouillé la maison qui était désormais la mienne dans l'espoir de retrouver les pages manquantes du premier cahier. Mais Cary m'ayant déclaré que ce lien avec l'affaire Roper était largement le fruit de mon imagination, je décidai de m'y mettre. La seule manière de mener la chose à bien était de procéder à une fouille systématique en commençant par les combles et en terminant par le rez-de-chaussée, de passer tous les meubles au peigne fin, de soulever tous les tapis et de vérifier que les armoires n'avaient pas de double fond.

J'étais à peu près à mi-chemin de mes recherches lorsqu'une pensée me frappa brusquement. Si les pages que Swanny avait arrachées au cahier lui avaient révélé sa véritable identité, pourquoi s'était-elle imaginé par la suite qu'elle était Edith ? Edith et elle ne pouvaient être une seule et même personne, c'était absolument impossible, les pages manquantes n'avaient pas pu l'amener à cette conclusion... Mais alors, que lui avaient-elles appris ? Quelque chose de bien pire, de véritablement affreux – en sorte que le choix d'Edith constituait encore la meilleure solution ?

Je me dis brusquement que Swanny s'était peut-être raccrochée à Edith parce que sa véritable identité, celle qu'elle avait découverte, était trop effroyable pour qu'elle soit en mesure de l'accepter. Pourtant, il s'était écoulé un certain nombre d'années entre le moment où elle avait déchiré ces pages et celui où elle s'était glissée dans la peau d'une Edith imaginaire. Je n'arrivais pas à me représenter la nature de sa découverte, mais je poursuivis mes recherches.

Le quatrième volume du Journal était sur le point de paraître. Nous n'avions pas encore décidé si la photo de Swanny figurerait ou non au dos de la jaquette. Cela avait été le cas pour les volumes précédents, mais Swanny était alors en vie. Elle n'était que l'éditeur – et non pas l'auteur – du Journal; maintenant qu'elle était morte sans avoir eu le temps de s'occuper des cahiers rédigés entre 1935 et 1944, ne valait-il pas mieux supprimer sa photo?

Il était hors de question de mettre la mienne à la place. Les lecteurs se souciaient sans doute comme d'une guigne de la petite-fille d'Asta, qui n'avait que quatre ans à la fin du volume en question. Néanmoins, l'idée de supprimer carrément la photo et de la remplacer par des extraits de presse élogieux relatifs aux volumes antérieurs n'était pas vraiment satisfaisante. Quant au portrait d'Asta, il figurait déjà en couverture sur chacun des tomes – il s'agissait d'ailleurs de quatre photos différentes, réalisées à divers stades de sa vie, mais présentées de la même manière, à l'intérieur d'un cadre ovale.

Les éditeurs de Swanny (je continuais à les désigner ainsi, dans mon for intérieur) me soumettaient régulièrement diverses propositions. Nous pouvions conserver l'ancien format, mais réduire la photo et la faire figurer sur le revers de la jaquette plutôt qu'en dos de couverture. Ou nous pouvions utiliser un autre portrait de Swanny, réalisé durant son enfance ou son adolescence, par exemple.

Le choix ne manquait pas, il suffisait de puiser dans les albums d'Asta. Elle avait davantage fait photographier Swanny que ses autres enfants, peut-être simplement parce qu'elle était la plus belle de la famille. Il y avait un portrait réalisé en studio correspondant à chacun de ses anniversaires, sans parler des innombrables clichés qui avaient été pris entre-temps. Je croyais avoir vu tous les albums d'Asta mais je m'aperçus bien vite que ce n'était pas le cas. Ou alors, je les avais oubliés. Ils remplissaient des tiroirs entiers, dans la chambre qui avait été jadis la sienne. Tout en les sortant, je songeais que Swanny avait peut-être caché les pages manquantes dans l'un d'entre eux, mais tel n'était évidemment pas le cas.

C'est dans le bureau que Swanny avait pour la première fois pris connaissance du Journal. N'étant toujours pas convaincue qu'elle avait détruit ces pages disparues, je feuilletai un par un les livres qui garnissaient les étagères, pour voir si des papiers n'avaient pas été glissés à l'intérieur. Comme il s'agit là d'un geste naturel, j'en découvris évidemment des quantités : je tombai ainsi sur une lettre de remerciements dénuée d'intérêt, sur des reçus, des cartes postales envoyées par des amis passant leurs vacances au bord de la mer, des coupures de presse... tout cela en danois, pour l'essentiel – mais les pages manquantes n'y figuraient pas. Je finis par me dire qu'elles l'avaient trop blessée pour qu'elle les ait gardées : elles étaient parties en fumée, s'étaient dissipées dans l'atmosphère, à l'image du bruit que Swanny avait fait en les déchirant.

Lorsqu'on veut détruire quelque chose, on le fait sur-le-champ. On ne le conserve pas pour la postérité. C'est un peu comme dans ces films de suspense où le méchant tient le héros en joue et où, au lieu de l'abattre comme le ferait n'importe qui, il s'installe tranquillement pour savourer son triomphe et se gausser de sa victime – ce qui laisse largement aux renforts le temps d'arriver. Swanny n'avait pas attendu l'arrivée des renforts : elle avait brûlé ces pages, sitôt après les avoir déchirées.

Il y avait une demi-colonne dans le journal à propos de la mise en vente d'une croix de Victoria, chez Sotheby's. Son actuel propriétaire, un certain Richard Clark, était le petit-fils de l'homme qui avait été décoré. Son nom ne me disait rien mais celui de son grand-père m'était autrement familier.

On aurait bien sûr consacré beaucoup moins de place à l'anecdote si le premier détenteur de cette décoration n'avait eu par ailleurs une certaine notoriété. Ce n'était pas à cause du courage dont il avait fait preuve dans la Somme, le 1ᵉʳ juillet 1916, que les lecteurs avaient envie d'en savoir plus sur feu le sergent Harry Duke, mais à cause de la place importante qu'il tenait dans le Journal d'Asta. Il s'agissait du vaillant soldat qui avait fait tout son possible pour sauver le fils d'Asta et avait ensuite partagé avec elle un amour platonique.

J'étais en train de lire cet article à Paul (il y avait même un résumé assez fantaisiste des passages du Journal relatifs à oncle Harry) lorsque Gordon débarqua à la maison. Il grimpa les marches du perron et, nous ayant aperçus, frappa aux carreaux de la fenêtre.

On aurait dit un croque-mort. Il portait un costume noir et une cravate grise ornée d'un motif plus sombre. Si l'un de mes proches avait actuellement été en déplacement, j'aurais frémi en me disant qu'il venait sans doute m'annoncer un décès ou un effroyable accident.

Cela devait se lire sur mon visage car il me lança, avec sa franchise habituelle :

382

« Ne fais pas cette tête, il n'y a pas de quoi s'affoler. La chose risque même de vous amuser. »

Paul avait dû croire qu'il faisait allusion à sa visite inopinée car il lui répondit que nous étions enchantés de le voir, puis il enchaîna en lui racontant l'histoire de la mise en vente de la croix de Harry Duke. Gordon l'écouta poliment, mais dès que l'occasion se présenta il lui demanda :

« Pourrais-je voir une photo de votre mère?

— De *ma* mère? demanda Paul.

— Ann m'a dit que vous en aviez. Je voudrais vérifier quelque chose. »

Elle était dans son jardin et portait une robe à fleurs en soie. Il y avait du vent ce jour-là, ses cheveux étaient ébouriffés et elle retenait sa jupe d'une main pour qu'elle ne s'envole pas, découvrant ainsi ses genoux. On ne distinguait pas très bien ses traits mais la photo mettait en valeur sa taille élancée, sa minceur, la blondeur de ses cheveux. Paul avait choisi ce cliché dans un lot de photos et de papiers qu'il avait ramenés de chez sa mère, après son décès. Gordon s'était muni de son exemplaire d'*Asta* et il nous montra le portrait de Swanny qui figurait sur la jaquette, au dos de l'ouvrage : une femme mince, blonde, élancée, portant un tailleur bleu en tweed et un chapeau en feutre, et posant à côté de la petite sirène.

« Vous ne remarquez rien? »

Il avait observé une pause avant de parler, d'une voix pondérée mais légèrement dramatique. J'ai souvent pensé que Gordon aurait fait un remarquable acteur.

« Elles ont toutes les deux le type danois, dis-je.

— C'est tout? »

Je lui demandai ce qu'il attendait au juste de moi.

« Ne dirait-on pas... deux sœurs? Ou deux demi-sœurs?

— À ceci près que deux sœurs, et *a fortiori* deux demi-sœurs ne se ressemblent pas forcément comme deux gouttes d'eau. »

Je me tournai vers Paul et m'aperçus qu'il était mal à l'aise. Il s'efforça de parler d'un air détaché :

« Que voulez-vous dire au juste, Gordon?

— Je ne voudrais pas vous causer un trop grand choc. Mais je pense que cela va vous faire plaisir, au fond. D'une certaine façon, vous voilà devenus cousins, Ann et vous.

— Gordon... dis-je. Es-tu en train de nous dire que Hansine serait la mère de Swanny?

— Cela explique bien des choses, dit Gordon. Dans le Journal, Asta parle de l'embonpoint de Hansine et nous avons pris cela pour la réaction à la fois typique et méprisante d'une femme svelte à l'égard d'une de ses semblables, moins gâtée par la nature. Mais Hansine n'est pas grosse, sur la célèbre photo où elle sert le thé à la famille assemblée dans le jardin. Et Asta ne fait plus allusion à son embonpoint par la suite. Elle était grosse en 1905 parce qu'elle était enceinte.

» Asta a fort bien pu ne s'en apercevoir que tardivement. Les vêtements étaient amples, à cette époque, et ils permettaient de dissimuler assez longtemps ce genre d'état. Les auteurs qui font autorité dans l'histoire de la mode prétendent que si les vêtements ont été ainsi conçus pendant des siècles, c'est parce que les femmes étaient tout le temps enceintes. Les tenues étroites et moulantes apparues dans les années vingt et toujours plus ou moins en vogue de nos jours se sont en partie imposées parce que les femmes étaient alors beaucoup moins souvent enceintes qu'autrefois. Hansine a fort bien pu dissimuler son état jusqu'au septième ou au huitième mois — et il était alors trop tard pour la renvoyer. De surcroît, il y a des chances pour qu'Asta ait fait preuve d'une relative tolérance à l'annonce d'un tel événement. Rasmus se serait sans doute montré plus intransigeant, mais il était absent.

— Asta et Hansine auraient donc accouché le même jour? C'est un peu gros, comme coïncidence...

— Pas forcément. L'enfant de Hansine a pu naître un mois, voire six semaines après qu'Asta eut perdu le sien. Rien ne nous dit après tout que Swanny soit effectivement née le 28 juillet: c'est Asta qui l'affirme, tout simplement parce qu'elle avait mis au monde un enfant mort-né ce jour-là.

— Qui était le père, dans ce cas?

— Le candidat le plus naturel serait évidemment Rasmus, mais cela paraît peu vraisemblable. Dans le Journal, il apparaît comme un individu fort strict, plutôt collet monté, nullement comme un coureur de jupons. Visiblement, Asta ne l'intéressait guère, mais les autres femmes ne semblent pas l'avoir attiré davantage. On l'imagine mal culbutant la bonne pendant que sa femme avait le dos tourné. Il préférait visiblement bricoler ses moteurs.

— De plus, dis-je, il n'aimait pas Swanny. De tous ses enfants,

384

c'était celle pour laquelle il avait le moins d'affection. Il l'ignorait peut-être, mais il devait sentir qu'il n'était pas son père.

– Nous savons que Hansine avait eu un prétendant, jadis. Asta l'affirme, le jour où Hansine lui demande la permission d'inviter le grand-père de Paul pour le thé. Elle se livre d'abord à des commentaires peu flatteurs sur le physique de Hansine, avant de se rappeler que Sam Cropper n'était pas le premier à lui faire la cour.

– Je me demande qui était cet homme.

– Un quelconque ouvrier de Copenhague, dit Gordon. Ou un domestique comme elle. Il a bien fallu qu'elle le quitte lorsque tes grands-parents ont émigré en Angleterre.

– Elle n'était pas obligée de les suivre.

– Peut-être que si. Peut-être ce type ne voulait-il ou ne pouvait-il pas l'épouser. Peut-être était-il déjà marié, ou n'avait-il pas les moyens de fonder un foyer. »

Je lui rappelai que de tous les enfants Westerby, Swanny avait toujours été la préférée de Hansine. La vérité commençait à se dégager. Asta avait perdu son enfant, mais aucun médecin n'assistait à l'accouchement. Elle a fréquemment répété combien il lui déplaisait qu'un homme soit témoin de ces phénomènes intimes et à ses yeux dégradants. Elle dit même quelque part qu'elle aurait bien voulu qu'il y ait des femmes docteurs. Elle n'a pas signalé le décès parce qu'elle savait que Hansine était elle aussi sur le point d'accoucher et qu'elle comptait adopter cet enfant à la place du sien. Peut-être s'est-elle dit qu'elle ne le ferait que s'il s'agissait d'une fille. Elle était parfaitement capable de tenir ce genre de raisonnement.

« Elles ont dû avoir quelques angoisses à l'idée que Rasmus rentre plus tôt que prévu », dit Gordon.

Il n'y avait aucun moyen de savoir quand l'enfant était né. Que se serait-il passé s'il s'était agi d'un garçon ? Je ne voyais tout de même pas Asta s'en prendre à un nourrisson, mais je me la représentais en revanche fort bien se faufilant hors de chez elle, un soir, avec un paquet dans les bras et allant le déposer, disons, sur le perron du German Hospital.

Mais Hansine avait mis une fille au monde et l'avait cédée avec joie à Asta. Que pouvait-elle faire d'autre ? En dehors du fait qu'elle ne pouvait ouvertement reconnaître Swanny comme sa fille, elle avait eu droit des années durant aux joies et aux angoisses de la maternité. Elle voyait sa fille tous les jours, s'occupait d'elle, la mettait au lit, la baignait, l'asseyait sur ses genoux, bénéficiait de son affection. D'une certaine façon, on pouvait même dire que c'était elle qui l'avait abandonnée lorsqu'en 1920, quelques mois avant le quinzième anniversaire de Swanny, elle avait quitté la maison pour épouser le grand-père de Paul.

« Elle en a forcément parlé un jour à ta mère », dis-je à Paul.

Il ne me répondit pas. Il avait à peine ouvert la bouche depuis que Gordon s'était lancé dans ses explications. Je pensais à sa mère, à cette malheureuse qui écrivait des lettres anonymes. Sans doute Hansine ne lui avait-elle rien dit avant qu'elle ait atteint l'âge adulte. Cela avait probablement eu un effet déplorable sur elle et expliquait la manière dont Joan Sellway réagissait à tant de choses. Qu'elle ait toujours détesté, par exemple, que Hansine évoque l'époque où elle était à notre service. La mère de Paul se disait sans doute que c'était son statut de servante qui l'avait forcée jadis à abandonner cet enfant. Quand on est domestique, on dépend totalement de ses employeurs, on n'a pas voix au chapitre, on ne vous laisse pas le choix – du moins avait-elle dû raisonner ainsi. Et l'ironie de la situation n'arrangeait évidemment rien, puisque cette fille illégitime avait mené une existence privilégiée par rapport à elle, qui avait été officiellement reconnue et *a priori* désirée.

Joan n'avait jamais rencontré Swanny, mais elle avait un jour aperçu cette photo dans le *Tatler*. Son amertume et son ressentiment avaient atteint un point de non-retour et elle avait composé la lettre anonyme. Je me rappelais que Swanny était allée la voir, par la suite, et lui avait demandé si elle pouvait un tant soit peu l'éclairer sur ses origines, mais que Joan Sellway avait fait mine de ne rien comprendre à ses propos.

Je ne pouvais pas aborder toutes ces questions en présence de Gordon. Je ressentis tout à coup une terrible gêne par rapport à Paul, un malaise que rien sans doute ne pourrait jamais effacer. Mais je le vis brusquement sourire.

« Il est impossible que nous soyons cousins, Gordon, dit-il. Si Swanny est bien la fille de ma grand-mère, elle est indubitablement ma tante mais ne peut être en même temps celle d'Ann puisqu'elle n'est plus la sœur de sa mère. Nous nous l'échangeons, voilà tout. »

Suffisamment sensible pour avoir ressenti le malaise passager de Paul, Gordon fut ravi de le voir prendre ainsi les choses à la légère. Il était évidemment très fier de la découverte où l'avait conduit son travail de détective et il insista pour passer en revue avec nous les toutes premières pages du Journal. En juin, Asta notait, à propos de Hansine : « La pauvre, elle est si grosse, et cela va en empirant. » Un peu plus loin, en juillet : « Elle a croisé les mains sur son ventre, qui est presque aussi gros que le mien. » Plus loin encore, elle faisait allusion à « son fiancé de Copenhague ».

Vu les circonstances et le contexte de l'époque, n'était-ce pas le plus simple et à vrai dire l'unique moyen dont disposait Asta pour remplacer son enfant mort-né ? Aussitôt après avoir accouché, elle n'aurait pas été en état de sortir de chez elle et de partir à la recherche d'un éventuel enfant adoptif, d'un bébé dont les parents auraient cherché à se débarrasser. Mais Hansine était là, elle vivait sous le même toit. Elle lui avait tenu lieu de sage-femme, le 28 juillet 1905, et Asta avait fait de même lorsque Hansine avait accouché à son tour, quelques jours ou quelques semaines plus tard.

Nous acceptâmes donc cette version des faits. Les détails figuraient probablement dans les pages manquantes du cahier, qui étaient perdues à jamais. Hansine n'avait évidemment laissé aucune confession par écrit, étant analphabète. Telle était donc la réponse que Swanny avait cherchée vingt-cinq ans durant. Et si Asta ne lui avait pas avoué la vérité, c'est parce qu'elle avait toujours méprisé Hansine et refusé de reconnaître que la préférée de ses enfants était la fille d'une domestique et d'un ouvrier ou d'un artisan de Copenhague.

Ce genre de chose survenait sans doute fréquemment autrefois. Les grands-parents élevaient les enfants illégitimes de leurs filles comme les leurs, et les couples aisés mais sans descendance adoptaient les rejetons dont leurs domestiques accouchaient en cachette. C'était une manière souterraine, officieuse et humaine de résoudre les problèmes d'adoption. Pourquoi Hansine avait-elle gardé le silence ? Sans doute parce qu'il était nettement plus avantageux pour elle de vivre aux côtés de sa fille et de la voir bénéficier du confort, de l'affection, de la sécurité d'une famille aisée plutôt que de la confier à un orphelinat. Ce n'était pas comme s'il lui avait fallu se séparer d'elle : comme dans un conte d'autrefois, condamnée à la servitude, vouée aux travaux ingrats et privée de son titre de mère, elle voyait tous les jours sa fille, élevée comme une princesse, éloignée d'elle et pourtant étrangement proche.

Si la mythologie nous offre des exemples de ce type, c'est parce qu'ils existaient dans la réalité. Les enfants étaient moins précieux et moins protégés qu'aujourd'hui. Les lois qui régissaient leur vie étaient moins strictes. Aussi, comme je l'ai dit, nous acceptâmes Paul et moi – moi, en tout cas – la version de Gordon.

Le seul problème, c'est qu'elle n'avait strictement rien à voir avec la vérité.

27

J'AVAIS oublié l'existence de Lisa Waring. Quant à Cary, si son souvenir l'avait effleurée elle s'était probablement dit que la jeune fille avait regagné les États-Unis depuis belle lurette. Elle ne s'inquiéta donc pas réellement en recevant un jour un paquet, une enveloppe matelassée contenant tous les documents qu'elle avait confiés à Lisa, y compris les trois cassettes du feuilleton. Le nom et l'adresse de l'expéditrice figuraient au dos de l'envoi, comme il est d'usage outre-Atlantique. Le paquet n'avait toutefois pas été posté en Amérique, mais à Battersea. Lisa Waring ne s'était guère éloignée que de deux ou trois kilomètres.

Les émissions télévisées passent rarement à l'antenne à la date prévue, elles sont presque toujours reportées. *Roper* devait initialement être diffusé en février mais il avait d'abord été repoussé en avril pour être finalement programmé au mois de mai, deux ans exactement après que Cary eut lancé son projet et que j'eus découvert la disparition des pages arrachées du journal d'Asta.

Début avril, une séance fut organisée pour la presse au BAFTA, où avait déjà eu lieu la première projection privée, celle à laquelle nous avions asssité, Paul et moi. La soirée devait se terminer vers vingt et une heures : une demi-heure plus tard à peine, Miles Sinclair m'appela pour me dire que Lisa Waring y avait assisté. Elle était arrivée au dernier moment, juste avant que les lumières s'éteignent, s'était immobilisée un instant en parcourant la salle des yeux puis, d'un air nonchalant – mais selon Miles, chargé de menaces – elle avait traversé l'allée centrale pour aller occuper le seul siège demeuré vacant, au premier rang. Miles ayant tendance à exagérer – presque autant que Cary –, je ne le pris pas vraiment au sérieux lorsqu'il compara l'apparition de Lisa à l'arrivée impromptu d'une mauvaise fée au moment du baptême, ou à la déesse Até lançant sa pomme d'or au beau milieu de l'assemblée des convives.

Durant le cocktail qui avait suivi la projection, alors que Miles était interviewé par un journaliste, Lisa s'était approchée de Cary et lui avait déclaré d'un air agressif qu'elle était en mesure de révéler à la presse deux ou trois choses qui ne manqueraient pas de mettre en lumière le côté fantaisiste de sa production. Cary était tombée de haut, car Lisa s'était montrée parfaitement courtoise le jour où nous l'avions rencontrée ; et le mot accompagnant les documents qu'elle lui avait retournés était raisonnablement amical : elle lui disait en substance qu'elle était restée à Londres parce qu'on lui avait proposé un travail en free-lance. Mais aujourd'hui, son comportement était ouvertement hostile. Elle avait été très choquée par la manière dont son arrière-grand-père était représenté et sa colère avait été décuplée par la vision du film sur grand écran.

Au cours de la semaine précédente, elle avait recueilli quelques informations sur les origines de George Ironsmith. Celui-ci était né à Whitehaven en 1871, avait été engagé comme apprenti à l'âge de quatorze ans par un commis voyageur de Carlisle, avait émigré en Amérique en 1897 et avait épousé l'arrière-grand-mère de Lisa à l'automne 1904. En fait, elle reprochait essentiellement à Cary de ne pas l'avoir embauchée comme conseillère avant d'organiser de nouvelles projections de *Roper*.

Selon Miles, Cary avait eu la présence d'esprit de lui demander en quoi tout cela pouvait bien invalider sa production. Lisa lui avait répondu qu'Ironsmith n'aurait pas dû être confiné dans un rôle de second plan, vu qu'il était le principal protagoniste du drame. Qu'il fallait qu'elles en discutent, toutes les deux, et qu'elle acceptait même d'attendre cette entrevue avant de convoquer la presse. Elle avait claironné cette dernière remarque mais personne n'y avait véritablement prêté attention, car la seule chose qui intéressait les journalistes, dans cette affaire, c'était le destin d'Edith Roper.

Les enfants passionnent toujours le public. Les fillettes surtout, pour d'obscures raisons – et les fillettes disparues bien davantage encore. Les faits avaient beau remonter à quatre-vingt-six ans, la disparition d'Edith et les diverses hypothèses relatives au destin qui avait pu être le sien continuaient de fasciner les journalistes. En revanche, selon Miles, ils se souciaient fort peu de savoir qui avait tué Lizzie – c'était de l'histoire ancienne, l'eau avait coulé sous les ponts. Une jeune fille aux yeux bridés, tout de noir vêtue, venant défendre d'une voix hystérique les droits de son arrière-grand-père ne pouvait constituer pour eux qu'une éphémère diversion.

Cary ne tenait pas à en savoir davantage. Elle aurait évidemment préféré que Lisa se fasse renverser par un bus en plein Picadilly et que le destin de sa production puisse ainsi suivre son cours normal. Mais elle n'avait pas le choix : il fallait bien qu'elle rencontre à nouveau l'arrière-petite-fille d'Ironsmith. Et elle voulait que j'assiste à l'entrevue. Je ne demandai même pas à Miles de me la passer, sachant depuis belle lurette que lorsqu'il y avait un homme dans sa vie, Cary s'arrangeait toujours pour que ce soit lui qui se charge à sa place des coups de téléphone pénibles ou délicats. Daniel lui-même avait ainsi été mis à contribution.

Quelques jours s'étaient écoulés depuis que Gordon était venu nous dire que Swanny était selon lui la fille de Hansine. Aussitôt après son départ, Paul m'avait déclaré d'un air catégorique que cette solution n'était pas la bonne. Il *sentait* qu'elle était fausse, et le flair, l'intuition étaient à ses yeux d'une importance capitale dans ce genre d'affaire. Bien qu'incapable de le prouver, il était convaincu que Hansine n'avait pas eu d'enfant avant de mettre sa propre mère au monde, il savait que cette dernière n'était pas la demi-sœur de Swanny Kjaer. Et il pensait être en mesure de le démontrer en ayant recours au Journal, en se livrant à un examen méthodique du premier cahier d'Asta dans sa version originale, c'est-à-dire en danois.

Je ne parlai à personne de la révélation de Gordon. D'ailleurs, qui cela pouvait-il intéresser ? Le père de Gordon, peut-être, et son oncle Charles. S'il le désirait, Gordon pouvait fort bien leur en parler lui-même. Le sort du Journal me tracassait bien davantage. Telles que les choses se présentaient, une grande partie de son intérêt était basé sur une immense imposture. Swanny, l'enfant chérie d'une femme dont le prénom était pratiquement sur toutes les lèvres, était donc en réalité la fille illégitime d'une domestique, elle-même personnage de premier plan du Journal. On pourra constater que je ne faisais guère confiance à l'intuition de Paul. De manière générale je me méfie de cette qualité, chez les hommes aussi bien que chez les femmes, et dans ce cas précis j'estimais qu'il s'agissait de sa part d'une simple défense, destinée à atténuer le choc de la révélation.

Un jour, évidemment, il allait falloir que je tranche, que je décide avec les éditeurs de Swanny si le futur volume du Journal devait ou non comporter une note indiquant que ma tante n'était pas la fille d'Asta. L'effet pouvait être désastreux. Cela risquait de priver les précédents volumes d'une bonne partie de leur vraisemblance et de les faire passer pour une entreprise de falsification délibérée. Tant que Swanny se doutait ou avait la quasi-certitude qu'Asta n'était pas sa mère, tout en ne pouvant qu'émettre des hypothèses sur son idendité réelle, il paraissait raisonnable de dissumuler la chose au public. Mais une fois la vérité clairement établie, il n'en allait plus de même. Pouvait-on honnêtement publier *Paix et Guerre* (1935-1944) en sachant pertinemment que la femme dont le nom apparaissait pratiquement à chaque page, et qui était présentée dans l'arbre généalogique de Gordon comme la fille aînée d'Asta et de Rasmus, avait en fait une origine totalement différente?

J'avais un peu de temps devant moi pour prendre une décision. Quelques semaines devaient encore s'écouler avant qu'il soit trop tard pour insérer une note explicative dans chacun des vingt mille exemplaires reliés que l'éditeur comptait lancer sur le marché, en ayant la certitude de les vendre. J'attendis en fait beaucoup moins longtemps, car Paul trouva très vite la preuve qu'il cherchait. Elle se trouvait au tout début du premier cahier. Il me demanda d'abord de lire le passage dans la version imprimée :

Hansine emmène Mogens à l'école qui se trouve à deux rues d'ici, dans Gayhurst Road. Il aimerait bien y aller tout seul et bientôt je le lui permettrai, mais j'attends qu'il ait encore un peu grandi. Elle marmonne entre ses dents parce qu'elle a toujours d'horribles douleurs d'estomac quand elle a de la visite. Je reste ici avec Knud, je le prends sur mes genoux et je lui raconte une histoire. Autrefois, je m'inspirais des contes de H. C. Andersen, mais en quittant le Danemark, j'ai également laissé Andersen derrière moi. J'ai brusquement réalisé combien certains de ses contes étaient cruels.

« Il y a une phrase que je ne comprends pas très bien, dis-je, mais on trouve des passages légèrement obscurs à travers l'ensemble du Journal.

— Tu fais allusion à l'expression "quand elle a de la visite", n'est-ce pas? dit Paul. Je ne crois pas que Gordon l'ait comprise, lui non plus. Vous êtes trop jeunes, l'un et l'autre. »

Je lui rétorquai que j'étais née avant lui. Il se mit à rire et me dit que ce n'était peut-être pas une question d'âge, mais d'intérêt plus ou moins grand porté aux euphémismes. Le sujet, quant à lui, le passionnait, et il avait remarqué cette phrase dès sa première lecture du Journal. Elle s'était gravée quelque part dans son esprit et c'était sans doute pour cela qu'il avait eu cette "intuition".

« Je me suis reporté au texte danois. La langue danoise n'est pas aussi riche en euphémismes que la nôtre, mais elle en comporte tout de même un certain nombre. Asta faisait preuve d'une grande franchise devant beaucoup de choses, mais elle n'a pas osé désigner franchement la menstruation. Ce fut d'ailleurs le dernier bastion de la pudeur et on peut dire qu'il n'est réellement tombé que depuis une vingtaine d'années. Margrethe Cooper a traduit le texte d'Asta par " elle a de la visite ", parce que même si l'anglais est plus riche en euphémismes que le danois il lui était impossible de transposer littéralement la formule d'Asta : *den røde blomst*, ce qui signifie mot à mot : elle a "sa fleur rouge".

» Si Asta avait écrit *hum har det maanedlige* ("elle a ses règles") ou même *hun har sit skidt* ("elle a ses sangs"), on aurait pu traduire cela littéralement et le problème ne se serait pas posé. Gordon lui-même, qui n'est vraisemblablement pas un grand expert en matière de physiologie féminine, aurait compris ce que cela signifiait. Margrethe Cooper a dû chercher une expression anglaise équivalente et s'est servie d'une formule qui était encore employée par les femmes âgées au début des années soixante-dix : "elle a de la visite *".

— Swanny devait connaître l'expression, dis-je.

— Bien sûr, elle l'a comprise à la première lecture. Elle a donc su dès le départ que Hansine ne pouvait être sa mère. Si Hansine avait eu ses règles le 5 juillet, il était évidemment exclu qu'elle ait mis un enfant au monde le 28, ou même un mois plus tard. »

---

* Littéralement, en anglais : *She has a visitor in the house. (N.d.T.)*

Cary m'avoua par la suite que tout aurait été différent si l'affaire s'était déroulée un an plus tôt. À cette époque, elle aurait accueilli avec plaisir et même avec une certaine excitation les révélations de Lisa Waring concernant ce lointain passé. Elle aurait engagé Lisa comme conseillère (le fait de n'avoir pas obtenu ce poste constituait le principal motif du ressentiment quelque peu ridicule de la jeune fille) et Cary aurait eu l'honneur et la satisfaction de résoudre une énigme criminelle près d'un siècle après l'assassinat de la victime.

Le ressentiment de Lisa Waring avait également une autre cause, plus secrète. Qui parmi nous se réjouirait d'apprendre que selon toute vraisemblance l'un de ses ancêtres, fût-il très éloigné, était un meurtrier? Si la révélation concernait notre propre père, ce serait évidemment terrible; notre grand-père, extrêmement dérangeant; et notre arrière-grand-père, suffisamment troublant. Mais Lisa Waring réagissait autrement. George Ironsmith, que rien hormis cela n'aurait tiré de l'anonymat, était selon elle le meurtrier de Lizzie Roper, et elle voulait à tout prix que ce fait soit reconnu, que son ancêtre ait droit à cette reconnaissance, à cette notoriété, à ce titre de gloire ou d'infamie, comme on voudra.

J'avais l'impression d'assister à une manifestation aussi active qu'aiguë de déséquilibre mental, de me trouver devant quelqu'un présentant des faits irrationnels comme s'ils étaient parfaitement naturels ou tenant des propos totalement absurdes avec le plus grand sérieux. Lisa avait un visage pâle, émacié, un nez relativement long. Seuls ses cheveux noirs et raides et ses yeux très légèrement bridés indiquaient qu'elle avait du sang oriental dans les veines. Tandis qu'elle parlait, son regard brillait intensément, fixé sur un point lointain. Elle avait étudié à la loupe les documents que Cary lui avait prêtés et citait de mémoire, à la virgule près, le juge Edmonson :

« "Vous venez d'assister à l'un des plus remarquables procès qui se soit tenu devant une cour anglaise depuis bien des années". Ce sont les termes exacts employés par le juge, tels que Mockridge les a rapportés dans son compte rendu du procès. Le juge poursuit : "Le fait qu'on ait assassiné cette malheureuse ne fait aucun doute. Le meurtre dont elle a été victime est en tout point remarquable. Il est également certain que son auteur savait parfaitement comment s'y prendre pour mettre à mort l'un de ses semblables avec le maximum de célérité". On dirait qu'il éprouvait une certaine admiration pour l'auteur de ce crime, vous ne trouvez pas? »

La réunion avait lieu cette fois-ci au domicile de Cary et Miles y assistait.

« Bien, dit-il à Lisa. Vous voulez que votre arrière-grand-père ait sa part de gloire posthume. C'est terrible, mais certaines personnes ont tellement envie d'être sous les feux de la rampe qu'elles sont peu regardantes sur le motif.

– Inutile de m'insulter », dit Lisa.

À la lumière de ses récentes exigences, je voyais bien que Miles avait cru la flatter en s'exprimant de la sorte, alors que d'autres auraient pris ça pour une injure. Mais il s'abstint de le lui faire remarquer.

« Je m'apprêtais à ajouter que tout cela est parfait, reprit-il. Mais avez-vous la moindre preuve que George Ironsmith ait effectivement égorgé Lizzie Roper ? »

Elle en avait – du moins, de son point de vue. En observant son regard vague mais perpétuellement mouvant et, par contraste, l'immobilité absolue du reste de son corps, j'avais de la peine à prendre ses propos au sérieux. Les preuves en question devaient être tangibles et nous étions loin du compte.

« Il existe une sorte de tradition, dans notre famille, selon laquelle il aurait jadis tué quelqu'un. C'est pour cette raison qu'il ne pouvait pas retourner en Angleterre. Tout le monde le savait parmi nous. Sa femme était au courant et il l'avait révélé à sa fille – c'est-à-dire à ma grand-mère – juste avant de mourir, quand celle-ci avait seize ans. »

Elle avait dessiné un arbre généalogique rudimentaire où figuraient uniquement les descendants directs de George Ironsmith – rien à voir avec la complexe structure de celui qu'avait établi Gordon Westerby. Elle nous le montra et je l'étudiai quelques instants. Ironsmith avait épousé une certaine Mary Schaffer en 1904 ; ils n'avaient eu qu'une fille, également prénommée Mary et née la même année. Mary Ironsmith avait épousé Clarence Waring en 1922 et le cadet de leurs quatre enfants, Spencer Waring (né en 1933), avait épousé Betty Wong Feldman en 1959. Il s'agissait des parents de Lisa.

La « tradition familiale » ne prouvait évidemment pas qu'Ironsmith eût jamais assassiné quiconque. Lisa avait contacté son père après avoir vu les cassettes de *Roper* et il lui avait envoyé tout un tas de paperasses qu'il tenait lui-même de sa mère. D'après ce que je pus voir, la seule pièce dans tout ce fatras qui présentait un certain intérêt était une carte postale qu'Ironsmith avait envoyée à sa femme en 1905, depuis l'Angleterre. Il n'y avait pas d'adresse d'expédition précise (simplement la mention *London*), mais la carte était datée du 28 juillet. L'illustration qui figurait au recto était également intéressante. La plupart des gens de passage à Londres envoient à leurs proches des images de Buckingham Palace ou du Parlement, mais sur celle-ci la photo en sépia représentait le lac artificiel de Victoria Park, le seul endroit un tant soit peu « touristique » de Hackney.

Ironsmith annonçait à sa femme qu'il reprendrait le bateau le lendemain, c'est-à-dire le samedi 29 juillet. Le message ne comportait rien d'autre, en dehors de la mention « Ma chère Mary » au début et « avec tout mon amour, Georgie » à la fin, d'une allusion à la température ambiante (il faisait nettement plus chaud qu'outre-Atlantique) et, tout en haut de la carte, au-dessus de l'adresse, d'une petite croix bizarre qui ressemblait à un astérisque ou aux signes d'addition et de multiplication superposés. Cela prouvait qu'Ironsmith se trouvait à Londres et sans doute même à Hackney au moment de la mort de Lizzie, mais pas qu'il avait assassiné celle-ci.

« Que signifie cette croix ? demanda Cary.

— C'était une manière de dire à mon arrière-grand-mère qu'il avait tué Lizzie. »

Cette réponse était tellement ridicule que nous ne réagîmes même pas. Lisa nous livra néanmoins son explication : Mary Schaffer Ironsmith était profondément jalouse de cette femme qu'elle considérait comme une rivale, et elle n'aurait pas pu vivre en paix si elle n'avait pas appris que Lizzie était morte et ne risquait donc plus de croiser son chemin. Le père de Lisa se souvenait que sa mère lui avait révélé combien ses propres parents étaient unis. Ironsmith « adorait » sa femme et aurait fait n'importe quoi pour elle.

Cary voulait savoir ce qu'il y avait dans les autres papiers mais Lisa lui dit qu'ils ne contenaient rien d'intéressant : il s'agissait des lettres échangées par ses arrière-grands-parents et de divers documents sans importance. Cary lui répondit qu'il valait tout de même mieux s'en assurer et se mit à les feuilleter. Lisa se leva, se massa le dos comme si son fauteuil était éminemment inconfortable et s'assit par terre, en croisant les jambes.

Parmi les « documents sans importance » se trouvait l'acte de naissance de Mary Schaffer, mais celui de George Ironsmith n'y figurait évidemment pas.

« Si tel avait été le cas, j'aurais su d'où il venait », nous dit Lisa de son air revêche.

Le certificat de mariage des Ironsmith, délivré à Chicago en février 1904, indiquait que Mary Schaffer avait trente-huit ans et qu'elle était veuve. George Ironsmith avait quant à lui trente-quatre ans et exerçait la profession de « voyageur de commerce ». Les lettres qu'ils avaient échangées, essentiellement durant leurs fiançailles, étaient aussi ennuyeuses et vides de renseignements que celles que le pauvre Mogens avait envoyées de France et que mes cousins avaient vainement tenté de faire publier. Lisa n'avait pas tort, elles ne nous apprenaient strictement rien, sinon que l'union de Mary Schaffer et de son premier mari avait duré quinze ans et qu'ils n'avaient pas eu d'enfant.

La bombe ne se trouvait pas dans les lettres, mais dans l'un des certificats de travail de George Ironsmith, indiquant que pendant sept ans, à partir de 1885, il avait été apprenti boucher dans un abattoir de Carlisle.

« C'est mon père qui a déniché ce document, dit Lisa, toujours assise en tailleur comme un Bouddha. Je ne l'avais jamais vu auparavant. »

Nous contemplions tous cette feuille jaunie, à moitié effacée par le temps. Lisa nous dévisageait, satisfaite de son effet.

— Rappelez-vous ce que disait le juge : "Le meurtre dont elle a été victime est en tout point remarquable." Et il ajoutait que son auteur savait comment s'y prendre pour mettre à mort l'un de ses semblables avec le maximum de célérité. Mon ancêtre était bien placé, non ? Après avoir abattu des milliers de bœufs ou de pauvres agneaux des années durant... (Lisa ferma les paupières.) Personnellement, ajouta-t-elle, je suis végétarienne.

— Mais pourquoi aurait-il commis un acte pareil ? demanda la pauvre Cary.

— Je vous l'ai dit, pour faire plaisir à sa femme. Pour qu'elle soit à jamais débarrassée de Lizzie.

— Il aurait risqué sa propre vie pour ça ? Pour assassiner une femme que son épouse n'avait jamais vue et dont elle avait à peine entendu parler ? Les assassins risquaient la corde à l'époque, vous savez. On ne se contentait pas de leur faire accomplir quelques travaux d'utilité publique et de les relâcher au bout de deux ans.

— Il l'a fait par amour, dit froidement Lisa. Il était fou amoureux de mon arrière-grand-mère. C'est souvent l'amour qui

397

pousse les gens à commettre un acte pareil. Je connais le nom du bateau qu'il a pris pour regagner les États-Unis, si cela vous intéresse. (Elle adressa un sourire inamical à Cary en prononçant ces derniers mots.) Il s'agissait du *Lusitania*, qui assurait la liaison entre Plymouth et New York, avec une escale en cours de route – à Boston, il me semble. »

Miles intervint en disant qu'il était peut-être possible de retrouver la liste des passagers.

« Vous faites comme si vous mettiez ma parole en doute, dit Lisa, mais au fond vous êtes bien embêtés. Vous n'auriez jamais fait ce film si vous aviez eu connaissance de tout ça. Alors ? Que comptez-vous faire à présent ? »

Cary lui promit de rester en contact avec elle.

« Oh, je vous rappellerai, dit Lisa. Ne vous inquiétez pas pour ça. »

Après son départ, Cary devint franchement hystérique. Ça n'a l'air de rien, écrit comme ça, mais cela correspond bel et bien à la vérité. Elle se mit à hurler, à rire aux éclats, à taper du poing contre les murs. Elle se tripotait les cheveux et fixait Miles avec des yeux écarquillés. Elle déclara soudain qu'elle allait se remettre à fumer. Voilà. Ce dont elle avait besoin, c'était d'un paquet de cigarettes et d'un verre bien tassé.

Nous descendîmes jusqu'au pub voisin.

« Que dois-je faire ? nous demanda-t-elle.

– Procéder à quelques vérifications avant de t'engager plus avant, dis-je. Commence par cette histoire de bateau, par exemple. »

Nous avions l'une et l'autre l'habitude d'effectuer ce genre d'enquête. Nous savions où chercher les informations et comment les utiliser. Nous ne serions pas restées deux jours, et *a fortiori* des années, sans connaître l'origine de nos arrière-grands-parents, nous l'aurions tout de suite dénichée.

Bien sûr, lorsqu'on fait une recherche de ce type on a généralement envie de découvrir la vérité. Celle-ci peut éventuellement contredire une théorie préexistante : dans ce cas, il faut sacrifier la théorie, éliminer l'une après l'autre les hypothèses qui s'avèrent erronées. Le problème, cette fois-ci, c'est que Cary n'était pas seulement réticente mais farouchement et presque maladivement hostile à la découverte de la vérité. Elle aurait bien voulu pouvoir oublier toute cette affaire et poursuivre le nouveau projet qu'elle venait de mettre en route. Mais elle ne pouvait pas se le permettre – non seulement par crainte que les révélations de Lisa n'entament le succès de sa production, mais parce qu'elle avait suffisamment de métier pour savoir que c'était une mauvaise solution. La diffusion de *Roper* ne lui aurait procuré aucune satisfaction si elle avait su qu'elle présentait au public une version fausse des faits. Il fallait qu'elle apprenne la vérité, mais l'idée de devoir se mettre ainsi au travail était loin de l'enthousiasmer.

La première chose qu'elle découvrit, c'est que Lisa Waring – ou plus vraisemblablement Spencer Waring – s'était trompée au sujet du bateau à bord duquel George Ironsmith avait regagné les États-Unis, le 29 juillet 1905. Le nom du *Lusitania* lui était sans doute venu à l'esprit parce que après le *Titanic* c'était le paquebot britannique le plus célèbre dans l'histoire des catastrophes maritimes. Ce fut le naufrage du *Lusitania*, coulé par un sous-marin allemand, qui décida en 1915 de l'entrée en guerre des États-Unis dans le premier conflit mondial.

Quels navires faisaient la navette entre l'Angleterre et les États-Unis, de part et d'autre de l'Atlantique, dans les premières années de ce siècle?

Cary consulta un ancien annuaire de la compagnie Cunard. Un nombre impressionnant de bateaux faisaient alors l'aller et retour : l'*Hibernia*, l'*Arabia*, le *Servia*, l'*Umbria*, l'*Etruria*, notamment. Le *Cephalonia*, le *Pavonia*, le *Catalonia*, le *Bothnia* et le *Scythia* assuraient une liaison hebdomadaire entre Boston et Liverpool : départ de Liverpool chaque mardi et retour de Boston chaque samedi, avec une escale à Queenstown. De toute évidence, ce n'était pas à bord de l'un de ces paquebots qu'Ironsmith avait voyagé.

À en croire la carte postale, il n'avait pas davantage utilisé la ligne desservie un mardi sur deux par l'*Aurania*, le *Servia* et le *Gallia*. Aucun de ces bateaux ne partait de Plymouth, tous quittaient Liverpool et débarquaient leurs passagers sur les quais 51 et 52 (North River), au cœur du port de New York, et sur le nouveau port construit à l'est de Boston, au pied de Clyde Street.

Cary décida d'abandonner la piste de Plymouth. Spencer Waring avait très certainement fait erreur. Selon elle, l'hypothèse la plus probable était qu'Ironsmith avait emprunté le courrier postal qui quittait Liverpool pour New York le samedi et qu'il avait voyagé à bord du *Campania*, du *Lucania*, de l'*Etruria* ou de l'*Umbria*. En deuxième classe, d'après ses estimations, muni d'un billet de retour qui avait dû lui coûter entre

75 et 110 dollars. Elle se renseigna auprès de la compagnie Cunard et apprit à sa grande surprise que les listes de passagers n'avaient pas été détruites et étaient toujours consultables. Elles étaient toutefois conservées dans le pays de destination des navires et, dans ce cas précis, se trouvaient donc aux archives nationales de la compagnie, à Washington DC. Cette recherche lui prit un certain temps, mais elle finit par découvrir ce qu'elle voulait, ou ce qu'elle devait savoir.

Parti de New York à destination de Liverpool le samedi 15 juillet 1905, George Ironsmith avait embarqué à Liverpool pour regagner New York le 29 juillet suivant.

Il avait effectué seul le premier de ces trajets mais au retour, il était accompagné.

28

Il fallait remonter si loin dans le temps.

La liste des passagers du *Lucania* indiquait simplement que parmi les voyageurs ayant embarqué le samedi 20 juillet 1905 se trouvaient George Ironsmith et Mary Ironsmith. Cette dernière bénéficiait d'un demi-tarif, ce qui signifiait qu'il s'agissait d'une enfant âgée de deux à douze ans.

Rien ne permettait de penser qu'Ironsmith ait été père, à cette époque. Il était resté célibataire jusqu'à son mariage, en février 1904. Aucune rumeur n'avait jamais couru dans la famille Waring, laissant entendre que Maria Schaffer aurait eu une fille avant de se marier. La correspondance échangée entre les deux époux indiquait sans la moindre ambiguïté que la jeune femme n'avait pas eu d'enfant de son premier mariage.

Interrogée par Cary, Lisa répondit qu'elle ne voyait absolument pas qui pouvait être cette fillette dont elle n'avait jamais entendu parler auparavant. De toute évidence, cette digression l'agaçait. Tout ce qu'elle voulait, c'était que Cary admette que son arrière-grand-père était bien le meurtrier de Lizzie. Sans doute avait-on confié cette gamine à Ironsmith en lui demandant de l'accompagner et de prendre soin d'elle jusqu'en Amérique... Cary y avait-elle songé?

Cary lui rétorqua que cela n'expliquerait pas pourquoi la fillette s'appelait Mary Ironsmith. On imaginait mal, de surcroît, des parents confier à un inconnu une enfant aussi jeune, pour une traversée qui devait durer six jours.

Ce fut finalement Cary qui avança l'explication que nous

avions l'une et l'autre envisagée, puis écartée en raison de son invraisemblance. Elle avait relu le premier volume du Journal dans l'espoir d'y dénicher un indice probant concernant l'affaire Roper. Et elle était tombée, non sur une allusion contemporaine des faits, mais sur l'une des fameuses anecdotes rapportées par Asta.

Elle me téléphona pour me le dire. Le passage avait été écrit des années après l'affaire Roper, à la date du 18 décembre 1913.

> *Ma cousine Sigrid m'a raconté qu'à Stockholm, non loin de chez eux, vivait un homme qui fut condamné à mort après avoir assassiné une femme. Il était marié, mais son épouse et lui n'avaient pas d'enfant et ils en désiraient désespérément un. Cela venait probablement de sa femme, car l'homme avait eu jadis un enfant avec sa maîtresse, qui vivait à Sollentuna. Celle-ci refusa d'abandonner sa progéniture, elle voulait que le bonhomme divorce afin de l'épouser, mais lui adorait sa femme : il finit par assassiner sa maîtresse et ramena l'enfant chez lui, afin que son épouse et lui puissent l'adopter.*

Je dis à Cary qu'il s'agissait d'une simple anecdote. Asta était coutumière du fait, n'avait-elle pas été jusqu'à disserter sur les guillotines?

« Je le sais bien, me dit Cary. J'admets volontiers qu'Asta fasse simplement allusion à une histoire que quelqu'un lui aurait un jour racontée, peut-être dix ans plus tôt – si ce n'est davantage. Mais le scénario tient debout, tu ne trouves pas? La chose a dû se produire, que ce soit en Suède, au tournant de ce siècle, ou en Angleterre, en 1905. »

Je lui répondis que la fillette qui accompagnait George Ironsmith à bord du *Lucania* ne pouvait être Edith Roper : elle était trop âgée. Elle avait forcément plus de deux ans, sinon elle n'aurait pas eu à payer de billet, même à demi-tarif.

« Tu prétendais autrefois qu'Edith était trop vieille pour être Swanny Kjaer, me dit Cary, et maintenant tu me racontes qu'elle était trop jeune pour être Mary Ironsmith. Mais réfléchis un peu. Ironsmith voulait probablement éviter qu'on lui pose trop de questions. Edith était grande pour son âge, elle marchait déjà et pouvait sans doute aisément passer pour une fillette de deux ans. Ironsmith ne pouvait pas savoir à quel moment au juste on allait découvrir le cadavre de Lizzie. Il ignorait que Maria Hyde était morte et n'était plus en mesure de se poser des questions. Il a eu de la chance qu'on ne les retrouve qu'au bout d'une semaine. À ce moment-là, il avait déjà débarqué à New York et se trouvait même sans doute à bord du train qui l'emmenait à Chicago.

– Tu veux dire que s'il n'avait pas acheté de billet, on aurait pu lui demander quel âge avait la fillette et qu'il n'aurait pas été en mesure de prouver qu'elle avait moins de deux ans?

– Pas tout à fait. Mais je pense qu'il ne tenait absolument pas à ce qu'on le soupçonne de voyager en compagnie d'une fillette de quatorze mois. D'après les prospectus de la firme, tous les paquebots de la compagnie Cunard étaient équipés du télégraphe sans fil. Je te les cite textuellement : " Les bulletins météorologiques et les nouvelles du monde entier sont ainsi diffusés à tous les navires qui croisent à travers l Atlantique et les messages personnels de nos passagers peuvent être instantanément transmis sur le continent, même lorsqu'ils se trouvent à des centaines de miles du rivage. "

– N'ai-je pas lu quelque part que Crippen, en 1910, avait été le premier meurtrier arrêté en mer, grâce au télégraphe sans fil?

– Ironsmith ne tenait vraisemblablement pas à le précéder de cinq ans », me dit Cary.

Nous discutâmes tous les quatre (Cary, Miles, Paul et moi) et échafaudâmes un scénario selon lequel Ironsmith avait demandé à Lizzie de lui abandonner leur fille dès qu'il aurait trouvé à se marier. Sa femme, il le savait, ne pouvait avoir d'enfant mais désirait néanmoins en adopter un. Cary nous suggéra qu'il s'était peut-être même rendu en Angleterre dans le seul but de venir récupérer Edith : au départ, il avait dû se contenter de la réclamer, puis avait proposé de l'acheter et en était finalement venu aux menaces lorsque ses efforts s'étaient avérés vains. Lizzie craignait-elle que Roper n'apprenne la vérité de la bouche de son ancien amant? Avait-elle avoué à son mari qu'il n'était pas le père d'Edith? Ou pris les devants en inventant une histoire encore plus affreuse?

Miles estimait que Lizzie avait dû céder, au moins partiellement. Après tout, elle risquait fort de perdre son mari en s'obstinant à vouloir garder sa fille. Roper était parti sans elle à Cambridge, en emmenant son fils. Il l'avait déjà prévenue (selon Miles) qu'elle devrait venir le rejoindre seule à Cambridge, la semaine suivante. L'enfant pouvait être confiée à la garde de Maria Hyde. Miles nous expliqua qu'il n'avait jamais compris la démarche de Roper partant pour Cambridge avec son fils en laissant Lizzie derrière lui. Ç'aurait été compréhensible s'il s'était agi d'une séparation définitive, mais tel n'était pas le cas. De toute évidence, Roper attendait que sa femme le rejoigne le samedi suivant. Quoi qu'il en soit, si Lizzie était restée quelques jours de plus à Devon Villa pour confier Edith à quelqu'un ou convaincre sa mère de s'occuper d'elle, tout devenait clair.

Cary lui répliqua que Lizzie aimait sa fille et aurait vraisemblablement refusé de l'abandonner. Elle s'y était peut-être résolue, lui dit Miles, devant la perspective d'une séparation qui allait la priver de tous ses moyens de subsistance. Il n'était pas question de pension alimentaire, à cette époque, pour les femmes qui avaient « tous les torts » de leur côté. Il valait mieux rejoindre Roper à Cambridge et préserver une honorabilité de façade, surtout en sachant qu'Edith serait bien traitée, qu'elle serait élevée avec amour et tendresse – et verrait s'ouvrir devant elle des perspectives d'avenir bien supérieures à celles qu'elle-même pouvait lui offrir.

« Toujours est-il, dit Paul, qu'elle a finalement refusé de confier Edith à Ironsmith...

– Peut-être s'y était-elle engagée et a-t-elle reculé au dernier moment », dit Cary.

Nous étudiâmes cette hypothèse. Personne ne savait au juste ce qui s'était passé au cours de la semaine qui avait précédé le meurtre. Ironsmith pouvait fort bien s'être installé à Devon Villa pour tenter de convaincre Lizzie, l'amadouer, la persuader, la menacer même. À un moment donné, elle avait cédé – peut-être le mardi ou le mercredi précédant le départ de Roper. Il avait été convenu qu'Ironsmith passerait prendre Edith dans la soirée du jeudi, le 27 juillet, une fois Roper parti.

Lorsqu'il était arrivé à Devon Villa (il devait avoir gardé la clef qui était en sa possession, du temps où il logeait dans la maison), Lizzie lui avait annoncé qu'elle avait changé d'avis. Elle avait décidé de garder Edith et de rester à Hackney avec sa mère. Elles se débrouilleraient pour vivre, comme elles le faisaient autrefois, avant l'arrivée de Roper. Ironsmith avait sans doute voulu lui faire entendre raison mais elle s'était montrée inflexible. Elle détestait Roper, n'éprouvait pas le moindre sentiment à l'égard de son fils. Sa petite fille était sa seule raison de vivre.

Ironsmith avait réservé sa place sur le *Lucania* pour le samedi 29 juillet, c'est-à-dire le surlendemain. Il avait annoncé à sa femme qu'il ramènerait l'enfant. Je ne pouvais m'empêcher de songer à l'histoire rapportée par Asta, concernant cet homme qui voulait remettre à sa femme l'enfant qu'il avait eu avec sa maîtresse, qui avait assassiné celle-ci et avait échappé de justesse à la guillotine. Peut-être de telles histoires étaient-elles légion autrefois, récits apocryphes brodés autour d'un fait réel, et finissaient-elles parfois par se produire pour de bon... Peut-être même Ironsmith avait-il entendu jadis une histoire de ce genre et s'en était-il inspiré?

Il était revenu à Devon Villa le lendemain matin, le vendredi 28 juillet. Florence Fisher était sortie vers dix heures pour aller faire ses courses. Avait-il vraiment eu l'intention de tuer Lizzie ou avait-il seulement voulu la menacer avec ce couteau qu'il avait pris au passage dans le tiroir de la cuisine?

Maria Hyde était hors de vue. Edith était assoupie dans la chambre de sa mère, épuisée sans doute d'avoir vainement tenté de réveiller celle-ci, que les doses répétées d'hyoscine plongeaient dans un sommeil de plomb. Pourquoi ne s'était-il pas contenté d'emmener Edith? Parce qu'elle était officiellement la fille de Lizzie et de Roper, qu'elle était censée être le fruit de leur union. S'il avait laissé Lizzie en vie, elle aurait prévenu la police, aurait dit qu'il avait enlevé Edith et l'avait emmenée à Liverpool avant de s'embarquer pour les États-Unis.

Il s'était donc protégé en s'enveloppant dans la courtepointe et avait tranché la gorge de Lizzie. Elle ne s'était rendu compte de rien, cela ne l'avait même pas réveillée. Il avait travaillé dans un abattoir et savait comment mettre à mort un être vivant en un minimum de temps. Puis il avait emmené Edith avec lui jusqu'à la gare d'Euston et avait regagné Liverpool en train. Là, il avait pris un aller simple pour l'Amérique, à demi-tarif, c'est-à-dire destiné aux enfants de deux à douze ans. Il avait envoyé à sa femme une carte postale achetée à Hackney, après y avoir dessiné un astérisque pour la prévenir qu'il ramenait bien la fillette à la maison. Edith et lui avaient passé la nuit à Liverpool et le lendemain, ils avaient embarqué à bord du *Lucania*.

Cette version des faits plongea tout d'abord Lisa Waring dans une colère démesurée. Ce qu'elle voulait, c'était que son arrière-grand-père décroche le titre d'authentique boucher qu'il méritait. Mais la nouvelle révélation, qui impliquait que sa grand-mère n'était pas la fille légitime des Ironsmith, ne lui convenait absolument pas. Elle nous accusa tout d'abord, Cary et moi, d'extrapoler, de romancer, de falsifier les faits. Elle resta pendue des heures au téléphone pour discuter avec son père, de l'autre côté de l'Atlantique, et finit par apprendre qu'à la connaissance de ce dernier, sa mère à lui n'avait pas de certificat de naissance, que lui-même ne l'avait en tout cas jamais vu et ne l'avait pas retrouvé dans ses affaires, après sa mort. Mary Ironsmith Waring avait passé son enfance à Chicago avant d'épouser un homme originaire du New Jersey, qu'elle avait suivi pour s'installer dans la petite ville côtière de Cape May, où s'était déroulé tout le reste de son existence.

Parmi les nombreuses photos que Spencer Waring envoya à Lisa, il y en avait une qui constituait la meilleure des preuves. Elle représentait Mary Waring dans sa robe de mariée, en 1922 : elle ressemblait comme deux gouttes d'eau à Lizzie Roper le jour de son propre mariage, en 1898. Seul le style des robes différait.

Sur ce cliché, on ne distinguait pas la partie gauche du visage de Mary Waring, parce qu'elle posait de trois quarts – tout comme Lizzie, d'ailleurs, sur sa propre photo. Mais contrairement à sa fille, Lizzie n'avait pas de grain de beauté sur la joue, juste sous l'œil gauche – du moins à notre connaissance. Lisa n'avait pas vraiment connu sa grand-mère, elle n'avait que sept ans lorsque celle-ci était morte, en 1970. Sur les innombrables photos dont nous disposions, aucun grain de beauté n'apparaissait sur la joue de Mary Waring, mais dans l'une de ses lettres, Spencer Waring indiqua qu'il se souvenait fort bien de ce détail, et que sa mère prenait toujours soin de dissimuler ce léger défaut en se maquillant chaque matin.

Il ne serait sans doute jamais possible de prouver de manière irréfutable que George Ironsmith avait assassiné Lizzie Roper, mais le mystère de la disparition d'Edith était bel et bien résolu.

Même si le plus gros de ses angoisses étaient maintenant derrière elle, Cary se faisait encore beaucoup de souci au sujet de sa production. Mais comme la série ne prétendait nullement résoudre l'énigme du meurtre de Lizzie ou de la disparition d'Edith, *Roper* fut diffusé à la date prévue. Avant même que le premier épisode ne passe à l'écran, Cary et Miles travaillaient déjà sur une sorte de documentaire exposant les diverses péripéties du tournage et les révélations de Lisa Waring.

Celle-ci fut associée au nouveau projet en tant que conseillère – ce qui dès le départ avait été son but principal. Elle était très excitée par toute cette affaire et aurait voulu que l'on fasse une émission à mi-chemin entre la fiction et le documentaire, où Ironsmith aurait été mis en avant et Roper lavé de tout soupçon. Cary n'était pas très chaude pour cette idée, du fait surtout que le père de Lisa et deux de ses enfants étaient encore vivants et le resteraient sans doute encore de longues années durant. Ils décidèrent finalement de raconter comment, une fois le tournage de *Roper* terminé, Lisa était entrée en scène et les avait amenés à découvrir le destin ultérieur et la nouvelle identité d'Edith. Quelques scènes de *Roper* furent insérées dans le film, notamment celle où l'on voyait la petite Edith grimper l'escalier et se fondre dans l'obscurité, une fois parvenue au sommet. Suivait une reconstitution de la vie d'Edith, de son enfance chez ses parents adoptifs jusqu'à la mort d'Ironsmith, puis de ses années à Cape May, après son mariage.

La réalisation de ce documentaire procura plus de plaisir à Cary que l'ensemble du travail qu'elle avait fait sur *Roper*. Après tout, ses soucis étaient terminés. Aucune autre révélation ne risquait plus de se produire. Toutes les réponses étaient réunies et elle me dit un jour que lorsqu'une question se posait ou qu'un problème se présentait, Lisa parvenait toujours à trouver une solution. Son aide s'était avérée inestimable et Cary était bien décidée à la prendre comme assistante pour de futures productions.

Ils se rendirent aux États-Unis pour les prises de vue américaines. Le dernier jour du tournage coïncidait avec le vingt-septième anniversaire de Lisa, et lors de la petite fête organisée à cette occasion la jeune fille leur annonça qu'elle était enceinte. Cary n'était pas exactement ravie, car elle voyait déjà son assistante lui filer entre les doigts, mais elle ne soupçonna absolument rien, la vérité ne l'avait même pas effleurée.

Le lendemain, Lisa prit l'avion pour regagner Los Angeles. Cary ne l'accompagna pas à l'aéroport et ce ne fut qu'au bout de plusieurs heures qu'elle réalisa que Miles était parti avec la jeune femme.

Une fois que Paul m'eut démontré le caractère erroné de la théorie de Gordon sur les origines de Swanny, j'abandonnai l'espoir de découvrir un jour la vérité. Les faits étaient trop anciens, il était bien trop tard, trop de pièces de puzzle avaient disparu ou n'avaient jamais été couchées sur le papier.

Cary et moi, qui étions sans enfant, avions chacune « adopté » une fillette. C'est en tout cas une manière de présenter les choses. Cary avait découvert l'identité d'Edith, mais en cours de route elle avait perdu son amant. Quant à moi, j'avais conservé le mien mais abandonné tout espoir de découvrir un jour l'identité réelle de la petite Swanny. La seule chose qui avait changé, si l'on peut dire, c'est que nous avions maintenant la preuve qu'Edith et Swanny n'étaient pas une seule et même personne, ce dont nous étions déjà largement convaincues.

J'avais fouillé la maison de fond en comble, feuilleté tous les livres, lu et relu le Journal à la loupe, à la recherche de détails infimes, d'indices minuscules. Que pouvais-je faire d'autre?

Asta avait écrit fort peu de lettres, au fil des années. Ce qu'elle avait envie d'écrire, elle le gardait pour son Journal – ce roman de plusieurs milliers de pages. La fille aînée d'oncle Harry m'avait donné les quelques lettres qu'elle lui avait écrites vers la fin de sa vie, cette correspondance amoureuse qu'il comparait à celle de Robert Browning. Au tout début de la publication du Journal, le cousin au second degré de Swanny lui avait retourné les lettres qu'Asta avait écrites à son père. Il n'y avait pas dans l'ensemble de cette correspondance le moindre élément laissant à penser que Swanny n'était pas la véritable fille d'Asta.

Les photographies nous avaient en partie permis d'identifier Edith Roper. Mais dans le cas de Swanny, elles ne nous apprennent rien. Lorsque je regarde le cliché qui figure sur la jaquette du livre, le portrait que j'ai finalement retenu pour le nouveau volume du Journal afin de remplacer la photo où elle pose à côté de la petite sirène, lorsque je scrute ces traits familiers, ce beau visage nordique, j'ai parfois l'impression d'entre-

voir fugacement quelqu'un que j'ai connu il y a bien longtemps, lorsque j'étais très jeune.

Mais peut-être est-ce tout simplement mon grand-père Rasmus que je revois ainsi. Ou ma mère, qui a cru des années
durant que Swanny était sa sœur. Je n'en sais rien.

Il n'est pas très satisfaisant de devoir terminer ainsi, je ne
l'ignore pas.

29

1991. Les pages sont arrivées dans un paquet posté de Copenhague, il y a tout juste trois semaines. Je ne l'avais même pas ouvert le jour de sa réception, l'ayant mis de côté pour le moment que je consacre de temps en temps, en fin de journée, au dépouillement des plis les plus volumineux de mon courrier.

Lorsque la charge de Swanny est retombée sur mes épaules et que j'ai accepté de devenir le nouvel éditeur du Journal, je ne me doutais pas que cela finirait par constituer un travail à temps complet. Une fois passé l'effervescence initiale qui ne pouvait manquer d'accompagner la sortie du quatrième volume, je pensais que l'intérêt du public à l'égard d'Asta entrerait dans une longue période d'accalmie. Je n'avais nullement prévu le flot de courrier monumental qu'allait me valoir ce nouveau volume, sans parler des innombrables demandes d'interviews et de commentaires sur les sujets les plus divers dont me harcelait la presse.

La jeune femme qui avait succédé à Sandra et qui connaissait la légende d'Asta dans ses moindres arcanes m'avait quittée pour épouser quelqu'un à l'autre bout du monde. J'avais le choix entre engager une nouvelle assistante ou faire le travail moi-même. J'ai opté pour un compromis, mais il faut tout de même que je dépouille quotidiennement une douzaine de sollicitations et une pile de lettres auxquelles seul un familier du Journal est en mesure de répondre. J'ai entendu dire – peut-être est-ce la vérité – que les auteurs de romans policiers reçoivent des suggestions d'intrigues criminelles, ceux qui écrivent des romans à l'eau de rose des résumés d'aventures amoureuses, et ceux qui s'occupent de récits de voyage, de vieux carnets de route tenus par un lointain ancêtre ayant remonté le Zambèze en 1852. Pour ma part, en tout cas, je reçois régulièrement des journaux intimes de toutes provenances : il s'agit aussi bien de vieux manuscrits que de textes plus récents, de cahiers de brouillon à peine déchiffrables que de journaux tenus par des enfants au cours d'un voyage scolaire. Il en arrive des quatre coins du monde et nombre d'entre eux ne sont même pas rédigés en anglais.

Je transmets une infime partie de ces manuscrits à mon éditeur et je renvoie les autres à leurs auteurs, bien qu'ils ne prennent jamais la peine de joindre à leur paquet un mandat international destiné à couvrir les frais de réexpédition. Aussi, lorsque cette enveloppe matelassée m'était arrivée du Danemark, transmise par Gyldendal, j'avais tout d'abord pensé qu'il s'agissait d'un de ces innombrables journaux. Ou du moins d'un bref extrait, de quelques pages destinées à me mettre l'eau à la bouche, car l'enveloppe était mince et ne pesait pas lourd.

J'avais dépouillé cinq colis et deux autres enveloppes de grand format avant d'ouvrir celle-ci. À l'intérieur se trouvait un journal, ou plus exactement quelques feuillets d'un journal. Mais je ne les remarquai pas immédiatement car ils étaient glissés à l'intérieur d'une chemise. Une lettre y était jointe, retenue par un trombone, ainsi que la traditionnelle carte de compliments de l'éditeur. La lettre était rédigée dans cet anglais irréprochable que maîtrisent les Danois cultivés. La femme qui m'écrivait habitait Copenhague et sa lettre remontait à une quinzaine de jours. Elle ignorait visiblement que Swanny était morte et que, de son vivant, elle lisait couramment le danois.

Chère Mrs. Kjaer,
J'ai le regret de vous annoncer que ma mère, Aase Jørgensen, est morte en novembre dernier. Je crois que vous l'aviez rencontrée il y a fort longtemps et que vous aviez même eu la gentillesse de la recevoir chez vous.
En triant ses papiers, j'ai fait cette curieuse découverte. Comme tout le monde, bien sûr, j'ai lu le Journal ! Et j'ai vu aussitôt que ces pages devaient provenir d'Asta Bog. Vous en possédez vraisemblablement une copie mais j'ai jugé préfé-

411

rable de vous les renvoyer car il me semble qu'il s'agit du texte original et qu'il présente donc un intérêt historique.

Comme vous le savez, ma mère était une spécialiste de l'histoire maritime et elle a enseigné de longues années à l'Université. Je me suis demandé pour quelle raison ces pages se trouvaient en sa possession et je suis arrivée à la conclusion que Mrs. Asta Westerby avait dû les lui confier jadis, à cause des allusions au naufrage du Georg Stage qu'elles contiennent. En 1963, l'année où elle s'est rendue en Angleterre, ma mère recherchait des documents relatifs à cette affaire, préparant alors un ouvrage sur l'histoire de la marine danoise. Elle y avait sans doute fait allusion devant Mrs. Westerby et celle-ci avait dû lui communiquer ce document, suite à leur conversation.

Je vous adresse donc ces pages en espérant qu'elles s'avéreront de quelque intérêt.

Très cordialement,

Christiane Neergaard

Il n'est pas exagéré de dire que j'ouvris la chemise d'une main tremblante. Il y avait si longtemps que nous cherchions ces pages disparues... Et nous avions toujours pensé que c'était Swanny qui les avait déchirées. Il ne nous était pas venu une seule fois à l'idée qu'Asta elle-même avait pu les arracher. Cela semblait impossible, parce qu'on n'imagine pas l'auteur d'un journal détruisant ainsi son propre ouvrage.

Et pourtant, cela lui ressemblait tellement ! J'imaginais Asta, lors de ce déjeuner que Swanny avait organisé en l'honneur d'Aase Jørgensen le jour même où était arrivée la lettre anonyme, je la voyais discuter avec Mrs. Jørgensen et lui dire qu'elle avait dans ses tiroirs un document qui pouvait l'intéresser, puis se précipiter dans l'escalier pour aller retrouver ce fameux cahier – tandis que Swanny, totalement désemparée, la cherchait de partout à travers la maison. Dans sa chambre, elle avait farfouillé en hâte parmi ses cahiers avant de mettre la main sur le tout premier. Elle ne tenait pas à s'éterniser là-haut, on s'amusait bien trop au salon et le repas promettait d'être excellent. Voilà... c'était bien ce qu'elle pensait : juillet-août 1905, au beau milieu des commentaires sur la lettre de tante Frederikke... Elle avait repéré les passages dont elle avait besoin avant d'arracher les pages en question. À quoi pouvaient-elles lui servir ? Elle se moquait bien de les garder ou non. L'important, ç'avait été de les écrire, mais à présent ce n'était plus que quelques feuillets jaunis.

Swanny, je m'en souvenais, avait retrouvé Asta et l'historienne au salon, en train d'admirer ensemble les porcelaines royales de Copenhague. Asta avait sans doute déjà donné les fameuses pages à Aase Jørgensen, qui les avait pliées avant de les glisser dans son sac à main. Et c'est ainsi, fortuitement, presque dans l'insouciance, que débutent les drames et que se nouent les tragédies.

Dans la chemise, les pages étaient en parfait état. On voyait que celle qui en avait pris soin était une lettrée, elles ne portaient pas la moindre trace d'agrafe ou de trombone. La date qui figurait en haut du premier feuillet était celle du lendemain de l'anniversaire de Swanny, du jour en tout cas qu'elle avait longtemps cru être celui de sa naissance. Mais juste avant, il y avait quatre phrases – la fin du texte rédigé par Asta le 26 juillet, et qui faisait donc suite au paragraphe se terminant par : « ... je leur ai dit de demander la permission à leur père, ce qui est la meilleure façon de différer la chose pour de nombreux mois. » Et le texte du 2 août était incomplet, car il manquait un feuillet à cet endroit.

Je confiai les pages à mon mari, qui les traduisit en anglais avant de me les lire à voix haute :

Le bébé n'a guère bougé aujourd'hui. C'est souvent le cas, les tout derniers jours, juste avant la naissance. J'ai songé à une histoire que j'ai lue dans une saga, celle dont l'héroïne est Swanhild.

Je vais appeler ma fille Swanhild.

29 juillet 1905

Toujours l'attente. Toujours pas de douleurs.

D'ici là, je m'occupe du mieux possible, en essayant de ne pas trop penser à ce qui est en train d'arriver – ou plutôt, de ne pas arriver – à l'intérieur de moi. L'école est finie, les longues vacances d'été viennent de commencer et les garçons sont donc à la maison. Ils courent dans tous les sens et font un ramdam épouvantable. Dieu merci, la pluie semble s'être arrêtée et ils peuvent de nouveau aller jouer dehors.

Hansine m'a demandé la permission de sortir hier soir et je la lui ai accordée, je ne tiens pas à l'avoir sans cesse dans les pattes. Elle n'est revenue qu'au beau milieu de la nuit. Je n'arrivais pas à dormir, évidemment, et je l'ai entendue rentrer à deux heures du matin. Se peut-il qu'elle ait un amant? Quoi qu'il en soit, j'ai parlé avec les garçons hier soir, au salon, et je leur ai annoncé qu'ils allaient bientôt avoir une petite sœur. Je n'ai pas pris beaucoup de risques en leur disant cela, j'éprouve des sensations tellement différentes cette fois-ci que j'ai la certitude qu'il s'agit d'une fille – en tout cas, je ne vois pas d'autre explication.

Il est inutile à leur âge d'entrer dans les détails. Le côté affreux de la chose peut encore leur être épargné pendant quelques années. Mais au lieu de ces stupides histoires de cigognes et de choux, je leur ai dit que Hansine irait chercher le bébé et le ramènerait à la maison, le moment venu. Ils m'ont évidemment harcelée de questions, pour savoir où elle irait le chercher, combien cela allait lui coûter, *et cetera*. Je leur ai dit qu'ils en sauraient davantage lorsqu'ils seraient un peu plus âgés. Knud a ensuite déclaré qu'il ne voulait pas d'une sœur, qu'il préférait un petit frère pour pouvoir jouer avec lui. Les filles ne sont bonnes à rien, a-t-il ajouté. La question a cessé de les intéresser lorsque je leur ai offert le sachet que Mrs. Gibbons m'avait donné le matin même, rempli de ces images figurant sur les paquets de cigarettes. Son mari doit fumer du matin au soir!

Nous sommes envahis par les moustiques. Je croyais qu'il n'y en avait qu'à la campagne, mais ici ils pullulent dans tous les coins. Ma hantise, c'est que l'une de ces sales bestioles s'introduise dans ma chambre et profite de mon sommeil pour me piquer de partout. Mogens a les jambes couvertes de piqûres. J'ai dit à Hansine de le frotter avec du camphre, puis de le baigner dans une bassine d'eau froide.

Je sais maintenant où est le problème. Je pensais porter une fille parce que je ressentais les choses autrement, cette fois-ci, et que mon bébé devait donc avoir un comportement différent. Mais j'ai compris – et cela m'a fait un choc – que cette impression vient du fait que l'enfant ne s'est pas encore retourné. Sa tête n'est pas en bas, comme il le faudrait, elle appuie toujours contre mes côtes et ce sont ses pieds ou son derrière qui sont tournés vers l'issue par où il lui faudra bien sortir.

Hansine prétend qu'elle parviendra à retourner le bébé lorsque le travail commencera. Elle l'a déjà fait pour sa sœur. Je lui ai demandé de s'y mettre aussitôt et elle a essayé, en me massant avec ses grosses mains, larges comme des battoirs. L'enfant s'est un peu agité mais n'a pas changé de position et le seul résultat, c'est que je suis couverte de bleus. D'après Hansine, il sera plus facile de le faire changer de position lorsque les douleurs commenceront et qu'il se mettra à bouger. Il est hors de question que je fasse appel à un médecin. Je refuse qu'un homme m'impose un traitement pareil, un point c'est tout. Il vaut mieux que je songe à autre chose et que je chasse ces pensées de mon esprit.

À en croire les journaux, de nombreuses personnes ont dû être hospitalisées après avoir été piquées par des moustiques. Il y a une épidémie de fièvre jaune à la Nouvelle-Orléans, mais les moustiques qui sévissent par là-bas n'existent pas en Europe.

Tante Frederikke vient de m'écrire et me parle de son amie, Mrs. Holst, dont le fils âgé de seize ans se trouvait en tant que cadet à bord du *Georg Stage*. Mais il a miraculeusement survécu au naufrage du navire. Je ne devrais d'ailleurs pas écrire « miraculeusement », puisque cinquante-huit autres personnes ont ainsi été sauvées.

Le capitaine du cargo britannique – un certain Mitchell – semble avoir fait tout ce qui était en son pouvoir pour sauver ces jeunes gens. On raconte qu'il a fondu en larmes lorsqu'il a comparu devant la commission d'enquête danoise. Le président du tribunal a fait preuve d'une grande cruauté à son égard en le rendant responsable de la catastrophe – ce qui lui a valu un blâme de la part du conseil de défense, pour manque d'impartialité. En tout cas, Mrs. Holst a dit à tante Frederikke qu'un autre navire anglais, qui croisait à cent cinquante yards à peine du lieu de la collision, s'est éloigné sans offrir la moindre assistance. Mais un vapeur suédois, l'*Irene*, a immédiatement répondu aux signaux de détresse et a ainsi sauvé la vie d'une quarantaine de personnes. Cela m'a fait plaisir, car j'ai moi-même un peu de sang suédois et ma cousine préférée, Sigrid, est suédoise elle aussi.

Le meilleur ami d'Erik s'est noyé. Il avait un an de moins que lui, quinze ans à peine, et s'appelait Oluf Thorvaldsen. Sa famille est originaire de Strandvejen, non loin de l'endroit où mon père avait loué un petit pavillon, une année, pour les vacances d'été. Tout cela est affreux, c'était leur unique enfant et il était extrêmement brillant, le premier de sa promotion. On a de la peine à imaginer comment une telle collision a pu se produire. La nuit était très claire et le *Georg Stage* se trouvait à peine à trois miles du port de Copenhague, qu'il venait de quitter pour rejoindre Stockholm. *L'Ancona*, originaire de Leith, transportait une cargaison de charbon d'Alloa (en Écosse) à Könisberg (en Prusse) et filait douze nœuds, quel que soit le sens exact de cette formule. Le *Georg Stage* a coupé sa route et son étrave a percuté le flanc du cargo, pénétrant sa coque sur plus de quatre mètres de profondeur.

Mais le choc s'est avéré beaucoup plus grave pour le navire-école que pour le cargo. Il a coulé en moins d'une minute et demie. À son bord, la plupart des cadets étaient en train de dormir! On n'a même pas eu le temps de mettre à la mer les canots de sauvetage. Tant ici qu'au Danemark, les journaux prétendent qu'il n'y eut pas la moindre scène de panique, que tout se déroula dans le calme, mais tante Frederikke me dit que d'après Erik la réalité fut bien différente. Les jeunes gens poussaient des cris de terreur effrayants et s'agrippaient à l'épave du navire en hurlant aux marins de venir les sauver. Ils appelaient leur mère, ce que font toujours les hommes au moment de mourir, à ce qu'il paraît. Le *Georg Stage* gît maintenant par le fond, à douze mètres de profondeur.

1er août 1905

J'ai dit que je ne comptais pas écrire tous les jours dans ce journal, mais j'y suis bien obligée car il n'y a rien d'autre à faire. Hansine a pris ma relève, elle s'occupe de la maison et surveille les garçons. J'attends. C'est aujourd'hui, d'après mes calculs, que ma fille devrait naître, mais elle ne bouge toujours pas. Je ne sors plus, je n'ai pas mis le nez dehors depuis jeudi dernier.

Hansine m'apporte les journaux. Le Kaiser s'est rendu au château de Bernstorff, à l'invitation du roi Christian. Il prétend une fois de plus qu'il est issu de la maison danoise, mais je ne vois vraiment pas sur quoi il s'appuie pour affirmer une chose pareille. Il serait monstrueux qu'un Hohenzollern monte sur le trône de Norvège alors qu'il y a d'autres candidats, tant suédois que danois. Mais on affirme que ce sera au peuple norvégien de trancher, ce qui est bien sûr la meilleure solution, comme chacun peut le concevoir.

J'ai eu de nouvelles précisions concernant l'affaire du *Georg Stage*, non pas en lisant les journaux, mais dans une lettre que m'a envoyée Mrs. Holst. J'ai été à vrai dire fort surprise qu'elle m'écrive car je la connais à peine, je ne l'ai rencontrée qu'à deux ou trois reprises et nous ne l'avions même pas invitée à notre mariage, ce qui avait fortement irrité tante Frederikke. J'imagine que c'est elle qui lui a donné mon adresse.

Ses notions de géographie sont pour le moins surprenantes, car elle a l'air de penser que Leith se trouve juste à côté de Londres. Et devinez ce qu'elle me demande? De dénicher l'adresse du capitaine Mitchell, rien de moins, de manière à ce qu'elle puisse lui écrire pour le remercier d'avoir sauvé la vie de son fils.

Pourquoi ne l'a-t-elle pas fait lorsqu'il se trouvait à Copenhague, au moment de l'enquête? Quoi qu'il en soit, je pense qu'il est malaisé de faire la part entre les torts et les mérites de Mitchell, dans cette affaire. Il *prétend* que le *Georg Stage* a brusquement changé de cap, sans émettre le moindre signal, mais le capitaine Malte-Brun, qui commandait le navire-école, affirme quant à lui que les deux bâteaux suivaient des lignes parallèles et que c'est l'*Ancona* qui a inopinément bifurqué, provoquant une collision dès lors inévitable. Le président de la commission d'enquête a cru la version de Malte-Brun, cela ne fait aucun doute, bien que le capitaine Mitchell ait affirmé avoir déjà suivi cette ligne jadis, guidé par un pilote.

2 août 1905

Il s'est passé tant de choses! J'écris ces lignes dans mon lit, à côté de mon bébé. L'affaire s'est correctement conclue, finalement. Après l'avoir allaitée et vu qu'elle s'endormait paisiblement, j'ai éprouvé l'impérieux besoin de noter dans ces pages la nouvelle de son arrivée et de l'immense bonheur que je ressens. Qu'y a-t-il de comparable à la joie qui succède à une intense douleur, lorsque tout se remet en place, comme après un mauvais rêve que l'on avait cru être la réalité? Mon enfant, ma petite fille, enfin je

417

(Ici manquait la page dont j'ai parlée plus haut et qui contenait sans doute trop de révélations intimes pour qu'Asta la confie à Mrs. Jørgensen.)

4 août 1905

Mercredi après-midi, Hansine m'a laissée en compagnie de Knud et est allée chercher Mogens au domicile de son copain John, dans Malvern Road, où il était parti jouer en début de matinée. Mogens n'a pas été surpris de la voir arriver le long de Richmond Road avec un bébé dans les bras, il s'attendait à une scène de ce genre. « Hansine est une cigogne, Mor », m'a-t-il lancé en se précipitant dans ma chambre. Knud n'a pas ouvert la bouche, il s'est contenté de fixer sa petite sœur. Je les ai fait sortir et j'ai donné le sein au bébé, à mon grand soulagement, je dois le reconnaître – ainsi qu'à celui de l'enfant, m'a-t-il semblé.

Le fils de la princesse de Galles a été baptisé sous le nom de John Charles Francis et le prince Charles du Danemark est au nombre de ses parrains. Je m'attendais à ce que tel soit le cas, car on espère ici qu'il deviendra un jour roi de Norvège. Je ne ferai pas baptiser ma fille. À quoi bon ? C'est de la foutaise, de toute façon. Elle est très belle, beaucoup plus que ses frères au même âge. Tous les bébés ont les yeux bleu foncé à la naissance mais je crois que les siens conserveront cette couleur. Elle a des traits réguliers, bien dessinés, et une bouche splendide.

18 août 1905

Cet après-midi, nous sommes tous allés à Wembley Park – Hansine, Swanhild, les garçons et moi – pour regarder un homme qui essayait de s'envoler. N'est-ce pas étrange, ce désir qu'ont la plupart des gens de vouloir voler ? C'est à cela que tendent les meilleurs de nos rêves. L'homme en question s'appelle Mr. Wilson et il croyait avoir résolu le problème, mais ce n'était pas le cas. Sa machine est retombée à l'eau.

J'aurais bien aimé voir les Pygmées, à l'hippodrome. Ils sont originaires d'une forêt d'Afrique centrale et seuls quatre explorateurs avaient eu l'occasion de voir cette peuplade avant qu'on ne les transporte ici. D'après ce qu'on dit, ils sont tout petits mais normalement proportionnés, contrairement aux nains. Mais il m'était impossible d'y aller seule et Hansine ne pouvait pas m'accompagner, à cause des enfants. C'est la première fois que je regrette l'absence d'un homme à mes côtés.

J'ai répondu à Mrs. Holst. J'ai eu la bonne idée de refeuilleter les journaux de ces dernières semaines. L'été, nous ne les jetons pas et les mettons de côté pour allumer le poêle, en hiver. Je suis tombée sur le renseignement qu'elle me demandait et qu'elle aurait pu dénicher toute seule si elle s'était donné la peine de relire les comptes rendus de l'affaire parus dans la presse danoise. Je lui ai donc dit qu'il m'était impossible de lui procurer l'adresse du capitaine Mitchell, mais qu'elle pouvait lui écrire par l'intermédiaire des armateurs de l'*Ancona*, James Currie & Company, à Leith, en *Écosse*.

La semaine prochaine, il faut que j'aille à Sandringham Road, où se trouve le bureau de l'état civil, afin de déclarer la naissance de Swanhild.

Nous nous dévisageâmes, Paul et moi. Je lui arrachai les pages des mains, ainsi que la traduction qu'il en avait faite. Il nous arrive d'éprouver des déceptions si intenses que seules la fureur et l'indignation parviennent à les exprimer.

J'avais toujours eu la *certitude* que ces pages (peu importait au fond qui les avait arrachées) contenaient la réponse que nous cherchions. Que si nous parvenions à mettre la main dessus, cette réponse nous apparaîtrait dans toute son évidence et que nous comprendrions du même coup pourquoi on les avait subtilisées. J'aurais pourtant dû me douter, rien qu'en lisant la lettre de Christiane Neergaard, qu'il n'en irait pas ainsi. Asta se moquait sans doute du destin de son journal, elle se désintéressait peut-être du sort qui attendait ses cahiers une fois leurs pages noircies, mais elle n'aurait jamais confié à une étrangère un document contenant noir sur blanc le récit d'une adoption qu'elle n'avait même pas révélée à son mari et dont sa propre fille – adoptive, justement – n'avait jamais entendu parler.

« Ces pages ne contiennent strictement rien, dis-je. Rien de rien. C'est idiot, mais cela me plonge dans une rage folle. Il n'y a là aucun indice, pas l'ombre d'une piste. Comme si Swanny était réellement la fille d'Asta. Je commence d'ailleurs à me demander si ce n'était pas le cas.

– Il n'est pas tout à fait exact que nous n'ayons pas l'ombre d'une piste, dit Paul. Bien sûr, j'ai entrevu plus de choses que toi dans ces pages, puisque je les ai traduites. Et j'ai tout de même découvert quelques indices. L'enfant n'était toujours pas né le 1er août, par exemple, alors que Swanhild Kjaer célébrait son anniversaire le 28 juillet, comme nous le savons. Et regarde ce qu'elle écrit le 2 août : "L'affaire s'est correctement conclue, finalement." Étrange formule, tu ne trouves pas, pour indiquer que l'on vient de mettre un enfant au monde? »

Je réfléchis à la question et me dis que c'était effectivement un peu bizarre, même de la part d'Asta, qui pouvait se montrer totalement insensible, à certains moments, et terriblement passionnée à d'autres.

« "Mercredi après-midi, Hansine m'a laissée en compagnie de Knud et est allée chercher Mogens au domicile de son copain John, dans Malvern Road." Cela signifie que la mère de cet ami gardait Mogens, puisque c'étaient les vacances scolaires. Asta dit ensuite qu'il n'avait pas été surpris de voir arriver Hansine avec un bébé dans les bras – ce qui implique que le bébé n'était pas encore à la maison le matin même, lorsque Mogens était parti. "Knud n'a pas ouvert la bouche, il s'est contenté de fixer sa petite sœur." Il est clair que Knud, lui non plus, n'avait pas encore vu l'enfant. Mogens va jusqu'à dire que Hansine est une "cigogne" puisqu'elle a ramené le bébé. Que s'est-il donc passé? Entre le mardi 1er août au soir et la matinée du lendemain, Asta a vraisemblablement accouché.

– D'un enfant mort-né?

– C'est l'hypothèse la plus probable. »

J'essayai à mon tour de bâtir un scénario.

« Hansine a dû essayer de retourner l'enfant lorsque le travail a commencé, comme elle l'avait promis à Asta. Elle n'a pas dû y arriver et le bébé s'est présenté par le bas. Est-il mort étouffé? Pourquoi n'en souffle-t-elle pas mot? Elle ne pouvait tout de même pas savoir, en 1905, qu'elle allait confier ces pages à une historienne intéressée par le naufrage du *Georg Stage*, cinquante-huit ans plus tard?

– Elle y a probablement fait allusion... dans la page qui nous manque. Lorsqu'elle est allée chercher ce passage dans sa chambre pour le donner à Mrs. Jørgensen, elle a retiré cette feuille du lot et l'a aussitôt détruite. Sans doute s'est-elle même contentée de la jeter dans la corbeille à papiers.

– Et cette page nous aurait révélé qui était Swanny?

– Peut-être. Mais peut-être y trouvait-on simplement l'évocation des souffrances d'Asta. Elle parle juste avant d'une "intense douleur". La formule doit se rapporter à la mort de son enfant.

– Nous ne sommes donc pas plus avancés, en ce qui concerne l'identité de Swanny?

– Je serai un peu moins pessimiste que toi », dit Paul.

Le lendemain, Gordon passa chez nous avec une camionnette de location pour prendre livraison de la maison de poupées. Il s'était proposé de la transporter à l'autre bout de Londres lorsqu'il avait été question de l'offrir à sa nièce, Alexandra Digby, la fille de Gail. Mais Alexandra, qui n'avait jamais beaucoup joué à la poupée, déclara (elle avait huit ans) qu'elle voulait être ingénieur et n'avait que faire de Padanaram. Il fallut donc lui trouver une autre destinataire, de préférence mieux disposée. Avant même de nous marier, nous avions décidé Paul et moi de nous en séparer : n'était-il pas navrant d'entreposer cette merveille sous les combles, à Willow Road, où personne n'avait l'occasion de l'admirer et où nous-mêmes n'allions jamais la regarder?

La fille cadette d'oncle Harry – celle dont la naissance avait rendu Asta si jalouse, dans les années vingt – était depuis longtemps grand-mère. Sa petite-fille s'appelait Emma et un jour (la seule fois, je crois bien, où sa famille soit venue nous rendre visite), elle avait vu la maison de poupées, qui l'avait émerveillée. Nous avions appris par la suite qu'elle lui faisait très envie. Après nous être assurés que ses parents disposaient de l'emplacement nécessaire, nous avions décidé d'offrir Padanaram à Emma, et Gordon avait bien voulu se charger de la livraison, même si la destinataire n'était plus sa propre nièce.

Asta aurait été ravie qu'on la donne à une descendante d'oncle Harry, me disais-je tandis que nous transportions la maison de poupées jusqu'au rez-de-chaussée. Swanny aussi aurait été contente. Quant à ma mère, pour qui cette maison avait été construite, elle n'y aurait certainement vu aucun inconvénient. Avant qu'il ne reparte pour Chingford, nous montrâmes à Gordon les pages jaunies (que nous avions déjà surnommées entre nous les « feuillets Neergaard »), ainsi que leur traduction.

De nous trois, c'était Paul qui connaissait le mieux Hackney, mais il n'avait pas réfléchi à la question que Gordon souleva aussitôt, après avoir jeté un coup d'œil à la page appropriée du *A-Z Guide* de Londres :

« Pourquoi diable Hansine est-elle passée par Richmond Road ?

— Mogens était chez son copain, dans Malvern Road, dit Paul. Cette rue part à angle droit, au sud de Richmond Road. C'est toujours le cas aujourd'hui, les lieux n'ont pas changé.

— Oui, mais Malvern Road coupe Lavender Grove. Il était inutile de passer par Richmond Road, cela représentait un très grand détour. Il suffisait de suivre Lavender Grove avant de tourner, à droite ou à gauche. Hansine pouvait tout au plus déboucher sur Richmond Road, si la maison du copain s'était trouvée juste à l'angle, mais pas "arriver le long" de cette artère, comme l'écrit Asta. »

Je lui demandai s'il fallait selon lui en déduire que Hansine était allée "prendre livraison" du bébé dans une maison de Richmond Road, où la mère naturelle le lui avait remis, avant d'aller chercher Mogens à Malvern Road et de rejoindre ensuite le domicile d'Asta.

« Les choses ont plus ou moins dû se passer ainsi. Mais la maison en question n'était pas forcément située sur Richmond Road. Elle pouvait se trouver dans une autre rue, à laquelle on accédait aisément en passant par Richmond Road. »

Gordon finit son thé et remonta dans sa camionnette, emmenant la maison de poupées chez sa nouvelle propriétaire, qui saurait l'apprécier à sa juste valeur. Nous attendîmes cinq minutes, Paul et moi, avant de nous embarquer à notre tour et de faire route vers Hackney.

Ce quartier est réputé dangereux, de nuit les agressions y sont fréquentes. Paul ne m'avait jamais laissée me rendre seule chez lui, il m'avait toujours accompagnée. Mais de jour, c'est un coin charmant, d'une élégance quasi victorienne et d'une propreté bien plus grande à mon avis qu'à l'époque où Asta y habitait. On ne voyait plus de crottin de cheval dans les rues, par exemple, et le brouillard jaunâtre ou les fumées d'usine avaient disparu.

La dernière fois que j'étais venue par ici, c'était avec Cary, le jour où nous avions inspecté les lieux de tournage éventuels de son film et où nous avions atterri dans la rue où habitait Paul, située au sud de Richmond Road. Après avoir visité Devon Villa, nous avions traversé le quartier pour rejoindre Middleton Road : partant de Navarino Road, nous avions descendu Graham Road, tourné à droite dans Richmond Road puis, laissant l'école de Gayhurst Road sur notre droite, nous avions redescendu Lansdowne Road, qui a été rebaptisée depuis le début du siècle et s'appelle maintenant Lansdowne Drive.

Cette fois, nous partîmes Paul et moi de Malvern Road, qui s'étend parallèlement à Lansdowne Road, du côté ouest. La maison du copain de Mogens devait se trouver tout en haut de la rue, juste à l'angle, et il regardait sans doute par la fenêtre (ou se trouvait dans le jardin situé devant la maison) puisqu'il avait vu arriver Hansine. Comme elle descendait Richmond Road, elle ne pouvait venir que de Navarino Road. Et c'est dans Navarino Road que se trouvait Devon Villa.

Nous tournâmes à droite, au départ de la rue, et marchâmes jusqu'à la maison. C'était l'après-midi, l'atmosphère était chaude, presque étouffante. Les arbres couverts de feuilles cachaient en partie les lieux, comme s'ils avaient voulu les séquestrer. En plein soleil, au début de l'après-midi, la demeure dégageait une impression de grâce et de sérénité. Ces portiques encadrant les entrées, au sommet des escaliers, ces fenêtres élégamment disposées n'auraient pas fait mauvaise figure dans une rue de Belgravia. Du moins avait-on ce sentiment, ou presque, en fermant à demi les yeux.

Nous restâmes sur le trottoir, à contempler Devon Villa. Le visage de Brenda Curtis, la propriétaire du rez-de-chaussée, se découpa dans l'encadrement d'une fenêtre, à droite de l'escalier. Elle nous dévisagea un moment, mais ne me reconnut pas et finit par se détourner d'un air indifférent.

Lors d'une journée identique, par une chaude après-midi du mois d'août, Hansine était venue ici, comme cela avait été préalablement convenu. Nous dirions aujourd'hui qu'elle avait rendez-vous. Elle avait rendez-vous dans cette maison pour prendre livraison d'un bébé, dans l'après-midi du 2 août. Au deuxième étage de Devon Villa gisaient les cadavres de Lizzie Roper et de Maria Hyde, mais nul ne le savait encore. On ne devait les découvrir que deux jours plus tard. Roper, quant à lui, se trouvait à Cambridge, en compagnie de son fils Edward.

« Florence Fisher était seule à la maison, dit Paul. C'est très certainement elle que ma grand-mère était venue voir. Florence était son amie. En dehors d'elle, elle ne connaissait personne à Devon Villa.

— Tu veux dire qu'en dépit du rapport médical et des autres preuves dont nous disposons, Roper ne mentait pas en disant à John Smart que Lizzie était enceinte? Lizzie aurait donc mis un enfant au monde avant d'être assassinée?

— Pourquoi veux-tu qu'il s'agisse de Lizzie?

— Il n'y avait pas d'autre femme dans la maison.

— Mais si. Il y avait Florence. »

30

E
N une fraction de seconde, les autres hypothèses se trouvèrent balayées et l'unique, l'inéluctable solution m'apparut dans toute son évidence. Les pièces du puzzle se mirent peu à peu en place. Nous fîmes demi-tour et redescendîmes en silence Navarino Road. Je réfléchissais aux diverses conséquences de cette révélation.

Florence Fisher était alors fiancée mais ne devait finalement pas se marier, ni à l'époque ni par la suite. Elle avait ultérieurement tenu un bureau de tabac et avait été photographiée en uniforme de volontaire aux côtés de la marquise de Clovenford.

Avait-elle révélé à Hansine qu'elle était enceinte lorsque les deux femmes avaient fait connaissance, au début du mois de juillet? Il est possible que son état n'ait pas été extrêmement apparent, surtout que Florence était d'une constitution plutôt robuste, à en croire plusieurs témoignages. Mais peut-être avait-elle admis ou avoué à Hansine un fait trop évident pour être passé sous silence.

« À ton avis, les Roper étaient-ils au courant de la situation?

— Je le pense, dit Paul. Roper lui avait donné son congé mais Maria Hyde l'avait rétablie dans ses fonctions. Nous n'avons jamais su exactement pourquoi. Mais si elle attendait un enfant, la situation s'explique un peu mieux. On mettait les servantes à la porte lorsqu'elles tombaient enceintes, à cette époque. Roper avait dû être scandalisé, lui qui était plutôt collet monté, mais cela n'avait guère dû émouvoir la vieille Maria dont la propre fille avait peut-être déjà mis un enfant au monde avant de rencontrer son mari. Florence aurait toutefois été obligée de quitter Devon Villa après la naissance du bébé. Aucune maîtresse de maison n'aurait permis à une domestique d'élever un enfant illégitime, en ce temps-là. »

Je faisais à peine attention au trajet que nous suivions, Paul et moi. Je me contentais de marcher à côté de mon mari et nous débouchâmes dans Lavender Grove avant même que je m'en sois aperçue. Nous avions pris le même chemin que Hansine lorsqu'elle était rentrée en portant le bébé et en surveillant du coin de l'œil le petit Mogens, qui trottinait à côté d'elle. Il devait faire très chaud ce jour-là, encore plus qu'aujourd'hui, et le nouveau-né – l'enfant de Florence – ne courait donc pas le moindre risque.

Je contemplai pour la première fois la maison où Asta s'était établie lorsqu'elle était arrivée à Londres.

Les statues en pierre des trois petites bonnes femmes couronnées étaient toujours là, la première au-dessus du porche et les deux autres surmontant les fenêtres de l'étage, de part et d'autre de l'entrée. Asta s'était assise derrière ces vitres, attendant la naissance de son enfant et regardant les garçons qui jouaient au cerceau dans la rue. Le long du trottoir, là où se trouvait à présent une Land-Rover, Rasmus avait jadis garé sa Hammel, à une époque où personne pratiquement ne possédait de voiture. Derrière la grande baie vitrée pendaient les rideaux de dentelle qu'Asta s'était toujours refusée à installer.

Nous avions pris l'habitude de nous poser mutuellement des questions.

« Pourquoi Swanny fêtait-elle son anniversaire le 28 juillet ? me demanda Paul.

– Sans doute parce qu'elle était née ce jour-là et qu'Asta le savait. Florence a dû accoucher le vendredi 28 juillet et peut-être a-t-elle pensé qu'elle pourrait garder quelque temps son bébé avec elle. Après tout, les Roper n'étaient plus à Devon Villa. Ou peut-être ne savait-elle pas quoi faire de l'enfant. Elle ignorait comment elle allait désormais gagner sa vie, qui serait son nouvel employeur, ou si son fiancé comptait toujours l'épouser. D'une certaine façon, la mort du bébé d'Asta fut pour elle un don du ciel. Elle avait trouvé quelqu'un – une honorable femme mariée, de surcroît – qui voulait bien se charger de sa petite fille.

– Florence a-t-elle mit cette enfant au monde toute seule ? Dans ce réduit attenant à la cuisine qui lui tenait lieu de chambre ? »

Je dis à Paul que le mieux était de nous reporter au Journal et au récit de Ward-Carpenter relatif à l'affaire Roper. Autant rentrer à la maison et mettre à profit les documents dont nous disposions. De retour à Willow Road, nous étalâmes le tout sur une table – les volumes publiés du Journal, les cahiers originaux, le compte rendu de Ward-Carpenter, les actes du procès, les « feuillets Neergaard » et la traduction que Paul en avait faite.

Paul me lut une phrase tirée du récit de Ward-Carpenter :

« "On ne comprend pas très bien pourquoi Florence tenait tant à conserver un emploi qui n'était pas une sinécure, loin de là, et pour lequel elle était à la fois fort mal payée et passablement exploitée." On comprend beaucoup mieux sa réaction lorsqu'on sait qu'elle était enceinte de sept mois et demi et ne savait pas où aller. À Devon Villa, au moins, elle bénéficiait d'un toit.

» Il déclare quelques pages plus loin que Florence "ne se sentait déjà pas très bien" à son retour des commissions, dans la matinée du 28 juillet. Nous nous sommes toujours demandé de quoi elle souffrait ce jour-là. Nous pouvons admettre que Lizzie était indisposée à cause de l'hyoscine qu'elle avait absorbée et nous savons que le cœur de Maria flanchait, mais ces explications ne valent pas pour Florence. La vérité, c'est que le travail de l'accouchement venait de commencer.

» Et cela explique évidemment le peu de curiosité qu'elle a manifesté pour ce qui se passait ou s'était passé dans les étages de la maison. La pauvre Florence avait d'autres chats à fouetter. Au cours du procès, Tate-Memling a lourdement insisté sur le fait que Florence ne s'était pas servie du couteau à pain trois jours durant : "Miss Fisher vous demande de croire que trois journées se sont écoulées, du 27 juillet au soir jusqu'au 30, sans qu'elle avale la moindre miette de pain." Le fait est moins surprenant quand on sait que dans l'intervalle, elle avait mis un enfant au monde et se sentait peut-être légèrement indisposée. Tate-Memling a fait rire la cour en se moquant de Florence sous prétexte qu'elle avait attendu le 4 août pour aller faire le ménage en haut alors qu'elle était employée pour nettoyer la maison. On peut penser, sans trop de risque de se tromper, que la propreté du deuxième étage de Devon Villa était alors le cadet de ses soucis.

» Sa grossesse et son accouchement imminent expliquent aussi pourquoi elle n'a pas monté ce fameux plateau. Nous savons à présent pourquoi elle a laissé Maria s'en charger. Ward-Carpenter lui-même note qu'elle "fut obligée de garder le lit et ne quitta pas sa chambre durant les deux jours suivants".

— S'est-elle vraiment débrouillée toute seule? »

Cette idée me paraissait terrifiante. Quatre-vingt-six ans après les faits, je la trouvais encore insupportable.

« Je ne crois pas, dit Paul. Reporte-toi aux feuillets Neergaard et vois ce qu'Asta a écrit, le 29 juillet : "Hansine m'a demandé la permission de sortir hier soir et je la lui ai accordée, je ne tiens pas à l'avoir sans cesse dans les pattes. Elle n'est revenue qu'au beau milieu de la nuit... je l'ai entendue rentrer à deux heures du matin." Elle se demande ensuite si ma grand-mère n'aurait pas un amant. Mais nous savons maintenant où celle-ci s'était rendue. Elle avait apparemment une certaine réputation, en tant que sage-femme. Elle est allée à Devon Villa pour prêter main forte à Florence et l'aider à mettre au monde son enfant.

— C'est-à-dire Swanny, dis-je.

— Oui, Swanny. Ma grand-mère savait mieux que quiconque qui elle était, ayant assisté à sa naissance. Et cela nous prouve que Swanny est effectivement née le 28 juillet, juste avant minuit sans doute, puisque Hansine est rentrée à Lavender Grove à deux heures du matin.

— Asta était-elle au courant?

— Pas à ce moment-là. Je pense que ma grand-mère a dû lui parler du bébé de Florence après le décès de son propre enfant. Quelques heures peut-être après cet événement. »

Une question que je n'avais jamais songé à lui poser me traversa brusquement l'esprit.

« Comment l'appelais-tu? demandai-je à Paul.

— Qui?

— Hansine. Ta grand-mère.

— Ma mère n'aurait jamais voulu que je dise Mormor. Je l'appelais Mamy, tout simplement. Pourquoi?

— Elle s'est comportée de façon étonnante. Ce devait être une femme de caractère. Je me demande si Asta avait accouché d'une fille ou d'un garçon... Et qu'ont-elles fait de cet enfant? Crois-tu qu'elles aient enterré son cadavre dans le jardin?

— C'est l'hypothèse la plus vraisemblable. Mais je ne pense pas qu'il soit réellement nécessaire de faire fouiller le sol pour s'en assurer, tu ne crois pas?

« – Asta n'en a jamais parlé. Elle n'a pas fait une seule allusion à cet événement. J'imagine qu'elle s'est efforcée d'oublier la chose. Ils ont d'ailleurs quitté cette maison peu de temps après, durant l'été 1906.

– Quand Asta a-t-elle donc mis au monde cet enfant mort-né ?

– Durant la nuit du 1er au 2 août. Hansine est allée chercher le bébé de Florence dans l'après-midi du 2 août. »

Il n'était au fond guère surprenant qu'Asta ait autant détesté et redouté Hansine. Celle-ci avait tant fait pour elle et savait tant de choses à son sujet. Asta n'a eu un mot relativement aimable à l'égard de Hansine qu'à une seule reprise, le jour où elle s'est demandée si elle ne devait pas renvoyer sa domestique, qui venait de dire à Swanny que sa mère était trop sévère. Elle écrivit alors : "Nous avons traversé bien des épreuves ensemble."

« Qui était le père de Swanny ? demandai-je. Il ne pouvait s'agir de Roper, n'est-ce pas ? C'est pourtant ce que croyait Swanny.

– Oui, mais elle pensait alors que Lizzie était sa mère.

– C'est vrai. En tout cas, Florence n'aimait guère Roper, même si elle avait accepté de témoigner pour sa défense. Le père de Swanny était vraisemblablement l'homme avec qui elle était fiancée. Que savons-nous à son sujet ?

– Pas grand-chose. Et le peu d'informations dont nous disposons se trouve dans le récit de Ward-Carpenter.

– Il y a aussi quelques bricoles dans l'article de Cora Green, dis-je. Son nom n'a pas été mentionné au cours du procès. »

Paul retrouva le passage en question dans le texte de Ward-Carpenter. Il n'y avait effectivement pas grand-chose à se mettre sous la dent. Le fiancé de Florence s'appelait Ernest Henry Herzog, « lui-même petit-fils d'émigrés ». Cette assertion se référait probablement au fait que Joseph Dzerjinski était un émigré. Ward-Carpenter affirmait que Herzog était au service d'une famille d'Islington et le dépeignait, Dieu sait pourquoi, comme « légèrement supérieur à sa promise, socialement parlant ». Aucune explication n'était avancée, concernant la rupture de leurs fiançailles. Peut-être que personne n'en savait la raison, en dehors de Florence et de Herzog. Ward-Carpenter prétendait qu'à l'époque où Roper lui avait donné son congé, au début du mois de juillet, Florence comptait toujours épouser Herzog au printemps suivant.

429

Pourquoi le mariage n'avait-il pas eu lieu? Ce ne pouvait être à cause du motif avancé par Asta, selon lequel une jeune fille devait préserver sa virginité car dans le cas contraire aucun homme n'accepterait de l'épouser. Florence était enceinte de plus de sept mois lorsque Roper lui avait donné son congé et elle comptait encore se marier à ce moment-là. Son fiancé connaissait donc forcément son état. Mais pourquoi l'avait-il laissée accoucher seule, dans cette maison vide?

Parce qu'il savait qu'elle ne serait pas seule. Que Hansine serait à ses côtés. Et pour ce qu'il en savait, Maria Hyde et Lizzie Roper se trouvaient toujours à Devon Villa. Ses propres obligations d'employé de maison ne devaient pas lui permettre d'être présent ce jour-là. Peut-être même comptait-il toujours l'épouser, après la naissance du bébé, avança Paul. À moins que, pour une raison quelconque – il était trop jeune? il risquait de perdre son emploi? – il ait bien voulu se marier mais sans garder l'enfant?

« En tout cas, il n'a pas épousé Florence, dis-je.

– Il est également possible que ce soit elle qui n'ait plus voulu de lui, au dernier moment. Si le mariage avait eu lieu avant la naissance de l'enfant, tout se serait déroulé normalement. Mais elle avait accouché, s'était débarrassée du nourrisson et se retrouvait à nouveau libre. Nous avons tendance à penser qu'à cette époque, les femmes ne songeaient qu'à se marier, que c'était leur seule et unique obsession. Supposons que Florence ait eu d'autres rêves et qu'elle ait tout simplement cessé d'aimer cet homme. Il est possible qu'il se soit produit quelque chose qui l'ait poussée à abandonner ses projets de mariage, une fois que cette union devenait superflue pour assurer sa sécurité personnelle. »

Une sonnette se mit à retentir, très loin au fond de moi. J'avais eu une impression identique en scrutant le portrait de Swanny qui figurait sur la jaquette du livre et en entrevoyant derrière ses beaux traits de Nordique l'ombre d'un autre visage, les contours estompés de quelqu'un que j'avais rencontré, bien des années plus tôt. Quelqu'un – cela me revenait à présent – que j'avais aperçu à l'enterrement de Morfar, lorsque j'avais quatorze ans, et que je n'avais plus revu par la suite. Mais la sonnette mise en branle par les hypothèses et les explications de Paul continua de résonner.

« Je me demande pour quelle raison elle a changé d'avis, poursuivit Paul. Est-ce le fait d'avoir découvert les cadavres –

celui de Maria, étendu sur le sol, et celui de Lizzie, la gorge tranchée, en travers du lit? Nul ne semble s'être demandé ce que Florence a pu ressentir. On l'a d'ailleurs à peine traitée comme un être humain, l'idée qu'elle ait pu avoir des sentiments semble n'avoir effleuré personne. Par exemple, elle avait sûrement une opinion concernant l'identité de l'assassin de Lizzie. Mais personne ne l'a interrogée à ce sujet. La défense l'a fait comparaître au procès comme témoin à décharge. Pensait-elle néanmoins que Roper était coupable du meurtre de sa femme, comme tout le monde semblait le croire, la police en tête? Elle avait assisté à suffisamment de scènes de ménage, dans cette maison, pour réfléchir à deux fois avant de s'embarquer à son tour dans une telle union. La découverte du cadavre de Lizzie, la gorge tranchée, fut-elle la goutte d'eau qui fit déborder le vase? Elle n'avait plus d'enfant à élever, à présent, Mrs. Westerby – quelques rues plus loin – venait d'adopter sa fille et elle considérait son fiancé d'un autre œil, maintenant qu'elle avait accouché. À quoi avait abouti le mariage de ses maîtres, sinon à ce déchaînement de violence, à ce terrible geste d'un époux à l'égard de sa femme? Elle s'était déjà mise en quête d'un nouvel emploi. Elle allait accepter ce poste, s'installer à Stamford Hill et oublier son fiancé.

– Il y a un passage à ce sujet dans le Journal, dis-je lentement.

– Un passage à propos de quoi?

– À propos d'une jeune fille qui rompt ses fiançailles. Je ne me souviens plus où il figure, ni même dans quel volume il se trouve. Il s'agit peut-être de Sigrid, la cousine d'Asta, ou de la fille d'une de ses amies.

– Tu penses que l'anecdote est significative?

– Oh oui, dis-je. J'en suis certaine. »

Nous tentâmes de retrouver le passage en question. Il ne figurait pas dans les feuillets Neergaard, par lesquels nous avions commencé : j'avais pensé que l'anecdote m'était restée en mémoire parce que j'avais lu ces fragments récemment. Paul se plongea ensuite dans les cahiers originaux tandis que je parcourais le volume intitulé *Asta*, qui couvre la période 1905-1914.

J'ignore combien de milliers de mots composent ce volume, mais les feuillets Neergaard en contiennent déjà 1 700. Paul me demanda si j'étais sûre que le passage qui avait éveillé en

431

moi ce vague souvenir se trouvait bien dans le Journal. Ne figurait-il pas plutôt dans le récit de Ward-Carpenter, voire dans les actes du procès? C'était le lendemain et nous lisions déjà depuis des heures lorsqu'il me posa la question. Je commençais même à me demander si ce passage existait vraiment.

« Il est peu probable que ce soit dans le Journal, me dit Paul, car Asta ignorait vraisemblablement qui était le père de Swanny.

– Je ne prétends pas que ce passage contienne une telle révélation, dis-je. (Cela aurait d'ailleurs été fort présomptueux de ma part.) Il s'agit sans doute d'une de ces anecdotes dont Asta avait le secret. Après tout, si nous avions étudié ces histoires d'un peu plus près, nous aurions pu entrevoir les raisons qui ont poussé Ironsmith à tuer Lizzie et – qui sait – le soupçonner d'être l'auteur du meurtre. »

Nous reprîmes donc une par une les anecdotes d'Asta, mais aucune ne correspondait à ce que nous cherchions. Je terminai *Asta* avant Paul et passai au deuxième volume, *Une vie dans une pièce vide* (1915-1924). Toujours dubitatif quant à l'origine de mon souvenir, Paul se replongea dans le récit de Ward-Carpenter – ce qui l'amena à se demander d'où ce dernier avait tiré ses informations. Comment avait-il su, par exemple, que le fiancé de Florence s'appelait Ernest Henry Herzog? Son nom n'avait pas été prononcé au cours du procès et il ne figurait évidemment pas dans les souvenirs d'Arthur Roper. Peut-être Cora Green le mentionnait-elle, dans l'article du *Star*?

« Non, dis-je. J'ai vérifié, son nom n'apparaît pas. Je suppose que Ward-Carpenter le tenait de la bouche même de Florence.

– Quand est-elle morte?

– En 1971, d'après ce que m'a dit Cary. Le récit de Ward-Carpenter date des années trente. À mon avis, il a dû la rencontrer et l'interroger à l'époque. Il y a certains détails qu'il n'aurait jamais pu obtenir autrement. Où aurait-il déniché les prénoms des amants de Lizzie, par exemple? Ils n'ont pas été mentionnés au procès. Cora Green parle de Middlemass, mais ne cite pas son prénom; et elle ignore si l'autre individu s'appelle Hobb ou Cobb, alors que Ward-Carpenter le sait. Tout comme il sait que Middlemass se prénomme Percy. Seule Florence pouvait lui avoir révélé ce genre de chose.

– Elle lui a donc dit qu'elle avait été fiancée avec un certain Herzog et Ward-Carpenter a dû lui faire remarquer que c'était un drôle de nom, pour un Anglais. Il devait même paraître encore plus bizarre en 1934, si leur entretien a bien eu lieu cette année-là.

– Et elle lui a répondu que c'était un petit-fils d'émigré, comme Mr. Dzerjinski. Elle lui a également appris qu'il était au service d'une famille établie à Islington. Mais comment Ward-Carpenter a-t-il su que Herzog avait un an de moins que Florence?

– C'est également elle qui a dû le lui dire, puisque Cora Green n'y fait pas allusion.

– Que pouvons-nous savoir de plus? demanda Paul. Et du reste, y a-t-il *autre chose* à découvrir? En dehors du fait que le père de Swanny s'appelait Ernest Henry Herzog, qu'il s'agissait d'un domestique et qu'il avait vingt-quatre ans?

– Je me demande à quoi il ressemblait...

– C'était sans doute un grand blond, d'allure germanique, vraisemblablement. Herzog est un nom allemand. Ce qui a dû lui poser quelques problèmes, neuf ans plus tard, lorsque la guerre a éclaté. Il régnait alors une profonde hostilité envers tout ce qui était d'origine allemande. Les orchestres refusaient même de jouer des morceaux de Beethoven ou de Mozart... (Paul s'interrompit et me dévisagea.) Quoi? Qu'est-ce que j'ai dit?

– Oh, Paul...

– Mais qu'est-ce que j'ai dit? » répéta-t-il.

Je n'avais pas été capable de retrouver le passage concernant l'homme dont la fiancée n'avait plus voulu, mais je savais parfaitement où se trouvait celui qui venait de me revenir à l'esprit. Dieu sait pourquoi, je m'en souvenais précisément – peut-être parce qu'il s'agissait du 20 mars 1921, date à laquelle Asta mentionne pour la première fois l'enfant de Hansine, qui devait devenir la mère de Paul. Je dénichai aussitôt les lignes que je recherchais :

« " Son grand-père était d'origine allemande et était venu s'installer en Angleterre vers 1850. Comme son père, il était né à Londres mais il avait eu l'intuition que sa situation serait extrêmement inconfortable si jamais la guerre éclatait..." Paul, où est la traduction que tu as faite des derniers cahiers? Le passage que je cherche date de 1966 ou de 1967, il se trouve en tout cas vers la fin. »

Paul me tendit la copie qu'il avait établie. Les cahiers originaux se trouvaient actuellement chez Margrethe Cooper, qui était en train de les traduire. Cet ultime volume allait d'ailleurs être plus mince que les précédents, car Asta écrivait de moins en moins souvent dans les dernières années de sa carrière de mémorialiste. Paul déposa le texte dactylographié devant moi et je trouvai immédiatement le passage que je recherchais. Il datait du 2 octobre 1966.

« Voilà... "Je n'avais que vingt-quatre ans. C'est vrai, j'étais amoureux d'elle et je voulais l'épouser, mais elle fini par ne plus vouloir de moi : elle m'a dit qu'il s'était passé quelque chose qui l'avait à jamais dégoûtée des hommes et du mariage... "

– Qui parle ? Qui es-tu en train de citer ?

– Paul, dis-je, tu connais l'allemand. Que signifie Herzog ? Je veux dire, est-ce que ce mot a un sens quelconque, ou s'agit-il d'un simple nom ?

– Herzog signifie *duke* *. »

Je vis aussitôt qu'il ne réalisait pas la portée de sa déclaration. Le nom apparaît rarement dans le Journal. Comment aurait-il pu comprendre ?

« Le père de Swanny, c'était oncle Harry, dis-je. C'était Harry Duke. »

Nous nous assîmes et digérâmes la nouvelle en silence. Oncle Harry avait vingt-quatre ans en 1905, un an de moins que Florence. Ce qui avait dégoûté celle-ci du mariage, c'était le meurtre de Lizzie Roper, la mort de Maria Hyde, la disparition d'Edith. Savait-il qu'il avait eu une fille, ou Florence lui avait-elle dit que l'enfant était mort à la naissance ? J'étais certaine qu'Asta et lui ignoraient la vérité. Il avait dit un jour à Swanny qu'on reconnaît toujours les traits de ses parents sur le visage d'un enfant, mais il n'avait pas reconnu les siens sur son visage à elle. Et pourtant, il n'avait pas menti : c'est à oncle Harry que m'avait fait songer cette photo de Swanny, bien que je l'eusse vu pour la dernière fois dans les années cinquante.

« J'aurais bien voulu que Swanny sache la vérité, dis-je. Elle l'avait toujours aimé comme un père. Et Asta l'adorait. C'est étrange... Quand on pense qu'Asta rêvait d'avoir un enfant de Harry et qu'elle a passé toute sa vie aux côtés de la fille qu'il avait eue jadis... »

Lorsque Harry était venu pour la première fois à Padanaram, c'était Swanny qui l'avait accueilli. Et il l'avait traitée de

_____
* C'est-à-dire, en français « duc » *(N.d.T.).*

434

« gentille petite demoiselle ». Au départ, il s'était lié avec Mogens parce qu'ils étaient tous deux originaires du même quartier de Londres et que Mogens avait jadis vécu à Hackney, un endroit que Harry connaissait bien. Il n'y avait pas tant de coïncidences que cela dans cette affaire, finalement.

Je pensais que j'allais rêver de tout cela le soir même, je le désirais vivement. J'adoptai même – en l'inversant – le procédé que recommande Asta lorsqu'elle prétend qu'il suffit de penser intensément à un fait quelconque avant de s'endormir pour éviter d'en rêver la nuit suivante : je m'abstins délibérément de réfléchir à cette révélation, je songeai au contraire à Paul, à notre vie commune, à mon propre bonheur... Mais cela n'eut pas le moindre effet et je dus me contenter d'imaginer le rêve que j'aurais bien aimé faire.

Le soleil brille – ce soleil pâle, terne, voilé qui plane sur les villes en fin d'après-midi. Les rues sont couvertes de poussière mais aucun papier froissé, aucun déchet ne traîne dans les caniveaux. Pas la moindre odeur d'essence non plus, ni de gaz d'échappement. Hansine descend le perron de Devon Villa en serrant Swanny dans ses bras. Elle a refermé la porte derrière elle car Florence n'a pas eu le courage de la raccompagner, de la voir emmener sa fille vers son nouveau destin. Florence est seule, prostrée, dans les profondeurs de la maison. Le lendemain elle passera à l'agence de Miss Newman pour chercher un nouvel emploi – et le surlendemain, elle se décidera enfin à monter jusqu'au deuxième étage où l'attend un spectacle dont elle ne peut imaginer l'horreur, où les seules créatures vivantes sont les mouches, habituées à se nourrir des cadavres en décomposition. Mais la scène n'a pas encore eu lieu. Pour l'instant, ce n'est qu'une jeune femme qui vient d'abandonner son enfant et qui ignore de quoi l'avenir sera fait.

Mogens attend impatiemment Hansine, il la guette depuis la fenêtre, dans la maison de John. Il la voit arriver le long de Richmond Road, son fardeau dans les bras, comme il s'y attendait. Il court prévenir son ami et la mère de celui-ci : et lorsque Hansine se présente à l'entrée c'est donc la mère de John qui, la première, aperçoit Swanny, désormais membre à part entière de la famille Westerby.

Les femmes portaient des tenues fort disgracieuses à l'époque, aussi grotesques qu'inconfortables, surtout par ces temps de canicule. La robe de Hansine traîne dans la poussière. Elle transpire sous son col raide boutonné jusqu'au menton. Son immense chapeau a beau être retenu par une épingle, il ne cesse de glisser et des mèches de cheveux blonds s'en échappent de tous les côtés. Le bébé, âgé de cinq jours à peine, est nettement plus à l'aise dans sa robe de baptiste légère, sous le vieux châle dont Florence l'a enveloppé. Mogens n'est pas trop mal loti non plus, dans son costume de marin : il court devant Hansine, il a hâte d'arriver à la maison, il veut être le premier à annoncer la nouvelle à Mor.

Il adore déjà sa petite sœur, que Hansine est allée chercher chez le mystérieux pourvoyeur de bébés. Tout le monde ignore, évidemment, qu'il lui reste à peine onze ans pour l'aimer — et il vaut mieux qu'il en soit ainsi. Qui aimerait connaître à l'avance le terme de son destin?

Il est arrivé à la maison cinq minutes avant Hansine mais cela ne lui a pas servi à grand-chose : il est obligé de l'attendre car il n'a pas la clef. Du moins sera-t-il le premier à atteindre la chambre de Mor pour lui annoncer la nouvelle, provoquant de sa part un soupir de soulagement, comme si elle n'avait pas été certaine que Hansine puisse dénicher un bébé ou que celui-ci consente à l'accompagner.

Le sourire aux lèvres, fière comme Artaban, Hansine dépose son fardeau dans les bras d'Asta. Knud arrive à son tour et dévisage l'enfant. Lui qui rêve de changer de prénom, il veut savoir comment s'appelle sa petite sœur.

« Swanhild, lui dit sa mère. Mais nous l'appellerons Swanny. »

Elle lève les yeux vers Hansine et la remercie avec une certaine froideur, avant d'ajouter que l'affaire s'est finalement bien terminée. Mais ont-ils l'intention de s'attarder encore longtemps dans sa chambre, tous autant qu'ils sont? Ne voient-ils pas qu'elle aimerait rester seule avec sa fille?

« Fais sortir les enfants, Hansine, et emmène ce vieux châle pendant que tu y es. »

Une fois la porte refermée, elle donne le sein à Swanny. La fillette est vive, robuste, elle tète avec avidité. Asta manque pleurer de bonheur, mais elle ne le fait pas. Elle ne pleure jamais. De longues minutes durant, elle serre Swanny dans ses bras, l'allaite et la regarde s'endormir, en caressant sa joue aussi douce qu'une prune et en lissant ses fins cheveux blonds.

Mais au bout d'un moment, elle dépose doucement sa fille à côté d'elle, sur le lit, et en revient à sa préoccupation essentielle, à la tâche qui est la substance même de sa vie. Elle prend son cahier, son porte-plume et son encrier dans le tiroir de sa table de chevet et se met à écrire. Elle laisse courir la plume qu'elle tient d'une main ferme, inclinée vers l'avant, et parle de sa douleur, de la perte qu'elle a subie, puis de sa joie nouvelle — toutes ces émotions qui l'ont remuée au plus profond d'elle-même et qu'elle transcrit sur une page dont personne en dehors d'elle n'aura jamais connaissance, que nul n'apercevra ni ne lira jamais.

Cet ouvrage a été réalisé par la
SOCIÉTÉ NOUVELLE FIRMIN-DIDOT
Mesnil-sur-l'Estrée
pour le compte des Éditions Calmann-Lévy
en avril 1994

Imprimé en France
Dépôt légal : mai 1994
N° d'édition : 12005/01 – N° d'impression : 26636